Über dieses Buch

George Saiko gehört mit seinem literarischen Werk in die geistige Landschaft der großen österreichischen Romanciers Musil, Broch und Doderer, die ebenso wie Canetti vor allem von seinen beiden bedeutenden Romanen »Auf dem Floß« und »Der Mann im Schilf« außerordentlich beeindruckt waren. Dennoch blieb dieser »Autor von visionärer Macht« *(Der Spiegel)* bis heute »ein Geheimtip der deutschen Gegenwartsliteratur« *(Die Zeit)*. Saikos Hauptwerk ist der Roman »Auf dem Floß«, zu dem Hermann Broch schrieb: »Eine außerordentliche und starke Leistung. Eine künstlerische Weiterführung der Linie über Kafka und Musil hinaus.« Der zweite Roman des Autors, der seine Vorbilder in Joyce und Faulkner fand, war »Der Mann im Schilf«. Dieser Roman spielt in einem Grenzort in der Nähe von Salzburg im Jahr 1934, dem Jahr des Faschistenputsches. Als Augenzeugen werden ein englisches Archäologenehepaar, der österreichische Assistent Robert und dessen Freundin Hanna in die blutigen Geschehnisse verwikkelt. Mit ihren privaten Konflikten, einem Dreiecksverhältnis, die sich bereits während der fehlgeschlagenen Ausgrabungsarbeiten auf Kreta anbahnten, kontrastiert Saiko das alptraumartig verknotete Geflecht einer politischen Katastrophe. Einige der Gruppe finden den Tod. Der »Mann im Schilf« aber, der Fremde, Unbekannte, der angebliche Rädelsführer soll entkommen sein. Der Handlungsrahmen ist spannend und voller Gewalttätigkeit. In der literarischen Durchführung aber attackiert Saiko die Realität nicht. Er durchdringt sie behutsam und enträtselt, geschult an Sigmund Freud, mit psychologischer Sensibilität ihr Geheimnis. »Mit phänomenaler epischer Übersicht schildert er den Niedergang einer Epoche aus der Scheinsicherheit in die offenbare Unheimlichkeit.« *(Publik)*

Der Autor

George Emmanuel Saiko wurde 1892 in Seestadt/Erzgebirge geboren. Er starb 1962 in Rehawinkel bei Wien. Studium der Kunstgeschichte, Archäologie, Psychologie und Philosophie in Wien; Dr. phil. Seit 1939 Mitarbeiter und später Leiter der graphischen Sammlung »Albertina«, dann Privatgelehrter und freier Schriftsteller. Er schrieb Essays und gesellschaftskritische, psychologische Novellen und Romane. Sein Hauptwerk sind die beiden Romane »Auf dem Floß« (1948) und »Der Mann im Schilf« (1955; vollst. Ausg. 1971), der auch mit Stars wie Nathalie Delon verfilmt wurde.

George Saiko

Der Mann im Schilf

Roman

Fischer Taschenbuch Verlag

Fischer Taschenbuch Verlag
Dezember 1979
Ungekürzte Ausgabe
Umschlagentwurf: Jan Buchholz/Reni Hinsch
unter Verwendung eines Fotos aus dem gleichnamigen Film
Fischer Taschenbuch Verlag GmbH, Frankfurt am Main
Lizenzausgabe mit freundlicher Genehmigung der
Benziger Verlag GmbH, Zürich/Köln
Die Erstausgabe erschien 1955 in gekürzter Fassung
im Marion von Schröder Verlag.

Gesamtherstellung: Hanseatische Druckanstalt GmbH, Hamburg
Printed in Germany
980-ISBN-3-596-22203-6

INHALT

KLEON

Der Regen war fürchterlich, einfach lähmend – als entleerte jemand mit märchenhafter Ausdauer über dem Fenster des Abteils einen unerschöpflichen Kübel. Auch die Berge wurden in solchen Güssen von oben her angeschüttet. Das Wasser rann eilig und bachweise an ihnen herab, die ohne jedes Volumen waren, flach und alles eher als imposant, sehr beträchtliche undefinierbare Flächen. Der Zug sank zwischen ihnen tiefer wie im Fall, glitt in etwas ungeheuerlich Schemenhaftem zu Grunde, von dem sich empfindungsmäßig nichts weiter sagen ließ, als daß es kalt, irgendwie nebelkalt und aufs unangenehmste feucht war.

Loraine, die mit dem Taschentuch am Fenster herumgewischt hatte, starrte auf einen Punkt der vor Nässe undurchsichtigen Scheibe, als sei ihre Tätigkeit nicht zwecklos gewesen und sie erkenne dort endlich etwas, das Robert nur deshalb verborgen blieb, weil er nicht hinsehen wollte.

– Eines Tages entdeckt man eben, daß Freiheit ein Leerlauf ist, ein Selbstbetrug, dessen man sich schämt, daß es höchstens eine Art von Freiheit gibt, die Freiheit von etwas –

– Von jemandem, hörte Robert sich sagen, aber er sah noch immer an ihr vorbei.

– Also von jemandem, ja. Einmal bekommt man auch davon genug.

Hier ergaben sich mehrere Perspektiven. Robert wählte die ungefährlichste, er sagte harmlos:

– Für einen Militär hat er sich doch großartig benommen.

– Militär? Man übersieht wirklich keine Chance, mir Übles nachzusagen. Mein geschiedener Mann.

– Seit wann? Plötzlich sah Robert sie an, er wiederholte:

– Seit wann?

Ein Aufleuchten, der Ansatz zu einem Lächeln der Befriedigung; dann sagte Loraine sehr unbeteiligt zu der Scheibe:

– Erst vor kurzem. Von Kreta aus. Die Sache kam gerade vor unserer Abreise in Ordnung.

– Warum . . . ich meine – war da ein besonderer Anlaß?

Loraine starrte mit konzentrierter Abwesenheit auf die Scheibe und ihre Stimme konnte noch unbeteiligter werden:

– Ah, wahrscheinlich nur um nichts zu versäumen, das dir den Abschied schwieriger machen könnte.
Robert wußte im Augenblick, worauf sie hinauswollte, er verstand nur zu gut, aber er sagte:
– Ich verstehe nicht.
– Du siehst, wie bescheiden ich bin. Ich greife nach dem Alleräußerlichsten, der kleinste Strohhalm ist mir recht. Wirklich sehr bescheiden.
Er fühlte es in sich hochsteigen, zwiespältig und bedrohend, Zorn und – nein, nichts von Ablehnung und schon gar nichts, das mit Überlegung zu tun hatte, sondern eine Aggression, die zugriff, etwas Wütendes, das . . . nun es gab Beispiele genug, womit es endete, auch wenn sie ihre Beine nicht in dieser herausfordernden Entschlossenheit gegen ihn stemmte. Es war übrigens die einladendste Abwehr, die kampfbereiteste Gefügigkeit, die sich ausdenken ließ.
– Dieser . . . Nicht-Militär oder was er sonst ist, dein geschiedener Mann, der dich, ich weiß nicht wie lange schon tun läßt, was du willst – – plötzlich sagte Robert heftig und fühlte ein befremdetes Staunen, eine gewisse Betroffenheit, daß er es sagte – er hätte doch nicht einmal dagegen etwas gehabt, daß du dir diesen griechischen Burschen nachts ins Zelt –
– Sicherlich nicht. Vorausgesetzt, daß er es überhaupt bemerkt hätte. Hier kam jenes Lächeln wieder zum Vorschein, diesmal deutlicher, und sie sagte, ehe es verschwand:
– Aber du hast es bemerkt, du hast etwas dagegen gehabt.
– Nicht genug, nicht genug!
Robert fand seinen Ton unnötig schroff. Nicht die Art, die mir liegt, sagte er sich, sie holt das aus mir hervor, sie bringt mich dazu . . . merkwürdig, und dabei ist es nichts, das uns trennt, im Gegenteil. Ihre Blicke vermieden einander.
Sie begann wieder mit dem Taschentuch an der Scheibe zu wischen, als gelte es unter allen Umständen das Glas durchsichtig zu machen, einen Ausblick zu schaffen. Plötzlich fragte sie:
– Wie lange bist du eigentlich von daheim fort?
– Zwei Jahre . . . etwas länger.
– Du kommst zurück mit einem Pack Briefen und allerlei Erwartungen –
Er sah es ihr an, ihr war nicht wohl, während sie es mit Ironie versuchte. Trotzdem entgegnete er sofort:
– Ja – um den bekannten ›lebendigen Menschen‹ vorzufinden, der beiden nicht entspricht, ich weiß.

– Ich bin gar nicht so sicher.
Robert schwieg und Loraine lächelte viel zu unbefangen:
– Aber in Wien wollen wir jeden Abend in die Oper gehen.
Vielleicht war es nur die Gestalt, die mit der widerspenstigen Tür kämpfte, daß Robert fragte:
– Mit Sir Gerald?
– Ohne ihn. Und sofort abschwächend: Du hast doch in Wien zu tun?
Sir Gerald, der den Kampf mit der Tür siegreich bestanden hatte, tauchte vor ihnen auf, sie bemerkten plötzlich den Essensgeruch und daß der Speisewagen sich allmählich gefüllt hatte. Und nun wirkten die dampfenden Platten wie ein Labsal, eine verzweifelte Möglichkeit für die Illusion von Behagen und ein wenig Wärme. Robert half mit sehr viel Vöslauer Rotwein nach, während Loraine diese Illusion hauptsächlich aus ihrer Brandyflasche bezog, nur Sir Gerald schien das Wiener Schnitzel, das er vor sich auf dem Teller hatte, zu genügen.
Wahrscheinlich unterstützte es Sir Geralds Unempfindlichkeit gegen die Kälte, daß sein geistiges Ich schon seit Innsbruck den alpinen Juli mit dem mediterranen vertauscht hatte, denn der spätminoische Palastbau auf Kreta bot leider für das Fehlen aller Monumentalplastik nicht genügend überzeugende Argumente, während andererseits . . . An diesem ›andererseits‹ würgte Sir Gerald seit Jahren und es brachte ihm immer von neuem die Schweißtropfen auf die Stirn. Wie sahen bei Lichte betrachtet die Anhaltspunkte für die von ihm so schmerzlich vermißten Großfiguren eigentlich aus?
Robert, der das Thema bis in die entlegenste Variante längst auswendig kannte, zuckte die Achseln:
– Wenn wir sie gefunden hätten, würden sie wahrscheinlich in eine andere Periode gehören.
– Ihr habt sie aber nicht gefunden, ihr habt diesmal überhaupt nichts Nennenswertes gefunden, bemerkte Loraine mit sachlicher Schärfe.
– Ich würde das nicht so entschieden behaupten, entgegnete Sir Gerald, und die Antwort konnte beiden gelten.
Für Sir Gerald war noch manches andere bedeutungslos als Nässe und Kälte und die Zähigkeit eines Speisewagen-Menüs, wenn es sich um Probleme seines engeren Arbeitsgebietes handelte. Loraine hätte die moralische Berechtigung dafür, daß sie in Gesellschaft Sir Geralds reiste, nicht sinnfälliger in Frage stellen können,

als daß sie ihr Unbehagen immer weniger zu verbergen trachtete. Ja, es wurde wieder einmal deutlich und trotz Roberts betonter Unbefangenheit etwas schwierig zu übersehen, daß ihr Anteil an Sir Geralds Ausführungen sich höchstens auf Roberts Zukunftspläne bezog.

Würde Robert ihn begleiten? Der Herbst auf Kreta sei in mehr als einer Hinsicht verlockend. Vielleicht kam auch sie – aber wie gesagt, es stand noch in den Sternen . . .

Robert bemühte sich um eine entsprechende Teilung seiner Aufmerksamkeit, und sein Erfolg wäre fraglich gewesen, wenn Sir Gerald nicht zu den monologisierenden Lautdenkern gehört hätte, die bei intensiver Beschäftigung mit ihrem Thema sogar die körperliche Anwesenheit des Partners leicht entbehren.

Auch Robert ließ es auf die unbestimmteste Art in den Sternen, ob er im Herbst mit Sir Gerald nach Kreta ginge, namentlich während dieses österreichischen Aufenthaltes wollte er nichts unternehmen, das Loraine als eine Entscheidung in ihrem Sinne auffassen durfte. Er lehnte sich zurück, trank, und trug es angelegentlich zur Schau, wie sehr er unter der Kälte und unter Sir Geralds Ausführungen litt. Loraine machte daraus sofort eine verständnisvolle Gemeinschaft, und ehe sie fröstelnd den Mantel fester um sich zog, um sich gleichfalls schweigend zurückzulehnen, griff sie nach dem Glas Rotwein, das unberührt dastand, seit es ihr Robert gefüllt hatte, und leerte es in einem Zug.

Sir Geralds mächtige Hand vollführte zu seinen Vermutungen eine langsam nachformende Geste und ragte dann unbeweglich über der Tischkante auf wie der Torso einer Kolossalplastik, Robert mit Ausdauer vor Augen gehalten, als wäre es das endlich gefundene Beweisstück aus der minoischen Zeit. Sir Geralds Bewegungen hatten die Gepflogenheit, auf eine eigentümliche Art starr zu werden. Robert vermutete, daß es an den inhaltlichen Höhepunkten der Diskussion geschah, überhaupt in den Momenten heftiger innerer Beteiligung an einem Gedanken, aber es erging ihm wie jedesmal: plötzlich fiel ihm die regungslose Geste auf, ohne daß er hätte sagen können, wann sie begonnen hatte. Oft bemerkte Robert sie erst, wenn Sir Gerald schwieg, und dann kam es vor, daß dieser dem Blick Roberts folgend unter deutlichen Anzeichen von Befangenheit, ja der Beschämung, die sonderbare Erstarrung wieder in Fluß oder zu natürlicher Ruhe brachte. Robert sah also auf Sir Geralds fleischige Hand, an der die Finger mit den breiten eingewachsenen Nägeln wie beschwörend gespreizt

waren, eine Hand, übersät mit Sommersprossen und von roten Haaren bedeckt, robust und sensibel, eine bedachtsame und ausgesprochen unbrutale Hand.
Robert sah lange und nachdenklich hin.
Schließlich ertappte er sich dabei, daß seine Gedanken gar nicht bei Sir Geralds Hand waren, sondern sich mit Loraines Augen beschäftigten. Genau das gleiche Grau, das er heute morgen an ihren Strümpfen festgestellt hatte. Die Erinnerung wirkte irgendwie ernüchternd, was Loraines herbstliche Absichten betraf, als habe Robert zu der peinlichen Monotonie ihrer Schönheit eine letzte koloristische Ergänzung entdeckt, die sie endgültig ins Präraffaelitische hob. Man soll sich nicht mit einem Bild von Burne-Jones ins Bett legen, aber im Fall Loraines konnte man sich immerhin an die Beine halten. Und als hätte sie begriffen, wo ihre Chance war, fühlte er, wie jetzt unterm Tisch eines ihrer langen Läuferbeine zögernd zwischen dem Mantel hervortastete, bis es knapp neben dem seinen zur Ruhe kam.
– Aber da draußen sind ja Soldaten!
Waren sie ihr wirklich erst jetzt aufgefallen, oder fand sie, daß es für Robert genug sei? Jedenfalls verschwand das Bein, wobei sich – wäre der Tisch nicht gewesen – zweifellos die Möglichkeit ergeben hätte, mit einer plötzlichen Wendung zum Fenster alle Vermutungen bis übers Knie hinauf einwandfrei zu bestätigen. Robert wußte genau Bescheid, aber er würde sich nie sträuben, bei dem Spiel mitzutun.
– Warum eigentlich werden wir so bewacht? Glauben Sie, jemand tut unserem Zug was . . . bei dem Wetter!
Die Soldaten standen entlang des Geleises in Abständen von offenbar je einem Kilometer, ältere Männer, die der Regen in den Boden hineinwusch. Manche hatten sich ein paar alte Säcke über Kopf und Rücken gelegt und das sah, wenn auch nicht besonders militärisch, so doch nach einer Art Schutz gegen die Nässe aus. Was übrigens den militärischen Eindruck betraf, war da trotz der aufgepflanzten Bajonette einfach nichts zu wollen, die Leute trugen ein jämmerliches Durcheinander von schäbigem Zivil und defekten Uniformstücken.
Loraine sagte wie jemand, der einer Erinnerung nachhängt:
– Immerhin sind es Regierungstruppen. Weißt du noch . . . damals an der afghanischen Grenze, vor vier Jahren –
Sie wandte sich an Sir Gerald und kam nicht dazu, ihre afghanische Parallele auszuspinnen, denn Sir Gerald begann unter ihrem und

Roberts Blick wie ertappt seine Kolossalplastik unter den Tisch zu räumen, um sie als Hand, die eine gestopfte Pfeife hielt, wieder zum Vorschein zu bringen. Und während er mit einem Lächeln leichter Schüchternheit sich geneigt zeigte, Loraines exotische Vergleiche zu bestätigen, sagte Robert plötzlich:

– Lassen Sie sich durch die Geographie nur nicht beirren. Wir haben hier wirklich eine Art Afghanistan. Ich persönlich, wenn ich die Wahl hätte, würde das andere allerdings vorziehen.

Sir Gerald vergab seine Zustimmung statt an Loraine bereitwillig an Robert, der fand, sie sollte von diesem Lächeln trotz des kleinen Stichs ins Mokante eigentlich öfter Gebrauch machen, weil ihre Lippen dabei ein wenig voller wurden.

– Die Äußerungen über Ihr Land klingen nicht gerade nach Begeisterung.

– Nein, sagte Robert, gewiß nicht. Und das klang nach dem Wunsch, das Thema abzuschließen.

Sir Geralds Verlegenheit war nicht zu verkennen. Wenn er seine archäologische Einkreisung wieder einmal abgeblasen hatte, weil dort, wo die minoische Monumentalplastik hätte sein sollen, nichts war, ein leerer Fleck, der sich höchstens mit fadenscheinigen Hypothesen ausfüllen ließ, wenn er also bei diesem Punkt angelangt war, überwältigte ihn offenbar das Gefühl, daß er der Geduld seines Assistenten eine Revanche schuldig sei. Archäologen, auch wenn sie intelligent sind, neigen dazu, angesichts der verwirrten Gegenwart den geradezu ideal unkomplizierten staatspolitischen und sozialen Verhältnissen der von ihnen erforschten Frühkulturen resignierend nachzutrauern. Aber diesmal äußerte Sir Gerald nur einige Bemerkungen über die drastischen Methoden, von der politischen Freiheit Gebrauch zu machen, wie sie in einigen Ländern jetzt offenbar in Mode kämen, obwohl doch diese politische Freiheit heute sogar aus dem Unbewußten des Europäers nicht mehr wegzudenken sei und längst ihre bewährten Vorbilder habe.

Im Grunde hätte Robert anerkennen müssen, daß Sir Gerald Sätze voller sympathisch gemeinter Zugeständnisse waren. Zudem sprach aus ihnen eine nachgiebige Sanftmut, hinter der sich die Erwartung kaum verbarg, Robert würde wenigstens durch ein Lächeln andeuten, wie sehr er sich über den englischen Anteil an diesen Vorbildern im klaren sei. Aber Robert unterließ diese Verbeugung; statt dessen sagte er:

– Versuchen Sie sich doch eine Regierung vorzustellen, die jeden

einsperren läßt, der ihre Mitglieder für Dummköpfe und sogar für korrupte Dummköpfe hält.
Obwohl dies für Sir Gerald eine mißglückte Paradoxie war, die höchstens Nachsicht beanspruchen konnte, bemühte er sich dennoch zu lächeln:
– Aber Politiker sind doch zumeist Dummköpfe. Und was die Korruption anlangt . . . wahrscheinlich hängt sie davon ab, was auf dem Spiel steht. Bei einer gewissen Höhe der Beträge, wobei natürlich auch die Form der Übermittlung eine Rolle spielt, ist die Bezeichnung nicht mehr üblich.
Loraine lächelte unsicher:
– Erzählen Sie doch . . . sprechen wir von der Situation hier, in Ihrem Land – Robert sagte:
– Das haben wir gerade getan.
Sie war plötzlich sehr angeregt:
– Ah, man zeigt sich von einer neuen Seite – Sie stehen also bei der Opposition?
Ihre Augen schienen selbst im Aufglänzen ohne Tiefe, aber die Lippen brachten es fertig, ein wenig voller zu werden. Im Grunde gehörte sie zu den gräßlichen Weibern, bei denen es eine unterirdische Verkoppelung von Liebe und Kunst gibt und die Begeisterung über irgendwelche Kunstwerke die unerläßliche Voraussetzung ist, von der aus sie ins Erotische hinüberkippen. Ein Mann, der die kunstbegeisterte Phase nicht mitmacht, kommt bei ihnen überhaupt nicht in Betracht. Sie war in dem Alter der Frauen, an denen es auffällt, wie jung sie eigentlich aussehen. Gott mochte wissen, wie lange sie schon durch die Ruinen und Museen dieser Welt zog, und den Sprung von den Kunstwerken ins Erotische hatte sie wahrscheinlich mit den unterschiedlichsten Partnern probiert. Vielleicht war sie deshalb so geneigt, die alte Verkoppelung zu lösen und eine neue von der Politik her einzugehen. Es mußte an Roberts Art liegen, mit der er, übrigens unter Sir Geralds Beifall, sein Mißtrauen in politischen Dingen versicherte, daß sie herausfordernd blieb und dabei in einer wachsamen Abwehr, als fühlte sie, er würde diese Verkoppelung nicht mitmachen. Sie holte sich Gewißheit:
– Nun, setzen wir den Fall, daß Sie sich unbedingt entscheiden müßten. Wo würden Sie stehen?
Robert sagte in völlig verändertem Ton, ernst und mit einem Blick auf das Fenster, in dem außer dem Regen nichts zu erkennen war:

– Also Sie wünschen Klarheit . . . Ich dachte, Sie hätten einiges Verständnis für die Schwierigkeit, eine eindeutige Position zu beziehen –
Sie quittierte mit einem Augenaufschlag, zu kurz, um als Entgegnung zu gelten, aufmerksam und voll neugierigen Erstaunens. Aber Sir Gerald sagte, und es war außer Zweifel, daß er sich wieder in der minoischen Periode befand:
– Klarheit, ja . . . aber es kommt auf den Zeitpunkt an. Ob einer der Zwangsläufigkeit einer Idee folgt oder einfach ein verbohrter Narr ist –
Robert runzelte überrascht die Stirn. Bedeutete es, daß Sir Gerald seine gesuchte Großplastik verleugnete, sie aufgab, vielleicht mit ebenso heftigen Argumenten nun zum Verteidiger ihrer Nichtexistenz wurde?
Sir Gerald setzte fort:
– Bei unserem Geschäft ist da im Grunde nichts auszumachen. Wir kennen nur die Narren, die recht behalten und daher als gloriose Zeugen ihrer Forscher-Idee ausgerufen werden. Vielleicht gibt es den Punkt, den Augenblick gar nicht, wo der Weg sich spaltet und es sich entscheidet, ob man zu den einen oder zu den andern gehört. Wenn es ihn aber gibt, wie erkennt man ihn?
Loraine sagte wohlwollend, und ihre Zunge kam dabei für ein paar Sekunden lang und spitz zum Vorschein:
– Zweifellos ist die Neigung zu solchen Überlegungen auf deinem Gebiet ein Defekt. Die geistvollste Konzeption erscheint schließlich als Phantasterei, wenn sie von der Wirklichkeit nicht bestätigt wird. Weniger Geist und mehr Gefühl für die Realität, mein Lieber, darauf käme es an.
Sir Gerald sagte zwar:
– Realität und Historie, wenn die zwei zusammenkommen – Kind, ahnst du wenigstens, welche Monstrositäten sie dann zustandebringen? Trotzdem bemerkte Robert, daß Sir Geralds Augen nicht bei Loraine blieben, sondern zu ihm herüberglitten, sie und ihn in einem Ausdruck umfassend, dessen Mißtrauen schwer zu leugnen war. Robert versuchte die Bedeutung dieses Blicks dorthin zu wenden, wo sie dem Gedankengang gelten konnte, der Sir Gerald beschäftigte:
– Und wenn es von vornherein deutlich wäre, wenn wir einfach wüßten, wohin es uns einreiht, es wäre die Problemlosigkeit, der luftleere Raum, den es nicht gibt, die Gewißheit ohne den treibenden Impuls, es wäre – – ach, malen wir es uns aus: wenn wir mit

dem Wissen anfingen und die Mühe des Klarwerdens nicht brauchten!
Schon ein paar Minuten später sah Sir Gerald wiederum so aus, daß Robert sich einen diplomatischen Erfolg hätte zugutehalten können, wenn Sir Geralds unbeweglicher Arm, die Hand mit der Pfeife in der zum Mund hin plötzlich steckengebliebenen Bewegung nicht gewesen wäre. Loraine beobachtete Sir Gerald aus den Augenwinkeln, ehe sie sich an Robert wandte:
– Vielleicht interessiert es Sie, die Vorbehalte, die ich habe, zu hören – Robert nahm den Plaid von der Stuhllehne und wickelte ihn umständlich um ihre herausfordernd hingehaltenen Beine. Er entgegnete mit der gleichen gesenkten Stimme, fast flüsternd:
– Erwartest du, daß ich sie widerlege? Denn natürlich kann man sie widerlegen. Worte gegen Worte. Was soll damit entschieden werden?
Er fand seine Hantierung nicht am Platz, im Grunde beschämend, der fatale Kompromiß ja und nein, diese zur Schau getragene und trotz allem leicht erotisierte Gewalttätigkeit, mit der er ihre Beine wegschaffte, sie unsichtbar machte. Und während er noch unwillig zögerte sich zuzugeben, daß er damit seine Worte nur abschwächte, sagte sie bereits, als gäbe sie seinem Empfinden Ausdruck:
– Natürlich halte ich nichts von den Worten, schon eher mehr von der Art, wie du dich um meine Beine kümmerst. Das ist nicht nur aufschlußreicher, sondern auch verläßlicher.
Er sagte, und Ärger und etwas wie Unsicherheit gaben seinem Ton eine verletzende Schärfe:
– Wie gut wir uns kennen!
Ihre Antwort hätte spöttisch und sogar heiter sein können, aber sie klang anklägerisch, beinahe rachsüchtig:
– Liebe oder Gewohnheit? Oder – damit keiner zu kurz kommt und nicht gekränkt zu sein braucht – etwas Drittes, das wir da unten geschaffen, unter uns hervorgebracht haben und das wir selbst nicht benennen können oder nicht zu benennen wagen. Das jetzt, wo wir wieder in unsere normalen Verhältnisse zurückkehren, zerbricht – was einige Gleichgewichtsstörungen verursacht. Ja, es scheint wirklich, als ob es damit aus und vorbei sein müßte. Warum eigentlich?
Sie hatte mit stimmloser Heftigkeit gesprochen, unbedenklich, es war ihr und wie sich zeigte auch ihm gleichgültig, daß Sir Gerald neben ihnen saß und jedes Wort anhören konnte, wenn er wollte

und seine innere Beschäftigung mit sich selbst es zuließ. Der Sinn dessen, was sie meinte, oder die unverhüllte Art ihres Sprechens, mit der sie ihn gleichsam einlud, etwas, das sie fühlte und er fühlte, das beide in der gleichen Weise anging, ihr und sich klarzumachen? Er war plötzlich nah bei ihr, nicht nur körperlich, wie betroffen oder ergriffen von derselben Sache. Und trotzdem sagte er flüsternd, sie und er im gleichen Geheimnis, aber es klang zischend, das Wort Eifersucht würde zwischen ihnen nicht fallen, es würde nicht ausgesprochen werden, so deutlich, über allem Zweifel einfach war das, worum es ging, und sie wußte es und er wußte es, die Schlinge war bereits um sie geworfen und beide sahen sie und kannten ihre Bedeutung:

– Dieser griechische Bursche –

Sie fuhr zurück, wie um ihm besser ins Gesicht sehen zu können, überrascht, unfähig ihre Freude zu verbergen, und hatte schon auf der Zunge: du kommst heim, kehrst zurück zu einer, von der ich nicht einmal den Namen weiß, und trotzdem und wider Willen, und das ist das beste daran, bereitest du mir diesen Abschied – aber sie sagte und fühlte selbst, wie schlecht es ihr gelang, gleichgültig zu erscheinen:

– Ach, Kleon, du meinst offenbar Kleon –

Und nun bewirkte es der Ausdruck seines Gesichts, diese verzweifelte Ratlosigkeit – als gebe er es für immer auf, sich ihr verständlich zu machen –, daß sie eine andere Stimme bekam, als rede sie mit sich selber oder als wechsle sie die Ebene des Gesprächs:

– Jaja, entschuldige, ich weiß, daß es dir nicht um das Tatsächliche geht.

Aber was war das Tatsächliche? Das rote, schattenlos glühende Plateau mit den paar Korkeichen, unter denen es etwas Grasartiges gab, spröd und metallisch, Rispen aus dickem Messingdraht; die hastige Arbeit der Männer in den Morgen- und Abendstunden, die bleierne Reglosigkeit untertags hinter den Zeltwänden? Die Nachtbläue, umfassend und unergründlich, in der nicht die Menschen und Dinge, sondern die Gerüche das Eigentliche waren, der Geruch von Ziege und Weinschläuchen, von Käse und den schweißigen brünetten Körpern rings um die beizende Rauchsäule des Feuers aus dürren Agavenstengeln und Schafmist? Zwischen all dem gab es eine lautlose Zusammengehörigkeit. Laut setzte sie fort:

– Aber zwischen uns, aber mit euch gab es keine Zusammengehörigkeit, nicht mit ihm und erst recht nicht mit dir. Oh, sag nichts

gegen ihn – ihre Augen glitten völlig in die Winkel, Robert starrte in zwei Lidspalten, schreckhaft angefüllt mit blicklos schimmerndem bläulichem Weiß, während ihre Pupillen wachsam die Unbeteiligtheit Sir Geralds prüften: Er ist viel eher ein romantischer Gorilla als ein wissenschaftlicher Snob, und die Ausschließlichkeit, mit der er sich in eine Idee verbeißt, ist fürchterlich. Oh, wie es ihn quälen kann! So daß er es hie und da beiseite schaffen, es mildern muß oder auch nur für ein paar Stunden zu vergessen trachtet, wenn das überhaupt möglich ist, was ich aber nicht glaube. Dazu hat er nämlich sonderbarerweise mich. Er hätte wie du gewisse Ausflüge hinunter zum Hafen machen können oder sich in Herakleion all das beschaffen, was er ziemlich tief unterhalb des Herzens begehrt, jeden Jahrgang und in allen Nuancen, von der sogenannten Unberührtheit bis – also du bist im Bilde bis wohin, aber dazu braucht er tatsächlich mich. Vielleicht ist es dieselbe phantastische Vorstellung, die uns beide befallen hat, ich sage es ihm oft . . . wie mit einem Gorilla – jedenfalls attraktiv . . .
Ihre langen dünnen Lippen wölbten sich, der halbgeöffnete Mund, nachdenklich und wie im Ausdruck eines Gefühls, einer Erfahrung, für die es keine Worte gab, bebte, eine ganz leichte zitternde Bewegung, unter der ihre Lippen immer voller wurden, schien ihre Mitteilung fortzusetzen. Robert betrachtete sie erstaunt und gefesselt, auch er unter dem Einfluß dessen, was ihren Mund so veränderte, er sah fremd aus, wie einer andern gehörig, plötzlich bot die Wirklichkeit mehr als seine Wünsche für möglich hielten. Sie atmete tief auf, fast stöhnend:
– O ja, sehr attraktiv . . .
Und mit einemmal ihm das Gesicht zugewandt, wach und scharf:
– Daß mir vorkommt, ich habe meine drei Kinder in Mablethorpe als Folge von ein paar Wohltätigkeitstees gekriegt.
Hier wandte Robert ein wenig den Kopf nach Sir Gerald und erhaschte im Bruchteil einer Sekunde einen glasharten Blick der kleinen, tief zwischen faltigen Hautsäcken hervorquellenden Augen, aufmerksam, fern jeder Überraschung und zweifellos bei Loraines Ergüssen, aber sofort wieder gelöst ins Unbeteiligt-Selbstvergessene. Und weil dieser Blick Roberts besorgte Vorsicht festgestellt hatte und Sir Gerald weder leicht zu fassen noch zu überrumpeln war, erhob er sich jetzt, versunken in seine Gedanken, und bewirkte sogar in Robert für ein paar Augenblicke die

Überzeugung, es sei alles Täuschung und die Frucht seines schuldbewußten Mißtrauens gewesen.
Sie waren jetzt fast allein im Speisewagen. Während ihre Blicke Sir Gerald folgten, sagte Loraine ohne Bedenken, laut als riefe sie ihm nach:
– Das Thema langweilt ihn nämlich. Vielleicht war er so geduldig, weil er gehofft hat, was Neues zu hören, eine Variante, einen neuen Gesichtspunkt. Er ist wirklich ein Gorilla, deshalb ertrag ich ihn überall, sogar am Meer. Das Meer, du weißt es, ist für mich anders als ein Milieu, ein Aufenthalt. Der absolute Einklang ist es, der mich nicht erst zu unterwerfen braucht. Und wenn ich allein wäre . . . aber ich war eben nie allein, immer war er dabei – als Widerstand. Du lächelst – Robert betrachtete sie ernst, beinahe grüblerisch –, wenn ich sage: der Mann und das Meer, du findest, es gibt da keinen Vergleich, keine gemeinsame Möglichkeit. Da unten war das Meer weit weg, aber es gab eine Stelle, wo man zu einer bestimmten Zeit am Morgen und Abend sich einbildete es zu sehen, wenn diese krassen Übergangsfarben langsam weggelöscht wurden und der Horizontstreifen zart apfelgrün wurde, man fühlte es ganz nahe, obwohl es doch ziemlich weit weg, mindestens zehn Meilen entfernt war. Es roch lau und nach fremden Winden, Kleon sagte, es riecht afrikanisch. Er saß jeden Abend dort, ich habe es nur zu spät bemerkt, er blieb noch lange, wenn ich ging, ich habe darauf geachtet.
Robert sagte, als wolle er sie von einer Abschweifung zum Thema zurückführen:
– Genau genommen, war das Meer also gar nicht vorhanden. Der Bursche, dieser Kleon –
– Er saß und starrte auf den apfelgrünen Streifen, der das Meer sein konnte, und jenes einzige Mal, wo ich ganz nah an ihn heranging und ihn ansprach, sah ich, wie seine Nüstern bebten, wie er in den Wind hinaus witterte.
– Laß dabei das Meer aus dem Spiel. Das Meer war nicht da, offenbar war es deshalb für ihn so leicht, sich in deine Harmonie zu finden.
– Harmonie? Loraine lachte auf, davon war damals weit und breit keine Spur.
Sie sah ihn von unten her an, unaufrichtig, feindselig, als überlege sie, wo sie sich abgrenzen solle.
– Es war ein Fluchtversuch, sagte sie schließlich, und ich behaupte nicht, daß er gelungen ist.

Im Augenblick war ihr bewußt, daß sie zuviel preisgab, trotzdem setzte sie fort:
– Und was jetzt stattfindet, ist noch immer Flucht – ja, ich rede von mir! – aber diesmal wird sie gelingen.
Es war zuviel und es war falsch, aber das ließ sich nicht ändern. Sie starrte in Roberts gespannt zuwartendes Gesicht mit einer deutlichen Regung von Haß und erschrak in dem Gefühl, daß er ihr auflud, was sie außerstande war zu vergessen, ja ohne den Gedanken an Vergeltung auch nur zu ertragen.
– Mit zwei Männern leben wollen – da ist der dritte am Ende unvermeidlich.
Sie sah dabei von ihm weg, sie wußte, was er mit seinem Schweigen bezweckte. Sein Schweigen war von Sekunde zu Sekunde unerträglicher, nur um diesem Schweigen zu entgehen, würde sie also reden, in immer engeren Kreisen um die Hauptsache herum, bis sie schließlich . . . plötzlich lächelte sie, wach und bei sich, und verlangte eine Zigarette. Sie rauchten schweigend.
Ihr Blick aus den Augenwinkeln kam immer wieder, sie beobachtete ihn bis an den Rand gefüllt, berstend von dem Drang zu sprechen, sich zu erklären . . . Sein Gesicht, diese Gewißheit, daß er nur zu warten brauchte, machten es unmöglich. Vielleicht war das trocken und unsäglich Brennende in ihr – eine aushöhlende Trockenheit, sie füllte sich schon zum zweiten Mal das Glas und trank es in einem Zug leer –, das mühsam Niedergehaltene, der gegen jede vernünftige Einsicht triebhafte Wunsch alles zurückzuwenden, nur die natürliche Begleiterscheinung des Entschlusses, ihre Gemeinschaft zu beenden, an der jetzt, wo sie bald hinter ihr sein würde wie etwas Unwiederbringliches, vieles in Sehnsucht getaucht war und beinahe in Erfüllung. Aber gerade wegen des ›beinahe‹ war es notwendig, daß das Ganze vorbei und gewesen sei, wegen dieses ›beinahe‹ als Dauerzustand, als haardünne Grenze zwischen dem Verdämmern, dem Nichts, der Erschöpfung und der Verrücktheit, die nicht einmal ihre eigene schien, sondern zu Gerald gehörte. Sie fühlte es wie eine Art Erlösung, ein Hinüber- und Hinweggleiten, das nichts als Erinnerung war, scharf, sonderbar überdeutlich und dennoch wie im Traum, wenn das Eigentliche unter den letzten Hüllen des Tages hervortritt. Deshalb war es gleichgültig, ob sie weiter schwieg oder redete:
– Ich kam mir vor wie die Ursache seiner Verrücktheit und zugleich wie das Mittel dagegen, das sie in erträglichen Grenzen hielt. Erträglich für die andern: wie es um mich stand – sie

zerdrückte umständlich den Rest ihrer Zigarette und gab Robert einen Blick, der den seinen festhielt – danach hast du nicht gefragt. Du hast überhaupt zuwenig gefragt. Schon wenn er nach der Arbeit bei Tisch erschien, wußte ich, ob er nachts kommen würde. Hast du bemerkt, daß seine Augen an manchen Tagen wie blind aussehen? Als hätten sie keine Pupille, nur ein graues Häutchen, genau wie bei manchen Erblindeten. Dann ist es ganz schlimm, dann genügt der Alkohol nicht mehr, dann muß er mich noch dazu haben. Ich weiß nicht, ob ich es dir klarmachen kann, ob ich dazu imstande bin, wie hilflos er da ist . . . einfach fertig. Du kennst ihn ja nur, wie er tagsüber herumgeht, mit dieser wortlosen präpotenten Sicherheit, als wüßte er genau, wonach er euch graben läßt und wo es zu suchen ist, als sähe er es unter der Erde. Und das ist genauso echt wie das andere, wenn er nichts weiter ist, als was ein halbes Dutzend Flaschen und dieses aussichtslose Graben aus ihm gemacht haben.
Sie hielt inne, die Stirn gerunzelt, das Gesicht verzerrt und die Augen halb geschlossen wie in einer Anstrengung, die sie in der Erinnerung noch einmal durchlebte und die sich, trotzdem sie ihr seit langem vertraut war, nicht erklären, nicht begründen, jedenfalls dem andern nicht mitteilen ließ. Sie saß abgewandt, als sei ihr Gesicht im Widerspruch zu ihren Worten oder als seien ihre Worte zu schwächlich, zu farblos, um das, was sie mit jedem Zug ihres Gesichts ausdrückte, zu bestätigen. Ihre Lippen waren ganz schmal geworden, ein Schnitt oder ein Strich, sie hatte überhaupt keinen Mund mehr. Hinter diesem Schnitt oder Strich stöhnte sie und konnte sich verständlich machen:
– Mein Gott, ich verlange einfach, daß du mir glaubst! Mit einem Ruck wandte sie sich ihm zu, exaltiert, voller Feindschaft:
– Du mußt mir glauben, du mußt! Auch wenn ich unfähig bin, es so zu sagen, daß du es wirklich aufnimmst. Denk nur nicht, er hatte die Kraft von mir, der zu sein, als den du ihn bei Tag gesehen hast, denk nicht, daß er das sagte oder daß ich es mir einbildete. Alles liegt an seiner Hilflosigkeit, von der ich dir keine gute Vorstellung geben kann. Unmöglich, ihn da im Stich zu lassen. Unmöglich.
Wieder wartete sie und diesmal auffallend lange. Offenbar begleitete die Veränderung ihres Gesichts tatsächlich das, was in ihr vorging. Ihr Gesicht glättete sich, wurde straff und bekam einen Zug von Energie, etwas Entschiedenes. Sie sagte sehr ruhig, in einem Ton, der Robert neu war, es klang beinahe schüchtern:

– Und doch hätte ich es getan, ich hätte ihn von der Tür gejagt wie irgendeinen Betrunkenen. Ich war dazu entschlossen. – Gib mir eine Zigarette.
Sie rauchten beide, es war wie eine stumme Aussprache und es sah aus, als brächte sie auf diese Art etwas hinter sich. Plötzlich sagte sie abschließend, im Ton des Resümierens:
– Du hast es also nicht verlangt. Du bist nicht darauf eingegangen, sondern hast es vorgezogen, an diesen Tagen nach Herakleion zu fahren. Scirocco oder nicht Scirocco, es hat sich dir mitgeteilt, es war für jeden spürbar. Oh du –
Sie hob die Faust, nicht so sehr eine drohende Geste als der Versuch zu bezeichnen, was er ihr angetan und wie sie es gefühlt hatte. Sie sagte wie man etwas Innerstes preisgibt – nicht an Scham oder Selbstbehauptung, sondern den endgültigen Beweis, die ganze Tiefe des Widerstandes, die Größe des Opfers, dagegen es keinen Einwand mehr gibt und schon gar keine Rechtfertigung:
– Trotzdem habe ich ihn von der Tür gewiesen. Er blieb die Nacht über draußen liegen, die Leute haben ihn mit seinem Mantel zugedeckt. Rasch überflog sie sein Gesicht, als suchte sie die Spur, die Wirkung dieser Eröffnung, seine Reue, seine Scham, vielleicht sogar seinen Wunsch nach Verzeihung. Schließlich sagte sie sachlich, als sei, was sie vorzubringen habe, im Grunde eine Angelegenheit, die sie nichts mehr anging:
– Das war damals, als du vier Tage in Herakleion bliebst. Versuch nichts zu beschönigen, versuch vor allem nicht deine Ahnungslosigkeit als Argument zu gebrauchen. Sei still, laß mich reden, ich hab viel zu lange geschwiegen. Sag auch nicht, daß Gerald dich nicht interessiert, daß du Kleon meinst.
Hier brach sie ab, schwer atmend, Robert konnte annehmen, daß ihr zu Bewußtsein kam, was es sie kosten würde, jetzt von Kleon zu reden. Vielleicht auch war Robert mit schuld daran, er tat bei diesem Gespräch mehr als er gedurft hätte, um sich ins Unrecht zu setzen.
Später dachte sie an die zwiespältige Situation in dem feuchtkalten verödeten Speisewagen wie an eine Entscheidung, die herbeizuführen endlich gelungen war, obwohl doch überhaupt nichts entschieden, sondern von da ab alles nur noch verwickelter wurde. Sie hatte seit Kreta geschwiegen, aber warum schwieg sie gerade im unheilvollsten Augenblick, in der Sache, die Robert augenscheinlich für die wichtigste hielt und die ihn offenbar am meisten beschäftigte? Sie erklärte es sich damit, daß Robert ihr nie so tief

ins Antipathische, durch einen geradezu physischen Ekel ferngerückt war. Und jedesmal erinnerte sie sich an den Satz, der sozusagen die äußerste Grenze ihrer Abwendung, ihrer Enttäuschung und rachsüchtigen Verquältheit sichtbar machte, trotzdem sie niemals imstande war, sich den Satz selbst wörtlich zu vergegenwärtigen, Roberts Antwort (für die sie nur die Bezeichnung einer zynischen Dummheit gehabt hätte, für jeden andern hätte sie diese Bezeichnung gehabt, wenn eben der Einwand nicht von Robert gekommen wäre), der ungefähr die Bemerkung enthielt, daß Gerald ihn wenigstens in dieser Hinsicht nicht interessiere und überdies längst auf der Liste der Erlaubten stehe. Er sagte tatsächlich ›auf der Liste der Erlaubten‹, während also Kleon –. Er sagte nicht, ob von ihm erlaubt – es durchrieselte sie, glückselig und verheißungsvoll, sie wußte plötzlich, warum sie noch einen Versuch gemacht hatte weiterzureden, sich dazu zu bringen, daß er von Kleon ein halbwegs richtiges Bild bekam:
– Du hast ganz recht, das Meer war nicht da. Ich hatte damals ein großes Verlangen danach, oder auch nur nach dem, was du meinen ›vegetativen Zustand‹ nennst, von dem du immer behauptest, daß das Meer nur ein Vorwand ist ihn herbeizuführen, der ›Auslöser‹. Kleon war . . . kein Ersatz für den Vorwand, er war mehr als der ›Auslöser‹, er bedeutete die Sache selber, den Zustand –
Wohin geriet sie? Es durchfuhr sie schaudernd und mit einer Lähmung, die jedoch nur ihre Worte betraf, ihre Gedanken gingen in ungeahnter Schnelligkeit weiter. Diese Doppelverfassung aus äußerlichem Stillstand und innerer Bewegung, hellsichtig, mühelos und wie selbstverständlich das dunkle Geflecht ihrer Eitelkeiten, die schwächlichen Bastionen des Selbstbetrugs und die harten Mauern ihres Betrugs durchdringend, dauerte nicht lange, kaum länger als die Bemerkung Roberts, daß er in diesem Gespräch offenbar über Gerald alles und über Kleon nichts erfahre, aber es trotzdem nur ungern unterbreche. Er sagte ›unterbreche‹, nicht ›beende‹; sie begriff zunächst nicht, was er meinte, sie war erfüllt und völlig umschlossen von ihrem Gefühl, der Doppelverfassung, über sich selbst hinaus getragen und dennoch bei sich wie niemals früher, und sie *sah*, es war tatsächlich mehr ein Sehen als ein Denken und Vorstellen.
Die Ruhestunden im Zelt hatte *sie* eingeführt – sie hatten damals bereits ein Haus aus Steinen, dort wo sie gruben –, aber sie schlief im Zelt, vielmehr sie stellte sich schlafend, denn das Haus lag abseits und an dem Zelt mußte Robert vorbei, wenn er nach

Herakleion fuhr. Sie glaubte selbst daran, daß der Lärm des Wagens sie geweckt habe, wenn sie herauskam und sich erkundigte, was Robert vorhabe. Dann nahm sie ihren grellsten Schal – ein helles leuchtendes Rot – und machte sich sofort auf den Weg. Der Schal war weithin sichtbar, Robert hatte keine Möglichkeit sie *nicht* zu bemerken, ehe er im Bogen auf der andern Seite zwischen den ockerfarbenen Gesteinsblöcken verschwand. Einmal bildete sie sich sogar ein, er habe herübergewinkt. Seit damals wählte sie eine Abkürzung, auf der sie freilich nicht weniger deutlich von ihm gesehen werden konnte.

An der Stelle, wo Kleon saß, fiel eine Art Böschung steil ab, ein paar Handbreit Immortelle, Stechapfel, Aloe erstickten im Geröll, dann sank das Plateau in weiten, ganz flachen Bogen, rote geborstene Erde, silbergrau getupft von den Olivenbäumen, allmählich hinunter zu dem zarten, apfelgrünen Streifen, der nichts als das Meer sein konnte. Kleon oder was ihr Robert zurückgelassen hatte, was von ihm übrig war, die heiße trockene Luft, der glühende Stillstand vor dem Scirocco, diese lastende Unerträglichkeit, daß man hätte schreien mögen? Und einmal hatte sie tatsächlich geschrien. Sie ging in einiger Entfernung, Kleon saß immer am äußersten Rand, hinter seinem Rücken auf und ab und plötzlich schrie sie, ein schriller unartikulierter Laut, ein Hilferuf, eine splitternde Säule akustischer Angst – zugleich ein äußerster und grotesker Zwang, jedenfalls die einzige Möglichkeit, über die sie verfügte, ihn zu veranlassen, daß er sich umdrehte.

Wie sollte sie Robert klarmachen, daß Kleon sogar damals nicht die geringste Notiz von ihr genommen hatte? Sie stand da und blickte auf seinen Rücken, den nackten Oberkörper von der Farbe leicht nachgedunkelten Zitronenholzes, den langgestreckten Hinterkopf mit dem glanzlos dunklen Haar und wartete. Ihr Schrei brach ab und sie wartete noch immer.

Endlich hatte sie sich so weit, daß sie mit langsamen steifen Bewegungen auf ihn zuschritt. Sie mußte auf den äußersten Rand hinaus, wenn sie vor ihm stehen wollte, sie fühlte, wie seine Knie ihre Beine berührten. Er wandte auch jetzt nicht den Kopf, nicht der kleinste Zug ging über sein Gesicht, er hob nur den Blick, klappte seine bläulich dunklen Lider empor. Nicht die Spur von Neugier, Überraschung oder Spott, sie dachte sogar *daran,* auch Spott wäre von ihr aus möglich gewesen; wie unmöglich er von ihm aus war, erkannte sie erst ein, zwei Sekunden später. Er brauchte nichts zu erraten, weil er bereits *wußte,* dieser Eindruck,

der sich ihr sofort mit wortloser Eindringlichkeit mitteilte, blieb, wurde nicht stärker und nicht schwächer. Natürlich war es ihre Illusion, das, was sie in ihn hineinsah, sie sagte es sich oft genug und von Anfang an vergeblich. Alles war schon im ersten Augenblick wie festgelegt und für immer beschlossen.
Sie sah auf ihn nieder und es war selbstverständlich, daß sie den Schrei nicht getan und er ihn nicht gehört hatte. Sie fragte:
– Ist es das Meer?
Sie deutete nicht mit der Hand und wandte nicht den Kopf, während er kaum merklich die Lider senkte. Sie sagte noch, trotz allem ein wenig unter der Konvention, der Gewohnheit ein Gespräch zu führen:
– Sie mögen das Meer –?
Sie verstummte unter seinem Blick, mit einemmal war es maßlos peinlich, eine Entblößung, fast eine Demütigung, ihm ins Gesicht zu sehen, das keine Bewegung zeigte, überhaupt keine. Sie konnte einfach nicht mehr, es gab keinen andern Ausweg als sich neben ihm hinzukauern. Sie sahen beide hinaus aufs Meer, das nun tatsächlich vorhanden war, wenn auch nicht als etwas, das man sehen konnte, aber seine Wirkung war da. Es ergriff von ihr Besitz, wie es bereits von ihm Besitz ergriffen hatte.
War sie imstande, es Robert klarzumachen? Sie sagte:
– Kleon, das war . . . nun, wenn das Meer dagewesen wäre, jedenfalls hätte ich dann Kleon nicht gebraucht.
Was sie gebraucht hätte, gab es bei ihm am allerwenigsten. Sein lautloses Wegschieben jeder persönlichen Mitteilung, ein geradezu instinktmäßiges Ablehnen alles dessen, was ihr gewohntes Denken seit je erfüllt und bewegt hatte, jeder Beziehung, die aus den Bezirken des Gefühls und des Geistes geflochten ist. Was bei ihm galt, lag weit dahinter. Sie sagte:
– Diese Inselgriechen haben viel Orientalisches. Waren sie nicht jahrhundertelang unter türkischer Herrschaft?
Sie redete weiter, immer aussichtsloser hinein in Roberts befremdetes Gesicht:
– Schließlich beliebte es ihm, von einer Frau Gebrauch zu machen. Du warst in Herakleion und Gerald –
Plötzlich lachte sie auf, kurz, schneidend. Eine paradoxe Lust befiel sie, es ihm zu schildern.
Kleon, der vor ein paar Minuten schweigend, mit dieser gleitenden Ruhe und inneren Unberührbarkeit eingetreten war – und nun fiel es ihr auf: warum hatte sie damals das Zelt gemieden und

im Haus geschlafen, sogar die Abende zwischen den gemauerten Wänden verbracht? Wem gab sie die Chance, diesen stummen Hilferuf, wen wollte sie damit herbeizwingen? Draußen die Geräusche des Abends, eine monotone Stimme am Feuer, die Zurufe, echolos, dumpf, die Maultiere bei ihren Pflöcken zusammengedrängt, hie und da ein Schnauben, ein Hufschlag wie unter umwickelten Tüchern, noch nicht die lautlose Nacht, sondern die Viertelstunde, die ihr vorangeht, wenn der dünne orangene Streifen im Westen verblichen und die Welt wie das Innere einer riesigen bleifarbenen Kugel ist, weil die Sterne noch nicht da sind.
Ein paar Augenblicke des Atemanhaltens: bestimmt nicht Geralds schwerer schlürfender Schritt vor der Tür und die Klinke ganz sicher unbeweglich. Sie dachte an seinen Whiskygeruch, an die ›erblindeten‹ Augen, sie sah dabei auf die Tür, deren Klinke sich nicht bewegt hatte, sie sah hin und plötzlich ging sie auf die Tür zu und ihre Hand konnte die Klinke nicht niederdrücken, weil sie von außen festgehalten wurde. Der Widerstand draußen gab nach, Loraine riß die Tür auf.
Sie trat sofort beiseite, lud ihn nicht mit Worten ein – was hätte sie in dieser Situation sagen sollen? –, sondern trat beiseite, nichts hinderte Gerald hereinzukommen. Er konnte Kleon nicht sehen, aber zweifellos wußte er, daß Kleon im Zimmer war, wahrscheinlich war er ihm nachgegangen, sie hatten beide das gleiche Ziel und offenbar auch den gleichen Weg gehabt. Loraine und Gerald standen einander gegenüber, das heißt, Loraine stand seitlich an der Tür und sah in seine Augen mit den grauen Häutchen. Dann zuckte es einige Male in seinem verwüsteten Gesicht und er wandte sich wortlos um. Das war Gerald – ja! Sollte sie es Robert sagen, damit er etwa entgegnete, hartnäckig, unnachgiebig, weil er sie noch immer von dem, was ihr das Wichtigste und Eigentliche war, von sich selbst abhalten wollte oder weil Gerald ›auf der Liste der Erlaubten‹ stand, jedenfalls war es leicht möglich, daß er sagte:
– Ich denke, wir sollten allmählich mit Kleon beginnen. Und sie würde nervös, irritiert den Schlußpunkt setzen: – Gerald ist genug. Soll ich von zwei Männern reden, wo doch jeder von ihnen eine Liebeserklärung an dich ist? Laß Kleon aus dem Spiel, setz dafür das Meer ein, wenn du dich mit der Folge beschäftigen willst, statt dich für die Ursache zu interessieren.
Wie unsympathisch er im Grunde war! Sie fühlte sich so grausam

allein gelassen, daß ihr vielleicht wirklich keine andere Wahl blieb, als die Überlegene zu sein. Sie kannte die Spielregeln, es war eine erprobte Rolle: die Frau, die sich diesen Burschen, wie hieß er nur gleich, möglich, daß er tatsächlich Kleon hieß, einfach ins Zelt genommen hatte. Jämmerlich. Sie war zu tief unten, als daß sie vermocht hätte, Robert in seiner eigenen Mimikry entgegenzutreten. Rasch erhob sie sich, sah durchs Fenster, viel zu gleichgültig:

– Salzburg, sagte sie, wir fahren ein.

Loraine voran drängten sie an feuchten Lodenmänteln vorbei zu ihrem Abteil. Gerald wandte sich mit einem Blick an Robert:

– Ihr hattet einander eine Menge zu sagen.

Robert entgegnete:

– Ja, dabei haben wir mit dem Wichtigsten noch gar nicht begonnen.

Loraine sagte:

– Wir haben wieder einmal unsere Patience gelegt, zum hundertsten Mal rekapituliert, was wir längst wußten. Aber du kannst ruhig sein, sie ist auch diesmal nicht aufgegangen.

I

Der Gedanke, daß Hanna auf dem Perron wartete, isolierte ihn von allem, es stieg in ihm hoch und hüllte ihn ein, Erwartung und Bangheit; genau so als seien Loraine und Sir Gerald plötzlich ferne Erinnerungen. Loraine nahm ihm den Plaidriemen aus der Hand, schnallte ihn an ihrem Koffer fest:
– Oh, bemühen Sie sich nicht.
Wie zu einem unbekannten Mitreisenden. Was sie hinzusetzte, klang noch ärger; ihre Stimme, ihr Gesicht, hauptsächlich ihre Stimme:
– Sie sollten sich lieber beeilen.
Sie lächelte zu, freundlich gleichgültig, eine dünne Maske, durchsichtiger als Glas: jeden schob es auf das Geleise, das die Umstände verlangten und dessen fiktiven Sinn man hie und da behaupten muß, um geduldig mittun zu können. Gerald würde nach London fahren, um von der Akademie die Medaille, die dort seit dem Frühjahr auf ihn wartete, in Empfang zu nehmen, sie würde ihre Familie in Mablethorpe besuchen, Robert würde seine Verlobte oder Jugendgeliebte wiedersehen, vielleicht würde er sie sogar heiraten. Kurz, ihr Aufenthalt auf Kreta würde hauptsächlich eine Interessen- und Arbeits-Gemeinschaft mit vielen erinnerungswürdigen Episoden gewesen sein, eine nette Kameradschaft. Sie schwankte ein wenig und mußte sich festhalten.
Sonderbar dieser Kontakt, sogar jetzt noch – Robert fühlte betroffen, es gab keine Möglichkeit ihm zu entkommen. Als sei das Erfühlen gerade jener Regungen am intensivsten, die sie mit aller Sorgfalt voreinander zu verbergen trachteten. Der Regen war dünner geworden, Sir Gerald stellte lächelnd fest:
– Normales Wetter hier.
Loraine blickte hinaus, schon bei der Tür stand ein Wachposten. Angewidert stieß sie hervor:
– Immer noch diese Soldaten –
Robert sagte:
– Ja, offenbar bedeutet es etwas. Die Leute reden von nichts anderm.
Ein scheuer Blick den Perron entlang, eine Woge der Enttäuschung, die über ihm zusammenschlug. Sofort sah Loraine hilfsbereit um sich, sehr besorgt:

– Ach ja, die Freundin! Leider habe ich nicht das Vergnügen –
Peinlich, geradezu beschämend, daß sie einander so gut kannten, bis ins Intimste aufeinander eingespielt waren – nun glaubte sogar Sir Gerald, der Situation ein Ende machen zu müssen:
– Jedenfalls nehmen wir ein Zimmer für Sie.
Krampfhaft hielt Robert sich an die Kunst, die er in ihre geläufigen Rechte wieder einsetzte. Während er die beiden fürs Europe verlud, sagte er zu Loraine:
– Falls ihr also heute noch besichtigt . . . vor den Steinklötzen im Mirabellgarten tut ihr gut daran zu vergessen, daß Bernini je gelebt hat. Auch an der Domfassade dürft ihr vorbeigehen. Aber drinnen hört euch die Orgel an. Die ist ein Wunder.
Seine Bemühungen prallten ab, Loraine deutete lächelnd nach dem Perron, flüsterte:
– Vielleicht versuchst du es noch einmal. Es waren so viele Leute da. Ich kann einfach nicht glauben, daß sie nicht gekommen ist.
Aufatmend blieb Robert am Rand der Fahrbahn stehen. Sogar auf den Bruder bezog sich das Gefühl des uneingestandenen Vorwurfs, einer achtlosen Benachteiligung, obwohl er ihm seine Ankunft nur ganz ungefähr in Aussicht gestellt hatte. Er wandte sich gegen den Fluß; rechts und links die offenen Straßen, vertraut wie einst und immer gewesen, die grünen Jalousien, die roten Nelken und Pelargonien in den Fenstern, die Menschen – – mit den Menschen hatte es seine Schwierigkeit. War es nur seine Einstellung, die ihm die Gesichter so unfroh und verschlossen zeigte? Er begann auf die Vorübergehenden zu achten. Zu viel Militär, Offiziere mit wichtigtuerischer Selbstgefälligkeit; auch die Frauen schienen alle mit sorgenvollen Dingen beschäftigt und jeder hatte es eilig. Merkwürdig viel Bauern, Landvolk in Rudeln. Was machten die in der Stadt? Heut war kein Feiertag.
Drüben stieg der Berg in die Höh mit schweren dunstigen Regenfarben, die Luft war trotz ihrer Klarheit und Frische wie eine körperhafte Hülle über den Dingen. Wieder zog ein Trupp die Straße herauf, die Leute stauten sich in der altertümlichen Einfahrt, als seien sie hier verabredet, verschwanden polternd in der Stube. Dieser Lärm, an dem die Stimmen sonderbarerweise keinen Anteil hatten, verstärkte den Eindruck des Unfrohen und Niedergehaltenen, und Robert kämpfte dagegen an, bestätigte sich, wie sehr der Gang, die Haltung der Leute ihrer Lebensweise und Landschaft entsprach. Sie waren ganz von der schweren Arbeit im Gebirge geformt, die Kleidung gehörte unbedingt zu den Körpern,

die man sich lieber nicht nackt vorstellte, abgemergelt, mit langen sehnigen Armen und knochigen Fäusten. Zögernd setzten sie Fuß vor Fuß, schon die jungen ein wenig vorgebeugt, als gingen sie bergauf. Auch das war bedrückend, daß es nirgends eine Rundung an ihnen gab, alles war eckig und wie gegen einen immerwährenden Widerstand ausgespart, in den sich Robert auf eine unklare Weise und mit dem Gefühl einer vergeblichen Sympathie einbezogen fühlte – unwillkürlich folgte er ihnen in die Wirtschaft.
Er hatte eine grußbereite Miene aufgesetzt, das kontaktsuchende Lächeln, dem der Gebirgler gewöhnlich antwortet, aber sie schienen ihn kaum zu beachten. Ein vierschrötiger Mensch in Hemdärmeln, den vorstehenden Bauch unter der Weste, sah herüber, stellte denen, die zu trinken verlangt hatten, die Gläser hin, verschwand in der Küche.
Sie saßen schweigend um die Tische wie Leute, die warten. Robert bemerkte, daß jetzt aller Augen auf ihn gerichtet waren: keine Frage, kein Mißtrauen, nichts, das ein Einlenken verhieß, nur sture unpersönliche Feindschaft. Plötzlich stand einer vor ihm, sichtlich kein Bauer, Robert sah in ein augenbrauenloses fahlblondes Gesicht, nervös und verkniffen, auf die neue schweinslederne Aktentasche, begriff zunächst nicht, daß der Bursche zu den Leuten gehörte. Der Bursche sagte:
– Hier ist eine geschlossene Gesellschaft.
Und als Robert sich nicht gleich erhob, höhnisch:
– Hat der Herr vielleicht eine Einladung? Die müßten Sie erst einmal herzeigen.
Robert sagte:
– Ach so! setzte sich draußen in den Vorgarten, der durch ein paar schüttere Efeuwände gegen die Straße abgegrenzt war und den Blick über den Fluß freigab. Der Wind hatte die Wolken gegen die Berge geschoben, durch den Spalt wuchs zusehends und unaufhaltsam ein gigantisches Stück Bläue herein und war wie ein Trost und der endliche Durchbruch seiner Heimkehrfreude. – Vernebelt und niedergehalten von der Sorge um Hanna, die nicht gekommen war. Eine Verzögerung, ein Zufall, eine Kette fataler Umstände? – Bis er auf die beiden Polizisten aufmerksam wurde. Sie waren offenbar auf ihrem Dienstgang, schlenderten den Vorgarten entlang, betrachteten Robert lange und ungeniert, warfen einen Blick in die Gaststube, betrachteten Robert noch einmal, der nun gleichfalls durchs Fenster in die Stube sah, wo der Fahlblonde auf die Leute einredete und aus seiner Aktentasche beschriebene Zet-

tel verteilte. Einen Augenblick schien es, als begegneten ihre Blicke einander, als nehme der Bursche ärgerlich von Robert Notiz. Er machte eine heftige Armbewegung gegen den Schanktisch, dann erschien der Wirt unterm Vordach, schob seinen Bauch umständlich heran, lächelte hinterhältig:
– Hier heraußen wird nicht serviert, leider.
Roberts Blick glitt über die weißgestrichenen Tische und Stühle. Der Wirt sagte:
– Nämlich . . . dieser Teil ist gesperrt.
Plötzlich war es kein Zufall, daß die beiden Polizisten abwartend im Rücken Roberts hinter dem Efeu standen. Robert sah nicht, was sie mit den Augen herüberschickten, aber er sah, was im Blick des Wirtes hinüberging. Er stand auf, schlug unwillkürlich den Weg zum Hotel ein, übellaunig, bedrückt, weil der alberne Vorfall solche Macht über ihn hatte. Fast schien es, daß er in einer unfaßbaren Weise mit Hanna zusammenhing, die nicht gekommen war. Warum, was konnte die Ursache sein? Er trieb dahin, etwas wie trotzige Befriedigung auf dem Grund seiner Enttäuschung, in einem Alleinsein, dessen Unabänderlichkeit ihm die Umstände wieder einmal nahegebracht hatten. Durch eine Wolke von Bitterkeit bemerkte er die Ansammlungen, wich ihnen aus. Immer standen beobachtend zwei Polizisten dabei, als gehörten sie dazu und hätten die Aufgabe, die fast wortlos beieinander Stehenden zu beschützen, Robert und seinesgleichen – wenn es sie gab – fernzuhalten. Aber offenbar gab es sie nicht, Robert war der einzige, der ausgeschlossen blieb.
Die Häuserwand entlang schob er sich durch die Ladentür. Es hätte ihm zu allem Anfang auffallen müssen, daß zuviel Leute drin waren. Sie fluteten bis auf die Straße heraus, wo die eigentliche Angelegenheit stattfand, keine Auseinandersetzung, nichts, das der Meinungsäußerung oder überhaupt der Worte bedurfte, sie waren von etwas Unverständlich-Feindseligem zusammengehalten, ein Knäuel aus bösartiger Verhaltenheit und hämischer Freude, die sofort im Gelächter aufbrach, wenn einer hie und da einen Ruf ausstieß, der für sie eine besondere Bedeutung haben mußte.
Während er nach vorn drängte, musterten sie ihn mit unguter Neugierde, stellten ihm immer wieder ihre unnachgiebigen Rükken in den Weg. Vielleicht verlangte Robert die Zigaretten deshalb mit ein wenig erhobener Stimme, auf eine Art, die sein Außerhalbstehen unterstrich, als wollte er ihnen seine Neutralität so

nachdrücklich, als die Umstände es erlaubten, zur Kenntnis bringen, während es sich rings um ihn zusammenzog, ihn bereits als Feind ausersehen hatte, ihm geübt und unentrinnbar die Rolle des Auslösers zuwies. Sogar mit dem verdeckten süßlichen Lächeln der Verkäuferin:

– Amerikanische Zigaretten? Ach, der Herr ist wohl Ausländer?

Zugegeben, für einen, der jahrelang fort gewesen war, mochte es schwer, vielleicht sogar unmöglich sein, sich in den neuen Verhältnissen zurechtzufinden. Trotzdem: er hatte sich wie ein Idiot benommen, nicht eine Sekunde begriffen, wo seine Chance war. Statt sich als Ausländer zu geben – einen Ausländer verprügelt man nicht, man lockt ihm das Geld aus der Tasche –, tat Robert alles, das Mißverständnis, das ihn zweifellos gerettet hätte, aufzuklären.

Es war ihm nachher unmöglich, sich zu erinnern, ob die Verkäuferin die Frage wiederholt hatte oder der Mann vor ihm, dessen Hand – eine auffallend große harte und, wie ihm vorkam, sehr kräftige Hand – Robert gleich darauf im Gesicht fühlte. Jedenfalls drehte der Mann sich sofort um, kaum daß Robert die Stimme erhoben hatte. Wahrscheinlich aber war, daß er überhaupt nichts redete, er schlug nur zu.

Doch die Frage, ob Robert Ausländer sei, war mehrmals gestellt worden, von wem, war schließlich gleichgültig. Wichtig und unbegreiflich hingegen schien, daß Robert immer wieder versicherte, er sei Österreicher, obwohl ihm das die erste Ohrfeige eingetragen hatte. Er begriff zunächst tatsächlich nicht, daß sie ihn deshalb schlugen, und wenn er dann aufhörte, es ihnen entgegenzuhalten, so darum, weil einer, auf den die Fausthiebe immer dichter eindringen, jeden Versuch sich mitzuteilen schließlich aufgibt.

– Österreicher, hoho, hohoho, er ist Österreicher, schaut ihn euch an, ausgerechnet Österreicher, hohooo!

Alle waren offenbar mit Genuß bei der Sache, nicht nur was die Kehlen, sondern auch was die Fäuste betraf.

Es mußten ein paar Fußballer unter ihnen sein, sie schleuderten ihn einander zu, im Zickzack passierte er das ganze Rudel, sie machten das sehr geschickt, unter Ausrufen der Entrüstung, als sei er der Angreifer, stießen ihn zurück und fanden noch Gelegenheit, während er im Bogen unterwegs war, ein paar Faustschläge anzubringen. Er rutschte ein Stück in der Abflußrinne und landete genau über dem Kanalgitter. Zunächst blieb er regungslos liegen. Nachher erinnerte er sich, daß diese zwei, drei Minuten jeder Lärm wie mit einem Schlag aufgehört hatte, und noch als er sich erhob, war es, als blickten alle, wahrscheinlich nichts weniger als besorgt, aber doch in einer gemeinsamen Aufmerksamkeit, zu ihm herüber. Wankend mußte er erst ein paar Schritte tun – natürlich sah er viel ärger aus als er tatsächlich zugerichtet war –, damit das Gegröl von neuem begann: noch immer Wut und Schadenfreude, während er für die eigene Vorstellung auch später nur ein Bild albernster Ratlosigkeit bot.

Robert wischte sich die dicke warme Flüssigkeit von Mund und Augen, hauptsächlich aber von der Nase, der einzigen Stelle, an der er ausgesprochenen Schmerz empfand, ein heftiges Stechen im oder unterm Nasenbein. Während seine Augen suchend umhergingen, nieste er zweimal sehr kräftig und bewirkte damit offenbar bei seinen Zuschauern den Durchbruch des Komischen, ihr Gelächter wollte kein Ende nehmen.

Er blickte straßenauf, straßenab; wie sehr er sich auch anstrengte, die beiden Polizisten waren wie vom Erdboden verschwunden. Schließlich wankte er davon, spuckte den blutigen Schleim aus, der ihm Atem und Stimme nahm, wiederholte mehrere Male den röchelnd-mißglückten Versuch, die Polizei herbeizurufen. Ja, er kam gar nicht darauf, sich seines Verhaltens – vor sich selber – zu schämen, sondern rief nach der Polizei, als erwarte er, sie werde ihm die Prügel abnehmen oder gegen die einschreiten, die sie ihm verabreicht hatten. Daß er die zwei Polizisten, die er in unentschlossener Haltung hinterm Eck der nächsten Seitengasse entdeckte, mitzukommen bewog, war vielleicht noch verständlich, aber daß er angesichts des erwartungsvollen Haufens, der sie geradezu genußsüchtig umdrängte, die Sache nicht sofort aufgab, gehörte zu den Dingen, für die er auch nachher keine Entschuldigung fand.

– Jawoll! Der Polizist zog ein in schwarze Wachsleinwand gebundenes Buch hervor, leckte an dem kurzen Bleistift. Zuerst also die Personalien, jawoll.

Offenbar waren beide von Roberts Aussehen nicht im mindesten beeindruckt.

– Sie haben doch Zeugen?

In dem Haufen bildete sich eine Gasse, einer, der die meisten um einen Kopf überragte, kam nach vorn. Ein dunkles mageres Gesicht, von einer vielleicht durch eine gewisse Schläue im Blick, durch den Ausdruck des Mundes verdeckten Brutalität:

– Es sind Zeugen genug da.

Die Polizisten schlugen die Absätze zusammen, währen sie mit abgehackt-heftiger Handbewegung salutierten.
– Jawoll! Als entgegneten sie einem Vorgesetzten.
Der Mann sagte mit einer halben Kopfwendung:
– Wen hat er gestoßen? Ist jemand verletzt?
Es erwies sich, daß Robert wie ein Tobsüchtiger unter ihnen gewütet hatte. Dutzendweise deuteten sie auf Hüften, Schultern und Beine, machten sich erbötig, ihre blauen Flecken herzuzeigen.
– Er muß unbedingt besoffen sein. Führt ihn ab, den Besoffenen. Natürlich ist er besoffen!
– Jawoll! sagten die Polizisten.
Die Szene verlief so, daß sie unmöglich zum Beweis von Roberts rascher Auffassung dienen konnte. Auch als plötzlich noch zwei Polizisten dastanden, war er weit davon entfernt zu begreifen, wo das hinauswollte. Die neuen Polizisten waren sehr freundlich, sie nährten in ihm den Glauben, daß das Ganze seinetwegen stattfinde und er die Hauptperson sei. Sie sagten, wenn er sie anredete, sofort ›Zu Befehl‹ und ›Bitte sehr‹. Aber Robert wandte sich an alle vier:
– Sehen Sie sich das an! Er deutete auf sein Gesicht.
– Jawoll, wir werden sofort herauskriegen, wer da der Schuldige ist, jawoll . . .
– Bitte sehr, wir wissen es nämlich schon, wir sehen es genau. Mit beziehungsvollem Blick auf seinen Kollegen:
– Nicht wahr?! Ganz genau.
Erst später ging es Robert auf, daß er hier an politische Gegner geraten war, die ihr symbolisches ›Jawoll‹ und ›Bitte sehr‹ gegeneinander schleuderten. Der ältere der beiden Neuangekommenen holte jetzt mit überlegener Umständlichkeit ebenfalls solch ein in Wachsleinwand gebundenes Buch hervor, in seinen Augen sammelte sich ein wenig Ironie, die er zu den gegnerischen Kollegen hinüberschickte:
– Bitte sehr . . . wie konnte das überhaupt passieren? Warum seid ihr nicht rechtzeitig eingeschritten? Ich muß darüber Meldung erstatten. Sofort trat der jüngere der beiden andern drohend vor:
– Wir werden es melden, jawoll! Wir sind doch gerade dabei, einzuschreiten. Wißt ihr denn, was passiert wäre, wenn wir nicht –
– Lächerlich! Eigentlich müßt' man euch auf der Stelle abführen.
– Probiert's doch! Wahrscheinlich habt ihr die Beweise schon in der Tasche. Also . . . traut euch endlich –

Es blieb auch Robert nicht verborgen, daß die Beteiligten einer möglichst untheoretischen Austragung zustrebten, er merkte sogar, daß seine Rolle als Auslöser beendet und er für beide Teile jedes Interesse eingebüßt hatte. Offenbar war das auch die Meinung des Chauffeurs, der sein Taxi aus keinem andern Grund angehalten hatte als um festzustellen, was los sei. Er erfaßte es bedeutend rascher als Robert, denn er fuhr jetzt knapp an ihn heran und stieß die Tür auf. Aber das war nicht genug, er mußte Robert noch zurufen:
– Na, steigen S' doch endlich ein, Herr! Oder glauben S', daß da für Sie was andres herausschaut als noch eine Tracht Prügel?!
Nun stieg Robert ein, und während der Mann schnell davon fuhr, versuchte er sich ein wenig zu reinigen und zurechtzumachen.
Aber vor dem Hotel griff er unwillkürlich wieder nach der Klinke der Wagentür: ringsum war die gleiche Art von Leuten wie die, die ihn verprügelt hatten. Der Chauffeur sagte:
– Der rückwärtige Seiteneingang. Das Hotel ist nämlich geteilt worden vor ein paar Tagen. Es ist vielleicht besser, Sie gehen hier durch bei den Einheimischen.
Robert entkam in sein Zimmer, immer im Gefühl eines Unfalls, bei dem er nur deshalb eine jämmerliche Rolle gespielt hatte, weil er ihm im Grunde auch jetzt noch verständnislos gegenüberstand, nahm ein heißes Bad, besichtigte eingehend die roten Flecken, von denen manche bereits ins Bläuliche gingen, überklebte einen Riß vom linken Backenknochen zur Schläfe hinauf. Zum Glück war die Nase in Ordnung, auch der Schmerz hatte nachgelassen; aber die linke Wange schien ein wenig geschwollen. Er legte sich mit einem Umschlag auf den Diwan, sprang auf, ging nervös rauchend auf und ab.
Unmöglich, das falsche Spiel vor sich selber fortzusetzen, das Ganze zu bagatellisieren, als ob es ihn allein betreffe. Denn es war unabweisbar, daß der Vorfall Hanna auf eine beängstigende und gar nicht recht faßbare Weise mit einbezog. Hanna, die nicht gekommen war und dafür Gründe hatte, von denen er einen noch am Leib verspürte. Fast als müßte er sie aufsuchen, nicht um sie zu bewahren – eine dunkle erregende Evidenz, die gefühlsmäßige Gewißheit, daß er dazu völlig außerstande sei –, sondern um dabei zu sein, wenn ihr widerfuhr, was ihr im Grunde durch ihn bevorstand. Er erschrak über soviel Schuldgefühl – nicht Loraine, natürlich nicht Loraine, aber vielleicht eine andere, die es irgendwo gab und er kannte sie nicht, würde ihr nie begegnen, nur mit einer

Vorahnung brachte sie sich zur Geltung, eigentlich war sie überhaupt nichts weiter als die Angst vor dem Endgültigen, Verlokkung und Verzicht, die quälend aufsteigen, jedesmal wenn die Entscheidung fällt. Wieviel von der andern, die es nicht gab, das war ihre Kraft, ihr nie versagendes Geheimnis, würde Hanna wirkungslos machen? Warum tat er als glaubte er, daß gerade Hanna die andere auslöschen würde, daß sie dazu imstande sei?
Er ging hastig aus dem Zimmer, als gelte es sich Klarheit zu verschaffen, die Entscheidung auf der Stelle herbeizuführen, ging hinüber in den Trakt der Einheimischen, sträubte sich gegen ihre unverständliche Geschäftigkeit. Gänge, Halle und Saal überfüllt, zumeist mit dem, was man hier ›Intelligenz‹ nannte, Bauern, die ein paar Jahre Hörsäle und schließlich die Examen passiert hatten, und jetzt denen, die nur die Schulbank ihres Gebirgsdorfes kannten, die Streithändel führten oder Vieh und Kinder kurierten. Robert hielt den erstbesten an:
Ob er um eine Auskunft bitten dürfe? Er habe jemanden an der Bahn erwartet, umsonst, leider. Ob das mit den – – unwillkürlich gab er sich als Eingeweihter, lächelnd – also mit den Ereignissen zusammenhing?
Der Mann, vielleicht Anwalt oder Beamter, schwankte sichtlich zwischen Mitteilungsbedürfnis und Vorsicht, da beging Robert einen Fehler:
– Vielleicht ist es gefährlich oder überhaupt unmöglich durchzukommen?
Der Mann lachte wie über einen Witz:
– Wegen der Soldaten? Oder meinen Sie wegen der paar Geheimen?
Plötzlich streifte er mißtrauisch Roberts Flanellhose:
Der Herr ist kein Hiesiger? Von auswärts?
Robert sagte:
– Aus Wien.
Und wußte im Augenblick, daß er nichts erfahren würde. Mit einemmal war die ganze verhaltene Erregung der Stadt, die wie im Kreis verlaufende Unruhe nicht mehr so sinnlos und unverständlich, ja sie schien hier im Hotel konzentriert und auf ihren Ausbruch zu warten.
Der Mann sagte:
– Kann sein, daß es endlich losgeht.
Und ließ Robert stehen.
Bedrohlich und nicht zu fassen und vielleicht doch nur ein fremder,

durch einen verborgenen Mechanismus in Bewegung gesetzter Bilderbogen, von dem Robert ausgeschlossen war und sich aus einer rätselhaften Neugier sträubte, in der Rolle des unbeteiligten Zuschauers zu bleiben, so daß die jäh aufschießende Freude eigentlich gar nicht dem Erkennen des Bruders galt, sondern der unverhofften Möglichkeit, dieses Gefühl aus fremd und vertraut endlich loszuwerden, hineinzuschlüpfen in den Bilderbogen und seine abgesonderte Wirklichkeit.
Der Bruder zeigte keinerlei Erstaunen, er fragte:
– Wo hast du denn die Schramme her?
Der eine Begleiter, sehr mager, Glatze, eisgraue Bartbürste, zu straff in dem neuen Steireranzug; ein Diplomat, von dem die Blätter jetzt häufig Aufnahmen brachten, lächelte:
– Unfall jehabt, wie?
Robert war überraschter als er sich zugab, aber er atmete auf. Wenn *der* hier anzutreffen war, konnte es sich unmöglich um mehr als eine innerpolitische Radau-Angelegenheit handeln. Der andere lachte heraus:
– Ah, Sie sind doch der . . . wir haben Sie nämlich schon gesehen, nicht wahr, Baron, auf der Stiege, na, Sie haben gut ausgeschaut.
Die welken Wangen des Barons schoben sich in tiefe Falten, die Lippen legten ein falsches Gebiß bloß. Robert sagte:
– Ja . . . offenbar eine Art Ovation für den Heimkehrer.
Es zeigte sich, daß der andere die Komik des Ereignisses noch nicht annähernd ausgeschöpft hatte:
– Na, Sie sind grad im richtigen Moment gekommen.
Robert wandte sich an die Bartbürste:
– Ich muß gestehen – der Kontakt war recht innig.
Das Lachen des anderen stieg an:
– Da hat man Sie wahrscheinlich für einen Ausländer gehalten!
– Im Gegenteil, für einen Inländer. Ich war so unvorsichtig, sie nicht im Zweifel zu lassen.
Dies schien der Höhepunkt. Der Mann lachte, daß aus seinen kleinen entzündeten Augen zwei Tränen kamen, die sich eine Weile auf den festen blauroten Wangen hielten, ehe sie in dem kurzen blonden Vollbart verschwanden.
– Also dann sicher für ein Regierungsmitglied, unbedingt für ein Regierungsmitglied! Sie haben ganz danach ausgeschaut . . . nämlich nachher.
Der Bruder zog einen Schlüssel aus der Tasche, stieß eine Tür auf.

Auf dem Tisch war eine Karte ausgebreitet, ein Stoß graublauer Kuverts und beschriebener Zettel lag daneben. Die Zettel sahen aus wie Seiten von Schulheften, saubere Kurrentschrift mit deutlichen Buchstaben, sichtlich Anweisungen für Leute, die mit dem Lesen Schwierigkeiten hatten.
Einer, der die Höhe hinter sich hat und die Züge des Alters schon mehr als angedeutet zur Schau trägt, die Nase kantig vorspringend, die Schläfen weiß, mit einem zusammengerafften und sonderbar vergleitenden Ausdruck von Energie, die den Verzicht, das Scheitern eines individuellen Lebensplans nicht wahrhaben will. Robert sah auf die dicke blaue Ader, die sich in dem schütteren Weiß verlor, der Bruder trug das Haar nicht mehr so kurz geschoren wie früher. Sie standen beide da, gehässig und einander längst entglitten, aber in Robert stieg es auf, willfährig und doch nicht in seiner Macht, ein Wunsch, eine Verlegenheit – vielleicht machte es, oh, nicht die lange Trennung, sondern das, wobei der Bruder mittat, was hier auf dem Spiel stand, daß die Hüllen nachgaben und die gemeinsame Tiefe sich rührte: noch um eine Kluft mehr, die es nicht geben durfte, wenigstens diese nicht – –
Der Bruder wartete noch immer. Schließlich fragte Robert, nur um überhaupt etwas zu sagen, endlich zu beginnen, fragte mit gequälter Harmlosigkeit, obwohl es da keiner Frage bedurfte:
– Was waren das für Leute?
– Welche Leute?
Was die Worte nicht vermochten, besorgte das Gesicht – unverdeckt, kühl belustigt, abweisend. Robert sagte sofort:
– Auch die Politik kann ein Mittel sein . . . er hielt inne, aber es kam aus ihm hervor und riß ihn mit – sein bisheriges Leben zu rechtfertigen, seine Mißerfolge zu verleugnen!
Er sagte ›Mißerfolge‹, er hätte sich die Zunge abbeißen mögen. Es war das Wort, das nicht fallen durfte, nicht in dieser Unterredung und nicht vor Felix. Auch nachher war er überzeugt, es hatte alles verdorben. Könnte er es nur anders und möglichst erschöpfend ausdrücken, gäbe es die Bezeichnung dafür, die Antwort wäre nicht dieses Lächeln, ›aber du, du hast aus deinem Leben gemacht, was du wolltest‹, nicht diese Ironie, die hämische Geste, mit der ihm der Bruder den Stuhl hinschob:
– Ah, es ist dir aufgegangen. Was hier geschieht, hat also mit Politik zu tun?!
Robert wurde eindringlich, auf die Gefahr hin, daß Felix es für eine Entgleisung ins Überlegene oder einfach für Arroganz nahm:

– Ich behaupte nicht, daß es deine letzte Zuflucht ist, denn das ist es nicht, für dich nicht. Vielleicht macht es nur das Leben hier, in dieser Enge . . .
Wie in einer allgemeinen Betrachtung und doch zögernd, als wage er zuviel:
– Wo die Gewalt sozusagen in der Luft liegt, greift jeder danach. Der, der einen über das einzelne hinausweisenden Sinn verwirklichen will, und der, der einfach darauf aus ist, sich eine kleine Selbsterhöhung zu verschaffen.
Etwas in ihm wollte die Zurückweisung im Gesicht des Bruders, diese unbedenkliche Sucht, zu verletzen, nicht wahrhaben. Felix lächelte höhnisch:
– Allerdings, du hast es noch jedesmal verstanden, dir den Erfolg hintenherum zu verschaffen. Du weißt, wo das Risiko beginnt und biegst aus. Das ist offenbar Veranlagung. Ich erinnere mich, schon als Kind – Er brach ab; als dränge sich in ihm mehr empor, als er auszusprechen vermochte.
Schon als Kind –? Dies war die Rechtfertigung auch des vernichtendsten Schlages, das Zeichen der Liebe über jeder Wunde. Die wahre Erbarmungslosigkeit beginnt mit dem Kampf in der gemeinsamen Spielecke. Und nicht einmal die hatte es gegeben, sondern nur die spöttische oder gewalttätige, aber immer verächtliche Herablassung des um elf Jahre älteren. Roberts Stimme klang gepreßt, tonlos-unwirklich vor mühsamem Ansichhalten:
– Sich im Kielwasser ausländischer Gönner behaupten . . . er hätte herausschreien mögen: Was weißt du davon, was weißt du überhaupt von mir! Er sagte: Jeder Erfolg hat seinen Preis, es muß nicht gerade Geld sein. Vielleicht war dennoch etwas in seiner Stimme, das dieses Aufzucken im Blick des Bruders bewirkt hatte, eine dünne Flamme der Einsicht hinter dem schonungslosen Belauern.
Aber es kam anders:
– Die Wissenschaft ist eine ausgezeichnete Attrappe. Wer faßt da Verdacht, wenn andere für einen zahlen! Obzwar du in den Mitteln nie wählerisch warst –
Noch die schändlichste Beleidigung durch den Bruder ist der Beweis innerster Nähe, kommt von dorther, wo vielleicht jede allzugroße Vertrautheit in Haß umschlägt. Wie ihm verständlich machen, was in ihm ist, unter einer Decke, dünner als dünnstes Papier, man muß es nur aussprechen und er weiß es, hat es seit je gewußt. Robert entgegnete:

– Versuchen wir doch ausnahmsweise einmal ein bißchen gerecht gegeneinander zu sein.
Er brauchte nicht erst im Gesicht des Bruders zu lesen. Aber er fand noch einen Ausweg:
– Lebst du allein oder . . . (er sagte nicht ›bist du verheiratet‹, sondern) hast du eine Frau?
Felix nahm auch das für einen Hieb, den er sofort zurückgab:
– Ich habe Hanna einige Male gesprochen. Es scheint, sie wartet noch immer. Bist du ihretwegen gekommen?
– Ja, auch ihretwegen, das heißt –
Robert stockte und der Bruder sah ihn aus halbgeschlossenen Augen an, durchschauend, verächtlich. Plötzlich sagte Robert entschieden:
– Hauptsächlich ihretwegen.
– Schluß? Ich hätte das brieflich gemacht. Aber du hast offenbar auch darin die überlegenere Methode.
Eine Bewegung, als sei dieser Punkt nun abgetan. Der Bruder sagte, als gelte es einen hartnäckigen Verdacht zu zerstreuen:
– Bequem hab ich es nicht gehabt, all die Jahre. Und ich kann dir keinen Erfolg präsentieren, noch nicht –
Robert begütigte sofort:
– Als ob es darauf ankäme!
– Natürlich – dir kommt es nie darauf an! Wenn ich der eitle, in seinem Ehrgeiz gekränkte Versager wäre –
Er vollendete nicht ›für den du mich hältst‹. – Aussprachen wie diese mußten kurz sein, keiner vertrug des andern Nacktheit. Robert fühlte den quälenden Gegensatz der Worte und des möglichst harmlosen Tons:
– Davon rede ich nicht, sondern davon, daß du immer lieber dort sein wirst, wo sie den Graben in die Luft sprengen, als bei denen, die ihn halten.
Der Bruder sagte von oben her:
– Was mit Bajonetten gemacht werden muß, war nie deine Sache.
Robert vergaß alle Bedenken:
– Aber die deine! Das heroische Cachet für – – nun, mich wirst du nie davon überzeugen, daß du nicht weißt, was hier eigentlich vor sich geht, mich nicht!
Der Bruder hatte sich gesetzt, und vielleicht war es der einzige Beweis der Brüderlichkeit, der zwischen ihnen noch möglich war, daß er die Anwesenheit Roberts vergaß oder übersah, daß sie ihm jedenfalls nichts ausmachte, während er mit abgewandtem

Gesicht in die Ecke starrte, als lausche er auf eine Stimme, die von weither kam, auf etwas, das ihn zutiefst beschäftigte, ein winziges Stückchen von dem, was sonst verleugnet und niedergehalten werden mußte. Schließlich sagte er, und es schien nicht an Robert, sondern an einen Unsichtbaren gerichtet, den es zu beruhigen galt:
– Als hätte ich immer nur gegen mich selber gekämpft oder gegen das Leere . . .
Kam es jetzt, war dies die Einkehr und Umkehr, das letzte Zögern, ehe sie einer mit den Augen des anderen in sich hinabsahen, die paar Sekunden lang, auf die sie all die Jahre gewartet hatten?
Noch immer zu dem Unsichtbaren in der Ecke:
– Jeder will dorthin, wo es den Unterschied zwischen ihm selber und einem Höheren und Allgemeinen nicht mehr gibt. Wenn einer nichts anderes hat, ist es die einzige Möglichkeit . . . Und jeder hat seinen Weg.
Vielleicht war es wieder Robert, der alles verdarb, indem er den Bruder anfuhr:
– Also die ›Nation-Werdung der deutschen Stämme‹ – die ›historischen Notwendigkeiten‹ sind natürlich genauso über aller Moral wie die ›auslösende Persönlichkeit‹ . . . so schaut das in der Nähe aus – –
– Reden wir nicht von den Ideen. Wo es rundherum nur noch Gewalt gibt – weißt du da ein besseres Mittel gegen sie als die Gewalt?!
– Ja, aber – Robert legte alle Eindringlichkeit in seine Stimme – kann eine im Ausgang fragliche Aktion, die Blut kostet –
Es war der Blick, der Robert verstummen ließ, der Wechsel im Gesicht des Bruders:
– Ich hab es mir nicht ausgesucht, keiner von uns hat das! Robert sagte distanzierend, hart:
– Das versteh ich nicht.
Als wäre sich der Bruder plötzlich bewußt geworden, daß es sinnlos war, in jene Ecke zu starren; zusammengerafft, unzugänglich:
– Trotzdem glaube ich, daß du nicht so reden würdest, wenn du die letzten Jahre daheim verbracht hättest.
Der Bruder erhob sich brüsk, griff an die Brusttasche, sah unschlüssig auf die Karte und die beschriebenen Zettel auf dem Tisch. Robert schöpfte wieder ein wenig Hoffnung, fragte plötzlich interessiert, und ihm war, als fühlte er die Antwort im voraus:

– Seid ihr denn eurer Sache halbwegs sicher?
Es konnte eine Täuschung sein, aber einen Augenblick schien es, als stiege ein Schatten des Verhangenen und ins Passive Gelösten von früher in dem Gesicht des Bruders auf. Er sagte:
– Danach zu fragen, ist es zu spät. Die ersten sind immer die Geopferten – Robert ging zwei Schritte an ihn heran:
– Zu den Geopferten gehören – und von wem geopfert, du Narr!
Der Bruder machte nun den Eindruck, als läge ihm nicht besonders daran, dieses Gefühl, daß die Papiere auf dem Tisch jetzt wichtiger seien, zu verbergen. Robert verlor zusehends an Gegenwart und stand dennoch wie an den Boden festgeklebt.
Ausschließlich mit seinen Zetteln beschäftigt, wieder unangenehm, fast höhnisch, während Robert noch immer nicht merkte, daß der Bruder seinen letzten Trumpf oder was er dafür hielt, vorbereitete:
– Tja, daß ich nicht vergesse . . . ich kann doch unmöglich dein archäologisches Privatleben in Frage stellen –
In Robert brannte eine kleine Welle auf, er hatte auf der Zunge ›ich denke, ich hab lang genug gewartet und dränge auch jetzt nicht‹, statt dessen blickte er erstaunt auf das Bündel Scheine, das der Bruder aus der Brusttasche gezogen hatte und auf den Tisch zählte. Robert fragte verblüfft:
– Wo hast du denn das viele Geld her?
Felix sagte völlig nebenbei und Robert fühlte mit allen Nerven, wie der Bruder die Situation genoß, fühlte schmerzhaft, beschämt und mit einem elenden Mitleid, wie der Bruder sich an dieses offensichtlich eindeutige Argument klammerte:
– Du wirst dich eben daran gewöhnen müssen, daß sich das Blatt gewendet hat.
Die Leute, mit denen der Bruder Umgang hatte, das Einverständnis, die Scheine auf dem Tisch – Robert entfuhr es:
– Ach so!
Nichts als das. Die dritte Bemerkung in diesem Gespräch, die er um jeden Preis hätte zurücknehmen wollen. Zwei alberne Silben, die auf alles mögliche bezogen werden konnten, im Grunde nichts bedeuteten und dennoch bewirkten, daß es dem Bruder rot emporstieg. Eine intensive Röte, die langsam den Hals heraufkam und sein Gesicht dunkel färbte. Auch Robert fühlte, daß er errötete. Er sagte eilig:
– Könnte ich mich ein paar Tage daheim aufhalten mit . . . (er sagte nicht ›mit Hanna‹) mit einem Gast?

›Daheim‹ war ein gemeinsamer Besitz, den der Bruder bewirtschaftete, zwei knappe Fahrstunden von hier entlang der bayrischen Grenze; zu viel für einen Bauern, zu wenig für einen ehemaligen Offizier, der sich ein paar Jahre in Hörsälen und Universitätsinstituten umgetan hatte.
– Doch nicht am Ende Hanna? Wieder das unangenehme Lächeln, dann: Für jede Art von Idylle dürfte das jetzt der ungeeignetste Platz sein. Also davon ist dringend abzuraten.
Robert sah von den Scheinen weg:
– Hanna hätte an der Bahn sein sollen.
Zweifellos wußte der Bruder nicht, was seine Hand mit den Scheinen tat, die noch näher an Robert herangerieten.
– Tja . . . von woher kommt sie denn?
Während Robert den Ort nannte, kritzelte der Bruder ein paar Zeilen, schob die Visitenkarte mit den Scheinen ganz nahe zu ihm hin:
– Da draußen auf dem Gang – frag die Wachleute nach dem Mann.
Robert nahm die Visitenkarte, rührte sich noch immer nicht. Was hatte er eigentlich erwartet? Es war plötzlich unmöglich, daß dies alles sein sollte. Nun sah auch Felix an den Scheinen vorbei, aber so als seien sie nicht da oder er habe ihr Vorhandensei völlig vergessen. Er klopfte mit dem Bleistift nervös auf die Tischplatte; es blieb nur übrig, ihm die Hand hinzustrecken. Ein Wiedersehen nach drei Jahren! Als Robert die Tür schloß, fand er, daß es sich von ihren sonstigen Zusammenkünften nicht wesentlich unterschied.
Die beiden Polizisten patrouillierten mit harmlosen Gesichtern vor der roten Portiere, die den Trakt der Einheimischen von dem der Fremden trennte. Vielleicht hatten sie gesehen, aus welcher Tür Robert kam, denn noch ehe er auf sie zutrat, hob der jüngere mit beziehungsvollem Lächeln die Hand an die Mütze.

Der Mann sagte über die mißtrauischen Gesichter der Tischrunde hinweg:
– Natürlich kommt niemand mehr durch. Wenn Sie nicht warten können . . . Morgen mit dem Militär, vielleicht daß da eine Möglichkeit . . . Aber dazu brauchen wir den Emmerich. Der hat nämlich immer eine Möglichkeit. Sie werden sehen –
Eine die Runde umfassende Bewegung, der Ansatz zu dem Ver-

such, Robert vorzustellen, blieb in der Luft stecken – gegen die Gesichter war nichts zu wollen, die Leute taten sich keinen Zwang an. Mit einer ungeschickten Verbeugung, die seine vertrauliche Art aufhob, ihn wieder auf die Seite der andern stellte, sagte der Mann, möglichst ohne Dialektfärbung:
– Leider – ich kann nichts für Sie tun, als Sie mit dem Herrn bekannt machen. Vielleicht . . . Plötzlich besann er sich, rief den Kameraden zu: Entschuldigung, ich bin gleich wieder da. Draußen hatte er sofort den früheren Ton und vor der Portiere nahm er gönnerhaft Roberts Arm.
– Also vor Ihnen brauch ich nicht zurückzuhalten. Der Emmerich ist nämlich ein Mann von Welt. Zugegeben, das ist bei uns nicht gern gesehen, aber Emmerich ist eben eine Ausnahme. Sie werden natürlich den Mund halten, daß ich Sie da hereinführe, nicht wahr!
Die Portiere war mit Nägeln am Türstock festgemacht. Nach ein paar vergeblichen Versuchen kamen sie halb kriechend unten durch. Jenseits lag ein dicker Läufer, standen Korbstühle zwischen Blattpflanzen die Wände entlang. Noch während sie sich hindurchzwängten, wurde eine Tür geöffnet, eine Stimme mit ungarischem Akzent rief:
– Ja, dürft ihr denn das? Ach so, der Pepi!
Eine junge schlanke Person, splitternackt. Sie hatte hellblaue Seidenschuhe mit hohen Stöckeln, eine dicke Kette von Achatkugeln und goldenen Blattbüscheln um den Hals, exotische Volkskunst, vielleicht vom Balkan. Zwischen den Schenkeln trug sie eine sternförmig geöffnete Banane aus grellem Stoff und Flitter, die Schale zurückgebogen wie eine große Blüte, die angeklebt sein mußte, man sah keinen Bindfaden. Die Person war zweifellos blond, obwohl ihr Haar von einer hohen weißen Perücke ganz verdeckt wurde. Der Puder steigerte die Helligkeit ihrer Haut ins Unwirkliche. Sie hatte Bewegungen von einer gewissen spröden Anmut, während sie erstaunt auf Robert blickte, den Körper zurückgelegt, die Arme abwehrend ausgestreckt und den Kopf neugierig vorgebeugt.
– Pepi, Pepi, ich muß sagen, du traust dich was!
Pepi sagte:
– Das ist Nummer 5, sie heißt Jolan und gehört zum lebenden Roulette, das der Emmerich eingerichtet hat. Herr Doktor, hören Sie nicht auf sie. Ich darf nämlich mitbringen, wen ich will, besonders wenn sich's um einen Spezialfall handelt. – Ich weiß

schon, was ich tu, sag mir lieber, ob Emmerich da ist, ich muß ihn unbedingt sprechen.
– Du weißt doch, daß er um diese Zeit nie da ist.
– Er wird doch nicht schlafen?
– Warum nicht?
– Heute?!
– Dann such ihn dir. Er hat gesagt, euer ›Vorabend-Getue‹ geht ihm auf die Nerven. Wie die kleinen Kinder!
– Also das ist wieder echt Emmerich! In seiner Stimme klang Bewunderung, unverhohlen, neidlos. Legt sich hin und tut, als ob überhaupt nichts wäre. Aber so ist er.
Im Saal wies er auf die große Scheibe in der Mitte, um die eine Tischplatte rundum lief. Der Mahagoni-Rand umschloß acht radiale, violett gepolsterte Vertiefungen, deren jede ungefähr einem menschlichen Körper entsprach. Er lächelte geheimnisvoll, drückte auf einen Knopf, die Scheibe geriet in schaukelnde Bewegung: ein knallroter Ball sprang über die Polsterungen, rollte kreuz und quer.
Es gelang Pepi, sich an Roberts Staunen zu weiden, obwohl dieser nicht gerade viel davon zeigte. Offenbar half ihm die eigene Bewunderung darüber hinweg. Er erklärte die verschiedenen Vertiefungen:
– Das ist nämlich für die Damen und das für den Ball. Eine großartige Erfindung, nicht wahr?! Sie glauben gar nicht, wie gern die Herren aus dem Reich hier spielen. Kunststück, daß der Emmerich so beliebt ist! Unlängst war ein hoher, also ein ganz hoher Herr da, Sie begreifen – er legte bedeungsvoll die Finger an die Lippen. In der Früh hat er den Damen die Bananen weggerissen und mit richtigen Goldstücken nach ihnen geworfen.
Auf den Sofas an den Wänden saßen rauchend und kartenspielend die andern sieben. Sie sahen kaum auf, vier Tiefbrünette, zwei Blondinen und eine Rothaarige, fuchsrot mit überraschend hellgrünen Augen, der Puder ließ ihre Haut vollends schneeweiß erscheinen. Ihre Perlenkette schimmerte schwärzlich, Robert beugte sich über sie, die großen Brustwarzen waren lackrot geschminkt, exotische Früchte, die Aufmachung war überhaupt so, daß sie Vorstellungen hochbrachte, die erst auf Umwegen erotisierend wirkten, Robert sagte mit markierter Überraschung:
– Aber die Perlen sind ja echt!
Pepi erklärte überlegen, mit einer geringschätzigen Grimasse zu dem Mädchen hin:

– Die versteht nämlich kein deutsches Wort, eine Stock-Rumänin.
Aber das Mädchen sagte an Pepi vorbei:
– Natürrlich äächt, alles äächt, ich nurr nehmen äächt!
Vielleicht ließ sich Pepi von seiner eigenen Bewunderung der Sache hinreißen oder Robert hatte noch nicht genug Beifall gezeigt, er stellte sich in Positur, klatschte in die Hände, wieder hatte Robert zwischen belustigt und angewidert das Gefühl, daß er jemanden nachahmte:
– Also jetzt zeigen wir dem Herrn Doktor das Ganze in vollem Betrieb –
Er brach ab, noch ehe Robert recht begriff. Robert brauchte erst einen Blick auf die Mädchen, die plötzlich mit konzentrierter Aufmerksamkeit bei ihren Karten saßen, auch Jolan hatte sich über die Schulter einer Kollegin gebeugt und sah zu; es war niemand und nichts in dem Raum, das auch nur die geringste Ablenkung bieten konnte. Pepi versuchte seine Niederlage auszugleichen:
– Unbedingt! Das müssen wir, wenn der Emmerich kommt. Lassen Sie sich's nur vorführen.
Robert sagte:
– Wenn wir warten müssen, ist es vielleicht besser, wir setzen uns in eine Ecke. Wein oder Kognak?
Pepi war für Wein, und Robert bestellte beides.
– Sehen Sie, Herr Doktor, der interne Dienst is' natürlich interessant, aber man kommt nicht vorwärts dabei. Enthaarung, Bananen, Kostüme, also Kostüm is' nicht viel dran, kann man nicht behaupten, prost, Herr Doktor, aber die Frisuren und so – ich frag, is' das eine Position, is' das eine Tätigkeit? Gut, es is' ein Sprungbrett –
Er sah Robert an, als erwarte er dessen Zustimmung, und wiederholte, daß es ein ausgezeichnetes Sprungbrett sei.
– Wahrscheinlich, besonders wenn einem klar ist, wohin man springen will.
Vielleicht lag es an Roberts Stimme, daß Pepi im Tonfall der Verwunderung erklärte:
– Natürlich in die Politik, unbedingt in die Politik! Es is' heut das einzige –
– Ja, aber – –
– Oh, ich hab' schon ganz andere Sprünge riskiert. In Sofia zum Beispiel bin ich für den Cavaliere Armando eingesprungen, weil der ins Spital mußte. Vielleicht hab' ich die Fotos noch bei mir.
Die Fotos lagen in der Brieftasche obenauf.

– Sehr ähnlich, sagte Robert, im Grunde schauen Sie heut noch so aus. Rein zufällig hatte Pepi auch die Fotos der Damen bei sich, leider nur noch neun Stück, die andern, gerade die besten, waren im Laufe der Jahre abhanden gekommen.
– Sie verstehen – Freunde und Bekannte, die sich für einen bestimmten Fall interessieren. Prost, Herr Doktor, prosit! Blondinen sind da unten ein rasendes Geschäft, noch dazu in Verbindung mit der Kunst. Obzwar . . . natürlich haben sie ihre stabilen Häuser, in denen einem allerlei geboten wird, trotzdem kann ich nur sagen, wir waren eine Konkurrenz, jawoll! Aber hier – Robert fand sich prüfend, mit wachsendem Mißtrauen betrachtet. Es mußte wohl an seinem Gesicht gelegen haben, das zu wenig Beifall, wahrscheinlich aber eine abschätzige Amüsiertheit allzu unbedenklich zur Schau trug. – Für einen, der sich auskennt, sind nämlich die Verhältnisse gar nicht so unklar. Hierher muß man mit bestimmten Absichten kommen oder . . . am besten gleich mit direkten Aufträgen.
Zum erstenmal hielt er Roberts Blicken stand, noch immer nicht sehr sicher, aber mit der Überlegenheit eines, der den Hinterhalt kennt, den der andere noch nicht ahnt:
– Wie lang wollen Sie eigentlich hierbleiben? Endlich nahm Robert den neuen Ton auf, etwas Inquisitorisches, mit einer plötzlichen, kaum verhehlten Schadenfreude und geradezu selbstbewußt: hängt es davon ab, ob Sie eine Stellung – – haben Sie was Bestimmtes im Auge?
Offenbar war Roberts Erstaunen nicht abweisend genug:
Nein, er hatte nichts dergleichen im Auge, eigentlich hatte er überhaupt nicht daran gedacht.
Pepi zweifelte nicht im geringsten, daß der Herr Doktor sich die Sache gewissermaßen erst zurechtlegen müsse:
– Vielleicht könnte ich mit einem Rat – denn wie gesagt, die Verhältnisse . . . und wem da der Zufall zu Hilfe kommt –. Die richtigen Wege zu wissen, erspart Ärger und auch gewisse Enttäuschungen, manchmal sogar Unannehmlichkeiten –
– Jedenfalls erspart es Energie, gab Robert zu. Das mit den Enttäuschungen sei zu ertragen, die nehme er in Kauf.
Pepi runzelte die Stirn, während er sich die freundschaftliche Bemerkung gestattete, daß der Herr Doktor die Unannehmlichkeiten sichtlich unterschätze:
– Sie glauben natürlich, im Herrn Bruder eine einflußreiche Stütze zu haben. Er beugte sich über den Tisch, berührte vertraulich

Roberts Arm, augenzwinkernd, mit einem schlauen Lächeln; dann lehnte er sich zurück, zweifellos im Vollgefühl, nun die Situation zu beherrschen. Also ich, sagte er, ich glaub' das nämlich nicht! Robert atmete hörbar:

– Gehört er denn nicht dazu?

– Er gehört dazu und er gehört nicht dazu. Emmerich sagt, er hat nicht die leiseste Ahnung, wie man die Geschichte wirklich populär aufzieht. Mit der Einigkeit ist es hier überhaupt – –. Aber solang eine Sache derart blendend finanziert wird – prost, Herr Doktor, prosit! Also klarerweise . . .

Pepi starrte in sein Glas, trank es leer und starrte wieder hinein, als sei, was ihn fesselte, noch immer in dem Glas enthalten, so daß er schließlich davon zu reden begann:

Klarerweise erregten die Verhältnisse eine gewisse Aufmerksamkeit, besondes im Ausland. Trotzdem zweifle er nicht im geringsten und halte es für puren Zufall, daß der Herr Doktor gerade jetzt hier auftauche – Robert trug sein Befremden mit aller Deutlichkeit zur Schau:

Richtig, purer Zufall. Das sei die einzig zutreffende Bezeichnung.

Und dieser Zufall erstrecke sich also auch auf dieses englische Paar, mit dem der Herr Doktor angeblich von Kreta . . .

Roberts Augen hielten den andern fest;

– Angeblich?! Da Sie darüber bereits informiert sind, Herr . . . plötzlich fiel ihm sogar der Name ein, er sah das Gekritzel des Bruders vor sich, es war nun mühelos zu entziffern: Herr Vrchlinek, warum fragen Sie? Übrigens habe ich nicht den Eindruck, daß Sie meine Tätigkeit dort unten beurteilen können.

– Aber lieber Herr Doktor, ich red' von Ihrer Tätigkeit hier! In Roberts Gesicht sprang es auf, bedingungslos und unberührbar, so daß der andre wie in einem Versuch der Notwehr sich dessen bediente, was seinen Auftrag, seine geheime Weisung und zugleich seine Stärke ausmachte.

– Glauben Sie nur ja nicht, daß es gegen Sie keine Beweise gibt. Es gibt immer Beweise, wenn man darauf aus is'. In Ihrem Fall wird man sich nicht den kleinsten Schatten entgehen lassen. Er beugte sich weit vor, Robert entgegen, flüsterte, aber es klang fast wie eine Drohung: nämlich wegen des Herrn Bruders.

Und nun kam Robert gar nicht dazu, den Menschen daran zu erinnern, weshalb sie hier saßen, oder ein deutliches Zeichen seines Spottes und sogar seiner Verachtung zu geben. Es war keine

Zeit, weil offenbar sein Staunen zu lange dauerte oder weil Robert zu spät begriff, wie groß der Rückhalt dieses Menschen war, der sich jetzt erhob und sagte, was eigentlich Robert hätte äußern müssen:

– Nun, Sie haben sich die Folgen selbst zuzuschreiben! – Aber ich hab' Ihnen ja versprochen (vielleicht war dies knapp vor dem Abgang endlich die unbezweifelbare Beherrschung der Lage, nicht: ich habe die Aufgabe, man hat mich darum ersucht, sondern: ich habe Ihnen versprochen) eine Möglichkeit zu besorgen, daß Sie morgen weiter können –

Er nickte gönnerhaft, und als sich eine rote Tapetentür in der Wand hinter ihm geschlossen hatte, gab es ein paar Minuten nichts als das Ticken der porzellanenen Standuhr auf dem Kamin, ein ungewöhnliches Ticken, wie wenn Stahl und Stein aufeinanderschlägt, und Roberts Starren in die Richtung der Tapetentür, hin zu den Mädchen an ihrem Tisch, die mit Aufmerksamkeit bei den Karten waren, als gelte es die Nichtbeachtung Pepis in Robert fortzusetzen. Das eindringliche Ticken füllte die Stille bis an den Rand, die halblauten Stimmen schienen nicht mehr als eine dunkle Untermalung, anfangs bedeuteten sie bestimmt nichts, die geflüsterten Laute sprangen erst aus dem bloß Akustischen ins Sinnhafte, als Robert sich klar wurde . . . er sah auf eine der Brünetten, eine üppige Person mit starken Lippen, sah auf ihren mit Schminke vergrößerten Mund und wurde sich plötzlich klar, daß das Mädchen serbisch und von ihm sprach. Sie sagte:

– Wenn von ihm etwas zu erfahren ist, ich erfahre es.

Sie musterten ihn aus den Augenwinkeln, eifrig über ihre Karten gebeugt. Ihre Stimmen gerieten durcheinander.

– Jawohl erfährst du es. Aber das ist nicht genug.

Ganz offenbar dachte keine an die Möglichkeit, daß er die Sprache verstand. Die Brünette fuhr auf:

– Was heißt ›ist nicht genug‹? Du machst immer so Andeutungen.

Eine Blonde zuckte die Achseln:

– Man kann nach rechts ›weitergeben‹ oder nach links. Man kann auch gar nicht ›weitergeben‹.

Eine andere Brünette beugte sich vor, legte wie in angespannter Überlegung langsam ihre Karte auf den Tisch:

– Ihr werdet solang Stuß reden, bis eine Kopfgeld zahlt.

Vielleicht lag es an der Wendung, die das Thema genommen hatte, daß Robert ihr Interesse an den Karten mit einemmal zu leicht durchschaubar fand. Bei der, die jetzt entgegnete, fielen ihre affek-

tierte Bewegung und die Vorsicht der Stimme völlig auseinander:
– Also Stuß hat hier erst eine geredet. Bei uns wird nämlich immer nur nach einer Seite ›weitergegeben‹. Niemand fährt doppelgeleisig.
Die mit der weißen Perücke warf plötzlich die Karten hin, erhob sich. Sie sah zu Robert herüber, aber zu mehr kam sie nicht, die Brünette mit dem großgeschminkten Mund war bereits auf dem Weg zu Roberts Tisch. Robert sagte halblaut auf serbisch:
– Du gefällst mir. Was willst du erfahren?
Es gelang ihr nicht, ihre Überraschung zu verbergen. Was zwischen ihnen in unsichtbaren Funken herüber und hinüber sprang, entzog sich ihren gewußten Absichten, selbst von seiner Stärke ahnten sie nichts, aber mit Sekundenschnelligkeit wies es ihm seine Rolle zu und ihr das Verhalten, das sie ihm gegenüber einnehmen würde. Beides schien unabänderlich und hatte dennoch Leichtigkeit und Charme. Er wußte noch immer nicht – und auch später wurde es ihm nicht klar –, daß er eine Rolle übernommen hatte. Sie lächelte, ihr ganzes Untergesicht bestand nur aus dem Mund:
– Also . . . was soll ich denen erzählen?
Ihre Blicke gingen über ihn hin. Sie setzte sich an den Tisch, sah ihm zärtlich in die Augen; plötzlich:
– Ich mag dein Kopfgeld nicht.
Robert sagte ernst:
– Ich verstehe nicht.
Sie lachte, tief unten in der Kehle, voll Sympathie und ein wenig anzüglich:
– Wirklich nicht?
– Seid ihr hier alle so unvorsichtig?
Sie entgegnete ebenso ernst:
– Ich bin nicht unvorsichtig.
– Weißt du denn, wer ich bin?!
– Vielleicht doch. Wer zu uns kommt – –
Sie vollendete mit ihrem Lachen, durchschauend, spöttisch, ihrer Sache sicher. Und ehe die andern, voran die mit der weißen Perücke, am Tisch waren, noch einmal rasch, die Worte mehr ahnen lassend als flüsternd:
– Nimm dich in acht!
Ihre Augen blieben noch ein, zwei Minuten auf ihn gerichtet, mit einem unbeweglich verhangenen Ausdruck, der nichts hergab und

doch eine Warnung enthielt. Alles Ungewöhnliche, in das er heute geraten war, schien darin zusammengefaßt, alles war bedrohend und gefährlich, nicht nur, weil er es nicht verstand, sondern weil er fühlte, daß es ihm immer fremd bleiben würde. Plötzlich ging ihm auf, daß er Angst hatte; wie zur Bestätigung strich er sich über die schweißnasse Stirn. Und obwohl ihm war, als gäbe es hier nirgends Zuflucht und Sicherheit, erhob er sich.

II

Der Weg von der Pension zum Seeufer verlor sich in dichtem Schilf; Robert kehrte um. Es sah aus, als sei der Versuch, hier einen kleinen Badegrund vorzutäuschen, indem man das Schilf ausrottete oder einfach abschnitt, längst aufgegeben worden. Das Haus war offenbar ein ehemaliger Einkehrgasthof noch aus der Zeit der Pferdefuhrwerke, damals hatte die Lage an der Landstraße ihren guten Sinn. Wo früher die großen Plachenwagen unterm Vordach standen, waren jetzt grün gestrichene Tische aufgestellt, an denen zumeist Beamte mit ihren Familien saßen, Lederhosen und selbstgeschneiderte Dirndeln unter groben Lodenmänteln.
Robert hatte seine Einwände gegen diesen Ort, den Hanna für den Fall vorgesehen hatte, daß sie Robert nicht an der Bahn erwarten könne. Aber wie die Dinge sich anließen, glaubte Robert nicht, daß sie noch eintreffen würde. Überall und bei jedermann begegnete er Unbehagen und verdrossenem Ausweichen, nicht nur was den erwarteten Autobus betraf.
Es lag in der Luft oder vielmehr in den Menschen, die Luft war prachtvoll, regengestättigt und schwer von Düften, das einzige, dem man sich vorbehaltlos überlassen durfte. Über dem See lagerte ein niedriges Wolkengewölbe, unter dem das Gefühl der Weite und des Verströmens mit einem letzten Stück des dunstenden Horizontes dahinschwand. Von dorther kam das feuergelbe Licht, unbeweglich stillestehend in dem Wind, der böenartig von den Bergen stürzte und die ersten Schauer in schrägem Guß über die Ebene peitschte. Hauptsächlich war es der Aufprall des Windes auf den Schilfmassen, der dem Ganzen die Möglichkeit eines Schauspiels nahm, dem man sich genußvoll überlassen konnte. Dieses stoßweise Knattern und Aufheulen, erregend, furchteinflößend, war zu sehr über allem Menschlichen, um nicht einen Widerstand zu entfachen, einen unwillkürlichen Versuch der Selbstbehauptung, der Robert die wenig erbaulichen Ereignisse des Tages wieder nahe brachte.
Vielleicht ging es dem Hauptmann Lodric genauso. Robert sah ihn in einiger Entfernung am sandigen Teil des Ufers, die elegant gemeinte Seite des Badebetriebes, Strand, ›Seehotel‹, ein paar Villen; er stand auf dem Landungssteg und suchte mit seinem Glas die Gegend ab.

Es hatte ausgesehen, als öffnete der Hauptmann das Kuvert, das ihm Robert übergeben hatte, nur der Form halber. Er warf kaum einen Blick auf die paar Zeilen, aber er erklärte sich sofort bereit, Robert hierher mitzunehmen.
Während der Fahrt in dem militärischen Dienstwagen hatte Robert ihm über die Art seiner Verabredung keinen Zweifel gelassen, denn der Hauptmann, dessen gesprächige Unbedenklichkeit ein wenig künstlich wirkte, knüpfte an diese Empfehlung offenbar eine Gemeinsamkeit, deren einseitigen Charakter Robert aufzuklären wünschte. Zuerst aber hatte Robert zu wissen verlangt, was diese augenscheinlich sehr umfangreichen Vorbereitungen eigentlich bedeuteten.
Lodric sah Robert von der Seite her an, nachdenklich und belustigt:
– Ja, wenn man das genau wüßte, wenn das sozusagen sicher wäre! Übrigens bedeuten Manöver nie was Besonderes.
Robert ging auf den Ton ein, tat gleichfalls, als wüßte er mehr als er zeigen wollte:
– Also eines muß doch klar sein, ob nämlich diese . . . Vorbereitungen nur von der Regierung getroffen werden oder ob auch die Gegenseite – –
– Ah, lachte Lodric, offiziell ist gar nichts klar, offiziell weiß man wirklich nicht, ob die Gegenseite –
Er endete mit einem Pfiff, nickte schlau.
Fast wie ein Spiel, das sie miteinander spielten, eher zur Unterhaltung des Hauptmanns als zur Beruhigung Roberts.
– Wenn man Soldaten mit Kanonen ausschickt, muß man damit rechnen, daß –
– Daß die Kanonen losgehen! Zugegeben, der Fall könnte eintreten –
– Also muß man doch wissen, ob die Gegenseite bewaffnet ist oder nicht.
– Natürlich ist sie bewaffnet, sogar ausgezeichnet!
Robert gab zu bedenken, daß man es vielleicht doch nicht mit solcher Bestimmtheit behaupten könne; immerhin sei es nicht ausgeschlossen –
Nun wurde Lodric ungeduldig:
– Also, erlauben Sie! Das Spitzelwesen ist so ziemlich das einzige, das bei uns wirklich gut funktioniert.
– Ja, aber – Robert beugte sich vor, griff wie in auswegloser Bedrängnis nach Lodrics Arm – das ist doch vollkommen unver-

ständlich. Warum hat man es dann so weit kommen lassen?
– Ich sag Ihnen doch, man weiß es nicht offiziell.
Robert schüttelte heftig den Kopf, ärgerte sich, daß der andere seine Entrüstung vielleicht für bloße Übertriebenheit nahm:
– Offiziell oder nicht offiziell, das ist in so einem Fall –
– Nein, es ist durchaus nicht gleichgültig! Das kommt – Lodric zögerte, dann sagte er – Ihnen nur so vor. Was die Regierung nicht offiziell weiß, kann sie nicht bekämpfen.
– Aber das ist doch – Robert behielt es auf der Zunge, vollendete mit einer Grimasse erbitterten Unwillens.
Hier war das unbehaglich Gezwungene in Lodrics Gelächter nicht mehr zu übersehen.
Nein, er denke nicht daran, sich seine unerfreuliche Aufgabe durch solche Betrachtungen noch mehr zu verekeln. Er habe nun einmal im gegebenen Fall mit seiner Batterie loszulegen, ohne Frage eine heikle Angelegenheit, die sozusagen einen Balancekünstler erfordere. Denn die Situation sei eben durchaus nicht eindeutig, weshalb die Affäre auch ihm, dem jüngsten Batteriekommandanten, zugeschanzt worden sei –
Plötzlich bemerkte er Roberts Erregung. Er hielt inne, sichtlich befremdet und mißtrauisch-unentschlossen, wurde mit einemmal ernst und wortkarg. Hauptmann Lodric versuchte seine Wachsamkeit hinter einem distanzierten Ton zu verbergen, und die Mitteilung, es handle sich, wenn er alle Scherze beiseite lasse, im Grunde um eine dienstliche Übung in der Nähe des Sees, hatte offenbar den Zweck, seine früheren Eröffnungen abzuschwächen.
Der Rest der Fahrt war peinlich genug gewesen. Robert wurde das Gefühl nicht los, daß die Einladung nicht erfolgt wäre, wenn er sich sofort aufschlußreicher geäußert hätte.
Und nun beobachtete er also den Hauptmann aus der Entfernung und merkte, daß auch Lodric aufmerksam und wie beobachtend sein Glas auf ihn gerichtet hielt. In diesem Herüber und Hinüber schien alles Unausgesprochene und Lauernde, das sich über die Menschen hier ausbreitete, gleichsam in zwei elektrischen Funkenziehern gesammelt, die aus einem unerfindlichen Grund oder vielleicht nur deshalb versagten, weil sie noch nicht in Explosionsnähe waren.
Robert war der erste, der sich abwandte und ins Haus zurückkehrte.
Aber drinnen schien es um nichts erträglicher. Es war auf den

ersten Blick klar, daß die Sommergäste einander gut kannten, aber sie saßen da wie Leute, die es aus hinterhältiger Vorsicht vermieden, zu reden. In unermüdlicher Hast blätterten sie die Zeitungen durch, als gelte es, eine wichtige Nachricht, die ihnen bisher entgangen war, noch im letzten Augenblick zu entdecken, und wenn einer hie und da zu einer Bemerkung ansetzte, die immer wieder das Wetter oder das erwartete Nachtmahl betraf, sah die Gattin von ihrer Strickarbeit auf und wie beschwörend, in unwillkürlicher Warnung dem Mann auf die Lippen. Dann wurde das Fenster dunkel von dem Lastauto, das unvermutet draußen hielt, und obwohl Robert nur einen runden Hut mit grüner Schnur und den Koffer sah, den zwei Frauenhände einem Einheimischen herunterreichten, erhob er sich sofort.

Hanna trat eben in den Flur, sie ließ die Handtasche fallen und lief ihm entgegen, Überraschung und fassungslose Freude, die einige Zeit brauchten, ihrer Berechtigung innezuwerden.

Nein, sie hatte nicht mehr geglaubt weiterzukommen, und als der Chauffeuer sich schließlich erbarmt hatte, war sie überzeugt gewesen, daß sie Robert nicht antreffen würde.

Er stand da, auch seinerseits ein wenig überrascht. Erst nachher wurde ihm bewußt, daß sie die Arme ausgebreitet hatte, um ihn zu umfangen, aber er hatte sich nicht gerührt, nicht einmal den Mund aufgetan. Sie griff in die Luft, und als sie den Arm sinken ließ, fand sie seine Hand, die noch auf der Türklinke lag. Ehe er sich versah, hatte sie sich darüber gebeugt und sie geküßt, weil sonst nichts da war, das sich ihr dargeboten hätte. Beider Verlegenheit wurde davon nicht geringer, und durch seine tastende Befangenheit hindurch, bei aller Scham, die dunkel und heftig in ihm aufbrannte, war ihm zunächst, als enthielte die Situation ihre ganze Beziehung, wie sie geworden war und von jetzt ab sein würde, ohne daß einer von beiden imstande wäre, sie zu ändern. Auch was sie einander sagten, würde nur dazu dienen, jene Szene immer von neuem zu wiederholen.

– Du siehst prachtvoll aus, wie einer, dem 's gut geht, auch innen!

Wenn dies eine Feststellung war, so gab Robert sie wohl zu sehr als Kompliment zurück, denn die Falte zwischen ihren Brauen zuckte, sie sog den Mund ein, die Augen schlossen sich halb zwischen einem Gefältel, das bereits tief wurde, und über die Lider hinausging. Ein fast feindselig forschender Ausdruck, ein wenig krampfhaft und von unverhüllter Bitterkeit.

– Bist du noch immer mit deinem Engländer? Arbeitest für ihn oder – mit ihm?
Robert erklärte, daß sich aus dieser Beziehung tatsächlich eine Art Lohnverhältnis entwickelt habe. Leider sei es ihm unmöglich gewesen, materiell durchzuhalten. Aber das Buch würden sie gemeinsam herausbringen.
Sie war mehr auf Fragen erpicht als er. Was er zu erfahren wünschte, stand in ihrem Gesicht. Aber auch die Antworten, die ihr Mund gab, waren nicht erhebend:
– Ach, die Mama hielt sich leidlich. Natürlich nicht mehr auf der Höhe, besonders seit Paul . . . Es war klar, sie hatte viele stumme Vorwürfe bereit und seine Entschuldigungen waren ebenso stumm, aber immerhin, es half, daß er sagte:
– Denkt sie auch an dich?
Sie versuchte zu lächeln:
– Ich steh an zweiter Stelle. Hast du es vergessen?
– Wann kommt Paul heraus?
– Noch acht Monate –
– Sind viele in Haft?
Sie seufzte wie über etwas Lästiges, das kein Ende nahm. Plötzlich legte sie die Hände nervös an die Schläfen:
– Nein, nein, bitte! Wenigstens die paar Tage mit dir! Versprechen wir uns, davon nicht zu reden.
Vielleicht wäre das möglich gewesen trotz der Gesichter ringsum und trotz der Soldaten, die jetzt draußen die Straße absperrten. Vielleicht hätte Hanna sich nur versagen müssen, von den Bauern auf dem Wagen zu erzählen, die den Soldaten zugerufen hatten, sie dürften sich nun ruhig an die Arbeit machen, es sei die letzte Fuhre, niemand käme mehr nach.
– Wenn überall solche Eintracht herrschte wie hier zwischen den Putschisten und dem Militär, es wäre –
Die Bemerkung mißlang und auch sein Lächeln war vergeblich. In ihrem Gesicht stand nichts von dem auf, was er sonst an Heiter-Überlegenem darin zu entbinden pflegte. War es so lang vorbei oder war sie so anders geworden? Ihr Gesicht wirkte häßlich aus verhaltener Anklage, unintelligent vor Verbitterung. Eine winzige Möglichkeit des Unmuts, seit eh und je bereit, plötzlich aufzusteigen und alles zu überfluten, damit nachher der strahlende Gegensatz um so überwältigender sei, war so gewachsen, durchdrang sie bis ins tiefste, daß es aussah, als ob ihr Wesen davon den bleibenden Grundton empfing. Hatte er es noch in seiner Macht, die

andere Hanna hervorzulocken? Fast fürchtete er, daß es gelingen könnte.
Abends als sie den Gesichtern im Saal entkommen waren und draußen unter den Wipfeln auf und ab gingen, zögerten sie noch immer, ihr gemeinsames Stück Vergangenheit hervorzuholen, als wüßten sie, daß es seine bestimmende Kraft längst verloren hatte, und wollten es beide nicht wahrhaben. Die Wipfel troffen vor Nässe; manchmal glühte es in ihnen auf wie von einem Rest des Abendlichts, das darin verfangen war. Vielleicht hatten sie beide von diesem Wiedersehen zuviel erwartet, jeder auf seine Weise, vielleicht war es nur das, und wo Glut unter der Asche ist, darf sie brennen, selbst unter dem Fuß, der sie ersticken will, darf sie aufflammen und zeigen, daß sie da ist. Ging es von ihm oder von Hanna aus? Jedenfalls flohen sie zu bereitwillig in jene andere Spannung, in das Unausgesprochene, das über allem lag, und der Mann mit dem Sack war nur ein zufälliger Anlaß, keiner dachte darüber nach, wie er zu dieser Bedeutung gekommen war.
Der Mann ging wie aus dem Nichts getaucht auf dem Weg, der über die Wiese bergwärts den Wald hinanführte, er sah wie ein ländlicher Arbeiter aus.
Obzwar Robert sich nachher jedes Wort vergegenwärtigte, fiel ihm nicht ein, *wie* das Gespräch eigentlich begonnen hatte. Wahrscheinlich noch an der Straße, zumindest der Wachtposten mußte deutlich zu sehen gewesen sein. Der Mann trug ein längliches Ding in einen Sack gewickelt und über die Schulter gehängt.
– Was ist drin? fragte der Soldat.
– Bohnenstangen! Der Mann und der Soldat lachten.
Nun griff auch Robert an den Sack, auflachend – ein etwas künstliches, unmotiviert lautes abruptes Geräusch; er verstand im Augenblick nicht, daß die beiden es mit Sympathie hinnahmen – griff daneben, suchte nochmals und bekam das Verschlußstück des Gewehrs zu fassen. Der Mann nickte bestätigend, mit verschmitztem Lächeln. Erst später kam Robert zu Bewußtsein, was der Mann nun gesagt hatte. ›Wir haben uns schon gesehen, gestern. Aber heut' dürfen Sie bleiben und morgen sogar mittun.‹ Der Mann lachte vertraulich, als verberge er nichts, vor dem Robert abwartend sich verschließen müßte. Wahrscheinlich, daß er Robert aus der Gastwirtschaft oder dem Hotel in Salzburg wiedererkannte.
Plötzlich schien es Robert, der Mann habe mit dem Bruder etwas gemeinsam, das er ihm geradezu einladend darbiete, während der

Bruder es ihm hartnäckig verweigerte. Beinahe als solle er sich darüber mit dem Fremden auseinandersetzen, der in seiner sonderbaren Sprache weiterredete, ein paar stockende Sätze von sich gab, bis Robert endlich Bescheid wußte, ungefähr im gleichen Moment, als Hanna ausrief:
– Ein Windischer!
Aber damit war der Mann ganz und gar nicht einverstanden. Er war ein Daitschländer (ein breites dumpfes a, auf dem die Betonung lag), er war sogar der einzige Daitschländer in seinem Dorf, das knapp an der jugoslawischen Grenze lag, und daitschländisch hatte ihn der Großvater gelehrt, der als junger Mensch dorthin verschlagen worden war. – Aus Daitschland, sagte der Mann in seinem kaum noch verständlichen Kauderwelsch.
Deutschland! Zum erstenmal in den zwei Tagen hörte Robert das Wort, und auf der dunkelnden Landstraße und aus einem Munde kommend, der nie imstande gewesen war, seine Silben richtig zu formen, hatte es dennoch den versteckten Sinn, der hier alle bewegte. Das Unausgesprochene, plötzlich ausgesprochen, verstümmelt und schon auf dem Wege ins Fremde, schloß eine Zugehörigkeit auf, vor der er zurückschrak – lang vergessen . . . eine Vertrautheit und innerste Berührung, nicht zu sagen und nicht einmal zu erfühlen und doch wie das Bleibende in dem Nebel, in dem die Väterreihen sich verlieren.
– Ja, sagte der Mann, dessen Muttersprache das Daitschländische war, wir haben alle die gleiche Hoffnung.
Robert wollte dem Erregenden, das diese Stimme in ihm weckte, nicht erliegen, ihr nicht antworten wie ein Echo:
– Muß man seine Hoffnungen – und wenn es die besten und schönsten sind! – mit Gewalt, mit Blut und Tod verwirklichen? Ist das die einzige Möglichkeit?
Er hatte mit gedämpfter Stimme gesprochen, in Pausen, als gebe er einem Einfall nach, der unversehens in ihm hochstieg – und fühlte bereits mehr als er wahrnahm das Aufhorchen und Widerstreben des Mannes, den er eher an einem unwägbaren Zustand neben sich wußte als an den Geräuschen. Schließlich hörte er ihn verwundert, ein wenig ungeduldig und mit einer gewissen Bestimmtheit sagen – wie eine Belehrung, wie man dem andern etwas erklärt, das man bei ihm eigentlich voraussetzt, das er wissen müßte, weil jeder es weiß:
– Gegen die Gewalt . . . was gibt es da sonst als eine noch stärkere Gewalt?

Wieder die Erinnerung an den Bruder, mit dem der Mann unerbittlich ins Fremd-Feindliche entrückte, obwohl er jetzt vom Mond redete und ›luna‹ sagte und ›ze sonnen‹. Daß morgen die Sonne schien, dagegen hatte er nichts, aber den Mond konnte er heut' nacht nicht brauchen. Man sah nicht die Hand vor den Augen.
– Was dann, fragte Robert langsam wie unter einem nicht abzuweisenden Gedanken, was also, wenn ihr die Gewalt hier durch euere größere Gewalt beseitigt habt?
Der Mann antwortete nicht gleich, als verstünde er nicht, was Robert daran unklar sei. Erst als Robert wiederholte ›also was dann?‹, sagte er mit merkbarem Unwillen:
– Gerechtigkeit! – Gegen das Gehorchen haben wir nichts. Das haben sie von uns seit jeher verlangt. Aber dafür die volle Schüssel auf dem Tisch, die uns jetzt fehlt! Und als liege ihm daran, dem einzig möglichen Einwand zu begegnen, der sich vielleicht noch erheben ließ: Gemeint ist es für alle. Aber die mit dem richtigen Willen werden es erreichen.
– Und wenn die Gewalt sich dann gegen euch wendet, gegen die mit dem richtigen Willen – unwillkürlich gebrauchte er die Worte, die der Mann vielleicht aus der Sonntagspredigt hatte –, wenn die größere Gewalt euch genauso unterdrückt? Robert wartete auf Antwort, als ginge er neben seiner eigenen Stimme her, die er mit einemmal echolos und vergeblich fühlte. Der Mann schritt sicher aus, es schien, daß er seinen Gang immer mehr beschleunigte. Obwohl Robert es gar nicht gesehen haben konnte, glaubte er fest, daß der Mann sich einige Male unruhig und spähend umgedreht hatte. Dann wurde der ›pad‹ schmal und der Mann blieb stehen.
Die Bäume waren riesige Klumpen, drohend und unverständlich, das Gras glänzte vor Schwärze. Plötzlich hatte Robert wieder das Gefühl von Hannas Gegenwart, nahm ihren schweigenden Widerstand auf, eine geradezu haßerfüllte Ablehnung. Auch das Mißtrauen des Mannes bemerkte er endlich, es übertrug sich, obwohl er nur den ungefähren Umriß der Gestalt sah, ein schwaches Glimmen, als ob die Augen mit Anstrengung die Finsternis durchsuchten: Gefahr oder Angst oder beides. Nicht zu sagen, auf welche Art es sich mitteilte und in der zum Angriff entschlossenen Stimme hervorbrach:
– Was wollen Sie eigentlich von mir? Warum gehen Sie mit? Und jetzt wurde Robert von Hanna völlig ausgelöscht. Kein Zweifel, daß sie sich mit Absicht so zur Geltung brachte; sie trat zwei

Schritte vor, schob Robert hinter sich. Mit einem kleinen Lachen, das er sofort als Warnung aufnahm, ehe er ins Nichts versank:
– Sie haben ganz recht, wir müssen umkehren. Fremd wie wir sind, finden wir am Ende nicht zurück.
Im selben Augenblick geriet die Dunkelheit in Bewegung, erzeugte einen jähen Wirbel, von dem Robert auch nachher nicht mehr blieb als ein Keuchen, ein paar Schläge, das Geräusch von zerreißendem Stoff und der schmerzhafte Stoß vor die Brust mit dem Gewehr in dem Sack, den der Mann von sich schleuderte. Vielleicht spielte sich das Ganze nur deshalb mit solcher Schnelligkeit ab, weil Robert nichts begriff, und als er es erfaßt hatte, bereits alles vorbei war: die beiden Schüsse, die nicht weiter als zehn Schritte von ihm fielen und die mißglückte oder aufgegebene Verfolgung bedeuteten, die Behendigkeit der zwei Burschen, ihr rasches Zupacken. Aber die Frage, ob sie sich angeschlichen oder dem Mann aufgelauert hatten, wurde nie entschieden. Vielleicht war sogar die Tatsache, daß es zwei waren, nur deshalb außer Zweifel, weil sie jetzt vor Robert standen, Hanna, die sich beharrlich vordrängte, beiseiteschoben, ihn mit ihren Lampen anleuchteten, ehe sie ihm die Taschen abklopften.
– Nur damit kein Unglück geschieht, falls Sie zufällig was bei sich haben, das losgehen könnte.
Dabei stieß der eine mit dem Fuß an das Gewehr, hob den Sack auf. Der andere ließ einen grellen Lichtkeil den bläulich schimmernden Lauf entlangstreichen. Sie suchten an dem Gewehr herum.
– Von uns. Verflucht! Wie sind die draufgekommen?
Der kalkweiße Kegel bewegte sich ruckartig, mit mechanischer Starre, trieb jählings eine überdimensionierte Hand, ein Stück Schulter, die nervös flackernde Unruhe eines Gesichts hervor.
– Warum will der (ein mehrsilbiger Name, den Robert nicht verstand) nicht, daß die Saliner mitmachen?
– Denen haben sie die Gewehre bei ihrem Putsch weggenommen.
– Deshalb müssen sie bei uns einbrechen?
Sie achteten nicht mehr auf Robert und Hanna. Ihre unerwartete Entdeckung? Das Bestürzende und Gefährliche der Folgen? Es war auch die Finsternis ringsum, das Wogen und Gleiten, zerrissen von den Nachtgeräuschen, beklemmend wie alles Unfaßbare, daß sie mit eiligen gedämpften Stimmen redeten.
– Übermorgen sind wir die Herren.
– Wenn wir gewinnen.

– Wenn wir –? Staunen, Überraschung, beinahe Schreck, zum Greifen deutlich in die zwei Silben gelegt. Wir müssen ja gewinnen. Es heißt doch, alles ist so organisiert, daß wir müssen –
Der kleinere lachte verschlagen-verächtlich, sagte grob:
– Mach's Maul zu, kapierst es eh' nicht. Lauf, hol die ganze Bande, Tempo, ich komm nach!
Stämmig, beweglich, mit einer breiten Narbe über der Oberlippe wie von einer Hasenscharte, hielt er jetzt Robert die Taschenlampe rücksichtslos ins Gesicht.
– Wo kommen Sie denn her?
Hanna sagte:
– Wir sind auf der Durchreise. Er – sie deutete auf Robert, der ihren forschenden Blick, ihr Zögern fühlte – ist auf dem Weg nach England.
– Ich rate Ihnen, den Mund zu halten. Der Bursche maß Robert unentschlossen, als suche er nach einem wirkungsvollen Abschluß, einer Drohung. – – Übrigens is' es wurscht, Sie werden damit nichts ausrichten.
Sein Verschwinden – lautlos, augenblicklich, bot keine Schwierigkeit. Als er seine Lampe abgeknipst hatte, verschluckte ihn einfach die Dunkelheit. Nur ein paar Minuten war er noch da als Geräusch hastiger Schritte gegen den Wald hin.
Robert hatte sich bereits abgewendet, Hanna war ihm ein wenig voraus und die ganze Breite des Weges lag zwischen ihnen.
– Sonderbar –
– Sonderbar –! Sie äffte ihm nach, ihre Stimme kam aus einem feindseligen Bezirk, von dorther, wo es nichts gab als diese gereizte, von zu wenig Ironie verdeckte Bitterkeit. Merkst du allmählich, wohin du im richtigen Zeitpunkt ›heimgekommen‹ bist?
Sie waren schon auf dem Wiesenweg, der zum hinteren Hauseingang führte, da sagte Robert:
– Hoffentlich finden sie den Mann nicht.
– Natürlich finden sie ihn. Aber vielleicht einigen sie sich vorher und lassen die Salinenarbeiter mittun.
Mit einer Stimme, die merkwürdig scharf aus dem Undefinierbaren hervorkam – als steche sie mit einem Messer nach ihm; Robert war ein, zwei Minuten damit beschäftigt, die lächerlich-unbegründete Vorstellung abzuweisen. Noch immer in dem verletzend unpersönlichen Ton:
– Die wissen nämlich, wofür sie kämpfen. Sie diskutieren nicht

›Freiheit wofür und wovon‹. Es ist eine ganz konkrete Sache für sie: die volle Schüssel! Sie gilt im wörtlichen und im übertragenen Sinn und wird jetzt allen verheißen, von der Ostsee bis ans Schwarze Meer, eine richtige Zauberschüssel, die alles enthält, was sich an Erfüllungen und Überlegenheit ausdenken läßt. Für uns zum Beispiel liegt die neue Großmachts-Idee gleich oben auf, wir brauchen bloß zuzugreifen. – Und erst die Siedlergruppen oder einzelnen Versprengten, was immer sie außer Landes gebracht hat, alle diese Gespaltenen – hat je ein Mutterland sie skrupelloser mißbraucht?! Nicht überall geben sie so wenig auf wie hierzulande – die Willkür einer Handvoll schäbiger Profiteure.

– Gibt es eine andere Lösung als . . .

– Es gibt überhaupt keine Lösung, du hast es noch immer nicht erfaßt.

– . . . als die individuelle?

– Fort? In deinem Fall weiß ich sogar wohin. Aber die andern, die *nicht* können. Es soll auch solche geben, die gar nicht *wollen*! Und in den harten, ein wenig ungelenken Ton des ›Windischen‹ fallend, seine an der Bibel und Sonntagspredigt geschulte Sprechweise parodierend: Wehe, wenn das Humane mit den Mitteln der Inhumanität verteidigt werden muß. In einem verkrampften rachsüchtigen Hohn herauslachend: Wehe auch denen, die es müssen! Wenn sie nämlich da wären, wenn es sie gäbe – –

Sie gingen nebeneinander her, jeder in der heftigen Ablehnung, ja in einer absurden Vernichtung des andern. Als sei etwas in ihnen aufgebrochen, das mit ihren innersten Wünschen und Absichten zusammenhing und von dem sie jetzt nicht wußten, wohin es sie führen würde. Vergeblich der Drang, es in seine Gewalt zu bekommen, um es auszulöschen. Robert fand keinen andern Ausweg, er mußte eine Weile suchen, bis er ihre Hand zu fassen bekam. Er griff danach als wollte er sich nicht nur ihrer Hand bemächtigen. Aber er fühlte, daß sie sich aus einem Zustand zurückholte, den wahrlich nicht er mit ihr geteilt hatte. Unwiderstehlich, wie eine Drohung, das plötzliche Bedürfnis ihr mitzuteilen, daß seine Reisegefährten nicht länger als drei, vier Tage in Salzburg zu bleiben gedachten. Eigentlich war er mit ihnen verabredet. Sicher erwartete Hanna, obwohl sie keine Silbe davon erwähnt hatte, daß sie beide mindestens zwei Wochen miteinander verbringen würden.

Trotzdem war er nicht imstande, ihr auch nur die Möglichkeit seiner Abreise anzudeuten. Als wäre ihre Beziehung heute noch, was sie lang genug gewesen: immer wieder die Flucht in den Widerstand, ein Ausbiegen vor dem Endgültigen. Lag es an dem Mann mit dem Gewehr oder an seinen Verfolgern, war es das Wort, das die Sache bezeichnete, um die es ging und die sie alle betraf? Oder hatte hier nur der Zufall eine willkommene Kulisse aufgestellt? Schicksal ist etwas, das es immer erst im nachhinein gibt. Vielleicht besteht darin das Geheimnis seiner Unabänderlichkeit.

Hanna erwiderte nun den Druck seiner Hand und ihr Mund war plötzlich sehr nahe:

– Weißt du, dein Brief war sofort ein Zeichen für mich. Ich hab' gewußt, daß er mehr bedeutet als nur ein Wiedersehen. Eine reichlich verspätete, vielleicht die letzte Gelegenheit zu etwas, das zwischen uns entschieden werden muß, so oder so . . .

Sie sah prüfend in sein Gesicht:

– Wir dürfen es nicht laufen lassen wie es läuft. Wir müssen es verantworten, jeder vor sich selber. Die Umstände sind gegen uns, alles ist gegen uns. Und so stark wirkt keiner, daß seine Bedeutung nicht verblaßt, daß er dem andern nicht ersetzbar schiene. Manchmal denke ich, wenn wir uns diese Jahre näher gewesen wären –

Sie blieb stehen, sah voll zu ihm auf, als erwarte sie seine Bestätigung.

– Ja, sagte Robert, jämmerlich! Wenn die äußere Situation lang genug gegen einen ist, kommt der Augenblick, wo man sich einbildet, daß auch die innere dagegen ist.

Eine fast bestürzte Pause; etwas Ähnliches hatte es heute schon gegeben, gleich nach der Begrüßung und nachher bei Tisch. Wahrscheinlich hatte sie diesen Spaziergang vorgeschlagen, um es vergessen zu machen. Er wußte nicht, wie es kam, aber plötzlich hörte er sich über das Windische reden, laut, ein wenig dozierend, mit dem peinlichen Gefühl, für das der gezwungen interessierte Ton eine vergebliche Ausflucht war:

– . . . auffallend, die rein erhaltenen lateinischen Wörter. Eine in manchen Alpentälern, im Südosten, steckengebliebene Mundart, durchwachsen von allem, was seit der Völkerwanderung durchgezogen ist. Manchmal –

Sie waren schon nah beim Haus, im Licht der Laterne sah er den Spott in ihrem Gesicht; er schwieg sofort.

Oben entschuldigte sie sich:

Sie fühlte sich wirklich abgespannt, nicht gerade Kopfschmerz,

aber an der Grenze. Die Luft hier ... herrlich, nur etwas ungewohnt – und wieder dieses bittere Lächeln – wie ein Sturzbad –
Es lähmte sie beide, als habe das, worauf sie warteten, schon begonnen. Nicht die Entscheidung selbst, aber die Richtung, in der sie fallen würde. Vielleicht war trotzdem noch alles in Schwebe und von nichts anderem abhängig als von beider Wunsch und Willen. Nur sagen mußten sie es, wenigstens mit den Worten bis dorthin vordringen, wo sie mit einem unnennbaren Teil zusammengehörten; es aussprechen, damit es nicht wurde wie die Szene auf dem nächtlichen Wiesenweg, die doch auch in der Tiefe das gleiche in ihnen erregt und dennoch jeden für sich und gegen den andern verschlossen hatte.
Robert stand vor ihrer Tür, langsam, lautlos drückte er die Klinke nieder und hatte dabei das Gefühl, sie müsse es merken und einen Laut von sich geben, keine Frage, keine Aufforderung, nur seinen Namen leise rufen. Er wartete ein paar endlose Minuten, aber nichts in ihrem Zimmer rührte sich. Ebenso leise ließ Robert die Klinke wieder einschnappen.

Ein Morgen wie keiner noch, glitzernd und perlend in Regenbogenfarben, die Wiese silberschaumig, Gebüsch und Wipfel in berstendem Grün, das erst weit draußen, wo die zitternde Linie der Berge im Glast versprühte, mit reinen und tiefen Tönen des Übergangs sich wandelte; und drüben, jenseits des Sees, über der triefend gesättigten Ebene die dröhnende Säule des Unendlichen.
Eine maßlose Bläue, wie die ferne Hülle der stechenden Helligkeit, die irgendwo hoch droben die Sonne bedeutete.
Der Tisch auf dem Balkon stand knapp unter den Wipfeln und der Weg zur Butterdose und den duftenden Schnitten Kornbrotes führte buchstäblich durchs Geäst, hinein in die schimmernde Kühle. Die eßbaren Dinge hatten teil an der allgemeinen Verjüngung und schmeckten mit köstlicher Klarheit. Blaßgelber Wiesen- und bernsteindunkler Fichtenhonig, und den Tee (die Trübung jedes Frühstücks in solchen Pensionen) hatte Hanna mitgebracht und eigenhändig zubereitet. Sie blinzelte träge, genießerisch. Robert kannte solche Verwandlungen an ihr, aber er war dennoch überrascht, wie rund und glatt sie aussah. Der gestrige Abend und die Nacht waren ins Chimärenhafte hinabgetaucht und nichts gewesen als höchstens das grüblerische Bangen, das jeder Gewißheit vorangeht, auf die man zu lange gewartet hat. Als habe ihr

Wiedersehen eben erst begonnen und erfüllte wunderbar und über die Maßen den Sinn, der ihm zukam, so daß sie von lauter kleinen und nebensächlichen Dingen reden mußten.
– Denkst du noch . . . weißt du noch . . . und damals . . .
Völlig unbefangen konnte sie ›damals‹ sagen, während immer wieder die gleiche Szene, eine bestimmte Erinnerung, zwischen seinen Worten aufstand und Hanna strahlend und selbstvergessen auf einem unsichtbaren Bogen ins Heute schwebte. Verwischt, unter all dem Trüben der Jahre vergeblich gerechtfertigt, und nun von einer Heftigkeit, daß er überzeugt war, es müsse bei ihr genau so sein – bildhaft nahe: wie sie einander plötzlich die Hand gereicht hatten, ›wir versuchen es – ja?‹ Kein Kuß, keine Umarmung, nicht einmal ein Gedanke an das Körperliche, das sie aneinander schon gut kannten, gar nichts von dem Erregenden zu schmecken und zu greifen, mit dessen Hilfe man sich über die Grenzen zum andern tastet, ins Gefühl des Ein-und-desselben, aus dem die Seifenblasen des gemeinsamen Willens emporsteigen. Ein Pakt; nur ein Händedruck, ihre sportliche, etwas harte Hand in der seinen, ein wenig Ironie, die nicht ganz glückte. Aber dazwischen ein, zwei Minuten – – sie hatte einen Ernst im Blick, vor dem er erschrak und den er ihr nicht zurückgab, zwingend, das Unabänderliche. Hatte nur er so viel Ferne zwischen sie beide gelegt?
Sie lachte:
– Es war Zeit genug für die ausgiebigsten Vernunftgründe. Meinst du, ich hätte mit meiner Freiheit nichts anzufangen gewußt?
Wieder sein Ausweichen; er versuchte noch immer, es ins Scherzhafte zu biegen:
– Also der Augenschein spricht nicht dafür. Übrigens: Vernunftgründe sind immer Gegengründe.
Ihr Gesicht! Ein fatales Gefühl, daß dieser Weg heute nicht gangbar sei. Ein wenig beschämt und fast wie ein Geständnis:
– Freiheit, das ist manchmal nur die Möglichkeit, gerade was man sich im tiefsten Grunde wünscht, so lange hinauszuschieben, bis es zu spät ist.
Sie nahm den Gedanken auf wie etwas seit langem Vertrautes:
– Die Angst vor dem Endgültigen! Und daß es dann mit dem Zauber der Vielfalt und mit allen Erwartungen vorbei sein wird. Du bist keiner von denen, die nur mit dem Verstand klug sind, und doch –
Als spüre sie das Peinliche in seinem Abwarten, die Verlegenheit über die Art, in der sie ihn entblößte:

– Manchmal sieht es aus, als fehlte dir das Gefühl, daß dafür etwas anderes beginnt: da, worauf es ankommt, wenn man später einmal zurückschaut.
Sarkastisch, aber so, als pflichte er ihr bei:
– Ja, im entscheidenden Augenblick laufe ich immer davon.
Sie ereiferte sich:
– Aber keine Spur! Vielleicht macht es ein Überschuß an Phantasie, vielleicht hat es jeder, der in einem geistigen Bezirk allein sein muß. Es ist eben dein Standpunkt. Aber rundherum und wie nebenbei greifst du nach allem, was dir begehrenswert erscheint, und weißt es recht ausgiebig zu genießen. Auch wenn es eine Frau ist, kannst du gründlich bei der Sache sein. In dem Punkt wirst du mir einige Erfahrung zugestehen. Aber dann kommt der Moment, wo dir das Ganze sozusagen zu wirklich wird –
Er sah sie aufmerksam an und auch ein wenig betroffen. Als habe sie an etwas gerührt, das auch nur zu ahnen er ihr nicht zugetraut hatte. Sie, noch immer lachend, doch mit einer Spur von Ungeduld oder Ärger:
– Und das Wirkliche – ist dir im Grunde nicht wichtig. Alles, worauf es mir ankommt, ist dir nicht wichtig. Aber sogar das gefällt mir an dir!
– Hör auf, ich bin bereits geblendet.
– Ich bin eben dabei, für den Schatten zu sorgen. Ich meine nicht die Resignation, in der man sich nachher möglichst bequem einrichtet, sondern das Zuzweit und Ineinander, das nun einmal die Voraussetzung ist für vieles, dem du bisher geradezu ängstlich aus dem Weg gegangen bist.
Nachdenklich, fast als rede er zu sich selbst:
– Ja – wenn einer darin versagt hat . . .
– Das ist es doch, was ich dir die ganze Zeit auseinandersetze! Aber muß ich . . . nein, ich sage dir lieber nicht, daß du trotzdem ein sehr männlicher Mann bist.
– Du scheinst meine Abwesenheit zu allerlei Vergleichen benützt zu haben.
Sie tat nun ernstlich böse. Sprühend:
– Ein paar Männer? Das leugne ich natürlich. Und wenn sie gewesen wären, jeder würde nur ein Argument mehr für dich bedeuten. Denn siehst du, ›meine Freiheit‹ . . . ich bin mir längst klar, warum ich damit nichts anzufangen weiß. Aber du hast es noch immer nicht begriffen!
Dabei erhob es sich in ihrem Gesicht, unwillkürlich und trotz ihrer

Anstrengung ins Verquälte gewandelt, erhob sich und brauchte ein paar Augenblicke, um zu verschwinden, so daß sie wieder lächeln konnte:

– Und das ist der einzige wirkliche Vorwurf, den ich dir zu machen habe.

Nichts als der Tisch war mehr zwischen ihnen, der ein wenig ins Wanken geriet, aber die Teekanne, die umgestoßen wurde, war nahezu leer. Am Rand ihrer Oberlippe schmeckte er eine unsichtbare Spur von Honig, eigentlich nur ein, zwei Tropfen, nicht größer als Stecknadelköpfe, und dieser winzige und intensive Geschmack war das Letzte, das er mitnahm, als er in ihren Mund eindrang. Sie war eine prachtvolle Begleiterin dorthin, wo es die Enge des Fühlbaren und Tastbaren braucht, um durch alle Andeutungen hindurch erst in der schwellendsten Erwartung am wirklichsten zu werden, etwas, vor dem man weiß Gott nicht davonlief, wenn man sich eilig ins Zimmer zurückzog. Aber dazu kam es nicht, weil noch eine andere Wirklichkeit aufdringlich bewies, daß sie gleichfalls vorhanden war. Mit überraschender Plötzlichkeit und überhaupt allen Anzeichen gelungener theatralischer Wirkung: ein Knall, als schleudere es den Balkon, auf dem sie standen, in einen porzellanenen Abgrund oder als werde zumindest das Frühstücksgeschirr dort hinuntergeschmettert. Hanna stellte die Teekanne nach dem ersten Ansturm des Schreckens noch immer ein wenig mechanisch an den früheren Platz. Den zweiten Knall nahmen sie schon als Kanonenschuß hin, der in einiger Entfernung abgefeuert wurde.

Unten stürzten die letzten Nachzügler aus den Türen, die andern liefen bereits über die Wiese zum See. Wo der Schilfwuchs im Schwemmsand erstickte, drängten sich alle zusammen, wie auf eine Anordnung, als ob man ihnen diese Stelle zum Zuschauen angewiesen hätte, dachte Robert, Frauen und Kinder und nicht ein einziger Mann darunter. Doch – in der Gruppe, die betreten und unentschlossen vor dem Schilf stand und offenbar zögerte, sich den Einheimischen anzuschließen, bei denen die bessere Sicht war, befanden sich einige Männer. Die Kinder verfolgten hingerissen, unter gelegentlichen Schreien – Schreck und Entzücken – die Geschoßeinschläge. Manche Frauen hatten vor Verhaltenheit blicklose Gesichter und die Männer starrten nach dem Dorf hinüber, gebannt und wortlos, in verbissenem Mißtrauen, das Robert aufreizend fand.

Aber Hanna lachte spöttisch:

– Geduckte Beamte, völlig auf ihre Stellung angewiesen, von jedem neuen Regime bespitzelt, die nicht wissen, welche Gesinnung sie jetzt zur Schau tragen sollen. Und die Einheimischen . . . den Alten steckt der Respekt vor der ›Obrigkeit‹, unter der sie aufgewachsen sind, noch in den Knochen. Die Jungen . . . natürlich glauben sie an die goldene Zauberschüssel, aber im Grunde haben sie nichts weiter erfaßt, als daß sie rebellieren dürfen – erhebend, nicht wahr?!

Sie schien ganz bei sich, in ihrer uneinnehmbaren Festung, von der jeder Ausfall glücken mußte, genau die Hanna, die er damals zurückgelassen hatte. Er gab zu, daß er zu lange fortgewesen sei, um sich kommentarlos zurechtzufinden. Falls dies ein Putsch war, so jedenfalls einer, bei dem es nur Mitwisser gab, obwohl außer den Einheimischen sich niemand zu den Mitverschworenen zu gehören traute. Es war auf eine abstoßende Weise jämmerlich, dieses mit Selbstverständlichkeit zur Schau getragene Vermeiden selbst des geringsten Risikos, das Abwarten nach zwei Seiten, der routinierte Verzicht auf Haltung, der sich nicht einmal zu einem Aufmucken hinreißen ließ.

– Sag mir, was fürchten die Leute eigentlich? Und wozu ist das Ganze? Es gibt hier doch überhaupt keinen Gegner. Warum schießen die Kerle? Hanna zuckte die Achseln:

– Wahrscheinlich haben sie Befehl.

– Aber –

– Muß ich dir wirklich erklären –? Ich finde, sie machen es sehr rücksichtsvoll. Und außerdem, es entscheidet sich dabei doch nichts. Nicht nur, weil es hier nichts zu entscheiden gibt.

Man brauchte sich nur umzudrehen, um zu sehen, woher die Schüsse kamen. Der See lag unbeweglich und flach da, ein Spiegel, der die Höhe des Himmels gründunkel zurückwarf. Das Land ringsum setzte diese Flachheit fort, bis es im Norden unter der Last des Horizontes hinabsank und nach den andern Seiten sogar in solcher Entfernung mit dem Eindruck jäher Übergangslosigkeit an die Berge stieß. Der Horizont und die Berge, beides war ungeheuer. Aber dazwischen, gleich hinter den locker ins Grüne gestreuten Häuschen mit den buntblumigen Fenstern, gab es eine Erhöhung, ein riesiges Felsstück, wie eine Hochgebirgskuppe, in Urzeiten von irgendwo herabgestürzt oder angeschwemmt, senkrecht abfallend, eine Art Plateau mit ein paar Schwarzföhren und verdorrenden Lärchen. Eine der Frauen hielt Robert bereitwillig das Glas hin, so daß er den Hauptmann Lodric dort oben genau

betrachten konnte. Er sah auch die rauchende Feldküche und die Gesichter der Soldaten, die grinsend die Geschütze bedienten.
Die von den Einschlägen im See hoch aufspritzenden Wassergarben mit den emporgeschleuderten Fischen; die Gesichter, die gierig nach den schaumigen, im Nu wieder geschlossenen Trichtern starrten! Aber das war zu wenig, die Bewegung des Wassers und die Fischleiber, die haufenweise ans Ufer trieben, waren zu wenig. Daß die Fische tot waren, lockerte die Spannung, als brauchte es die Vernichtung, wo sie am endgültigsten ist, am Lebendigen, damit die Leute das nach außen Drängende in der Gewalt behielten. Es war sofort klar, daß die Bäuerin, die fäusteschüttelnd entlang des Ufers herankam, die Auslösung bot, der sie sich gefahrlos überlassen durften. Eine alte knochige Person, sie ging mit steifen Hüften, den Leib sonderbar gerade, aber in stumpfem Winkel abgebogen. Das dem Körper fehlende Fleisch schien in dem üppigen Kropf gesammelt, der ihr schaukelnd unterm Kinn hing. Ihr eckiger Kiefer klaffte aufgeregt auseinander. Was sie an Verwünschungen hervorstieß, weil sinnlos in die Luft oder vielmehr ins Wasser geschossen wurde, ausgerechnet dorthin, wo die neu eingesetzte Fischbrut und die Karpfenjährlinge sich aufhielten, bewirkte im Augenblick ein Gelächter, hämisch und rücksichtslos. Den johlenden Zurufen war zu entnehmen, daß es sich um die Fischereipächterin handelte, die sich den Schaden besah, den der Hauptmann Lodric mit seinem Bombardement anrichtete.
Die Person blieb stehen, starrte wie blind vom Nicht-Begreifen auf die Menge. Unbedenklich ging sie ans Wasser heran, hob einen Fisch auf, betroffen von der überflüssigen Verrichtung betrachtete sie ihn wie etwas Unverständliches. Mit tiefernster Verwunderung hielt sie ihn den Leuten hin, die unwillkürlich verstummten. Da bot ihnen der Zufall noch eine Gelegenheit: die von einem nahen Einschlag jäh aufschießende Woge brach klatschend über der Person zusammen. Durchnäßt von Kopf zu Fuß stand sie da, den toten Fisch in der Hand. Ihr Gesicht oder ihre Haltung? Sie sah jämmerlich aus, hatte bestimmt nichts Imponierendes und Drohendes, trotzdem war es mit einemmal unmöglich, diese Chance zu schallendem Gelächter auszunützen. Die Leute schwiegen, und auch die Frau gab keinen Laut von sich.
Dann wandte sie sich ab, der Kuppe zu. Als sie an den Sommergästen vorbeiging, warf sie ihnen den Fisch hin:
– Da habt ihr, freßt! Na, so lacht doch, freut euch!
Aber sie ließ ihre Verachtung zurück: die Einheimischen sahen

jetzt höhnisch und feindselig auf die Sommergäste, unter denen es kein grinsendes Gesicht mehr gab. Sie machten eher einen betretenen Eindruck und bemühten sich, von dem Fisch wegzusehen.
Durchs Glas sah Robert die Alte mit dem Hauptmann Lodric verhandeln und die Argumente, mit denen sie ihn gestikulierend überschüttete, taten sichtlich ihre Wirkung, denn die Einschläge erfolgten nun in längeren Pausen drüben, fast an der gegenüberliegenden Seeseite, weit weg vom Schilf und im tiefen Wasser.
Bei den Einheimischen flogen plötzlich Schimpfworte auf, ein Stein sauste scharf hinter Robert vorbei. Unter den Sommergästen gab es die ersten Angstschreie der Frauen und eine erregte Männerstimme, die immer wieder ›Gesindel, Gesindel!‹ rief, als sei darin alles enthalten, was sich gegen die Einheimischen an Schändlichkeit und Verachtung vorbringen ließ. Vielleicht, daß die Beamten dem Militär vertrauten, aber auch für die Einheimischen war das Militär der imponierende Teil der Obrigkeit, der einzige, für den sie sogar Sympathie hatten. Über beiden lag, fast sichtbar in der Luft, niederhaltend, lähmend, jeden Ausweg sperrend, die Unsicherheit: Wie stand es eigentlich? Vielleicht wollte einer die Wendung vorwegnehmen und ließ sich hinreißen:
– Anzeigen werden wir euch, ihr gehört eingesperrt! Wir wissen genau, mit wem ihr's haltet.
So wenig das an Anspielung sein mochte, die Einheimischen antworteten mit wütendem Grölen:
– Und wir wissen genau, daß ihr's mit dem haltet, der gewinnt, ihr Bagasch'!
Die Steinwürfe wurden häufiger, ein paar Frauen, die Kinder hinter sich herzerrend, flohen bereits ins Dorf. Lästig, abstoßend und diesmal mehr als die triebhaft-gierige Roheit ländlicher Raufszenen: der nicht zu bändigende Versuch, auf dem üblichen Wege zur Entladung zu kommen, der sie über die eigentliche Ursache hinwegtäuschte.
Plötzlich war es Robert und Hanna unerträglich, länger zuzusehen. Beinahe als fürchteten sie, daß es auch sie in den allgemeinen Zustand hineinziehe, in dem jeder seine Wünsche und Befürchtungen – aus je tieferem Bereich um so unsagbarer und heftiger – in die äußere Entscheidung verlegte. Sie liefen, als müßten sie ihr entgehen, jagten den Rand von Wiese und Wasser entlang, als hätten sie ein gemeinsames Ziel.
Jenseits des von Erlen bestandenen Grabens versanken sie bis an die Knöchel im sumpfigen Wiesengrund. Als sie sich umsahen und

allein waren, schien es, als hätten sie alles andere schon hinter sich gelassen. Sie waren nun wieder am Schilf, es wuchs hier nicht bis ans Ufer, sondern in einiger Entfernung drinnen im See. Eine stechend heiße Sonne, Hanna suchte besorgt den Horizont ab, aber die Berge flimmerten silbern im Unendlichen.
– Mindestens zwei Tage noch schönes Wetter.
Sie standen unter den Erlen, sahen einander an, Robert noch mit einem kleinen Zweifel, aber Hanna setzte sich sofort hin und zog Schuhe und Strümpfe aus. Er fühlte, es wurde eine jener von Bewunderung nicht ganz freien Situationen, in denen sie ihm durch ihre Unbefangenheit über war. Nicht, daß er sich beim Auskleiden verbarg, der Strauch, an den er seine Kleider hing, war zu schütter, um etwas zu verbergen, da trat sie bereits sich genießerisch reckend in die Sonne. Sie hielt die Beine ein wenig gespreizt, ein Zufall, der sich wohl durch das Stehen im harten Gras ergab; ganz sicher ein Zufall, sie hatte keine Ahnung, wie prachtvoll herausfordernd sie aussah. Sie wartete nicht lange, sondern stürzte sich ins Wasser, so daß er ihr nach mußte, nicht sehr geschickt, denn er glitt vom Rande ab und sehr wider Willen in den Schlamm einer Untiefe. Es konnte so aussehen, als ob sie noch immer die bessere Schwimmerin sei. Obwohl ihm vorkam, sie habe den Kopf nur gewendet, um sich eine nasse Strähne aus dem Gesicht zu streichen, war plötzlich der Gedanke da, das Lächeln, das sie ihm dabei sandte, gelte seinem mißglückten Start. Ja, einzig deshalb hatte sie sich umgedreht. Wütend nahm er ihre Verfolgung auf.
Das Wasser war lauwarm, schwüles Wasser; sie bewegten sich rasch vom Ufer weg. Hanna schwamm noch immer vor ihm her. Es war rätselhaft, auch kraulend kam er kaum näher an sie heran, und gerade jetzt, mitten in dieser abgestandenen Brühe, empfand er die wachsende Erregung, die von ihr ausging, obwohl er ihre Gestalt in den Konturen gar nicht deutlich verfolgen konnte. Das Wasser oder die Sonnenspiegelung oder beides verzog die Beine zu breiten schlingernden Streifen, verlängerte ihre Brust ins Absurde und machte die Schenkel völlig gestaltlos. Dazwischen sah es wie nach einem treibenden Schilfbündel aus, einem vielzerschlissenen Wurzelstück, das sich vom Grunde losgerissen hatte, aber vielleicht waren das nur die schwächlichen und vergeblichen Hilfen seiner Abwehr. Sie waren schon knapp am Schilf und wie um sich von seinen Wünschen zu befreien, griff er nach ihrem Bein, umklammerte ihre glatte Wade, damit vor der Wirklichkeit ver-

gehe, was sie trotz der veränderten Form im Wasser hochgebracht hatte. Hanna mußte sich am Schilf festhalten, sie stieß nach ihm, wandte sich ins Dickicht und fand hier eine von den flachen Scheiben aus zusammengenagelten Brettern, die den Enten oder sonstigem Wasserwild die Anlage von Nistplätzen erleichtern sollen. Sie schwang sich darauf und während er ihr folgte, hatte er, als die Sonne auf ihn brannte, ein köstliches Erfrischungsgefühl, das alles übertönte. Sie lagen ein paar Augenblicke nebeneinander, dann zeigte es sich, daß die Wirklichkeit über noch stärkere Kräfte verfügte als ihr Zerrbild im Wasser. Endlich war es die frühere Hanna, genau die Hanna von damals, sie schmiegte sich sofort in seine Umklammerung und war schon unter ihn geglitten.
Nachher – es konne eine lange oder eine kurze Zeit gewesen sein – war es schwer, in die Kleider zu finden. Es stand rings um sie, riesenhaft, nicht zu fassen, ein metallisch schwingender Ton, der sich dröhnend bis in die fernste Weite und bis in ihr Inneres fortsetzte, unmenschlich, Gedanken und Pläne ausgelöscht, wie nie gewesen; nur der Wunsch nach Schlaf und dieses Einbezogen- und Geborgensein, das in nichts mehr mit ihrem früheren Dasein zusammenhing.
Die Kühle unter den Erlen war unwiderstehlich. Wenn Hanna sich nicht auf den Weg gemacht hätte . . . Betäubt wankten sie unter der schweren Sonne. Quälend, widersinnig, ins Heute und Morgen, überhaupt ins Persönliche zurückzukehren.
Hanna blieb stehen, blinzelte zum Dorf hinüber. Robert sagte:
– Die Schießerei hat aufgehört – –
Da gab es ihr einen Ruck, mit einem Ausruf blickte sie scharf nach dem Kirchturm jenseits des Sees. Sie starrten nun beide hinüber. Es nützte nicht, die Fahne, die dort wehte, verdeckte den halben Turm. Robert drehte sich um, wies auf noch zwei Kirchtürme in der Ferne.
Die Stille um sie war mit einemmal beängstigend. Diese Felder und Bäume und Berge, alles sinnlose Gegenstände, mit denen sie nichts mehr anzufangen wußten. Weit und breit kein Mensch, eine unerträgliche Resonanzlosigkeit, nichts als die großen, blutroten Tücher, vom Wind gebläht, mit dem schwarz-weißen abstrakten Auge in ihrer Mitte herüberstarrend –
Wie auf Verabredung begannen sie plötzlich zu laufen.

III

Die Leute standen auf dem Marktplatz herum, Weiber und Kinder, und zittrig auf zwei Stöcken ein ganz alter Mann darunter. Sie schauten worthungrig nach jedem, der etwas sagen konnte. Sie schauten auch auf Robert.

Robert fragte nach dem Gendarmen.

Der Gendarm war in aller Frühe gegen die Grenze aufgebrochen. Eine Schmugglerbande.

– Und der Ortspolizist?

Der Polizist hatte gestern, spät am Abend, seinen Anfall gehabt. Bei solch einem Rheumatismus war es nur natürlich, wenn er heut im Bett lag. – Aber der Lehrer?

Ja, der Lehrer mußte eigentlich hier sein. Jeder hatte das Gefühl, ihn gerade vor ein paar Minuten gesehen zu haben. Freilich momentan – –. Niemand konnte schließlich verlangen, daß sie auf den Lehrer aufpaßten.

Die Auskünfte kamen ohne Humor, befangen; die letzten bereits mürrisch abweisend.

Der Hauptmann Lodric verließ eben das Häuschen des Gendarmeriepostens. Er hatte nicht gewartet, bis die Feldtelephonleitung, die seine Soldaten legten, fertig war, sondern von da aus mit dem Kommando gesprochen. Er ging immerhin in einer Entfernung vorbei, daß er hätte grüßen können. Aber er sah geradeaus, sehr dienstlich. Robert rief ihn an:

– War das heut morgen eine Schießübung?

Der Hauptmann trat nahe an ihn heran:

– Richtig, eine Schießübung. Leider weiß ich nicht, ob es bei der einen bleiben wird.

Plötzlich schloß er sich ihnen an, zog Zigaretten hervor. Bedrückt, wie unter dem Zwang von etwas Unnennbarem, dem man in Gesellschaft leichter begegnet. Robert fragte:

– Wie steht es eigentlich?

Der Hauptmann sog an der Unterlippe.

– Genau weiß das niemand. Sie verstehen: die kritische Zeit, in der es sich wendet, so oder so, und man ›auf eigene Verantwortung‹ handelt – in meinem Fall.

Robert fühlte, daß er im Begriff war, sich zu dem Mann neu einzustellen, günstiger. Und aus einer ähnlichen Unsicherheit

geriet er beinahe in den gleichen, gemacht flotten Ton, den der andere manchmal hatte.
– Na, zum Glück ist es hier überflüssig, etwas zu unternehmen, das . . . ernstere Folgen hat.
Man sah es, die Leute, die unwillkürlich herandrängten, um ein Wort aufzuschnappen, litten unter der schwierigen Anstrengung, sich vorzustellen, daß ihre Erhebung auch diesmal niedergeschlagen werden könnte. War ihre Sache nicht die gerechte? Ersah man es nicht schon daraus, daß die Regierung dagegen war?! Damit begann es und stand deutlich in ihren Gesichtern, das tief eingewurzelte, durch jahrhundertelange Erfahrung gehärtete Mißtrauen gegen alles, was Regierung heißt. Denn die Regierung hat immer neue Schliche, wenn sie droht, mußt du achtgeben, und wenn sie dir Honig ums Maul schmiert, dann sei erst recht auf der Hut. Hat sie sich nicht schon jedes Recht genommen? Wozu will sie uns noch einreden, daß der Bayer drüben der Feind ist, und die Welschen, gegen die wir vier Jahre im Schützengraben waren, mit einemmal Freunde? Vielleicht sind sie es jetzt, aber Wien ist kein Freund, sondern der Herd des Unrechts, Wien ist die Regierung.
Robert hätte den Leuten gern ein beschwichtigendes Wort gesagt, aber er fand keines, krampfhaft in Anspruch genommen von dem, was von weiter her und in unregelmäßigen Pausen an sein Ohr drang.
Wo der Fußweg zur Pension abbog, blieben sie stehen. Außerhalb der Ortschaft und in der großen Ruhe ließ es sich durch den Entschluß, nicht hinzuhören, nicht mehr verleugnen: eine abgehackte Folge pfeifender Knalle, dünn auseinandergezogen, dann wieder krachend und peitschend verdichtet. Sie hatten die ganze Zeit nicht gewagt sich einzugestehen, daß sie es befürchteten, nun war es da. Hanna sah Robert mit einem sonderbar leeren Blick an, und der Hauptmann Lodric lächelte fast verlegen. Die Spannung in ihren Nerven ließ nach und öffnete sie alle drei ohne Widerstand dem Lärm des Gewehrfeuers. Es kam nicht über den See herüber, sondern von jenseits des Hügels, aus keiner allzu großen Entfernung.
– Ist Militär eingesetzt worden?
– Offiziell sind wir noch nicht mit dabei. Wenigstens vorläufig –
Der Hauptmann kniff die Augen zusammen, sein langes Gesicht war zu knochig für reichhaltigere Möglichkeiten des Ausdrucks. Bei ihm war alle Bewegung in der Augenpartie gesammelt, graue, vorn liegende Augen, dann erst tat der dünnlippige Mund unter

der hellen Bartbürste ein wenig mit. Offenbar war dieses Zusammenkneifen als mimische Begleitung zu seinem immer sarkastischen Ton aufzufassen, aber jetzt wirkte es maskenhaft, verzerrend, wie ein Tick:

– Das sind keine Truppen, das sind – Amateure!

Nachrichten? Die Beamten standen in bebender Spannung unter dem Vordach des Hauses. Wem diese Gier, die kaum noch niedergehaltene Erwartung galt, begriff Robert erst, als der Postbote vom Rad sprang. Sie rissen die Mittagsblätter ihm und sich gegenseitig aus den Händen, alles ohne ein Wort, kämpften zu zweit und zu dritt mit vorgebeugten Köpfen um die Schlagzeilen. Robert wartete auf einen Ausruf, auf die noch so vage Andeutung einer Stellungnahme.

– Ah! Interessant . . . wirklich . . . sehr interessant –

Schon der Zweifel, ob die Nachrichten den Tatsachen entsprachen, hätte vielleicht eine innere Einstellung verraten. Ihre Technik war erstaunlich. Bei ihnen mußten Spitzel einen schweren Stand haben. Robert trat an den Ministerialrat heran:

– Na, diesmal verschlingt der größere Fisch den kleinen. Was sagen Sie dazu?

Es gab kein Ausweichen. Der Mann bleckte die Zähne, sein stiernackiger Schädel neigte sich ein wenig zur Seite. In diesem Augenblick wurde das Gewehrfeuer deutlicher. Jetzt lächelte er, nicht gerade mit Überzeugung, aber immerhin, und hob aufmerksam den Finger:

– Offenbar eine Manöverübung. Nicht übel bei dem prachtvollen Wetter.

Eine erbitternde und leicht verrückte Szene, Robert lachte ihm rücksichtslos ins Gesicht, nicht ohne zu erfassen, daß dies für die andern bereits eine verblüffende Art sich zu exponieren war, die ihn wegen der Unabhängigkeit, die sich darin ausdrückte, doppelt hassenswert machte. Wie stand es eigentlich? – Die Frage ging weiter vom Politischen tief ins Persönliche und wurde hier vollends rätselhaft, die sehr konkrete Frage eines Mannes an die Vierzig, der mit seinen Plänen eigentlich über den Anfang kaum hinausgelangt war. Er hatte alle Energie verausgabt, seine wissenschaftliche Arbeit als ›die auserwählte Wirklichkeit‹ gegen den Einbruch vieler anderer Wirklichkeiten zu behaupten. ›Es ist dir nicht wichtig, alles, was das Leben erst zum Leben macht, ist dir nicht wichtig‹ – drückte Hanna es aus. Aber vielleicht hatte sie die Unabänderlichkeit des Entschlusses und etwas von der Kraft des

Verzichtes gespürt, vielleicht hinderte sie das daran, ihm ›eine gewisse Männlichkeit‹ abzusprechen, die in manchen Augenblikken dem Kampf gegen Windmühlen verteufelt ähnlich sah.
Das Gefühl des Versäumnisses stieg unabweisbar und mit der Heftigkeit des Endgültigen in ihm auf, dieses untrügliche Kennzeichen des Alterns. Schonungslos enthüllte es die dorrende Enge, den rächenden Selbstbetrug. Und er floh davor, er betrachtete Hanna nicht, als sei Hilfe bei ihr, sondern er suchte die Oberfläche ihres Körpers ab, trug alle Merkmale des Sinnlichen zusammen. Über ihren Arm, über ihre Schulter streichend, baute er in einer kaum noch erträglichen Gequältheit die Brücke, um sich ins bequemste Vergessen zu stürzen, obwohl er wußte, daß er dazu nicht imstande sein würde, jetzt nicht, heute nicht. Er gehörte zu den Männern, für die jede Art Sinnlichkeit etwas Verpflichtendes hat, weil sie oft den ersten Impuls, immer aber ihre höchste Steigerung aus einer seelischen Berührung empfing. Nun war er dabei, hier eine Trennung vorzunehmen, unwillkürlich, und bis zu diesem Augenblick, ohne es zu merken. Es war wie der Sturz in die Versagung, dort, wo sie am brennendsten und unabwendbar ist.
Als ströme die peinigende Unsicherheit von seinen geheimsten Lebenswünschen auf Hanna über und als kämpfe sie dagegen an – er fühlte die Bedeutung ihres Lächelns:
– Mußt du nicht daran denken, deine englischen Freunde zu benachrichtigen?
Ihr Gesicht leuchtete in einer zart-rötlichen Transparenz, der Mund war noch zuversichtlich geschwungen und die Wangen von schwellender Glätte, nur der Blick bereits wie unter einem bohrenden Gedanken, der unaufhaltsam von ihr Besitz ergriff. Auch die Falte zwischen den Brauen war wieder da, sich vertiefend und zuweilen aufzuckend, aber mit einemmal sonderbar eindrucksvoll, verräterisch. Er hatte eine wegwerfende Geste:
– Ja, eigentlich müßte ich das. Vielleicht morgen –
Wahrscheinlich war sein Ton allzu nachlässig, denn ihr Untergesicht formte sich ins Bittere, obwohl sie sich noch immer in der Gewalt hatte:
– Dinge, auf die man zu lange gewartet hat, müssen schließlich enttäuschen. Als könnte jeder nur ein bestimmtes Maß an Erwartung ertragen. Besser also, sie gehen nicht in Erfüllung. Das instinktive Festhalten an dem Menschen, durch den man ein neues Wunschbild seiner selbst heraufbeschwört? Nur mit dem, was

man am andern erneuert, bindet man ihn an sich. Er hörte sie sagen:
– Aber Einsicht nützt da nichts. Es gibt Fälle, wo man einfach hindurch muß.
Als wollte sie sich entschuldigen, daß sie gekommen war, genau so! Es erbitterte ihn. Er sagte:
– Das geht gegen mich.
– Nicht gegen dich und nicht einmal gegen uns beide, sondern –
Es war auffallend, wie resigniert sie aussehen konnte.
– Sondern –?
Er klammerte sich daran, obwohl es sinnlos war, hier mit Worten fortzusetzen, ihr ganzes Gesicht antwortete ihm, eine Wehrlosigkeit, die aus allen Poren brach, sie einhüllte, eine Traurigkeit ohne Vorwurf und Klage. Vielleicht ist einem der Mensch am wichtigsten, durch den man die tiefste Erneuerung erfährt. Vielleicht gehörte sogar dieser Putsch dazu, vielleicht war sein Ausgang so mit ihrem Persönlichsten verquickt, daß es schien, als würde damit auch über sie beide die Entscheidung gefällt. Aber so weit durfte sich Robert nicht treiben lassen.
– Unsinn! sagte er halblaut zu sich selber. Hanna sah auf, als nehme sie es für die Antwort auf alles Bedrängende, gegen das sie ihren Widerstand nun nicht mehr so aussichtslos fühlte. Wie von einem Alpdruck befreit, dachte er, im Grunde ist es schrecklich, was ich bei ihr noch immer vermag.
Draußen war Ruhe und außer den Kirchtürmen nichts, an das man sich halten konnte. Eine hörbare bedrohende Ruhe. Sie fragten sich, wann das Gewehrfeuer aufgehört hatte. Sie hätten ebensogut fragen können, seit wann die Fahne nicht mehr unter der Dachzwiebel des Turmes wehte, der seitwärts hinter dem Hügel hervorkam. Ein altertümlicher Turm und so niedrig, daß es schien, er läge weit draußen, schon tief in der Ebene. Der Turm war im trüben Ineinander von einem Dutzend Stroh- und Schindeldächern kaum auszunehmen, aber die Fahne war zweifellos nicht mehr da. Robert sagte:
– Jetzt kommen wir an die Reihe.
Hanna sah mit einem wie in großer Anstrengung verzogenen Gesicht zur Kirche des Ortes. Es ging nur ein mattes Lüftchen, und die Fahne hing breit und entfaltet vom Turm, beinahe unbeweglich.
– Die Entscheidung fällt ja nicht hier.
– Vielleicht ist sie schon gefallen.
Gereizt, als äffe sie ihm nach:

– Vielleicht, vielleicht! Es ist unerträglich.
Da Robert schwieg, fast flehend:
– Bist du überzeugt, daß es sich noch wenden wird?! Wenn nur diese Ungewißheit nicht wäre!
Der Meinung schienen auch die Leute in dem Autobus, der jetzt von der Landstraße her die Richtung aufs Haus zu gewinnen suchte. Daß er den Weg rücksichtslos quer über die Wiese nahm, sah entschieden eher nach Außerordentlichem und nach Bedrohung aus als das Maschinengewehr, das auf seinem Dach stand. Die Räder gerieten immer tiefer in den weichen Grund, und es machte den Eindruck, daß der Fahrer dem durch unaufhörliches Hupen begegnen wollte. Schließlich stak der Wagen fest, etwa hundert Schritte vorm Haus.
– Achtung, Achtung! Es wird geschossen!
Von derselben merkwürdigen Stimme aus dem Wagen mehrere Male wiederholt. Eine Stimme, die vielleicht von Natur aus etwas Fistelndes hatte, aber offenbar durch große Heiserkeit verhindert schien, sich ihrer Anlage nach zu entfalten. Robert und Hanna traten neugierig näher. Die Gesichter der Beamten und ihrer Familien waren schon wieder von den Fenstern verschwunden. Nur in der Tür zur Küche standen ein paar staunende Mägde.
– Achtung! Ergebt euch, sonst wird geschossen!
Dieselbe Stimme. Im Haus rührte sich nichts. Unter den Insassen des Autobus gab es nun augenscheinlich eine Beratung, dann begann der Fahrer von neuem zu hupen. Schließlich kletterten zwei von den Männern aufs Dach, hantierten an dem Maschinengewehr herum. Während sie versuchten, sich hinter dem Schutzschild unsichtbar zu machen, entleerte der Wagen eine Menge Leute, viel mehr, als Robert darin vermutet hatte. Sie trugen Uniformblusen in verschiedenen Stadien der Abgenütztheit, alle aber hatten neue braune Touristenschuhe an. Auch die Gewehrriemen und Patronentaschen waren nagelneu, und das gab ihnen beinahe etwas Militärisches, jedenfalls etwas Zusammengehöriges. Zuletzt kletterte ein schmächtiger Mensch schwer bestimmbaren Alters aus dem Wagen, er trug einen Kavalleriesäbel und an den Schuhen mächtige Anschnallsporen. Die heiser fistelnde Stimme von vorhin:
– Deckung! Deckung!
Aber die Leute kümmerten sich nicht darum. Wo sollten sie schließlich auf der Wiese eine andere Deckung hernehmen als den Autobus? Robert sagte wohlwollend:

– Es ist niemand Gefährlicher in dem Haus.
Der Mensch maß Robert mit einem Blick:
– Keine Aufständischen?
– Bestimmt nicht.
– Sie haften für diese Angabe mit Ihrem Kopf! sagte der Mensch, und weil Strenge mit einer solchen Stimme nicht zu erreichen war, mußte er sich auf das Mimische beschränken.
– Aber gerne –
Und jetzt öffnete der andere die Pistolentasche. Roberts Lächeln erstarrte im Nu zu einer Grimasse; eine dumpfe unnennbare Wut stieg in ihm auf, für die dieser Mensch unmöglich die Ursache sein konnte. Robert tat einen entschlossenen Schritt auf ihn zu, streckte bereits die geballte Faust vor. Aber die Pistolentasche war mit Zigarettenschachteln vollgestopft, und der andere holte eine Schachtel hervor. Eine im unklaren schwankende, leicht groteske Situation, der Hanna, die Augen halb geschlossen, mit sachlicher Neugierde zusah. Zum Glück riefen die Leute:
– Sollen wir hineinschauen, Herr Oberleutnant?
Sie rannten in Rudeln auf das Haus zu. Die angezündete Zigarette, das Geschrei und daß von Roberts Seite nichts weiter erfolgte – der Oberleutnant fand in die Position des Befehlshabers zurück:
– Halt, halt! rief er. Man muß es umstellen!
Als wollte er Robert die Gewichtigkeit der ganzen Unternehmung deutlich vor Augen führen:
– Ich lasse es nämlich zuerst umstellen. Eine sogenannte taktische Maßnahme. Sie verstehen!
Aber die Leute waren zum größten Teil schon im Haus verschwunden und Roberts Gesicht bot nun auch nicht den geringsten Anlaß zum Mißtrauen. Der Mensch zuckte die Achseln:
– Im Krieg läßt sich eben nichts im voraus berechnen.
Lächelnd stimmte ihm Robert zu.

Vielleicht war ›dieser Mensch‹ wirklich etwas wie ein Symbol für alles, was Robert daheim übersehen oder vergessen oder einfach nicht miterlebt hatte, weil er sich im Ausland aufhielt. Ob er und seine Leute zur Armee gehörten?
Gewissermaßen schon, natürlich zur Armee, obwohl die auf sie heruntersah . . . eine lächerliche Hochnasigkeit, versteht sich!
Also gehörten sie vielleicht doch nicht zur Armee?
Außer den begrifflichen gab es phonetische Schwierigkeiten, Ro-

bert sah dem krächzenden Menschen auf den Mund wie einem Stummen. Nach einigem Nachdenken hatte der andere den Unterschied:
– Die Armee ist für den außenpolitischen Konflikt, für den Krieg. Wir sind für die Innenpolitik da.
– Ah, eine Miliz?!
– Keine Miliz. Genau genommen, also ganz genau: eine Wehrformation. Die einzige, die Zukunft hat! Denn die andern ... Hannas flatternde Lider verhießen Aufklärung, soviel Robert nur wollte – nachher. Aber Robert war außerstande abzubrechen; als erfasse er bereits oberflächlich Gewußtes erst durch dieses Gespräch in seiner ganzen Bedeutung.
Es gab also mehrere solcher Wehrformationen für . . . innenpolitische Meinungsverschiedenheiten?
Der Mensch zählte sie auf, nicht ohne selbstbewußt hinzuzufügen, daß sie bald alle in einer einzigen, eben der seinen, zusammengefaßt würden. Er wolle es im Vertrauen gestehen:
– Eine so gut wie beschlossene Sache, die direkte Absicht der Regierung.
– Aber die Regierung hat doch das Militär?!
Robert sah ein, er hatte zur Überlegenheit des andern das Letzte dazugetan, obwohl dessen Gelächter nur in den Pausen einer Art von Keuchhusten möglich war.
– Das Militär! Gegen wen, um Gottes willen, sollte ein so kleines Land Krieg führen? Er, für seine Person . . . nun, gerade herausgesagt, er pfeife auf das Militär!
Hanna, die Hand auf Roberts Arm, fragte, ob sie nicht ins Haus wollten. Der Mensch vollführte eine Verbeugung, wobei er seine Anschnallsporen mit einem Krach zusammenschlug. Leider hatte er hier seine strategischen Pflichten, die keinen Aufschub vertrugen. Er holte aus dem Futteral einen mächtigen Feldstecher, den er offenbar erst anläßlich des Putsches bekommen hatte, und begann stirnrunzelnd daran herumzuschrauben. Aber es war kein sympathischer Junge, der da bei den Zuschauern voraussetzte, es würde auch ihnen imponieren, daß er mit einem Gebrauchsgegenstand der Erwachsenen hantieren durfte. Das Glas konnte nicht mehr zeigen, als mit freiem Auge zu sehen war. Das Dorf lag reglos da, ausgestorben. Die Fahne wehte vom Turm, der Wind blies sie auf, bewegte ihr breites Tuch langsam, als achte er sorgfältig darauf, es voll entfaltet zu zeigen.
›Dieser Mensch‹ setzte das Glas mehrere Male an, dazwischen

blickte er auf Robert, immer weniger gewichtig und zuletzt mit kaum verhüllter Ratlosigkeit:
– Meinen Sie, daß das Dorf besetzt ist?
Es kam alles darauf an, den Menschen hinzuhalten. Robert sah lange und besorgt hinüber:
– Die Ruhe ist jedenfalls verdächtig.
– Nicht wahr?! Absolut verdächtig . . . wenn man nur wüßte –
Robert schien die Gelegenheit günstig:
– Na, eines ist jedenfalls klar, sozusagen der wichtigste Gesichtspunkt bei jeder Art von Bürgerkrieg: man muß Blutvergießen vermeiden. Möglichst wenig Opfer! Schließlich handelt es sich nicht nur um die moralische Hemmung, auf seine Mitbürger zu schießen, sondern . . . mit gesenkter Stimme und bedeutungsvollem Blick – wer ist denn sicher, ob er für das, was er tut, nicht nachher zur Rechenschaft gezogen wird?!
Der Mensch steckte seinen Feldstecher ins Futteral. Hier war einer, mit dem man reden konnte:
– Ganz richtig, die Verantwortung! Im Vertrauen gesagt: wer waren schließlich die Leute, für die man seine Haut zu Markte trug und die einen womöglich nachher für das büßen ließen, was sie einem zuerst angeschafft hatten?! – Die Löhnung war zwar nicht übel, sie war sogar glänzend, wenn man die schlechten Zeiten in Betracht zog, und die Verpflegung war ausgezeichnet, einfach erstklassig!
Er sah Robert mißtrauisch an, als erwarte er ein Gegenargument, eine Spur des Zweifels.
– Jawohl! Zweimal Fleisch, jeden Tag. Auch für die Mannschaft. Und ob der Herr es glaube oder nicht: solche Stücke! Er zeigte mit beiden Händen, wie groß die Stücke waren.
– Dazu Zigaretten, soviel man wollte, namentlich jetzt im Kriegszustand. Er könne bequem seinen Vater mitversorgen, und was die Schwester am Abend aus der Messe nach Hause trug, reiche oft für die ganze Familie.
Robert fragte – leichthin und an dem Menschen vorbeisehend – wie er denn in seine jetzige Beschäftigung . . . in diesen Beruf geraten sei? Aber der andere überhörte es, vielleicht weil ihn ein bestimmter Gedanke zu sehr in Anspruch nahm:
Freilich, in so einer Lage wie dieser sehe man erst deutlich, wofür man das alles bekomme.
Robert stimmte ihm zu:
Die Verantwortung sei tatsächlich ungeheuer.

Verantwortung – das schien geradezu ein magisches Wort, hatte eine Bedeutung, die bis zur Schreckhaftigkeit ging und sich auch durch hartnäckiges Reden nicht abschwächen ließ. Robert hörte ihm zu, in einer lähmenden Traurigkeit, die ihn unversehens überfallen hatte und auf deren Grund es sich erhob, unabänderlich und dennoch ins Vergebliche weisend, der Wunsch, dieses Land abzuschwören und zu vergessen, alle Fäden, und mochten sie bis ins Heimlichste und Unausrottbare führen, zu durchschneiden. Dabei dachte er nicht an die Menschen, wenigstens nicht im Sinne des Schmerzes und der Trennung; er haßte ihre Art, die nachgiebig um alles gerann, was fest ist und Schärfe hat, dieses Züchtungsprodukt einer Staatsführung, die noch jeden Widerstand rücksichtslos zu brechen wußte. Er kannte die Kehrseite der feudalen Medaille mit ihrer Patina der Jahrhunderte: die Unfähigkeit, sich zu einer Idee zu erheben, und sei es auch die seiner selbst, den bedenkenlosen Opportunismus. Und nun haßte er auch diese armseligen Gebirgler, halb Kleinbauern, halb Salinenarbeiter, wegen ihrer Dumpfheit, wegen der Ausbrüche ihrer Kraft, denen niemand Gestalt gab, so daß es nur um so leichter wurde, sie abzuwürgen. Am meisten aber haßte er sich selber.
Deshalb waren es nicht die Menschen, von denen der Abschied schwerfiel, sondern das Land in der Vielfalt seiner vernichtenden Härten und dem Reichtum an Tönen der Gelöstheit, die Landschaft, in die es ihn immer wieder unterzutauchen verlangte wie in einen erneuernden Quell des Beisichseins. Als sei ›Heimat‹ etwas, das sich nur auf ein Stück Erde bezieht, auf ihre Gestalt und die Farben ihrer Jahreszeiten, und nicht auch auf die Menschen und das Verflochtensein mit dem, was jetzt unter besonderen Umständen allen zum Schicksal wurde. Sein Blick tauchte allzu passiv ins Versinkende, aber vielleicht war es doch der Gedanke an Hanna, der ihn dazu brachte, des aufmerksamen und erschrockenschmerzlichen Ausdrucks gewahr zu werden, mit dem sie ihn betrachtete. Hanna, die zum Greifen nah bei ihm stand, schien plötzlich nicht wirklicher als . . . ja, diese Erinnerung bedeutete Loraine, jemanden, der in seinen Wünschen nicht vorzukommen pflegte. Doch nun waren sie nebeneinander aufgetaucht, beide in jener Zone innerer Anteilschaft, die man fast mühelos beiseite schieben und sogar vergessen konnte. Ein schlimmes Zeichen für Hanna. Oder bedeutete Loraine nur den Entschluß abzureisen? Aufatmend stellte er fest, daß beide sich noch die Waage hielten. Aber sie wurden merkwürdig gleichgültig, wenn es sich um den

Bruder handelte. Diese Entdeckung hätte er neu und erstaunlich finden können, er nahm sie jedoch hin wie etwas seit eh und je Vertrautes. Es war nicht eigentlich ein bestimmter Gedanke an den Bruder, nicht einmal ein klares Bild, eher ein Gefühl von ihm, verschwommen und unlösbar mit dem Heimlichsten verwoben und doch gestalthaft, der hagere Schädel mit den leicht eingefallenen Schläfen, der mühsam zusammengeraffte Blick, eine Energie, die längst um ihre Vergeblichkeit wußte, ein Schicksal, das mit dem, worüber heute entschieden wurde, in eins verlief.
Dennoch bewirkte Hanna, daß er sich aus dem Passiven und Unabänderlichen zurückholte. Nun zeigte auch er, anders als das Gesicht des Bruders, etwas Mühsames und Gewolltes, die Fratze ironischer Amüsiertheit und zugleich eine peinigende Herablassung, mit der er nur schlecht vor sich selber und noch schlechter vor Hanna verbarg, was ihn zuinnerst anrührte. Mußte er ›diesen Menschen‹ zu einem Glas bitten? Nachher erinnerte er sich, daß er ihm sogar vorgeschlagen hatte, seine Mannschaft zu bewirten. Die Einladung scheiterte zunächst an dem Plan, eine Patrouille ins Dorf zu schicken, eine Absicht, von der er nicht wußte, wieviel er zuredend und beratend zu ihr beigetragen hatte. Jedenfalls war die Patrouille die Ursache, daß der Mensch ablehnte, wenigstens für seine Leute:
– Das Unglück bei dieser Mannschaft, eröffnete er Robert, ist nämlich, daß sie nicht homogen ist. Nicht ho-mo-gen –
Er wiederholte das Wort, wobei er ihn anblickte, wie um sich zu vergewissern, ob Robert auch verstand.
Aber ganz im Gegenteil, erklärte Robert scheinheilig, er finde die Leute geradezu auffallend homogen.
Der andere schüttelte nachsichtig den Kopf:
Er gab zu, daß es dem Laien so vorkommen konnte. In Wirklichkeit verhielt es sich anders. Es waren Leute verschiedener politischer Herkunft, das war es! Und leider hatte er im ersten Wagen zumeist Arbeiter oder vielmehr Arbeitslose aus den äußeren Bezirken Wiens. Vielleicht hatten sie früher etwas getaugt, jetzt waren sie durch die Bank Pazifisten. Eben deshalb wollte er es nicht riskieren, einfach loszumarschieren, sondern zuerst eine Patrouille vorschicken. Denn wie gesagt, wenn der Ort doch besetzt wäre – –
Er wählte drei Leute aus, die sich nach einigem Hin und Her tatsächlich auf den Weg machten. Nun hätten sie sich zu einem Glas setzen können. Robert war bereit, dem Menschen stunden-

lang zuzuhören, als sei er imstande, daraus alle höhnische Resignation und erbitterte Rechtfertigung zu schöpfen, die er für seine Abreise brauchen würde. Aber es kam nicht dazu. Auf der Landstraße tauchten zwei große Autobusse auf, überquellend von uniformierten Leuten, Maschinengewehre auf den Dächern. Sichtlich unangenehm berührt und als wollte er es verbergen, rief der Mensch:

– O je, jetzt ist's aus, der Sedlak ist da!

Er stellte sich in Positur, rückte am Riemenzeug, knöpfte den Rock zu und schien, noch während er wartete, sich vor Robert in einen andern gewichtigeren Bereich zu entfernen, so daß Robert fragte:

– Ihre Vorgesetzten?

Der Mensch lächelte mit deutlicher Verlegenheit. Dann gab er sich einen Ruck:

– Ach was! Geh'n wir nur hinein. Schließlich bin ich der Kommandant. Robert tat einen Schritt nach dem Haus, aber der andere starrte wie gebannt nach den Wagen. Vielleicht war jetzt wirklich nicht der Zeitpunkt für ihn, etwas zu trinken. Die Wagen hielten, die Leute sprangen heraus und allen voran einer, sehr breitschultrig, ähnlich uniformiert wie ›dieser Mensch‹, wenigstens den Kavalleriesäbel und die Anschnallsporen hatte auch er, der sofort auf das Haus zu kam. Ein kräftiger brünetter Mann mit etwas zu kurzen Beinen. Er schritt mit gestreckten energischen Schritten durch das Gras. Das betont Militärische an ihm war sofort auffallend.

Zunächst schien er Robert überhaupt nicht zu bemerken. Niemand existierte für ihn als der Vorgesetzte, der vor so viel Disziplin und Strenge sichtlich noch mehr in Verlegenheit geriet:

– Also, ich danke, Herr Leutnant, schau dir einmal das an! Er zeigte in die Richtung des Dorfes.

Der Leutnant begriff nicht, daß an dem Dorf etwas Besonderes sein sollte. Robert und Hanna verständigten sich durch einen Blick. Auch bei Robert glomm darin eine kleine Amüsiertheit auf, von der ihm in der Sekunde klar war, daß sie nicht ganz vom Herzen kam. Unwillkürlich sahen auch sie zum Dorf hinüber. Es lag reglos unter der schwülen Sonne des Spätnachmittags, ausgestorben, nicht einmal eine Henne lief über den Fahrweg. Je wahrscheinlicher es Robert wurde, daß die Ereignisse nun eine Wende ins weniger Harmlose nehmen würden, um so unerträglicher wurde diese Leblosigkeit. Wie eine sinnlose Fassade, dahinter es sich spannte und vorbereitete und längst nicht mehr auf die vernünftigen Möglichkeiten des Erfolges bedacht war. Er brauchte Hanna nicht erst anzusehen, er fühlte hinter ihrer zur Schau getragenen Gelassenheit die gleiche Erregung, als sei die drohende Ruhe des Dorfes auf sie übergegangen und warte auch in ihr auf die Gelegenheit zum Ausbruch.

Wo waren die Männer? In dem sonnenglastigen Stillstand wurde die Vermutung fast zur Gewißheit, daß sich die Männer in den Häusern versteckt hielten. Vergebens sagte sich Robert, daß er es an irgendwelchen Anzeichen hätte bemerken müssen. Es wurde immer unmöglicher, sich dem Kommenden zu entziehen, das sie unaufhaltsam als Freunde oder Feinde einander gegenüberstellte. Hatte sich bei den zwei Milizmännern die Wendung ins Gegnerische nicht schon vollzogen? Mißtrauisch steckten sie jetzt die Köpfe zusammen. Trotzdem glaubte Robert ›diesen Menschen‹ anzusehen, daß er an Sicherheit gewann. Auch seine Gewichtigkeit wurde zu etwas, worüber Robert nun nicht mehr lächeln konnte. Wie die aufreizend hassenswerte unmenschliche Eigenschaft an einem Gegenstand, den man vernichten mußte, um sich der fürchterlichen Spannung zu entledigen.

Der Leutnant hatte eine scharfe dröhnende Stimme, in der sich alles zu sammeln schien, was er an militärischer Überlegenheit zur Schau stellte, und es war, als stünde sie mit dem Verhalten des andern in einem besonderen Zusammenhang, als wachse der andere an dieser Stimme empor. Für beide war es augenscheinlich von großer Bedeutung, sich unausgesetzt mit ›Herr Leutnant‹ und ›Herr Oberleutnant‹ zu titulieren.

Nun befaßte sich auch der Leutnant mit dem Dorf, ohne sein Glas zu benützen. Die Ruhe dort drüben schien endgültig, die Leblosigkeit und das, was sie verbarg, unabänderlich. Eine Henne, dachte Robert, eine einzige von den weißen Hennen, die noch am Vormittag in Scharen überall herumgackerten! Als wäre solch eine Henne imstande, die Spannung zu entladen und das Geschehen aus dem Verhängnisvollen wieder zurück ins Beherrschbare und Alltägliche zu wenden. Es zeigte sich, daß der Leutnant immerhin etwas Ähnliches vermochte. Er brüllte aus voller Lunge:

– Stürmen! Ich sage st-ü-r-m-e-n!

– Ja, aber . . . wenn es besetzt ist?

Die Stimme des Oberleutnants sank jappend ins Tonlose. Die Situation gewann sichtlich an Kuriosität und ins Harmlose lenkbaren Möglichkeiten.

– Natürlich ist es besetzt. Da ist doch diese Fahne – folglich muß es besetzt sein.
Zum erstenmal eine Kopfwendung des Leutnants zu Robert hin und die Frage, deutlich an Roberts Adresse:
– Ist doch logisch, nicht wahr? Und er steht da und tut nichts, rührt sich einfach nicht. Unglaublich!
Auch der Oberleutnant wandte sich jetzt an Robert, zusammensinkend, bereit, ihn zum Zeugen anzurufen und mit ihm zu paktieren.
– Ich tu nichts!
Er krächzte verzweifelt in einem künstlichen Ausbruch von Gelächter:
– Und ich hab doch die Patrouille . . . vor kaum einer Viertelstunde – der Herr war dabei, nicht wahr? Ich hab nämlich eine Patrouille geschickt!
– Lächerlich, brüllte der Leutnant, stürmen, st-ü-r-m-e-n!
Die Leute, die faul den Straßengraben entlang hockten, im Schatten der Alleebäume zusammengedrängt, erhoben sich, einige kamen herbei, angelockt durch das Geschrei. Sie standen gleichgültig da und hörten zu. Offenbar waren sie an solche Auseinandersetzungen ihrer Offiziere gewöhnt.
Der Oberleutnant stellte sich in Positur, er sagte augenzwinkernd und mit heiserer, aber plötzlich merkwürdig fester Stimme:
– Da hat also einer noch immer nicht kapiert, was Disziplin heißt und wer hier eigentlich der Kommandant ist –
Das konnte eine Anspielung sein, die ihre Wirkung tat, denn der Leutnant wußte nichts zu erwidern. Stumm sahen sie einander eine Weile in die Augen, und die des Leutnants gaben nach. Während er die Zähne zusammenbiß, daß sein starker Unterkiefer wie ein Keil nach vorne kam, ein gewalttätiger Ausdruck von Schonungslosigkeit und Wut, verlor der Blick seine Kraft, versank ratlos in Unterwerfung. Der Gegensatz in diesem Gesicht hatte etwas quälend Unüberbrückbares und war so heftig, daß der Oberleutnant einen Augenblick zurückwich. Aber er erfaßte sofort seinen Triumph und genoß ihn, den Kopf vorgestreckt, die Arme in die Hüften gestemmt, mit boshaft funkelnden Augen und die Lippen breit auseinandergezogen. Erst jetzt bemerkte Robert, daß der Oberleutnant einen guten halben Kopf größer war als sein Untergebener.
Brauchte er noch Worte, um seine Haltung zu festigen, sie im Handgreiflichen zu beweisen, oder fühlte er die Gefahr? Denn der

Widerstreit im Gesicht des Leutnants verschwand zusehends in dem dunkelnden Strom, der ihm den Hals heraufstieg. Mit dem apoplektischen Rot schien sich die verlegene Willfährigkeit der Augen zu wandeln: sie hatten mit einemmal teil an der haßerfüllten Energie des Kinns. Wollte der Oberleutnant diesen Wechsel durch Worte rückgängig machen, war sein Sieg ihm selber so unwahrscheinlich, daß er nicht anders konnte, als ihn abzuschwächen? Er setzte mehrere Male an und fiel mit dem Versuch zu schreien sofort ins Stimmlose:

– Abgewartet wird! Ich sage *abgewartet*, verstanden!

Obgleich er sehen mußte, was in dem Gesicht vorging, oder vielleicht gerade weil er es sah, setzte er mit begütigendem Krächzen, das als Flüstern gelten konnte, hinzu:

– Wir entscheiden es doch nicht. Was riskieren wir denn, wenn wir warten?!

In dem wütenden, eben noch zögernden Blick des andern sprang es auf, stechend, unerbittlich. Dabei war der Mann so militärisch, wie ein Mensch nur je sein kann. Mit schneidender Stimme:

– Ich melde gehorsamst, ich geh zum Rapport, zum Oberst, jawohl! Hier sind Zeugen!

Und jetzt deutete er auf Robert:

– Der Herr hat jedes Wort gehört. Sie weigern sich, einzugreifen. Eigentlich müßte ich Sie auf der Stelle – er begnügte sich, mit bedeutungsvoller Handbewegung die Revolvertasche zu öffnen. Vor mir brauchen Sie sich nicht zu verantworten, vor mir nicht!

Plötzlich drehte er sich entschlossen um, zog den Säbel und schrie:

– Kompanie auf mein Kommando!

Seine Befehle brachten die Leute im Nu auf die Beine. Ein paar Minuten später rannten sie alle mit gefälltem Bajonett gegen das Dorf, warfen sich flach auf den Boden, sprangen auf, rannten weiter. Der abgesetzte Kommandant fand sich allmählich mit der Lage ab. Sichtlich hatte er das Bedürfnis, Robert die Sache zu erklären:

– Der Sedlak ist überhaupt ziemlich unbeliebt. Früher war er nämlich bei der Polizei, aber dort hat er eine Geschichte gehabt, und deswegen haben sie ihn gespritzt. Jetzt hat er sich freiwillig gemeldet und will sich um jeden Preis auszeichnen, daß sie ihn wieder zurücknehmen. Ah, der Sedlak –!

Daraus klang eher unwillkürliche Bewunderung als Tadel, denn

die erfolgreiche Aktion schien ihren Eindruck nicht zu verfehlen.
– Einen Hornisten müßten wir haben, der zum Sturm bläst! Ich werd' unbedingt einen anfordern.
Robert stimmte ihm zu:
Die musikalische Begleitung sei sozusagen das einzige, das diesem Sturmangriff noch fehle.
Es war ein Sturmangriff, dessen Harmonie nur durch das Gelände ein wenig gestört wurde und der jener Vorstellung von Sturmangriffen, wie sie unter der heranwachsenden Jugend am häufigsten ist, in geradezu idealer Weise entsprach. Allen voran lief der neue Befehlshaber mit geschwungenem Säbel, den Revolver schußbereit in der Linken. Hinterher, im Abstand und gemächlichen Tempo des Zuschauers, folgten der Oberleutnant und Robert mit Hanna. Leider verhinderte die Landstraße die Aufrechterhaltung des militärischen Bildes. Sie lag ein wenig höher als die Wiesen ringsum, die Leute mußten auf die Böschung hinaufklettern, die Flinkeren warteten auf die Nachzügler, und als alle oben waren, blieben sie gleich auf der Fahrbahn. Beim Eintritt ins Dorf drängten sie sich vollends so dicht zusammen, daß von einem Angriff keine Rede mehr sein konnte. Doch schon nach den ersten Häusern wurde die Situation günstiger. Der Dorfplatz lag breit vor ihnen und an seinem Ende das einzige stockhohe Gebäude, das sich übrigens schon von weitem als Schulhaus erwies.
Geschlossene Türen und Fenster und nirgends ein menschliches Wesen. Nichts außer daß plötzlich und wie als Entgegnung auf das Kommando des Leutnants sämtliche Hunde zu bellen begannen. Ein fürchterlicher Lärm, die erstaunlichsten Variationen wütenden Kläffens und Jaulens, ohnmächtigen Winselns und erstickten Jappens beim Zerren an den Ketten. Es gab kein anderes Zeichen irgendeiner Gegnerschaft als diesen Lärm, der trotz aller Vielfältigkeit etwas so gleichartig Hündisches hatte, daß er jeden Gedanken an eine Fortsetzung des kriegerischen Unternehmens einfach ausschloß. Die Leute schulterten unwillkürlich ihre Gewehre, sie standen unschlüssig und ein wenig betroffen da, einzelne zündeten sich Zigaretten an und schon flatterte Gelächter auf und wurden Scherzworte laut. Aber die Stimme des Leutnants fuhr mit donnerndem Aufwand über sie hin und beweis, daß er seine Sache noch nicht verloren gab. Es folgte beinahe ein Moment der Stille, dann setzte der Spektakel von neuem ein, mit einer so verzweifelt

heulenden und belfernden Wut, als wisse jeder Köter, worum es ging und hole das Letzte aus seiner Lunge.
Diesmal gelang es tatsächlich, die schreiende Stimme zu überbieten, die es nicht aufgab, die Leute auf die Dorfschule hin zu dirigieren.
Die Schule war vollständig leer, nur im Garten dahinter fanden sie die Patrouille, die der Oberleutnant ausgeschickt hatte, mit der Obsternte beschäftigt. Einer stand auf der Leiter und schüttelte die Sommerbirnen herunter, während die beiden andern sie in ihre Tornister und Patronentaschen klaubten. Eine gewisse Ratlosigkeit schien sich nun auch des Leutnants zu bemächtigen. Aber dann hatte er die Idee, die weiterhelfen konnte:
– Zum Gemeindeamt! Wo ist das Gemeindeamt?
Es ließ sich nicht leugnen, das Unternehmen stand unter keinem guten Stern: das Haus, das durch eine vergitterte Tafel mit Verordnungen als Gemeindeamt gekennzeichnet war, lag abseits vom Dorfplatz und war eines der unansehnlichsten. Mitten in der Stube, als sei sie eben verlassen, das Butterfaß und daneben ein paar irdene Schüsseln mit Milch. Auf den dürren Zweigen im Fenster ein Finkenpärchen und davor die Katze, durch nichts zu stören, gierig hingegeben der ausdauerndsten Beobachtung. Immer von neuem legte sie prüfend die Pfote an die unbegreifliche Glasscheibe.
Die Leute stießen die zertrampelten Scherben vor sich her, es war überhaupt zu wenig Geschirr da für ihre wachsende Enttäuschung. Endlich! Im Hof hinter dem offenen Scheunentor zwei Frauen, die Klee vom Wagen in die Tenne verluden. Der Leutnant packte die jüngere sofort am Arm:
– Wo sind die Männer? Keine Ausrede, sonst –
Die Männer! In Robert spannte es sich und in Hannas Blick erkannte er eine jäh gesteigerte Wachsamkeit, deren vibrierende Erregung auch in ihm kaum zu bändigen war. Vielleicht hätte alles sogar jetzt noch eine andere Wendung genommen, wenn die Leute nicht das hintere Scheunentor aufgestoßen hätten. Die Sonne stürzte in breiten Fluten herein und verwandelte im Nu die Dinge in golden flimmernden Staub. Die Magd hatte sich schon freigemacht und rief:
– Jesus, die Weißkopfete is' heraußen!
Die ältere Frau sagte gar nichts, sondern ging hinaus auf die Wiese. Die Weißkopfete war eine hochträchtige Kuh, die einen gelblichweißen Kopf und einen ebensolchen Streifen auf der Wamme

hatte, im übrigen aber ganz rotbraun war. Sie kaute mit unerschütterlicher Ruhe und wandte nicht einmal den Kopf. Die Frau lief hin und faßte die Kuh am Horn. Der Leutnant sprang hinterher:
– Also wird's bald?! Wo sind eure Männer?
Alle waren sie plötzlich um die Kuh versammelt. Der Blick der Frau glitt unwillkürlich den Wiesenhang hinauf gegen den Wald und die Augen der jüngeren gingen mit. Sie schwiegen beide.
Der Wald lag wesentlich höher, schon ehe er den Berg hinanstieg, aber zwischen Wiese und Wald gab es einen Streifen geschlagenen Holzes, der sich wie ein Saum die Hänge entlangzog. Die riesigen Wurzelblöcke, beim Fall der Stämme zur Hälfte aus dem Boden gerissen, ragten drei oder vier Reihen tief empor, übermannshohe Schilde aus Erdreich und dichtem Wurzelwerk, eine ausgezeichnete Deckung, von der aus man die Ebene weithin beherrschte.
– Komm ins Haus! sagte Robert und versuchte Hanna beiseite zu nehmen. Die andern klebten noch immer in einem Rudel beisammen. Die zwei Frauen hatten eine merkwürdige Art, das Einverständnis stand sichtbar zwischen ihnen. Ihre Augen tauchten ineinander, suchten dann wieder oben am Waldrand, entschlossen, unverhüllt.
– Komm! Robert führte Hanna mit Gewalt abseits. Setz dich wenigstens da hinter den Heuhaufen. Ich bleibe in der Nähe. Er drückte sie nieder, mit einer Bewegung, die jeden Widerspruch ausschloß.
Der Leutnant mochte fühlen, daß hier durch Einschüchterungsversuche und Geschrei wenig zu erreichen war. Seine Hand umklammerte jetzt die ältere an der Schulter, aber die Frau hielt stand, machte nicht einmal den Versuch sich zu befreien. Sie preßte die Lippen aufeinander, daß sie beinahe verschwanden, und ein belustigter Ausdruck stieg in ihrem Gesicht auf. Der Leutnant packte mit aller Kraft zu, aber die Frau gab keinen Laut von sich.
Plötzlich ließ er sie los und stellte sich auf die andere Seite der Kuh, die unbeteiligt am Gras zupfte. Die Frau und der Mann maßen sich noch einmal, und schon während er den Säbel zog und ihn der Kuh an den hochträchtigen Rumpf setzte, lächelte er in der Gewißheit seines Erfolges. Das überlegene und unnachgiebige Gesicht der Frau fiel zusammen, wechselte im Augenblick ins Schreckensbange:
– Jesus Maria . . .
Die Worte erstarben ihr. Auch die jüngere Person sah aus, als sei

sie unfähig sich zu rühren. Der Mund stand ihr offen wie in einem lautlosen Schrei. Einige der Leute traten näher, andere wandten sich ab. Es herrschte eine beklemmende Stille. Der Leutnant wartete noch eine Weile, damit sein Sieg jedem deutlich werden konnte, dann sagte er, den Blick immer abwechselnd auf die Frauen und den Säbel gerichtet:

– Wenn ihr's jetzt nicht sagt, stoß ich zu! Ich mach die Kuh hin und das Kalb auch. Zum allerletzten Mal: wo sind die Männer? Also – –

Die Stille war hörbar. Ging es um den Zwang, den Frevel am fremden Besitz? War es das Ausgeklügelte und Gewalttätige oder betraf es den Punkt, wo jegliches Atmende, das gebären kann, füreinander einstehen muß? Vielleicht war es all dies zusammen. Der Arm der Frau bewegte sich langsam empor. Plötzlich sprang sie zurück und hatte sich schon das Tuch vom Kopf gerissen. Sie winkte damit nur ein- oder zweimal zum Wald hinauf, dann fiel der Leutnant um wie ein Sack.

Er lag auf der Seite unter seinem Säbel neben der Kuh hingestreckt und rührte sich nicht. Ohne das Echo droben am Waldrand hätten die meisten zunächst gar nicht begriffen, daß es ein Schuß gewesen war. Nun rannten sie schreiend durcheinander und sogar die Kuh wurde von der allgemeinen Erregung angesteckt. Schwerfällig hoppelte sie ein paar Schritte weiter.

Was jetzt geschah, war augenscheinlich auf ein Mißverständnis zurückzuführen. Zwei von den Leuten wollten nämlich die Kuh einfangen und liefen ihr nach, der eine von rechts, der andere von links, jeder hatte sein Gewehr mit dem aufgepflanzten Bajonett. Es ging alles verhältnismäßig rasch, die beiden Schüsse fielen knapp hintereinander, als die Leute die Kuh gerade erreicht hatten. Die Kuh blieb stehen und beschnüffelte den einen der Daliegenden. Es gab eine kurze Pause, in der die Leute zurückwichen und man nur die japsende Stimme des Oberleutnants hörte, der immer von neuem wiederholte:

– Hab' ich's nicht gleich gesagt?! Ich hab es nämlich sofort gesagt, nicht wahr?!

Niemand traute sich mehr an die Kuh heran. Da rief die ältere der Magd ein paar Worte zu. Die Magd ging hin und während sie die Kuh in den Stall führte, schrie jemand, offenbar irgendein Unteroffizier, ein paar Befehle. Daraufhin warfen sich die Leute ins Gras und drückten ihre Gewehre ab. Robert setzte sich zu Hanna hinter den Heuhaufen.

Es begann eine wilde Schießerei, die vom Walde her nicht erwidert wurde. Man hatte den Eindruck, sie schossen um die Wette, wer zuerst mit seinen Patronen fertig sei. Robert holte eine Zigarette hervor und als Hanna die Lippen vorstreckte, führte er sie abwechselnd an ihren und an seinen Mund. Das Ganze war heftig deprimierend und dabei auf eine quälende Weise lächerlich. Es dauerte endlos, bis wenigstens die Flinksten mit ihrer Munition fertig waren.

Im Ausschnitt der Straße zwischen zwei niederen Dächern tauchte jetzt Hauptmann Lodric auf. Er kam nicht von seiner Batterie, sondern vom Dorfplatz her. Schon von weitem rief er:

– Feuer einstellen, Schluß mit den Dummheiten!

Die paar Leute, die noch schossen, hörten sofort auf damit. Und zum Oberleutnant:

– Sie . . . rücken Sie ab mit Ihrer Bande. Und zwar schleunigst!

Der Oberleutnant schnellte in Positur und salutierte. Unter anderen Umständen hätte man es belächeln können: jedesmal wenn der Hauptmann mit den Milizleuten redete, tat er so, als ob es sich gar nicht um Soldaten handle, während umgekehrt die Milizleute sofort ein krampfhaft militärisches Betragen zur Schau stellten.

Der Hauptmann schritt über die Wiese. Der Milizoberleutnant rief ihm besorgt nach:

– Aber Herr Hauptmann, das ist ja gefährlich. Ich bitte gehorsamst, dort ist nämlich der Feind! Es ist sehr gefähr –

Die Stimme erstarb ihm. Es war klar, daß der Hauptmann nicht umkehren würde. Er verschwand droben zwischen den Wurzelblöcken. Robert betrachtete den Milizleutnant, der sich um jeden Preis hatte auszeichnen wollen. Ein Blick war genug festzustellen, daß er dazu nie mehr Gelegenheit haben würde. Auch die beiden anderen waren tot. Nur die drei Schüsse waren gefallen. Der Hauptmann Lodric kam bald zurück und Robert und Hanna schlossen sich ihm an. Sie gingen einen Feldweg hinter der schütteren Dorfzeile. Robert hatte den Hauptmann fragen wollen, wie es eigentlich stand, jetzt war das wohl überflüssig. Schließlich sagte Hanna:

– Drei Tote! Es ist furchtbar.

Der Hauptmann sagte:

– Nicht überall ist es so glimpflich abgegangen.

Wieder nach einem Schweigen, Hanna:

– Was soll nun werden?

Der Haupmann pfiff durch die Zähne. Zu Robert:

– Sie werden abreisen?
Da Robert unwillkürlich bejahte:
– Ich muß bleiben!
Robert vermied es, Hanna anzusehen. Er hatte einen Augenblick ihre Hand gefühlt, als habe sie seinen Arm nehmen wollen. Eine Sekunde glitt sein Blick über ihr Gesicht. Darin stand es und kämpfte aussichtslos mit der Verleugnung: mühsam erstickt, die Frage, die keine Frage sein wollte und dennoch um die Gewißheit bangte.
Der Hauptmann sagte:
– Hoffentlich erreiche ich es, noch zwei, drei Tage hier sein zu können. Sonst . . . Die größeren Dummheiten werden nämlich immer erst nachher gemacht.
Er war tatsächlich ein selten netter Mensch, Robert bedauerte, daß er ihm kaum jemals wieder begegnen würde. Nun mußten sie auf den Platz einbiegen. Robert verlangsamte den Schritt, denn es war Hanna anzumerken, daß sie Mühe hatte mitzukommen. Als seien ihr die Füße zu schwer, wie nach einer langen anstrengenden Hochtour.
Vor dem Gendarmeriehäuschen stand der Gendarm und der Ortspolizist war von seinem Rheumatismus ebenso plötzlich genesen, wie er von ihm befallen worden war. Er hatte seine Ausrüstung mit einem Gewehr vervollständigt und patrouillierte gewichtig über den Platz. Beim Abschied hätte Robert gegen ein paar sarkastische Überlegungen nichts einzuwenden gehabt, aber dem Hauptmann hatte es heute seinen zuversichtlichen Ton gründlich verschlagen. Er hob nur die Hand, abwinkend, resigniert.
Nach ein paar Schritten konnte Hanna wirklich nicht mehr weiter. Robert blieb stehen. Er sah sie nicht an, als er sagte:
– Sicher kannst du deine Angelegenheiten auch mit ein paar Briefen erledigen. Ich denke, wir reisen lieber morgen als übermorgen.
Im Augenblick hing sie an seinem Hals, ein heftiges Geräusch in der Kehle, ein Schluchzen, ein Gelächter: unartikuliert, hysterisch. Robert mußte sie in den Armen auffangen.

IV

Die Gipfel verschwanden ins Schiefergraue und auch über der Ebene stand eine Wetterwand. Der Himmel dazwischen begann gleich in Höhe der Bäume und Dächer; eine dünne Gallerte, dunstig, von kaltem, ganz feinem Regen durchtröpfelt. Wenn es irgendwo eine Sonne gab, mußte sie jetzt im Untergehen sein.
Der See war eine riesige Metallplatte, schwarz, lautlos. Es schien, daß die Dinge einen beklemmenden Brodem ausschwitzten, der ihnen eine glitschige Oberfläche gab. Auch Hannas Arm fühlte sich feucht an. Der Putsch war zu Ende und war nicht zu Ende: das Stadium, in dem noch niemand weiß, in welcher Form es weitergehen wird. Vielleicht wußten es die Milizleute, die an der Brücke, an der Böschung, am Ufer, wo das Schilf begann, und sogar auf dem Springturm der Badeanstalt postiert waren, überall dort, wo man den See überblicken konnte.
– Warum bewachen sie den See?
– Einer ist ihnen entkommen.
– Ins Schilf? Da können sie lange warten.
– Hoffentlich.
Hanna lebte überraschend auf:
– Aber gewiß! Es gibt da Untiefen genug, versteckte Wege. Und die Einheimischen kennen sich aus.
Vielleicht war das Schilf so wechselvoll und unberechenbar wie die Wetterumschläge. Robert dachte, daß es jetzt auf dem Wasser noch am erträglichsten sein müßte. Er tat ein paar Schritte auf die Boote zu. Verlohnte es sich? Jeder Handgriff war schwer und mühsam. Da trat ihm der Mann mit dem Gewehr entgegen:
– Streng verboten. Zurück!
Es herrschte ein neuer Ton bei der Miliz. Die Leute an der Brücke hatten die Gewehre schußbereit in Händen und starrten angestrengt hinaus auf den See, auf dem nichts zu erkennen war. Robert und Hanna gingen den Kiesweg entlang des offenen Wassers zurück gegen den Wald. Hier waren keine Soldaten aufgestellt. Die Bäume wirkten gespenstig, aufgesogen von dickem weißem Qualm. Es gab den Wald nur von außen, innen war nichts als dieser feuchte klebrige Qualm. Auf dem Heimweg zuckte es gewittrig durch den Himmel, eine fahlgelbe Fläche weit drüben über dem Schilf, im Nu aufgrellend, im Nu erloschen. Aber sie

hörten keinen Donner. Sie stiegen über die Hintertreppe hinauf in ihr Zimmer. Robert brachte aus der Speisekammer einen Laib Brot, Butter, eine Kanne Wein. Er war froh, daß er niemandem begegnet war. Die Leute waren noch alle in der großen Stube bei dem Toten.
Niemand hatte wohl eine richtige Vorstellung, wie es sich zugetragen hatte. Als Robert aus der Tür getreten war, lag der Wirt bereits auf der Wiese. Der Wirt war sichtlich vom Bach dorthin geschleift worden. Der Bach mündete in den See. Das Schilf kam ihm wuchernd entgegen, durchdrang ihn und das Buschwerk, das ihn begleitete, machte beide unpassierbar. Aber Robert ging dem blutigen Streifen nach, hinter das Gesträuch, wo die Milizleute ihre Beute aus den Ställen versteckt hatten, zwei Schweine, ein Kalb und ein paar Dutzend Hühner und Gänse. Wahrscheinlich waren sie gerade dabei, die Schweine zu zerteilen, als der Wirt, der den Bach entlang im Schutz des Gebüsches nach Hause schlich, auf sie stieß. Die Begegnung war wohl für beide Teile eine Überraschung. Wie sie eigentlich aneinandergerieten, war kaum mehr auszumachen. Sehr möglich, daß die Initiative vom Wirt ausgegangen war. Wahrscheinlich hoffte er, sich mit ein paar Schreckschüssen durchzuschlagen, bis die Situation ihn dahinbrachte, sein Leben so teuer wie möglich zu verkaufen. In seinem Fall waren das zwei Schwerverwundete und ein Toter, ihn selbst nicht mitgerechnet. Sein Begleiter war den Lauf des Baches weitergerannt und konnte nur ins Schilf entkommen sein. Es hieß, daß auch er verwundet worden sei. Jedenfalls mußten die Leute mit den Bajonetten, die gerade blutig von den Schweinen waren, auf den Wirt eingedrungen sein. Daß er so viele Stiche abbekommen hatte, war wohl überflüssig und nur auf die Hitze des Handgemenges zurückzuführen, bei dem sich beide Teile als Überfallene gefühlt haben mochten. Vielleicht wäre das Zusammentreffen anders verlaufen, wenn es sich nicht gerade am Stapelplatz der Beute abgespielt hätte. Nachher lag der Tote auf der offenen Wiese und es wurde alles so dargestellt, als ob dort der Kampf stattgefunden hätte.
Robert und Hanna lauschten lange, aber in der Stube unten blieb es ruhig. Vom Fenster aus unterschieden sie nicht einmal einen Lichtschein. Sie tranken zuerst die Kanne leer und dann spürten sie beide Hunger. Hanna strich – immer wieder innehaltend, vorgebeugt, ganz Ohr – ein Stück Brot und wartete. Brausendes Nichts, Herzschlag, tickende Stille. Nervös und gierig biß sie in das Butterbrot. Der Bissen fiel ihr beinahe aus dem vor Schreck geöff-

neten Mund: unten begann es wieder und hatte nichts Menschliches. Ein klagendes Winseln, langgezogen und dünn, ein Heulen wie von einem Tier, obwohl es von der alten Mutter herrührte.
Das Weib des Wirtes, eine strotzende Person an die Vierzig, war von einer Gefaßtheit, die alles andere als versöhnlich wirkte, und auch der älteste Bub hatte keine Träne. Mutter und Sohn hielten sich ohne ein Wort bei der Hand. Es war zu sehen, wie sie ihre Hände manchmal mit Heftigkeit ineinanderpreßten und dann wieder lockerten. Hand in Hand gingen sie hinterher, als man den Toten ins Haus trug, und hatten ihre Hände auch später nicht einen Augenblick gelöst. Die kleineren Kinder waren von einer Magd beiseite geschafft worden, nur die Pensionsgäste standen gedrängt an der Tür. Das ausweglose Hereinbrechen des Todes, das Schaudern vor dem gleichen Schicksal oder doch nur die in Krampf und Zugehörigkeit ineinandergehaltenen Hände von Mutter und Sohn? – Die Frauen zerknüllten mit nervösen Fingern ihre Taschentücher. Es sah nicht nach Tränen und Mitgefühl, sondern eher nach verlegenem Unwillen aus, weil dieses schweigende Fürsichsein sie ausschloß und fortwies.
Auch die Alte war ruhig. Sie machte sich sofort an der Leiche zu schaffen, die man mitten in der Stube auf den Tisch gelegt hatte, wusch das Blut ab, rückte den Toten zurecht, bettete seinen Kopf und benahm sich, als gelte es einem Kranken oder Schlafenden soviel Annehmlichkeit wie nur möglich zu bereiten. Sie war behutsam und still, nur manchmal, in Pausen und während ihr Gesicht unbeweglich im Ausdruckslosen verharrte, entließ sie, einem Winseln ähnlich, diesen dünn schrillenden gezogenen Laut, der in nichts den gewohnten Äußerungen menschlichen Schmerzes glich. Sie fuhr dabei sorgsam in ihrer Hantierung fort und ihre welken entzündeten Augen blieben trocken. Aber Hanna vertrug dieses Geräusch nicht. Sie war sofort heftig zusammengezuckt, kalkbleich, kaum daß die Alte es zum erstenmal ausgestoßen hatte. Mit weit geöffneten Augen, in denen sich ein fast unpersönliches Eindringen- und Wissenwollen, eine sonderbare Betroffenheit mit etwas wie Grauen mischte, hing sie an dem bewegungslosen Gesicht. Vielleicht waren es gar nicht die Laute, das Winseln ohne Aufbegehren und Ausbruch, sondern die Vereinigung von sachlich-besorgtem Tun und widerstandloser Hinnahme auch dieses Äußersten, das die Klage so unerträglich machte. Etwas rein Animalisches, die Stimme eines Tiers, das man quält, indem man ihm richtigen körperlichen Schmerz zufügt. Die Klagelaute

endigten pfeifend, hauchartig, ein Gerinnsel, das ganz allmählich versickert. Ein einziges Mal brach sie plötzlich ab, als sie dem Toten mit geduldiger Vorsicht die schweren Schuhe von den Füßen zog.
Jetzt war es wieder still, aber Hanna horchte dennoch, angespannt, mit verzerrtem Gesicht, als habe sie diesen dünnen vibrierenden Ton in sich aufgenommen und er käme in ihrem Inneren nicht zur Ruhe. Unten ging eine Tür, ein unbestimmter Schritt erzeugte einen eigentümlich dumpfen Lärm, eine hölzerne Stiege hinauf, tappend nah und tappend fern, und konnte sich nicht verlieren. Vielleicht war es dieser suchende gewichtlose Tritt hinter den Türen, daß Hanna plötzlich zu lachen begann. Auch das Lachen war verzerrt, schneidend und bang, aber ein böser Triumph klang darin auf:
– Sie mögen ihn nur suchen! Ich bin sicher, sie finden ihn nicht.
Robert hob den Kopf, betrachtete sie schweigend. Dann:
– Wir sollten packen. Wir müssen zeitig fort, morgen. Wenn es keinen Postautobus gibt, nehmen wir einen Wagen.
Hanna öffnete das Fenster, beugte sich hinaus in den Regen:
– Hütte ist dort keine, nicht einmal ein Dach. Und der Boden gibt überall nach. – Wie verbirgt man sich eigentlich in diesem Schilf? Hast du darüber nachgedacht?
Der Regen war heftiger geworden. Ein kalter Wind wühlte stoßweise in den Bäumen. Die Nacht war sehr finster, Himmel und See ein brausendes Gewoge. Fernab auf der Straße krümmte sich ein winziges, grünlich zuckendes Licht. Robert nahm ein Handtuch, wischte damit über Hannas nasses Haar und Gesicht:
– Komm jetzt, du erkältest dich! Vielleicht ist gerade eine solche Nacht für seine Flucht nicht ungünstig. – In längstens zwei Tagen sind auch wir über alle Berge. Wir müssen zuerst nach London, aber wir fahren über Paris. Ich freu' mich, dir Paris zeigen zu können. Hörst du?!
Der Wind rüttelte am Fenster, Robert schloß es. Jeder Windstoß warf die Tropfen wie harte Körner gegen die Scheiben. Hanna stand davor, starrte in die Dunkelheit, sah nicht, daß Robert ihr eine Zigarette hinhielt. Robert versuchte es von neuem:
– Ich habe da nämlich eine Idee, einen Plan. Gar nicht neu, aber jetzt . . . wenn es gelingt, verbringen wir den Herbst auf einer dieser Inseln zwischen dem Peloponnes und Kleinasien. Die Bevölkerung wird dir gefallen.
– Ja?!

– Fremde kommen dort überhaupt nicht hin. Es sind noch homerische Verhältnisse. Und das Meer –
Hanna hatte sich mit einem Ruck herumgewandt. Robert sagte sofort:
– Du hast nie längere Zeit am Meer gelebt –
Sie sah ihn mit glänzenden Augen an:
– Weißt du eigentlich, wer es ist? Wer es sein könnte?
Ihre Augen glänzten wirklich auffallend, sonderbar erregt, ihr Gesicht war totfahl. Es fiel Robert ein, daß er nicht wußte, wie Hanna aussah, wenn sie Fieber hatte. Sie hörte ihm gar nicht zu:
– Als wir an der Milchkammer vorbeigingen, du warst schon voran, sagte eine zur andern ›Mein Gott, wenn es wenigstens ein Hiesiger wäre, aber der!‹ Und die andere meinte ›Was ist da viel auszukennen! Die haben dort unten doch auch einen See‹. – Ich blieb stehen, aber es war ihnen vom Gesicht abzulesen, daß ich vergebens fragen würde.
Nach einer Weile:
– Ich hätte natürlich trotzdem fragen sollen. Ich werde die Person morgen fragen.
Robert fühlte selbst, wie die plötzliche Zwiespältigkeit sein Gesicht zur Grimasse machte:
– Du meinst doch nicht . . . daß es sich um diesen Windischen handelt? Er bemerkte auch, daß der Glanz in Hannas Augen gerann und ihr Blick ihn festhielt. Als sehe sie ihn auf eine ganz neue Art oder überhaupt zum erstenmal. Die Erinnerung an gestern abend war sofort in ihm lebendig, mit großer Klarheit und dennoch wie etwas, das von weit hergeholt werden muß. Der Mann, der plötzlich aufgetaucht war, die Stimme, die im Dunkeln zwischen ihnen hin und her ging. Nichts Greifbares und Deutliches, das eine menschliche Gestalt mit konkreten Merkmalen ausfüllen konnte, nicht einmal ein Umriß; fremd, am Rande aller Fremdheit, ebenso wie die Stimmen der beiden Verfolger und die Kugeln, die sie ihm nachschickten.
Der Mann lag jetzt draußen im Schilf, preisgegeben der Regennacht und den Schüssen der Milizmänner, die auf ihn warteten wie Jäger auf dem Anstand. Robert ging einige Male nervös auf und ab, öffnete seinen Koffer:
– Wir können nicht helfen, wir am allerwenigsten! Übrigens – vielleicht ist er schon in Sicherheit.
Es klang nicht sehr überzeugend und das sollte es wohl auch nicht. Hanna entgegnete gereizt:

– In Sicherheit! Überleg doch . . . wenn er Glück hat, findet er eine von diesen treibenden Holzscheiben für die Enten. Robert gab es auf, machte sich an seinem Koffer zu schaffen. Hanna kam vom Fenster nicht los, fuhr mit der Hand immer wieder über die schwarze nasse Scheibe als versuche sie etwas wegzuwischen, ein Gesicht, ein Bild, dem sie sich nicht zu entziehen vermochte. Schließlich sagte sie und wandte sich dabei zu dem Bild:
– Diese Szene gestern abend . . . Ich muß gestehen, ich hatte dich ganz vergessen. Und doch hat es uns wieder zusammengebracht, daß wir miteinander reden konnten. Auf dem Heimweg . . . es war unser erstes wirkliches Gespräch seit – –
Er lächelte eigentümlich, befangen in der Erinnerung:
– Also du hast mich vergessen gehabt, ich war einfach nicht da? Robert hinter dem Schrank sah auf die Hemden in seinem Koffer, Hanna am Fenster sah auf die undurchdringliche Scheibe, auf das Bild oder was sonst es für sie sein mochte. Sie entgegnete wie auf ein Stichwort, das sie sich selber gab:
– Du bist oft nicht da, auch wenn ich dich mit den Händen greifen kann. Das gehört wohl zu dir. Schlimm ist es nur, wenn – – sie sagte nicht ›wenn du mir alles bist‹, sie sagte: wenn ich fühlen muß, wie vertauschbar ich für dich bin! Ein Anlaß, irgendeine Situation in dir, die ich nicht kenne, von der ich nur weiß, daß ich es bin, und daß ich bald wieder vorbei sein werde.
Er kam heran, gesammelt, eine sonderbare Wachheit im Blick. Hanna öffnete da völlig unvermutet und so nebenbei eine Tür zu dem, was er zutiefst bei sich als Verhängnis empfand. Das war vielleicht zuviel, aber es war auf eine niemals faßbare Weise beunruhigend, nicht nur in vorübergehenden Stimmungen; jedenfalls etwas Unabwendbares. Sie hatte also auch den Schlüssel dorthin, wo er sich am verborgensten glaubte, und das machte sie sofort aufs äußerste und in einem rein psychischen Sinn begehrenswert. Er saß ruhig da, aber innerlich zitterte er – zum erstenmal übrigens –, daß er sie verlieren könnte. Jede Frau war nur ein Anlaß zu einem Wunschbild. Er hatte noch nie mit etwas anderem als einer Phantasie im Bett gelegen. Und Hanna wußte es! Dieses Wissen empfand er als stärkste Bindung, das Bleibende unter den wechselnden Schemen seiner Einbildungskraft, eine letzte Vertrautheit im Wirklichen. Vielleicht Liebe, jedenfalls die einzige für ihn geltende Form der Dauer in dem, was andere so nannten. Er war plötzlich sehr glücklich. Aber er verriet sich nicht, saß wortlos am Tisch, wartete. Hanna sagte noch:

– Gestern auf dieser Holzscheibe . . .
Vielleicht fühlte sie unbestimmt, was in ihm vorging, denn sie setzte fort:
– Auch du hattest alles hinter dir gelassen. Wir haben unsere Scheibe im richtigen Augenblick gefunden.
Sie stand schon wieder am Fenster, starrte hinaus, als gelte es jenseits des dunklen Vierecks etwas zu entdecken, das sie seit langem suchte.
– Hanna!
Sie empfing seinen Kuß mit einer Abwesenheit, deren Kühle ihre innere Erregung kaum verhielt. Er gab sie sofort frei. Was ihn zu ihr zog, dieses hinnehmende und selbstverständliche Bescheidwissen in einem Letzten, war es gerade das, was sie von ihm entfernte? Dorthin, wo sie ganz bei sich war und er sie nicht erreichte, so daß sie jetzt sagen konnte:
– Gibt es viele solche schwimmende Scheiben im See? Eine davon wird er doch finden! Ah, ich fürchte, es wird ihm nichts nützen, auch ihm nicht.
Robert schwieg und auch Hanna redete nichts mehr. Unaufhaltsam sank jeder zurück in sein Alleinsein. Das Zimmer war so ungemütlich kalt, daß sie beide froren. Als sie zitternd in ihre Betten krochen, war einer für den andern längst im Unerreichbaren. Während Robert die Decke über die Schultern zog, hatte er einen Augenblick die Vorstellung einer durchnäßten erstarrten Gestalt, die mit schwindendem Bewußtsein sich auf einer schwimmenden Holzscheibe im Schilf ausstreckte, aber er dachte gar nicht daran, diesen Gedanken zu äußern.
Vielleicht hätte dieser zwiespältige, nicht zu ergründende Anlaß, der Mann aus dem Schilf, zwischen ihnen sein müssen, mit Worten, die jeden einzeln im Für und Wider mit ihm verbanden, damit sie dann, allein gelassen, sich auftaten mit einer ganz neuen Seite ihres Innersten, ihnen selbst nicht bewußt bis zur Sekunde und erst jetzt im Wechsel des Ergriffenseins voneinander sich enthüllend, eine Kraft, eine Gemeinschaft, die sich sehnsüchtig verwirklichte und das Dasein in neuen Farben aufglühen ließ.
Zuletzt aber war alles nichts weiter als das verquälte Hirngespinst eines immer matteren Selbstbetrugs. Die Ereignisse sprachen dafür, ihr gelebtes Leben sprach dafür. Gerade diese Nacht konnte sehr wohl nichts weiter bedeuten als eine Phase ihres Verdorrens im Vergeblichen, eine etwas erregende Phase vielleicht, die jedoch durch die zwei Schüsse vom See her nicht beeinträchtigt wurde.

Robert erhob sich halb im Bett, versuchte die Kerze anzuzünden, ließ es sein. Hanna drehte sich auf die Seite und stöhnte, aber es galt offenbar nicht dem, was draußen vor sich ging. Es waren zwei Schüsse, die knapp hintereinander fielen, und dann noch einer. Robert glitt in den Schlaf wie in einen feuchten dunklen Sack, in dem alles zu Ende war.

Der Morgen war fahl, in einem dunstigen Gewoge schleiernd. Hinter dem See gab es ein zackiges Loch voller Bläue, von dem ein blasses Strahlen ausging.

Robert fühlte sich bleiern, ohne Elastizität in den Gelenken, und auch Hanna sah übernächtigt aus. Nichts war vorüber, das Geschehene hatte Bestand und gab allem Kommenden die Wegzeichen.

Vor dem Wagen unter den Bäumen war der Junge des Wirtes dabei, das Pferd anzuschirren. Der Junge hatte viel zu weite Röhrenstiefel an und war kaum imstande, das Geschirr herbeizuschleppen. Er war vielleicht nicht älter als zwölf Jahre. Immer wieder hob er das schwere Kummet, aber er reichte nicht hinauf, bis der zottige Braune ein Einsehen hatte und den Kopf noch tiefer herunterbog. Der Junge setzte sich auf den Bock, knallte mit der Peitsche. Zwei Mägde erschienen, beluden den Wagen mit Koffern.

– Auch wir sollten – –

Die Worte erstarben Robert in dem aufsteigenden Widerwillen, sich zu den anderen zu schlagen.

– Ja, sagte Hanna, machen wir, daß wir fortkommen.

Sie nahm die Kleider aus dem Schrank, hielt sich lange am Fenster auf, zog schließlich den Mantel an:

– Sollten wir nicht zuerst nachsehen, was los ist?!

Robert und Hanna hätten den Umweg der Promenade wählen können, aber sie gingen über die Wiese. Obwohl es nicht regnete, waren die Mäntel bald ebenso feucht wie die Schuhe. Das Schilf stand wie ein gelbgrüner Wall. Von dem Punkt aus, an dem sie hielten, schien es fast die Hälfte des Sees zu bedecken. Es ging kein Wind, dennoch rann über die Oberfläche des Schilfes etwas wie Wellen, und die weißlichgrauen Blütenbüschel, die sich im Rhythmus hoben und senkten, machten diesen Eindruck unwiderstehlich. Ganz vorne gab es lockere Stellen, wo das Schilf sich mit vereinzelten Büscheln bis ins offene Wasser verschob. Dann wich es in Mulden zurück, zusammengedrängt, üppig, mit jungen hellen Stengeln. Dahinter aber dehnte es sich völlig unübersichtlich, hie und da, wo der Grund derb genug war, von verkrüppeltem Laubwerk und dürrem Gesträuch durchwachsen. Vom Ufer aus waren Wege und Strömungen nicht zu erkennen. Eine Wand, elastisch, von gleichmäßiger Dichte und ohne die kleinste Öffnung. Das Boot wäre nicht durchgekommen, nicht bei Tag und erst recht nicht in der Nacht, auch wenn die Schüsse nicht gefallen wären.

Die Milizleute waren eben dabei, es ans Ufer zu ziehen. Der Bursche darin schien an die zwanzig, eher jünger. Er lag mit dem Gesicht auf dem Boden, so, wie es ihn getroffen hatte, nach vorn niedergebückt, die eine Hand hielt das Ruder noch umklammert. Die Kugel war durch das Genick eingedrungen und knapp über der Stirn ausgetreten, die Schädeldecke ein wenig aufgerissen: ein Schuß aus nächster Nähe. Offenbar war das Boot gleich abgetrieben worden. Unter der Bank standen ein Krug Milch, eine Flasche Schnaps, Brot und Speck und, in ein blaues Tuch eingeschlagen, gekochte Kartoffeln, die der im Schilf Verborgene noch warm hätte bekommen sollen. Der Milizmann, der die Sachen am Ufer niederlegte, sagte, daß sie es hören konnten:

– Wir sind es nicht gewesen, wir nicht! Wir haben die andern erst in der Früh abgelöst.

Sie zögerten noch immer, den Toten anzufassen. Er hatte ein mageres Kinn mit ganz hellem Flaum und das eine Auge war offen. Dieses Auge, sinnlos, gebrochen, eine glasig-blasse Kugel, schien alles in sich zu vereinen, was dem Körper das Leben nahm. Ohne das Auge hätte er in tiefem Schlaf oder in Ohnmacht sein können. Nicht die schwarz verkrustete Wunde bewirkte es, daß der Körper tot war, sondern dieses Auge. Hanna starrte darauf und ihre Hand mit vorgestrecktem Zeigefinger machte sich zögernd auf den Weg. Als müßte die fürchterliche Ausdruckslosigkeit unter ihrer warmen Berührung verschwinden und ein brennend Lebendiges, davon die reglose Form noch erfüllt war, von neuem hervorbrechen, ein Ziel, ein Wille, heftig und ohne Bedenken, spähende Vorsicht und noch einmal der nächtliche Sprung ins Boot und die ersten Ruderschläge. Vielleicht wollte sie mit ihrem eigenen Wunsch durch das Stückchen kaltblaues Rund in den Daliegenden eindringen, sich ihm mitteilend und verbündet, vielleicht aber wollte sie nichts weiter als dieses Auge einfach zudrücken. In einer unverständlichen Regung umfaßte Roberts Blick das tote Auge und Hannas kaum merkbar zitternde Hand, die vor seinem sonderba-

ren Gesicht wie unter einer Warnung zum Stillstand kam. Sie wandte sich ab, streifte den Handschuh über:
– Der sechste! Auch von den verwundeten Milizleuten soll einer in der Nacht gestorben sein.
Auf dem Dorfplatz hielt die Batterie des Hauptmanns Lodric, die Geschütze mit Plachen zugedeckt, den Pferden die Futtersäcke umgehängt. Die Leute standen in den Türen, Weiber, Kinder und die Männer, als ob sie sich zeigen wollten, weil die Gendarmen einmarschierten. Die Gendarmerie-Kompanie diente aller Wahrscheinlichkeit dem außenpolitischen Aspekt des Putsches, der bereits gar kein Putsch gewesen war, sondern . . . ja, es fiel schwer zu sagen, was er eigentlich gewesen war. Vielleicht ein größerer Raufhandel, wie sie auf dem Lande zu den üblichen Gepflogenheiten gehören. Jedenfalls etwas, das die Polizei mit gelegentlicher Unterstützung der Gendarmerie mühelos bewältigte.
Die Stimme des Gendarmeriekommandanten dröhnte über den Platz und schien sogar die Hunde einzuschüchtern. Ein Scharfmacher von der ärgsten Sorte, das war der Eindruck, während er seinen Leuten Befehle zuschrie und den Ortsbewohnern fürchterliche Dinge in Aussicht stellte, die ihre Wirkung kaum verfehlen konnten. Allerdings war zu bezweifeln, ob die Dörfler sie überhaupt verstanden, denn die Worte gingen in einem Toben unter wie im nächsten Umkreis eines Wasserfalls. Sogar Robert unterschied von den vielen wahllos eingestreuten Flüchen nicht mehr, als daß sie dem östlichen Sprachschatz der ehemaligen österreichisch-ungarischen Armee entstammten.
Aber nachher, als Robert und Hanna mit dem Hauptmann Lodric zur Gemeindekanzlei gingen, war der Gendarmeriekommandant stumm. Er schob einen Bauch vor sich her, der schon in Brusthöhe begann. Sein dicker runder Kopf sank in den Rumpf ein wie ein alter Meilenstein in den Straßenhügel, wetterverwaschen und kantenlos, die rote Farbe im mehrfachen Anstrich schichtenweis abgeblättert und nur in den zwei gegengerichteten Pfeilen erneuert, die aussahen, als ob sie Wegrichtungen bezeichneten: der Mann besaß einen mächtigen brandroten Schnauzbart. Außer seinem Namen hatte er nichts von sich gegeben, sondern sich damit begnügt, mit undurchdringlicher Miene abwechselnd eine Hälfte dieses zopfartigen, waagrecht abstehenden Gebildes auszuziehen, als wollte er es noch länger machen.
Was die beiden entgegengesetzten Wegrichtungen betraf, zeigte sich der Hauptmann sichtlich bemüht festzustellen, welche denn

im Politischen für den Gendarmeriekommandanten entscheidend sei. Es gehörte gewissermaßen zur Fortsetzung des Putsches, zu den Formen, die er jetzt annehmen würde, und war für Robert alles eher als ein erquickliches Schauspiel. Dieses gegenseitige Belauern und Betasten, spürbar noch im Zucken der Mundwinkel, im fragenden Emporziehen der Brauen, im Ansatz zum durchschauenden Lächeln, das, wenn ihm die Art der Entgegnung nicht entsprach, sofort zurückgenommen wurde. Unter dem Anschein unpersönlicher Sachlichkeit ein ständiges Auf-der-Hut-sein, ein lautloser Kampf. Das Gesicht des Hauptmanns konnte nicht gerade durch den Reichtum an mimischen Möglichkeiten auffallen, aber gegenüber der Unbeweglichkeit eines alten Meilensteines war es natürlich im Nachteil.

Der Hauptmann erklärte die Situation vom Vortage. Der Gendarmeriekommandant – er hieß Schemnitzky, und als er den Mund aufgetan hatte, zeigte es sich, daß er gar nicht anders heißen durfte – ließ sich vernehmen:

– Alsdann so! (Ein sehr kurzes, helles o.) Bin ich mir nemlich ein serr alte Diener, jawoll, der was nix gibt auf Bichl, jawoll, sondern alles auf Praxis! – Auf Praxis, Herr Hauptmann, jawoll! Darum geniggt mir Blick und ich weiß, was is los – mit Respekt, Herr Hauptmann.

Vielleicht war es nur Einbildung, daß Robert zu sehen glaubte, wie dem Hauptmann, kaum wahrnehmbar, eine hauchdünne Röte die Schläfen emporstieg. Sein knochiges Gesicht wirkte jetzt noch abwartender, aggressiv verschlossen. Der Hauptmann zog sich in jene Arroganz zurück, die den aktiven Offizier der Armee, der sich mit einem ranggleichen Gendarmeriebeamten verhalten muß, menschlich ins Unrecht setzt. Im knappsten Dienstton erklärte er, die Vernehmungen wenigstens soweit persönlich führen zu wollen als nötig sei. Darauf erwiderte Schemnitzky überhaupt nichts. Aber es zeigte sich, daß der Meilenstein lächeln konnte. Auch das Lächeln war von der sorgfältig abwechselnden Beschäftigung mit jedem der beiden schnauzbärtigen Wegpfeile begleitet. Es gab keine Auskunft darüber, mit welcher Richtung Schemnitzky selbst es im Politischen hielt.

Doch als Robert, der Hanna nach Hause gebracht hatte, die Gemeindekanzlei betrat, schien auch die entfernteste Möglichkeit eines Lächelns aus dem Gesicht Schemnitzkys verschwunden. Er saß mit einer Miene da, die dem Hauptmann Lodric die Aufgabe nicht erleichterte. Auch der Hauptmann tat, als sei der andere

nicht vorhanden oder als bemerke er ihn nicht, und gerade mit diesem Wegsehen verriet er auf eine Art, die Robert ein wenig peinlich empfand, wie sehr ihn die Anwesenheit des Meilensteins irritierte. Es sah eher nach Unsicherheit aus statt als Drohung zu wirken, wenn er den Einheimischen, die dem Tisch gegenüber im Winkel zusammengedrängt standen, erklärte, daß er die Untersuchung nur beginne, zu Ende führen werde sie die Gendarmerie. Hier hatte Schemnitzky wieder ein Lächeln. Flüchtig, aber auch unverhüllt gab es dem Meilenstein menschliche Züge, verwandelte ihn sogar in ein schlaues Gesicht.
Der Anfang war schon vorbei oder der Hauptmann war über den Anfang nicht hinausgekommen. Er trommelte nervös auf der Tischplatte und wußte, was ihm bevorstand. Er sah es an der langsamen, stur übertreibenden Überraschung der Leute, die sie für glaubwürdig hielten. Bauern sind schlechte Schauspieler, und was ihren Gesichtern jetzt das Echte gab, dieses Unzugängliche, die hinterhältige Entschlossenheit, die noch zuwartete, hatte weiß Gott mit den Worten nichts zu tun:
– Gewehre?
Es brauchte Zeit, bis sie begriffen, worum es sich eigentlich handelte.
– Gewehre!
Sie wiederholten das Wort, bedächtig, staunend, als müßten sie sich erst allmählich ins Gedächtnis rufen, was denn das überhaupt sei.
– Gewehre?!
Ah! Wenn sie recht verstanden, glaubte der Herr Hauptmann also, daß sie Gewehre hätten, richtige Militärgewehre, er glaubte sogar, daß sie mit diesen Gewehren gestern geschossen hätten?!
Sie sahen einander an, ungläubig, fassungslos, mit jenem dämlichen Nichtverstehen, das die erprobte Waffe des Bergbauern bei den Verhandlungen mit der ›Obrigkeit‹ ist. Und um das Unausdenkbare voll zu machen und alles Bisherige zu überbieten, verlangte also der Herr Hauptmann, daß sie ihm diese Gewehre abliefern sollten! Sie standen da, plötzlich alle mit dummen Theatergesichtern einander zugekehrt, mit runden Augen und die Münder weit offen. Der Marsch, den der Hauptmann mit weißen Knöcheln auf die Tischplatte trommelte, gewann an Tempo.
Man kann den Bergbauern zu allem bringen. Er ist es gewohnt, daß die ›Obrigkeit‹ zuletzt immer Recht behält, und weiß, daß er für seine Rachsucht keinen anderen Gegner hat als seinesgleichen.

Den steinigen Acker vertrinken und das eigene Weib zu Tode prügeln ist nichts Besonderes. Vor dem Mann, der im Herbst die Steuer einpfänden kommt, versteckt er das Vieh auf der unzugänglichsten Alm und scheut nicht den halsbrecherischen Weg zur Betreuung, jeden Tag, den ganzen Winter hindurch. Mancher hat den Nachbarn wegen eines Kalbes und sogar wegen einer einzigen Henne umgebracht. All das ist vorgekommen. Aber daß einer der ›Obrigkeit‹ freiwillig sein Gewehr herausgegeben hätte, das ist noch niemals und nirgends vorgekommen. Der Hauptmann wußte es.
Er war entschlossen, von dem Gendarmen neben ihm überhaupt keine Notiz mehr zu nehmen. Schemnitzky saß da, unbeweglich und in beharrlichem Schweigen, eben ein Meilenstein, der mit seinen zwei roten Pfeilen den Anteil jeder der beiden Richtungen, die hier miteinander kämpften, in sich vereinte. Weil der Hauptmann nicht hinsah, bemerkte er auch nicht, daß sich an dem Meilenstein eine physiognomische Vermenschlichung vollzog. In den trübwässerigen Augenschlitzen tauchte hie und da ein glitzernder Funke auf, die oberen Lider gingen öfter auf und ab als unbedingt nötig war, ein Flattern, das der Absicht eines verschmitzten Zwinkerns hätte dienen können, wenn die fleischige Starrheit des Gesichtes nicht jede ausdruckshafte Regung zunichte gemacht hätte.
Der Hauptmann strich mit dem Handrücken nervös übers Kinn. Es sah aus, als suche er nach dem rechten Wort oder erwäge das Für und Wider eines bestimmten Vorhabens. Schließlich wandte er sich noch weiter nach links, weg von dem Gendarmen, blickte auf und dem Gemeindevorsteher ins Gesicht. Mit gesenkter Stimme und einer Betonung, die jedes Wort bedeutungsvoll machte:
– Leute, ich will euch helfen, versteht ihr?!
Er sah sofort, es nützte nichts, auch das nicht. Unwillkürlich ballte er die Faust, während ihm die Röte die Schläfen emporflog. Eine Bauernrevolte wie manche vorher durch die Jahrhunderte und sie verlief nach demselben unbegreiflichen Gesetz, zerstieß sich an dem ewig gleichen Starrsinn, steinhart, fremd allem, was absichtsvolles Einordnen oder vernünftiges Paktieren hieß, unmenschlich. Die Leute verdienten es nicht, daß man ihre Eigenart berücksichtigen und sie schonen wollte. Der Hauptmann Lodric sprang auf, hieb auf den Tisch – der Schlag galt ihm selber, er wußte im Augenblick, es war das Falscheste, das er hatte tun können – und schrie:

– Ich werde also andere Saiten aufziehen. Entweder die Gewehre her – oder ihr sollt mich kennenlernen!
Das Erstaunen der Leute wurde zum verwunderten Kopfschütteln, schon beinahe die Form einer Kritik an diesem merkwürdigen Herrn, den ihnen die Obrigkeit da geschickt hatte. Sie waren bei Gott nicht verantwortlich für das, was der Herr sich einbildete. Gewehre? Wo in aller Welt sollten sie Gewehre herhaben, gerade sie, arme Bergbauern?! Nein, es gab keine Gewehre. Bei ihnen nicht. Ausgeschlossen!
Der Hauptmann setzte sich wieder. Diese Partie war verloren. Nun, er würde sich auf und davon machen, kam nach ihm, was kommen mußte.
Plötzlich die Stimme des Gendarmen neben ihm:
– Alsdann . . . schlag ich vor, werd' ich mir Haussuchung machen. Auf die Stelle!
Der Hauptmann fuhr herum, starrte den Meilenstein an. Gewiß, in dem Mann war allerlei zu vermuten, aber daß er glaubte, durch eine Hausdurchsuchung bei den Bauern Gewehre zu finden, das traute er ihm denn doch nicht zu. Auch der Gendarmeriekommandant war aufgestanden. Die beiden sahen einander einige Sekunden in die Augen, der Hauptmann fragend, mit deutlicher Verblüffung und zugleich der Andeutung lächelnden Durchschauens, Schemnitzky ohne den leisesten Ansatz einer Bewegung in den schrägen trübwässerigen Schlitzen über den dicken Augensäcken. Er verbeugte sich ungeschickt, nahm dic Mütze vom Nagel und ging hinaus.
Der Hauptmann war also mit den Leuten allein. Die Umstände waren nicht ungünstig, sogar der Gendarm hatte sich herbeigelassen, Farbe zu bekennen. Aber weiß Gott woran es lag, die Sache wurde nicht besser. Er fühlte sich nicht in Form heute, packte alles beim verkehrten Ende an. Vielleicht aber lag es einfach an der Aufgabe. Es wäre ein gutes Training gewesen, einen Steinklotz durch nichts anderes als die Kraft der Beredsamkeit dazu zu bringen, daß er am Himmel dahinfuhr wie die Schwalben draußen vor dem Fenster. Der Hauptmann drohte und beschwor und war nahe daran, auf das Aussichtsloseste zu verfallen: ihnen entgegenzuhalten, daß sie geschossen hätten. Nein, die Mauer, die er damit aufgerichtet hätte, würde er nicht abtragen können. Er würde nicht einmal dazu kommen, ihre Alibis zu widerlegen. Er riß sich noch einmal zusammen: Konfiskation von Vieh und Wirtschaft, Gefängnis, Erhängen und Erschießen – alles wegen ein paar Ge-

wehre! Vielleicht hätte er sie einzeln vornehmen sollen. Wenn er aber jetzt einen Teil hinausschickte, wäre bei ihnen der Verdacht des Verrates nur um so begründeter und das genügte, einen erbitterten Kleinkrieg blutiger Rachsucht und Vergeltung heraufzubeschwören.
Er sagte es offen heraus, daß er ihnen helfen wolle, und ahnte nicht, daß gerade das ihr Mißtrauen schärfer und nachhaltiger machte. Sie standen da, die Oberkörper vorgebeugt, die Augen am Boden. Auch nicht die Spur von Erwägung, sondern sturer Trotz, der, in die Enge getrieben, unerschütterlich beim Letzten angelangt war, dem Willen, nicht nachzugeben. Ja, gestern und vorgestern, da waren sie geneigt zu glauben, daß der Herr es mit ihnen hielt. Nicht auf eine sichere und gerade Art, die jeder sofort erkennt. Aber nach dem, was er mit seinen Soldaten und den Geschützen getan hatte, immerhin so, daß man es für möglich halten konnte. Heute schon zeigte er sein wahres Gesicht, saß am Tisch, war die Obrigkeit und hatte die Macht, ins Protokoll zu diktieren. Die Obrigkeit und das Protokoll gehörten zusammen wie zum Teufel der Pferdefuß. Wenn der Herr ihr Freund war, warum weigerte er sich, ins Protokoll zu schreiben, was sie behaupteten?! Immer entgegnete er, das sei unmöglich, sie mochten sagen, was sie wollten. Aber alles wird wahr und wirklich, wenn es ins Protokoll geschrieben ist und die Siegel und Unterschriften bekommt. Noch nie hat jemand etwas bezweifelt, das in einem Protokoll steht.
Endlich fand der Hauptmann das Wort, den Satz, der nicht versagte. Er fand ihn zufällig und eigentlich nebenbei. Aber er sah, die Gesichter hoben sich vom Boden, hier bestand eine Möglichkeit:
– Drei Tote – drei Gewehre!
Weil er merkte, das Argument tat seine Wirkung, wiederholte er es. Nochmals und noch einmal:
– Drei Tote – drei Gewehre!
Der Gemeindevorsteher wandte sich um, seinen Leuten zu. Nun erinnerte sich der alte Hirte ganz hinten in der Ecke, daß er vielleicht droben im Wald unter einer Wurzel etwas blinken gesehen hatte, das man gut für ein Gewehr halten konnte, vielleicht auch für zwei oder sogar für drei Gewehre. Er wollte, wenn der Herr es erlaube, hingehen und nachsehen. Er wisse die Stelle genau und würde sie wiederfinden.
Der Hauptmann war nicht besorgt deswegen:

– Also gut, drei Gewehre!
Er diktierte den Satz von den drei Gewehren; die Täter hatten sie oben am Waldrand weggeworfen, ehe sie die Flucht ergriffen. Die drei Gewehre wurden Wirklichkeit. Nun schien es, als habe der Hauptmann endlich den Beweis erbracht, daß er es gut meine, soweit eben ein Mann, der die Obrigkeit darstellt, dazu imstande ist. Die Leute wurden in Pausen, die von schwerfälligem Nachdenken ausgefüllt waren, beinahe gesprächig. Ihr Zögern entsprang immer weniger dem Mißtrauen, sondern einem gegenseitigen Abstimmen der Aussagen und Behauptungen, das seine Zeit brauchte. Trotzdem kam die Sache in Fluß und mit jedem neuen Satz, den der Hauptmann diktierte, wuchsen sie näher zusammen und hatten alle eine gemeinsame Geschichte, zu der jeder seinen Teil beisteuern wollte. Der Hauptmann hielt darum den Zeitpunkt für günstig, von neuem auszuholen. In dem angeregt vertraulichen Ton, in dem er jetzt zu ihnen redete, gab er zu bedenken, daß drei Gewehre eigentlich zu wenig wären.
Er erreichte nicht einmal, daß ihre Geschichte ins Stocken kam. Erst als er den Einwand mit gewichtigem Stirnrunzeln mehrmals wiederholte, trat eine ratlose Stille ein. Keine einander zugewandten Gesichter, sondern Blicke schräg von Augenwinkel zu Augenwinkel, unauffällig, warnend, auf der Lauer. Was wollte der Hauptmann nun wieder mit den Gewehren? Dieser Punkt war besprochen, eingegangen ins Protokoll und zur Wahrheit gemacht. Drei Tote, drei Gewehre! Daran war nichts zu rütteln.
Robert schien es nachher, daß die Spannung, die ihn in einen Zustand neuartiger Anteilnahme hob, wahrscheinlich in genau dem Augenblick begonnen hatte, als das Wort ›Schilf‹ zum erstenmal fiel. Er erinnerte sich auch, daß der Hauptmann es gewesen war, der es ausgesprochen hatte. Zunächst war nur vom See im allgemeinen die Rede, bis der Gemeindevorsteher der Situation eine neue Wendung gab. Er stand da, mit geradezu sichtbarer Anstrengung die Sache mit den Gewehren bedenkend, so daß seine Gewissenhaftigkeit niemandem entgehen konnte.
Wenn der Herr Hauptmann nicht davon abzubringen war, daß es mehr als drei Gewehre gegeben habe, wo, beim Himmel, sollten sie hingeraten sein? Vielleicht waren sie in den See geworfen worden! Die Vermutung brachte die Augen wieder vom Boden, erschuf von neuem die frühere Gemeinschaft. Plötzlich gab es Zeugen dafür; umständlich beschrieben sie die Stelle, wo es ge-

schehen war, eine zum Unglück ziemlich verschlammte Untiefe auf der Ebenenseite. Was die Zahl der Gewehre betraf, herrschte nun eine plötzliche Großzügigkeit. Es konnten ihrer gut mehr als drei, vielleicht sogar ein paar Dutzend gewesen sein.
Dem Hauptmann war anzumerken, daß diese Aussagen ihm nicht gefielen. Er hatte die Hände ineinandergeflochten und pfiff leise vor sich hin. Immer wieder denselben kleinen Pfiff, als fände er keinen andern. Dann ging er die Reihe der Gesichter noch einmal durch. Es blieb wohl kein Ausweg:
– Also, die Leute haben ihre Gewehre in den See geworfen – auf der Flucht.
Er überlegte noch immer und hatte wieder den kleinen monotonen Pfiff. – Vielleicht aber hat ein Teil der Leute die Gewehre mitgenommen? In ein Versteck . . . sagen wir – ins Schilf, was?! Obwohl die Gesichter unverändert blieben, war es deutlich, daß sie nichts einzuwenden hatten. Es ist nicht unwahrscheinlich, daß der Hauptmann auch das, was im Gesicht Roberts vor sich ging – unwillkürlich und ihm selber kaum bewußt, das gespannte Hochziehen der Brauen – als Zustimmung auffaßte. Robert unterbrach das Diktat:
– Ein einziger hält sich im Schilf versteckt.
Der Hauptmann nickte. Ausgezeichnet, dieser Punkt hatte also reale Grundlagen und sogar einen Zeugen, dem schon deshalb besonderes Gewicht zukam, weil er kein Einheimischer war. Wieder ließ Robert den Hauptmann nicht zum Diktieren kommen:
– Der eine Mann kann unmöglich ein paar Dutzend Gewehre mit ins Schilf genommen haben.
Der Blick des Hauptmanns war erstaunt, nur erstaunt, ein Ansatz zur Irritiertheit noch nicht spürbar:
– Nun, zunächst ist hier von einem Waffenversteck die Rede.
– Der Mann, der ins Schilf geflüchtet ist, hat keine Waffen versteckt.
Das Gesicht des Hauptmanns ließ seinem Befremden jetzt freien Lauf:
– Wenn es im Schilf Flüchtlinge gibt, wird es dort wahrscheinlich auch Waffen geben, nicht wahr?!
Er wandte sich an die Dörfler, in deren Augen es aufglänzte. Einige nickten geradezu Beifall. Die Vorstellung, daß die Gendarmen im Schilf nach Gewehren suchen würden, war zu schön, als daß sie sich von ihr ohne weiteres trennen konnten.
Robert, bereits im Protokollstil:

– Aus den Umständen dieser Flucht geht mit absoluter Deutlichkeit hervor –
– Sie haben die Flucht beobachtet?
Robert zögerte, dann:
– Ja.
– Und Sie haben bei dem Fliehenden wirklich keine Waffen gesehen?
– Von einer Waffe habe ich bei dem Mann nichts bemerkt. Von neuem eine Begegnung der Blicke, ungut, beinahe feindselig. Schließlich sah der Hauptmann von Robert weg und ins Protokoll. Gewiß, in dem Protokoll standen die merkwürdigsten Dinge. Auf ein bißchen mehr oder weniger kam es nicht an:
– Niemand verlangt, daß Sie die Gewehre gezählt haben.
– Der Mann hatte kein Gewehr. Ich erinnere mich genau.
Daß dieser Zaungast des Putsches, statt ihm beizuspringen, aus unerfindlichen Gründen nun gleichfalls Schwierigkeiten machte, war eigentlich unerhört. Dies kam in der Stimme des Hauptmanns mit aller Deutlichkeit zum Ausdruck:
– Aus welcher Entfernung haben Sie die Szene denn beobachtet?
– Aus keiner großen Entfernung. Es war ein Mann, ein einzelner Mann und ohne jede Waffe.
Robert sagte noch:
– Es ist mehr als wahrscheinlich, daß der Mann, der vielleicht verwundet ist, gefaßt wird.
Es sah aus, als hörte der Hauptmann überhaupt nicht mehr zu. Trotzdem entgegnete er:
– Vielleicht.
Er sagte nicht ›hoffentlich‹, sondern ›vielleicht‹. Und mehr konnte er hier wirklich nicht tun. Aber er kam noch immer nicht zum Diktat, denn der Zeuge wollte nicht nachgeben. Als verfolge er einen geheimen Zweck, eine hinterhältige Absicht:
– Wenn der Mann gefaßt wird, bedeutet das bei diesem Protokoll –
Der Hauptmann war nahe daran hinzuweisen, was dieses Protokoll denn für ihn, den Hauptmann, bedeute, wenn der Herr Doktor den Gesichtspunkt des Gefaßtwerdens schon so beharrlich im Auge habe! In diesem Augenblick flog mit Lärm und Gepolter die Tür auf – der unvorhergesehene Zwischenfall, der alles entschied und ins Endgültige wendete.
Nicht Schemnitzky selber, aber ein paar von seinen Gendarmen. Sie zogen klirrend ein Maschinengewehr herein und stießen zwei Burschen hinterher. Der Hauptmann faltete resigniert die Hände.

Während die neue Szene von den Hauptbeteiligten gestellt wurde, betrachtete er sich das Maschinengewehr. Gott sei Dank, das Ding war zweifellos italienischer Herkunft, stammte aus einem geplünderten Waffendepot oder war von einem Milizmann beiseite geschafft und dem deutschen Agenten verkauft worden. Je länger die Untersuchung brauchte, diesen reichlich verschlungenen Wegen nachzugehen, um so mehr Zeit hatte sie, im Sande zu verlaufen. Noch einmal Gott sei Dank, im Munitionsgurt – nein, unseligerweise waren kaum noch zwei Dutzend Patronen drin, alle andern frisch ausgeschossen. Ein Gendarm berichtete den Hergang:

– Ja, im Hof des Gemeindevorstehers ... im Anbau der Scheune ... und ganz offen, wie eilig hingestellt ... gleich hinter der Mostpresse. Zuerst wollten sie uns einreden, daß es ein Teil der Mostpresse wäre, ein Bund Stroh war darübergelegt ...

Die Leute besahen es, als zweifelten sie noch jetzt, ob es nicht doch ein Bestandteil der Mostpresse sei. Alle benützten die Gelegenheit, endlich etwas so Fremdes und Unverständliches, wie es ein Maschinengewehr ist, aus der Nähe kennenzulernen. Ihre vollständige Unvertrautheit mit einem solchen Gegenstand vereinigte sie sozusagen mit den zwei Unglücklichen und ihre Gespräche ergänzten diese Vereinigung. Sie redeten zueinander, als wären sie unter sich, mit gut vernehmbaren Flüsterstimmen. Der Herr Hauptmann neben dem Protokoll brauchte seine Ohren nicht anzustrengen.

Eine Heimsuchung! Daß da gerade im bösesten Augenblick, als die Gendarmen da waren, hinter der Mostpresse ein Maschinengewehr stand, fast möchte man sagen, ein Teil dieser Presse sich in ein Maschinengewehr verwandelte?! Zeiten waren das, Zeiten! Sie kamen gar nicht aus dem Staunen heraus, während sie das Maschinengewehr betrachteten, und der, bei dem es gefunden worden war, staunte am allermeisten. Trotzdem unterschied der Hauptmann gleich am Anfang einen Blick, der von dem Gemeindevorsteher zu einem der beiden Burschen ging und diesem nichts Gutes verhieß. Der Blick war das einzige Echte an der ganzen Szene, die hinsichtlich der Verhandlungen nicht abzusehen schien, von dem Ausgang gar nicht zu reden.

Diesmal kam die Rettung ganz unerwartet und vom Gemeindevorsteher selber. Die Leute klammerten sich an seinen Einfall wie Ertrinkende an den tragenden Föhrenstamm, der sich vom Floß losgemacht hat und vorantreibt. Sie waren allmählich still geworden. Es stand in der Luft und drang in alle Poren und Sinne, nicht

die Angst, sondern etwas Lähmendes, von dem die Ausflucht sogar in die ungewisseste Hoffnung immer unmöglicher wurde. Gewiß war nur ... der Wirt, der daheim auf dem Tisch aufgebahrt lag, war eine Gewißheit. Einem Mann, der schon tot war, kann kein Standgericht mehr zum Totsein verhelfen.
Alle ließen sie den Föhrenstamm fahren und kletterten dem Gemeindevorsteher nach auf das Floß, in die Sicherheit. Das Maschinengewehr war also von dem Wirt auf der Flucht dort, hinter der Mostpresse, versteckt worden. Außer denen, die es gesehen hatten, konnte niemand etwas davon ahnen, und die beiden Burschen am allerwenigsten. Weil aber ein Maschinengewehr ein schwerer eiserner Gegenstand ist und überdies ein Kasten mit Munition dazugehört, mußten wohl mehrere Männer mit dem Wirt gewesen sein, unbekannte Männer, versteht sich, die ins Schilf geflüchtet waren.
Robert stand plötzlich auf.
– Einer ist im Schilf, ein einziger, wenn er noch am Leben ist! Es erfolgte nichts weiter, als daß der Hauptmann mit dem Bleistift auf den Tisch klopfte, als wollte er um Ruhe bitten:
– Die Zeugen?
War es Roberts Einwand? Der Hauptmann mußte die Frage nach den Zeugen wiederholen. In jedem Fall ist ein Mann, der sich im Schilf versteckt hält, noch ein lebendiger Mann. Aber ein Mann, bei dem ein Maschinengewehr gefunden worden ist –
Also, wer hat es gesehen?
Roberts Augen hatten einen sonderbar starren Glanz und waren weit geöffnet. Dennoch war ihm, als sehe er nichts, alles verschwamm rötlich ungewiß, die Gesichter ringsum oder vielleicht doch nur ein Gesicht. Nicht einmal das, eine fremde Stimme in der Nacht, jene Stimme –
Und nun wieder die des Hauptmanns:
– Wer es gesehen hat, soll die Hand heben!
Während Robert an den Kleiderhaken nach seinem Hut suchte, fühlte er mehr als er es sah, daß ein paar Hände zögernd in die Höhe gingen.

V

Eigentlich wollte er zurück in die Pension, und wo der Wiesenweg die Straße kreuzte, hielt er tatsächlich ein paar Augenblicke an, ehe er zum See einbog. Schon von weitem erkannte er Hanna, knapp am Ufer, halb abgewandt, auf das Schilf starrend und bei dem heftigen Ineinander aus schwerer Mittagssonne und graudunklen Wolken fast unwirklich. Alles war übrigens ein wenig unwirklich – daß er Hanna dort fand, wo er sie um diese Stunde am wenigsten vermuten konnte, daß er hier entlangging wie unter einer unnennbaren Gewalt, die ihn weitertrieb, fort von den Zielen seines bewußten Willens und dennoch mit einer Verlockung, als führe sie ihn zu sich selber. Am unwirklichsten aber war, daß jemand im Schilf verborgen sein sollte.

Unbegreiflich von Hanna, daran ihre Gefühle zu hängen. Ein graugelber Streifen, eine Mauer, die nichts verriet und nichts hergab, unpersönlich, zwecklos.

– Bist du mit dem Packen fertig geworden?

– Gut, daß du kommst, wir gehen und beginnen endlich.

– Das Postauto verkehrt wieder. Gleich nach Tisch. Werden wir's noch erreichen?

– Ich denke ja.

Die Gendarmen und die Milizleute hatten den See eingekreist und teilten sich in die Bewachung. Eine gereizte Langeweile, höhnische Zurufe der Miliz, dienstliches Phlegma bei den Gendarmen und unverhohlene Aussichtslosigkeit bei beiden. Zwei oder drei stritten, an welcher Stelle der ›Rädelsführer‹ zum Vorschein kommen würde.

– Wenn er noch da ist!

Die Milizleute behaupteten, er sei auf ihrer Seite, die Gendarmen lachten:

– Wer hat ihn denn gesehen?

Wo ein Windstoß eine Lücke in die gleichmäßige Bewegung des Schilfes riß, schossen die Milizleute hin. Die Gendarmen lachten auch darüber, aber die vereinzelten Schüsse erzeugten immer wieder die verflogene Atmosphäre von Jagd und Gefahr, riefen ihnen den Zweck dieses Lungerns und Aufpassens ins Gedächtnis.

Hanna sah Robert prüfend ins Gesicht:

– Wie war's in der Gemeindekanzlei?
Robert zuckte die Achseln. Hanna hatte eine unwillige Schärfe in der Stimme:
– Was heißt das?
– Er hat bereits die Hälfte der Gewehre mit ins Schilf genommen, ein ganzes Arsenal! – Machen wir, daß wir fortkommen.
– Natürlich, heute nach Tisch. – Alles wird wohl an ihm ausgehen, nicht wahr?!
Sie lachte bitter:
– Und es läßt sich nichts dagegen tun? Aussichtslos?
– So ziemlich.
Es zeigte sich, daß auch Schemnitzky am Offizierstisch dieser Meinung war. Hauptmann Lodric, auf den die marschbereite Batterie wartete, verabschiedete sich gerade. Robert streckte ihm die Hand hin:
– Hoffentlich ist unser Freund im Schilf noch halbwegs glimpflich davongekommen in Ihrem Protokoll?!
– Soweit es möglich war.
Mit einer beziehungsvollen Bewegung zu dem Gendarmen und einem Blick, Robert in die Augen:
– Tja, was ich noch sagen wollte . . . ich erwarte von Ihnen, daß Sie das Protokoll Ihrer Zeugenaussage unterschreiben. Lächelnd: Auch wenn ich nicht mehr da bin. Sie reisen ja ohnehin ab, nicht wahr?!
Und schon zu Hanna:
– Bei solchen Angelegenheiten muß eben einer dran glauben, das ist immer so.
Vielleicht galt das nur Hanna, dem jähen Wechsel in ihrem Gesicht oder einem unwillkürlichen Zucken ihrer Hand:
– Und dann . . . der Mann hat noch immer seine Chance und die ist nicht schlechter als die eines Verhafteten.
Zunächst war es Schemnitzky nicht anzumerken, was er von dieser Chance hielt. Doch als Robert es mit seinem bißchen Polnisch aus dem Krieg versuchte, geriet er in eine Gesprächigkeit, die vor Roberts bereitwilligem Zuhörergesicht allerlei Erinnerungen hervorholte. Die Erinnerungen betrafen immer ihn selber, ein schwerfälliger Mensch, in dessen Art ein mißtrauisch-abwägendes Beobachten zum Ausdruck kam. Er strich abwechselnd die beiden brandroten Wegpfeile in seinem Gesicht, während er nachrechnete, wie lange er schon nicht mehr polnisch gesprochen hatte. Einfach keine Gelegenheit! Aber am Linzer Hafen, auf den Schif-

fen, treffe er manchmal Leute, die polnisch verstanden, hie und da sogar richtige Polen, tatsächlich.

Robert, jovial, nicht mehr als obenhin interessiert:

Ob er denn wirklich glaube, daß er den im Schilf versteckten Mann noch zu fassen bekäme?

Schemnitzky blies den Schaum vom Glas und bedauerte, daß es hier keinen ordentlichen Schnaps gab. Ihm sei jetzt nach einem richtigen polnischen Schnaps zumute. Robert erkundigte sich, ob dies sein erstes Eingreifen in den Putsch wäre. Schemnitzkys Augenschlitze schlossen sich blinzelnd, sein Gesicht hatte den Ausdruck lächelnd-schlauen Ansichhaltens.

– Na, Sie tun ja genauso, als ob Sie mich für einen Spitzel hielten!

Die Schlitze öffneten sich ein wenig, das Gesicht glitt in seine normale Unbeweglichkeit zurück, Schemnitzky sagte bedächtig:

– Heutzutage kann man bei niemandem wissen.

Dennoch konnte es keinen Zweifel darüber geben, daß der Gebrauch seiner Muttersprache sie von den übrigen absonderte und zueinander führte, das Fluid einer Gemeinschaft schuf, dem sich Schemnitzky, einen Vorbehalt nach dem andern aufgebend, mit Behagen überließ.

– Der Teufel hole den Putsch!

Er vertraute Robert an, die Sache sei noch lange nicht zu Ende. Das ginge so weiter und werde immer schöner, bei Gott, auf sein Wort könne man sich verlassen. So hatte er sich die Geschichte nicht gedacht, damals, als er für Österreich optierte! Denn Österreich war nicht mehr die Monarchie, in dem Punkt hatte er gründlich danebengehauen. Österreich war – ja zum Teufel, wußte man überhaupt, was es war, wußte zum Beispiel der Herr es vielleicht, ein studierter Mann, ha?! Die wenigsten kannten sich aus, aber – dabei klopfte er auf seine Brust und neigte sich zwinkernd vornüber – er, Schemnitzky, na – er wußte es und leider ziemlich genau . . .

Robert gab diese Schwierigkeit zu, hoffte aber, Schemnitzky würde bald fort und auf einen ruhigeren Platz kommen, er wünsche es ihm.

Ja, sagte Schemnitzky, heute nachmittag schon, nur ein Teil seiner Gendarmen werde hier bleiben. Der Rädelsführer müsse nämlich eingefangen werden. Und das bald.

– Rädelsführer? Aber, aber! Der Mann, wenn es ihn überhaupt gibt und er noch im Schilf steckt, ist das ganz und gar nicht!

Schemnitzky blinzelte mit bedachtsamer Schläue, als fülle er damit eine entscheidungsvolle Pause aus. Schließlich:
Nein, er hatte diese Regierung nicht eingesetzt, er nicht, das könne er ruhig sagen, und niemand würde ihn dazu bringen, daß er über sie ein Urteil abgab, nicht einmal in seiner Muttersprache! Aber eine solche Regierung oder eine andere, wenn man es genau nahm, stank der italienische Dreck so wie der deutsche. Nur eines war ewig das gleiche: der Dienst! Jawoll, da gab es keine Veränderung. – Mit listig erhobenem Zeigefinger, der dann mit dem Daumen den einen schnauzbärtigen Wegpfeil in seinem Gesicht flachdrückte und in die Länge zog. Und demzufolge hatte er also jetzt den Rädelsführer zu fangen und abzuliefern. Er wußte genau, was von ihm verlangt wurde. Auch wenn man es ihm nicht erst ausdrücklich sagte.
– Aber . . .
Kein Aber! Es sei doch geschossen worden, soundsoviele Tote! Er könne doch nicht mit leeren Händen kommen und ›oben‹ melden, es sei nichts gewesen. Und Gewehre? Das seien kostbare Dinger, ob sie nun von dem deutschen oder dem italienischen Agenten kämen. Der Herr sei viel zu wenig eingeweiht um zu wissen, wie schwer man die von den Leuten herauskriege. Es bliebe also nichts anderes als der Rädelsführer. Und ›oben‹ sei man damit zufrieden und begnüge sich, wenn nur (langsam, wie ein schwieriges Zitat) ein Exempel sta-tu-iert sei.
– Aber . . . Schemnitzkys Gesicht formte sich zu einem nachsichtig schlauen Lächeln, deshalb begann Robert noch einmal: Aber bereits das erste Verhör muß doch –
Schemnitzky ließ ihn nicht weiterreden:
Verhör?! Schon daraus mußte jeder erkennen, wie der Herr eben alles nur aus den Büchern hatte, jaja, von Praxis weit und breit keine Spur. Ah, Verhör, sehr gut, hahaha . . . geradezu ausgezeichnet!
Richtig amüsiert, fragte er gutmütig, ob der Herr Doktor denn schon einmal bei so einer Vernehmung, zum Beispiel beim Standgericht, dabei gewesen sei?
Robert mußte allerdings einräumen –
Nun, Schemnitzky war geduldig und schien Problemen nicht abgeneigt:
– Eigentlich, und wenn man es recht bedachte –
Er gestand, daß es ihm bisher noch nicht so aufgefallen war, wie es einem im Grunde auffallen konnte:

– Wie gesagt, eigentümlich, daß die Leute einfach alles, die unglaublichsten Dinge zugaben, zum Beispiel vor ein paar Tagen – –

Weiß der Teufel, was seine Leute mit dem Amonit angestellt hatten. Schließlich ist es begreiflich, daß man einem gewöhnlichen Kohlenmeiler, noch dazu in einem Stiftswald, drüben im Steirischen, nicht auf den ersten Blick anmerkt, daß er eigentlich ein Sprengstofflager ist. Na, als die andern herbeigelaufen kamen, war das Feuerwerk schon vorbei und von den zwei Gendarmen nicht mehr viel übrig. Gut und schön, in solch einer Lage ist die Wut natürlich groß. Aber warum drückte sie so auf den Verstand, daß die Leute gleich eine Streife veranstalteten?! Wo doch die Explosion weithin hörbar war und der, den es anging, bestimmt wußte, was es geschlagen hatte. Sie fanden auch nichts anderes als einen ungarischen Vagabunden, der über die Grenze herübergewechselt war und neugierig ihnen förmlich in die Arme lief. Er hatte einen Sack mit drei lebendigen Hühnern, wahrscheinlich wollte er sich jeden Tag ein frisches braten. Na, dieser Mühe war er nun enthoben. Sie schlugen seine gestohlenen Hühner ebenso mürbe wie ihn selber, ehe sie ihn einlieferten. Jetzt aber kommt das Merkwürdige! Der Mann gab alles zu, obwohl er so wenig deutsch verstand, daß er sichtlich nicht mehr als ›ja‹ sagen konnte. Sogar die Komplicen ließen sich durch ihn feststellen, sechs Bauern, auf die der Beisitzer von der Bezirkshauptmannschaft natürlich schon lang ein Auge hatte. Von den sechsen waren fünf ausgeflogen, Beweis genug, daß die Angaben stimmten. Den letzten fanden sie daheim, wohl nur deshalb, weil die Frau schon den zweiten Tag in den Wehen lag. Und die Verhaftung hatte ihr Gutes, was der Hebamme und den helfenden Weibern nicht gelang, die Handschellen brachten es fertig, das Kind kam sofort zum Vorschein. Gut also, der Bauer leugnete Stein und Bein. Aber in solchen Zeiten kommt es auf die Abschreckung an, auf das warnende Beispiel! Da ist die Schnelligkeit alles, die Einzelheiten spielen keine solche Rolle. Ob dies oder das, etwas Ähnliches hat einer immer ausgefressen und eine Zeitlang leugnet jeder. Nur der Bauer, als man es ihm auf den Kopf zugesagt hatte, leugnete nichts mehr. Er tat überhaupt den Mund nicht mehr auf, auch zuletzt nicht, sondern ließ sich hinführen wie ein neugeborenes Kalb. Aber der Vagabund, der Ungar! Keine Frage, er konnte gar nicht deutsch und erst recht nicht ungarisch schreiben, er war ein sogenannter An-al-pha-bet, ein Mensch, der nach den Fingern an den Zehen weiterzählen muß, wenn er bis zwanzig kommen will. Gar nicht ausgeschlossen, daß er glaubte, alles sei nur wegen der gestohlenen Hühner. Er bekam auch ein gebratenes Huhn zur Mahlzeit – nein, herstellt! Schemnitzky besann sich – das war der andere, der Bauer. Der Ungarische bekam einen Rostbraten, mit viel Zwiebeln und so groß, daß er über den Teller herunterhing. Sicherlich war ihm das noch nicht passiert und so ein Vagabund weiß es auch kaum zu schätzen. Zwei Flaschen Bier dazu, ein Essen, das durchaus geeignet ist, nicht nur einen verhungerten ungarischen Landstreicher wieder in die Höhe zu bringen. Aber wozu das? Er, Schemnitzky begriff eigentlich nicht, warum sie auf dieses letzte Essen jedesmal solchen Wert legten. Die reine Tierquälerei und zu nichts Besserem nütze, als ihnen den Abschied recht schwer zu machen. Übrigens ließ sich ganz gut annehmen, daß der Ungar die Lage erst erfaßte, als er hinausgeführt wurde und den andern bereits hängen sah. Der Ungar hatte nämlich die Begünstigung, daß er als zweiter drankam.

Hier unterbrach Robert und begriff nun seinerseits nicht, warum das eine Begünstigung sei. Schemnitzky schien einen Augenblick überrascht. Was war hier nicht einzusehen, wo war der Punkt, an dem die theoretische Weisheit eines studierten Mannes nicht zureichte? Schemnitzky fand den Punkt:

– Also das lag wirklich auf der Hand. Erstens mußte einer den Anfang machen und dann . . . der Ungar hatte sofort gestanden oder vielmehr hatte er nicht eine Sekunde geleugnet und deshalb durfte er noch ein bißchen leben, nicht wahr?!

Robert warf die Frage auf, ob denn dies angesichts der Umstände überhaupt eine Begünstigung sei? Aber Schemnitzky hielt den Einwand wohl für allzu theoretisch, er zuckte die Achseln:

– Na, das ist doch klar!

Hanna saß dabei, ohne ein Wort zu verstehen. Vielleicht war ihr der Widerspruch zwischen Roberts Gesicht und seiner Art zu reden so unerträglich, daß sie jetzt Anstalten traf, sich ins Gespräch zu mischen. Unter Roberts fatalem Blick versuchte sie ein Lächeln, aber was von Robert her lautlos auf sie eindrang, war stärker. Beide wußten sie nicht, daß einer den Ausdruck des andern zurückgab, und weil Robert dieses Gespannte und ausweglos Widerstrebende nur zu Bewußtsein kam, indem er es von ihr aufnahm, fühlte er das Bedürfnis, sich zu erheben und mit Hanna fortzugehen. Doch Schemnitzky steuerte dem Höhepunkt zu. Sichtlich bewegt von seinem eigenen Bericht, ergriff er Roberts

Arm als wollte er ihn festhalten. Zunächst schien es, daß Robert nicht nachgeben würde. Schließlich sagte er zu Hanna:
– So iß doch!
Auch Schemnitzky griff ein, in deutscher Sprache:
– Hat sich recht, Herr Gemahl, essen S', gneedige Frau, wird sich ja kalt scheenes Schnitzl.
Mit den Augen wies Hanna auf Roberts unberührten Teller. Schemnitzky war bereits bei der Szene, auf die es ihm ankam. Der Ungar sah also den andern hängen und jetzt ging ihm auf, was eigentlich los war. Er blieb stehen. Der Bauer hing da und rührte sich nicht. Sie hatten ihm vorher ein Tuch über den Kopf gelegt, genau wie die sogenannte Hu-ma-ni-tät es vorschreibt, damit nämlich der Ungar das Gesicht nicht sehen sollte. Ein rotkarierter Polsterüberzug, wahrscheinlich hatten sie nichts anderes auftreiben können. So ein Gesicht ist kein erfreulicher Anblick, nicht nur für den, der nachher an der Reihe ist. Schön, das Tuch, der Polsterüberzug, hatte sich durch den Strick verschoben, so was kann vorkommen, aber in dem Fall war es unbegreiflich, direkt eine Schlamperei, denn er, Schemnitzky, hatte selten jemanden gesehen, der so alles mit sich machen ließ, was man wollte, wie diesen Bauern. Dabei war es ein großer bärtiger Mann mit ordentlichen Schultern und in den besten Jahren. Aber das ist schon so, der Kräftige hält still und ist fügsam, während dieser dürre schäbige Ungar. – Also wie gesagt, das Tuch, der Polsterüberzug, war hinaufgerutscht, man sah das Kinn und den Mund und hauptsächlich die Zunge, die eigentümlich lang herauskam, steif wie ein Stück Holz und blau angelaufen. Möglich, daß die blaue, steif hervorstehende Zunge es war, die solchen Eindruck machte – der Ungar stand festgenagelt, schaute hin und bekam eine sonderbare Farbe, wie Schemnitzky das noch niemals gesehen hatte. Der Kerl hatte eine sonnverbrannte Haut, braun wie Schemnitzkys abgetragene Pistolentasche, eher noch dunkler, darunter aber wurde er mit einemmal und ganz plötzlich weiß, tatsächlich vollkommen weiß, es sah aus, als ob die Haut oben durchsichtig würde. Zugleich sackte er in die Knie, ein abgemergelter Hund, wohl ein früherer Landarbeiter, die sind alle klein und schauen nach nichts aus, dünne flache Muskeln, man muß es erst einmal erlebt haben, was sie damit können. Und hauptsächlich haben sie Sehnen! Deshalb war es also nicht möglich, den Menschen einfach weiterzuziehen. Die beiden Soldaten faßten ihn unter, stemmten sich in den Boden und brachten ihn nicht vom Fleck. Der Mensch zitterte nicht, aber

er stand eigentümlich gekrümmt da und ließ kein Auge von dem Hängenden und dem leeren Pflock daneben. Und jetzt mischte sich Seine Hochwürden ein, besann sich auf seine Pflicht und hielt dem Menschen das Kruzifix hin. In genau dem Augenblick begann es, und wie sich zeigte, sollte es nicht so bald wieder aufhören. Der Mensch beugte sich nämlich vor, es machte einen durchaus normalen Eindruck und jeder erwartete, daß er das Kruzifix küssen würde. Statt dessen peckte er mit der Nase darauf wie ein Vogel und gleichzeitig, man kann niemandem zumuten, daß er es errät, fing er an zu krähen. Wie ein richtiger Hahn, kikeriki! Absolut täuschend, nicht der mindeste Unterschied war zu merken, darüber gab es nachher nur eine Stimme und Schemnitzky konnte es beschwören, einfach großartig. Kikeriki, immer wieder kikeriki!
Im Grunde komisch und dabei doch auf eine Weise merkwürdig, daß man nicht recht lachen wollte. Schemnitzky erinnerte sich übrigens, daß tatsächlich niemand gelacht hatte. Er selbst verzog in der Erinnerung ein wenig das Gesicht, aber auch das sah kaum wie ein Lächeln aus. Schön, dem Mann hatte die Sache mit den gestohlenen Hühnern den Verstand verwirrt, das lag auf der Hand und deswegen hielt er sich jetzt für den Hahn und peckte auf das Kruzifix, spuckte und peckte und krähte in einem fort, während vier Soldaten ihn hinzogen, zwei an den Beinen und zwei an den Schultern, kikeriki, kikeriki!
Wie gesagt, es war nicht halb so komisch, wie es sich heute anhörte, eher merkwürdig, kikeriki! Und obwohl jeder sofort einsehen mußte, daß es keine regierungsfeindliche Äußerung war, einfach nichts im Vergleich zu dem, was andere in dieser Situation riefen – manche nämlich schrien den hohen Herren von der Kommission die unglaublichsten Dinge zu, im Vertrauen gesagt, Beleidigungen von schwerstem Kaliber und das direkt ins Gesicht! –, fanden es doch alle in Ordnung, daß schließlich ein Soldat ein Stück Zeitungspapier aufhob, es zusammenknüllte, in den Bottich tauchte – an der Hofmauer unter der Dachtraufe stand nämlich ein Bottich mit altem Regenwasser – und den Knödel dem krähenden Ungar in den Mund stopfte. Das war derselbe Soldat, der dann, als der Ungar bereits hing und eigentlich alles vorbei war, plötzlich grasgrün wurde und, heiliger Ulrich, du hast es noch nicht erlebt, derart zu kotzen anfing, daß er seine sämtlichen Innereien hinlegte und noch etwas mehr.
Schemnitzky bestand darauf, daß nur diese Absicht mit dem Papierknödel den Vorgang verzögerte, von einem Widerstand sei bei

dem Vagabunden keine Spur gewesen und wahrscheinlich existierte ein solcher Widerstand überhaupt nicht, bei niemandem. Er, Schemnitzky, wenigstens hatte noch nie etwas davon gesehen, obwohl es doch nicht mehr war wie früher, wo es zu den größten Seltenheiten gehört hatte, daß einer gehenkt wurde. Nun, heutzutage, mochte es noch so häufig sein, einen richtigen wirklichen Widerstand gab es einfach nicht. Auch damals nicht bei dem Ungar. Er schnellte zwar in die Höhe, warf den Leib hin und her und biß die Kiefer zusammen, sogar das Krähen stellte er ein, aber er wollte sich nur gegen den stinkenden Knödel zur Wehr setzen und dieser Schlag auf den Kopf war eigentlich überflüssig gewesen, obwohl er andererseits das Gute hatte, daß er dem Menschen die Besinnung nahm.

Aber herstellt! Einmal, ein einziges Mal hatte es einen Widerstand gegeben, beim letzten Putsch im Februar. Schemnitzky kannte aus seiner ganzen Praxis nur diesen Fall und wie sich nachher herausstellte, hatte der sogenannte Delinquent, nämlich der Verurteilte, ausgerechnet gegen das Gehängtwerden eine heftige Abneigung, nicht bloß die, die jeder hat, sondern einen ganz speziellen Widerwillen, weiß der Teufel, warum er sich einbildete, es nicht zu vertragen. Er hatte, das ergab sich nachher durch den Zellengenossen, geschworen, daß sie ihn nicht aufhängen würden. Alles dürften sie mit ihm machen, aber hängen, das nicht! Und weil er selber von der Polizei war und sich auskannte, gelang es ihm, die Hände frei zu bekommen, knapp vor den letzten Minuten und schon beinahe unter dem Pflock. Dem Gendarmen die Spritze herausreißen und feuern, war nur ein Augenblick. Es wurde eine richtige Schießerei daraus und sie mußten den Mann durch Pistolenschüsse erledigen. Der eine Gehilfe des Scharfrichters bekam dabei einen schweren Bauchschuß ab.

Trotzdem – es war entschieden ein Ausnahmefall und hing wohl mit dem merkwürdigen Charakter des Verurteilten zusammen, mit diesem besonderen Widerwillen. Sonst aber durfte man ruhig annehmen – –

Es war zu erraten, was man annehmen durfte, obwohl es ungesagt blieb, denn der Milizoberleutnant mit der heiseren Stimme kam herein. Wo gibt es noch solche Sporen, hat er sich die eigens machen lassen? ging es Robert mechanisch durch den Kopf. Zwei Schritte vor Schemnitzkys Stuhl knallte der Mensch diese riesigen Anschnallsporen zusammen und ließ es überhaupt an nichts fehlen, seine durch und durch militärische Haltung zum Ausdruck zu

bringen. Es mochte verschiedenes geben, darüber Schemnitzky mit seiner wahren Meinung hinterm Berge hielt, soweit sie jedoch den Milizoberleutnant betraf, zeigte er sie mit aller Deutlichkeit:
– Na, Sie, haben S' nicht Augen im Kopf, was? Sehn nicht, daß ich bin in Unterhaltung mit Herrschaften da, was?!
Es war dem Menschen anzumerken, wie er innerlich umkippte, in einer verstörten Unterwürfigkeit beinahe versank. Mit einem Ruck und indem er seine Sporen von neuem krachend zusammenschlug, rettete er sich ins Reglement. Er krächzte eine gehorsamste Entschuldigung, dann bat er den Herrn Kommandanten um Instruktionen. Er habe gehört, daß ein Teil der Gendarmen und der Herr Kommandant selbst heute nachmittag noch –
– Gehn S' zu mein' Wachtmeister, der weiß genau!
Robert und Hanna hatten sich erhoben. Es brauchte eine Weile, bis Schemnitzky einsah, daß nicht ›dieser Mensch‹ allein sie zum Aufbruch veranlaßte. Draußen sah Robert auf die Uhr:
– Also den Mittagsautobus haben wir versäumt.
Hanna antwortete nicht, in ihrem Gesicht ordnete es sich aus verquältem Widerstreben ins Nachdenkliche und Resignierte und gab Roberts eigenen Ausdruck zurück. Vor dem Dorfplatz blieben sie unschlüssig stehen. Der Platz war am anderen Ende nicht geschlossen und senkte sich ein wenig hügelab, so daß das Haus dort, quergestellt und sichtlich älter als die Platzanlage, noch niedriger schien. Immerhin, die Hausbank war deutlich auszunehmen und der Mann in Hemdärmeln, der dort saß und die Sense dengelte. Der Mann hob den Kopf, erkannte Robert, legte die Hand über die Augen. Er lehnte die Sense an die Mauer und verschwand ins Haus.
Sie gingen weiter, es sah lässig und beinahe übellaunig aus. Hanna war einen halben Schritt voran und Robert hatte die Augen auf dem Boden. Wenn er aufblickte, galt es jenem Haus dort. Jetzt erschien der Mann wieder in der Tür und wartete.
Hanna fragte nicht nach Schemnitzkys Gerede, obwohl sie kein Wort davon verstanden hatte. Dennoch war es, als wirke dieses Gespräch nach, auch bei ihr wie etwas Spürbares, ein Zwang, in dem sich alles begab. Plötzlich blieb sie stehen:
– Ich hab mit der Alten gesprochen, die dort drüben die Boote vermietet. Sie hat mir einen Zweiruderer gezeigt, ein schmales, ganz neues Boot. Ich denke, wir sollten es nehmen.
Robert sah wieder hin. Der Mann hatte die Pfeife hervorgeholt und wartete noch immer. Robert sagte unbestimmt:

– Die Soldaten sind fort und Schemnitzky mit dem größeren Teil der Gendarmen marschiert auch ab.
– Nicht wahr, eine Bootsfahrt auf dem See sind wir uns eigentlich schuldig? Der Autobus geht am Abend. Wir haben Zeit.
Nun setzte sich der Mann auf die Bank, rauchte, sah ihnen aufmerksam entgegen. Wenn sie zum See wollten, mußten sie an ihm vorbei. Hanna ging von dem Gedanken nicht ab, der sie ihrer dösigen Schlaffheit entriß:
– Ich hätte mir auf alle Fälle gleich den Schlüssel zur Bootskette geben lassen sollen!
Robert prüfte sie aus den Augenwinkeln – es war völlig undurchsichtig, ob sie wußte, was der Mann dort von ihm wollte, ob sie ihn überhaupt bemerkte. Dann, sehr beiläufig und mit dem fatalen Gefühl, daß er durchschaut wurde:
– Wo wohnt denn die Bootsvermieterin? Ich bin im Augenblick wieder da.
Vielleicht war es doch nur ein Zufall, daß Hannas Augen in die Richtung des Mannes gingen, und daß sie tief aufatmete, konnte eine Täuschung sein.
– Nein, laß mich . . . Ich finde mich leichter zurecht.
Jetzt erhob sich der Mann, steckte zögernd die Pfeife ein. Hanna hatte sich bereits abgewendet, und das war eigentlich so aufschlußreich, daß Robert nachher nicht begriff, wie er es hatte übersehen können. Rein als habe er alles darangesetzt, jedes Zeichen der Klarheit von sich wegzuschieben und zu entkräften.
Nun, da Robert allein war, zögerte der Mann nicht mehr.
– Herr, sagte der Gemeindevorsteher, Herr, ich möchte Sie bitten . . .
Wieder war es, als vollende sich etwas, das von der Ferne längst begonnen hatte, vielleicht in keiner sehr großen Ferne, sondern erst, seit Robert mit Hanna den Dorfplatz betreten hatte und dieser Mann in Sicht gekommen war. Fast schien es wie eine Erprobung, die Hanna ihm auferlegte und gegen deren Mißlingen sie nichts anderes tun konnte, als schnell ein Boot herbeizuschaffen.
Unbegreiflich von Hanna – im Grunde war es völlig gleichgültig, ob er seine Unterschrift unter dieses Protokoll setzte. Robert suchte den Blick des andern, aber der Mann starrte mit zusammengezogenen Brauen eigentümlich vorbei ins Leere oder – da es nicht die sich entfernende Hanna sein konnte – auf etwas, das sich hinter Roberts linker Schulter begab.
Sie standen einander wortlos gegenüber. Schließlich fand Robert,

daß es genug sei. Vielleicht hatte er auch mit der Schulter gezuckt. Der andere drehte sich sofort um und ging voran.
Drinnen war alles vorbereitet. Robert sah mechanisch auf die flache Holzschüssel mit Streusand neben dem Tintenfaß. Der Mann tauchte die Feder bedächtig ein, hielt sie nochmals ans Licht. Er hatte die Lider dabei fast geschlossen, ein widerwärtiger Kerl, auffallend hager und bärtig, unter dem Hemd hervorquellendes Haar, das Gesicht gleichsam versteckt unter lauter Haar, das selbst aus der dünnen scharfen Nase hervorkam; die leise zuckenden Lider gegen das Fenster gerichtet, vor dem nichts als der leere Dorfplatz war. Diese beharrliche Wendung zum Fenster, ausweichend und auf der Hut, das haarige Gesicht, das nichts zeigte außer einer störrischen Entschlossenheit – Robert sagte plötzlich:
– Na, Sie haben's aber eilig! Jetzt, wo sich's um die eigene Haut handelt, gibt's keine Rücksicht, versteht sich.
Der Gemeindevorsteher hielt ihm die Feder hin, das verkniffene Gesicht blieb unbewegt aufs Fenster gerichtet, die knotige verstümmelte Hand (drei Finger fehlten) zitterte, nicht vor Alter und nicht vor Aufregung, sondern wie eben eine Hand zittert, die in einer ungewohnten Bewegung verharren muß. Robert redete zu der Hand:
– Wer ist es eigentlich, den Sie an den Galgen liefern wollen?
An dem Mann veränderte sich nichts, nur die Hand mit der Feder kam näher heran wie unter einem Zwang, vor dem keine Ausrede galt. Robert lachte anzüglich:
– Na, Sie können ruhig damit herausrücken.
Und auf das Protokoll deutend:
– Schließlich ist eine Lumperei die andere wert!
Die Augenschlitze des Mannes öffneten sich ein wenig. Es sah noch immer aus, als gelte seine ganze Aufmerksamkeit dem Dorfplatz draußen. Schließlich hüstelte er dünn und sagte, wieder an Robert vorbei und mit einer sonderbar verdeckten Stimme, es hörte sich an, als rede er mit sich selber:
– In so einer Lage denkt jeder zuerst an die Seinigen. Auch der im Schilf hat Freunde.
Die Feder war jetzt seinem Arm so nahe, daß Robert einen Schritt beiseite trat:
– Sagen Sie mir, wer er ist. Ist es der Ortsfremde, dieser –
Endlich fand Robert das Wort:
– . . . dieser Windische?
Vielleicht war das Erstaunen auf dem Gesicht nur Einbildung,

jedenfalls genügte es Robert, um einzusehen, daß in dem Punkt nichts zu wollen war.
– Wo ist er denn versteckt? Beschreiben Sie mir wenigstens die Stelle. Es war keine Abweisung in der Stimme des Mannes und nicht einmal Ungeduld, aber ein Ton, der andeutete, daß es um eine Sache ging, von der Robert ausgeschlossen blieb:
– Seine Leute sind jetzt soweit, daß sie ihn holen können. Wir werden keine Schwierigkeiten machen. Und die Gendarmen –
Der Mann schloß mit einer hämisch-verächtlichen Handbewegung.
Robert sagte:
– Und wenn es mißlingt?
Der dunkle langsträhnige Schädel kam mit einem kleinen Ruck vom Fenster weg, in offenem Mißtrauen Robert entgegen.
Robert sah die Wirkung und setzte sofort hinzu:
– Ich muß den Platz wissen! Also –
Es gab kein anderes Mittel. Robert nahm die Feder aus der leicht zitternden Hand mit der breiten blaßroten Narbe, wartete ein, zwei Minuten und, als der Mann schwieg, warf er sie auf den Tisch:
– Wie Sie wollen!
Es zeigte sich, daß es auch bei dem Mann eine Direktheit gab, der er vielleicht nur deshalb so beharrlich ausgewichen war, weil sie dem, was er von Robert wünschte, nichts weniger als förderlich sein konnte. Grob, beinahe drohend:
– Wenn sie ihn herausholen – wir werden nichts dagegen tun, wir nicht! Ich hab's Ihnen schon gesagt.
Er sah Robert zum erstenmal voll ins Gesicht. Der Blick war so, daß er alles zum Angriff aufrief. Niederträchtig.
– Ja, gesagt – gesagt haben Sie's! Und für die Gendarmen können Sie nicht.
Auch nicht die Spur einer Brücke. Nicht herüber und nicht hinüber. Nichts als Mißtrauen, an dem alles zerbrach. Doch, etwas gab es noch, die Stimme, es in Worte zu fassen:
– Warum kümmern Sie sich darum? Wer sind Sie eigentlich?
– Und wer sind Sie?!
Damit mußte es enden, mit dieser sinnlos wütenden Kampfstellung. Robert sah keinen Ausweg. Hätte er antworten sollen, ›einer, der vielleicht helfen kann‹? Er hatte dieses rücksichtslos höhnische Gesicht nah genug vor sich, so daß sich der Gedanke erübrigte, ob ihm mit einem ›Vielleicht‹ beizukommen wäre. Aber auf

dem Tisch war das Protokoll und drüben im Schilf der Mann! Und dort am Fenster der andere, feindselig und dennoch getrieben von etwas Robert unnennbar Verwandtem, Wunsch und Widerstand in einem, die es nicht wahrhaben durften, wie ausgeliefert sie waren, wie wenig sie im Grunde vermochten. Handelte es sich um den Unbekannten draußen im Schilf? Ging es um den Mann da oder ging es um Hanna? Was stand hier eigentlich auf dem Spiel? Plötzlich war es ungeheuer wichtig, daß Robert erfuhr, wo der Geflüchtete versteckt war.

Gab es noch eine Möglichkeit, den Mann zum Sprechen zu bringen? Robert hatte mit einemmal eine sonderbar heisere Stimme:

– Gut! Sie sollen sehen . . . ich will Ihnen beweisen –

Was beweisen und wie? Ihre Augen verzichteten bereits darauf, sich in der Unnachgiebigkeit zu erproben, und die des Gemeindevorstehers waren wieder beim Fenster, die Lider halb geschlossen, aufmerksam, gleichsam in einem zwinkernden Hinhorchen. Der Gemeindevorsteher murmelte dabei ein paar Worte, die an Robert abglitten, weil in ihm gerade jetzt, in diesem Augenblick, der Funke aufsprang, der vielleicht noch zünden konnte: Robert saß mit einem Male am Tisch, hatte die Feder tief eingetaucht und seinen Namen hingeschrieben.

In der Stille gab es nichts als das Ticken der Uhr und die zu groß ausgefallene Unterschrift auf dem Papier. Und nach einer Weile – Robert straffte sich, aber er hob nicht den Blick – die Stimme vom Fenster her:

– Er ist auf Ihrer Seite drüben, bei der Pension. Gar nicht tief drinnen, kaum ein paar Meter vom offenen Wasser . . . In der alten Badehütte, die keine Tür mehr hat. Jeder kann hineinsehen, deshalb kommt niemand auf den Gedanken. Er hat ein paar morsche Bretter losgerissen, sich so eine Art Zwischenwand gebaut, dahinter ist er . . . Früher war er mitten im Schilf, auf einem Baumstamm, aber jetzt haben sie ihn soweit – – Und wenn sie ihn heut nacht . . . wie gesagt, wir tun nichts dagegen –

Der Mann verstummte und die Schritte draußen waren ganz nahe. Robert wandte den Kopf erst, als Hanna im Türrahmen stand. Es wurde ihm deutlich, mit welch verschlossenem Staunen sie ihn, wie er dasaß und die Feder noch in der Hand hatte, festhielt, ihn und das Papier mit seinem Namenszug. Und jetzt fiel ihm auch ein, was der Mann gemurmelt hatte, gerade als Robert sich hinsetzte. Der Mann hatte gemurmelt:

– Ihre Frau war schon zweimal da, wollte wissen, ob Sie unterschrieben haben . . .

An dem Brettersteg waren wohl mehr als ein Dutzend Boote festgemacht. Hanna sagte, und Robert spürte sofort die Abweisung, eine verhaltene Gegenkraft:
– Warum unternehmen wir eigentlich diese Bootsfahrt?
– Wir können ebensogut in die Pension gehen, unsere Koffer packen.
– Wozu –?
– Ich denke, zunächst einmal, um gemeinsam nach Salzburg zu fahren.
– Gemeinsam! Ja, wir haben die Berechtigung dazu . . . bei dieser wunderbaren Übereinstimmung . . . geradezu wunderbar!
– Hanna . . .
– Erspar dir die Worte, ich weiß –
– Hanna, hör zu –
– Es gibt keine zwei Dinge, die nicht so verwandt oder so fremd und verschieden wären, daß man sie nicht zu einander in Beziehung bringen könnte! Wer sich eine richtige Vorstellung von seinem Charakter verschaffen will, muß darauf achten, wie er in einer bestimmten Situation handelt; allein was er tut, ist wichtig, nicht was er sagt. – Von wem . . .? Natürlich nicht von dir, wie könnte das von dir sein!
Ihr Ton war schonungslos. Mehr noch das Wie als das Was: Etwas Feindseliges, das ganz aus der Tiefe kam, viele Verhüllungen rücksichtslos und wie selbstverständlich durchstieß. Unter den Booten war eines ganz neu, auffallend durch seine schnittige Form. Robert sagte:
– Dieses da!
Hanna sah auf das Boot wie auf einen sinnlosen Gegenstand, enttäuscht, geradezu angewidert:
– Sollen wir wirklich . . .
Robert betrachtete sie schweigend. Der Milizmann am Landungssteg mischte sich ein:
– Sie dürfen nicht bootfahren. Es ist gefährlich.
Sofort wandte sich Hanna ihm zu, ganz im Angriff:
– Haben Sie die Absicht, auf uns zu schießen?
Der Gendarm kam gemächlich heran, erfreut über die Ablenkung.

Hanna hatte die Kette schon gelöst und stieg ins Boot.
– Es ist gegen die Vorschrift! sagte der Milizmann. Der Gendarm grinste.
– Nein, sagte Hanna zu Robert, laß mir die Ruder, ich brauche etwas Bewegung. Setz dich ans Steuer!
Während der Gendarm das Boot abstieß, versuchte der Milizmann an Haltung zu retten, was möglich war.
– Also meinetwegen, aber nur im offenen Wasser! Fahren Sie mir nicht in die Nähe des Schilfs!
Hanna ruderte schweigend. Nach einer Weile wendete Robert, sie fuhren fast die gleiche Strecke zurück.
– Du hast deine Mission erfaßt. Hin und her, immer den gleichen Weg, wieviel Jahre schon? Du sorgst pünktlich dafür, daß wir nicht vom Fleck kommen. Aber von Zeit zu Zeit ist eben eine kleine Auffrischung nötig, eine unmittelbare Berührung –
Robert beobachtete sie erstaunt, voll Überraschung. Hanna lachte auf:
– Ja, du bist im rechten Augenblick gekommen. Denn siehst du, das wirkliche Leben, das wir nur einmal haben, aus dem wir gar nichts, überhaupt nichts mehr machen können, wenn es vorbei ist, dieses Leben, das sich nicht abstoppen oder unterbrechen oder aufschieben läßt, über das die Briefe, diese seelischen Feiertagsausscheidungen und gehobenen Betrachtungen einfach hinweggehen, ohne jemals ein Wort darüber zu verlieren . . . wie lange wollen wir es noch mißbrauchen, um deine rücksichtsvolle Methode des moralischen Betrugs fortzusetzen?
Ihre Heftigkeit faszinierte ihn, sog ihn an wie ein Blatt. Er sagte mühsam:
– So sicher hab ich es noch nie gewußt, daß ich zurückkommen mußte.
– Aber du bist trotzdem gekommen . . . trotzdem du es nicht so sicher wußtest! Es hat dir dafürgestanden, all das, von dem ich längst nicht mehr unterscheiden kann, bist du es in mir oder bin ich es in dir, wieder einmal aus der Nähe zu betrachten; um diese angenehme Verdünnung von Erinnerung und Freundschaft mit dir zu nehmen, mit der man sich routiniert und ein bißchen sentimental einrichtet – –
– Es gibt Entscheidungen, die – er zögerte, er wollte sagen, die so schwer wiegen, so viel bedeuten, aber er brachte es nicht über die Lippen – die . . . man unmöglich aus der Ferne treffen kann. Ich wenigstens konnte es nicht –

Sie war gefährlich und leuchtend, von einer dunklen Transparenz, aus der ein Blitz nach dem andern auf ihn niederfuhr:
– Ja?! Hattest du Angst, war es dir peinlich? Die wesentlichen Entscheidungen brauchen keine einsichtsvolle Auseinandersetzung, überhaupt keine Worte. Sie vollziehen sich ganz von selber, fast ohne unser Zutun. Plötzlich liegt das Ergebnis auf der flachen Hand, klar, unwiderleglich. Man sitzt noch miteinander im Boot und hat die Trennung bereits hinter sich. Man betrachtet den fremden Mann, mit dem man sich an der Oberfläche so gut vertragen hat, und ist erstaunt, begreift nicht, daß er aus den verflossenen Intimitäten noch immer allerlei Rechte ableitet. Man weiß genau, der endgültige Abschied verletzt seine Eitelkeit – oh, ich sollte da ein anderes Wort wählen, aber mir ist nicht nach Umschreibungen zumute – darum will er ihn nicht wahrhaben, den Abschied, und kaschiert ihn mit dem unverfänglichsten Ersatz, gegen den noch keiner einen Einwand erhoben hat, mit der Pietät. Ja, er versteht es wunderbar, sich aus der Affäre zu halten, innerlich gebunden, äußerlich zu nichts verpflichtet – –
Plötzlich hielt sie inne; betroffen sah er die Veränderung, die mit ihr vorging. Sie schien verloren in einem leeren Starren, blicklos, ausgelöscht. Auch er selbst war nichts, jedenfalls nicht jemand, an den sie das Wort richtete:
– Natürlich war es wichtig, daß du gekommen bist. Nur so konnte ich es erfahren . . . an einer Entscheidung, die von dir ausging, die du – ohne es zu wissen – selber getroffen hast. Ich hatte nur die Konsequenzen zu ziehen.
Sie ruderte nicht mehr und er hatte das Steuer aus der Hand gelassen. Das Boot hielt auf der Stelle, eingeschmolzen mit ihnen beiden in einer riesigen Halbkugel aus glastigem Schaum, erstarrt in der Lichtlosigkeit zwischen Leben und Tod. Er fühlte noch immer, daß er für sie gar nicht vorhanden, einfach nicht da war – wie sollte er da reden? Er setzte mehrmals an; es klang eigentümlich brüchig, tonlos, nicht nur, weil sie es offenbar nicht verstand oder nicht in der Verfassung war es aufzunehmen. Aber vielleicht sah sie die Bewegungen seiner Lippen, spürte daran, daß er etwas sagte:
– Hör' Hanna . . . Eine heiß emporsteigende Woge der Erwartung, die sich langsam ausbreitete, ihn ganz erfüllte, ein schmerzendes Ineinander aus Wunsch und Hingabe. Versuch, mir zuzuhören . . . Es nützte nichts, es würde nie mehr etwas nützen. Wie es ausdrücken, es in Worte fassen – –?

Plötzlich sagte er:
– Ich weiß, wo der Mann ist.
Es durchlief sie, brachte sie in ein paar Augenblicken ins Lebendige und in die Gegenwart ihrer Absichten und Wünsche zurück. Die glasharte Kugel um sie beide war bereits geborsten, die feuchte Schwüle mit dem fauligen Geruch stehenden Wassers war wieder da und die dunstverhangenen Berge schwebten sehr nahe im Ungewissen, fast über der lautlos-unbeweglichen Oberfläche des Sees. Der See war dunkel, eine braungrüne Gallerte ohne jede Spiegelung. Ihre Augen, konzentriert, ganz bei der Sache, fragten und Robert antwortete:
– Der Gemeindevorsteher wollte absolut nicht – es hat ziemlich aussichtslos ausgesehen . . . schließlich hab ich es doch aus ihm herausgeholt – – durch diese Unterschrift.
Robert deutete hinüber nach der Badehütte:
– Dort drin! Es ist kaum zu glauben.
Ein Stück baufälligen Gerümpels, von der gleichen Farbe wie das tiefe Wasser ringsum, vielleicht ein wenig heller. Noch ein paar Ruderschläge, dann sahen sie die eingedrückte Tür, schräg gegen die Rückwand gesunken, vom Wasser vermorscht, von der Sonne gedörrt, grau wie Schimmel. Hanna ließ die Ruder los, beugte sich vornüber, tastete an seinen Wangen, seinem Hals, faßte ihn an den Schultern. Exaltiert, in einem jähen Ausbruch, zwischen Schluchzen und Lachen:
– Du hast . . . natürlich! Es ist dir gelungen – und ich . . .
Aus ihren Augen tropfte es heiß über sein Gesicht, sie nahm seinen Mund mit ihren Lippen, ihren Zähnen. Hätte er die Ruder nicht eingezogen und nicht auf das Gleichgewicht geachtet, sie wäre sicherlich erst im Wasser zu sich gekommen. Vielleicht dachte er zu sehr an einen lästigen Unfall, sah sich, durch die nassen Kleider am Schwimmen behindert, bereits bei dem mühseligen Versuch, das umgekippte Boot von neuem aufzurichten. Oder es war das Staunen, der leichte Schreck, den ihr Außersichsein in ihm weckte, daß ihre Flamme nur langsam auf ihn übergriff, ihn nicht zu dem Tempo entfachte, das sie wünschte oder erwartete, wenn sie überhaupt fähig war, etwas zu wünschen oder zu erwarten. Jedenfalls bekam ein plötzlicher Gedanke Gewalt über sie: Ein Ziel, eine Absicht, der sie sofort und ohne Vorbehalt nachgab, die ihre Gefühle nicht veränderte, sondern in die neue Richtung warf.
Sie hatte die Ruder ergriffen und brachte das Boot mit schnellen

ruckartigen Schlägen in Fahrt. Er begriff nicht gleich, was sie wollte, aber als er es begriffen hatte, wußte er im Augenblick, daß sein Einspruch vergeblich sein würde. Trotzdem versuchte er es. Während er blind und atemlos auf sie einredete, glitt er unversehens in die erregend umhüllende Woge, die ihm von ihr entgegenschlug. Ganz schwach, wie hinter Polstertüren hörte er die Zurufe vom Ufer und weit in der Ferne dachte es in ihm, daß die beiden Schüsse bestimmt nicht gezielt, sondern nur Schreckschüsse waren oder ihnen überhaupt nicht galten.

– Bist du toll?! Du gefährdest ihn – – kehr um, ich bitte dich! Willst du sie aufmerksam machen . . . daß sie ihn finden?!

Hanna hatte die Augen geschlossen und die Lippen fest aufeinander gepreßt. Sie waren jetzt bei der Rückwand der Hütte angelangt. Ihm war, als gelte es um jeden Preis zu verhüten, was längst nicht mehr zu verhüten war. Die Milizleute waren auf sie aufmerksam geworden und wahrscheinlich beobachteten sie auch die Szene im Boot. Wütend versuchte er ihr die Ruder zu entreißen. Daß sie die Augen geschlossen hielt, mußte eine Täuschung gewesen sein oder sie hatte sie nun wieder offen, denn sie hob das Ruder und schlug ihm, der sich unwillkürlich zur Seite wandte, damit über die Schulter. Wahrscheinlich hatte sie seinen Kopf gemeint. In der nächsten Sekunde traf ein zweiter Schlag seine Hand, die nach dem andern Ruder griff. Es war ein sehr schmerzhafter Schlag, den sie mit großer Kraft geführt hatte. Diesmal hatte sie besser gezielt oder er war ihr nicht ausgewichen. Er schrie auf und auch sie stieß einen Schrei aus.

Noch immer ahnungslos, dachte er, ihr Schrei gelte dem gelungenen Schlag, gelte seiner Schulter, der verletzten Hand, an deren Knöcheln das Blut austrat. Es kam ihm nur darauf an, sie von der Landung abzuhalten. Fast als stünde nicht die Entdeckung des versteckten Mannes, sondern sein und ihr Leben auf dem Spiel. Ohne Zweifel war er zu sehr mit all dem beschäftigt, als daß er die Löcher und Spalten in der Rückwand der Hütte bemerkt hätte. Aber Hanna hatte sie bemerkt, sie hatte gründlich hineingesehen und aufgeschrien. Ein Schrei – wie er sich nachher sagte – aus Verwunderung oder Enttäuschung oder einfach aus einer unterdrückten Spannung, die sich nicht anders Luft machen konnte.

Mit einem einzigen Ruderschlag brachte sie das Boot nach vorn, riß die schräg hintenüber gesunkene Tür der Hütte heraus, daß das Boot fast zum Kentern kam. Sie richtete sich auf und starrte in den engen Raum, in dem sich nichts befand als ein paar Fetzen Zeitungspapier. Robert war mit dem Gleichgewicht des Bootes beschäftigt, zugleich beobachtete er die Tür, die wohl wegen ihrer eisernen Bänder sofort unters Wasser glitt. Es brauchte kaum länger als ein paar Augenblicke, dann sah auch er in den leeren Raum, sah das Zeitungspapier und – daran erinnerte er sich mit aller Bestimmtheit – dachte im Augenblick, daß es merkwürdig frisch aussah. Gar nicht wie solche Papierfetzen, die Gott weiß wie lang herumlagen. Er wollte sagen, vielleicht war er tatsächlich hier, noch vor kurzem – – vielleicht war ihm der Platz zu unsicher, zu gefährlich . . ., aber da hörte er Hannas Lachen. Er nahm es mit allen Sinnen auf, ja er führte die merkwürdige Lähmung, in der er sich damals befand, auch nachher hauptsächlich auf dieses Lachen zurück. Er saß da, sah in die Hütte und dachte an das Gleichgewicht des Bootes, an seinen heftig schmerzenden Arm, ja er war ehrlich genug sich zuzugeben, daß er sogar an die sinkende Tür dachte. Er dachte an alles mögliche, nur nicht an den leeren Raum und was er bedeutete. Und Hanna stand aufgerichtet im Boot, starrte in die leere Hütte und lachte. Grell, schneidend, in einer Exaltiertheit, die sich immer von neuem überschlug; sie lachte und hörte nicht auf damit.

GERALD

Loraine gab sich Mühe, ihre Überraschung zu verbergen. Robert sah es sofort. Eine nervöse Freude, ein Atemanhalten wie vor dem Ausbruch, zitternd, mit Anstrengung ins Äußerliche abgelenkt.
Es sei doch nichts passiert? Oder hätten sie vielleicht Unannehmlichkeiten gehabt?
– Nicht im geringsten. Robert sah richtig erstaunt aus über Loraines Befürchtung.
Alles schien glimpflich abgelaufen. Auch hier in Salzburg . . . war die Stadt nicht vollkommen ruhig?
Robert hatte sich gleich nach der Ankunft ein wenig umgesehen. Die Maschinengewehre an den Kreuzungen, die Rudel schwer bewaffneter Polizisten in den Torbogen und Höfen der Seitengassen, bereit, im Augenblick hervorzubrechen. Er versicherte, daß die Stadt völlig ruhig sei.
Und die Leute? Alles war doch bereits wieder normal?
Die merkwürdigen Gesichter der Leute. Eine maskenhafte Starre, etwas unnatürlich Ausdrucksloses, schwer zu erfühlen und noch schwerer auszusprechen. Erregten sie Angst oder hatten sie selber Angst? Eine fatale Unklarheit, die man am besten von sich wegschob.
Jaja, alles sehe wieder sehr normal aus. Lauter Friede und Eintracht.
Loraine wies auf die Zeitungen, die überall im Zimmer herumlagen:
In Wien hatten sie den Regierungschef umgebracht. Auch sonst waren ein paar erschossen worden, nicht mehr als bei solchen Anlässen üblich ist. Ah, daß er das Ganze so gut überstanden hatte, wirklich –!
Viel zu sehr nebenbei und leichthin, aber mit einem Beben in der Stimme von der Erwartung oder einer verhüllten Absicht oder von sonst etwas:
Und nicht nur er war gut davongekommen, auch –
– Ja, auch Hanna, selbstverständlich.
Hanna? Nun wußte sie also sogar ihren Namen. Hanna, richtig! Jetzt erst war sie völlig zufrieden.
Wie lange dauerte diese Pause? Robert war entschlossen, Loraine nicht einen Zollbreit entgegenzukommen. Aber als das Schweigen

kein Ende nahm, gab er nach und überbrachte Hannas Grüße. Er gab in dem Augenblick nach, in dem sie offenbar ihren Plan gefaßt hatte. Sie schob ihm den Stuhl hin, sah ihm in die Augen, ›hilfreich besorgt und sehr freundschaftlich‹.

– Ich freu mich, daß es nicht Hanna ist, die dich hergeführt hat . . . eine volle Woche zu früh.

– Nein, Hanna ist es nicht.

Sie vergaß ihre Vorsicht, ließ alle Bedenken beiseite. Mit einer mißlungenen Grimasse des Scherzes, der ihre Zwiespältigkeit preisgab:

– Wenn du meinst, daß wir abreisen sollen –

Falls es auf diesem Weg eine Umkehr gab, war sie vielleicht so zu bewerkstelligen:

– Zu dritt?

Für ein paar Sekunden gab es ihren Widerstand nicht, wenigstens nicht mehr in ihrem Lächeln. Sie erhob sich sofort:

– Wenn es zu zweit sein soll – wir brauchen Gerald nicht einmal eine Nachricht zu hinterlassen.

Sie hielt noch an sich. Wie in einem Tagtraum, dem man sich unversehens und heftig überläßt. Sie sah ja aus, als habe sie ganz vergessen, daß es nicht Wirklichkeit war. Vielleicht mißverstand sie deshalb sein Gesicht. Auflachend:

– Oh, er wird es schon merken!

Nun, wenn alles verloren war, lag Robert nichts daran zu erwidern:

– Eigentlich wollte ich euch beide für ein paar Tage zu uns an den See einladen.

Robert wußte, es war jetzt gleichgültig, was er sagte. Es gab nur noch falsche Antworten. Merkwürdig unberührt, mit sachlicher Ruhe beobachtete er, wie ihr die Verschiedenheit, die Entfernung zwischen ihrem Tagtraum und der Wirklichkeit langsam zu Bewußtsein kam. Sie sah ihn an, prüfend, mit einer unpersönlichen Miene von Verdruß und leichtem Ekel:

– Nein, ich will nicht. Wozu –?!

Sie erlosch zusehends, ein Häufchen Asche, darin er keine Glut mehr anfachen würde, nicht einen Funken. Trotzdem sagte er:

– Fürchtest du dich?

Schon hatte sie ihr verhaßtestes Gesicht, langweilig und uninteressiert, ein Nichtverstehen gleichsam aus Mangel an innerer Vorstellungsfähigkeit. Wie lang und spitz ihre Nase aussehen konnte! Die Augen, die plötzlich klein und trübe waren und natürlich der

Mund mit den verschwundenen Lippen, ein schmaler Strich. Immerhin hatte das Lächeln von früher ein paar mißgünstige Falten hinterlassen. Sie sagte launisch, mokant, völlig unfähig, auf ihn einzugehen:
– Aber ich mag sie nicht kennenlernen!
Sie war ihm ferner denn je – hatte er wirklich mit ihr geschlafen? –, eine Person, die er sonderbarerweise kannte, mit der er seit Jahren hie und da Gespräche geführt hatte, denen eine gewisse Intimität nicht abzusprechen war, die Frau, mit der es Kleon gegeben hatte. Er sagte:
– Kleon . . .
Sie erwachte ein wenig. Ihre Lippen wölbten sich, ein Ausdruck von Feindschaft, fast von Verachtung trat in ihre Augen. Als besäße sie etwas, dessen Kraft und Bedeutung er nicht verstand, zu dem es keinen Zugang für ihn gab, so daß sie es nicht zu verteidigen brauchte. Er hatte das Gefühl, daß er den Namen nur wiederholen, einfach ›Kleon, KLEON!‹ rufen müßte, um sie ganz aufzuwecken. Er wußte, er würde damit ein falsches Geleise gegen ein anderes vertauschen, das genauso zu nichts führte, da sagte sie bereits:
– Warum versuchst du ihn gegen sie auszuspielen? Es gibt da nichts Gemeinsames, keinen Vergleichspunkt –
Offenbar hatte sie recht. Schließlich war der Bursche ihr Liebhaber gewesen und was sie für ihn getan hatte, entsprang dem begreiflichen Bedürfnis ein Unrecht gutzumachen, ihn wieder gesund zu sehen. Er sagte leise:
– Ich habe ihn dir in Sicherheit gebracht.
– Ja, du hattest eine wunderbare Ausrede, nach Herakleion zu fahren und gleich eine Woche dort zu bleiben.
Er hatte beide im selben Wagen mitgenommen, den Täter und sein Opfer, und er hatte Kleon im Spital und Agamemnon am Hafen abgeliefert. Loraine war nicht einmal die Eselstute geblieben, deretwegen das Ganze stattgefunden hatte, soweit das Tier überhaupt die Ursache jenes Rencontres gewesen war. Alles war damals erstaunlich vieldeutig und verwirrend. Und man brauchte eine auf der Hand liegende Ursache für den Stich, der Kleon um ein Haar das Leben gekostet hätte. Er sagte:
– Damals wußte ich keinen anderen Ausweg.
In ihrer Stimme klang ein bitterer Vorwurf:
– Weißt du ihn heute?
Die Gegenwart mußte aus dem Spiel bleiben, wenigstens vorläufig; daher sagte er:

– Hätte ich abreisen sollen? All das mit mir nehmen? Wohin –?!
Sie entgegnete vergeltungssüchtig, aber doch irgendwie abschließend:
– Was jetzt stattfindet, sind noch immer Rückzugsgefechte. Beschönigungen der wieder eingerenkten Selbstbehauptung. Entschieden hat es sich damals!
Die frostige Kühle der Abende war wieder da, knapp vor der Regenzeit. Den scharfen bitteren Geschmack des Eukalyptusschnapses im Mund trat er hinaus in die ungeheure Leere, in der es noch nicht einmal den Himmel gab mit dem zuckenden Gerinnsel seiner Sternbahnen. Ein farbloses Nichts, unbestimmbar zwischen grau und blau, in das die Erde die zerfransten Wipfel von ein paar Korkeichen hineinhielt, während er etwas winzig Verlorenes war und die Musik einer Grille riesenhaft empfand. In einer sensitiven Überschärfe war ihm mit einem Mal deutlich, wie das Nichts, diese Leere auf und ab stieg mit der raumerfüllenden, auf eine unsagbare Weise vereinfachten Tonfolge, die eine einzige Grille hervorbringen konnte. Zwei Grillen, das wäre zuviel, wäre menschlicher Wettbewerb gewesen, die vertrauliche Nähe kreatürlichen Atems, der Begattungsakt oder ein sonstiger Höhepunkt vitalen Lustempfindens. Aber es gab nur die eine Grille, wie es nur die eine Leere gab.
Die Leere war alles, sein Hinaustreten, seine Abgenütztheit, Kältegefühl und Stumpfheit. Das weiße Häutchen über den Augen Sir Geralds schien noch das Brüderlichste und Naheste, fast eine Hilfe, um zu sich zu finden.
Sir Gerald stand in seiner Zeltöffnung und weil er das weiße Häutchen hatte, brauchte Robert ihn nicht einmal zu bemerken. Sir Gerald hatte es nicht nötig, sich Zwang anzutun. Vielleicht dachte er an ihr vergebliches Graben, vielleicht wurde auch ihm klar, daß sein ganzes Konzept falsch war und zu nichts führen konnte. Vielleicht wurde es ihm endlich überzeugend bewußt, jetzt unmittelbar vor der Regenzeit. Aber vielleicht war auch Sir Gerald nicht mehr als eine Assel unter dem Riesenquaderstein dieser Leere und dachte an – –
Damals war Robert durchdrungen davon, daß Sir Gerald nicht an das dachte, was ein paar Dutzend Schritte von ihnen vor sich ging. Sie beide waren draußen, aber drinnen in dem einzigen Raum ihrer steinernen Hütte war Loraine und war –.
Sie sahen Kleon niemals hineingehen, sie hüteten sich, es zu bemerken, wußten im Innersten genau die Stunde seines

Kommens. Sie machten von der Möglichkeit, nicht hinzusehen, überhaupt nicht in der Nähe zu sein, den ausgiebigsten Gebrauch.
– Er hatte uns beiden voraus – auch Loraine war bei Sir Gerald angelangt, es bedurfte dazu keines Hinweises –, daß es für ihn dieses Ziel, diese besondere Beschäftigung gab. Er hatte nichts anderes. Deshalb hätte er es sich leisten können, hie und da von Liebe zu reden. Es hätte keine Bedeutung gehabt oder nur soviel, als seiner Aufgabe förderlich war. Stell dir das vor, versuch es dir klarzumachen! Vielleicht wirst du dann begreifen, wie ich ihn damals gehaßt habe.
Robert entfuhr es:
– Nur damals?!
Wohin geriet er? Eine jähe Beklemmung, etwas wie Schreck. Er war weiß Gott nicht gekommen, um sich im Kreis dieses ausweglosen Mahlstroms zu bewegen. Loraine hingegen schien überzeugt, er sei hauptsächlich da, ihre Erklärungen anzuhören.
– Gerald bekam die Gewalt über mich durch die Widerstandslosigkeit, mit der er imstande war, sich fallen zu lassen, einfach zu verkommen. Dadurch brachte er mich dazu, seine Sache zu meiner eigenen zu machen. Ein Mann, der für seine Idee lebt! Hast du eine Ahnung, welche Verkümmerung das rundherum bedeutet?!
Nein, so kam Robert bestimmt nicht ans Ziel. Wahrscheinlich war er sogar im Recht, wenn er sich einbildete, daß, was sie gegen Gerald vorzubringen hatte, auch gegen ihn galt. Wo war da die Brücke, der Schatten einer Möglichkeit ihr klarzumachen, was er von ihr wollte? Er war auf dem besten Weg, alles zu verderben. Gehemmt und blöde, hätte er einfach einhalten können. Aber es war wie eine Lust der Selbstzerstörung, und im Augenblick, da er es dachte, fiel ihm auch ein, wen er mitzerstörte. Trotzdem und gerade weil er die Antwort im voraus wußte, das einzige, das er mit völliger Sicherheit ermessen konnte, trotzdem sagte er:
– Gerald? Laß ihn doch! Reiß ihn heraus aus deinen Gedanken, laß ihn wenigstens jetzt!
Wieder fiel ihm auf, was für einen Ton er manchmal ihr gegenüber anschlug. Und nicht nur das bemerkte er – auch, daß er sich damit selbst belog. Denn seine Stimme klang roh und rücksichtslos, ausgesprochen brutal. Er herrschte sie an und sie akzeptierte es, gab sofort nach. Unterwerfungssüchtig dachte sie nicht mehr an Widerspruch. Wie oft hatten sie das bereits gespielt, unbewußt und selbstvergessen, einer fasziniert vom andern? Er fühlte sogar das Vergnügen, mit dem er sich in diese Art hineinzusteigern

pflegte. Nie war es leichter, etwas Unwillkürliches so bewußt zu tun, sie am Arm zu nehmen, ihren Arm fest umspannt halten, sie anzusehen und zu sagen:
– Genug von Gerald! Wenn ich dich bitte, es bei ihm durchzusetzen, zu erreichen, daß er mit an den See kommt, so weiß ich warum.
Loraine sah ihn von unten her an, prüfend, schwankend.
Robert lockerte den Griff, fast im Augenblick sagte sie:
– Welchen Trumpf hast du dir da aufgespart? Oder . . . soll Gerald *sie* vorher kennenlernen, sich an den Gedanken gewöhnen, daß von nun ab sie euch beide begleiten wird?
Robert gab Loraine ein wenig zu heftig frei, es sah nicht nur so aus, als schleudere er ihren Arm von sich:
– Hanna hat damit überhaupt nichts zu tun.
Unter ihrem Blick, der nachdenklich darauf aus war, den Grund seiner Schwäche zu fassen, stammelte er:
– Es handelt sich um . . . wie soll ich es dir erklären! Dort ist ein Mann im Schilf versteckt, ein Verfolgter, den sie beschuldigen – –
Seine Schwäche war allzu sichtbar, über jeden Zweifel. Er fühlte sogar, wie er errötete. Loraine lächelte, sie war ein wenig zu deutlich bemüht, ihren Spott zu verbergen. Er wollte ihr zuvorkommen:
– Ich weiß, solche Situationen sind aus allem möglichen gesponnen. Sie sagte merkwürdig bestimmt:
– Vielleicht weißt du auch, wo da das Unrecht beginnt und die persönliche Rachsucht endet?!
Trotzdem fühlte er ihre Unsicherheit. Möglich, daß seine Befangenheit, der quälende Wunsch, sich zu erklären, sie auf seiner Seite zu wissen, sich auf sie übertrugen. Als ob er sie doch noch gewinnen könnte, nicht als Werkzeug, aber als Partnerin. Sie nagte an der Unterlippe:
– Du kennst Geralds Starrsinn.
Robert entgegnete rasch, offenbar viel zu zuversichtlich:
– Also du tust mit! Gerald – laß ihn nur zuerst dort sein.
Nun zeigte es sich, daß alles bloß seiner naiven Einbildung entsprang. Wie ein Kartenhaus: seine Überredungskunst, ihr Vertrauen oder was er so nannte, seine Macht über sie. Hatte er wenigstens eine Ahnung, was und wofür sie ihm vergalt? Eine einzige, unbedacht abschließende Antwort hatte das Kartenhaus zu Fall gebracht. Ihr Blick, ihre Miene verhärteten sich:

– Eigentlich verstehe ich nicht, was wir dabei sollen.
Es überraschte ihn, daß er sich so ohne weiteres verloren gab, nur auf ein wenig Haltung bedacht war. Er fragte wie aus einem Gedankengang, der sie bereits aus dem Spiel ließ:
– Wo ist er denn? Ausgegangen?
Als genüge es, Sir Gerald zu bitten, als sei ihr Einverständnis ohne Bedeutung. Sie ließ jetzt dem Spott in ihrem Lächeln freien Lauf:
– Oh, es wird Gerald brennend interessieren. Er muß jeden Augenblick zurück sein. Du wirst doch mit uns lunchen?!
Während sie hinausging sich fertigzumachen, hatte Robert Zeit, die Szene bis in die kleinste Einzelheit auszumalen. Er konnte sich sogar vorstellen, daß er – wie er es nie imstande sein würde – seinen Wunsch in überlegt wohlpointierter Rede vorbrachte, indes sie schweigend dabeisaß. Ja, sie würde schweigend dasitzen und gerade bei seinen durchdachtesten Höhepunkten mit einem leisen Bedauern in der Stimme um ein Glas, um eine Schüssel bitten und – nicht die Stirn runzeln, das wäre schon zu deutlich, nur ihre Augenbrauen kaum merklich emporziehen, in einem Erstaunen, das viel zu höflich war, um sich zum Ausdruck zu bringen. Sie würde Gerald nicht ansehen, nicht einen Blick für ihn haben, nur um zu verhüten, daß dieser Blick ihr beider Befremden verrate. Darum und weil Roberts Gesicht die direkte Forderung enthielt, ausdrücklich und entschieden Stellung zu nehmen, blieb es Sir Gerald überlassen, die Faust mit der zerknüllten Serviette impulsiv auf den Tisch zu legen:
– Lieber Freund . . . und Sie glauben im Ernst, daß ich da mittun werde?!
Loraine aber würde sofort und mit raschen Worten von ihren geänderten Reiseplänen beginnen. Denn nun kam der eigentliche Punkt, der gründlich durchgesprochen werden mußte, auch mit Robert:
– Sollte man angesichts der neuen Situation, unter diesen ein wenig überraschenden politischen Umständen, einen wenn auch noch so kurzen Aufenthalt in Wien überhaupt in Betracht ziehen?
Es war das Thema, zu dem Robert eine Menge Nützliches beisteuern konnte, so daß der leicht sonderbare Eindruck seines früheren Vorschlags ganz von selbst in Vergessenheit geriet.
– Nein! sagte Robert laut, nein, nein – –!
Und dann dachte er, daß ihm nichts anderes übrigblieb, als es bei Loraine doch noch einmal mit Kleon zu versuchen.

Aber im Grunde handelte es sich bei den Ereignissen, denen er gegenüber Loraine die Argumente für seine Absicht entnehmen wollte, gar nicht um Kleon. In die Geschichte, die mit einem Messerstich endete und mit einem Maultier oder vielmehr einer Eselstute begann (zweifellos fand Agamemnon dieses hellsilbergraue Vieh nicht nur wegen seiner Farbe bemerkenswert), schien Loraine genauso verstrickt wie Robert oder wie Kleon und die andern. Sogar Sir Gerald spielte darin eine Rolle, freilich nur mittelbar, aber wahrscheinlich kam ihm als Verursacher der eigenartigen und bis zuletzt schwer durchschaubaren Umstände sogar eine Hauptbedeutung zu. Schließlich hatte er diesen Agamemnon engagiert oder vielmehr mit den Maultieren in Herakleion übernommen. Auch ein paar von den mageren Pferdchen des Landes, deren erstaunliche Zähigkeit nur noch von ihrer Bedürfnislosigkeit übertroffen wurde, darunter den struppigen Ponywallach, der als Packtier nichts taugte und sich beim Reiten als zu unberechenbar erwies. Agamemnon behauptete, er ginge nur unter dem schweren messingbeschlagenen Holzgestell, das einem Tragstuhl ähnlicher war als einem Sattel. Da Sir Gerald nicht Lust hatte, es mit ihm ein zweites Mal zu versuchen, zog der Wallach, von Agamemnon am Halfter geführt, der Karawane voran. Agamemnon war der Muezzin, der seine Gläubigen rief, zu denen sogar Sir Gerald gehörte.
Nicht allein die Männer aus den Bergen, auch die andern sprachen von Agamemnon wegen seines türkischen Patrons nur als dem ›Türken‹. Es klang so verächtlich wie es gemeint war, aber es bezeichnete auch Agamemnons beinahe feindselig sich außerhalb fühlende Art. Seine Absonderung wirkte zumeist mißtrauisch, verstockt und hinterhältig, aber konnte manchmal einen geradezu überlegenen Eindruck erwecken. Jedenfalls unterwarfen sich die Leute auf dem Marsche widerspruchslos seinem Singsang, der das Tempo regelte, die Reihe dicht hielt. Agamemnon begann mit vier durchdringenden Takten; in ein paar Minuten brachten sie die Tiere auf die Beine und in eine bestimmte Ordnung.
Auch von den Menschen hatte jeder seinen Platz, den er ohne zwingenden Grund nicht aufgab. Die Tiere wurden sonst unruhig, brachen aus oder hielten störrisch an und ihre großen Köpfe schaukelten langsam in Verwunderung hin und her über dem oft kaum trittbreiten Pfad.
Solche Aufenthalte enervierten Loraine sichtlich; eigentlich hatten sie für jeden etwas mehr oder weniger Unverständliches.

Vielleicht hing es doch nur mit dem Klima zusammen, mit der Hitze und Trockenheit, daß sie für Loraine eine so schwierige Geduldprobe blieben, während Sir Gerald, der als letzter folgte, niemals müde wurde, der Überredungskunst Agamemnons mit sarkastischer Aufmerksamkeit zu folgen. Der ›Türke‹ hatte dabei keine besonderen Gesten, ja, er hob kaum die Stimme. Aber wenn er in das widerspenstige Ohr über der großen schwarzen Pupille hineinredete, sah es genau so aus, als erkläre er die Situation mit Beweggründen, gegen deren Gewichtigkeit offenbar nichts einzuwenden war.

Was schien fernab und bedeutungslos genug, daß Robert jetzt dabei verweilen durfte? Die Bergwände der Madaräs, ein ungeheures Stück flimmernd-weißer Seide über den westlichen Himmel gespannt, sprühend von stechenden Lichtpfeilen in der kurzen Morgenkühle dieses viel zu heißen Frühjahrs, da sie auf den sanften Bogen des Afendis Kavusi ins Innere zogen zu den Grabungsstellen, von denen sich immer wieder herausstellte, daß es keine waren.

Was noch? Daß er ständig an irgendeinem Blatt kaute, das ihm mit seinen spitzen Rändern den Mund zerschnitt? Die Natur schien hier hauptsächlich darauf aus, eine möglichst große Anzahl scharfer Gewürzkräuter hervorzubringen. Jedesmal, ehe Agamemnon die Karawane wieder in Gang brachte, beschäftigte sich Robert angelegentlich damit, einen neuen Blättervorrat zu sammeln. Er stieg aus dem Sattel, aber er fand nicht Zeit, auch nur einen Blick nach vorne zu werfen. Außerdem wußte er, was dort vor sich ging.

Der Ponywallach führte den Zug an und gleich hinter ihm auf der glänzenden Eselstute von hellstem Silbergrau kam Loraine. Der Rücken der Stute war fast ganz bedeckt von dem Militärsattel, den Sir Gerald aus Herakleion mitgebracht hatte. Der Sattel war viel zu groß, deshalb konnte sich Loraine, die in weiten Hosen ritt, auf ihm bequem seitwärts zurechtsetzen, wenn sie anhielten, das eine Bein hochgezogen, das Knie auf der Kruppe und das Gesicht unbeweglich nach der Stelle gerichtet, wo Agamemnon die Stokkung auf parlamentarischem Wege wieder in Fluß brachte. Vielleicht übertrieb Robert, und es waren nur die großen dunklen Brillen, die ihr diese Gespanntheit und Starre gaben, einen isolierten Ausdruck gleichsam abstrakter Erbitterung, der auch nicht wich, wenn ihre Lippen sich vorwölbten, weil sie von Kleon ein Glas Limonade, das er ihr bereitet hatte, oder das Feuer für ihre

Zigarette nahm. Derlei Handreichungen gehörten nicht unbedingt zu Kleons Pflichten, er war eigentlich für die Meßapparate und Werkzeuge da. Aber das Maultier mit dem Wasservorrat kam in der Reihe unmittelbar nach Loraines Eselstute, während die Tragtiere mit den Geräten die letzten waren, so daß Sir Gerald, der den Zug beschloß, sie ständig vor Augen hatte.
Jedesmal, wenn Kleon vorne auftauchte, machte auch Agamemnon sich vor Loraine zu schaffen. Ah, Robert lächelte, endlich ein Einfall, der zwar auch bloß am Rande verlief, aber wenigstens zur Hauptsache gehörte: wie lange hatte er gebraucht, bis ihm aufgefallen war, daß der ›Türke‹ sich immer nur um seine Eselstute kümmerte, während Loraine ausschließlich Kleon überlassen blieb?
Nichts von den Zügen kreuz und quer auf splittrig-steinigen Feldwegen, auf überhaupt keinen Wegen hin zu den Plätzen, wo sie zwischen Steinblöcken, Ginster und einer Art wildem Hafer ein, zwei Nächte verbrachten, bis Sir Gerald sich entschloß, seinen lang vorbereiteten Plan aufzugeben und doch nicht hier mit dem Graben zu beginnen. Weit weg von den schmalen, erstaunlich fundierten Straßen, von denen Sir Gerald nicht unterlassen konnte, hie und da zu bemerken – immer ein wenig ironisch, so daß der Unterton bewundernder Anerkennung nicht allzu spürbar war:
– Wahrscheinlich dreitausend Jahre alt! Merkwürdig, die Vorstellung, daß hier bereits die Kampfwagen der Achaier . . . Die Landschaft war steinig genug; die rote Erdschicht lag nicht gerade hoch darüber, auch dort, wo fruchtbarer Boden war. Aber dreitausend Jahre spielen für den Archäologen nicht ganz die Rolle wie die paar Dutzend Millionen, mit denen die Geologen als kleiner Maßeinheit arbeiten. Immerhin ließen sich so fernabliegende Betrachtungen daran knüpfen, daß selbst der loseste Zusammenhang, auch nur der Schatten einer Erinnerung, die sich auf Loraine und Kleon bezog, längst vergessen, ja außerhalb jeder Möglichkeit war.
Wie dieser Bursche, kaum daß die Karawane einen Augenblick anhielt, sofort nach vorne lief, beinahe als zöge sie ihn mit den Blicken herbei! Aber hier von Blicken zu sprechen war wohl übertrieben und allzu übelwollend. Robert hatte sich mehr als einmal überzeugt: schließlich sah man nichts als die großen dunklen Scheiben ihrer Brille, die das halbe Gesicht verdeckten. Trotzdem war Kleon jedesmal bei ihr, gab ihr Feuer, hielt das Glas mit der Erfrischung hin.
Da es weiter nichts für ihn zu tun gab, entstand eine deutlich

verlegene Pause. Sein Gesicht blieb gelassen, aber die Blicke folgten zögernd, mit einem unguten verächtlichen Ausdruck den Hantierungen Agamemnons. Der tat wie immer, als sei er mit seiner Eselstute allein, zumindest als sei Kleon nicht vorhanden. Cora – das Vieh mit den hellglänzenden kugelrunden Hinterbacken hieß Cora – trug einen alten Strohhut als Sonnenschutz, der mit einem Stück Hanfgurt unter der Kehle festgebunden war.
Agamemnon hatte, ganz überflüssigerweise, die Satteldecke glattgebürstet und war gerade dabei, Cora ein paar Maiskolben zu verabreichen. Einen nach dem andern schob er ihr sorgfältig ins Maul, ihrem Kauen aufmerksam zusehend. Gab es zwischen Agamemnon und Kleon eine Rivalität? War es nur diese Pause, die unauffällig ausgefüllt werden mußte? Warum fiel Kleon nicht eine Handreichung ein, die sich auf Loraine bezog, irgendeine Bemerkung? Statt dessen tat er, als wollte er den Sattel zurechtrücken, er griff sogar nach dem Zaumzeug, als sei auch da etwas nicht in Ordnung.
Langsam kehrte Agamemnon sich ihm zu. Robert, der zufällig in der Nähe war, konnte Agamemnon genau beobachten. Er sah nicht erstaunt und bestimmt nicht drohend aus, aber dennoch so, daß Kleon sofort von Cora abließ, einen Schritt zurücktrat. Das Unglück war wohl, daß Kleon zwei Zuschauer hatte, Loraine, die ziemlich verständnislos aufblickte, und Robert, der interessiert zuwartete.
Nachher wurde sich Robert bewußt, daß Kleons Worte offenbar in weit stärkerem Gegensatz zu seinem Verhalten standen, als er zunächst erfaßte. Kleon hatte sich nämlich lächelnd, mit geradezu verbindlicher Miene an Loraine gewandt:
– Er duldet nämlich nicht, daß Madame – dabei deutete Kleon auf die Eselstute – von einem andern auch nur angerührt wird –
Agamemnon war inzwischen ganz nah herangekommen, er stand einen halben Schritt vor Kleon. Was war eigentlich in seinem Gesicht außer dieser Verhaltenheit? Unbeweglich . . . eine knappe durchdringende Schärfe . . . der Stich mit dem Messer, schon jetzt vorgefühlt? – Aber damit hatte die Situation nichts zu tun, das war eine später hineingetragene Deutung. Plötzlich war es Robert aufgegangen, daß der Bursche gar nicht so harmlos aussah. Die dünne vorspringende Nase, diese braunopalene Härte . . . als sei die Grausamkeit schon immer dagewesen, gewöhnlich zugedeckt von gefährlicher Ruhe und Unerschütterlichkeit, aber jetzt unverhüllt. Kleon bog sich bereits zurück, aber er zischte Agamemnon noch entgegen:

– Der Türke – – der Türke!

Einen Augenblick später war er verschwunden, ohne daß Agamemnon auch nur die Spur einer Bewegung gezeigt hätte; seine rundgewölbten Augen wirkten mit einem Male sehr dunkel. Kaum eine Szene oder wenn es eine war, stand sie mit Loraine und Kleon in keinerlei Zusammenhang. Im Grunde war überhaupt nichts geschehen, als daß Agamemnon ein wenig zu nahe an Kleon herangetreten war.

Trotzdem fand Robert es von da ab womöglich noch unbegründeter sich vorzustellen, daß Kleon auf Loraines Zeichen hin die Aufenthalte arrangierte. Aber er stellte fest, ihr Gesicht, eine ausdruckslose Maske aus braunem Ton, überdeckt von den zwei riesigen Brillengläsern, war jedesmal nach rückwärts gewendet, zu Kleon oder zu Sir Gerald, darüber sagten die dunklen Scheiben nichts aus, ehe irgend etwas sich ereignete, das zu einem Aufenthalt führte.

Niemals brauchte sie Sir Gerald um eine Rast zu bitten, sie hielt prachtvoll durch in der glühenden Hitze, drehte sich bloß um und dann geschah nichts weiter, als daß Kleon den Arm ein paarmal waagerecht in Augenhöhe vor dem Kopf seines Maultiers bewegte, das sofort stillstand. Natürlich sprang Kleon aus dem Sattel, lief Agamemnon entgegen, lief und hatte schon von weitem ein paar unwillige Worte über den lästigen Zwischenfall. Wenn er vorne angelangt und in Loraines Nähe war, konnte es niemand erstaunlich finden, daß sie ihn heranwinkte oder er einfach kam und sich nach ihren Wünschen erkundigte. Seine grazilen Bewegungen, diese lautlos gleitende und dabei sehr bestimmte Art; Gesicht und Hände ganz mager, fast fleischlos, von dem gleichen nervösen Ansichhalten. Zuckende Nasenflügel, die dem Gesicht den Ausdruck des Witternden gaben, ein Aufspüren und Vorauswissen im Seelischen, jedenfalls etwas, das sich als sehr sensibel auffassen oder leicht ins Sensible umdeuten ließ. Wahrscheinlich hatte er schon im Anfang mehr begriffen, als Loraine lieb sein konnte.

Als Robert spät am Abend die Tür öffnete, saß sie am Tisch und Kleon kauerte beim Feuer, das er mit trockenen Reisern versorgte. Das Kauern und Starren war wohl nicht nur ihr, sondern auch ihm eine willkommene Ablenkung, die neutrale Geste, die das Eigentliche verbergen sollte. Falls nämlich Kleon wirklich der war, der er schien oder sein konnte, und es durchschaute, was sie im Grunde meinte und wen sie damit treffen wollte, daß sie ihn kommen ließ.

Sir Gerald oder Robert? Jedenfalls hatte Robert die Tür geöffnet

und war hineingegangen. Poseur, Fälscher des ursprünglichen Sachverhaltes und der Umstände, hatte er sogar Sir Gerald gegenüber, gerade Sir Gerald gegenüber, die Fiktion aufrechtzuerhalten, daß er nämlich ›einfach hineingegangen sei‹. Robert erklärte, er habe die längst bestehende eindeutige Situation endlich sichtbar machen wollen. Nicht nur für seine Person – – er sah an Sir Gerald vorbei und wiederholte, nicht nur für seine Person wollte er dem lächerlichen Zustand ein Ende setzen. Deshalb also habe er die Tür aufgemacht und sei hineingegangen.
Robert fand es erbärmlich genug, nachträglich ein Held aus Arglosigkeit, aus Mißverständnis zu sein. Agamemnon hatte offenbar seine privaten Gründe, die allerdings gleichfalls mit Kleon zusammenhingen, warum er Robert hineinschickte, ihm die Auskunft gab, Sir Gerald warte auf ihn im ›steinernen Haus‹.
Robert ging also hinein, sah – und wäre, wenn es bei ihm gelegen hätte, nach ein paar entschuldigenden Worten wieder hinausgegangen. Aber sie ließ das nicht zu, streckte ihm sonderbar begierig die Hand entgegen und schien Kleon im Augenblick vergessen zu haben. Später, als Robert den Kopf nach ihm wandte, war der Platz am Kamin leer. Robert war es nicht danach, sich darüber Rechenschaft zu geben, wann Kleon gegangen war.
Zunächst verstand Robert gar nicht, was sie sagte. Buchstäblich: er verstand ihre Worte nicht, sie glitten von ihm ab. Worauf sie hinauswollte, begriff er erst viel später, wenn es ihm überhaupt je klar wurde. Er fühlte nur ihre fiebrig trockene Hand, die seine Hand nicht losließ.
– Ja, ich bin gerade wieder dabei, mich zu betrügen. Immer wieder mache ich den Versuch und heute dachte ich schon, er würde gelingen. Da geht die Tür auf und du kommst herein . . .
Als er daranging sich die Szene, das ganze Gespräch zu rekonstruieren, dachte er zunächst an die Lampe auf dem Tisch, an den faltigen rosa Seidenschirm, wie aus einem Boudoir der neunziger Jahre. Der Raum war erfüllt von dem tiefen rosigen Licht, gegen das die Dämmerung draußen nicht aufkam. Die Dämmerung war wirklich flaschengrün. Heute noch kam es ihm vor, als sei daran nicht das Moskitonetz schuld gewesen, auch nicht die Steineiche vor dem Fenster. Unmittelbar nach Sonnenuntergang bekam die Gegend dort leicht etwas Abgestorbenes; ein Oszillieren in grünlichen Farben. Es gab Abende, die nach Verwesung rochen.
Die Verwesung stieg rings um ihn hoch, diese Verwesung war Sir Gerald, Loraine und er selber und seine archäologische Beschäfti-

gung, eine Flucht von sich fort, möglichst weit weg in ein Vergangenes, ein Ausweichen vor jeder Entscheidung – – er fühlte, wie ihm der Schweiß ausbrach.
Er saß hier in einem Salzburger Hotelzimmer und Loraine machte sich fertig für den Lunch, während er krampfhaft nach einem Argument für seine Absicht suchte, sie und Sir Gerald an diesen See zu bringen. Er sollte einen schlagenden Beweggrund für seine Einladung herbeischaffen und verweilte statt dessen bei den abseitigsten Dingen, sah mit einer Deutlichkeit, die etwas Halluzinatorisches hatte, die grüne, zum Fenster hereinquellende Dämmerung *damals* und die merkwürdig scharfe Grenzlinie, an der das Licht der Lampe, ein aufreizend albernes rosa Boudoirlicht mit dem grünen zusammenstieß, fast ohne sich zu vermischen. Als sei dies das wichtigste, die Erinnerung, die ihm das entscheidende Motiv liefern würde, nicht ihre Worte:
– Warum haben wir uns aufgemacht, hierher, wo wir völlig aufeinander angewiesen sind? Zu dritt – das kann leichter sein als zu zweit, aber auch viel schlimmer! So schlimm, daß es uns schließlich mitreißt. Wir waren uns von Anang an nicht gleichgültig genug, als daß wir uns hätten auf ein solches Unternehmen einlassen dürfen. Gewiß, wir werden alles aufs Klima abschieben, die überall akkreditierten harmlosen Vorwände finden. Aber wir selbst werden nie imstande sein, daran zu glauben. Warum zögern wir also?! Komm –
Hier nahm sie seinen Kopf in ihre Hände und küßte ihn. Sie tat es leichthin, selbstverständlich, wie sie etwa einen Knopf an ihrer Bluse öffnete oder schloß, jedenfalls etwas, das sie völlig in der Gewalt hatte. Vielleicht war er nur zu überrascht, vielleicht schien es deshalb noch wie eine Art Scheidemünze freundlichen Umgangs, als bereits Lippe auf Lippe lag. Aber dann wurde es anders, es verband sie beide, daß sie ineinanderflossen, für ihn der Kuß auf einem Mund, gegen den er keine Einwände mehr hatte, und sie . . . sie war ganz unten, dort, wo sie einige Zeit brauchte, sich wieder heraufzuholen. Plötzlich stöhnte sie, eigentlich war es ein Laut zwischen Flüstern und Stöhnen, das Hörbarwerden eines Gefühls, Widerstand und Gewähren, ein Wehen der Angst aus der Tiefe. Sie lächelte bitter:
– Ist es nicht wie mit einem Ball, den man sich zuwirft? Keiner will ihn behalten. Ich komme nicht recht mit dabei. Es fehlt an der Elastizität da innen. Immerhin ist es ein Fortschritt, wenn der Ball sich nicht mehr einbildet, den Spielern den Wurf vorzuschreiben;

wenn der Ball weiß, daß er der Ball ist – das, was die drei einander zuwerfen. Komm, hör mich an. Jemand muß mich schließlich anhören –
Sie holte die Kruke vom Wandbrett, goß das halbvolle Weinglas hinunter, füllte nach. Sie drängte ihn zu dem lederbespannten Feldstuhl am Fenster:
– Du wirst heut ein bißchen länger zuhören müssen. Offenbar handelt sich's um einen der Momente, die dem Ball die Einbildung ermöglichen, daß er die Spieler dirigiert –
Robert lehnte sich zurück, spürte den dünnen scharfen Geruch des Schnapses.

Die schwarze Tonkruke neben sich war Loraine in den flachen Liegestuhl hintenübergesunken, als lese sie von der Wand ab, was sie sagen wollte, und hätte große Mühe dabei wie mit Buchstaben in einer fremden, allzu persönlichen Handschrift. Wahrscheinlicher aber war, daß sie genau erkannte, was dort stand; daß sie es längst auswendig wußte, sich nur scheute, es auszusprechen.
– Wir sind alle ein wenig zu sehr an der Grenze. Sogar dieser Agamemnon mit seiner Eselstute – –
Robert hob gespannt den Blick.
– An der Grenze des gerade noch Möglichen. Bestätigst nicht auch du dich in Dingen, in Handlungen, die miteinander unvereinbar sind, die sich gegenseitig aufheben oder zerstören?! Wenn du nach Herakleion gefahren bist . . . in diese Gasse, du weißt, wo man immer wieder einen Teppich aufheben mußte, bis man zu dem Diwan kam, auf dem die magere Olivenhäutige mit dem unglaublichen Haar und den vielen Kupferringen wartete . . . ich bin dir nämlich nachgefahren, damals, als du so lange ausbliebst . . . War es eine winzige Andeutung, ein Wort, das dir entschlüpfte? Wenn es aber eine Eingebung war, kam auch sie sicherlich von dir, mein Willenloser! Wenn du wenigstens ein einziges Mal, nur so von der Ferne gespürt hättest, was *er* verlangte – Gerald oder Kleon? Aber dann setzte sie fort und Robert wußte, an wen sie dachte –, fast ohne Worte, daß ich alles daransetzte, seine Wünsche zu erraten, beglückt von der Gelassenheit, mit der er sich meiner bediente. Nichts davon trat bei dir je zutage, ans Licht dieser blöden rosa Lampe, an gar kein Licht . . . nichts. Deshalb mußte ich dir nachgehen, unter die herabhängenden Teppiche, vorbei an dem penetranten Messingbecken, glühende Hölzer und Kaffee, ah, der be-

täubende Kaffeegeruch, fast konnte man das Draußen vergessen! Fische und Teer, ranziges Öl und Zwiebel, nasses Segeltuch, Wein und Käse, so kräftig, daß es das faulige Hafenwasser übertönte. Und Oliven und Dusiko und Eukalyptusschnaps und blaue Feigen, aus denen roter Saft rinnt . . . Sie atmete tief ein, als gelte es, alle die Gerüche für immer in sich aufzubewahren.

Nein, du warst auch bei ihr keine überwältigende Figur. Du saßest da, genau wie jetzt, ein bißchen verlegen, ein bißchen gehemmt; immer wieder wie vor dem Blitz aus dem Sinnlosen, den man erst einmal entbinden muß. Diese Kleinigkeit ist nämlich noch zu leisten. Vielleicht ist es die Grundursache der Wirkung, die von dir ausgeht, daß die jeweilige Partnerin sie leisten muß, diese Kleinigkeit, die nie gelingen will.

Und das Sonderbarste: ich hockte dort in der Ecke, wo die Falten zweier herunterhängender Teppiche etwas wie ein Versteck boten, wenigstens hielt ich es dafür, hockte hinter einem Taburett oder Tischchen auf den Fersen, genauso wie die Olivene, die mir völlig unbefangen ihr Gesicht zuwandte. Ich brauchte lange, bis ich dahinterkam, daß sie mich sah. Offenbar hat sie mich von allem Anfang an gesehen, es dürfte ihr sogar klar gewesen sein, wer ich war und worum es sich handelte. Und nun war es sofort so, als agierte ich durch sie, hervor aus dem olivenen Gesicht mit den gelbbraunen Achataugen, der scharfen abgeplatteten Nase, den vielkerbigen schwarzen Lippen mit dem harten kurzen Flaum darüber . . . was noch, das mir fremder sein könnte! Und dennoch: als sei ich sie, nimm es ganz wörtlich, nicht als Vertrautheit, als eingebildetes oder sogar tatsächliches Wissen um unsere Angelegenheit, um den Mann, der unbeholfen dort saß und mit dem es erst noch zu geschehen hatte und vielleicht unmittelbar bevorstand. Wirklich – es war Identität – sie tat und setzte fort, was ich mit dir zu tun in der Phantasie längst gewöhnt war. Sie zog dich an ihrem unsichtbaren Faden heran, während sie zugleich mit den Blicken kontrollierte, ob ich zusah. Sie machte es, daß du über ihren Mund herfielst. Und von da an bekam sie etwas von angstvoller Unsicherheit und sprungbereitem Herüberhorchen, als müsse sie jetzt das Ohr zu Hilfe nehmen, indes ihre nackte Ferse sich schon wie im Auffahren in den Diwanteppich bohrte.

Sie vergaß dabei ihr Gesicht, das es mir verbergen sollte, daß sie jede meiner Bewegungen aufs genaueste beobachtete. Ja, sie vergaß offenbar auch dich – dich zuerst und am leichtesten! –, sie starrte mich an und der Schreck vor dem, was ihrer Meinung nach

unmittelbar bevorstand, diese bereits zum Hinnehmen sich anschickende Erwartung saß ihr deutlich in den Augen.
Dabei wäre es ihr mit dir wahrscheinlich gelungen. Du hattest dich eben über sie geworfen, deinen Kopf an ihrem Hals geborgen. Du stöhntest wie jemand, der keine rechte Luft hat, was in Anbetracht ihrer mageren Schulter ziemlich unverständlich war. Sichtlich warst du mit nichts anderem als deinen Gefühlen beschäftigt, während sie mir direkt in die Augen blickte. Plötzlich hob sie den Arm, so daß der dünne rote Stoff, der das magere Stück Schulter, ihr langes Schlüsselbein halb freigab, wieder darüberglitt, sie bog sich mir entgegen, noch immer wie vor dem Aufsprung und die Hand schon gespreizt im Vorgefühl meines Angriffs, als brauche die Situation unbedingt ein Messer, das sich jählings in einen unvorbereiteten Körper bohrte, als ging dieses Messer unsichtbar und dennoch von jedem gespürt und in seinem Stoß erwartet, zwischen uns um, bis es schließlich aus dem Ahnungsvollen und Gewollt-Nichtgewollten manifest wurde und aus Agamemnons Hand hervor in Kleons Rücken stieß. Aber wohin gerate ich?
Du selber weißt am besten, wie unsere Stimmung damals war. Gerade das Phantastischste und Unvorhergesehenste wäre noch das Plausibelste gewesen, das sich jeden Augenblick ereignen konnte.
Natürlich hat sich nichts ereignet. Auch was sie mit dir vorhatte, war völlig bedeutungslos. In meinen Vorstellungen hatte ich es hundertmal ausprobiert, oh, wie wir aufeinander eingespielt waren! Ja, ich hockte da, hinter dem Taburett, und zugleich hockte ich dort, auf dem Diwan, und bewies mir, daß es genauso vor sich ging, wie ich es mir ausgemalt hatte. Darum war es von Anfang an gleichgültig, ob sie mich bemerkte. Vielleicht brauchte sie mich sogar, um es mir vorzuführen, so wie ich sie brauchte, es mir zu bestätigen.
Wovon habt ihr nur die ganze Zeit geredet und in welcher Sprache? Denn zu Beginn hast hauptsächlich du geredet, sie warf nur hie und da ein Wort dazwischen, einen mißtönenden Laut. Sie warf ein Wort hin und nahm dich heran wie ich meinen Kater, du weißt, der dann von einem Schakal oder verwilderten Hund totgebissen wurde. Du schnurrtest wie mein dicker gelber Kastrat, während sie mit den Händen, mit dem Mund – auf eine großartig zynische Weise mit dem Mund wie mit einem gar nicht zu ihr gehörigen aufreizenden Gegenstand – die Behandlung fortsetzte. Das Zynische trage natürlich ich hinein, für sie war es einfach eine

Sache, die sie ausgezeichnet verstand. Wahrscheinlich war sie ihr so geläufig, daß sie sogar an andere fernabliegende Dinge denken konnte, oder an das, was sie für das nächste hielt, daß nämlich ich auf sie losfahren könnte.

Um was zu tun? Vielleicht hielt mich gerade diese Überlegung zurück, vielleicht wurde ich von dem Gedanken gelähmt, daß ich es selber war, die mit dir tat, was ich längst wußte und erlebt hatte. Jedenfalls ließ ich es mir vordemonstrieren ohne zu stören, genauso wie ich meinen kastrierten Kater hinter den Ohren nahm, ihn kraulte, bis – nun, bis der Vergleich aufhörte zu stimmen und es sich herausstellte, daß der Kater doch nicht kastriert war. Das war für sie der Moment, wo es mit der ein wenig gönnerhaften Routine vorbei war. Du gewannst sichtlich an Respekt und sogar etwas wie Gewalt über uns beide.

Mein Willenloser, ich sage absichtlich ›beide‹. Denn wenn es bisher höchst unklar war, ob wir – sie und ich – *zwei* wären, in diesem Augenblick, als nämlich der Kater drauf und dranging zu zeigen, daß er nicht kastriert war, da also blieb es außerhalb jeden Zweifels, daß wir tatsächlich zwei waren, sogar zwei recht verschiedene! Und dennoch kam mir vor, wir seien auch jetzt noch in einer gar nicht ausdrückbaren Weise verbunden, einander so nah wie die beiden Seiten eines hauchdünnen Papiers, so vertraut und vertauschbar, so ein und dieselbe . . . Wie gesagt, als wir dich so weit hatten, daß die Entkleidungsszene beginnen konnte, war die Identität in der Sekunde verschwunden, als sei nie eine Spur davon gewesen.

Die Fremde – plötzlich war sie maßlos fremd – beugte sich vor, ihre Hand kam entgegen, um mir in den Arm zu fallen, den ich gar nicht ausgestreckt hatte. Ich erinnere mich, ich hielt die Hände fest ineinander gekrampft, ich hatte das deutliche Gefühl, daß sie feucht waren und durch keine Gewalt voneinander zu lösen. In diesen Sekunden der unterirdischen Entzweiung und Rache mußte sie erwarten, ich würde die unterbrochene Identität wiederherstellen, indem ich sie, die dabei störende zweite Person, einfach auslöschte.

Damals also, als das unsichtbare Messer umging, als du daran dachtest, dich auszuziehen und ich daran dachte, sie umzubringen oder vielmehr sie befürchtete, daß ich nicht nur daran denken könnte, damals stellte ich den von dir – oh, sicher gegen alle Einsicht! – so starrsinnig festgehaltenen Unterschied zwischen mir und ihr endlich wieder her. Ich stand auf, erhob mich rasch

und kerzengerade, ohne mich vom Fleck, das heißt nach vorn zu bewegen, wo sie meinen Arm mit dem Messer oder an welche Waffe sie sonst dachte, erwartete. Dabei hörte ich ihren Schrei, schrill und angstvoll, eine knappe Sekunde, in der sie erfüllt davon gewesen sein muß, daß das Gefürchtete auf der Stelle eintreten würde. Offenbar spürte sie es schon an ihrem Leib, empfing es als ihr Verhängnis. Aber es war nur eine einzige Sekunde, dann sah sie die Wendung, sah, daß ich mich nicht nur erhoben hatte, sondern ihr bereits den Rücken kehrte. Ich entfernte mich in sehr aufrechter Haltung, ein wenig automatisch; ich erinnere mich, daß ich mir dabei die Hände mit dem Taschentuch abtrocknete. Meine Hände waren unerträglich feucht. Ohne die Teppiche aufzuheben, ging ich einfach hindurch.
Du hast nichts bemerkt und sie hat dir kein Wort davon gesagt. Wahrscheinlich war es wirklich nicht der Rede wert, ich selbst war im ganzen nicht der Rede wert, wie sehr ich mich auch anstrengte, mir das Gegenteil zu beweisen. Aber ich ging dir von da ab aus dem Weg, ich kraulte und scheuerte nicht einmal mehr meinen gelben Schoßkastraten hinter den Ohren, weil ich dabei zu sehr von dir wegdenken mußte.

Der Kellner hatte eine Weile gebraucht, Robert in die Salzburger Hotelzimmer-Gegenwart zurückzuklopfen. Er brachte eine Flasche Wermut und zwei Gläser.
– Nun, wie entwickeln sich die Dinge? Wird es ruhig bleiben?
Der junge Mensch verzog das Gesicht zu einer Grimasse eindringlichen Erstaunens. Mit möglichster Anschaulichkeit zeigte er, wie ihm allmählich aufging, was Robert meinen könnte. Dabei deutete er mimisch seine völlige Unsicherheit an, ob es denn wirklich *das* sei, worauf Robert anspiele.
Jawoll, die Straßen waren ein wenig unruhig in den letzten Tagen. Vielleicht könne das zu Mißverständnissen Anlaß geben. Alles könne schließlich zu Mißverständnissen Anlaß geben. –
Sinnlos, auf diese Weise etwas erfahren zu wollen, Robert deutete auf die Flasche.
Loraine brachte viel Frische und Harmlosigkeit aus ihrem Garderobeschrank mit. Sie versicherte plötzlich:
– Schade, daß du allein gekommen bist.
Die Sonne brach in den Raum (die falschen Louis-Seize-Möbel, der lachsrote Teppich), wollte durch aufdringliches Gelb ersetzen,

was ihr an Wärme abging. Trotzdem herrschte eine klebrige Verhangenheit, frostig und erschlaffend, zu nichts anderem da, als Loraines erstaunliche Beine hineinzuhalten und Robert daran zu erinnern, daß sie ein gewichtiges Argument für das bildeten, was noch immer nicht zu Ende war. Robert sagte:
– Ja, ich hätte Hanna mitbringen sollen. Hanna ist überhaupt das entsprechende Gegenthema zu Kleon.
Sie blieb vor ihm stehen. Vielleicht war es nicht ganz bedeutungslos, daß seine Augen nicht mehr da waren, weil er den Kopf gesenkt hatte, im Fauteuil versunken war. Fast wie eine Erleichterung – als sei sie jetzt imstande, Dinge zu sagen, die sie bisher nicht über die Lippen gebracht hatte, und als müsse sie sich beeilen, weil die Situation sich ändern, für sie wiederum ungünstig werden könnte.
– Kleon . . . weißt du, das war nichts weiter als die Möglichkeit, dir sogar auf dem Weg zu folgen, der zur Olivenen führte. Eigentlich hätte sie eine Mauer, eine unübersteigbare Schranke zwischen uns aufrichten müssen. Und bei jedem andern – sogar bei Gerald, vor allem bei Gerald – hätte sie es auch getan. Aber mit dir war selbst die Olivene nur ein neues Blatt der Vertrautheit, eine verlegen und glühend aufgeschlagene Seite, die wir gemeinsam lasen und uns dabei über die Schulter sahen. Manchmal ist alles, was es mit Kleon gab, einfach dasselbe, was es mit dir und der Olivenen gab . . . mit einer Art umgekehrtem Vorzeichen, wenn du willst, oder mit überhaupt keinem Vorzeichen. Genau in der Sphäre, in der Gerald wie selbstverständlich in die Rolle des Kindes sinkt, ja sinkt. – Auch für mich ist es kein Steigen, dieses Verantwortlichsein, ihm helfen wollen . . .
Robert sagte, ohne den Blick zu heben:
– Wenigstens gab es dabei nicht diesen Agamemnon und nicht einmal eine Eselstute –
Loraine fuhr mit Wärme fort, eindringlich:
– Vergiß die beinahe übermenschliche Bedeutung nicht, die ich bekam – als Zuflucht nach jedem Fehlschlag, der Ausgleich für alles Unzulängliche in seinem Leben.
Sie hielt inne, die Brauen zusammengezogen, als starre sie auf einen düsteren Vorgang, das Panorama ihrer ausweglosen Verstrickung mit Gerald, ohne Ende und fast schien es auch ohne Anfang, so daß sie sich davon losreißen mußte, weil Roberts Bemerkung in ihr nachklang und erst jetzt ahnungsvoll ihren Sinn entfaltete. Jedenfalls schien die Szene, die sie vor Augen hatte,

hinüber ins Unwesentliche, ja Belanglose zu gleiten, aber sie dennoch nicht loszulassen. Sie sagte:
– Die Eselstute . . . Auch das ist dir nicht entgangen. Ich wurde übrigens aufmerksam, als der ›Türke‹ sie jeden Abend von dem Platz abholte, wo sie mit den andern abgepflockt war, sie über den Hügel zu den Disteln führte.
– Ja, sagte Robert zu dem lachsroten Teppich auf dem Fußboden, du warst im ›steinernen Haus‹ und manchmal kamst du zu uns herüber ins Zelt. Ich habe es immer als eine Art Schuldgefühl aufgefaßt – –
– Oder Verantwortung.
– Hm, was sich an Sir Gerald feststellen ließ –
– Ich kenne ihn besser. Mir genügen die Andeutungen, die du überhaupt nicht verstehst.
– Andeutungen? Er sagte, ›sie erscheint, wenn der Bursche gegangen ist, und manchmal sogar, wenn er eben gekommen ist. Sie läßt ihn warten, um vorher mit uns zu plaudern‹.
– Das Perfideste war wohl, daß keiner sich vor die Tür stellte, den Schlüssel umdrehte, meinetwegen mich schlug. Oh, ihr wart ja so rücksichtsvoll, daß ich jedesmal im unklaren blieb, ob ihr ihn überhaupt bemerktet. Immer wieder kam ich, um mir die Gewißheit zu holen. Es ist mir nie gelungen.
Robert sagte wie erstaunt über einen Sachverhalt, dessen er sich allmählich bewußt wurde:
– Und du haßt mich nicht, noch immer nicht?!
Loraine lächelte, ihre Augen verhielten einen Triumph, sie flüsterte wie in vertrautem Einverständnis:
– Den Haß hat es natürlich gegeben, wenn es auch noch einige Zeit dazu brauchte. Ein sehr tiefes Gefühl kann unter bestimmten Bedingungen in einer Art zum Ausbruch kommen, daß es an der Oberfläche genau wie Haß aussieht. Aber damals . . . Ich hatte dich nämlich noch nicht aufgegeben, ich war weiter vom Verzicht entfernt als je . . . ich kämpfte noch – –. Und dann – du vergißt Gerald!
Robert entgegnete – und jetzt nahm sie die Gegenkraft wahr, die Anstrengung seiner unbeweglichen Schultern und heftig verschränkten Hände:
– Komm zur Hauptsache, vergiß die Eselstute nicht.
– Vergiß du nicht, wie Gerald damals aussah. Jaja, . . . der Gorilla mit der fixen Idee. Er hat sich daran ruiniert.
– Im richtigen Moment stirbt bei ihm immer jemand aus der

Familie. Wieviele Tanten mit dicken Aktienpaketen hat er denn noch?
– Er war drauf und dran, über die äußerste Grenze hinüberzugleiten, von der keiner zurückkommt, so wie er war.
– Ich weiß . . . du hast ihn vor der Anstaltsreife bewahrt. Als ob er nicht seit eh und je verrückt gewesen wäre! Er scheint dich ja in erstaunlichen Dosierungen genommen zu haben – na, jedenfalls nicht gerade wie ein Schlafmittel. Das Kind hatte eine gewissenhafte Gouvernante, die ihm nicht von der Seite wich.
Vielleicht war es Roberts halsstarrige Art, der Blick, den er nicht vom Boden hob, der Rücken, die Schultern, über die in Abständen ein Zucken lief, die ineinander gekrampften Hände, die sich wie in kurzem Pendelschlag irritierend auf und ab bewegten; vielleicht war es die Erinnerung, um die es ging, daß Loraine alles aufwühlen mußte und kein Ende fand.
– Oh, gewiß, du hattest deine guten Gründe, warst auf der Seite der Tatsachen, du! Da hätte *ich* ihn preisgeben sollen? Nein, nein – sie antwortete dem Zucken seiner Schultern, während er den Kopf noch tiefer senkte – glaub ja nicht, daß nun der Haß begann. Noch lange nicht. Was in mir hochkam, war ärger. Wie habe ich mich gesträubt, dich zu verachten!
Sie stieß es fauchend hervor, sie spuckte es auf ihn herunter:
– Die Tatsachen! Dort, wo wir bedingungslos zusammengehörten, wo es um unser Innerstes ging – da zeigte sich wider alle Erwartung ein Riß. Da triebst du weg – hinüber zu den andern, mit einemmal zugehörig dem System ihrer Tatsachen, errechenbar und im voraus gewußt. Wir und sie – dasselbe Netz, aber sie waren die Maschen, wir die Löcher dazwischen. Und du warst beides. Du hast mit ihm die Projekte vorbereitet, aber du hast dann auch nach Athen und sogar nach London geschrieben. Du hast mit ihm das Lager ausgewählt, aber du hast es dann auch abgebrochen, hast die Befehle gegeben.
Roberts Stimme klang fremd vor Heiserkeit:
– Du hast noch jedesmal gewonnen, bist obenauf geblieben – bei Gerald, bei Kleon . . . nur keine Einwände!
Er übersah den Angriff in Loraines Gesicht, ihr höhnisch-skeptisches Lächeln.
– Du hast dich übergangen, hast *dich* vergessen!
Auf Roberts wegwerfende Geste hin:
– Sag nicht, daß es bedeutungslos ist. Bei dir hat alles seine Bedeutung.

– Nur daß man selber sie meist nicht kennt. Der andere –
– Sieht mehr und deutlicher. Er sieht auch das Zwielichtige, die Widersprüche genauer. Manchmal kommt mir vor, wir haben unsern Gipfel noch vor uns. Bei mir geht es um den ganzen Einsatz, das verbraucht einen. Du hingegen . . . bist du mit so wenig beteiligt, weil du es in der Hand hast, oder – – hast du nicht mehr einzusetzen? Sie lachte schneidend: Hier verschmilzt Anfang und Ende. Wir können von vorne beginnen.
Plötzlich warf Robert sich im Fauteuil zurück. Loraine sah in ein Gesicht, verknittert von einem inneren Zustand, der fast ein Gefühl von Mitleid in ihr aufkommen ließ. Sie bemerkte, daß er die Augen offenbar die ganze Zeit geschlossen hatte und sie jetzt mit Anstrengung öffnete. Was hilfreich und tröstend in ihr emporwollte, versank in der Sekunde vor diesem Blick. Robert sagte:
– Agamemnon . . . also –
Loraine fiel ihm ins Wort, aber es war nun wie die Diskussion eines erregten Partners:
– Richtig, Agamemnon, der ›Türke‹! Du hast es erfaßt, hier führt der Weg von dir fort . . . und endet schließlich bei der Eselstute . . . der letzten Etappe, nach Gerald – –
Robert betrachtete Loraine eindringlich, in angestrengtem Nachdenken – einer, der sich alle Mühe gab, wenigstens so auszusehen, als stünde er außerhalb. Aber dann sagte er und zeigte damit, auch sich selber, wie sehr er mittendrin war:
– Was hast du dir denn gedacht, als du auf seine verrückte Idee eingingst? Wolltest du ihn von seiner Verranntheit kurieren, indem du so tatest, als sei es auch deine eigene?
Mit einemmal machte sie den Eindruck, als erkenne sie ihn nicht oder es sei völlig gleichgültig, daß er da sei. Vielleicht bekam ihre Stimme von daher dieses quälende Beiläufige, als rede sie über irgendeine Sache, die in keiner Weise sie selbst betraf.
– Ah, wahrscheinlich beurteilst du, was ich getan habe, so wie er. Aber siehst du – für ihn diese Figur herbeischaffen, von deren Vorhandensein er überzeugt war, seine Idee bestätigen . . . nicht, damit der Glanz einer neuen Entdeckung auch auf mich falle, dir muß ich nicht erst versichern, daß ich nicht mit der Spur eines Wunsches daran gedacht habe, nein . . . er sollte meine Bereitschaft fühlen, bis dorthin zu gehen, wo – nun, wo ich für ihn tüchtig hereingelegt worden bin. Ihre Erregung klang durch und Robert nahm sie auf. Trotzdem, gleichsam wider Willen, lächelte er sarkastisch:

– Wir halten also bereits bei Agamemnon?
Ein, zwei Sekunden lag ihre Hand auf seiner Schulter. Plötzlich nahm sie die Hand weg und trat zurück, als wolle sie sich vor dem Verdacht schützen, sie versuche über die seelische Entfernung von ihm durch körperliche Berührung hinwegzutäuschen.
– Genau genommen erst bei Kleon, aber es gibt da einen fließenden Übergang zu Agamemnon. Ob die beiden betrogen, weil sie betrügen wollten, oder weil sie von dritten auch nur betrogen wurden? Woher hätte ich Verdacht schöpfen sollen? Daß sie nicht wußten, um welche Art von Verschüttung es sich handelte? Daß der Platz vor uns geheim bleiben sollte? Die Fremden graben die Vergangenheit nicht nur aus der Erde, sie schaffen sie auch außer Landes.
– Als Gerald sich die Statue besah, als wir diese angebliche Krönung seines Lebenswerkes in Szene setzten und er hereinkam, sagte er nur:
– Muß dich ein schönes Stück Geld gekostet haben.
Dann schenkte er dem Ding, das sie eben ausgepackt hatten, noch einen spöttischen Blick:
– Hm, im Grunde gar nicht so übel. Das machen sie in Kairo drüben, zwei Armenier und ein Grieche.
Er wandte sich ab, setzte sich an den Tisch und sah, daß die Flasche leer war. Ich stand hinter ihm und wartete wie ein halb verhungerter Hund auf den Brocken. Weißt du, wie der Brocken aussah? Ich habe mir jedes Wort gemerkt:
– Schade! Für das Geld hätte man es ein letztes Mal versuchen können. Es gibt da noch einen Platz –.
– Für mich, für die Beweggründe, aus denen ich die Figur herbeigeschafft hatte, kein Wort.
Es kostete sie sichtlich große Anstrengung, dieses Lächeln hervorzubringen, aber es gelang, so daß, was sie sagte, sich tatsächlich beinahe scherzhaft anhörte:
– Jaja – er hatte seine fixe Idee. Und das ist eine der verläßlichsten Quellen wahrhafter Befriedigung. Außerdem hatte er ja die Flasche, mich und die Flasche . . . für den Fall nämlich, daß ihm die Distanz zur Wirklichkeit hie und da stärker zu Bewußtsein kam. Ich habe eben auf meine Weise versucht, diese Distanz ein bißchen zuzuschwindeln. Und sogar dabei blieb ich für ihn außerhalb, nicht gerade unwichtig, aber außerhalb – –
Abwehr? Eine Art Neid? Beinahe sah es nach Eifersucht aus – seine Entgegnung klang höhnischer als sie gemeint war, Robert fühlte es im Augenblick, aber da war es zu spät:

– Was dich also reif gemacht hat für . . . für die Eselstute – er verbesserte sich – für Agamemnon –
Sie trat nah an ihn heran, packte ihn an den Haaren über der Stirn, riß seinen Kopf zurück, so daß er ihr in die Augen sehen mußte:
– Verstehst du noch immer nicht, wie gleichgültig das ist?! Aber Gerald – das bedeutete meinen letzten Versuch der Selbstbehauptung, die Trennung von ihm war der Abschied von einem Wunschbild – trotz allem. Glaub ja nicht, daß es mir weniger unbegreiflich ist als dir. Spuck mich an, drück den Ekel, den ich vor mir selber habe, wenigstens in einer Grimasse aus. Oder sag ihn mir lieber, beschönige nichts, sei so deutlich, wie du magst. Du wirst dich dabei zu meinem besseren Ich aufschwingen, wirst in Worte fassen, was ich fühle! Fang an –

Loraine ging vor dem Fenster hin und her, ordnete die France-Rosen in der Vase, zögerte noch immer, obwohl Robert nicht mehr da war. Er hatte sich reichlich unmotiviert verabschiedet, Gerald gar nicht abgewartet, war geflohen. Schließlich erlag sie der Lust sich mitzuteilen. Sie hatte dabei eine kurze geringschätzige Bewegung, rasch über ihr Gesicht gleitend und von Schulter und Arm zu Ende gebracht.
Zunächst aber füllte sie beide Gläser mit dem Wermut, und als sie das ihre zum Mund führte, hielt sie eine Sekunde an, nicht länger – entschieden zu kurz, um den Gedanken des Zutrinkens gegenüber einem unsichtbaren Partner aufkommen zu lassen oder gar den des Bedauerns, daß Robert nicht auch körperlich anwesend war. Sie sagte:
– Merkwürdig, wie scheu ich damals wurde. Menschen bereiteten mir tatsächlich physischen Schmerz. Natürlich ging ich jedermann aus dem Weg, am allermeisten dir, du müßtest ein paar Erinnerungen daran haben. Ich versank einfach . . . in etwas, dünner als Watte und gestockter als Nebel . . . fast ohne Bewußtsein; ich weiß nicht mehr – –
Sie wußte wirklich nicht mehr, warum sie jeden Abend bei der Hibiskushecke stand, hinter der die Maultiere angepflockt waren. Sie stand dort und sah zu den Bergen hinüber. Die Berge waren im Osten und erloschen mit einemmal, geradezu ruckartig: ein grelles gelbpurpurnes Flackern, das sich in ein paar Augenblicken in ein glanzloses, eigentümlich tiefbraun durchströmtes Nicht-Licht verwandelte, das wie die Abgestorbenheit selber aussah. Nicht ein

Punkt war mehr auszunehmen, nichts. Sie starrte in dieses Nichts, versteinerte im Grenzenlosen einer Unmenschlichkeit wie alles ringsum – – die Wunschlosigkeit des Todes, die einzige, die erreichbar war, vielleicht weil es keine andere gab.
Sinkend . . . Wohin? Mit einem kleinen, fast lüsternen Lächeln einem Bild, einer Erinnerung entgegen, die sie mit all der Farbigkeit, dem Geruch, dem Sichanfühlen von einst wiederzuerwecken bestrebt war. Klebrig-warm, den Atem aus begehrlich gerundeten Nüstern stoßend, die Eselstute, auf deren Rücken sie den Weg von der Küste zurückgelegt hatte, das heiße, nach Staub riechende Fell, Cora, sonderbarerweise nicht bei den anderen Tieren angepflockt, sondern auf der Seite der Hecke, wo Loraine stand.
Hier gab es eine Lücke, eine leere Gedächtnisstrecke, die allmählich die schmutzig-rote Farbe des Leinenbeutels annahm, aus dem sie ein paar Maiskolben hervorholte, in das schnaubende blaurosa Maul schob, von dem ein schleimiger Faden niederhing, der ein wenig ekelerregend an ihr Kleid, an ihren bloßen Arm geriet.
Sie hielt sich nicht dabei auf, wann und wie die Maiskolben zum erstenmal in ihren Beutel kamen. Genug, daß sie da waren, damit das Spiel mit der fremden Gier beginnen konnte. Drängend, zwischen Schmeicheln und Fordern an ihrer Hüfte sich reibend, der große, filzig behaarte Eselskopf. Plötzlich eine ungestüme Bewegung, aber Loraine war nicht so flink, und die Zunge rollte den Kolben bereits in den bläulichen Schlund. Nachher stand das Tier neben ihr, mit gesenktem Kopf und geschlossenen Lidern, wie Loraine ein Stück dieser Abgestorbenheit. Bis Agamemnon erschien und Cora aus der Entrückung holte, indem er sie mit sich fortführte. Unpersönlich, in einem fast narkotischen Zustand der Fühllosigkeit: die Gesten und Worte, deren Sinn nicht bis zu ihr drang. Wann zuckte der Blitz des Erwachens auf, das erste Zeichen einer Kraft, die aus ihr entsprang? Sie hatte Agamemnons Gesicht vor sich, seine glatte, aus Achat geschnittene Freundlichkeit, die auffallend kleine Hand, die mit kurzem energischem Griff nach dem Strick faßte, der vom Hals des Esels auf dem Boden schleifte. Eine Hand mit gekrümmten Nägeln, ebenso sonderbar wie die sehr gewölbten starren Lippen und unter der Nasenscheidewand die kahle Stelle, zu deren Seiten der dünne Bart herabfloß. Der widerlichste Eindruck kam von dieser Nase, schmal, gekrümmt, spitz, mit runden beweglichen Nüstern. Das Zucken der Nüstern war die einzige Reaktion, als er zum erstenmal am Strick zog, das Tier wegführen wollte und es Widerstand leistete.

Loraine sah es genau vor sich: Agamemnon zerrte am Strick und der Esel wollte nicht. Es schien, als erschrecke der Bursche, Loraine hätte schwören mögen, daß er die Farbe wechselte – so unwahrscheinlich ihr das sogar jetzt noch in der Erinnerung vorkam: sein Gesicht verdunkelte sich jäh, wurde braunfahl wie die Lichtlosigkeit, deren zäh gestockte Verdichtung sie alle drei waren, Loraine, Agamemnon und die Eselstute. Auffallend, daß er dabei die Lippen nicht bewegte, nur die Nüstern zuckten ein paarmal heftig, gefahrwitternd wie bei einem Tier. Dieses Zucken beschäftigte Loraine so sehr, daß die unverhohlene Hast und Gewalttätigkeit, mit der er am Strick riß, den Esel fortzog, ihr erst nachträglich zu Bewußtsein kam.
War der Kontakt bereits geschlossen, Agamemnon in den Stromkreis einbezogen? Je weiter die Dinge entrückten, um so deutlicher schien ihr, daß das Fluid, das sie von nun ab aufeinander anwies und zusammenhielt, seinen Ursprung hauptsächlich von der Eselstute nahm.
Abend für Abend: seine Hand, die den Kopf des Tieres von ihr wegriß, rücksichtslos an dem Strick zerrte, und ihre in dem dicken Fell kraulenden Finger. Auch ihre ersten Worte – die sie damals überhaupt sprach –, halblaute englische Worte, an deren Tonfall das Tier die Liebkosung aufnahm und dankbar mit dem Scheuern an ihrer Hüfte erwiderte, während er nichts weiter einsetzte als seinen zischend hervorgestoßenen Befehl und den Ruck, der die Schlinge des Strickes zuzog. Ein Messen von Kraft und Gegenkraft, bezogen auf das Tier, das sich von Mal zu Mal deutlicher für Loraine entschied, immer länger brauchte, bis es der knapper werdenden Schlinge nachgab.
Unbeirrbar hatte Loraine an dem Mann vorbeigesehen. Wie konnte sie ihm in der dünnen fahlen Gallerte aus Lichtlosigkeit, in der sich ihre Hände, ihre Lippen silhouettenhaft flach bewegten, den Eindruck vermitteln, daß sie ihn – nicht übersah, nein, einfach nicht zur Kenntnis nahm, tat, als sei er gar nicht vorhanden, während die am Strick davongezerrte Cora doch über allem Zweifel die Ursache war, daß sie – seit langem übrigens zum erstenmal – etwas mit einem Gefühlsanteil von steigender Heftigkeit erlebte. Sie warb um die Zuneigung einer Eselstute, um ihr Bleiben, genoß den Erfolg und bestätigte sich allabendlich die Macht, die sie über das Tier hatte, aber auch die Bedeutung der Hand, die den Strick ergriff, das Tier fortzerrte.
Sie hatte damals so viel Gewalt erduldet, sie war ein Mechanismus

geworden, der Gerald gehorchte. Die Flasche oder Gerald, was war widerlicher? Beide warteten auf sie in dem steinernen Haus, wo Gerald das Feldbett mit den Ledergurten hatte aufstellen lassen. Als sei eine ursächliche Beziehung falsch verknüpft, kam ihr erster Widerstand gegen das stumme unpersönliche Gewalterleiden nicht gegen Gerald, sondern gegen diesen Burschen zum Durchbruch, fuhr in ihre Hand, die plötzlich mit Entschiedenheit nach dem Strick griff und seiner Hand zuvorkam.
Agamemnon sah sie gar nicht an. Sein Gesicht verharrte in einer Grimasse der Verachtung, während er darauf wartete, daß Cora von Loraine weg und ihm zustreben werde. Das Gehaben des Mannes drückte eine so unbedingte Überlegenheit aus, daß Loraine nicht anders konnte, als sich abzuwenden. Zögernd tat sie ein, zwei Schritte. Alles kam nun darauf an, daß Cora ihr folgte, auf einem Weg, in einer Richtung, die an Coras Gehorsam keinen Zweifel ließen.
Ganz am Rande, das aus lauter harten Rundungen bestehende Gesicht des Mannes, eingetaucht in diese höhnische Geringschätzung – es sah beinahe aus, als lächle er. Es gab keine andere Gegenwehr, als ihm die Eselstute zu nehmen; ohne daß es ihr bewußt wurde, hatte Loraine den Strick um ihre Hand gewikkelt.
Jetzt stand er dicht bei ihr, vertrat ihr den Weg. Unmöglich, auch noch seine Verachtung zu ertragen. Oh, sie würde es erreichen, daß er – –, es gab keinen Ausweg als ihn *dazu* zu bringen! Seine hervorstehenden runden Augen starrten in die samtigen Bernsteinaugen Coras, als fixiere er sie. Während er sich vorneigte, sagte er etwas, das Loraine nicht verstand, zwei, drei Silben in Coras Ohr:
– ul . . . ulol . . . ulolai – i – –
Jedenfalls etwas, von dem er sich einen besonderen Erfolg versprach. Aber Loraine ließ dem Tier keine Zeit. Ein paar Schritte war es, als ziehe sie es hinter sich her, dann ging Cora folgsam neben ihr. Mit einem Gefühl des Triumphes sah Loraine, daß der Mann auf der andern Seite mitging.
Alle drei bewegten sich ohne Zögern auf das steinerne Haus zu. In Loraine war nichts als dieses Ausschreiten, keine besondere Überlegung, kein Gedanke. Zwanzig Schritte . . . zehn – es stieß ihr den Magen empor, das Herz klopfte gegen eine eisige Klammer. Als sie endlich vor der Tür hielten, war es wie eine Erleichterung. Heute kam ihr vor, sie habe es deshalb so gefühlt, weil sie – nicht

bewußt, sicherlich nicht bewußt – erfaßt hatte, daß die Entscheidung schon hinter ihr lag. Gleichgültig sah sie zu, wie der lockergelassene Strick ihr über den Handrücken zu Boden glitt, während sie die Schwelle überschritt. Denn sie ging voran, diese Zustimmung, daß alles entschieden war, hatte er wohl nötig. Sie hätte sich nicht gewundert, wenn er die Eselstute mit hereingenommen hätte, aber Cora blieb draußen vor der Tür.
Wollte sie sich auslöschen, den Tiefpunkt ihrer Erniedrigung erreichen oder die Genugtuung sich vollziehender Rache? Aber an wem? Himmel an wem? Im Innersten ein lautloser Hilferuf . . . wen traf sie damit, wen rüttelte sie auf? Wem verzieh sie nicht, daß er nicht plötzlich, womöglich sogar aus den Wolken, aufgetaucht war? Keinesfalls Gerald! Robert hatte sie noch nicht gewonnen. Und Kleon, der die Rache auf sich genommen und sein Leben aufs Spiel gesetzt hatte, Kleon war der einzige, an den sie damals nicht dachte. Vielleicht doch Gerald! Weshalb hielt sie sich so lange mit Erinnerungen auf? Erinnerungen sind das Gras über jedem Grab. Aber in diesem Grab lag ein falscher Toter. Sie mißtraute sich, während sie daran dachte, daß der Tote niemals richtig am Leben gewesen war. Wodurch war, was sich mit Agamemnon begeben hatte, unterschieden von ihrer Beziehung zu Gerald? Der verzweifelte Versuch, ihre Gefühle, durch die Unfähigkeit, sie auf Agamemnon zu übertragen, für Gerald zu bewahren? Aber Agamemnon kümmerte sich nicht darum, für wen sie ihre Gefühle bewahrte. Er maß sie lächelnd, eigentlich nur mit der Andeutung eines Lächelns, das sich über die Mundpartie erstreckte und bei dem die Spitze seiner Zunge wie eine kleine Viper – es sah geradezu nachdenklich aus – die dünne Unterlippe entlangglitt. Ja, er betrachtete sie wie eine Sache, die bereits ihm gehörte.
Nun, da es soweit war, sagte sie nicht ›ihn dazu bringen, daß er –‹ und ganz bestimmt sagte sie nicht ›sich unterwerfen‹, aber sie dachte ›es geschehen lassen‹, denn er wandte sich jetzt so, daß sie sich zwischen ihm und dem Bett an der Wand befand. Er trat dabei einen Schritt auf sie zu, ergriff ihre beiden Oberarme. Ihr Blick, das Gesicht oder die Bewegung, mit der sie ihn heftig, entschieden und vergeblich abschüttelte? Aber sogar noch in der Erinnerung gab es die nicht wegzudisputierende Gewißheit: ein geschlagener Ausdruck in seinen Augen, ehe die Lider sich senkten und gesenkt blieben, während die Hände sie nicht losließen, das nicht, aber ein Zittern über seine Lippen lief. Zwei, drei Minuten dieses Zitterns,

so lang, daß die Enttäuschung ihr deutlich zu Bewußtsein kommen konnte.
Ihre Enttäuschung: Gerald, seine aufgeschwemmten Züge mit dem nichts sehenden Blick, dem Meisterstück seiner Nicht-Reaktion an ihr vorbei, durch sie hindurch, Gerald, ins Gesicht zu schlagen, an der Kehle zu würgen. Gerald, zu dem dieser Bursche sie zurücktrieb, weil *ihr* Blick ihn in Distanz hielt, ähnlich wie Geralds weißer Häutchenblick sie dorthin entfernte, wo sie ihn nicht erreichte und außerhalb blieb.
Endlich wußte sie, daß es eine noch tiefere, eine allerletzte Möglichkeit der Erniedrigung gab: Was, wenn es ihr nicht gelang? Wenn sie ihn nicht dazu brachte, daß er – –. Sie hielt sich kaum aufrecht; eine Ohnmacht erschien ihr auch heute, wenn sie bedachte, welche Wendung die Situation hätte nehmen können, als das einzige, das übrig war – falls nämlich die Eselstute nicht zu schreien begonnen hätte. Nun aber schrie Cora vor der Tür, durchdringend, als wollte sie sich in Erinnerung bringen, als wüßte sie, daß es nicht mehr brauchte, um die Lage zu ihren Gunsten zu ändern, schrie, damit er zu ihr hinauskäme. Es gab keinen andern Grund für dieses Schreien, das ebenso unerwartet aufhörte, wie es begonnen hatte. Und jetzt – ein paar Sekunden der Ewigkeit und des brausenden Herzschlags . . . und zum erstenmal Kleon, der Gedanke an Kleon und bis ins kleinste lebendig die Szene, in der er sich mit Cora zu schaffen machte und Agamemnon ihn zurückwies.
Loraine versuchte zu sprechen, aber sie brachte nur einen heiseren unverständlichen Laut hervor. Sie fühlte ihre Arme unbegreiflich schwer, kaum zu bewegen. Aber vielleicht war es gelungen und sie hatte mit der Hand nach der Tür gedeutet. Draußen war Cora und wartete und drinnen war sie, Loraine, und wartete nicht mehr. Es blieb kein anderes Mittel, als Kleon, sein Gesicht, den spöttisch-verächtlichen Ausdruck von damals nachzuformen. Ja, sie verdankte dem Vorbild Kleons die Rettung. Sicherlich hatte sie ihn überboten, keinesfalls zu wenig getan. Griffen die Hände Agamemnons daraufhin härter zu oder war all das schwächer, was in ihren Schultern, in ihrem Gesicht, in ihrem ganzen Körper gegen ihn zum Ausdruck kam? Hinter ihr war das Bett und vor der Tür die Eselstute, die nicht mehr schrie. Es hätte ihr auch nichts mehr genützt.
Von da ab starrte Loraine jeden Abend bei der Hibiskushecke auf den letzten sichtbaren Bergrand, inmitten der schwärzlich-fahlen

Erloschenheit, hielt Cora mechanisch die Maiskolben hin und faßte, kaum daß Agamemnon erschien, nach dem Strick, den er ihr nun nicht mehr streitig machte. Zu dritt gingen sie dann hinunter zum steinernen Haus. Mußte es von Tag zu Tag erlebt werden, um ihr zu beweisen, daß das Absurde des Vorganges, die Tatsache, daß es geschah, einmal eine unerträgliche Spur hinterlassen würde? Oder daß jemand – wer? um Himmels willen, wer?! – kommen würde, es zu verhindern, im letzten Augenblick es radikal und endgültig ungeschehen zu machen, während es tagtäglich über sie hinwegging und sie, ausgelöscht, es auf sich nahm und nachher ebenso ausgelöscht zurückblieb. Schnaufend blies die Eselstute den Atem eines träge-kompakten Lebens aus den Nüstern, hielt automatisch vor der Tür, als wüßte sie, daß Loraine und Agamemnon nun hineingehen würden. Eine von breiten Eisenbändern in den Angeln gehaltene Tür, Agamemnon öffnete sie, aber er legte jedesmal den schweren Riegel vor, woran Loraine niemals gedacht hatte.

Bis eines Abends Kleon mitten auf dem Weg stand und kein Traum, keine Erinnerung war, sondern darauf wartete, daß sie herankämen. Unmöglich zu sagen, woher er aufgetaucht war, seit wann er sie beobachtete. Wie hätte sie aus Eindrücken Schlüsse ziehen können, die damals sofort von ihr abglitten, gar nicht zu ihrem Bewußtsein vordrangen? Dennoch hatten sich ihr zwei Ereignisse besonders eingeprägt, eine brennende Kerbe in ihrer Fühllosigkeit hinterlassen, die beide mit Kleon zusammenhingen, ausschließlich von ihm bewirkt wurden. Zuerst Agamemnons erstaunliches Erschrecken, als er Kleons ansichtig wurde. Er vermochte sich nicht zu rühren, bemächtigte sich plötzlich ihres Arms, dachte sichtlich nicht daran zu verbergen, daß es nur an ihr lag, ob sie weitergingen oder umkehrten. Und dann: zaghaft, noch nicht geglaubt, aber mit leisem Triumph schon für möglich gehalten – die jähe Wendung, der Punkt, an dem der Bogen ihres Daseins wieder die Richtung nach aufwärts nahm, eine emporschießende Kraft und Selbstsicherheit. Es war außer allem Zweifel, daß sie Agamemnon in ihren Schritt zwang, in dem sie ohne Zögern den Weg fortsetzte. Auch sie hielt den Atem an, als sie bei Kleon angelangt waren, aber sie begegnete mit Festigkeit seinem Blick, duldete es, daß er den Strick nahm, ihn ihr vom Gelenk wickelte und nun an ihrer Statt den Esel führte.

Faßten sie beide nach dem Strick oder nach dem Esel? Denn bei der Tür angelangt, streckte auch Agamemnon die Hand danach aus, als suche er etwas, woran er sich halten könnte, oder jemanden, der ihn des weiteren Tuns enthob und nicht sie war. Aber unter ihrem Blick – wieder war es ihr Blick, der dies vermochte – öffnete er schließlich die Tür. Hatte sie wirklich keine Sekunde gebangt, war sie seiner so sicher geworden? Vielleicht hatte sie sich ein wenig Gewalt angetan, um den Kopf nicht nach ihm zu wenden. Und nachher war es einfach so gewesen, daß er ihr folgen mußte, weil sie voranging.

Das Röcheln vor der Tür hörte sich an, als presse man gewaltsam Luft durch einen löcherigen Schlauch. Ein paar Augenblicke lauschte er aufs angespannteste und wahrscheinlich ahnte er gleich das richtige. In dem Schock schob sich sein Gesicht zusammen und ging dann auseinander wie eine Ziehharmonika; die aufgerissenen Augen, der heruntergefallene Kiefer, das dünnhaarig schwarz umrandete Mundloch mit der steifen Zunge. Sie brauchte gar nicht die Augen zu schließen, um alles deutlich vor sich zu sehen. Während des ganzen Vorgangs fühlte sie zum erstenmal etwas wie Entsetzen. Es war einzig sein Anblick, der ihr diesen erstarrenden Schrecken einjagte. Es sah sehr glaubwürdig aus, daß es ihn ungeheure Anstrengung kostete, jetzt den Riegel herumzuwerfen. Bewegungslos stand sie dabei, während er sich abmühte. Natürlich verstand sie nicht, warum ein Blick genug war, daß er die Tür wieder zuschlug. Daß Kleon und die Eselstute draußen geblieben waren, hatte sie vergessen. Sie dachte überhaupt nicht mehr an Kleon. Auch als Agamemnon auf sie eindrang, begriff sie nichts. Der Gedanke an Rache und Vergeltung, die ihn blindlings antrieben, lag ihr unendlich fern. Nachher kam ihr vor, sie habe sofort gefühlt, daß es – nicht um ihr Leben ging, was lag ihr damals an ihrem Leben! – –, sondern darum, sich selbst zurückzugewinnen und zu behaupten, daß sie sich deshalb gewehrt hatte. Denn irgendwie mußte sie sich wohl gewehrt haben, sonst hätte der Kampf unmöglich so lange dauern können. Aber gegen den Griff seiner Hände, gegen seine dünnen, eher kurzen Finger hatte sie sich nicht gesträubt. Daß die gekrümmten Nägel in ihre Haut eindrangen, machte den Schmerz nicht unangenehm. Denn es war fast angenehm gewesen, seine Finger am Hals zu spüren, sogar zuletzt noch, als es nicht mehr zu ertragen war. Und ganz zuletzt, als ihr Kopf und Brust zerspringen wollten, gab er plötzlich nach.

In dem beglückend tiefen Atemzug, in dem ihr Herz in seinen heftigen Rhythmus zurückfand, entging ihr, daß die Tür aufgesto-

ßen wurde und er von ihr abließ, weil er sich blitzschnell dagegenwarf. Als sie zu sich kam, wie in treibendem Nebel am Türpfosten lehnte, blickte sie mit sonderbar fremdem Staunen auf Cora, die vor der Tür mit durchschnittenem Hals in einer Blutlache lag, und auf Kleon, der – das Messer, das Agamemnon zugedacht war, im Rücken – sich an dem umgestürzten Stuhl aufzurichten versuchte. Er hielt sich am Stuhlbein fest und zog unter großer Anstrengung den Oberkörper empor. Aber kraftlos oder gepeinigt von den Schmerzen glitt er zurück, fiel wimmernd neben dem Stuhl auf die Seite. Von Agamemnon war nichts zu sehen.
Sie lehnte an dem Türpfosten – wie lange wohl? Jedenfalls lehnte sie noch dort, als Gerald auftauchte. Sie sah und sah nicht, wie er langsam, mit beinahe gleichgültigen Schritten den Hang herunterkam, vielleicht hatte ihn einer der Männer, der sich zufällig in der Nähe aufhielt, herbeigeholt. Gerald deutete mit der Fußspitze nach Coras Kopf, nach dem besudelten Strohhut und der vom Schnitt tief offenen Kehle. Sie sah auf ihn wie auf ein Phantom. Sie selbst glich wohl täuschend einer Idiotin, als sie mit tonloser Stimme – ja, ihre Stimme dürfte tatsächlich sehr abwesend geklungen haben – hervorbrachte:
– Der Strick! Beide langten sie nach dem Strick, aber sie meinten natürlich Cora.
Als müsse sie Gerald klar machen, warum sowohl Agamemnon wie Kleon immer wieder nach dem Strick griffen, warum sie solchen Wert darauf legten, sich Coras zu bemächtigen.
Gerald scheuerte ein paarmal mit der Sohle über den Sand, um das Blut abzuwischen. Und ehe er seinen scharfen Pfiff ausstieß, der die Leute herbeibrachte, sagte er:
– Du hast wieder einmal Glück gehabt. Die Rivalin da ist nicht so gut davongekommen.

VI

Nur die Uhr war schuld, eine geschnitzte, in den Farben verblichene Kuckucksuhr; an langen altmodischen Ketten zwei unförmige Messing-Gewichte, deren eines mit ein paar darangebundenen, verschieden großen Schraubmuttern ausgeglichen war. Die Uhr hing beim Fenster, gerade seinem Stuhl gegenüber und ging nicht etwa falsch, nein, sie ging überhaupt nicht. Cölestin überlegte, ob er es riskieren sollte – er streifte mißtrauisch den Bruder (das Maschinengewehr, das sie in der Scheune gefunden hatten, die neuen Ochsen, die der Bruder unmöglich schon bezahlt haben konnte), schließlich sagte er unwillig:
– Es macht mich direkt nervös.
Er dachte an die Zeit, wo eine solche Bemerkung beim Bruder eine höhnische Lache hervorgerufen hätte. Florian folgte seinem Blick mit gespielter Harmlosigkeit:
– Na ja, meinte er nebenbei und sah so ganz zufällig zur Uhr hin. Seit du an ihr herumgebastelt hast, geht sie halt nicht mehr.
Cölestin atmete tief ein, streckte sich unwillkürlich:
– Red keinen Unsinn! sagte er grob und hatte sofort wieder das merkwürdige Gefühl, den winzigen Rest davon, beinahe ein leichtes Bangen, obwohl er doch gegenüber dem älteren Bruder – der den Hof gekriegt hatte – längst diesen Ton anschlagen durfte. Ich hab die Uhr gerichtet, aber ihr habt sie wieder kaputt gemacht.
Der Bruder sagte gar nichts, sondern schenkte von dem Selbstgebrannten ein. Cölestin trank in großen langsamen Schlucken.
– Zu jung! Den vorjährigen hast du nicht so bald abgefüllt. Florian hatte unerwartet eine heftige Bewegung: rücksichtslos fuhr der dunkelbraune muskulöse, dicht graubehaarte Arm im hinaufgekrempelten Hemdärmel über die altersglatte, vor Abnützung spiegelnde Tischplatte, aber er fegte nichts herunter. Cölestin sah es förmlich vor sich, wie Florian an die acht Tausender dachte, die er für das Paar Ochsen bezahlen sollte und die Cölestin mit einigen andern Tausendern in seiner Brieftasche hatte. Im Ton, als sage er dem Bruder etwas auf den Kopf zu, das Florian leugnen wollte:
– Ich möcht mir die neuen Ochsen anschauen.
Sein Bruder gab sich keine Mühe, das Lachen zu unterdrücken.
– Am hellen Nachmittag?! Die sind doch bei der Arbeit draußen.
Es quetschte ihm die Lider zusammen, daß die Augen hinter dem

häutigen Gefältel verschwanden, machte das haarige sonnverbrannte Gesicht breit, daß die Lippen vor den Zähnen zurückwichen, gelben, wie mit Grünspan bedeckten schwarzfleckigen Stümpfen, spärlich im Kiefer verteilt.
– Is' lang her, seit der Herr Minister sich um die Wirtschaft gekümmert hat. Und es is' nicht viel hängen geblieben.
Vielleicht war es nur das ›Herr Minister‹, das – weil es den Unterschied und die Distanz zwischen den Brüdern bezeichnete – imstande war, bei Cölestin gleichfalls ein Lachen hervorzubringen. Sie lachten beide eine Zeitlang, krampfartig, nahezu lautlos und es war überraschend, wie sehr ihre Gesichter einander glichen. Cölestin brach zuerst ab, plötzlich, ruckartig. Als ob ich nicht genau wüßte, was ihm am liebsten wäre, dachte er; und mit einemmal gab er dem, was würgend in ihm hochstieg, nach und sprach es aus:
– Ich könnt ja wieder gehen, ohne dir vorher das Geld für die Ochsen auf den Tisch gezählt zu haben, ha?
In den grau umbuschten schmalen bleifarbenen Augen des Bruders glomm ein Funke auf, ein glitzerndes Gerinnsel, unmöglich zu sagen, ob Hohn oder Unsicherheit, denn das knochige Gesicht mit dem zerrauften schwarzweißen Bartgestrüpp zeigte die gleich mürrische Abweisung wie vorher. Cölestin starrte auf das unbewegliche Gesicht in dem Verlangen, darin einen Wechsel, eine schreckhafte Veränderung hervorzurufen. Immer erweckte etwas am Bruder diesen gewalttätigen Wunsch, dessen Verwirklichung er noch jedesmal sicher in der Hand zu halten glaubte – bis er es versuchte. Er versuchte es noch einmal:
– Also . . . warum glaubst du eigentlich, daß ich gekommen bin? Mitten aus den Konferenzen! Ziemlich unerwartet, was?!
Die flatternde Bewegung der Lider war wie ein Ansichhalten, dann blinzelte Florian spöttisch und schlau zum Bruder hinüber:
– Keine Ahnung . . .
Cölestin entgegnete mit unvermittelt zur Schau getragener Besorgnis:
– Die Sache mit dem Maschinengewehr hältst du wohl für eine Kleinigkeit?
– Was denn?! Das ist doch längst –
Unwillen und Aufbegehren und trotzdem ein Stück Überraschung.
Cölestin nickte bedeutsam:
– Gar kein Spaß. So was kann einem heutzutage leicht –

Er sagte nicht ›den Kopf kosten‹, aber er vollführte die Geste des Halsabschneidens. Warnend, mitten in Florians Auflachen hinein (das Lachen war zu laut, zu belustigt, zu selbstsicher):
– Irgendjemanden muß man schließlich aufhängen.
Florian starrte ihn an, von Hinterhalt zu Hinterhalt, aber er hörte auf zu lachen.
– Da drinnen . . . den Mann im Schilf – –
– Wenn sie ihn kriegen!
– Sollen sie ihn endlich fangen. Treiben sich genug Gendarmen in der Gegend herum.
Cölestin versank in sorgenvolles Brüten.
– Jaja, sagte er, das Maschinengewehr –
– Hat er bei mir in der Scheune stehen lassen . . . auf der Flucht . . . sie sind dann ins Schilf hinein – –
– Wenn ihn wenigstens jemand gesehen hätte!
– Wir haben ihn doch verfolgt, sind ihm nach . . . alle, sogar die Weiber haben ihn gesehen.
Florian redete sichtlich von etwas, das er längst auswendig wußte. Je weiter er sich in dem vertrauten Gedankengang bewegte, um so klarer, unumstößlicher wurde das Ganze, um so anzüglicher seine Miene. Er dachte nicht daran, es als gutgläubiger Zuschauer hinzunehmen, daß Cölestin sich aufspielte. Es stand allzu deutlich in seinem Gesicht, so daß Cölestins Blicke an ihm vorbeigingen, hinüber zur Wand, wo die Kuckucksuhr mit dem bewegungslosen Perpendikel hing und ihn durchaus nicht an einen Erfolg erinnerte. Er nickte mehrere Male wie in schwierigen Gedanken vor sich hin:
– Natürlich . . . ich werd' tun, was ich kann, nur . . . einfach – gewaltsam löste er sich von der Uhr, wagte sich mit einem plötzlichen Entschluß hinein in das hämische Grinsen des Bruders – einfach, wiederholte er tief aufatmend, *einfach* wird es nicht sein. Und mit verschlagener Hilfsbereitschaft setzte er tröstend hinzu: Wozu hast du schließlich mich!
– Dich –?! Florian wandte alles auf, sein Erstaunen geradezu handgreiflich zu machen. Du – – was willst denn *du* dabei? Die Sache ist nämlich längst klar. Es sind Zeugen genug da.
– Heute – selbstverständlich. Aber damals, wie es passiert ist, waren keine da. Ich meine keine Zeugen, die für dich ausgesagt haben. Es gibt da Protokolle –
– Lächerlich.
Sie bestrichen sich gegenseitig mit den Blicken wie mit Fühlern,

körperhaften Tastorganen, die einer des andern Gesicht absuchten. Sie glichen einander völlig, hatten denselben Ausdruck, die Augen bei beiden leicht verkniffen in der Anstrengung eines jeden, hinter die Schliche des andern zu kommen, lauernd, ohne Mitgefühl. Cölestin gab es nicht auf, Boden zu gewinnen:
– Der Hauptmann . . . wie ist der überhaupt dazu gekommen, Protokolle aufzunehmen? Wer hat es ihm angeschafft?!
Florian sagte rasch, zuversichtlich, wie er einen Trumpf auf den Wirtshaustisch knallte:
– Der Hauptmann steckt mit dem im Schilf unter einer Decke. Es sind Zeugen dafür da – mehrere – –
Cölestins Miene drückte die Überzeugung aus, daß es sich so verhielt, aber den hohnbereiten Augen des Bruders vermochte er nicht standzuhalten; seufzend wandte er sich wieder gegen die Wand. Der reglose Perpendikel holte etwas aus der Tiefe, rachsüchtig und durchdringend, wogegen das Hin und Her der Worte beinahe ein behagliches Spiel gewesen war. Florian nahm dieses Gefährliche auf wie eine Witterung, er schob Cölestin dabei das frisch eingeschenkte Glas hin. Er hatte jetzt einen geradezu vertraulichen Ton, als sei auch er irgendwie an der Sache interessiert – obwohl sie ihn im Grunde nichts anging – und hoffte auf einen glimpflichen Ausgang:
– Protokolle . . . mein Lieber, Protokolle können schließlich verschwinden . . . eines Tages sind sie einfach nicht mehr da –
– Aber dieses Mal – –
Cölestin gelang es, ihm bedauernd und mit so ruhiger Überlegenheit ins Gesicht zu sehen, daß der Bruder alle Bereitschaft zu Haß und Hohn zurücknahm. Ein paar Minuten saßen sie schweigend einander gegenüber. Dann konnte Cölestin nicht mehr an sich halten:
– Zum Verschwinden ist es nämlich zu spät.
– Zu spät? Warum?!
Cölestin lächelte herablassend:
– Weil sie schon in den Händen sind, in die sie nicht hätten geraten sollen. – Kannst du dir nicht vorstellen, wozu Neider fähig sind?
In dem Punkt herrschte Übereinstimmung. Florian hatte mit einemmal ein betroffenes Gesicht, eine Stimme, deren Heiserkeit unangenehm spürbar war:
– Natürlich weißt du genaueres. Rück endlich heraus damit! Hinter der ein wenig verlegenen Bereitschaft noch immer das stechend wache Mißtrauen, ob Cölestin nicht alles nur in Szene setzte, um

es dem Bruder recht anschaulich zu machen, wie notwendig er ihn brauche.

– Mein Gott . . . Die Lage ist noch ziemlich undurchsichtig.

Florian wußte, sie hatten noch keinen angerührt, der durch Besitz oder Verwandtschaft Einfluß nehmen, sich rächen konnte. Er sagte:

– Ich seh genug!

– Du stellst es dir zu einfach vor – –

Mit krampfhaft angestrengtem Ausdruck versank Cölestin in Nachdenken; ja er *dachte*, gab sich jener hämisch mißachteten Tätigkeit hin, davon der Bruder ständig argwöhnte, daß sie überhaupt keine sei. Cölestin spürte es wie ein körperliches Unbehagen, das ihm kribbelnd über den Rücken lief, fühlte die Haut an den Hüften körnig werden, bis es im Unterleib zur Ruhe kam. Langsam lüpfte er den Hinterbacken, entließ laut dröhnend eine Blähung. Dann kniff er die Brauen stärker zusammen; beim Himmel, es war dem Bruder am Gesicht anzumerken, was ihm, Cölestin, noch helfen konnte: wie immer verlangte Florian auf der Stelle den Erfolg, den Vorteil, sein Blick war eine Forderung, seine Miene, seine Stimme, die Art, wie er dasaß – willens, alles sofort zurückzunehmen, es ins Höhnische umzubiegen, Cölestin verächtlich abzutun. Seit je war Cölestin der geringere, der untauglichere, ja er blieb sogar der abhängigere, genau wie vor fünfundzwanzig Jahren, das Blatt mochte sich noch so sehr gewendet haben.

Er wußte, daß ihm die Röte unaufhaltsam den Hals und die Schläfen hinanstieg, und vielleicht griff er nur deshalb zum Glas und trank es aus, um dem eine weniger entblößende Motivierung zu geben, obwohl er im Innersten gar nicht zweifelte, daß der Bruder ihn durchschaute. Aber er mußte etwas dagegen tun, einen Beweis, nachrechenbar und nicht abzuleugnen, auf den Tisch legen, zeigen, was er in Wahrheit vermochte. Er holte die umfangreiche Aktentasche aus dickem glänzendem Leder heran, öffnete umständlich die pompösen Messingschlösser, genoß es, daß Florian mit einer gewissen Aufmerksamkeit zusah. Zitternd versuchte er den Moment hinauszuschieben, aber schon, als er dem Bruder das Bündel hinhielt, sah er so aus, als wüßte er, was kommen und wie es sich abspielen würde.

– Ach so . . . sagte Florian.

Schön gedruckte Aktien auf bläulich schimmerndem Papier, wenn man näher hinsah, erkannte man vor ein paar rauchenden Fabrikschloten eine Frau mit nackten Armen und nach rückwärts ge-

kämmten Haaren, sie hielt einen runden Kranz in die Höh', an dem allerlei Bänder flatterten. Bewundernd zeigte Cölestin auf das oberste Blatt:
– So was hast du nicht oft gesehen, was? Eine so solide Ausführung ... Der Bruder sagte gar nichts, sein erkaltetes Interesse löste sich vollends in dem ausdruckslos gewordenen Blick. Er zuckte die Achseln:
– Solche Sachen ... Wer kennt sich da aus damit?
Nun wies Cölestin auf den Druck, Tausend, in Worten Tausend Schilling, er ließ die Ränder vom Daumennagel abschnellen, genau zwanzig Stück. Er legte die Blätter auf den Tisch. Leicht angeekelt und als handle es sich um etwas für ihn Alltägliches:
– Die Generaldirektoren verstehen sich darauf, einem das zuzuspielen. Na ja, schließlich ist man in der entsprechenden Stellung. Und sie brauchen natürlich hie und da eine Gefälligkeit. Aber sie lassen sich nicht lumpen, tatsächlich!
Bis in die Fasern des Unbewußten, mit einer Mühe, die sich tief unterhalb des Willensmäßigen vollzog: jede Miene, jeder Satz instinktiv absichtsvoll so vorgebracht, daß er auf den Bruder Eindruck machen müßte, wenn es nicht immer wieder andere, immer wieder unvorhergesehene Dämme und Schutzwehren gäbe, hinter denen er sich unnachgiebig, mit sinnlos bockiger Verweigerung Cölestin entzog. ›Die Generaldirektoren‹ – das hörte sich nach viel Geld an, aber auch, wie Cölestin zu spät erkannte, nach jenem andersartigen Leben, das dem Bruder zu fremd und unverständlich war, als daß der Wunsch, darin Eingang zu finden, ihn nur im Traum jemals anwandeln oder gar quälend beunruhigen konnte. Der Bruder schwieg hartnäckig. Cölestin schenkte ein, schob ihm das Glas hin, hob seines, als ob er mit ihm anstoßen wollte. Aber der Bruder tat, als sähe er es nicht oder als sei gar kein Glas da, und weil Cölestin also allein trinken mußte, schüttete er sich den ganzen Inhalt in die Kehle. Nun schlug er mit der Hand auf das Aktienbündel:
– Du verstehst das nicht, sagte er. Es ist zu hoch für dich, ich könnt das allmählich wissen. Aber ich geb mir immer wieder die Mühe – –
Der Bruder zuckte nicht einmal mit den Achseln. Er saß da, wie wenn er jeden Augenblick aufspringen würde, um Cölestin ins Gesicht zu schlagen. Die Hand lag schon auf dem Tisch, verriet durch die Krümmung, daß sie als Faust gemeint war, der hornige Daumen mit dem dicken krallenartigen Nagel und der zackigen, an

den Rändern immer etwas schorfigen Narbe zum kleinen Finger hinüber: der breite Schnitt der Häckselmaschine, deren Messern Florian mit sechzehn Jahren zu nahe gekommen war. Eigentlich ein Krüppel, ging es auch diesmal Cölestin durch den Kopf, aber der dicht behaarte Arm mit der Verstümmelung sah dadurch nur noch gefährlicher, geradezu furchterregend aus, als hätte die Hand infolge des gewalttätigen Schnittes an keulenartiger Wucht und Unmenschlichkeit gewonnen. Cölestin versuchte, sich der Hand zu entziehen, die genauso gegen ihn gerichtet war, bereit und fähig, ihn zu vernichten, wie an der Wand die Uhr mit ihrem bewegungslosen Perpendikel. Es gab nur die Uhr oder die Hand oder dieses im Haß aufbrechende Gesicht und alle drei warteten auf seine Niederlage, aber das Gesicht des Bruders wartete am meisten. Cölestin leckte mit der Zunge die vor Erregung trockenen Lippen:
– Im Grunde hast du natürlich recht. Also hör zu – –
Er überlegte, wie er die Geschichte möglichst eindrucksvoll zur Wirkung bringen könnte. Schließlich sagte er beiläufig:
– Der Graf hat mich nämlich kommen lassen. Wenn er was will, lädt er mich halt zum Mittagessen ein. Natürlich droben im Schloß. Wir haben über allerlei geredet, er hat seine Beziehungen zum Ausland, London und so – –
Florian sah völlig unberührt aus. Cölestin schenkte sich ein und trank aus, mit halb geschlossenen Lidern starrte er vor sich hin. Während er alles noch einmal durchlebte und ihm den rachsüchtig wohltuenden Verlauf gab, den er sich wünschte, fühlte er plötzlich, wie ihm der Schweiß die Achselhöhlen herabrann, wie Schläfen und Kinn feucht wurden.
– Na, er räusperte sich umständlich, spuckte kräftig aus, mit vorgehaltener Hand, genau zwischen seine Beine, und zertrat es sorgfältig, wischte mit der Sohle darüber. Ich hab ihn lang genug warten lassen. Bei mir geht das nicht anders. Und vorbauend, mit einem argwöhnischen Blick ins Gesicht des Bruders, das jede persönliche Regung verhielt: Du machst dir kein richtiges Bild davon. Woher auch!
Das richtige Bild oder das falsche des Bruders – er war tatsächlich zu spät gekommen, er hatte den Grafen fast eine Stunde warten lassen, aus keinem andern Grund als jener schamvoll brennenden, quälend erniedrigenden, durch nichts abzuschüttelnden Erinnerung an . . . ah, er war wieder der ›ausweichende Bruder‹ und sie hatten den Zufall der Zweitgeburt, das Unrecht, das ihm den Hof verweigerte, dadurch gutzumachen versucht, daß sie ihn zu den

Zisterziensern in die Schule schickten. Im dritten Jahr kam mit dem Griechischen und der Algebra die Krankheit, der erstickende Lufthunger, wenn er länger als eine Stunde bei den Büchern saß, die in immer weiteren Bogen ausschwingenden graublauen Räder und Kreise vor den Augen, der schaukelnde Nebelring, der sich zuletzt um die Stirn legte, ihm die Schläfen zusammenpreßte und sogar heute noch spürbar war, wenn etwas ihn besonders erregte oder einen nachhaltigen Eindruck erweckte, zu dem das geläufige Verhalten nicht passen wollte. Ja, es war noch immer da und ließ sich durch Trinken – er schenkte sich hastig ein, behielt das geleerte Glas verloren in der Hand – zwar nicht zum Schwinden bringen, aber sozusagen allgemein machen, beinahe sogar wegschaffen, jedenfalls wurde es undeutlich, löste sich in den Umrissen oder verband sich mit den Linien des Gegenüber in oft recht unübersichtlicher Weise, wobei es seiner Erregung das Ziel gab. Es gipfelte stets im Angriff, hinhauen und niederschlagen, der bittersalzige Geschmack des Blutes bedeutete den Höhepunkt, dem ein Zustand voranging, in dem Cölestin nahezu empfindungslos war. Der Stoß oder Stich, der unmittelbare Anlaß und Vorläufer des Blutergusses, spielte keine entscheidende Rolle, Cölestin spürte ihn gar nicht, weder die Anstrengung noch den Aufprall, aber das Nachher, wenn er den Geschmack an die Lippen bekam, gleichgültig, ob es sich um das eigene oder um das Blut des Gegners handelte, diese Entspannung, das im Augenblick aufsteigende und in der Schwebe wundervoller Leichtigkeit verharrende Gefühl, wunschlos und so überlegen, nicht bei sich und doch im Triumph.
Nun, vor ihm saß Florian, bei dem er heute dadurch, daß er ihm die Faust auf den Schädel hieb, ganz und gar nicht das ausrichten würde, was er anstrebte. Dreinzuschlagen war überhaupt eine Methode, die – sogar völlige Zeugenlosigkeit vorausgesetzt – selten zu mehr als dieser selig ausströmenden Genugtuung führte, für die es dann meist nur Gerichtsausdrücke, aber kaum eine Verwirklichung gab, bei der man zuletzt nicht empfindlich draufzahlte.
Er war fast in der gleichen, verlegen wütenden und trotzig kampfbereiten Stimmung wie vor zwei Tagen, als er die verwahrloste Freitreppe hinanstieg. Die vom Wetter ausgewaschenen Stufen, die geborstenen Vasen, ein paar schon zur Formlosigkeit verwitterte, arm- oder kopflose Sandsteinfiguren – kostet alles Geld, das der Graf nicht mehr hat. Ja, noch zur Zeit Seiner Exzellenz war es anders. Rottenberg, Niedernried, Raigernegg, alles gräflich, wa-

genstundenweit; jetzt gehörte schon der geschlägerte Berg gegenüber nicht mehr zum Schloß. Kein Kammerdiener mehr, nur der Feichtinger Ignaz, mit dem er in die Dorfschule gegangen war, stand in grünen Aufschlägen und weißen Wollhandschuhen hinter der Tür, nahm ihm den Hut ab und getraute sich, als sage er es in den umgedrehten Hut hinein, nur ›Grüß Gott‹ zu murmeln.
– Ich komm ein bisserl spät, was?
Und plötzlich war es heraußen:
– Ist der Herr Graf vielleicht bös? Ärgert es ihn?
Cölestin hatte es mit einemmal so eilig, daß ihn der Feichtinger Ignaz gar nicht mehr einholte. Als er die Tür aufmachte, sah er sofort, daß ihn etwas Besonderes erwartete, denn auch die Frau Gräfin saß da. Eine sehr magere dunkle Dame mit auffallend lila Wangen und bläulichen Ringen um die Augen, an der zu bewundern war – eine Quelle ständigen Staunens und eigentlich auch ebensolcher Verwirrung –, daß sie viel besser französisch sprach als deutsch. Wenn sie etwas sagen wollte, begann sie zwar in der Regel mit einem verständlichen deutschen Wort, aber ließ sofort ein paar französische folgen, so daß, was sie sagte, bereits durch das Wie kaum zu erraten, nun vollkommen unbegreiflich wurde. Doch wenn Cölestin sich vorbeugte und mit krampfhaftem Lächeln ›Jawoll, Frau Gräfin!‹ hervorstieß, schien es, als habe sie genau das und nichts anderes erwartet, so daß er jedesmal die Gehobenheit und Selbstbestätigung einer schwierigen, auf diese Art glänzenden bewältigten Aufgabe genoß.
Obwohl sein schlechtes Gewissen wegen des Zuspätkommens ihn so durcheinanderbrachte, daß er tatsächlich nicht fähig war, einen halbwegs vernünftigen Satz zu stammeln, schwand die Befangenheit rasch, weil er wiederum und von neuem den Beweis der völligen Harmlosigkeit dieser Leute empfing. Kein Wunder, wenn es mit ihnen in beschleunigtem Tempo bergab ging. Denn er und sie, beide hatten nämlich überhaupt nicht bemerkt, daß er zu spät kam. Er lächelte freundlich und sie lächelte noch freundlicher, und während Cölestin an seiner Ausrede würgte, hatte die Schrottinger Kreszenz schon den Kognak eingeschenkt, eine geradezu großartige Ablenkung, ›Prost, Prosit, Frau Gräfin! Und weil wir jedes Jahr älter werden – auf die Gesundheit!‹ Es war der französische, den er längst auch sich selber zugelegt hatte, aber hier im Schloß schmeckte er ihm doppelt so gut. Die Kreszenz, die am nächsten Sonntag alles im Dorf erzählen wird, trug die lange flache Silberschüssel mit den kleinen, knusprig braunen Häufchen herein,

wozu sie Rotwein tranken, der aber leider fast zimmerwarm war. Cölestin hatte die halbe Platte abgeräumt und sah mit Besorgnis auf den Rest, der für alle reichen sollte, da brachte die Kreszenz den Rehrücken, gespickt, mit Rahmsoße, von dem sich herausstellte, daß er das Eigentliche war, und wenn es dazu noch einen kellerkalten Nußberger gegeben hätte, nicht dieses dicke laue Gesöff, so wäre es Cölestin recht gewesen.
An der Wand hing ein gemaltes Bild der alten Exzellenz, Handarbeit aus einem Stück, ein sogenanntes Kunstwerk. Cölestin deutete hinauf:
– Der hochselige Herr Vater war auch Minister.
– Ja, sagte der Graf, die Zeiten haben sich geändert. Und dann kam er gleich auf die Sauringer Wiesen zu sprechen. Obwohl er tat, als sei es ihm nur zufällig eingefallen, merkte Cölestin sofort, hier hieß es, sich in acht nehmen, hier schaukelte der Boden. Die Sauringer Wiesen waren die besten in der Gegend, sie stießen an Florians Gründe, lagen genau dort, wo Cölestin bisher vergeblich und kaum eingestehbar sich den Hof dachte, den er in seinen Wünschen längst aufgebaut hatte, während die Freunde, die alle Florians Züge trugen, ihn noch immer nicht wahrhaben wollten. Neidische, wutverzerrte, von der Ohnmacht des Habenwollens und der Einsicht des Niemals-Habenwerdens verunstaltete Gesichter, greifbar und riechbar, so lebendig und über die Maßen sein Eigen, ihm zugehörig wie der Hof, der schon allein deshalb niemals Wahrheit werden konnte, weil Cölestin ihn so stark und brennend, mit seinen sehnsüchtigsten Kräften begehrte . . . hassende, vernichtende Gesichter, vor denen er in haltlos zuckender Schwäche verging, deren nahestes jetzt fragte . . . der Graf fragte, ob ihn die Sauringer Wiesen interessierten, und Cölestin durfte mit gutem Grund verneinen.
Wieso sollten sie ihn interessieren? Sie gingen ihn überhaupt nichts an.
Die Frau Gräfin sah dem Grafen eigentümlich in die Augen, und es konnte sein, daß sie kaum merklich die Achseln zuckte. Der Graf sagte:
– Das ist also ein Irrtum. Ich dachte nämlich, daß Sie die Wiesen geradezu haben wollten.
– Ah, das schon! Cölestin konnte seine Überraschung nicht verbergen. Das schon, wiederholte er, wer möchte die nicht haben!
Er hielt inne und wie immer, wenn er fürchtete, man könnte ihm anmerken, was er eigentlich verschwieg, wenn er unsicher war, ob

er sich nicht verriet, griff er zum Glas und trank aus, schwenkte das Glas hin und her, streckte es dem Grafen entgegen, hatte den Mund offen und war überzeugt, daß er schlecht gehört habe. Vielleicht hatte er gerade geschluckt, drei, vier Züge, das Glas war davon leer geworden, wahrscheinlich hatte er deshalb schlecht gehört oder es war auch möglich, daß er gut und richtig gehört und der Graf sich einen Scherz geleistet hatte, einen Witz, wie ihn Cölestin und alle Bauern verstanden, ein bißchen zu derb, wenn man's genau nahm, denn dieser Witz des Herrn Grafen spielte mit dem, was Cölestins quälend vergeblichste Hoffnung und die heimliche Rechtfertigung dafür war, daß er Tausender auf Tausender zurücklegte für den Hof, den man ihm seinerzeit vorenthalten hatte und der schöner und über allen Zweifeln wirklicher als der Florians in Cölestin längst bestand.

– Ha? fragte er und vergaß noch immer den Mund zu schließen und das Glas auf den Tisch zu stellen. Ha – –?

– Also, sagte der Graf, wenn Sie sie haben wollen . . . Sie wissen, wir sind gewissermaßen stolz auf Sie und wir kennen Ihre Pläne. Nein – – wir werden Ihnen keine Schwierigkeiten machen, im Gegenteil . . .

Nun dauerte es gar nicht mehr lang, bis Cölestin begriff, was der Graf meinte und worauf er hinauswollte.

– Gegenwert? sagte der Graf, Geld, unsere Schillinge? Natürlich wäre ein tüchtiger Haufen davon nötig. Aber er betrachte es nicht als seine Aufgabe, Cölestin bei der Erreichung eines Wunsches hindernd im Wege zu sein, nein, durchaus nicht – – mein lieber Minister . . . dabei klopfte er ihm nicht nur auf die Schulter, nein, er strich ihm den Rücken entlang, daß es fast zärtlich sich anfühlte und bestimmt auch so aussah, ja, er tätschelte ihn, ein Zeichen der Intimität und schon beinahe der Freundschaft. Mein lieber Minister, also . . . Sie geben einfach Ihre Aktien, Sie wissen, die von der Holzverwertung, das ganze Paket wie's läuft, und kriegen – –

Cölestin hatte tatsächlich kein Wort hervorgebracht, die Freude oder der Schreck oder beides hob ihm das Herz mit einem Ruck in die Höh, er schnaufte, holte tief Atem – dann setzte die Gegenkraft ein, die Vorsicht, das Abwägen, wo da der Hinterhalt sei, der für ihn undurchschaubare Vorteil des andern.

– Das läßt sich hören! wiederholte er und brauchte noch ein Glas, um Zeit zu gewinnen.

Es trieb ihm den Schweiß aus allen Poren, durchknetete sein Gesicht mit dem Ausdruck verlegen zögernden Zuwartens. Aber der Preis, Teufel, der Preis! Das ganze Paket . . . Er hatte es nicht so gut wie mancher Kollege, der auf den verläßlichsten Umwegen und unter Titeln, die jedem Gesetzesparagraphen standhielten, mehr davon bekam als sich vor den Gegnern geheimhalten ließ. Andererseits . . . wenn sie auch eine Zeitlang wirkliches Geld waren, eines Tages waren sie es vielleicht doch nicht, in dem Punkt hatte der Bruder nicht so unrecht.

– Auch unsereiner hat's nicht leicht, sagte er vertraulich, etwas für seine alten Tage zurückzulegen.

Hier lächelte der Graf beifällig, und auch die Frau Gräfin war außerstande, ihr Einverständnis bei sich zu behalten, sondern mußte es auf französisch zum Ausdruck bringen, während der Graf sagte:

– Gerade das meine ich, lieber Minister! Könnte Ihnen denn so was auf die Dauer imponieren?

Dabei griff er nach der Zeitung, zerknüllte sie und schob sie verächtlich vom Tisch, daß sie neben dem Sofa niederfiel. Es war aber klar, daß er gar nicht die Zeitung, sondern die Aktien meinte, weil sie auch nur solches Papier waren.

– Nein, ich brauche nicht erst an Ihren gesunden Sinn für das Konkrete zu appellieren – –. Nun winkte er nach einer neuen Flasche, er selbst schenkte ihm ein und auch die Frau Gräfin hob ihr Glas, während der Graf ihm zutrank: Also . . . wann fahren wir zum Notar?

Cölestin schwamm dahin in einem wunderbaren Rauschen, in einer federleichten Wolke, die ihn emporhob und davontrug bis hierher, wo er dem Bruder gegenübersaß, um ihm den reinen, von Hohn, Verkleinerungssucht und Wut unberührbaren Erfolg auf den Tisch zu legen, so daß er jetzt sein Glas von sich wegschieben durfte und sagen:

– Das da ist der Rest . . . denn natürlich hab ich ihm nicht alle gegeben – er wies auf das ein wenig durcheinander geratene Bündel, dessen Blätter über die Tischplatte verstreut waren – ich wollt' ihn dir überlassen, aber man darf von dir nicht verlangen, daß du weißt *wann*, mein Lieber, darauf kommt's nämlich an, *wann* sowas abzustoßen ist. Damit bekannte er sich völlig zur Auffassung des Bruders, tat, als sei eine andere gar nicht möglich. Er beobachtete mit verkniffenen Augen die Wirkung:

– Na, ich hab sie eben dem Grafen angehängt . . . für – also was meinst du wofür? – – Die Sauringer Wiesen gehören nämlich jetzt mir!

Cölestin konnte zufrieden sein – Florian sah überrascht und beinahe verwirrt aus. Was ihm der Bruder da vorsetzte, war zu sehr mit Händen zu greifen. Wenn Cölestin ein paar Gläser getrunken hatte, trumpfte er auf, geriet unter allen Umständen ins Rechthaberisch-Prahlerische. Florian sah dem Bruder lange ins Gesicht, schließlich sagte er augenzwinkernd:

– Jaja, heut' ist das so, nach der zweiten Flasche. Aber wird's morgen und übermorgen auch noch so sein?

– Ich scheiß' dich an, brauste Cölestin auf, was liegt mir dran, was du glaubst.

– Ich scheiß' *dich* an! Und ich werd dich immer anscheißen, nützt dir gar nichts, dich aufzuspielen, bei mir nicht!

– Ich tät an deiner Stelle ein bisserl warten mit dem Anscheißen bis –

– Bis die Uhr geht? fiel ihm Florian ins Wort.

Plötzlich wußten beide, daß sie die ganze Zeit auf die Uhr hingesehen hatten, mit dem gleichen verbitterten, merkwürdig gestockten Ausdruck. Als sei die Uhr der Sammelpunkt ihrer haßerfüllten Erwartungen, die sie längst in die tiefsten Traumwünsche verwiesen hatten; die Uhr machte sie wieder sichtbar und bezeugte einem des andern verächtlichen Unwert, Hohn und Mißgunst. Cölestin stand auf, war mit einem langen heftigen Schritt bei der Uhr; er stieß den Perpendikel an. Man hörte sofort am Ton, daß der Perpendikel sich nur so lang bewegen würde, als die Kraft des Stoßes dauerte. Cölestin sagte:

– Statt mir die Ochsen anzuschauen, ob sie nicht doch einen Fehler haben, den du übersehen hast . . . Unwillkürlich prüfte er das Gesicht des Bruders – kein Feuerstrahl, denn sonderbarerweise erwartete er etwas dergleichen, das vom Bruder kam, aus seinem Arm oder seinem Mund oder wenigstens aus seinen Blicken, nichts, nicht einmal ein hämisches Lachen, nur in ihm selber zutiefst eine warnende Stimme, die stumm gemacht werden mußte . . . ich will dir also die Uhr noch einmal in Ordnung bringen. Aber es ist zum letzten Mal, hörst du!

Er hob den zur Ruhe gekommenen Perpendikel heraus, nahm die Uhr von der Wand, legte sie, in der es metallisch klirrend lebendig wurde, auf den Tisch.

– Hol mir das Werkzeug.

Der Bruder rührte sich nicht. Es war klar, daß dies nicht aus Gegnerschaft und bösem Willen geschah, Cölestin spürte, wie Zweifel und Neugierde den Bruder durchdrangen. Er war von

Cölestins Kopfsprung ins Ungewisse so erstarrt, daß es ihm den Atem benahm, während Cölestin sich noch immer steigen fühlte: er hatte den Bruder schon weit unter sich gelassen, konnte zur Tür gehen, hinausrufen:
– Gundel! Das Mädchen erschien, wußte sofort, was er wollte. Cölestin schlug den Deckel der flachen Kiste zurück, die sie auf den Stuhl gestellt hatte. Dann hob er das Zifferblatt ab.
– Kein Wunder, alles so verstaubt! Schon das wär' genug, daß sie nicht ginge.
Er öffnete die seitlichen, mit Haken verschlossenen Türchen, setzte den Schraubenzieher an, lockerte die Getriebe. – Sie hatten ihn schließlich zu einem Uhrmacher in die Lehre gegeben. Aber was in der Klosterschule nicht mehr als eine schmerzhafte Beklemmung gewesen war, die vor den Büchern sich einstellte und mit ihnen verschwand, wurde nun ein sinnlos angstvoller Dauerzustand, der sein Selbstgefühl unaufhaltsam untergrub und wie bei einem Tier, das man in einen viel zu engen Käfig gesperrt hat, nur mit einem Ausbruch wütender Verzweiflung enden konnte. Ein paar Augenblicke war es genauso, als säße er wieder in seinem von unverständlichen Geräten und Instrumenten blitzenden Verschlag über die Glasplatte gebeugt und wartete auf die zwei verschiedenen Arme, die ihn mit der Freiheit verbanden. Denn sogar der Arm des Meisters kam aus der Freiheit, in der die Morgen durchdringend nach Wiese und Acker rochen und die Abende in Nächte mündeten, in denen es mehr gab als nur den Arm der Meisterin.
Unter den unerbittlichen Stichen der grellen Lampe empfing er es wie einen Gruß aus dem Unerreichbaren: sehnig und mager, mit hellen Haaren bedeckt, die knochige große Hand, die ihm die Uhr hinlegte und immer ein wenig zitterte. Der Meister hatte sie schon untersucht, nun sollte Cölestin den Schaden beheben. Er duckte sich tiefer, zog sich noch mehr zusammen, das eine Auge krampfhaft geschlossen, an das andere die spannenlange Röhre mit der Lupe gepreßt, durch die er nichts sah, weil sie immer von seinen Schweißtropfen verschmiert war. Er legte die Uhr zu den übrigen, eine ganze Reihe, jede eine unerfüllbare Forderung, ein Hohn, der Beweis seines Versagens, unwiderleglich und nicht zu ertragen, wenn nicht der andere Arm gewesen wäre.
Ein sehr weißer runder Arm, er kam selten, und im Anfang kam er überhaupt nicht, er kündigte sich bloß an, weich sich darbietend, in unbegreiflicher Bereitschaft ihm entgegengestreckt. Die Stimme

der Meisterin klang ärgerlich, trotzdem fiel ihm auf, es war eine dunkle, sonderbar einhüllende Stimme, zu der man Vertrauen haben konnte.

– Nein, ich nehm' lieber ein anderes Armband, begleitete sie das Zurückziehen des Arms. Der Verschluß ist kaputt, nein . . .

Sie blickte flüchtig auf, und plötzlich waren ihre Worte nicht mehr an eine Adresse gerichtet, der nichts entsprach oder jedenfalls etwas, das sie nichts anging, sie nicht interessierte, denn er stammelte mit rotem verstörtem Gesicht:

– Sagen Sie nicht, daß ich's nicht kann, geben Sie mir das Armband –

Er merkte deutlich, wie sie ihren Spott noch im letzten Augenblick verhielt. Ihr kleines Lachen erlosch; eigentlich dachte er dabei an eine jüngere Person, vielleicht sogar an ein Mädchen, sicher nicht an so eine Breite, Feste mit fleischigen Schultern und viel Busen.

– Nein . . . wie ein Hieb, als sei er mit einer ätzenden Säure angeschüttet worden, etwas Brennendem.

Er stemmte sich empor, um zu zeigen, daß ihm der Schlag nichts getan hatte, daß er gewohnt war, Schläge auszuhalten. Sie war schon wieder da, und nun kam der Arm herüber bis unter die überhelle Lampe, unmittelbar vor seine Augen: ihr sehr weißer kräftiger Arm wartete darauf, von ihm angefaßt zu werden, er mußte ihn anfassen, wenn er ihr das Armband zumachen sollte. Übrigens ein ganz einfacher Verschluß, es war wirklich nur Bequemlichkeit, wenn sie dazu jemanden brauchte. Zuerst wagte er gar nicht, den Arm zu berühren, er zögerte fassungslos, sie mußte mehrere Male sagen:

– So greif ihn doch an, halt fest.

Sie schrie leicht auf, seine kräftigen Finger umschlossen ihren Arm, als würden sie ihn nicht mehr freigeben. Trotzdem es ihr Mühe kostete, ihn abzuschütteln, kam sie wieder, oft sogar zu keinem andern Zweck als ihm einen Topf Kaffee und ein bestrichenes Brot hinzustellen oder vielmehr es sich von ihm aus den Händen nehmen zu lassen. Und dann kam sie nicht mehr, von dem Tag ab, da er sie bei den Brüsten gepackt hatte, kam sie nicht mehr. Ihre Brüste waren wie Melonen so groß und eher hart, er wußte auch heute noch nicht, wie es geschah, daß er ihre Arme, die sie ihm bereits erwartungsvoll hinhielt, ignorierte und ihre Brüste ergriff. Durch ein rötlich zuckendes Gewoge sah er den jähen Wechsel in ihrem Gesicht, er erinnerte sich an den offenen Mund,

an ihre aufgerissenen Augen und daran, daß sie plötzlich verstummte. Nicht mehr die überflüssigen unverständlichen Fragen, die sie mit einem auffordernden kehligen Lachen begleitete, diese vergeblichen Versuche, mit ihm ins Gespräch zu kommen, etwas von dem zu erfahren, was in ihm vorging. War, was er tat, was da überraschend aus ihm hervorsprang, nicht Beweis genug, daß er selber es nicht wußte, keine Ahnung hatte? Er fuhr empor, hielt sie an den Brüsten fest, eine nicht allzu große, aber schwere Person, deren Arme sofort hilflos herabsanken, die es vielleicht hätte geschehen lassen, wenn nicht die gläserne Tischplatte mit der Abschirmung zwischen ihnen gewesen wäre. Nur seine Hände langten über dieses Hindernis hinweg. Machten es sein Gesicht, sein Keuchen, seine Griffe? Denn zwei, drei Minuten rührte sie sich nicht von der Stelle, ertrug seine Gewalt mit blaß gewordenem Gesicht und entsetzten Augen, sie blieb und gewährte, aber sie gewährte nicht genug. Dann kam sie nicht wieder, hatte sich anders besonnen oder es war ihr gleichgültig, ob er den Kaffee erhielt. Sie war in ihrem Innern genauso unverständlich wie die Uhren, über die er von nun ab immer weniger vermochte.
Heute noch fühlte Cölestin es in sich hochsteigen gegen den Meister, eine unnennbare Gewalt, stärker als er, aber fast zum Fürchten auf seiner Seite, so daß er sich ihr rachsüchtig anheimgeben konnte und es von seiner Hand in die Instrumente hinüberfloß, mit deren Hilfe er die Uhren verdarb, die er reparieren sollte. Es gab keine andere Möglichkeit, den Meister zu bekämpfen, ihn kaltzumachen. Cölestin zog sich völlig in sich zurück, hatte einen geradezu sichtbaren Panzer aus Unberührbarkeit. Er hörte nicht mehr, was der Meister sagte, und wenn er es hörte, verstand er es nicht; Laute ohne Bezug auf ihn, die ihn nicht nur nichts angingen, sondern überhaupt ohne Sinn waren.
Wie anders nahm er jetzt Laufwerk und Räder auseinander. Bald lag, was die Kuckucksuhr war, in Spiralen, Getrieben und Zahnräderchen auf dem Tisch. Cölestin rief nach dem Ölfläschchen, verlangte ein Tuch, reinigte jeden Teil mit umständlicher Sorgfalt.
Florian starrte geschlagen auf die unverständlichen Bestandteile, von Cölestin mit Fertigkeit vor ihm ausgebreitet. Er bekam dabei einen eigensinnig verkrampften Audruck. Cölestin sah die vergebliche Anstrengung, mit der Florian sich dagegen sperrte, daß alles, was er gegen ihn hatte, nichts weiter als hämisch-neidische Herabsetzungen sein sollten, die Cölestin eben jetzt unwiderleglich ent-

larvte und zum endgültigen Beweis seiner Überlegenheit umwandelte. Florian hatte gar keine Augen mehr, nur von den Lidern bedeckte kugelige Erhöhungen unter den Brauen, aber sie nahmen Cölestins Tun auf, folgten seinen Bewegungen, ein Echo der jeden Widerspruch ausschließenden Sicherheit, mit der Cölestin die ersten Räderchen ineinanderfügte, das Uhrwerk zusammensetzte.

Zweifellos hätte es später nicht erst des Pfarrers bedurft, sondern er hätte damals schon sein Lehrzeugnis bekommen, wenn die Frau des Meisters nicht ausgeblieben wäre. Es war das quälend Ausweglose, daß er es nicht versuchen durfte, vor seinen Angehörigen auch nur andeutungsweise davon zu sprechen. Sie verziehen ihm, daß er die Schule aufgeben mußte, innerlich waren sie da sogar auf seiner Seite, aber daß man ihn aus der Lehre fortgeschickt hatte, war wie eine Schande, von der alle mitbetroffen wurden.

Obwohl es daheim und bei der ganzen Verwandtschaft keine Uhr gab, die er nicht reparierte, taten sie immer wieder, als verstünde er es nicht. Niemand ahnte, daß es damals überhaupt nicht von ihm abhing, ob er die Lehre fortsetzte, sondern einzig von ihr, die es entschied, indem sie eben ausblieb. Was hätte er tun, wie sie herbeizwingen sollen? Lange war er freilich außerstande, eine Uhr auch nur anzusehen, ohne nicht sofort dieses Gefühl, das Nachgiebige und doch Widerstrebende ihrer Brüste zwischen den Fingern zu haben. Es überlief ihn, war wie eine besondere Haut, *ihre* Haut, die er auf eine nicht recht vorstellbare, aber völlig tatsächliche Weise übergestreift bekam. Es konnte gar nicht anders sein, als daß ihre Brüste ihn zu allen Brüsten begleiteten, denen er von da ab begegnete.

Nun, seither hatte sich verschiedenes geändert, das er ihnen nicht erst begreiflich zu machen brauchte, besonders nicht dem Bruder, wenn der auch das wichtigste nicht wußte, den Zusammenhang mit ihren Brüsten, die seine Lehrzeit so unerwartet beendet hatten. Es gab längst keine Brüste mehr, die es vermochten, daß er ein Laufwerk durcheinanderbrachte, nur die geringste Kleinigkeit daran übersah, und was sich jetzt irgendwo in der Ferne, aus dem Vergangenen erhob und heranwollte, während er das Minutenrad einsetzte und sorgfältig geradestellte, erinnerte zunächst an nichts Weibliches, sondern hauptsächlich an den Achtziggrädigen in der Fünfliterflasche, den sie zu viert ausgetrunken hatten. Aber wenn er auf das achtete, was sich im Hintergrund rührte, wenn er gewissermaßen näher hinsah, lag sie auch schon da auf dem breiten niederen Tisch der Wirtsstube, zuckte hie und da mit den Schenkeln, jaulte wie eine geprügelte Katze und dachte nicht mehr daran sich zu wehren oder auch nur zu bedecken. Wieso es geschehen war? Der Achtziggrädige konnte unmöglich schuld gewesen sein, den hatten sie wie gesagt erst nachher getrunken. Sie hatten sogar versucht, ihr davon einzuflößen, aber sie hielt die Zähne mit unglaublicher Kraft zusammen, und als sein Freund Alois ihr den Kiefer schließlich gewaltsam öffnete, biß sie zu, und Alois brüllte wie am Spieß, und sie hatten vollauf zu tun, die Hand zu verbinden, drei Handtücher wickelten sie herum, die in der Minute durchgeblutet waren. Alle waren damit beschäftigt, deshalb hatte es Florian leicht, sich um das andere zu kümmern.

Sie war rund und griffig und hatte eine so üppige weiße Haut. Keiner von ihnen hatte gemerkt, daß sie hochschwanger war, im sechsten oder siebenten Monat. Ihre Brüste hatten es ihm verraten, natürlich nicht sofort und auf den ersten Blick. Zuerst erinnerte sie ihn nur an die Meisterin und von da bis zu jener Bewegung, die alles andere auslöste und folgen ließ, dauerte es nicht lange. Immerhin, wenn er es auch heute nicht mehr mit dieser Genugtuung empfand: er hatte den Griff getan, den Anstoß gegeben, die andern drei dösten verdrossen dahin, man konnte denken, sie hörten dem Regen zu.

Der Regen tat, als wollte er das ganze Haus ersäufen, sie und die verräucherte Stube mit den kleinen Fenstern, durch die man nichts erkennen konnte, überhaupt nichts. Die Nacht war stockfinster, aber auch bei Tag dürfte die Aussicht nicht verlockend gewesen sein. Die alten Föhren standen eng ums Dach und ihre von dicken Flechten verwucherten Äste langten wie zerfetzte, schimmelig filzige Vorhänge tief herunter, hingen die Fenster zu und waren vollgesogen vom Regen. Übrigens roch die Stube aufdringlich nach Sauerkraut, sicherlich war sie seit Wochen nicht gelüftet, es war zu kalt draußen. Sauerkraut hatte es auch zum Mittagessen gegeben droben in der Hütte, dazu geselchtes Gamsfleisch, die Sennin briet es in jungschweinernem Speck, aber es schmeckte wie morsches Holz, wie eine Kombination aus Holz und Leder. Gott sei Dank gab es eine frische Ladung Bier und der Zehnliter-Demijohn für den Obstschnaps war nachgefüllt. Die Jagd war ein völliger Mißerfolg gewesen. Der einzige Gams, den sie zu Gesicht bekamen, entpuppte sich vor seinem Glas als ein paar Latschenäste, die der Sturm schneefrei gefegt hatte. Pankraz begann zum soundso-

vielten Male Alois, der diesen Gams entdeckt hatte, damit aufzuziehen, aber niemand beteiligte sich.
– Also, ich schrei', schieß', Alois, schieß', halt hin –!
Alois war mißtrauisch, weil Pankraz ihn so bereitwillig zum Schuß kommen ließ, und wartete, bis Cölestin sein Glas eingestellt hatte. Der Geschichte war nichts mehr abzugewinnen, Pankraz grölte noch einmal auf, hielt aber plötzlich inne, wie erschrocken von dem eigenen Geräusch. In der unerwarteten Stille spürte Cölestin an der Schmalseite des Tisches den kalten Luftzug, der durch die zerbrochene Scheibe der Tür vom Nebenraum hereinkam. Der Kälte wegen war dort für den Winter der Pißort eingerichtet. Unter der Tür schlängelte sich ein breiter gelber Streifen bis tief in die Stube. Der Uringeruch war wie etwas Greifbares, zog an ihren Augen, an ihren Nasen vorbei, schien sich aus dem glitschigen Streifen auf dem Fußboden unerschöpflich zu erneuern.
Sie saßen mit schweren aufgeschwemmten Bäuchen da, füllten ihre Krügel mit Bier, schütteten den Rest aus der Kognakflasche dazu und befreiten sich dröhnend von ihren Blähungen. Da begann die Lampe zu blaken und die Schwärze fiel in grell aufzuckenden Stößen über sie her. Vergebens suchte Cölestin den Öldruck, ›Sankt Hubertus vor dem weißen Hirschen kniend‹ an der Wand zu erkennen, so daß es nicht die geringste Ausflucht mehr gab und er zu ihr hinsehen mußte.
Mit einemmal stand sie in der Stube, er konnte sich nicht erinnern, wie und woher sie gekommen war. Möglich, daß sie die Wirtin ablöste oder sie hatte die ganze Zeit in irgendeiner Ecke gesessen. Aber das konnte nicht stimmen, weil sie die Flasche Kirschwasser auf den Tisch stellte. Sie hatte die Flasche offenbar draußen in einer Vorratskammer gefunden. Während sie ihnen frisch einschenkte, hatte Pankraz die Flasche entkorkt, und sie schütteten sich das Kirschwasser ins Bier. Dann kam der Augenblick ... Sie ging nämlich hin zur Lampe, die von der Decke hing, und begann den Docht zu putzen. Sie drehte dabei die Flamme ein paar Augenblicke hoch, so sah er ihren vollen Arm und die große gewölbte Brust, die sich kräftig und rund unter ihrem gestrickten Leibchen abzeichnete. Eine eher kleine Person, voll und stämmig, sie hatte kurze breite Arme, deren Innenseite sehr weiß war, wie – genau wie . . . Nun, als sie so mit emporgereckten Armen dastand und den Docht beschnitt, war die Meisterin bald vergessen, schon im Moment, da er sich erhob und mit gespreizten Fingern ihre Brust

zu umfassen versuchte. Sie sah ihn eher erstaunt als erschrocken an, hielt die Arme noch immer in die Höh, er konnte mühelos auch die andere Brust ergreifen und sie so an sich ziehen. Dann ließ sie die Arme sinken, und das Licht erlosch.
Was sich in der Dunkelheit abspielte, blieb in den Einzelheiten völlig unkontrollierbar. Jedenfalls schien die Situation nicht nur bei ihm eine aufreizende Verlockung freigemacht zu haben, von der keiner gewußt hatte. Zunächst fühlte er die Person knapp neben sich, vielleicht auch hielt er sie fest, dann wurde sie weggerissen, unter Keuchen und Fluchen hin und her gezerrt. Plötzlich waren sie erbitterte Gegner, jeder tat, als kenne er sie längst und nehme oft geübte Rechte in Anspruch. In dem wüsten Herumgestoße kam er zu Fall, sein Schienbein brannte wie Feuer, aber er brachte sich hoch, hatte sie dabei irgendwie zwischen den Händen und verlor sie wieder mit dem unbestimmten Eindruck, daß sie heftig gegen die Tischkante geschleudert wurde. Da hatte Pankraz endlich seine elektrische Taschenlampe bereit und brachte System in die Sache.
Es zeigte sich, daß sie nur ziemlich zerrauft war. Sie ließ sich festhalten, Pankraz band ihr die Röcke auf und machte sich fertig, ein fleischiger, etwas kurzatmiger Mann mit hohem muskulösen Genick und tellergroßen Pratzen, der alle wild beiseite stieß und es nicht erwarten konnte. Er hätte jeden niedergeschlagen, der sie ihm streitig gemacht hätte. Als er sie auf den Tisch hob, begann sie zu schreien:
– Franz, hilf mir, um Gottes Willen, Franz, hilf, Fra-a-nz!
Aber Alois und Florian hielten sie an Kopf und Armen umklammert und sie sah bald ein, daß weder ihr Franz noch sonst jemand helfen würde. Nachher war es, als ob Pankraz sie gefügig gemacht hätte, denn sie rührte sich nicht, wimmerte bloß ein bißchen; sie wußte wohl, was sich gehörte. Sie blieb also liegen, während Alois den herandrängenden Florian anging. Die beiden stießen sich abwechselnd vom Platz, bis sie einander würgend unter den Tisch kollerten und Pankraz unerwartet und nicht einzusehen aus welchem Grund plötzlich gegen Alois Partei ergriff, so daß Florian sich flink, wortlos und eifrig auf den Tisch schwingen konnte. Alois und Pankraz rauften weiter. Pankraz hatte ein Servierbrett mit den Gläsern heruntergerissen und klatschte jetzt das Brett auf Alois' Rücken und er, Cölestin, war an der Reihe, aber er konnte nicht, die Knie zitterten ihm wie im Frost, es war so unmöglich, daß er die Hose schleunigst hochzog. Seit der Bruder wie ein

Ziegenbock auf den Tisch geschnellt war und er zugesehen hatte, war ihm die Lust vergangen. Er konnte nicht und es hing mit dem Bruder zusammen, aber das wurde ihm erst später klar, als Alois mit dem Zinnkrug noch immer auf Pankraz losschlug, der sonderbar still am Boden saß, den Rücken gegen die Wand gelehnt, während der Kopf seitlich herabgesunken war. Florian nahm Alois den Zinnkrug aus der Hand und mußte mehrmals schreien:
– Du bist dran, hoppauf, Alois, dem Cölestin lassen wir, was übrig bleibt, hopp!
Als Alois an der Reihe war, begann die Person sich wieder zu rühren. Sie warf sich hin und her, winselte, kreischte und brüllte zuletzt heraus, daß es im ganzen Haus zu hören war, aber Alois, ein schwerer unbeholfener Mann, vom Krieg her mit einem kürzeren Fuß, gab nicht nach. Jetzt erst sah Cölestin, was eigentlich los war, und versuchte Alois von ihr weg und überhaupt vom Tisch herunterzuziehen. Alois mißverstand das, holte weit aus und schwang den Arm mit der Faust gegen Cölestin. Er schwang ins Leere und stürzte nach, fiel vom Tisch, aber da war die Frühgeburt schon da.
Zunächst beachtete es Cölestin gar nicht, daß Florian sich so um sie kümmerte. Er holte gleich das Wurstmesser aus der Lade, urinierte darauf, um die Keime abzutöten, und Cölestin hob den verbeulten Zinnkrug auf und fand draußen die Fünfliterflasche mit dem Achtziggrädigen, der Alois in den Schlaf brachte und Pankraz aus dem Schlaf, aus der Ohnmacht oder was es sonst war. Indessen erwies sich Florian auch hier als der Mann der günstigen Gelegenheit. Jeder weiß, welche besonderen Kräfte das Herz eines Ungeborenen verleiht. Das Licht war trübe genug, trotzdem entging es Cölestin nicht, wie lange Florian sich auf dem Fußboden zu schaffen machte, immer so, daß die verrußte Lampe, die Cölestin schließlich zum Brennen gebracht hatte, hinter ihm im Rücken blieb. Das Messer legte er erst fort, als er das Paket aus blutigem Zeitungspapier hinaustrug. Er sagte auch:
– Den Doktor? Ausgeschlossen, der ist viel zu unverläßlich!
Aber er sorgte dafür, daß gleich am frühen Morgen dieses Weibsbild mit der Hebammentasche erschien, bei der von Unverläßlichkeit keine Rede sein konnte.
– Halten zu Gnaden, Herr Minister, die Person ist eben zu empfindlich veranlagt, bitte sehr, da ist niemand verantwortlich.
Dabei hatte Cölestin den Griff rückwärts in die Hose, wo er die Brieftasche verwahrte, noch gar nicht getan. Und dem Bruder

gegenüber brauchte er ihn nicht zu tun. Mit einem Male ging es ihm auf, und er wußte warum. Der Bruder hatte dieses Herz, das man in getrocknetem Zustand immer bei sich tragen muß, wenn man gewisse Ausflüge unternimmt, als deren Folge dann ein vergessenes Maschinengewehr in der Scheune herumsteht. Die Waffenlager im Roiffersburger Forst, im Sallehner Jägerhaus, in Ravenegg und Kemplarn, alle ratzekahl ausgestohlen, die Häher schrien es von den Bäumen, wer die Täter waren. Aber hatte man auch nur einen einzigen erwischt?! Wer ein solches Herz bei sich trägt, darf mitgehen lassen, was er will, er kann gar nicht gefaßt werden. Für die Gewehre, die er heimlich wegführt, kriegt er so viele gute Mark, daß er sich mehr Ochsen leisten kann, als im Stall Platz haben. Er scheißt auf den Guttäter, auch wenn's der eigene Bruder ist, der außerdem auf der falschen Seite steht, weil er Minister ist und angeblich mit der ganzen Regierung auf der falschen Seite stehen muß.
Deshalb ist es besser, die Uhr da zusammenzusetzen, die ein stichhaltiger Beweis für Cölestins Überlegenheit ist, ohne daß es erst Worte brauchte, hoch über dem Unvermögen des Bruders, der jetzt die Augen abwandte vor Cölestins spielerischer Sicherheit, so daß Cölestin ein sonderbares Rühren anfiel, etwas wie Nachsicht und fast eine unklare Schuld, gegen die er im Augenblick nichts anderes tun konnte, als die Gläser vollzuschenken und dem Bruder eines hinzuschieben:
– Auf die Uhr!
Mit tiefer Befriedigung, die ihm als laue Woge von Schweiß und Wärme aus allen Poren drang, hing er die Uhr an den Nagel, brachte sie in Gang. Der Bruder erhob sich halb ungläubig, seiner Sache nicht sicher, und Cölestin erkannte, daß der Bruder plötzlich wieder Augen hatte, er hatte sie eben bekommen: scharfe, gewissermaßen zupackende Augen, die, was sie fixierten, nicht mehr losließen. Sein Grinsen füllte das ganze Gesicht aus, rücksichtslos, höhnisch, verächtlich. Cölestin stieß den Perpendikel nochmals an, trank aus, schenkte ein:
– Prost! Daß sie hundert Jahre geht!
Das Geräusch des Perpendikels klang leer, er stand schließlich still.
– Verflucht, eigentlich müßte sie doch gehen.
– Müßte sie?!
Das Gesicht des Bruders, seine Stimme – nicht zu ertragen; Cölestin nahm die Uhr herunter, begann sie nochmals zu zerlegen. Vor

seinen Augen gerann es rot, er brauchte unbedingt ein paar starke Tropfen, ein Glas, noch ein Glas, griff mit wachsender Hilflosigkeit hinein in dieses auf und ab steigende Strömen, das sich zu unentrinnbaren, heftig schlingernden Bändern verdichtete. Die Bänder gaben sofort nach, taten sich mit den Bestandteilen der Uhr zu einem breiartigen Unding zusammen, einem gestockten Nebel, in dem ihm das Gesicht des Bruders von Minute zu Minute schonungsloser entgegenschwoll. Das Grinsen löste sich von der Gestalt, wurde zu etwas Selbständigem, dem Alpdruck, unter dem er seit eh und je gelitten, mit dem zu kämpfen sinnlos war, weil es seine Unzulänglichkeit nur von neuem zur Schau stellte. Wie ein vom Ufer mitten in den Strudel Geschleuderter riß er noch einmal die Arme in die Höh, um dem hämischen Gesicht, das ins Riesige auseinandergezerrt vor ihm schwebte, mit den Fäusten beizukommen.

Ah, er hatte den Hammer in der Hand und begann, als gelte es sein Leben, auf die Uhr loszuhauen, daß die Splitter von Zeigern und Zifferblatt, die zerschlagenen verbogenen Räder, Walzen und Schrauben im Zimmer umhersprangen, die Fensterscheibe durchschlugen. Aber die Fratze fing trotzdem zu reden an; sie konnte sogar auflachen. Cölestin versank in einem hohen dröhnenden Wellenschlag, fühlte nichts als das immer stärker anwachsende Brausen, das es um jeden Preis zu überschreien galt. Er brüllte mit aller Lungenkraft:

– Aufhängen laß ich dich! Ganz öffentlich werde ich von dir abrücken, sagen, was für einer du bist! Du gehörst aufgehängt, aufgehängt – mit erhobenem Hammer stürzte er sich auf den Bruder. Florian zog sich überraschend zusammen, schnellte den Fuß vor. Aufge – –

Der Tritt mit dem genagelten Schuh warf Cölestin hin und der schneidende Schmerz im Unterleib nahm ihm die Besinnung. Er erwachte davon, daß er erbrach, und während sein Schlund konvulsivisch zuckte, war es, als lege er dem Bruder etwas hin, das überzeugender als Worte die Auseinandersetzung zu Ende brachte, den Bruder endlich in Angst und Abhängigkeit versetzte. Mit dem Gefühl der entleerten Wut und dem allmählich gleichgültiger werdenden Gefühl, daß er dem Bruder gegenüber trotz allem obenauf blieb, ergab er sich dem klebrig Unangenehmen, ihn sauer Bedrängenden, überließ sich der lautlosen Gewalt, die ihn ins Dunkle, Ausgelöschte schob. Anfangs stockend und stöhnend, von einem würgenden Erguß unterbrochen, dann aber immer zusammenhängender, füllte er den Raum mit langgezogenen regelmäßigen Sägelauten.

Florian holte aus dem Wandschrank eine neue Flasche und ein neues Glas – was davon auf dem Tisch gestanden war, hatten die Hammerschläge Cölestins zerschmettert –, trank bedächtig. Die Bäuerin kam herein:
– Na, ist es wieder soweit?
Sie las die Scherben auf, brachte Kübel und Tuch, versuchte so gut es ging den Daliegenden zu reinigen. Sie war mager, früh gealtert, mit dünnem, in der Mitte gescheiteltem Haar von unbestimmter Farbe. Ihre Augen wirkten sonderbar blicklos, ohne Bezug zum Gesicht, das außer einer gewissen Härte nichts ausdrückte.
– Hast du's herausgekriegt, warum er gekommen ist?
Florian sah mit verkniffenen Augen auf Cölestin herunter, als gelte es etwas, das nicht gut auszunehmen war, weil es zu weit entfernt oder überhaupt zu undeutlich schien, trotzdem möglichst scharf und über allem Zweifel zu erkennen. Er sagte, und Hohn und Verachtung versanken so, als seien sie nicht mehr da und vielleicht sogar tatsächlich nie gewesen:
– Die leeren Depots . . . die Gewehre, die Handgranaten –.
– Du hast doch dieses Herz, was soll dir da passieren? Versündige dich nicht.
– Sie haben scheint's Wind bekommen.
Er wußte bereits ihren Einwand, deutete mit dem Fuß auf Cölestin:
– Es ist nicht nur, daß er sich aufspielen will.
– Sie haben sich noch nie getraut. Sie werden auch diesmal –
– Du vergißt das Maschinengewehr.
– Er wird dicht halten. Wenn er nüchtern ist, hält er dicht. Wegen der Leute.
– Weißt du, bei wem er herumschwätzt, wenn er ein paar Glas getrunken hat?!
Florian starrte erbittert auf den Bruder, wie um etwas zu erfahren, auf eine Äußerung zu warten, die Cölestin im Schlaf jeden Augenblick von sich geben könnte. Die Bäume draußen hatten tief ansetzende Wipfel und die Buchshecke reichte in halbe Fensterhöhe. Die Dämmerung spannte schwarze Tücher quer über die Ecken, hing graubraune vor den Scheiben auf. Saugend, mit einem un-

hörbaren Pfeifton schien sie die Geräusche zuzudecken, alles Feste in dunkles Sägemehl zu verwandeln. Auch Cölestin war nicht mehr zu erkennen, sein Röcheln klang erstickt, kam weit aus der Ferne her. Die Bäuerin stand irgendwo bei der Tür, auch sie unsichtbar. Das dunkle Sägemehl, das vielleicht noch immer die Gegenstände bedeutete, rann nach geheimnisvollen Gesetzen vorbei, das einzig Wirkliche, das es noch gab, und dennoch jetzt nicht wirklicher als der Kopf des Ministerialrates Mostbaumer, wie er sich vor ein paar Tagen über Florians Schulter gebeugt hatte. Mostbaumers roter fleischiger Hals, der ohne Kerbe in das quellende Gesicht überging, entließ mundartliche Zwischentöne, die zweifellos an die Bauern der Gegend erinnerten, eben dadurch seinen Worten etwas Vertrautes und Stichhaltiges, aber auch mißtrauisch Beunruhigendes gaben.
– Lieber Freund . . . Florian sah ihm fast schon verächtlich ins Gesicht. Mostbaumer wiederholte: Lieber Freund – er wählte diese Anrede gewöhnlich, wenn er es angezeigt fand, die Distanz zu einem, der hier nicht nur Gesprächs-, sondern vor allem politischer Aktions-Partner war, in einer jede Vertraulichkeit auszuschließenden Weise zu betonen. Etwas stimmt bei ihm nicht, dachte Florian – also, lieber Freund, woher soll ich wissen, ob es für Sie ratsam ist, auf einige Zeit zu verschwinden? Vielleicht ist es ratsam zu bleiben.
Wußte die Frau dort hinten, was er dachte? Denn es kam jetzt von dem schwarzen Tuch her, aus dem rieselnden Sägemehl:
– Vom Mostbaumer ist auch nur sicher, daß er doppelgeleisig fährt – eben ein Beamter . . .
Florian wollte natürlich wissen, wie weit Mostbaumer wirklichen Einblick hatte.
– Wenn ich verschwinden soll – –
– Aber lieber Freund, wer sagt, daß Sie sollen!
– Jedenfalls brauche ich dazu Geld.
Mostbaumer wußte, daß Florian es nicht brauchte. Genau besehen gab es kaum Anhaltspunkte, daß Mostbaumer bei den Summen, die er an Florian weitergab, sich selbst nicht vergaß. Seine Hand – alles an ihm war breit und üppig, ohne direkt den Eindruck von überflüssigem Fett zu machen – brachte die Brieftasche immer nur zögernd zum Vorschein. Wenn er die Noten auf den Tisch zählte, schien ihm das Hervorholen jeder einzelnen eine schmerzhafte Überwindung zu kosten. Jetzt sagte Mostbaumer:
– Hm, Geld? Also wieviel?

Seine kurze fleischige Hand war bereit, sich in die innere Rocktasche zu versenken. Verschwinden, dachte Florian, ich oder . . .
Wieder kam die Stimme aus der Dunkelheit:
– In solchen Zeiten ist jeder sich selber der nächste. Keine Zeugen – –
Immer hatte sie ihre verfluchten Sprüche. Florian wußte, worauf sie hinauswollte.
– Halt's Maul, sagte er.
Verschwinden, wohin? Herrgott, wohin? Oder . . . keine Zeugen, das wäre der Ausweg. Der Jungknecht war ein Zeuge. Eigentlich müßte Florian die Sache gleich angehen, zu ihm in die Kammer schauen. Kilian lag auf dem Strohsack, die Dirn hatte ihm gerade den Rücken mit Wein gewaschen und legte frischen Kuhmist auf die Wunde. Die ganze Seite war hoch aufgeschwollen; er winselte und wand sich und Florian sagte:
– Na, mir brauchst du kein Theater vorzumachen.
Es ließ sich nicht leugnen, der Schlag mit der Deichsel war etwas zu kräftig ausgefallen. Beim dritten Ausholen hatte Florian ihn am Hüftgelenk erwischt, daß er auf der Stelle liegen blieb. Es war wegen des Maschinengewehrs in der Scheune, das Kilian nicht rechtzeitig weggeräumt hatte. Genau das, was Cölestin heute ihm, Florian, in Aussicht stellte, hatte Kilian bereits vorweggenommen:
Wer hatte die Gewehre in der Nacht hergeführt, wer sie in Keller und Scheune eingelagert, wer kriegte dick geschmiert dafür?
Weiter war Kilian nicht gekommen. Florian hieb mit dem nächsten hin, das gerade zur Hand war, einer mittelschweren Wagendeichsel für den Leiterwagen, die im Winkel lehnte. Florian holte aus, aber hatte keinen Schwung, denn sie standen im Schuppen und das halbe Tor war geschlossen. Florian holte noch einmal aus und Kilian hatte es leicht, dem schwunglosen Schlag zu entgehen. Beim dritten Male trat Florian aus dem Torbogen heraus und jetzt fuhr die Deichsel wie von selber durch die Luft und schmiß sich klatschend auf den Rücken Kilians, abgleitend stieß sie ihn in die Seite, daß er zusammenbrach und keinen Laut mehr von sich gab. Was er aber bei der gerichtlichen Einvernahme von sich geben würde, konnte sich Florian bis in die kleinste Einzelheit ausmalen. Kilian war nicht herauszuhalten, schon der Hauptmann Lodric hatte ihn als Zeugen geführt. Keine Zeugen – es gab nur den einen Ausweg.
Florian sagte:

– Du fährst heut' nacht hinaus . . . zu dem im Schilf, du weißt schon, bringst ihm Trunk und Essen.
Kilian wimmerte:
– Schaut mich doch an! Sind genug andere, die's gern tun.
Der Bauer sagte:
– Du tust's. Nimmst das Boot, fährst natürlich nicht übers Riedener Eck, sondern hältst dich im Sauringer Winkel, dort sind keine Milizer aufgestellt. Außerdem hat das Boot dort Strömung, brauchst also nicht zu rudern. Laß dir von der Gundel geben, was du ihm bringen sollst.
Der Jungknecht zog den alten Socken mit Kuhmistaufstrich von der offenen Wunde. Der Bauer sah hin, holte die Brieftasche hervor, legte eine Zwanzig-Schilling-Note auf die Decke. Kilian starrte ungläubig auf die Banknote, ächzte:
– Ich möcht ja, wenn nur das Fieber nicht wär. Es brennt immer stärker.
– Schick's in den Baum, such dir einen großen Holunder, keinen Apfelbaum, hörst du, auf keinen Fall einen Obstbaum. Die Dirn würde mitgehen, um die Wunde zu besprechen. Die Bäuerin sollte ihm das Strohseil geben, das zu Mariä Himmelfahrt geweiht worden war. Man brauchte es nur um den Finger zu binden – an der linken Hand, es handelte sich um die linke Hüfte –, das andere Ende ein paarmal um den Baum zu wickeln. Die Dirn kannte die Reihenfolge der Sprüche, die zwischen den drei Vaterunsern aufgesagt werden mußten. Vielleicht half es gleich, und Kilian verlor das Fieber, obzwar es nicht günstig wäre, wenn er auf der Stelle gesund würde. Ein Zeuge! Nun, ein Wink Mostbaumers an den Kommandanten am Stammtisch, und die Milizer paßten heut' nacht auch im Sauringer Winkel. Sie schossen zwar schlecht, aber sie brauchten nicht mit Munition zu sparen. Das Boot war ein ruhiges Ziel, ein Mensch, selbst wenn er sich drin flach ausstreckte, konnte ihren Kugeln nicht entgehen. Keine Zeugen – –
Florian nahm die Joppe vom Nagel; Mostbaumer war jetzt in seiner Pension anzutreffen. In der Tür hörte er das Geräusch von Gummi auf Sand und Kies – der Ministerwagen, den der Chauffeur in den Schuppen fuhr. Wieder das Bedrängende aus der Dunkelheit – sie war also noch da, und plötzlich wußte Florian auch, daß er eben knapp an ihr vorbeigegangen war.
– Wohin? In ihrer Stimme kam ein ahnungsvoller Schrecken auf, eine jähe Verzweiflung. Bleib! Um Jesu willen, bleib, hörst du!
Keine Zeugen; Florian warf die Tür ins Schloß.

Sie stand nach drei Stunden noch da, vermutlich an der gleichen Stelle, sie hatte sich nicht vom Fleck gerührt. Kaum war Florian vorsichtig hereingekommen, flüsterte sie:
– Er ist schon auf, die Lois will ihm vorher die Wunde besprechen. Aber sie wird kein Glück haben. Der Mond ist heut nicht danach.
Die Nacht war kühl, voll Verhangenheit, die den Herbst als die kommende Jahreszeit schon ahnen ließ. Die Fledermäuse flogen niedrig entlang den Mauern, ein Käuzchen schrie gell und zornig, als ob man ihm die Beute streitig machte. Hinter den Büschen vorm Haus stockte ein übelriechender Brodem. Sie ließ nicht locker:
– Was, wenn ihm von deinem Hieb ein Schaden bleibt?
So war sie – bereits drüben auf der andern Seite; wußte von nichts, machte ihm Vorhaltungen, die sie im Beichtstuhl und vor dem Richter wiederholen konnte. Dabei war gerade sie es, die zuerst erfaßt hatte, daß es sein mußte. Immer muß ich es tun und wenn es getan ist, kehrt sie es gegen mich, dachte er. Der Haß schoß in ihm auf, längst gewohnt und trotzdem so brennend, daß er die Fäuste ballte, sie heftig gegen die Brust schlug. Er ächzte und stöhnte, aber er bezwang sich. Vielleicht spielte sie sich nur in die harmlos mitleidige Rolle hinein, sie brauchte sich darüber nicht erst Rechenschaft zu geben, unwillkürlich deckte sie zu, was besser ungewußt und am besten ungesagt blieb. Florian war ein wenig überrascht, daß er in fast besorgtem Ton antwortete:
– Bei der Arbeit wird's ihn nicht hindern.
Sie sagte – und weder er noch sonst jemand hätte daraus das Hinterhältige wittern können –:
– Helf Gott!
Auch wenn ER nicht half, blieb ER ihr Helfer, ihr Trost, ihre Ausrede. Ihre Kraft war so groß, daß sie ihn sogar jetzt noch mitzog; als ginge etwas von ihr aus, das ihn nötigte mitzutun. Er sagte:
– Zeit wär's, daß ER Gefallen daran fände, mit allem ein End' zu machen.
Gerade da fielen vom Sauringer Seegrund her die ersten Schüsse. Im Nu war es aus mit ihrem Spiel – wenn es eines war, er konnte das nicht entscheiden, er nicht. Sie schrie auf, schrie, als wollte sie dadurch den draußen im Boot warnen oder für ihn Hilfe herbeirufen, schrie wie eine Gestochene. Er war im Augenblick bei ihr, hatte trotz der Finsternis ihren Arm gefunden, schüttelte sie:
– Ruhig! Auf der Stelle, halt's Maul!

Er würgte sie bis sie still war, schlug sie mit der flachen Hand mehrere Male hart auf den Kopf, schleuderte sie in die Ecke. Sie fiel nieder, polterte dem Geräusch nach mit dem Oberkörper gegen die Wand, winselte dünn und langgezogen, ein Laut, der auf unbestimmte Weise den Eindruck erweckte, daß er mit körperlichem Schmerz nichts zu tun hatte. Sie wimmerte und hörte nicht auf damit.

Die ganze Zeit wunderte er sich, daß sie nicht betete. Auch das geht gegen mich, dachte er, so oft hat sie in der Nacht den Rosenkranz zwischen den Fingern. Sie erzeugte weiter diesen Ton nicht-körperlichen Schmerzes, einer Entfernung von ihm, einer Abwehr seiner Zugehörigkeit, neuartig, beunruhigend fremd und unnachgiebig. Das muß sich doch ändern, dachte er erschrocken, es braucht nur länger. Aber dann ist es, wie es immer war, nicht schlimmer als all das Frühere, sondern genauso – –

VII

Am Spätnachmittag fiel gletscherkalte Luft von den Bergen, erzeugte eine moussierende Frische, eine exaltierte Belebung von innen heraus. Sir Gerald wanderte in der Veranda unruhig vor den offenen Fenstern hin und her; Robert atmete auf, als er ihn schließlich sein Fischzeug hervorholen und instand setzen sah. Loraines Blicke gingen von Robert zu Hanna, als erwarte sie einen Vorschlag. Auffordernd erhob sie sich, überflog das Tal, wo auf Wiesen und Wegen nur Milizleute und Gendarmen zu erkennen waren, starrte schweigend mit etwas krampfiger Aufmerksamkeit hinaus, als wüßte sie, daß ihre Anstrengung vergeblich sei.
Die flache Mulde mit dem zusammengedrängten Dorf vor dem See wirkte wie eine riesige Schale aus rauhem Glas, je nach dem Sonnenstand strichweise in allen Regenbogenfarben opalisierend oder kalkiggrau verschattet, angefüllt mit dieser Kühle und dem Rauschen des Schilfes. Loraine sagte zu Hanna hinüber, und ihr Gesicht gab mehr preis als sie vermutete:
– Mein Gott, wird denn das nie aufhören? Zuerst habe ich ein paar Stunden gebraucht, um es überhaupt zu merken. Und jetzt gibt es nichts anderes. Scheußlich!
Tag und Nacht, drohend aufgewühlt in umfassendem Brausen, verebbend bis zur säuselnden Andeutung eines ganz fernen Geräuschs, von neuem anschwellend zu langgezogenem Dröhnen, unfaßbar und doch zum Greifen, allgegenwärtig emporsteigend – immer das Wogen der Schilfmassen, sattgrün und mit einer ins Rötlich-Olivene, ins Gelb-Braune spielenden Tönung, die allerdings nur in der Entfernung zu Bewußtsein kam, in der Nähe spurlos verschwand. Darüber eine straffe, hell azurne Bläue wie von einer diamantenen Unterstrahlung; wenn es heute nacht Sterne gab, würden sie matte Punkte sein, eine Handvoll blaß schimmernder Sand, sparsam in unendlicher Höhe ausgestreut.
Hanna deutete hinaus:
– Wenigstens sind wir unbehelligt, die einzigen Gäste.
Loraine lächelte mit kaum verhüllter Genugtuung.
– Leider auch weit und breit die einzigen, die nichts mit dem Putsch zu tun haben.
– Sooo –! Haben wir nichts damit zu tun?
Sofort sagte Robert möglichst unbefangen:

– Na, jedenfalls haben wir schon ganz andere Dinge bestanden.
Hanna sah aus, als koste es sie Mühe, nicht zu entgegnen. Die Falte zwischen ihren Brauen wurde tief, eine gehässige Düsterkeit stülpte im Nu ihr Gesicht um, brachte eine Schwere und Ausweglosigkeit herauf, die zu allem möglichen führen konnten. Gewaltsam preßte sie die Hände gegen die Schläfen:
– Ah, es ist nur dieses Schilf . . . zum Verrücktwerden. Als säßen wir mitten drin.
Sie erhob sich, ihre Brauen wurden glatt, sie ging voran.
– Kommt doch herein. Hier gibt es dickere Mauern und geschlossene Fenster – eine richtige Wohltat! Tun wir einfach so, als hätte es den Putsch nicht gegeben. Auch das ist eine Methode, ihn aus der Welt zu schaffen. Und sie scheint Robert sogar zu gefallen.
Ihre Augen, plötzlich durchlichtert von ironischem Durchschauen, schienen angestrengt, jedenfalls mit Willen zu einem Ernst gehalten, über den sie gleichfalls ein geringschätziges Lächeln verbargen. Die Spannung wie von zwei gegensätzlichen Kräften, die vielleicht demselben leidenschaftlichen Antrieb unterworfen waren, gab ihr eine quälende Unruhe, etwas mühsam Niedergehaltenes, die kaum zu verhehlende Erwartung eines Ausbruchs. Ein neuer, im Grunde überraschender Zug, von dem Robert hoffte, er sei hauptsächlich durch die Umstände und nicht zuletzt durch Hannas Allein- und Fernesein von ihm entstanden, aber Loraine empfand ihn als fremd und zur Wachsamkeit aufrufend, beinahe als bedrohlich.
Vielleicht glomm es in ihnen stärker auf, daß ihr Hiersein zwangsläufiger mit dem Putsch zusammenhing, als sie wahrhaben wollten. Aber für den Augenblick war es, als scheute sich jeder, an Hannas Bemerkung mit Worten anzuknüpfen, nur Sir Gerald fragte zum Wirt hin:
– Ist endlich alles vorbei?
Der Wirt strich um den Tisch, devot und neuigkeitslüstern, gleichermaßen bereit, Auskünfte einzuholen, wie sie zu geben. Alles an ihm, sogar sein Gang, unsicher wie auf steifen umgebogenen Zehen, erinnerte an einen Orang-Utan, den man in ein Steirerkostüm gesteckt hatte.
– Warum stehen die Leute draußen noch immer mit ihren Gewehren herum, als ob sie eine Schießerei veranstalten wollten?
– Mit ihren Gewehren? Der Wirt fuhr erschrocken zurück, streckte die breiten viereckigen Hände haltsuchend von sich. Sie waren üppig mit dunklen Haaren bewachsen, trugen an jedem

Finger mehrere Goldringe mit kartuschenartigen Einlagen aus blauem und rotem Halbedelstein. Nun legte er sie wie runde Schaufeln hinter die Ohren, fassungslos vor Staunen. Eine Schießerei veranstalten –! Mit erleichtertem Ausatmen ließ er die Arme sinken. Nein, entschuldigen der Herr, aber das wäre bei uns ganz unmöglich.

– Na, sagte Robert, wir sind schon ein paar Tage hier und haben allerlei erlebt.

Die Verwunderung des Wirtes wich sofort einer leicht verächtlichen Mißbilligung, von der schwer zu sagen war, wodurch sie eigentlich zum Ausdruck kam. Er stemmte die fetten Schultern zurück, und die Rechte fuhr abwechselnd die zwei pechschwarz gefärbten Schlaufen seines Bartes entlang.

– So, so . . . erlebt! Sie sind nämlich in einem erstklassigen Haus, da ist jedermann außer Gefahr. Und draußen – ein Blick genügt schließlich, sich zu überzeugen, was alles getan wird, um den Fremden das Gefühl der Sicherheit zu geben.

– Ja, sagte Robert, eine neue Kompanie Gendarmen, heute nachmittag frisch angekommen! Was soll am Ende werden, wenn die Fremden alle abreisen? In einem Saisongeschäft, denn am See gibt es keinen Wintersport! Was man den Fremden nicht in den Sommermonaten aus der Tasche holt, ist verloren, mit dem fahren sie wieder heim.

Robert sah es mit aller Deutlichkeit, der Wirt war mit seinem Urteil über ihn fertig. Denn Robert stand offenbar auf Seite der Fremden, ohne die Brieftasche zu besitzen, aus der sie das Recht ableiten durften, gewisse Verhaltungsweisen der Höflichkeit, der Devotion und Unterwerfung in Anspruch zu nehmen. Daß jemand, der diese Grundbedingung nicht erfüllte, ja sie wahrscheinlich gar nicht erfüllen konnte, sich gegen ihn stellte, zwar das der Brieftasche gemäße Verhalten forderte, jedoch ihn zu hindern suchte, den entsprechenden Gegenwert einzukassieren, fand der Wirt schändlich und unpatriotisch, es war in seinen Augen eine Art Landesverrat.

Es sah aus, als würden Nase und Wangen, jetzt vor der Erregung tief lila, durch ein engmaschiges Netz blauschwarzer Äderchen zusammengehalten, das vibrierend auf und abstieg. Obwohl die Augen unter den wässerig gefüllten Hautsäcken völlig verschwanden, entließen sie ein paar feindselige Spritzer wie von flüssigem, jäh abgekühltem Glas. Er wippte einige Male nach vorn, der Orang-Utan, dem es schwer fällt, aufrecht zu gehen. Die beiden

Wülste an seinem Hals schaukelten, als hätten sie an der Erregung teil. Der Kropf des Wirtes hatte wirklich die Form der Halswülste eine Orang-Utan; bläulich, sparsam mit grauen Haaren bedeckt, es schien alles getan, den Vergleich schwer abweisbar zu machen.
Die Dämmerung war plötzlich da, niemand hatte sie kommen sehen; etwas zähflüssig Gestocktes, das sich grau-verwaschen über den Dingen, zwischen ihnen ausbreitete, beklemmend, Atemnot verursachend. Loraine riß ein Fenster auf. Sofort brach ein trockenes Knattern, der unendliche Lärm des bewegten Schilfes herein, ein grandios mechanisches Geräusch, mit erstaunlicher Gleichmäßigkeit wie von einem geheimnisvollen Riesenapparat erzeugt, der nie aussetzte. Loraine sah Hanna in die Augen; ein Blick, der einen rücksichtslosen Angriff verhieß. Hanna nahm ihn gespannt, vergeltungssüchtig entgegen. Sie wartete noch ein paar Augenblicke, dann sagte sie mit nervöser, viel zu schlecht gemachter Befriedigung:
– Ah, zu denken, daß jetzt jeder von uns da draußen sitzen und auf sein Ende warten könnte! Daß es nur zufällig einen andern getroffen hat.
– Jeder von uns –? Loraines Lippen zuckten höhnisch, aber vielleicht war es der unverhüllt leidende, fast hysterische Zug in Hannas Gesicht, vielleicht das erfüllende Geräusch der Schilfmassen, daß sie verstummte. Kein Zweifel, ihr Aufenthalt verlief in einer ziemlich widerstandslos absinkenden Kurve.
– Du siehst, hatte sie Robert noch vor ein paar Stunden am Telefon gesagt, wir sind da, in dem Hotel, das du uns genannt hast, wo alles nur Mögliche getan ist, das Hochgebirge auch kunstgewerblich zur Geltung zu bringen. Ich will aber nicht leugnen, daß die Natur sich Mühe gibt, es vergessen zu lassen. Ah, welch ein Morgen! Sogar Gerald behauptet –
– Wie hast du denn das zustande gebracht?
– Um dir einen Wunsch zu erfüllen –! Auch Shearers Wagen haben wir. Ja, ohne den Chauffeur, ich habe mir deine Vorschriften eingeprägt. Als Robert ihr gegenübertrat, fragte er:
– Und wo ist Gerald?
Sie entgegnete:
– Warum ist sie nicht mitgekommen?
Von der morgendlichen Klarheit und Frische, die Loraine so gerühmt hatte, war nichts mehr übrig. Die Atmosphäre schien angefüllt mit Feuchtigkeit, die wie eine sickernde Ausscheidung aus

den Dingen selber kam. Auch Loraines Arme wirkten dunstbeschlagen. Nur ihre langen Beine, die wunderbar in hellen Strümpfen staken, behaupteten die Wirkung von sinnlichem Fleisch. Robert sah auf ihre Beine, während er sagte:
– Hanna . . .
– Du wolltest noch einmal mit mir allein sein? Als ob du nicht genau wüßtest, daß Worte nichts ändern.
– Du hättest dich wahrscheinlich auf der Stelle mit ihr anzufreunden versucht, du könntest nicht anders.
Loraine stemmte ihre Füße in den Teppich, in einem Widerstand, der deutlicher von ihrer Gegnerschaft sprach als ihr Mund. Ihr Mund fragte:
– Haß oder Neugier?
Was sie sich an Haltung zurechtgelegt hatte, sank fast sichtbar dahin. Ihr Mund bog sich auf, zwei lackierte Würmer, die, mit ihren Enden geheimnisvoll verbunden, nicht aufhören konnten, sich voneinander fortzubewegen. Robert fuhr auf:
– Das ist es im Grunde, was ich gegen dich habe. Wenn du sie ermorden wolltest – ich würde es eher verstehen.
Loraine sagte sonderbar ruhig, grüblerisch, als handle es sich um eine ihr längst vertraute Vorstellung:
– Wenn ich sie ermorden wollte . . . ich weiß nicht, ob das besser wäre – –
Nun war es über jedem Zweifel, daß sie zu sich selber sprach, auch wenn Robert jedes Wort verstand. Es gehörte wohl dazu, daß er jedes Wort verstand.
– Es gab eine Zeit, da hätte ich sie, diese oder irgendeine Hanna, nicht nur ermorden wollen . . . ich meine, ich hätte nicht nur den Wunsch gehabt, ich hätte mich auch fähig gefühlt, es zu tun. Heute dagegen – – diese gewaltsame Art, von außen her auf seinem Monopol zu bestehen, die Ausschließlichkeit herbeizuführen – heute . . .
Sie stand vor dem Fenster, starrte auf das, was der Tüllvorhang und die milchig zerronnenen Wolken von der Landschaft übrigließen, und zuckte nicht einmal die Achseln. Plötzlich wandte sie sich herum:
– Endlich einen Entschluß fassen! Bei dem letzten Urteil angelangt sein . . . nicht mehr dieses Gefühl, daß alles nur einer Stimmung entspringt, der zufälligen inneren Disposition des Tages –
Sie hatte die Augen weit offen, aber es war, als sähe sie auf etwas, das nicht im Zimmer, jedenfalls für Robert nicht vorhanden war.

Ihre Stimme klang sehr leise und dabei unnatürlich deutlich, als sei, was sie sagte, auch an ihn, hauptsächlich an ihn gerichtet:
– Übrigens – ermorden . . . sie hatte eine leicht abwehrende Geste. Ich glaube, daß so etwas in gar keiner Beziehung mehr stünde zu dem, was da innen vorgeht, zu den großen Affekten. Ein ekstatisches Ansteigen dem vernunftberaubten Höhepunkt zu, an dem die Tat geradezu instinktiv geschieht, eine Notwendigkeit, einfach die Erlösung ist. Du siehst, ich habe darüber nachgedacht, mich mit jeder Phase beschäftigt. Ich bin überzeugt, ist der Gipfel überschritten, der Zustand äußerster Leidenschaft vorüber, dann bereut man auch nicht, wenn einem schließlich das völlige Auseinanderfallen von Tat und innerer Erregung, oder wie immer du diese psychische Verfassung nennen willst, in seiner ganzen Hoffnungslosigkeit zu Bewußtsein kommt. – Aber einen solchen Zustand hat es in Bezug auf Hanna nie gegeben. Hanna, das war ein Brief an dich – alle vierzehn Tage, ein Pack von Briefen – zuletzt. Hanna war das, wovon du schweigst. Und Schweigen ist vieldeutig; du hast nie widersprochen, hast nicht den geringsten Widerstand geleistet. Es war am einfachsten.
Sie stand auf, trat auf ihn zu, so daß er sich unwillkürlich erhob. Sie sah ihm in die Augen wie jemand, der dadurch etwas Schwieriges oder bisher Geleugnetes oder überhaupt Unbekanntes endlich erfassen will. Ein, zwei Sekunden, ganz am Rande, mehr Gefühl als Gedanke: Wozu? Was will ich denn? Es ist nicht anders, als ob ich seine Augenfarbe feststellen wollte, so unmöglich. Graublaugrünbraun, unglaublich, wie viele Mischungsgrade es bei ihm gibt, je nach Tageslicht und Stimmung, seiner Stimmung oder der meinen. Aber sie sagte und dachte dabei, daß sie sich gar nichts klarmachen wollte, nicht einmal die Farbe seiner Augen:
– Ja, du hast geschwiegen. Du könntest jetzt versuchen mir einzureden, daß es nicht so einfach war. Und daß es unmöglich ist, den andern wissen zu lassen, was man selber nicht weiß. Es würde dir nicht schwerfallen, mir allerlei über die Fragwürdigkeit jeder Selbsterkenntnis zu erzählen. Aber es gab unleugbare Tatsachen, auch in dem Nebeltreiben, in dem wir drei damals fast erstickten. Du hast die Olivene, du weißt, dort in Herakleion, immer wieder aufgesucht, gerade sie. Du hast dich anfangs nicht einmal eifrig in ihrem Genre umgetan. Wahrscheinlich hattest du Glück und bist gleich an die Richtige geraten. Sie sitzt jetzt noch dort, sie empfängt jeden so wie dich.

Er sagte aus seinen verborgensten Überlegungen heraus, sagte es – auch er! – wie zu sich selber:
– Und trotzdem . . . deiner nicht mehr sicher sein, es wäre etwas so Ungewohntes und Neues – –
– Hast du Angst davor?
– Wenn ich dich so höre . . . Er setzte mit einem verlegenen Lächeln hinzu: Ich könnte mir vorstellen, daß ich da schließlich Angst bekäme.
– Das ist mehr als ich je zu erreichen hoffte. Aber du sollst mir keine Liebeserklärungen machen. Und nun lachte sie gell auf: Du siehst, kaum beginnst du, wagst den ersten schüchternen Schritt, verbiete ich es dir. – Gerald dagegen brauchte ich es nicht zu verbieten. Gerald hatte keine Frau, Gerald hatte seine fixe Idee.
– Dieses Fiasko mit Gerald . . . Sehr ungeschickt, was er da sagte, es klang höhnischer, als es gemeint war. Aber er mußte es zu Ende bringen, und zwar genau in dem Ton, den er gar nicht beabsichtigt hatte; es sagte aus ihm heraus: Dieser Einsturz gewissermaßen der letzten Mauer – das war vielleicht die Nuance, mit der er sich auf ihre Seite stellte, sein Unrecht einbekannte – hat dich also reif gemacht für . . . nun, nennen wir es Agamemnon.
Als gehörte zum Verstehen nicht mehr als das Auffassen des Faktischen, die Feststellung seiner Hauptmotive. Robert sah erbittert an ihr vorbei, mit einer gewissen Versunkenheit in sich selbst, so daß er ihren eindringlichen Blick nicht bemerkte. Aber Loraines Wachäugigkeit dauerte nicht lange. Dann glitt sie in einen dumpfen grüblerischen Zustand, in dem sie von Robert kaum mehr Notiz zu nehmen schien.
– Nein, sagte sie, wir hätten nicht kommen, ich hätte Gerald nicht dazu bringen sollen. Es ist längst nicht einmal mehr amüsant, es befriedigt in keiner Weise, wie ein drehkrankes Schaf immer im Kreis zu gehn. Dabei bin ich überzeugt – ja, ganz bei mir weiß ich es unerschütterlich, alles ist nur, weil wir noch immer miteinander sind, nur die gemeinsame Gesellschaft macht es, das Beisammensein. Wenn ich einmal von dir fort sein werde, bist du vergessen. Keine Spur von dem Bedürfnis, dich zu sehen, zum tausendsten Mal zu wiederholen, was ich dir bereits neunhundertneunundneunzig Mal auseinandergesetzt habe. Und worauf ich jede mögliche Antwort von dir weiß, in jeder nur denkbaren Kombination. Nein, ich hätte nicht kommen sollen.
Sie faßte ihn an der Schulter, schüttelte ihn, als wollte sie sich vergewissern, daß er existierte, lebendig vor ihr stand.

– Unheimlich! Ich darf nicht darüber nachdenken. Am liebsten würde ich Gerald vorschlagen, wieder abzureisen. Warum sind wir dir gefolgt? Einfach verrückt! Denn das Motiv, die Begründung, mit der du mich dazu gebracht hast, ist verrückt. Die Geschichte von dem Mann im Schilf, den nicht einmal du selber kennst oder auch nur gesehen hast. Und doch bin ich darauf hereingefallen. Ja, du verursachst Entschlüsse und gibst mir Argumente, denen sogar Gerald nicht widerstehen kann. Du wünschst es – und wir sind da, als sei es das Nächstliegende und Selbstverständliche. Ist es nicht zum Fürchten? Oder zum Totlachen?

Robert trat näher ans Fenster, deutete hinunter auf den Hoteleingang:

– Hanna! Gleich wirst du sie kennenlernen.

Jetzt versank sie mit ihr wehrlos in dem Toben des Schilfes. Als würden sie unaufhaltsam von diesem hölzernen Aneinanderschlagen an allen Körperstellen mitgetroffen, allmählich des Denkens beraubt, des selbständigen Fühlens, jeder Schmerzfähigkeit, und zuletzt ausgelöscht. Auch Sir Gerald wurde es; er hockte am Tisch mit sinnend runden Nasenlöchern und der massiven Gorilla-Kontur von Schultern und Nacken, wandte den Kopf nach Loraine wie unter der Einwirkung ihrer Gedanken, hingegeben dem Geknatter und Brausen, hatte den Arm mit der Pfeife einladend oder in Abwehr von sich gestreckt und offenbar völlig vergessen, den Wirt merken zu lassen, daß seine Ausführungen unerwünscht seien.

Der Wirt ließ nicht davon ab, die Gegend anzupreisen, als habe er sie mit großen Kosten eigens für seine Gäste und namentlich für Sir Gerald herstellen lassen. Leider schien sie aus irgendeinem Grunde nicht zum richtigen Zeitpunkt fertig geworden; wahrscheinlich kam daher der qualmige Nebel, der sich verhüllend vor die Bergspitzen schob. Sir Gerald sah vollkommen unbeteiligt aus, während der Wirt die von jeder atmosphärischen Trübung gereinigten Gipfel für morgen in Aussicht stellte.

An seinen Schläfen sproßte es silbergrau und schwärzlich, alles Haar, das auf dem Schädel fehlte, wucherte borstig, mit verwahrloster Üppigkeit aus den Ohren. Die beiden Groß-Affen, der Gorilla und der Orang-Utan, maßen einander aus trüben Augenschlitzen, unnachgiebig und hinterhältig, beide mit einer Verachtung, die jeder vor dem andern aus Höflichkeit zu verbergen glaubte. Sir Gerald wandte sich an Robert, seine Stimme büßte auch im Flüstern nichts von ihrer Deutlichkeit ein:

– Vielleicht versuchen Sie ihm klarzumachen, daß er gehen soll.

Die Haare, die aus den flachen Nüstern des Orang-Utan hervorquollen, mit dem pechglänzend gefärbten Bart zusammenflossen, schienen sich zu sträuben, während die Oberlippe auf und nieder zuckte, als verursache es ihm physische Schmerzen, daß der Mund schweigen sollte.

Draußen knatterten die Schilfmassen millionenfach, ein Geräusch wie aus zahllosen kleinen Einzelschlägen zusammengesetzt; völlig ausgeschlossen, sich *dagegen* zu behaupten. Sie starrten enerviert, einem aufsteigenden Schrecken hingegeben, einander an. Loraine winkte dem Kellner, deutete auf das offene Fenster. Der Kellner kam hinkend, merkwürdig krumm heran; er ging über die große Zehe, sah verhungert oder krank oder beides aus. Sein Mund stand halb offen, der schmal nach vorn kommende Kiefer gab dem Gesicht etwas Schnauzenhaftes. Seine oberen Schneidezähne waren auffallend lang, ließen es im Unbestimmten, ob es sich um ein Raub- oder ein Nagetier handelte. Die zerrauften Haarsträhnen sollten offenbar seine Glatze verdecken, aber machten sie vielleicht infolge des Luftzuges, vielleicht aus einem andern Grund nur um so sichtbarer. Er kam Loraine vor wie das von allen Zufälligkeiten gereinigte Charakterbild eines Schakals, der im nächtlichen Kampf um die Beute übel zugerichtet worden ist.

Sie stemmte die Arme auf den Tisch, ihre entsetzten Augen gingen von einem zum andern. Die dürr klappernden unermüdlichen Wogen, unter denen sie alle, das Haus, die ganze Gegend, versunken schienen, die beiden Groß-Affen, feindselig aneinander Witterung nehmend, der gelbfahle Schakal, wedelnd die Tische entlang streichend – Loraines Blicke klammerten sich verzweifelt an Hanna, als sei sie verantwortlich, habe alle in diese triebhaft unterirdische Zwitterwirklichkeit herabgelockt, aus der es keinen Ausweg gab, kein Entrinnen. Loraine stand auf, breitete exaltiert die Arme aus, als parodiere sie die Situation oder sich selber, rief plötzlich mit schneidender Stimme, einer peinigenden Mischung aus Angst und Gelächter:

– Wer von euch wird als erster zu bellen beginnen?

Im Augenblick wußte sie, daß sie dabei nur an Robert dachte, denn Hanna dort auf dem Stuhl in lauter Rundungen zusammengesunken, war nichts als eine dicke zufriedene Katze. Schnurrend behaglich, so völlig ›nachher‹! Loraine tat sich keinen Zwang an:

– Unbedingt im ›Nachher‹, wo die paar Kratzwunden, die ihr der Kater mitten in der Sache beigebracht hat, nichts mehr bedeuten. Sie schmerzen nicht einmal, nicht wahr?!

Aber Robert – welches Glücksgefühl – war kein Kater, sondern eher zwischen Hund und Wolf, wendig und straff. Seine Sympathie für Hanna war vielleicht ohne die Tiefe des Schicksals, überhaupt nichts Bleibendes, sondern durch Gewöhnung oder andere unbekannte und schwer erforschbare Umstände hervorgebracht. Vielleicht auch kam alles daher, daß sie hier im Gelärm des Schilfes ihre gewohnte Sprache bereits verloren hatten und nicht einmal die eigenen Gesichter mehr besaßen. Was sich unter den Verschüttungen ihrer Vergangenheit vollzog, hatte sie längst in einen von schreckhaften Zwängen beherrschten Zustand hineingezerrt, der ihnen jetzt in dieser Umstülpung wie ihre wesenhaftere Existenz vorkam. Maßlos bedrückt, hofften sie auf ein Ende.
Es konnte aber auch wer weiß wie lange noch dauern. Jedenfalls gehörte es dazu, daß Robert kein Kater war und Sir Gerald in die sandfarbene Dämmerung hinausging, die in der Linie der Berggipfel von einem lautlos flackernden blaßlila Streifen umsäumt wurde. Robert sah ihm nach, fühlte durch das geschlossene Fenster den aufkommenden Wind, der keine Erfrischung brachte, nur eine bis ins Mark dringende Frostigkeit, eine lähmende Kellerkälte. Jenseits der trüben Scheibe begann die Verlassenheit selbst; die vereinzelten Wachtposten hatten etwas Lebloses, Automatisches, nichts von menschlicher Gemeinschaft oder den Lauten abendlichen Beisammenseins.
– Gerald, sagte Loraine gehässig, oh, er ist imstande, sich einfach abzukapseln. Ich bin noch nicht draufgekommen, ob das die Ursache oder die Folge einer besonderen Kraft ist.
– Wird er morgen nicht abreisen wollen?
Einen Augenblick durchsuchte sie Roberts Gesicht nach Hannas Befürchtung oder Auftrag. Dann sagte sie obenhin, aber dahinter war es wie ein Versprechen, eine Garantie:
– Sollte mich wundern, wenn er morgen nicht beim Fischen ist.

Der Wind hatte sich gelegt, aber der gegen den See hin offene Kessel blieb bis an den Rand gefüllt von dem an und ab schwellenden Brausen, in dem kein einzelner Ton mehr zu unterscheiden war. Sie wateten in dem Geräusch wie in einem Brei, dicker als Luft, aber sie konnten ihn noch atmen. Loraine sagte zu Hanna:
– Leider habe ich versäumt, ein paar Antiphone mitzunehmen. Es war wirklich nicht vorauszusehen.

Hanna nahm die Grimasse auf, zu der Loraine jetzt nicht die Kraft hatte oder an der ihr nichts mehr gelegen war:
– Ach, die Situation lediglich von außen betrachten, am besten nur von der technischen Seite, hat wie alle Einfalt etwas so Erfrischendes, nicht wahr?!
Robert schob sich eilig dazwischen:
– Gleich sind wir da, nur eine Minute –
Er betrat die große Gaststube durch die Tür an der Seitenfront, hinter sich Hanna und Loraine, als zöge er sie mit, um sie diesem Abend, seinen Stimmungen und Gefahren zu entreißen. Die Mischung aus Tabaksqualm, schweißigen Lodenmänteln, Bier- und Zwiebelgeruch war wie eine warm dunstende Isolierschicht gegen alles, was sie an Gedanken oder Gefühlen von außen mitbrachten – so weit weg, unerreichbar sogar für den Lärm des Schilfes.
Die lange Tafel war verschwunden. Statt dessen gab es jetzt mehrere getrennte Bereiche, aus einem oder zwei Tischen bestehend. Die Aufstellung verriet Sinn und Anpassung an die neuen Verhältnisse. Eine ungute Stimmung, die Bänke der Einheimischen voll besetzt. Seit wann hatten sie Muße, wochentags im Wirtshaus zu sitzen? Ein paar Trachtenkostüme, Vorstadtkonfektion, den Gesichtern nach keine Arbeiter. Arrangeure, Provokateure? Spitzel und Gegenspitzel? Gedämpfte Stimmen, nicht das johlende Gebrüll ländlicher Bierabende.
Die zwei kleinsten Tische in der Mitte, offenbar für die Offiziere. Links gleich beim Eingang, neben dem riesigen Kachelofen, der Platz für die Zufallsgäste, durchreisende Touristen – die Ecke, in die der Kellner Robert und seine Damen verwies. Aber Schemnitzky winkte sie energisch heran, Robert zeigte sich unverhohlen überrascht.
– Ich hab die Gendarmen einmarschieren sehen, aber nicht vermutet, daß Sie persönlich . . . hoffentlich bedeutet es nichts Schlimmes –
Schemnitzky strich abwechselnd die beiden brandroten Pfeile in seinem Gesicht. Er habe es sich abgewöhnt, irgendwas schlimm zu finden. Im Grunde sei heutzutage alles schlimm – nur die Damen, die wären das einzige Gute. Das war augenscheinlich als Kompliment gedacht und galt, wie die galante Verbeugung zu ihr hin bewies, in erster Linie Loraine.
Mit Genugtuung stellte er fest, daß alle nach etwas Scharfem verlangten. Als die vier Gläser mit Kontuszówka gegeneinander

klangen und die Damen mit ihrem Beifall nicht zurückhielten, geriet er in eine gewisse Gemütsbewegung, was sich vorwiegend auf polnisch äußern mußte, so daß Robert viel zu übersetzen hatte. Denn Schemnitzky legte Wert darauf, daß namentlich ›der englischen Dame‹ jede seiner Äußerungen genau zur Kenntnis gebracht wurde. Natürlich fragte Robert nach dem Stand der Dinge. Der Blick Hannas war so drängend und voll Ungeduld, daß er die Frage nach dem Mann im Schilf sofort folgen ließ. Aber Schemnitzky tat, als habe es überhaupt keinen Putsch gegeben oder als wüßte er nichts von ihm, sei jedenfalls gar nicht in der Lage, auch nur Vermutungen darüber anzustellen.
– Aber Sie . . . Sie waren hier, Sie haben es erlebt, Sie könnten mir was davon erzählen.
Er lächelte vertraulich, während Robert sagte:
– Na, schließlich haben Sie doch die Befehlsgewalt.
Nun konnte Hanna nicht länger an sich halten:
– Sie sind da, um einzugreifen. Zweifellos ist es die nächste Voraussetzung, daß Sie sich ein richtiges Bild der Verhältnisse verschaffen.
Schemnitzky stimmte zu, ärgerlich, ein wenig befangen, als seien Hannas Einwände auch die seinen, die man ihm also nicht erst auseinanderzusetzen brauche. Oder sie seien ihm so bekannt, daß seine Hilflosigkeit sozusagen mit zu dieser Kenntnis und Vertrautheit gehörte, über die sich rücksichtsvollerweise jedes Wort erübrigte.
– Nur . . . früher hat sich das Eingreifen eben an dieses richtige Bild gehalten, man hatte so eine Idee von Gerechtigkeit, die heute keine Rolle mehr spielt. Natürlich erschwert das die Situation.
– Ich will es gar nicht unterschätzen, sagte Hanna umgänglich, um ihn zum Reden zu bringen. Was war denn das gestern abend, die Schüsse am See –?
Aber Schemnitzky schien mehr denn je abgeneigt, sich darüber zu äußern. Er verharrte in einer mürrischen Wortkargheit, Robert hätte nicht zu sagen vermocht, wie er auf die Vermutung kam, daß sie mit den beiden Männern am Tisch zwischen Ofen und Fensterbank zusammenhing. Der nächste, doch nicht eigentlich ein Nebentisch, denn der breite Mittelgang lag dazwischen, und selbst wenn das gleichmäßige Summen, in dem alle Geräusche zusammenflossen, nicht gewesen wäre, hätte es kaum eine Möglichkeit gegeben, dort drüben zu verstehen, was hier gesprochen wurde. Zwei Ministerialbeamte, Mostbaumer und der viel jüngere Krejci-

rek, dem das vielleicht doch nur dienstliche Abhängigkeitsverhältnis zu Mostbaumer deutlich anzumerken war. Mostbaumer saß breit und quellend da, ein erstaunliches Quantum Fleisch, obwohl er nicht eben groß und auch nicht übermäßig dick wirkte, aber sehr massig, ausgesprochen athletisch, als verfüge er über eine ganz ungewöhnliche Muskelkraft, von der er im gegebenen Fall auch Gebrauch machen würde. Er schien nicht gesprächig, kaum daß er hie und da ein paar Worte von sich gab. Der jüngere quittierte jedesmal mit einem lauten:

– Bitte sehr, Herr Ministerialrat, jawoll!

Er beugte sich dabei ruckartig nach vorn, und offenbar je nach dem Eindruck und der Bedeutung von Mostbaumers Worten schnellte er zurück, um dem Vorgesetzten sein bewunderndes Gesicht zuzuwenden, oder er brachte den Oberkörper wie zögernd, nachdenklich dem eben Gehörten hingegeben, allmählich wieder in die Vertikale. Auf die Entfernung unterschied Robert eine Anzahl mimischer Wendungen subalternen Respektes, vielleicht kam er deshalb von ihren Gesichtern nicht los, von der zurückhaltenden mißtrauischen Überlegenheit Mostbaumers und der durch Selbstaufgabe zwingen wollenden – es ließ sich nicht anders denken – gewalttätig-demütigen Unterwerfung Krejcireks. Zu spät bemerkte Robert, daß Schemnitzky seine Blicke ein, zwei Sekunden, nicht länger, mit verständnisvollem Zwinkern begleitete. Dann, als sei die heftige Bewegung der Lider eine Art Zufall und zwischen den Dortsitzenden und Roberts und dem eigenen Verhalten überhaupt nichts Ungewöhnliches, gar kein Zusammenhang, aber flüsternd und geradezu nervös, wenn diese Bezeichnung auf seine an Unbeweglichkeit grenzende Stabilität anwendbar gewesen wäre:

– Ja, wenn ich einmal, nur einen Augenblick, in diesen Menschen hineinschauen könnt, ich gäb was drum – –

Robert nahm die gedämpfte Stimme unwillkürlich auf:

– Kann doch nicht so schwer sein, herauszubekommen, wohin er gehört.

– Ist hier ein einziger, der genau weiß, wohin er gehört?

– Also, erlauben Sie – Robert hatte mit einem Male eine etwas erhobene Stimme. Schemnitzky faßte ihn am Arm, warnend, begütigend, beinahe väterlich; er hielt ihn so gepackt, daß es Robert unmöglich war, sich freizumachen. Schemnitzky zog ihn zu sich heran:

– Erzählen Sie mir nicht, daß Sie eine Ausnahme sind, auch wenn

Sie's tatsächlich glauben. Warten Sie, bis Sie in die Lage kommen, handeln zu müssen. Dann werden Sie's erleben – –
Er gab Roberts Arm frei, griff zum Glas, trank bedächtig.
– Was –? fragte Robert unnachgiebig.
Schemnitzky sah vor sich hin, als hätte er nicht gehört oder als sei er entschlossen, nicht zu antworten. Nach einer langen Pause sagte er plötzlich:
– In der ganzen Sache geht zuviel Richtiges und Falsches durcheinander; und es ist niemand da, der es trennen könnte. Es war wie eine Antwort an Hanna, obzwar er polnisch sprach und sie nicht ansah, aber er sagte es in ihre Richtung. Man glaubt gar nicht, selber etwas zu tun. Man tut überhaupt nichts, sondern man zieht sich aus der Affäre. Und man erkennt nicht einmal, ob es einem gelungen ist.
Während Hanna ungeduldig und erbittert Robert in die Augen sah, als wollte sie darin ablesen, was Schemnitzky ihm mitgeteilt hatte, wartete sie auf eine neue Äußerung Schemnitzkys, auf die Bewegung seiner Lippen. Aber Schemnitzky war sichtlich entschlossen, sich nun an Loraine zu halten. Loraine wirkte auffallend, mit dem riesigen schottischen Schal und ihren türkischen Ohrgehängen sah sie großartig und unbedingt fremd aus; offenbar fand Schemnitzky sie nicht weniger exotisch als sie ihn. Aber er hatte zweifellos den Wunsch, dieses Ausländische zu durchbrechen, aufzuheben oder wenigstens darin Eingang zu finden. Durch Robert wandte er sich mit der Bemerkung an Loraine, sie sei zwar zu einem ausgesprochen ungünstigen Zeitpunkt gekommen, aber der Schein trüge. Er wollte sich darüber gerade näher auslassen, da erschien das behaarte Gesicht des Gemeindevorstehers in der Tür, nickte den Bekannten zu, verschwand wieder. Schemnitzky zeigte sich davon unleugbar abgelenkt. Robert stellte fest, daß der Gemeindevorsteher und Mostbaumer, die er in der Pension öfter beisammen gesehen hatte, einander hier nicht kannten. Ja, der Ministerialrat erhob sich, und vielleicht hatte Robert gerade deshalb das unbestimmte Gefühl eines Zusammenhangs, fast einer gemeinsamen Absicht.
Mostbaumer machte den Eindruck einer gewissen Brutalität, aber er sah im Grunde nicht unintelligent aus. Trotzdem war es erstaunlich, welches Maß an Verehrung er vertrug, ohne daran Anstoß zu nehmen. Es schien sogar, daß er sich in der demütigen Bewunderung Krejcireks erst auf die ihm zukommende Art respektiert fühlte. Nicht nur, daß Krejcirek ihm den Mantel hinhielt,

damit Mostbaumer hineinschlüpfe; er brachte es auch fertig, ihn zuzuknöpfen, was Mostbaumer mit einer eher angedeuteten Abwehrbewegung wohlwollend geschehen ließ. Krejcirek vollzog diese Mehrleistung an Devotion wie eine Auszeichnung, die ihm in aller Öffentlichkeit zuteil wurde. Im Hinausgehen wedelte er neben Mostbaumer her, eine Haltung, die sich Robert ausdrücklich bestätigte, während er bemüht war festzustellen, wie sie zustande kam. Denn Krejcirek war einen guten halben Kopf größer als Mostbaumer, ziemlich mager und hatte nach vorn hängende Schultern. Dennoch vermochte er so auszusehen, als blicke er zu Mostbaumer empor, schnappe begierig und dankbar nach den geistigen Brocken, die ihm Mostbaumer mit ein wenig verächtlicher Nachlässigkeit hinwarf.
Schemnitzky sah unberührt geradeaus, es konnte tatsächlich scheinen, daß er die beiden nicht bemerkte, aber seine Pupillen waren ganz im Winkel. Kaum waren sie vorbei, wandte er sich mit einer der ruckartigen Bewegungen, die zu seiner schwerfälligen Bedächtigkeit so auffallend in Gegensatz standen, an Robert:
– Also, wenn *der* nicht hier wäre!
Robert fragte nicht ›Spitzel?‹, er fragte:
– Nachrichten-Dienst?
– Das auch, sicherlich. Aber für wen?
– Na, sagte Robert, da es nur zwei Parteien sind – –
– Ja, aber in jeder gibt es verschiedene Gruppen, die, wenn es nicht anders geht, auch mit der Gegenseite paktieren, um einen umzulegen.
– Zustände! sagte Robert.
– Auch für Ihren Zweck wäre es günstiger – – Schemnitzky hielt inne, ob er sich nicht schon zu weit vorgewagt hatte – also auch Sie haben Grund genug, ihn zum Teufel zu wünschen, vollendete er gallig.
Hanna blickte mit wachsender Spannung auf Schemnitzkys Mund. Der Szenenwechsel in ihrem Innern strahlte seine Lichter aus, sie griff nach Roberts Hand, damit ihr Glück sie nicht forttrage. Als sei Robert im Begriff, alles wettzumachen, was sich je trennend, mit dem Gefühl des Unvereinbaren und der Fremdheit zwischen ihnen erhob – als sei der Mann im Schilf nun auch Schemnitzkys Angelegenheit geworden und Robert habe ihn dafür gewonnen.
– Mostbaumer, sagte Schemnitzky, wir haben nicht viele solche, aber jetzt werden wohl mehr von seiner Sorte hochkommen. Er

sah allen nachdenklich in die Augen, es sollte nicht so aussehen, als ob er die Wirkung seiner Worte kontrollierte. Hanna benützte die Gelegenheit:
– Gestern . . . gegen zehn Uhr waren die letzten Schüsse zu hören. Wie viele Tote liegen eigentlich aufgebahrt in der Kapelle? Die Wachen lassen niemanden in die Nähe.
Hatte Schemnitzky nicht zugehört? Eindringlich setzte er fort:
– Was heutzutage bei uns das Regieren betreibt – zugegeben! Aber trotzdem –
Seine Geste ließ keinen Zweifel und war deutlich an Loraine gerichtet. Er beugte sich vor, sah ihr in die Augen. Ja, bestimmt, ein Engländer könne sich hierzulande in manchem wie zu Hause fühlen. Wie zu Hause, genauso, und noch mehr eine Engländerin –
Er nahm ihren Unterarm, hielt ihn fest. Eine kräftige Männerhand, die zugriff, das war sozusagen eine internationale Sprache, das verstand eine jede. Der Kontakt war nicht zu leugnen und er hatte ihn geschaffen, um sein Vaterland gegenüber einer Fremden, die einen unter jedem Gesichtspunkt ungewöhnlichen Eindruck auf ihn machte, ins rechte Licht zu setzen.
– Meine Gnädigste, sagte er feierlich – verheiratet ist er nicht, er trüge sonst einen Ehering, dachte Robert und betrachtete amüsiert Loraine – wie gesagt . . . Sie werden den Unterschied sofort sehen, kein Wort wird darüber nötig sein.
– Sicherlich! Die Anstrengung, mit der Hanna dieses Lächeln hervorbrachte, das Vibrieren ihrer Stimme konnte niemandem entgehen. Schemnitzky schien nichts davon zu merken.
– Ein einziges Beispiel, sagte er, ein praktisches . . ., denn es sind doch Geschäfte, die Sie hier vorhaben, selbstverständlich Geschäfte, Sie würden sonst nicht hier sein – obwohl die Situation viel harmloser ist als sie aussieht, namentlich für die Fremden. Also zum Beispiel –
– Zweifellos werden wir es eher genießen, wenn Sie uns vorher sagen, ob diese Jagd im Schilf endlich –
– Sie wissen, wandte sich Schemnitzky mit Nachdruck noch näher zu Loraine, die Verwaltung, die Wirtschaft, darauf kommt es an, daran erkennt man es. Jaja – also zuerst der Osten oder der Südosten, wo wir jetzt nämlich den Fall setzen, nur damit Sie den Unterschied sehen. Sie wünschen Lieferungen, Sie haben die Absicht . . . sagen wir – eine Fabrik zu bauen oder sogar sich an einem Kraftwerk zu beteiligen! Wir nehmen es doch bloß an, als Beispiel,

verstehen Sie? äußerte er ein wenig unwillig und gekränkt, als Robert übersetzt hatte und Loraines Befremden nicht zu übersehen war. Sie bitten also um die wohlwollende Geneigtheit, Sie verlangen besondere Bewilligungen und Kredite und dafür – – Sie verstehen. Sie greifen also nach Ihrer Mappe, weil es sich nun nicht länger aufschieben läßt. Seine Exzellenz schaut gespannt, ungeduldig, und da wissen Sie, daß Sie die Brieftasche öffnen dürfen. Ihre Befangenheit ist im Nu verschwunden, weil Sie sehen, wie genau er mitzählt, jeden Schein, den er berührt, ein wenig zu sich heranschiebt.

Dann sind Sie fertig, haben alle Scheine aufgezählt, die ganze Anzahl, von der Sie sich ausgerechnet haben, daß sie ihm für den Anfang gebührt. Das aber ist der Moment, wo er den Blick von den Scheinen hebt und Sie fragend ansieht. Und weil Sie vielleicht ebenso fragend den Blick Seiner Exzellenz erwidern, sagt er und hat den Finger noch auf dem letzten der hingezählten Scheine:

– Gib mehr!

Jawohl, gib mehr! Sie müssen alle Ihre Geschicklichkeit aufbieten, ihn zu überzeugen, daß es genug ist. Gib mehr! Übersetzen Sie das, erzählen Sie es der Dame, damit sie Wien schätzen lernt.

– Wirklich! Wir werden Ihnen besser folgen, wenn Sie uns vorher die Ungewißheit nehmen – Hanna griff nach Schemnitzkys Arm, der noch immer Loraines Unterarm gepackt hielt, versuchte ihn zu schütteln. Schemnitzkys Arm lag da, mächtig und unbeweglich.

– Dagegen hier bei uns – dieser Unterschied! sagte er unbeirrt. Und gleich merken Sie: was für ein Kavalier, jawohl, mit einem Wort ein Schentällmen, wie er der Dame von daheim her nicht vertrauter sein könnte.

Sie spüren es schon, bevor sie ihn überhaupt zu Gesicht bekommen. Denn Sie müssen nur so lange warten als unbedingt nötig ist, eine Viertelstunde, eine halbe Stunde. Manche Leute sind nämlich nicht imstande, sich kurz zu fassen, sie können es einfach nicht. Aber der Herr denkt nicht daran, sie zu erziehen, nicht einmal durch so drastische Mittel, daß er sie einfach anbrüllt oder hinauswirft, was Ihnen weiter östlich, Demokratie oder nicht Demokratie, ohne daß es was Besonderes wäre, passieren kann.

– Ganz richtig, eben Wien! sagte Schemnitzky und trank aus. Sein Untergesicht versank in dem dicken weißen Schaum; er holte ein großes blaurot bedrucktes Taschentuch hervor und begann sich zu reinigen. Man glaubt, es wäre großartig eingeschenkt, nicht wahr?! Sieht aber nur so aus. Er versteht es ausgezeichnet – das

Krügel voller Schaum, aber richtiges Bier kaum die Hälfte. Übrigens: Bier ist doch eine Art Höhepunkt!
Einmal hatte er eine Flasche französisches getrunken, vom italienischen gar nicht zu reden. Jaja, ein Volk, das so ein Bier hervorbrachte, hatte begreiflicherweise hierzulande keine Chancen. Vom Brett des vorbeischwenkenden Servierburschen griff er ein neues Glas, hielt es mit einem Lächeln vor Loraine hoch und verneigte sich leicht.
– Also haben Sie es ihr genau übersetzt?
Mit bedeutungsvollem Gesicht zu Boden starrend, auf den vorgestellten Teppich, den der Besucher vor ein paar Minuten zu dem pompösen Schreibtisch hingeschritten ist. Schemnitzky arbeitete mimisch mit, um die Befangenheit vor dem würdig-gehobenen Milieu recht anschaulich zu machen. Offenbar dachte er an einen bestimmten Beamten, den er kannte. Sein rotes Gesicht geriet ins Schaukeln, ja es quoll auseinander, wenngleich diese Veränderung sichtlich gewaltsam, wie unter großer Anstrengung vor sich ging. Die Wangen, feist und nicht nur vom Blaurot des Trinkers, sondern braungegerbt, den Aufenthalt in Sonne und Wind unzerstörbar durch alle Kanzleibeschäftigung zur Schau tragend, füllten die ganze Vorderseite des Kopfes und wichen dennoch zurück, machten jetzt das Gesicht doppelt so breit. Die gut zweifingerdicken Bartpfeile nach rechts und links, glänzend brandrot, wirkten wie eine stabile Hauptachse. Die kupfernen Schatten der Brauen und die kurzen Wimpern lagen besänftigend über dem Blau der Augen, deren dicke Äderchen dafür sorgten, daß auch hier die rötlichen Töne den Ausschlag gaben.
Roberts Beobachtung wurde vielleicht von Loraine geteilt, für die es nahe lag, sich an die äußere Erscheinung zu halten, da bei Schemnitzkys dürftigen physiognomischen Variationen die Schlüsse auf das, was er in den fremd dahinfließenden Worten auseinandersetzte, schwierig und kaum erhellend waren.
– Laß ihn doch nicht weiterreden! Hanna herrschte Robert an. Hör endlich auf, ihm zuzuhören! Es war ihr jetzt offenbar gleichgültig, ob die Bewegung in ihrem Gesicht als Lächeln oder verhaltenes Schluchzen gedeutet würde.
Schemnitzky hob mit schlauem Lächeln den behaarten Zeigefinger, erzeugte in Loraine eine etwas zu sichtbare Erwartung, die von Hannas Verhalten nicht unbeeinflußt schien.
– Also . . . der Herr begrüßt Sie, er steht auf. Aber kaum, daß Sie es richtig bemerken, sitzt er bereits wieder, er hat Ihnen sogar die

Hand gegeben. Sie sind gar nicht dazu gekommen sich zu überlegen, ob Sie sie drücken sollen. Schon ist's vorbei und die Hand, die eine Sekunde vorher in der Ihren lag, zeigt jetzt auf den Stuhl.
Es kann sich nur um jemanden handeln, mit dem er zu tun hatte, dachte Robert, vielleicht mehrere Male, denn daß ihm einmal genügt haben sollte, um derartige Finessen zu beobachten, schien Robert auch jetzt noch unwahrscheinlich.
– Nun reden Sie davon, daß Ihr Anliegen eigentlich etwas ist, das Sie nur aus Prestige-Gründen anstreben, in Wirklichkeit kostet es Sie Geld, ja es beliebt Ihnen, Ihr Geld auf diese Weise loszuwerden. Sie nützen dem Staat, es ist geradezu ein patriotischer Akt, bei dem Sie die Hilfe des Ministeriums anrufen. – Sie werden zugeben, solche Reden, auch wenn man sie sich noch zurechtgelegt hat und mit einer gewissen Geläufigkeit vorbringt, können einen im Anfang, besonders wenn man das Verhalten des Gegenüber noch nicht kennt, ein bißchen verlegen machen. Aber der Herr ist weit davon entfernt zu lächeln, er nickt hie und da bestätigend, als sprächen Sie aus, was er sich bei der Sache denkt, so daß Sie kühner werden und andeuten, daß er – indem er Ihren Wunsch erfüllt – teilhat an diesem der heimischen Wirtschaft nützlichen Unternehmen.
Seine Partnerschaft, der Beginn der gemeinsamen Verantwortung ist damit ausgesprochen, er hat sie mit innerer Zustimmung auf sich genommen. Was ist natürlicher, als daß er seine Tabatiere aus der Tasche zieht? Schon will er ihr die Zigarette entnehmen, da besinnt er sich und hält sie Ihnen hin, damit Sie als sein Gast sich zuerst bedienen. Was ist selbstverständlicher, als daß Sie Ihre Streichhölzer hervorholen, um ihm und sich Feuer zu geben? Im Eifer des Gesprächs, Sie sind auf dem Höhepunkt Ihrer Darlegungen, legen Sie die Streichholzschachtel achtlos hin. Nun sucht er ein Verordnungsblatt hervor, eine statistische Tabelle, ein Gesetz, zeigt Ihnen die in Frage kommenden Stellen, Sie beugen sich darüber, er schiebt sie Ihnen hin. Es ist unvermeidlich, daß er dabei Ihre Zündhölzer bedeckt, sie sozusagen unsichtbar macht. Eine Streichholzschachtel ist schließlich kein Wertgegenstand, und Sie halten jetzt bei wichtigen Dingen: es werden Beträge genannt, die ersten Ziffern. Es ist klar, daß Sie beide sich in ein enormes Risiko begeben – er sozusagen die moralische Verantwortung tragend, Sie das Ganze verwirklichend. Aber er ist gewonnen; er sieht zwar noch gewisse Schwierigkeiten – –
Nun erhebt er sich, Sie stehen ihm gegenüber. (Vielleicht hatte

Schemnitzky einmal den Vermittler gespielt. Wo hätte er sonst die Gelegenheit her zu solchen Erfahrungen?) Diese delikate Andeutung – wie macht er es eigentlich? Es sieht tatsächlich aus, als würde er Sie ein paar Schritte zur Tür hin begleiten, während er nicht einen einzigen tut. Er lächelt:
– Also wie gesagt, soviel in meiner Macht steht –.
Ob Sie aber die Bewilligung oder die Aufträge oder was es sonst ist, kriegen, das steht in Wahrheit nur bei Ihnen, vielmehr es steht auf dem Scheck, den Sie klein zusammengefaltet auf den Boden der Zündholzschachtel gelegt und mit den Streichhölzern darüber gut zugedeckt haben. Wenn es nicht genug ist, werden Sie nochmals zu einer Konferenz gebeten, denn jetzt, wo der Herr mittut, ist es bereits eine Konferenz. Er wird Ihnen seine Schwierigkeiten auseinandersetzen, wiederum bei einer Zigarette, zu der Sie ihm Feuer anbieten – –
Jawohl! Beachten Sie bitte den Unterschied zwischen dem vielleicht nicht ganz sauberen Bauernfinger, der auf eine Banknote nach der anderen tippt und sie zu sich heranschiebt: Gib mehr! und diesem Gesicht, das Ihnen lächelnd versichert: Soviel in meiner Macht steht –. Das Beispiel zeigt alles, haben Sie es erfaßt? Sie sehen, was dieses Land noch immer ist, trotz den Mostbaumers und überhaupt – –
Sein großes rotviolettes Gesicht strahlte in Genugtuung und einem gewissen Stolz:
– Übersetzen Sie es, sagen Sie es den Damen, die englische soll einsehen, daß sie sich hier wohlfühlen kann.
Loraine lächelte undurchdringlich, aber sie hob ihr Glas.
Hannas Blicke waren kaum zu ertragen, fordernd, voll Ungeduld und tiefer Anschuldigung, als sei Schemnitzkys Weitschweifigkeit von Robert hervorgerufen und er dafür verantwortlich. Sie sah aus, als würfe sie alles sofort hinter sich, jedes Wort staubiger Unrat, der ihr verdeckte, was sie zuerst und ausführlich wissen wollte. Gereizt fragte sie, als gehöre es mit zu seinem Thema, sei das, worauf Schemnitzky hinaus wolle:
– Warum ist gestern geschossen worden? Wie viele Tote sind es? Und heute – warum die Gendarmen?
Schemnitzkys Gesicht bekam etwas Fuchsiges, aber das dauerte nur Sekunden; er spitzte die Lippen zu einem unhörbaren Pfeifen. Ein verschlagenes Überlegen, ein Schwanken zwischen galligem Sicheröffnen und vorsichtigem Ansichhalten, zwischen Schlauheit und Entrüstung hielt diesen unsicheren Ausdruck eine Zeit-

lang in Schwebe. Plötzlich verschwand er wie in der Versenkung; Schemnitzkys Miene schien wieder von nichts als einem unverwüstlichen, aus der Tiefe heraufquellenden Behagen geprägt. Er sah abweisend zu Hanna hinüber, blieb aber Robert zugewandt, weil, was er zu sagen hatte, sich offenbar auf polnisch leichter mitteilen ließ.

Zunächst betrachtete er den vom Rand seines Glases fließenden Schaum, als ob er sich nicht klar darüber sei, wie er ihn am besten beseitigen könne. Er blies darauf, schnellte ihn mit einer grotesk zierlichen Bewegung des kleinen Fingers weg, daß er im Bogen auf die Erde schwappte. Langsam leerte er das Glas zur Hälfte, mußte sich von dem Trunk ein paar Minuten erholen, kurz, er hatte ausreichend Zeit, sich eine Antwort zurechtzulegen. Roberts Blicke gaben beinahe seine Gedanken preis, sie umfingen Schemnitzky irritiert, ein wenig verächtlich. Warum schweigt er nicht einfach? Warum muß er reden, wenn er sich nicht traut, die Wahrheit zu sagen? Aber vielleicht konnte Schemnitzky nicht anders, ja er schien sogar froh, zu jemandem sprechen zu können, der an den Vorgängen interessiert war und doch nicht zugehörig im Sinne der Leute, die ihn hier umgaben.

Es blieb Robert erspart, noch länger zuzuwarten, denn plötzlich kam ›dieser Mensch‹ herein, klirrend, mit allen Anzeichen militärischer Überlegenheit, in einer sichtbaren Atmosphäre des Erfolges. Er ging sofort auf Schemnitzky zu. Schon aus der Begrüßung – noch immer straff und zackig, aber sofort in den Ton familiärer Kameradschaft hinüberwechselnd – war zu erkennen, daß seine Stellung sich sehr gefestigt und sein Selbstgefühl ein Gleichgewicht erlangt hatte, das zumindest nach außen hin natürlich und unerschüttert wirkte.

– Ah, der Herr Doktor! Er schlug vor den Damen die Sporen zusammen, verneigte sich, um auf der Stelle ins Militärisch-Berufsmäßige zurückzufinden, seine Wichtigkeit bereits mit einer gewissen Routine eindringlich vor Augen zu führen. Er klopfte Schemnitzky von oben her auf die Schulter:

– Nun, zufrieden mit den Ergebnissen? Was wollen Sie schließlich am ersten Tag! Nur Geduld! Und zu Robert, aber auch für die Damen bestimmt: Er hat nämlich ein Temperament! Ich kann ihn kaum zurückhalten. Will einfach nicht warten, bis sich das Blatt endgültig wendet. In bezug auf ihn selbst schien sich das Blatt bereits gewendet zu haben, wenigstens so weit, daß Schemnitzky es geraten fand, alles schweigend hinzunehmen. Hanna rückte auffordernd beiseite, damit ›dieser Mensch‹ neben ihr Platz nehmen konnte.

– Ah, endlich bin ich an die richtige Quelle geraten. Sie wissen natürlich genau Bescheid. Gestern abend, die Schießerei – –

– Ah, Gnädigste meinen den Überfall am See, ein reguläres Feuergefecht! Er wiederholte mehrere Male ›Feuergefecht‹, wie um die daran knüpfbaren Vorstellungen in ihrer ganzen Gefährlichkeit zur Wirkung zu bringen. Sogar Robert fragte überrascht:

– Aber ist denn das möglich? Ein wirklicher Kampf? Um Gottes willen, mit wem denn?

Schemnitzky sah plötzlich aus, als säße er in einem Bienenstock und müsse aus Schicklichkeitsgründen wenigstens vorläufig drin sitzen bleiben. Er saß noch immer Loraine zugewandt, nun starrte er betreten, wie bei etwas ihn schimpflich Herabsetzendem ertappt, vor sich hin, stöhnend, als sei das Maß der über ihn verhängten Tortur voll und er könne nicht mehr davon vertragen. ›Dieser Mensch‹ zeichnete bereits auf der Rückseite der Speisekarte die Gefechtslage auf. Hannas weit offene Augen, ihr fiebrig zusammengepreßter Mund, ihre vorgebeugte Haltung, gierig, gespannt, antreibend, mehr, mehr, all das war im Grunde unwichtig, glitt von ihm ab, denn Loraine war die effektvollere. Mit erhobener Stimme, die seine Unsicherheit kaum verbarg, kämpfte er gegen ihre abweisende Kühle, die nicht verstand, mit Deutlichkeit zeigte, daß sie gar nicht verstehen wollte. Aber er hatte keine andere Chance, ihr Eindruck zu machen, also skizzierte er die Situation, in der seine Leute augenscheinlich keine besonders erfolgreiche Rolle gespielt hatten.

– Sieben Tote! Jawoll, sieben Mann sind gefallen, aber ich habe noch fünf Schwerverwundete. Es ist nicht anzunehmen, daß sie alle wieder aufkommen. Aber sieben sind sofort gefallen, auf dem Felde der Ehre gefallen!

Er nickte bedeutsam zu Loraine hinüber.

– Bemühen Sie sich nicht, sagte Robert, sie versteht kein Wort.

Sichtlich suchte ›dieser Mensch‹ den Übergang, um die Folgen zu schildern, die sich aus der Tätigkeit auf diesem gefährlichen Felde, eben dem Felde der Ehre, ergaben.

– Bitte schön, heute rot, morgen tot –. Er wippte mit dem Finger an der großen gelben Medaille, die offenbar neu war, wenigstens hatte sie Robert noch nicht an ihm bemerkt. Aus Sarkasmus, aus Lust am Grotesken, vielleicht sogar aus einer Art Verlegenheit tat ihm Robert den Gefallen:

– Na, Sie haben also die erfreulicheren Folgen bereits geerntet. ›Dieser Mensch‹ lächelte abwehrend, geschmeichelt:
Jawoll, er müsse zugeben, er habe das wirklich auf dem Felde der Ehre erworben. Der Dank für seine strategische Führung. Erfolgreiche Sturmangriffe und dabei fast keine Verluste, das sei sozusagen seine Spezialität. Gestern freilich –
Er runzelte die Stirn, verharrte in einem trübsinnig pathetischen Zustand, der offenbar seine Trauer ausdrücken sollte, wobei er angestrengt vor sich hin sah, als sähe er dort etwas, von dessen Betrachtung Robert, vor allem aber Schemnitzky ausgeschlossen war. Schemnitzky hob das Kinn wie im Angriff, seine Augen entließen ein quecksilbriges Funkeln, das Gesicht schob sich in verhaltener Gewalttätigkeit zusammen, sah böse und entschlossen aus. ›Dieser Mensch‹ mußte die Veränderung bemerkt haben, vermutlich wollte er zeigen, daß er sich davon nicht imponieren ließ.
– Natürlich . . . Er wandte sich jetzt ausschließlich an Robert, vertraulich, fast kollegial, Schemnitzky mochte zuhören. Wie gesagt – alles wäre anders gekommen, wenn seine Leute richtig informiert worden wären. Wozu war der Patrouillendienst der Gendarmerie eigentlich da? Hier warf er einen sekundenkurzen Blick auf Schemnitzky, aber es erfolgte nichts. Schemnitzky sah aus wie völlig in sich zusammengezogen, erstarrt, unbeweglich. Seine Leute hatten also das treibende Boot für nichts als ein treibendes Boot gehalten, aber auf jeden Fall einmal hingeschossen. Nicht ahnend, daß sie damit das Signal für die Bande aus dem Schilf gaben, die sich gerade dort postiert hatte, wo der See wie ein Strumpf in die Wiesen hineinreichte und das niedere Gebüsch eine ausgezeichnete Deckung bot.
Schemnitzky kehrte mit einem heftigen Ruck Robert sein zinnoberrotes Gesicht zu.
– Mit einem Wort, die am Ufer gegenüber haben den Schuß als Angriffs-Signal genommen, die Amateur-Soldaten haben sich gegenseitig erschossen, sieben Mann haben sie umgelegt. Wenn meine Gendarmen nicht dazwischen gekommen wären, wäre die Verlustliste noch größer geworden.
Nun hatte ›dieser Mensch‹ augenscheinlich einen Rückfall in seine frühere Art; er schien plötzlich die Stimme zu verlieren, bog sich in einer Mischung aus Krächzen und Gelächter hin und her:
– Also . . . hat er nicht Humor? Ich hab schon immer gesagt, daß er Humor hat. Wie die Kerle sich ins Schilf zurückzogen, als sie

sich klar waren, daß sie sich nicht würden halten können, da hatten es seine Gendarmen gar nicht so eilig mit der Verfolgung, was?! Trauten sich nicht hinein in den Dschungel. Hätte wahrscheinlich nur noch mehr Opfer zur Folge gehabt, mit dem Resultat – Null! Selbstverständlich hab' ich sofort telefonisch berichtet, Verstärkung verlangt. Sie sehen, die Verstärkung sitzt hier. Und weil sie sich vorläufig nicht zu helfen weiß, leugnet sie, daß es überhaupt was gegeben hat. Weil der Gegner in Sicherheit ist, behauptet der Herr Kommandant, daß es gar keinen gibt, hahaha, nie einen gegeben hat. Originell, nicht wahr? Ein glänzender Ausweg! Nur hat er dabei nicht an mich gedacht, leider – –

Wieder schüttelte ihn eine Art Krampf zu seinem Gelächter. Er erhob sich jappend, schlug Schemnitzky mehrmals kräftig auf die Schulter. Das war neu, es war sogar erstaunlich. Schemnitzkys Gesicht verzog sich in einer ungeheuren Anstrengung, er zuckte unter der Hand, die seine Schulter traf, wie wenn ihn etwas höchst Ekelerregendes berührt hätte.

– Ja, sagte er mit heiserer Stimme zu Robert, und da erkundigen Sie sich noch, was los ist!

Er hatte Loraine völlig vergessen, brütete versunken vor sich hin, mechanisch an seiner Virginia saugend, ohne zu merken, daß sie längst ausgegangen war.

– Was soll also jetzt werden? Robert fragte wie unter dem stummen Auftrag Hannas, fragte wie einer, der weiß, daß er keine Antwort erhalten wird, vielleicht deshalb, weil es keine gab.

Schemnitzky saß noch immer da wie ein Ölgötze. Plötzlich begann er umständlich die Virginia wieder in Brand zu setzen. Hanna blieb regungslos und schien dennoch näher an ihn heranzurücken. Ihre Augen machten das, sie wurden größer, mit einem Ausdruck unpersönlicher Heftigkeit, etwas Außer-Menschlichem, für das es keine Konvention mehr gab, das sich nicht mit Vorwänden würde abspeisen lassen. Sie schrie:

– Haben Sie nicht gehört? Was soll werden?

Unwillkürlich ließ Schemnitzky von der Zigarre ab; Hannas Augen gaben ihn nicht mehr frei:

– Sagen Sie nicht, daß Sie es nicht wissen. Wir alle wissen es nicht. Aber Sie können noch am ehesten Auskunft geben. Sie sind sogar imstande, ein Ergebnis . . . ich will nicht sagen herbeizuführen, aber zu beeinflussen. Sie können helfen!

Ihre Entschlossenheit, ihr unbedingtes Teilhaben jenseits aller Bedenken, bebend, vor dem Umschlagen in die Selbstaufgabe, in irgendeine Form der Zerstörung – zwischen den roten Wülsten in Schemnitzkys Gesicht tauchten mit einemmal seine Augen hervor, merkwürdig deutlich, wässerig hellblau, unsicher, fast beschämt. Aber sie hatten Hannas Blick bereits aufgenommen und hielten ihm stand. Es gab jetzt an dem Tisch nur die beiden, ja ein paar Augenblicke schien es, als wären sie die einzigen in der Stube und alle andern einfach nicht da. Schemnitzky sagte in seinem harten Polnisch-Deutsch:

– Helfen? Gott kann helfen. Aber der kümmert sich nicht drum, dem ekelt vor dem Ganzen.

VIII

Mehr ein Gewölbe als ein Zimmer, halb unter der Erde, Stichkappen in dem alten Mauerwerk. Die eine Tür führte auf eine Stiege hinaus ins Gebüsch hinterm Haus, die andere vom Gang her war angelehnt. Mostbaumer kam zuletzt, der Wirt und Florian warteten bereits. Der Wirt schloß sorgfältig die Tür.
– Heil! grüßte Mostbaumer.
– Heil – was? Florian grinste.
– Wissen wir noch nicht, sagte Mostbaumer. Den ›Kleinen‹ habt ihr ja umgelegt.
– Schöne Schweinerei, sagte Florian. So hab ich mir's nicht vorgestellt.
– Herr Gemeindevorsteher, sagte Mostbaumer, Ihr Bruder, der Herr Minister, wird es Ihnen bestätigen, die Leute hatten drei Stunden Zeit. Der Sicherheitsminister hat beide Augen zugedrückt. Sie haben's eben nicht geschafft.
Mostbaumer sah sich um:
– Sie mit Ihren Verschwörerallüren, sagte er zum Wirt. Und zu trinken –?
Der Wirt holte den Tonkrug aus dem Eiskübel neben der Tür, nahm die Gläser aus dem Schrank.
– Ist vorgesorgt, Herr Ministerialrat. Putsch hin, Putsch her, ich verdiene lieber durch die Fremden. Der Kanzler ist also hin, tatsächlich?
Mostbaumer zuckte die Achseln.
– Sind die Leute da? fragte er.
– Oben in der Gaststube. Ich schick sie Ihnen dann herunter.
– Also trinken wir auf das Projekt, Herr Ministerialrat, daß es nicht wieder ein Scheißdreck wird, sagte Florian.
Sie stießen an. Nachschmeckend schnalzte Mostbaumer mit der Zunge:
– Warum gibt's das nicht alle Tage bei Ihnen?
Der Wirt strich sich selbstgefällig den Schnurrbart.
– Gehört zu den Verschwörerallüren, sagte er.
Florian seufzte bekümmert, es klang nicht ganz echt.
– Den größten Scherben hab' jedenfalls *ich* auf!
– Und warum, wenn man fragen darf? Mostbaumer trank aus, hielt dem Wirt das Glas hin. Vielleicht immer noch wegen des

Maschinengewehrs? Sie sind doch längst einvernommen, die Zeugen haben Ihre Aussage bestätigt.
– Aber das Tatsächliche –
– Hören Sie mir endlich *damit* auf! Das Tatsächliche ist, was im Protokoll steht. Alles andere interessiert keinen Menschen.
– Vorgestern haben Sie anders geredet, Sie haben sogar – –
Hinter dem Rücken des Wirtes machte Florian die Geste des Geldzählens.
– Inzwischen habe ich die Protokolle gelesen.
Florian sah Mostbaumer von der Seite noch ein wenig mißtrauisch an. Da hat sich also der Cölestin wieder einmal aufspielen wollen, nichts weiter. Außerdem: er hat nichts dagegen, wenn sie mich einsperren oder sogar hängen, wäre ihm nur recht.
– Dabei bleiben, um keinen Preis von der ersten Aussage abgehen, sagte er zu den beiden, aber es galt ihm selber. Darauf kommt's an, nur darauf! Er trank.
– Also, sagte der Wirt, ich seh noch nicht klar, Herr Ministerialrat.
– Nicht klar? Sie sagen doch selber, die Leute sind verläßlich. Nach der Darstellung, die der Milizhäuptling ›oben‹ gegeben hat, muß Schemnitzky seine Gendarmen hier am See beschäftigen, wurscht, ob wer im Schilf ist oder nicht. Außerdem kommt kein Mensch auf die Idee, daß wir gleich nach dem verunglückten Putsch – –
– Trauen wir uns auch nicht. Das macht alles der Mann im Schilf.
– Mit seiner Bande.
Mostbaumer und Florian lachten. Der Wirt blieb ernst:
– Die Gelegenheit wird bald genug vorbei sein. Beeilen wir uns.
– Jaja. Und die Leute dürfen die Gewehre nachher behalten?
– Jeder eines, mit zweihundert Schuß Munition. Militärkarabiner, Zielfernrohre. Da wird's bald weit und breit keinen lebendigen Gams mehr geben.
– Wer zahlt aus? fragte Florian dazwischen.
Mostbaumer zögerte eine Sekunde.
– Das ist doch Nebensache, sagte er.
– Gut, Nebensache. Aber wer zahlt aus?
Harte Blicke. Mostbaumer sah von einem zum andern – die beiden ließen sich nichts vormachen, er würde einlenken müssen. Nervös trommelte er auf dem Tisch. Vielleicht gab es doch noch eine Möglichkeit.

– Meine Herren, sagte er, wenn es gelingt, das Magazin auszuheben – –
– Natürlich, das Magazin! Wissen wir, dreitausend Gewehre, soundsoviele Kisten Munition, wahrscheinlich auch Handgranaten, wissen wir alles.
– Richtig, sagte der Wirt. Was wir aber noch nicht wissen, ist: Wer zahlt die Leute aus?
Mostbaumer sah ein, daß er nachgeben mußte. Er lächelte sauer:
– Auch dabei darf für uns was hängen bleiben. Er fand das Wort, das die zwei andern suchten: Meine Auftraggeber stellen sich vor, also . . . zweihundert Schilling pro Mann.
Der Wirt schwenkte den Krug hin und her, es sah aus wie ein energisches Kopfschütteln:
– Dreihundert können wir ihnen gut anrechnen.
Mostbaumer entschloß sich, das letzte Bedenken fallen zu lassen:
– Und wieviel geben wir wirklich?
Florian und der Wirt grinsten. Jetzt war reine Luft, in der man ohne Hintergedanken reden konnte.
– Fünfzig Schilling, sagte Florian. Schließlich ist der Karabiner die Hauptsache und unter normalen Umständen für jeden unerreichbar. Du, Andrä, gibst das Freibier nicht an einem, sondern an zwei Abenden, das zweite Mal vierzehn Tag später. Jeder sechs Krügel. Dazu ein Gulasch, gute Portionen.
– Nur das erste Mal, sagte der Wirt.
– Auch das zweite Mal. Nimm Pferdefleisch oder gib ihnen Erdäpfel dazu. Sie randalieren, wenn sie auf leeren Magen saufen. Ich kenn dich, Andrä –
Der Wirt hob abwehrend die Hand.
– Meinetwegen, sagte er.
– Also morgen nachts. Schick sie jetzt herunter, sagte Florian.
– Moment. Mostbaumer besann sich unlustig. Soll ich dabei sein?
Der Wirt sagte rasch:
– Und ich will gar nicht dabei sein. Ich hol sie nur herunter. Florian sah unschlüssig aus. Mostbaumer sagte etwas zu gleichgültig:
– Sie haben das Arrangement über, Sie haben die Leute in der Hand. Sehr einfache Leute, vielleicht macht sie's befangen, wenn sie mich sehen. Aber wenn Sie's für richtig halten, bleib' ich natürlich.

– Gehen Sie nur, winkte Florian ab.
Elende Dreckfresser, dachte Mostbaumer. Er hatte sich die Gestalten angesehen, die droben, jeder ein Glas Trebernschnaps vor sich, in der Gaststube warteten. Schwächlich, das sind sie alle, krumm und verbaut von der frühzeitigen, zu schweren Arbeit, keiner sieht nach was aus. Bedürfnisloser als das Vieh; unglaublich, was sie dabei aushalten. Stinken alle aus den Mäulern, lauter kariöse Zähne, schwarze Stummel. Wenn man hinschaut, wird einem übel, mir wenigstens. Ich kann nicht reden mit ihnen, dachte er noch auf dem Heimweg, ich versteh sie nicht, sie verstehen mich nicht. Wie viele wird der Florian brauchen? Dreißig, vierzig vielleicht. Anrechnen wird er hundertvierzig; sein Geschäft. Ich könnt den Rebbach mit ihm teilen, wenn ich geblieben wäre. Komisch – ich glaub dem Florian, daß die Leute unbedingt sicher sind, aber ich möcht doch nichts mit ihnen zu tun haben; *trauen* könnt ich ihnen nicht. Besser, es hat mich keiner gesehen. Schließlich ist man Beamter.
Er trat in eine morastige Lache. Verflucht, man sieht nicht die Hand vor den Augen. Für morgen eigentlich günstig. Er war gar nicht schläfrig, trieb in einem weiten belebenden Strom. Unwillkürlich spannte er die Oberarmmuskeln. Der Wein! Mit dem mußte der Wirt jetzt öfter herausrücken. Als er an der Bank unter der Linde vorbei wollte, erhob sich ein Schatten.
– Verehrung, Herr Ministerialrat, meine Ergebenheit. Krejcirek nahm die Hand, die der andere unbestimmt in die Dunkelheit hielt.
– Was machen denn Sie da? Haben Sie vielleicht gewartet?
– Nicht mit Absicht, Herr Ministerialrat. Aber wenn ich bedenke, daß ich doch noch das Glück habe, Sie zu treffen, scheint es mir mehr als ein bloßer Zufall.
– Neugierig sind Sie auch nicht, wie?! Warum sind Sie nicht einfach nach Haus gegangen?
In Mostbaumer rauschte es, um ihn rauschte es, das war das Schilf. Ein wohliges Schaukeln, er schwamm mühelos dahin, ohne sein Zutun verfolgte er seinen Weg, atmete tief ein. Die laue wogende Nacht durchdrang ihn völlig, erregte ihn wie . . . Teufel, Hildegard müßte er heute im Bette neben sich haben, nicht die Marie – –
– Verehrter Herr Ministerialrat . . .
Mochte er den Burschen überhaupt? Diese niemals heftige, niemals unwillige Art, ein Schwamm, ein Waschlappen, ein Kübel

abgestandenes Wasser. Mostbaumer hatte plötzlich ein tolles Verlangen, ihm etwas anzutun, zu versuchen, wie weit er gehen mußte, um seinen Widerstand zu spüren, endlich ein Aufbegehren.
– Sie, Herr Ministerialrat, haben mich erst reif gemacht. Unbedingt! Ich möchte hier nicht von Ihren dienstlichen Qualitäten reden, die kennen die andern auch. Aber was ich Ihnen an menschlichen und politischen Einsichten verdanke –
Warum hatte er sich ihn nicht längst vom Hals geschafft? In der Präsidialkanzlei waren sie auch gegen ihn gewesen. Leinweber selber hatte angedeutet, daß er ihn abschieben wollte. Der Vater Amtsdiener, die Mutter Schusterswitwe, sie betrieb die Werkstatt heute noch. Wieso war er eigentlich pragmatisiert?
– Sie scheinen der Meinung, daß Sie in dem Ton fortmachen können. Hm, Sie haben doch einen Hintergedanken?
Man konnte seine Überraschungen erleben, plötzlich sagte der Bursche:
– Wenn Herr Ministerialrat gestatten, sogar mehrere.
Mostbaumer blieb stehen. Sonderbar – er sah weder sein Gesicht noch seinen Blick, die Nacht war zu dunkel, sie waren beide in braune feuchte Tücher eingeschlagen, trotzdem *wußte* er, *wie* der andere zurücksah. Nein, der war kein Niemand, obwohl er mit seiner gewöhnlichen Demut sagte:
– Jeder will schließlich weiterkommen. Heute geben auch in der Karriere die politischen Mittel den Ausschlag.
Das Ohr war das einzige Organ, das die Nacht nicht ausschaltete, sie schärfte es sogar. Der Bursche sagte noch sanfter, geradezu einschmeichelnd:
– Unter *Ihrer* Anleitung, Herr Ministerialrat, könnte ich nämlich was leisten.
Mostbaumer wußte genau, der andere zog eine beleidigende Abfuhr in Betracht, er wußte es nur aus der Art, wie der Bursche den Schritt verhielt und ihn sofort beschleunigte, als nichts erfolgte. Unklar fühlte Mostbaumer, daß er dadurch ein Geständnis gemacht hatte. Das erste? Merkwürdig, er sah nicht die Hand vor den Augen und erkannte gerade jetzt wie mit einem dritten Auge etwas, das ihm bisher entgangen war. Das graue Kuvert damals mit den Namenslisten und Losungsworten, er hatte gedacht, man hebt das nicht im Amt auf, aber wo ist es sicherer? und hatte die Papiere in einer bestimmten Weise zusammengefaltet, mit der letzten Seite nach oben. Sie waren mit einem weißroten Faden

geheftet, dessen Ende zu lang war. Er hatte dieses zu lange Ende um das zusammengefaltete Päckchen zweimal herumgewickelt. Als er das Kuvert wieder hervorholte, lagen die Listen ordentlich gefaltet drin, die erste Seite obenauf, der Faden war nicht mehr herumgeschlungen. Plötzlich fiel ihm ein, daß sein Schreibtisch-Schlüssel manchmal sperrte, als überwinde er einen ungewohnten Widerstand. Kommt vor, wenn einer mit dem Nachschlüssel oder Sperrhaken daran herumprobiert hat. Die Ruzizka, Hildegard, trat auf ihre lautlose Art ins Zimmer, er mußte ihr Klopfen überhört haben, ließ das Kuvert rasch in die Lade gleiten. Der Schlüssel wollte sich nicht bewegen, aber schließlich ging es doch, und Hildegard lachte, machte ihm ihre besonderen Augen, verfolgte so ausdauernd-beiläufig die Prozedur des Schlüsselumdrehens, hatte ihn schon beim Arm ›Kommen Sie‹. Beinahe nichts, Irrtum, Täuschung, überhaupt nichts – und trotzdem der Gedanke, die überreizte Annahme, ein wenig Furcht, ein wenig Eifersucht, ob nicht Hildegard mit Krejcirek unter einer Decke – – unmöglich, was immer Krejcirek war, Hildegards Typ war er nicht. Schon diese Stimme, die jetzt sagte:
– Ich verstehe nur zu gut, daß Sie Bedenken haben.
Bedenken? Verflucht! Wie kam er dazu?
– Ein Mann mit Ihren Ansprüchen! Sie schweigen, Herr Ministerialrat. Es ist bitter für mich, daß meine Brauchbarkeit gerade von Ihnen nicht höher eingeschätzt wird.
Als wüßte er nicht, daß er mir längst in die Karten schaut, daß es bereits genug ist, mich ihm auszuliefern.
– Erlauben Sie, verehrter Herr Ministerialrat, daran zu erinnern, daß zu den Eigenschaften, die heute in politischen Dingen nötig sind, auch oder vielmehr vor allem Vertrauen gehört. Und dieses Maß an Vertrauenswürdigkeit, auf das Sie mit gutem Grund solchen Wert legen, besitze ich . . . Herr Ministerialrat, ich glaube das von mir sagen zu dürfen. Ich bitte Sie, machen Sie einen Versuch –
Plötzlich lachte Mostbaumer, er lachte mehrere Male laut auf. Die Nacht wurde allmählich bedrückend, machte das Atmen schwer, war wie ein warmer Umschlag, aber hie und da gab sie einem doch den richtigen Einfall, mochte er auf den ersten Blick noch so ungewöhnlich aussehen.
– Gut, sagte Mostbaumer, Sie haben Glück, mein Lieber, Sie können mit einem Kopfsprung dorthin kommen, wohin Sie wollen. Warten Sie mal – –

Krejcirek spürte sein Herz am Halse klopfen, an den Schläfen, in den Beinen, überall. Er merkte, daß er in Schweiß geriet. Hildegard würde Augen machen. Schade, daß ich es nicht dem Chef erzählen kann, Kleiner, du müßtest befördert werden. ›Kleiner‹ – obwohl er eher ein wenig größer war als sie. Vielleicht würde sie auch sagen: Na, komm her! Er würde dann dastehen und fühlen, wie er blaß wurde. Du zitterst ja? Mag ich, hab' eine Schwäche für unerweckte Temperamente. Und sie würde ihre kußecht lackierten Lippen langsam über die seinen führen. Sie hob das Kinn, schob den Mund vor, während er die Augen schloß. Er öffnete sie sofort wieder.

– Herr Ministerialrat, sagte er, das ist mehr, als ich erwartet habe. Ich kenne Ihre Maßstäbe. Wie soll ich Ihnen danken?

Der große Spiegel in dem lächerlichen Goldrahmen aus den siebziger Jahren hing der offenen Tür genau gegenüber, das Nebenzimmer gehörte ihr allein. Sie hatte dort die Schreibmaschine und im Kasten die Überkleider, Mantel, Arbeitsschürze, im Fach oben ihr Teegeschirr und Besteck. Aber sie saß meist im Zimmer Mostbaumers, wohl weil sie damals die Exportverträge für Italien durcharbeiteten. Er, Krejcirek, kam herein, nicht leiser oder ungewöhnlicher als sonst. Trotzdem hatten die beiden in Hildegards Zimmer nebenan sein Kommen überhört. Es war auch kein Wunder, er brauchte nur in den Spiegel zu sehen. Mostbaumer hielt sie gepackt, die eine Hand umklammerte ihren Hals, den andern Arm hatte er um ihre Schulter gelegt und preßte sie an sich. Er war dunkelrot im Gesicht, er wurde überhaupt leicht rot, eigentlich hatte er einen Kropf, sein dicker Hals war violett angelaufen. Lassen Sie los! Ihre Stimme klang zwischen Stöhnen und Flüstern. Hab ich dir nicht gesagt, ich werde dich –! Mostbaumer war stark wie ein Ochse. Sind Sie verrückt, solche Sachen zu machen?! Schrei, höhnte er, so schrei doch! Sie werden es büßen, keuchte sie.

Er ging hinaus, kam wieder herein, schloß hörbar die Tür. Aber er mußte sie nochmals öffnen, mit einem Krach warf er sie ins Schloß. Endlich! An diesem Vormittag wagte er stockend ihr zu sagen: Heut hab ich Sie vor mehr bewahrt. – Gehorcht? Er zeigte hin: Nein, ahnungslos hereingekommen und in den Spiegel geschaut. Ja, fauchte sie, er schafft immer solche Situationen, in denen ich stillhalten muß. Danke, mein Freund. Voriges Jahr, am 4. Mai, hatte sie zum ersten Mal ›mein Freund‹ gesagt. Er weiß genau, daß Sie es nicht riskieren dürfen. Leinweber würde –.

Natürlich würde er mich –. Sie machte eine Geste, als würfe sie etwas zum Fenster hinaus. Er soll es mir büßen, dachte er.
Damals wäre es lächerlich gewesen, es auszusprechen, es war sogar lächerlich, so zu denken. Aber heute – denken darf ich es bereits und wer weiß, wie bald werde ich es auch tun!
– Ich lasse Sie wohl zu lange warten, sagte Mostbaumer neben ihm. Nun, entschuldigen Sie.
Er hatte auf der Zunge, was macht das aus? Es stieg ihm zu Kopf, er hätte laut herausschreien mögen. Statt dessen sagte er in seinem demütigsten Ton und erstaunte, wie leicht das jetzt ging, viel besser als vordem:
– Wenn hier jemand sich zu entschuldigen hat . . . aber Sie begreifen, Herr Ministerialrat, meine Ungeduld . . . eine gewisse Erregung – –. Wirklich – ich sehe mich sozusagen am Ziel eines lang gehegten Wunsches – –
Die Worte kamen ihm so flüssig, so selbstverständlich über die Lippen. Sie waren beim Haus angelangt, gingen schon zum zweiten Mal über den gekiesten Vorplatz. Der Wachhund strich an ihnen vorbei, schnupperte an ihren Schuhen. Mostbaumer sagte:
– Also, der Pakt gilt. Halten Sie sich für morgen abend bereit, so gegen acht. Nachtmahlen Sie ausgiebig, Sie werden bis weit nach Mitternacht beschäftigt sein. Und vorher kommen Sie zu mir herüber. Schließlich brauchen Sie Instruktionen.
Er beugte sich über seine Hand. Wenn es heller gewesen wäre, aber es brannte nur die elektrische Birne an der Hausecke, hätte es ausgesehen, als ob er ihm die Hand küssen wollte. Es war tatsächlich ein impulsiver Ausdruck der Dankbarkeit, entsprach seinem überströmenden Glücksgefühl. Hildegard würde Augen machen.
Sie war groß, eher breit als schmal, eher weißblond als hellgolden und spielte noch immer Hockey, vielleicht waren ihre Bewegungen davon so fest und bestimmt. Er konnte es sich nicht anders denken, als daß sogar Leinweber ihre Überlegenheit spürte. Sie redete mit ihm nicht wie mit ihresgleichen, auch nicht wie zu einem älteren, nicht mehr in Betracht kommenden Herrn, sondern wie zu überhaupt keinem Mann. Hildegard schürzte dabei ihre großen breiten Lippen, zwei knappe Falten liefen fein zur Nase hinauf, sie war die einzige im Ministerium mit knallrotem Mund.
Bärlocher hatte sofort auf diese Ausnahme hingewiesen. Die en-

gere Landsmannschaft des Amtsdieners mit Mostbaumer brachte es mit sich, daß er zu jedem vertraulich wurde, den er in Mostbaumers Zimmer antraf, wobei es ihm gleichgültig war, ob der andere antwortete oder bloß zuhörte. Anfangs hatte er Bärlocher zu verstehen gegeben, daß er seine Art nicht wünschte. Aber der Amtsdiener behandelte ihn weiter als jungen Untergebenen Mostbaumers und er ließ es geschehen. Der fast gleichgestellte Ton hatte manches Gute: Krejcirek erfuhr gewisse Einzelheiten aus dem Leben des Vorgesetzten. Bärlochers Eltern arbeiteten auf dem Hof von Mostbaumers Bruder, ein reicher oberösterreichischer Vierkanthof, der hier gegen die kleine Schusterwerkstatt seiner Mutter stand. Vor allem aber veranlaßte der Bärlocher, für ihn dienstliche Erleichterungen zu erbitten, belanglose Anliegen, die ihm von Mostbaumer natürlich ebenso gewährt worden wären, wenn er sie selbst vorgebracht hätte, die jedoch sein demütig respektvolles Emporblicken, die bedingungslose Ergebenheit beeinträchtigen konnten.
Nicht nur Hildegards wegen war die Aufforderung Mostbaumers bedeutungsvoll: sie hob alle bisherigen Erniedrigungen auf, setzte etwas prinzipiell Neues an deren Stelle. Dieser Leinweber (Edler von Rauchenschlot) – schon sein Großvater hatte eine Flachsspinnerei besessen, dieser Mostbaumer – aus dem Vierkanthof, wiesen eine Herkunft auf, von der nie gesprochen wurde. Aber von der Schusterwerkstatt, aus der er kam, wurde – nein, es wurde auch davon nicht gesprochen. Sie war nur ständig im Hintergrund, eine Anklage, ein Defekt. Etwas, das sich überhaupt nicht in Worten ausdrückte, für das es eine andere Art der Mitteilung gab, ein Lächeln, ein ironisches Zusammenziehen der Brauen, das sofort eintrat, wenn er sich mit einer Bemerkung privaten Charakters vorwagte. Als hätten Menschen wie er kein Recht auf Urteil und Meinung, ja auf persönliche Besonderheit überhaupt. Was er später in erwachendem Selbstgefühl seinen ›Stil‹ nannte, kam aus der Wurzel eines Respektes, dem die Zugehörigkeit zu seinem Berufsmilieu ein angemaßtes Unrecht, ein Übergriff schien, den aufzuheben er nicht die Kraft hatte. Ja, er glaubte fest, dieser durch seine Fremdheit faszinierende Zustand würde eines Tages von selber enden.
Und dann erlebte er an seinem Chef, der an ihn kaum je einen Blick, geschweige denn den geringfügigsten Auftrag vergab, in einer allem Zweifel entrückten Weise *sich selbst*, sein eigenes Verhalten, das er längst in jedem Sinn für unwandelbar hielt, auch

für unwandelbar verächtlich. Das erste und einzige Mal, daß er das Zimmer des Ministers betreten durfte! Er hatte einen vergessenen Akt hinzutragen und zu unterst auf den Tisch zu legen. Der Minister war noch nicht da, aber das Fluid seines Kommens lag schon über dem Raum. Plötzlich stand ER in der Tür, auch Leinweber mußte IHN sehen. Leinweber wartete vor SEINEM Stuhl, einem Barockstuhl mit vergoldeten Voluten und einem dicken rotbraunen Ledersitz, ihm kam vor, mehr ein Thron als ein Stuhl. ER saß noch nicht, aber Leinweber verneigte sich bereits vor dem Thron, tief, mit einem Ausdruck ehrfürchtiger Untertänigkeit, zu der er in Leinwebers Gesicht bisher auch nicht den winzigsten Ansatz bemerkt hatte, ja deren er dieses abweisende, kühl überlegene Gesicht nie für fähig gehalten hätte. Leinweber versank in einer Wolke von Beflissenheit und Selbstaufgabe, so daß er *sich* sehen mußte, mühelos sich wiedererkannte, er und Leinweber durch eine geheimnisvolle Macht über alle Grenzen hinweg verbunden, zu innerst verwandt und einander vertraut, ja auf eine gar nicht ausdenkbare Art ein und derselbe. Er hörte noch, wie ER sagte: Servus Leinweber, die Italiener schon da?
Von Fräulein Ruzizka – denn Hildegard war damals noch Fräulein Ruzizka – erfuhr er schließlich, daß es einen Gesichtspunkt gab, sogar über den Präsidialvorstand so zu sprechen, als käme er ebenfalls – nun, er lernte verstehen, daß auch eine Schusterwerkstatt eine relative Sache ist. Die Ruzizka sagte: Leinwebers Glück, daß ER sich von der Schulbank her seiner noch erinnert. Denn Leinweber wäre sonst längst geflogen, er hat zu vielen politischen Hintern gedient. Allmählich reden sie von ihm als einem Ausbund diplomatischer Gesinnungsakrobatik. Lächerlich, mein unschuldiger Kleiner. Der Vater Leinwebers hat die Fabrik aufgegeben und ist Beamter geworden, dem Sohn blieb bereits nichts anderes übrig, als Beamter zu werden. Er hat nie was anderes getan, als sich vor dem Stuhl da zu verbeugen, das ist seine ganze Gesinnung. An diesem Tag wagte er es, die Hand der Ruzizka zu ergreifen. Mit einer gewissen Feierlichkeit drückte er einen Kuß darauf. So hatte auch die Ruzizka ihre Sensation, sie sah ihn einen Augenblick mit halb geöffnetem Mund an, sichtlich überrascht.
Seither wußte er, er würde in dem Milieu leben können. Er hob jetzt jedesmal den Blick, wenn er IHN von der Ferne sah, und fand sogar, daß er mit einem Weinhändler in seiner Gasse eine gewisse Ähnlichkeit hatte. Wenn hier im Ort der einzige Ministerwagen, dem man begegnen konnte, an ihm vorbeifuhr, zog er nicht mehr

den Hut, sondern dachte, daß der Bruder des Gemeindevorstehers drinnen saß. Ja, er hoffte – was er bisher niemals in Betracht gezogen hatte –, es würde ihm gelingen, vorwärtszukommen. Aber sie war noch nicht das Geländer, an dem er sich festhalten konnte, noch nicht. Sie ging – nur so zum Spiel und weil es ihr Spaß machte – ihm jedesmal ein paar Schritte voran, so daß er ihr immer angstloser folgte. Noch war sie Fräulein Ruzizka; erst als er ihren abgründigen Haß auf Mostbaumer erkannte, wurde sie Hildegard.

Dämmerig, von seinem Gefühl im Nu ausgelöscht, tauchte die Frage nach dem Grund dieses Hasses immer von neuem auf. Heute war ihr Haß längst nicht mehr der Kitt, der sie mit ihm verband, heute gab es zwischen ihnen noch anderes. Nicht nur *das,* womit er sich begnügen mußte, was sie ihm zugemessen hatte. Kleiner –, sagte Hildegard, schwören möcht ich, er spielt gegen das Regime, aber er ist zu vorsichtig. Wie alle zu Vorsichtigen wird er einmal in eine dicke plumpe Schlinge gehen. Aber zudrehen möcht ich sie, Kleiner, wenn du mir dazu verhelfen könntest! Aber du kannst nicht, du bist nicht aus dem Material. Meine Chance ist weniger als dürftig, sie ist überhaupt nur ein Wunsch. Außerdem ist er meiner sicher: Ich explodiere daran, aber es ist bei ihm nicht auszurotten. Wer gibt es ihm, was hat diese Sorte Männer, zu der du nicht gehörst?! Er glaubt nämlich steif und fest, weil er mich – –. Sie hielt inne, ihr Blick glitt über seine Schulter hinweg zum Fenster. Ein ganz leichtes Rot stieg in ihren Wangen auf, so dünn, daß nur er es merkte. Haß oder Scham?

Übrigens brauchte sie nicht zu vollenden, sie brauchte nicht einmal hinzuzusetzen: Nein, ich bin keine, die man vergewaltigt, ich nicht! Etwas Ähnliches aber mußte Mostbaumer zustande gebracht haben, so daß es ihren Haß auf den Siedepunkt trieb. Sogar ihm gegenüber ließ sie sich hinreißen, gab jedes Bedenken preis: Denk dir, mein Kleiner, er wagt es, er kommt wieder, fordert sein Recht – sie erstickte beinahe an ihrem Gelächter – er glaubt, daß ich jetzt hinschmelzen werde, ah, du Starker, du Mann . . . du hast deine Sache abgemacht, aber trotzdem ohne mich. Noch in der Erinnerung überschüttete sie ihn mit einem Kübel vernichtenden Hohnes. Er dachte daran, wie Mostbaumer aus ihrem Zimmer geflohen war – verstört, violett im Gesicht, schweißbedeckt, blicklos. Sicherlich hatte er es wieder versucht sie anzurühren. Ihre Antwort war offenbar so ausgefallen, daß es ihm als höchster Triumph erschien, sie um jeden Preis nochmals in *dieser* Lage zu

sehen. Wie mußte er *davon* erfüllt sein, wenn er imstande war, während er ihre Tür zuwarf, sich ihm gegenüber so weit zu vergessen: Die ist mehr als eine Handvoll Paprika, aber sie wird kirre werden! Nachher ging er hinein und sagte zum ersten Mal Hildegard zu ihr. Verzagt und bitter wartete er auf ihr ironisch abweisende Entgegnung; er wartete vergebens. Nun war sie an der Reihe, Kurt zu sagen, nicht mein Kleiner, sondern Kurt. Aber diesen Tag gab es noch zu erleben, er stand erst bevor. Wenn ich ihr dieses Ergebnis bringe! Kurt – er verschluckte sich an seinem eigenen Namen.
Während Mostbaumer an einem Strauch seine Notdurft verrichtete, blickte er abwesend auf die hellen Stiegenfenster, die jetzt wieder dunkel wurden, weil Krejcirek oben angelangt war und das Licht abdrehte. Seine Kammer lag nach der andern Seite. Schräg über den Bergen stand eine hellgraue Wolkenwand, vielleicht daß dahinter die Sterne waren, das letzte Mondviertel. Das Heu roch würzig, mit einem dicken schwülen Geruch, und ganz in der Nähe mußte es eine Ligusterhecke geben. Aufatmend sank Mostbaumer auf die Bank vorm Haus. Es war geradezu eine Befreiung, daß Krejcirek nicht mehr da war. Etwas ging von ihm aus, unwägbar, jenseits der vernünftigen Faßbarkeit, ein lautlos sanfter Griff an den Hals . . . Mostbaumer litt an Struma, jede Unlust äußerte sich bei ihm in Beklemmung und Atemnot. Er tat die Krawatte herunter, steckte sie in die Tasche, machte sich das Hemd auf. Er hatte trotzdem das ungute Gefühl einer Bloßstellung, beinahe als habe er sich in Krejcireks Hand gegeben. Aber Gott sei Dank, bei ruhiger Überlegung ließ sich die Sache nicht so übel an.
Die Gewehre in dem ungefähr eineinhalb Stunden entfernten Keller stammten von den Mailändern. Wer die Mailänder eigentlich waren, wußten wahrscheinlich nicht einmal ihre eigenen Agenten. Jedenfalls hielten sie es mit den Italienern, aber es mußten auch Deutsche zu der Gruppe gehören. Zur Kontrolle oder um im Sinne des Reiches Einfluß zu nehmen? Der Vertrauensmann war ein Herr von der deutschen Gesandtschaft in Budapest. Das Haus, schon fensterlos und teilweise eingestürzt, von dem niemand ahnte, daß es so gut unterkellert war, stand fast an der Straße. Nach dem achtzehner Jahr war in der Gegend allerlei enteignet worden, heute lagen rundum Bundesforste. Die Wiesen rechts von dem Haus und die Straße entlang . . . mit den Wiesen begannen die Schwierigkeiten. Mostbaumer dachte das Projekt nochmals durch, wie er es mit dem Gemeindevorsteher bespro-

chen hatte, und fand wieder, es war ein gutes Projekt, trotz den Wiesen, die seit einem Jahr verpachtet waren. Ein Pächter, der sich nie sehen ließ, aber Schafe hielt. Neben die Ruine hatten sie jetzt eine Hürde gebaut und eine Art Baracke für die Schäfer hingestellt. Wenn man sich die beiden ein einziges Mal ansah, wußte man, woran man mit ihnen war. Der ältere schien tatsächlich wegen der Schafe dazusein, es bot keine Schwierigkeiten, ihn für morgen nach Feierabend mit einem Paket nach Salzburg zu schikken. Aber der andere – – höchstens dreißig, viel zu intelligent und gepflegt, der Mann war nicht wegzubringen. Sie hatten es mit fünf oder sechs verschiedenen Vorwänden versucht, sogar zu einer Gamsjagd hatten sie ihn eingeladen. Der Mann, gut rasiert, Haarnetz überm geölten Scheitel, Goldplomben im Mund, hatte sich das angehört und gelächelt. Zweifellos waren hier Fehler gemacht worden: Schuld des Florian mit seiner ständigen Redensart vom Zurückschrecken vor dem Äußersten. Merkwürdig – so brutal diese Bauern waren, vor dem Umlegen versuchten sie es immer wieder mit Ausflüchten. Offenbar schöpfte der Mann Verdacht, es war sogar anzunehmen, daß er sich gewarnt fühlte. In solchen Fällen hatten sich Halbheiten noch jedesmal gerächt. Es war das Einfachste und Sicherste, ihn dran glauben zu lassen. Im übrigen lief das Unternehmen wie am Schnürchen.

Krejcirek hatte also den Mann, wenn er drinnen war, unter allen Umständen zum Vorschein zu bringen. Mit einem Touristen, der einen Rat wegen der nächsten Unterkunftsstelle brauchte, würde er sich wahrscheinlich in ein Gespräch einlassen. Der springende Punkt war nur, daß er herauskam. Dann mußte Krejcirek es so einrichten, daß der Mann eine Weile mit dem Profil gegen den Waldrand auf der andern Straßenseite stand. Dort gab es dichtes Schlehdorngebüsch, aus dem der Schuß – deutsche Pistole mit Schalldämpfer – kommen würde, der ihn erledigte. Zu diesem Zeitpunkt würde das Personenauto schon in der Nähe sein, das den Mann mitnahm und zu dem Platz auf der Schilfseite führte, wo er aufgefunden werden sollte. Selbstverständlich als Toter und ohne Ringe und Barschaft, vielleicht würden sie ihm auch die Goldplomben herausbrechen – es gab Burschen, die darauf versessen waren, so einen Fall bis in die letzte Kleinigkeit milieu-echt auszustatten.

Das erste Transportfuhrwerk sollte nach ungefähr einer halben Stunde eintreffen. Immer eines nach dem andern, so daß die Ansammlung von Wagen vermieden wurde; schließlich hatten sie zum Verladen die ganze Nacht vor sich. Krejcirek würde sich mit seinem Schock nicht lange aufhalten können, er mußte die Anzahl der Gewehre notieren, eine wichtige Hilfe gegen Florian, der von allem Anfang am Platz sein würde. Auch die Menge der Munition und was sich sonst noch vorfand, hatte Krejcirek zu verzeichnen. War er einmal dort, gab's kein Zurück mehr. Wer da mitgetan hatte, mußte weiter mitspielen, sonst . . . So – Mostbaumer zündete sich eine Zigarette an, und nun sollte Krejcirek versuchen auszuspringen oder nicht dicht zu halten.

Ihm war warm geworden. Die Nacht dampfte feucht und dunkel und das Schilf rauschte in ausladenden heftigen Wogen. Wo es gegen die Stämme und stärkeren Büsche am Ufer schlug, klatschte es wie eine Brandung. Die Wolkenbank überm See stand tief und schwer, in ein, zwei Stunden würde es regnen. Abschließend dachte er noch einmal an die großartige Begründung für das Verschwinden der Gewehre, die der Mann im Schilf draußen bot. Vielleicht war es wirklich eine ganze Bande. An ihrem Bestehen waren vor allem die Milizoffiziere interessiert, sie konnten unmöglich zugeben, daß ihre Leute sich gegenseitig erschossen hatten. Obzwar Mostbaumer ohne weiteres imstande war, sich das vorzustellen. Der See reichte dort in tiefen Buchten ins Wiesenland hinein, die schilfbewachsenen Ränder, das mannshohe Gebüsch – entlang dieser Buchten standen die Leute nervös, angespannt, warteten. Bis sich irgendwo ein Schuß löste, die auf der andern Seite drüben das Feuer aufnahmen und das schönste Nachtgefecht im Gang war.

Mostbaumer stand auf, vertrat sich ein wenig die Füße, horchte ins Schilf hinaus. Die Hauptsache war, sie hatten den Mann zum Rädelsführer ernannt, hoffentlich würden sie ihn nicht lebendig aufbringen. Er war noch immer nicht schläfrig, das machte der Föhn, alles quoll in einem, rauschte und klopfte, stieg auf und ab wie am See, heute müßte man – –. Er sah hinauf zum Fenster, die Marie hatte noch Licht. Warum nahm sie nicht ihre Pulver? Sie stand jetzt dort, neben ihrem Schrank . . . *sie* stand neben ihrem Schrank, die Schranktür war offen, denn der Spiegel hing an der Innenseite. Sie waren endlich mit der Arbeit fertig und sie machte sich zurecht.

Während er diktierte, hatte er sie von der Seite unausgesetzt beobachtet, sie saß an der Maschine und bot ihr Profil. Er suchte nach Poren in ihrer matten weißen Haut, verfolgte das Geäder an den Schläfen, die leicht rosafarbene Unterströmung in den Lidern.

Aus solcher Nähe waren ihre Augen gar nicht so blau, die Ränder der Iris schimmerten ins Graugrüne, nur wenn sie sich ihm zuwandte, trafen ihn zwei ultramarine Lichtkegel. Ihre Brust hob und senkte sich, das war durch die Bewegung des Stoffes genau zu beobachten, nur die spitzen Warzen standen fast unbeweglich gegen die Seide. Was sie für breite Schultern hatte, wie ein Mann. Auch die Oberarme ließen den Gedanken noch zu, daß sie einem Mann gehören könnten. Seine Oberarme waren natürlich viel breiter, aber es war weiches Fleisch; die ihren mußten sich anfühlen wie – eben wie die einer Hockeyspielerin. Daß ihre Oberlippe so glatt war! Er neigte sich vor, wiederholte den halben Satz, als wenn sie ihn nicht verstanden hätte. Sie hob eine Sekunde erstaunt die Augen, er war im Lichtkegel der zwei blauen Stromquellen, so daß er ihren Mund vergaß. Trotzdem war es ihr Mund, lackrot, prall, zupackend, umschließend und saugend, vor dem Gehege prächtiger breiter Zähne, zwischen denen es unregelmäßige Abstände gab, ihr Mund, zur Begleitung ihres Blickes spöttisch vorgewölbt, ironisch herabgezogen, sich wieder schließend, ihr Mund brachte ihn dahin, daß er die vielen Zurückweisungen mit einem Schlag beendete, sich für alles Erduldete schadlos hielt. Ihr Mund war schuld, daß er plötzlich hinter sie trat, ihre Arme von hinten gepackt hielt, sie entlang der Schranktür vor sich herschob und sich mit ihr aufs Sofa warf. Ein paar Augenblicke versuchte sie es mit Hohn und Gelächter, dann sah sie sein Gesicht und vielleicht erschrak sie wirklich. Sie versuchte es noch mit den Zähnen an seiner Schulter, aber bald biß sie nicht mehr. Ja, bis hierher war es verständlich; auch daß er sich wie ein Triumphator fühlte. Nie wieder würde er sich von einer Frau so erheben, nun war sie kirre, die geschminkte Brunhilde, die Amazone in Dessous, soweit er sie ihr nicht heruntergerissen hatte, sie hatte tatsächlich nur noch Fetzen ihrer Leibwäsche an sich. Aber es hatte dafürgestanden, es zeigte sich, daß sie jede seiner Vorstellungen des Nachher überbot. Was hatte er denn erwartet? Etwa ihr weichen Lippen auf den seinen oder – zu toll, zu absurd, um auch nur im vergeblichsten Traum eine Sekunde gedacht zu werden – auf seiner Hand? Geliebter, mein Starker! Sie sah ihn nicht an, sie war eine Säule von Stein, ihr NEIN brach aus jeder Fiber. Erst später dachte er: Haß, dieser Haß! Was hab ich ihr denn getan? Tausende hätten nichts dagegen gehabt, wären froh. Sie fauchte, als er einen Schuh aufhob: Rühren Sie ihn nicht an! Sie war fertig, sie ging und vorher – aber das war Fassade, das konnte ihr unmöglich vom Herzen kommen. Wie nach einer Arbeit, die sie gemeinsam nach Büroschluß festgehalten hatte, nickte sie leicht zum Abschied, Guten Abend! Als sei überhaupt nichts vorgefallen, genau so –

Deshalb verstand es sich von selbst, daß die andere sofort da war, ihn umgab wie der feucht dunkle Qualm der Nacht. Erstaunlich, unfaßbar, verrückt, was sie zu geben hatte. Sie brachte es zuwege, daß er die eine beinahe vergaß, heftig erschrak, wenn sie im Amt zur Tür hereinkam. Denn die eine lebte zwar, aber die andere war die lebendigere. Daß die eine der Grund für die Existenz der andern sein sollte, wurde ihm immer unbegreiflicher. Ah, die andere hatte alle Eigenschaften der einen, bis ins Letzte und Intimste die gleichen, jedes Härchen der dicken goldenen Brauen und die Unnachgiebigkeit der vollen weißen Schenkel. Stöhnend überließ sie sich seiner Angriffswut, er konnte sie gar nicht fest genug anpacken, darin war sie wie die Marie. Ihr Kopf sank ebenso hintenüber, daß die breite Kehle freilag. Wie die Marie schob sie den Hals leicht in die Schräge, damit er mit den Zähnen besser zukonnte: für beide dasselbe angstdurchzitterte Spiel, für beide dieselbe spannungsvolle Verlockung, wenn er die Zähne gierig in das feste Fleisch schlug, zubiß, ein wenig stärker . . . bis seine Zähne den Widerstand im Weichen, den Kehlknorpel spürten, noch und noch ein bißchen –. Seine heißen Lippen, jetzt um vieles üppiger, schlangenartige Tiere, nicht mehr seinem Willen unterworfen, glitten weiter wie auf einer Fährte, die zur Beute führte, über ihre Schultern, machten an ihren Brüsten halt, während er sie fest umarmt hielt, seine muskulösen, etwas kurzen Arme unter ihren harten Hintern schob – wie bei Marie. Aber Marie war nicht mehr Marie, deshalb eignete sie sich immer weniger dazu, Hildegard zu sein, die andere Hildegard. Daß sie sich nachher erhob, nach dem schon vorbereiteten, in warmes Wasser getauchten Handtuch griff, ihn abwischte, war das einzige, das von ihr übrig blieb, das letzte, mit dem sie Hildegard darstellte. Die Verbindung von beiden war überhaupt der Inbegriff, die Spitze des Wünschbaren.

Aber Maries Hals verfiel jetzt, wurde zusehends faltiger; sie hatte schwere kurze Brüste gehabt, richtig, sie hatte zwei Kinder gesäugt, aber ihre Brüste waren immer fest gewesen. Heute –. Das Unglück war, daß sie dabei den Busenhalter ablegen mußte, er konnte nicht, es war ihm unmöglich, wenn sie ihn anbehielt. Auch ihr Hintern ging aus der Form, nein, sie war kein Sprungbrett mehr, sich in Hildegard zu stürzen. Die Krampfadern an ihren

Beinen traten blau hervor, sie wurde weinerlich und nörgelte stundenlang. Seit ihr Hinterteil sich im Schlaffwerden senkte, war es übrigens nicht abzuweisen, daß sie zu kurze Beine hatte, ja ihre Oberschenkel waren auffallend kurz, was ihm bis jetzt vollkommen entgangen war. Vielleicht daß Hildegards lange kräftige Beine – er liebte sie besonders im Sommer, wenn sie zart golden gebräunt waren – Maries beschämende Unzulänglichkeit in diesem Punkt so schonungslos sichtbar gemacht hatten.
Sein Schädel brannte, in der Brust zog es sich würgend und bitter zusammen, im ganzen Körper war dieses Ungelöste, ein trockener Brand, wie eine Wut, die herausmußte, damit er entspannt und gesteigert sich wiederfand, mit seinen Absichten und Plänen und einer sorglos durch seinen Willen herbeigeführten Zukunft. Vielleicht sogar mit Hildegard, die ihm nun ohne den Umweg über Marie gehörte, gewandelt und so völlig seinen Wünschen entsprossen, daß die andere dahinschwand, sich eines Tages in nichts auflöste. Vielleicht – – Er merkte, daß er Kopfschmerzen hatte, sein Puls, sein Inneres gingen auf und ab, das war dieses verfluchte Schilf, der Wind in den Schilfmassen, nicht auszuhalten. Gut, daß er noch eine Flasche Obstschnaps oben hatte. Er würde hinaufmüssen, sie schien es sich in den Kopf gesetzt zu haben, auf ihn zu warten. Hoffentlich fing sie nicht mit seiner angegriffenen Gesundheit an, die er durch das nächtliche Ausbleiben vollends ruinierte. Er würde sie dann anbrüllen müssen, daß sie sich weinend im Bett verkroch. Am besten, er kam gleich mit dem aufgelösten Pulver im Glas herein. Da, trink, nimm dein Schlafmittel, komm, komm nur. Er hielt es ihr an die Lippen. Wenn er es energisch genug machte, wagte sie nicht zu widersprechen. Sie wimmerte noch ein bißchen und schlief ein.
Es half alles nichts, er mußte hinauf – –

Der Abend war noch nicht da, nur die Sonne fehlte. Aller Glanz war wie der Rest im Glas, ein kraftloses Überbleibsel. Wenn Krejcirek auf eine Wiese hinaustrat, spürte er diese Fahlheit, die Nicht-Erneuerung des Lichtes fast erschreckend. Er hielt sich im Wald, auf dem seidigen Nadelboden. Rechts weit draußen war das helle Band der Straße zwischen den Stämmen gut auszunehmen. Die Fichten wurden schmäler, zu Gesträuch verkümmertes Laubholz überwucherte die Aussicht. Dann begann der Schlehdorn, wurde gegen den Straßenrand undurchdringlich. Jenseits hörte er

Hundegebell und das eintönige Gerinnsel eines Wasserlaufs; er mußte gleich an Ort und Stelle sein.
Festgelegt, dachte er, du hast dich festgelegt, das Ärgste, was ein Beamter tun kann. Sich nicht festlegen, war das Gebot der Klugheit, das sie verhüllt oder unverhüllt den Jungen immer wieder vorsagten. Wer festgelegt war, hatte ausgespielt, wenn das Regime einmal abdankte. Aber beim näheren Hinsehen zeigte sich, daß die meisten mehr oder weniger festgelegt waren. Leinweber zum Beispiel stand und flog mit dem Regime. Mostbaumer dagegen . . . wahrscheinlich gehörte er zu den Undurchsichtigen, die aus Prinzip immer doppelgeleisig fuhren. Wenn er Punkt für Punkt durchging . . . nein, auch der war festgelegt, ihn überlief eine leichte Gänsehaut, wenn er daran dachte, *wie* festgelegt. Aber Mostbaumer wußte, was er tat, wenn er so hoch auf die deutsche Karte setzte. Und ich selber? Jedenfalls nicht mehr festgelegt als Mostbaumer, es war geradezu beruhigend. Hildegards erste Frage würde sein, ob er gemußt hatte.
Er ließ alles nochmals unbeschönigt passieren: es blieb ihm keine Wahl – er hätte sonst einfach nichts erfahren. Nun würde er eine ganze Gruppe kennenlernen. Es ihr nur ja recht anschaulich machen, wie sehr er bei Mostbaumer auch an sie, besonders an sie gedacht hatte. Wieder die Situation, die er so oft in der Phantasie weiterführte, die danach schrie, daß er sie endlich in der Wirklichkeit in seinem Sinn zu Ende bringe. Mein Kleiner – – er wagte nicht, sie anzusehen, es fiel ihm überhaupt nicht schwer, passiv zu sein, wenn das die Voraussetzung war, daß sie so nahe herankam – bis er die Spitzen ihrer Brüste an seinem Hemd fühlte, zwei glühende Stifte, die ihm ins Fleisch brannten. Er hätte gern einen Schritt nach rückwärts getan, aber er konnte nicht, mochte es geschehen. Sie betrachtete ihn ein, zwei Augenblicke prüfend, überrascht. Dann griff sie lachend zwischen seine Beine; ein brandheißer Strom, eine flüssige Liebkosung, die ihn völlig durchdrang, es herausholte. Denn natürlich geschah es, gerade jetzt –
Festgelegt. Aber sie? Spielte sie braun oder schwarz? Sie war noch immer nicht Beamtin, hatte nur einen Vertrag. Angeblich wartete sie, bis der Onkel das Sägewerk übergeben konnte. Wem? Darüber herrschte das Dunkel unbestimmter Andeutungen. Hildegard war kein Mädchen, das ein Onkel mit einem Sägewerk verheiratete. Wartete sie auf das andere Regime? Das bedeutete, daß Hildegard insgeheim ebenfalls festgelegt war, sogar sie! Es konnte aber auch sein, daß sie doppelgeleisig fuhr, vielleicht war das nötig, wenn sie

Mostbaumer zur Strecke bringen wollte. Ihr Nimbus stieg, ihre Rolle als Wisserin vieler Wege. Sie würde auch für ihn den Ausweg wissen, verheißungsvoll mit nie für möglich gehaltenen Chancen, er brauchte sich damit gar nicht herumzuschlagen, oh, sie würde – –

Und jetzt stand er allein auf der Straße, das Häuschen drüben mit den geschlossenen Fenstern sah geradezu unbewohnt aus. Sein Vorhaben kam ihm plötzlich so unwirklich vor . . . zwecklos, leer, automatisch –

– Hallo, rief er, hallo! Niemand, nichts, er mußte wohl oder übel das Gatter öffnen, auf das Häuschen zugehen. Er umschritt es im Bogen. Hallo! Auf jeder Seite Fenster – was hier auch geschah, dem Mann da drinnen konnte nicht die geringste Kleinigkeit entgehen. Ha-allo –

Erst als er an die Scheibe pochte, erschien ein Kopf; zwei Goldplomben vorne, ein Haarnetz über der glatt zurückgekämmten Frisur.

– Was ist los? fragte er ohne zu öffnen.

– Möchten Sie nicht herauskommen?

– Nein, ich möcht nicht. Der Kopf verschwand.

Er klopfte an die Tür.

– Ist der aber hartnäckig, hörte er dahinter eine Stimme.

– Soll ich aufmachen?

– Natürlich. Vielleicht will er sich vorher ein bißchen unterhalten.

Der Mann mit dem Haarnetz kam heraus, behielt die Klinke in der Hand. In der Stube auf dem Sofa saß ein zweiter, auch er in Hemdsärmeln, in Schnürstiefeln bis über die Waden und Lederbreeches. Der auf dem Sofa rief:

– Nur immer herein! Wir freuen uns auf den lieben Gast.

Vielleicht durch sein Gesicht veranlaßt – er war tatsächlich fassungslos –, sagte der mit dem Haarnetz:

– Ja, ich hab Besuch, ein Kamerad. Der Ersatzschäfer, wissen Sie. Der Alte hat nämlich heute Ausgang.

Mein Gott, alles war so . . . als wüßten sie ganz genau, wer er war und er wüßte, wer sie waren. Er wollte lächeln, aber hatte dabei das Gefühl, als ob eine eiskalte Hand seine Kehle zusammenpreßte. Die beiden Hunde lagen vor dem Sofa ohne sich zu rühren. Nun erhoben sie sich zugleich mit dem Mann in den Breeches, standen mit aufmerksamen Köpfen wartend hinter ihm.

– Na, sagte der Mann – knochiges Gesicht, hakige Nase, sehr helle

Augen, eine blonde Haartolle über der Stirn – sind ein bißchen überrascht, wie? Warum haben Sie denn die Hand in der Tasche? Er ballte die Rechte nervös in der Rocktasche. Vielleicht was drin, das Sie halten müssen?
Er tat die Hand aus der Tasche.
– Nein, sagte er, ich hätte nur Ihre Hilfe gebraucht. Da drüben liegt jemand, es ist ein Unglück passiert.
– Was Sie nicht sagen! Der in den Breeches lachte. Was für ein Unglück? Er zitterte, fühlte, daß ihm der Schweiß ausbrach. So unabwendbar . . . sie wußten alle drei schon das Ende. Welches Ende? Er gab sich innerlich einen Ruck. Plötzlich der Gedanke, daß er sich nicht bewährte, daß es deshalb schiefging. Vergessen Hildegard, vergessen die Sorge, festgelegt zu sein. Nur Mostbaumers Grinsen, seine Verachtung. Vielleicht klang deshalb seine Stimme überzeugend, war sein Gesicht verzerrt wie unter einem Schock.
– Kommen Sie doch, helfen Sie, schauen Sie sich die Sache wenigstens an. Seine Verstörtheit war zwingend. Es ist eine Frau, sie kann noch nicht alt sein. Vielleicht ist ihr nur schlecht geworden.
Die beiden sahen einander an. Er fühlte, er hatte das Richtige gesagt und jetzt hatte er noch einen guten Einfall. Drüben in den Schlehdornsträuchern. Man kann sie unmöglich dort liegen lassen.
– Schauen wir nach, sagte der mit dem Haarnetz.
– Nein, sagte der in den Lederbreeches, trat zurück, stieß das Fenster auf. Geh nur, ich – er grinste.
– Gehen Sie doch voran!
Er ging ein paar Schritte voran, dachte krampfhaft, daß er den Mann neben sich haben sollte, keinesfalls durfte er ihn verdecken. Mostbaumer konnte diesen Umstand nicht genug betonen. Warum muß ich darauf achtgeben? Mindestens einen halben Meter Zwischenraum, jaja, aber warum? Man will sich ihn gut anschauen, Mostbaumer lachte. Vielleicht soll er fotografiert werden. Er verhielt den Schritt, nun waren sie Schulter an Schulter. Auch für den Zwischenraum sorgte er, trotzdem hatte er die peinigende Gewißheit, einen Fehler gemacht zu haben. Noch zehn Schritte bis zum Gatter, der Mann blickte scharf über die Straße, nichts rührte sich im Gebüsch, nichts, bestimmt nichts. – Plötzlich spitzte der Mann die Lippen, wandte sich blitzschnell zur Seite, hinter seinen Rücken. Im Moment pfiff es knapp an ihm vorbei,

eigentlich ein sekundenkurzes Fauchen, wie wenn die Bedienerin im Amt den Staubsauger anließ. Der Mann neben ihm ging zu Boden, er sank nicht um, sondern warf sich hin. Er wollte sich herunterbeugen, da – der Schlag von hinten, ein durchdringender Schlag links unterm Schulterblatt . . . und nichts mehr, aus. Der Mann mit dem Haarnetz kroch auf dem Bauch, nach ungefähr fünfzig Schritten erhob er sich, lief gebückt zur Hütte. Der Blonde mit dem Karabiner verschwand vom Fenster.

– Liegt schon da, rief der Mann aus dem kleinen graugestrichenen Steyrwagen. Her mit dem Sack!

Der andere, der chauffiert hatte, kam nach:

– Verflucht, die haben ja Wind bekommen! Das ist der falsche, außerdem rührt er sich noch.

Er lag mit dem Gesicht im Straßenstaub. Der Mann besah sich den Einschuß.

– Ich denke, er wird sich bald nicht mehr rühren.

– Was machen wir? Außer daß wir verschwinden.

– Mitnehmen, unbedingt mitnehmen. Das ganze abblasen, da hilft nichts. Die haben Wind bekommen.

– Wir sollen denen die Toten wegräumen?!

– Der ist ein unsriger. Hinein in den Sack – –

Natürlich begnügte sich Mostbaumer nicht mit dem Bericht Florians, er sprach lange und ausführlich mit dem Wirt. Der Wirt hatte schließlich verschiedene Eingeweihte ausgeholt. Krejcirek? Vermutlich hatte er sich ungeschickt benommen. Niemand konnte wissen, wozu es gut war. Darüber gab es nichts zu debattieren. Aber warum fuhren nachher fünf plachengedeckte Lastwagen an der Schäferei vorbei, fünf Wagen im Abstand, die an der Stelle, wo das verfallene Gehöft mit dem ausgezeichneten Keller lag, nicht haltmachten? Lastwagen – vereinbart waren Bauernfuhrwerke, sie sollten in die Rauffersbacher Schlucht, ins Gebirge. Statt dessen fuhren sie hinunter in die Ebene, nahmen ohne Ladung den Weg, den sie auch mit ihr genommen hätten, der ihnen angeschafft war: Florians Privatarrangement. Aufgeben? Die Gewehre stammten von den Mailändern und gehörten den Deutschen. Wenn sie verschwanden – auf dem Kerbholz der Bande im Schilf war Platz genug. Hatte man sie in dem neuen Versteck, konnte man sie den Deutschen noch einmal verkaufen. Wahrscheinlich gab es jetzt ein paar Schwierigkeiten mehr, aber das Unternehmen mußte weiter-

laufen, aufgeben wäre Unsinn, trotz Florian. Mostbaumer nahm sich vor, ihm nächstens freundlich und ganz nebenbei zu sagen:
– Sie sehen also, Herr Gemeindevorsteher, wer gegen mich spielt, verliert unter allen Umständen. Ich hoffe, Sie ziehen daraus die Konsequenzen.

IX

Mostbaumer blinzelte zur Fensterwand hin, wo der nächtige Frühmorgen schon spinnwebengrau aufglänzte. Höchstens drei Uhr und Gott sei Dank, wir haben getrennte Betten. Natürlich schläft die Marie auch nicht, sie tut nur so, genau wie ich. Er kroch unter die Decke, warf den fleischigen verfettenden Körper stöhnend herum, schloß die Augen (obwohl er wußte, er würde nicht einschlafen) und hatte sofort wieder die Hand vor sich. Auffallend groß, geradezu wuchtig, eine sehr sehnige Hand, tiefbraun, mit dicken dunklen Adern, die ganz auf der Oberfläche lagen, unmittelbar unter der Haut. Aber es war gar nicht die Hand: die breiten rundgewölbten Nägel, die förmliche Kuppen bildeten, ließen ihn nicht los. Nägel mit tiefen schwarzen Schmutzkrusten. Die knotigen Finger schlossen sich jetzt in einer würgenden Bewegung, die langsam zur Faust wurde:
– Kenn' ich, weiß ich, sagte der Mann in dem unangenehmen Ton, als wollte er nichts und niemanden an sich heranlassen. Ah, ich werd' ihn schon, ich werd' ihn – – darauf könn' Sie sich verlassen.
Mostbaumer gestand sich – in dem morgendlichen Hindösen zwischen Nichtschlaf und Nichtwachen gab's keine Selbsttäuschung –, er hatte direkt befangen auf die Hand gestarrt: die einzige Möglichkeit, um dem Gesicht zu entgehen. Der Mann sah elend aus, weder nach Intelligenz noch nach Sympathie, wahrscheinlich hatte er harte Jahre hinter sich, nicht gerade, was man eine behütete Jugend nennt. Verlegen, mit einer gewissen Peinlichkeit spürte Mostbaumer, daß seine Stimme plötzlich heiser klang:
– Also . . . es ist alles gewissenhaft überprüft worden – von wem? dachte er wieder –, Sie verstehen, es muß eben sein, gibt keinen Ausweg.
– Selbstverständlich. Wozu so viel Umstände!
Der Mann legte den Kopf ein wenig auf die Seite, blinzelte, grinste überlegen-schlau, daß es Mostbaumer verlegen machte, ›vielleicht hätte ich mich doch nicht mit ihm einlassen sollen?‹. Unsinn, der Kerl sah ganz so aus, als ob man ihn für diesen Zweck gebrauchen könnte, und die Art, wie er gleich auf die ersten tastenden Anspielungen hin entgegenkam, bewies, daß er, Mostbaumer, ihn richtig eingeschätzt hatte.

– Also ich soll Ihnen den Rittmeister umlegen, ausgezeichnet, hahaha . . . Als ob er ihm direkt ins Gesicht lachte. Eines Tages war er aufgetaucht, saß an ihrem Tisch, ließ die andern reden, hörte zu, verlor ein paar Worte über die Gegend. Es lag so ziemlich auf der Hand, was ihn eigentlich interessierte. – Als sie sich verständigt hatten, gab er einen unbeabsichtigten, aber aufschlußreichen Einblick in seine Praxis:
– Bringen Sie nur was Schriftliches mit, daß ich ihn überstellen soll.
– Aber Sie sollen ihn niemandem überstellen.
– Irgendeinen Zettel, zum Aufheben für später. Die Unterschrift kann unleserlich sein, mit so 'ner Stampiglie – Sie wissen schon, nur für den Fall – –
Mostbaumer sah ihn verständnislos an, der andere lächelte besserwissend, noch höhnischer, nicht ohne Verachtung:
– Nämlich ich . . . bei meiner Erfahrung – Herrgott, wo war ich nicht überall mit dabei! Geschnappt werden kann einer trotzdem. Möglich, daß so 'ne Sache erst nach Jahren mal zur Sprache kommt. Da is dann so 'n Zettel 'n absolutes Alibi.
– Aber ich begreife nicht –
– Merk ich, mein Lieber, merk ich –
Mostbaumer hatte bereits erfaßt, daß Feme-Urteile nicht geeignet waren, ihm in den Augen des Mannes einen besonderen Nimbus zu verschaffen. Er geriet stärker in seinen Vorgesetztenton als er beabsichtigte:
– Übermorgen früh, um sieben Uhr – das war heute in dreieinhalb Stunden – bring ich ihn.
Der Mann lachte laut auf, aber er hatte dabei plötzlich eine andere Stimme, ein anderes Gesicht, noch rücksichtsloser, noch beleidigender; er schien ausgesprochen belustigt:
– Wenn Sie den Zettel nicht geben, übernehme ich ihn nicht.
Mostbaumer entgegnete scharf:
– Ich denke, es ist alles besprochen. Wenn Sie jetzt Schwierigkeiten machen, werde ich –
– Was?
Wieder lachte der Kerl; unmöglich konnte eine Visage niederträchtiger aussehen. Mostbaumer sagte mit leidlicher Festigkeit:
– Ich müßte Ihr Verhalten melden.
– Wem? Und wie?
Er stand auf, trank aus, zog umständlich seinen graugrünen Gummimantel an. In der Tür drehte er sich um:

– Also um sieben. Sie kennen den Platz. Vergessen Sie den Zettel nicht. Von dem Kuvert, das Mostbaumer außerdem mitbringen sollte, kein Wort. Unsicher und zugleich beschwichtigend suchte Mostbaumer sich einzureden, daß er nur den richtigen Ton nicht fand. Er hätte dem Kerl gerne gezeigt, was er von ihm hielt. Das Kuvert – er hatte nicht einmal eine Andeutung davon angebracht. Und doch blieb er überzeugt, es war das einzige Argument, das eine Wirkung tun konnte. Warum hatte er die Gelegenheit, dem Mann den Unterschied zwischen ihnen beiden handgreiflich zu machen, vorübergehen lassen? Das Grübeln vor dem Aufstehen, zwischen dem Nichtmehr und Nochnicht, war die Zeit der Selbsteinkehr, wo ihm seine Fehler und Versäumnisse zu Bewußtsein kamen. Beinahe als lebte er überhaupt nur für diese halbe Stunde, in der er sich vornahm, sie niemals *niemals* NIEMALS wieder zu begehen. Damit ich sie nachher mit um so größerer Gewißheit wiederhole, dachte er übellaunig.

Er hatte den Kerl genau so vor sich, wie er dort am Tisch ihm schräg gegenüber gesessen hatte, die blaßrote Narbe überm linken Backenknochen und die graugelben Streifen mit den kleinen blauen Löchern darin. Offenbar eine Brand- oder Gaswunde, aber sie gehörte zum Gesicht, man kam nicht eine Sekunde in Versuchung, es sich ohne diese Verletzungen vorzustellen, die man gar nicht als solche, sondern einfach als dazugehörig empfand. Ihre Partie war merkwürdig ausdruckslos, etwas Mechanisches und Nichtmenschliches; rundherum wechselten dann die Züge aus dem Höhnisch-Arroganten ins Brutal-Verächtliche, wie eine ungesagte, aber trotzdem gar nicht mißzuverstehende Beschimpfung, heftig erbitternd, so daß sie in ihm eine kaum beherrschbare Gegenkraft aufrief – er hätte dem Kerl die Faust mitten in die Fratze setzen mögen. Statt dessen würde er ihm das Kuvert mit den fünf Tausendern übergeben, damit der Halunke – wenn er den Rittmeister erledigt hatte – ›rechtzeitig verschwinden‹ konnte. Als ob er dazu die fünf Tausender brauchte! Die Grenze war kaum eine halbe Stunde entfernt. Dieses Subjekt stachelte allen Widerstand in ihm hoch, ein Unmaß an Haß und Vernichtungswillen. Seine Visage enthüllte gleich nach den ersten Augenblicken das Dahinterliegende, einen Charakterzug, eine wesentliche Eigenschaft, unwillkürlich, zwangsläufig und vielleicht nur deshalb nicht mit Worten, weil sie tatsächlich nicht auszusprechen war.

– Mi – sofort innehaltend; Ministerialrat – er verschluckte es, ›Mostbaumer‹ vollendete er irgendwie ertappt, während sich in der

Visage schonungslos dieses Grinsen ausbreitete. Seinen Namen nannte der Kel auch später nicht, vielleicht, weil er fand, daß er für den Auftrag keinen brauchte, oder weil es vor einem solchen Gegenüber nicht dafürstand.

Das ihm Fernste, Abgründigste, auf der Stelle Verhaßteste, das er bei sich noch als Mensch gelten ließ und von dem er dennoch geradezu triebhaft veranlaßt wurde, sich mit ihm zu messen. Dem er heute den Rittmeister bringen würde, der zu ihnen gehörte, aber es mit der Regierung oder mit den Italienern oder mit beiden hielt, der ihre Organisationen auflösen und ins Reich hinaus eine Darstellung der Verhältnisse schicken wollte, mit haarsträubenden Entstellungen und Subjektivitäten. Ihre Tätigkeit müsse verboten werden, und zwar vom Reich aus, wegen der Folgen, der ›unterhöhlenden Wirkungen, die schließlich jede Form von öffentlichem Anstand ins Absurde führten‹. Der ehemalige Rittmeister war auch gegen die Sabotage; natürlich sagte er nicht, wie sie denn das Regime anders unterminieren sollten. Der Bursche verdankte seinen Erfolg dem Deckmantel des Gesinnungsgenossen, stellte sich keiner Partei-Instanz, blieb jedem Wink unzugänglich, kurz, es lag auf der Hand, für wen er arbeitete. Nun, er, Mostbaumer, hatte ihnen gezeigt, daß er die Feme-Gepflogenheiten nicht als romantische Legende betrachtete, vor der man in der Wirklichkeit zurückschrak. Keine Frage, die – ja, es ließ sich so sagen – sachlich energische Art, mit der er ohne viel Worte für die Liquidierung eingetreten war, hatte ihm Ruf und Ansehen nicht vermindert, im Gegenteil. Es war dann mehr eine Geste überflüssig zur Schau getragener Besorgnis, daß er sich bereit erklärt hatte, den Verurteilten persönlich an die Grenze zu begleiten, wo er sein Schriftstück – das man natürlich nicht der Post anvertrauen konnte –, ein dickes Konvolut, zur Weiterbeförderung übergeben und bei der Gelegenheit erledigt werden sollte. Die Selbstverständlichkeit des Mannes im grünen Gummimantel und dennoch . . . das Überlegte, Bedachte – dazwischen die unangenehme Stimme ›ich werd' ihn, oh, da könn' Sie ganz ruhig sein, keine Sache –‹.
Es schien tatsächlich nicht von Bedeutung für ihn, er plusterte sich gar nicht auf wie zum Beispiel – na, die Beichte drohte heut peinlich auszufallen, denn er, Johann Mostbaumer, *er*, wenn er schon nicht übertrieb, hatte zumindest das Gefühl des Außeror-

dentlichen und Besonderen; eine Angelegenheit, mit der er nicht nur sich selber gehörig imponierte.
Wieder sah er sich dort stehen, denn er war aufgestanden, als er den Antrag stellte, schob sein Glas zurück, übrigens hatten nicht alle was zu trinken bestellt, bei manchen konnte man auf die Idee kommen, sie hielten es in Anbetracht des Verhandlungsthemas nicht für angemessen. Er schob also sein Glas von sich, nachdem er es zum Mund geführt hatte, wie in Gedanken, als gehe er nochmals die einzelnen Gesichtspunkte durch, das Für und Wider dessen, was er jetzt im Begriffe war zu verlangen, trank einen Schluck, aus Zerstreutheit oder um sich die Kehle anzufeuchten, keinesfalls um des Trinkens willen. Nun konnte er den Blick rings um den Tisch gleiten lassen, noch immer abwägend, vielleicht wirkte es sogar wie Gewissensnot – das wäre prachtvoll! – oder wenigstens wie Vorsicht, eine gewisse Gründlichkeit, als müßten *sie* ihn erst dazu bringen, während er längst entschlossen war, nicht nachzugeben, bis *er* sie soweit hatte. Vorläufig fehlte dazu noch einiges; trotz der mit Anstrengung verhaltenen Gesichter – die Gesichter sahen geradezu albern aus vor lauter zur Schau getragener Gleichgültigkeit – erkannte er den Schreck in aller Augen; wie vor dem Sprung über eine Hürde die Bereitschaft, es sofort rückgängig zu machen – bis sie drüben sein würden. Die beiden Lehrer waren es schon, die wuchsen hemmungslos an einem Gefühl in die Höhe – nicht Rache oder die Sucht nach Vergeltung, eher eine Art leidenschaftlicher Freude, daß Politik endlich so war, wie sie nach ihrer Meinung längst hätte sein sollen; es würde Mühe kosten, ihnen Zügel anzulegen. Stirnrunzelnd, nicht gerade gelangweilt, aber doch so, als handle es sich um etwas Alltägliches, sammelte er die Bewunderung ein, die ihm Mann für Mann (jeder glaubte, sie zurückzuhalten, sie nicht merken zu lassen) dargebracht wurde. Das Todesurteil war ihnen unheimlich, er redete deshalb auch von ›Liquidierung‹, tat, als handle es sich um einen gewöhnlichen Antrag, von dem er voraussetzte, daß sie zustimmten. Sicher waren vorläufig nur die zwei Lehrer. Die andern blickten scheu vor sich hin; es schien hauptsächlich der Wunsch nach Haltung, daß sie diese gewaltsam-unbeteiligten Gesichter zustandebrachten. Die Bauern hatten alle etwas Starres, Unlebendiges, wie aus einem splittrigen, schwer zu bearbeitenden Material; umsonst, es bei ihnen mit der Beredsamkeit zu versuchen. Während man bei den städtischen Angestellten gerade damit alles erreichte: je bildungssüchtiger sie waren, desto leichter

brachte man sie durch Reden dorthin, wo man sie haben wollte. Die Schwierigkeit war eben, daß er Bauern und Sommerurlauber in der Gruppe hatte.

Im Atemschöpfen zog er die vier hektographierten Seiten aus der Tasche, ›Reservat-Akte und Sonder-Befehle‹ – davor mußten die hartnäckigsten Bedenken hinschmelzen. Genug, daß er sie zu Mitwissern machte, die für derlei Fälle bereitgehaltene Vorschrift preisgab. Mit erhobener Stimme: ›Geheime Dienstinstruktion‹. Er stellte fest (wobei er ein Lächeln unterdrückte), daß die Gesichter sofort ein wenig Glanz und Farbe, eine gewisse Lebendigkeit bekamen, sich entspannten. Ja, hier war eine gedruckte Verordnung, eine unabänderliche Regel ihres Verhaltens; er hörte sich sagen:

– Wir begingen ein Verbrechen, wenn wir zögerten, der Fall ist sonnenklar, wir würden zu Mitschuldigen. Ich könnte die Verantwortung unmöglich übernehmen. Aber ihr, wenn ihr – –. Unzweideutig las er es ringsum den Tisch entlang: Sie wiesen es von sich, Mitschuldige zu werden. Waren sie nicht bereits Illegale? Sollten sie riskieren, unter *ihrem* Regime, das sie erst herbeizuführen hatten, wenn es schließlich verwirklicht war, wiederum als Illegale zu gelten? Niemand kann außerhalb der Ordnung leben, auch wenn sie noch nicht da ist. Je größer die Opfer, unter denen sie durchgesetzt werden muß, desto mehr Erfüllung verspricht sie.

– Zwischen zwei Ordnungen leben –

Rote Glut floß im Westen die Bergwände herab, mit dicken blauvioletten Abendschatten. Der Rittmeister neben ihm deutete über den See, in dem die letzte Sonne als orangegelbe Flüssigkeit verdampfte.

– Also zwischen den Ordnungen! Ich kann mir vorstellen, daß gewisse Leute sich dabei recht wohlfühlen.

Der Rittmeister sah angelegentlich an ihm vorbei. Keine Frage, auf wen er anspielte. Mostbaumer lächelte ironisch:

– Umbruchzeiten! Warum wollen Sie nicht einsehen, daß dabei auch die Moral ein wenig in die Brüche geht? Mit lauernder Anzüglichkeit: Vermutlich haben Sie Ihre Gründe –

Der andere sah ihm zum erstenmal voll ins Gesicht. Er wirkte keineswegs betroffen oder bösartig, sondern eher nachdenklich, beunruhigt von dem, was ihn erfüllte.

– Fundamente abtragen, meinetwegen! Aber auch dabei gibt es ein Maß, eine Grenze! Allerdings, die im trüben fischen wollen, fragen nicht danach.

Mostbaumer ignorierte den Nachsatz, entgegnete gewichtig:
– Historisch gesehen –
– Jaja, ich höre das jetzt oft –
Es zeigte sich, daß es nicht schwer war, ihn aus sich herauszulokken; er vergaß alle Vorsicht, wurde sogar unangenehm:
– Im Politischen machen die Skrupellosigkeit und der Umfang aus dem Verbrechen ein historisches Ereignis, aus der Eroberung die Verwirklichung einer Idee. Und nicht jede hat so viel volkstümliche Schlagkraft zur Hand – ›Heim ins Reich‹. Wahrlich, Mostbaumer hatte genug Langmut bewiesen, er bewies sie immer noch. Kühl, aus der Distanz seiner Überlegenheit:
– Kriminell oder heroisch – von einer bestimmten Bedeutung ab entscheidet eben eine gewisse Stabilität. Und oft gar nicht sie, sondern schon der nackte Erfolg; er braucht nicht einmal von Dauer zu sein.
Dann fiel der Satz, der ihn zur Entscheidung drängte, weil er die Gefahr signalisierte. Der Rittmeister sagte nämlich verdeckt, allzu nebenbei, mit einem unguten Seitenblick:
– Die Folge des Feuerwerks, das Sie vorige Woche abgebrannt haben, sind ein paar hundert Arbeitslose, zumeist die Kleinhäusler da aus den Tälern. In Mostbaumer stieg es empor, drohend, gewalttätig: Woher wissen Sie, daß der Brand gelegt war? Daß ich mit der Papierfabrik überhaupt was zu tun hatte? Hüten Sie sich! Aber nichts davon, sondern hämisch eine Sicherheit zur Schau tragend, die kaum noch Fassade war, seine Angst verbergen sollte. Ein, zwei Sekunden fühlte er das Krampfige in seinem Gesicht, war schon im Ausbruch, der sich Luft machen wollte; im letzten Augenblick fing er sich wieder ein, brachte ein sarkastisches Lächeln zustande:
– Also . . . kriminell oder heroisch? Zwischen zwei einander ablösenden Ordnungen ist es wahrscheinlich nicht nur eine Sache des Standpunkts, sondern bedeutet tatsächlich beides. Übrigens – gemessen an dem, was sich rundum vorbereitet, ist der Fabrikbrand weniger als eine Bagatelle.
Plötzlich hatte Mostbaumer das Gefühl, daß der eiskalte Hauch, der von der Freundlichkeit des Rittmeisters ausging, ihm bis unter die Haut drang. ›Der wünscht sich nichts sehnlicher, als über mich herzufallen.‹ Er hörte ihn sagen:
– Sie haben recht, der Brand war zweifellos eine kriminelle, und wenn das Heroische eine äußerste Steigerung des Moralischen ist, sogar eine hochmoralische Leistung. Soundsoviele hundert Volks-

genossen, die Sie natürlich in die Organisation aufnehmen müssen, um sie besser unterstützen zu können, ehe Sie sie ›heim ins Reich‹ führen. Und die jetzt, wo sie arbeitslos sind, genügend Zeit haben, sich in Ihrem Sinn zu betätigen. Man darf Ihnen gratulieren.
›Ich möchte die Rolle kennen, die ich bei ihm spiele, ich gäb was drum, seinen Bericht zu lesen.‹ Mostbaumer blieb stehen, faßte den andern energisch am Arm, wußte nicht, mit welcher Heftigkeit er ihn festhielt, sah nur die befremdete, erstaunt verächtliche Miene. Die wollte er ihm austreiben:
– Was wollen Sie eigentlich bei uns. Wie sind Sie da hineingekommen?
– Offenbar durch ein Mißverständnis.
Mostbaumer schleuderte den Arm, den er umkrampft hielt, wütend von sich:
– Mißverständnis? Dann muß es richtiggestellt werden.
– Das hoffe ich, genau das!
Sie standen einander gegenüber, jeder mit einem unsichtbaren Rapier. Mostbaumer spürte die Röte, die ihm dunkel den Hals heraufstieg. Der andere sah blaß aus, sonderbar grünlich blaß, ausgeronnene Augen, aber angefüllt mit Feindschaft. Trotz des rötlichen, zuckend auf und nieder wogenden Nebels, der aus ihm selber kam, erkannte Mostbaumer mit eindringlicher, zugleich lähmender Schärfe nicht nur das Gesicht, sondern auch was es beabsichtigte, was in dem andern vorging. Er erschrak, er hatte mit einer Unverhülltheit geredet, die mehr als unklug war vor einem Gegner, dessen Protektoren er nicht kannte, die aber da waren, die es geben mußte, sonst würde sich der Mensch unmöglich so aufführen – nicht eine Sekunde würde der zögern, seine Machtmittel rücksichtslos einzusetzen. Oder zog er vielleicht den Schluß, daß einer, der seine Karten so unbedenklich auf den Tisch warf, dem nichts daranlag, wenn der Feind sie sah, sich ihm fraglos überlegen fühlte und es wahrscheinlich auch war?
Hier bohrte sich etwas in Mostbaumers Bewußtsein, das nur wenig mit schlagfertiger Bereitschaft und taktischer Vorsicht zu tun hatte, hier ging es nicht um Zug und Gegenzug, sondern um etwas Tieferes. Dies war der Moment, sich einzugestehen, daß es ihn befangen gemacht hatte, daß er unterlegen war. Zwischen Schlaf und Tag gab's nur die vorbehaltlose Rechenschaft. Die dicke Federndecke eng um sich bis über den Kopf gezogen, so daß er von allen Seiten die Bettwärme spürte, wie in einem Uterus. Die Marie

könnte das nicht, angeblich braucht sie Luft, fürchtet zu ersticken. Fast als hätte ich das Eingewickeltsein nötig – unmöglich, mir jetzt was vorzumachen. Ich hab gestern gegen den Rittmeister verloren, da beißt die Maus keinen Faden ab. Wenn ich mir Wort für Wort vergegenwärtige: warum kam es nicht zum offenen Bruch? Was und vor allem *wie* ich es ihm vorgehalten habe – da hätte ein Rittmeister der k. und k. Armee reagieren müssen. Ich war wieder zu derb, immer gerate ich weit über das Maß hinaus. Das gibt ihnen die Möglichkeit, es als Groteske zu nehmen, als meinen persönlichen Stil, mit dem man sich abfinden muß, wenn man mit mir verkehrt. Mit einemmal war er . . . ich erinnere mich absolut nicht, wie er den Übergang fand zu dem uneingesehenen Paßweg über die Grenze, den wir nur Leute schicken, denen um keinen Preis was zustoßen darf. Vor dem Hotel schüttelten wir uns die Hände. Das Gesicht des Wirtes: ›Also an dir wird der es bestimmt nicht merken, daß er umgelegt werden soll.‹ Ich gerate zu leicht in Rage, nur deshalb bin ich kein Typ für Verhandlungen. Das ist offenbar Konstitution, unabhängig von der Intelligenz. Vielleicht ist es doch nur Erziehung, Beispiel, Gewohnheit. Wenn ich nicht von einem Bauernhof käme, wenn die Mutter damals nach der Gelenksentzündung nicht darauf bestanden hätte, daß sie mich ins Kloster aufs Gymnasium schicken –

Er spähte über den Rand der Decke; das graue Spinnwebennetz des Morgens war um eine Spur heller geworden. Wie rasch die Gedanken gingen, man legte das halbe Leben zurück in Minuten, alles Wichtige – Es war eben die geschulte Intelligenz, die ihn von dem Kerl im Gummimantel unterschied, darum hatte der keine Chance, obwohl er als Selbstverständlichkeit gerade das besaß, was den andern abging: die Angstlosigkeit, die Fähigkeit, *es* zu tun. Aber *er*, Johann Mostbaumer, hatte beides, er war *dazu* imstande und er beherrschte den geistigen Überbau. Unter seiner ihm manchmal etwas zu aufdringlich vorkommenden Selbstgefälligkeit – immer wieder die Frage, wie die schwelende Penetranz eines geheimen Feuers, unvermutet in die Höhe schlagend: konnte er es, brachte er es *wirklich* zuwege? Auf die natürliche unkomplizierte Art des Mannes im graugrünen Gummimantel? Eine Anlage, ihm in die Wiege mitgegeben? Merkwürdig – die Deutlichkeit, hier im Bett, fest umschlossen von der warmen Decke, bei zusammengepreßten Lidern, die Gewißheit ›aus dem fünften Lebensjahr‹ – als ob es nicht auch das vierte oder sechste gewesen sein könnte! – ›*Damals* war ich dazu fähig.‹

Das lange niedere Haus, unterm Schindeldach vorkragend die wettergeschwärzten Balken. Auf der Rückseite gegen den Hof, wo die Ställe anstießen, gab es immer mindestens ein Dutzend Schwalbennester. Es mußte im Mai gewesen sein. Der junge Nestvogel war noch nicht flügge, aber es fehlten höchstens acht bis zehn Tage. Rund wie ein Daumenballen, kräftig und vollgefressen, schon mit Schwung- und Schwanzfedern. Vermutlich hatte er sich zu weit vorgedrängt, den fütternden Eltern entgegen. Im Fallen hatte er instinktiv die Flügel gespreizt, war im Bogen auf den flachen Randstein heruntergesegelt. Unverletzt, bestimmt unverletzt, man hätte ihn in die Stube nehmen, ihn flugreif ziehen können. Wenn sich jemand näherte, fächerte er mit den stoppeligen Schwingen, streckte den Hals vor, den gelb gesäumten Schnabel weit offen: seine einzige Reaktion der Welt gegenüber. Sie war bisher stets erfolgreich gewesen, er kannte keine andere.
Der große Pflasterstein, den er auf ihn fallen ließ, sorgte dafür, daß er auch keine andere kennenlernte. Vater und Mutter sahen zu, es war unbedingt erforderlich, daß sie aus dem Fenster auf ihn herunterblickten. Schmale Fenster – das Haus war vielleicht tatsächlich zweihundert Jahre alt –, die beiden mußten sich zusammendrängen, um Platz zu haben, vielleicht hatte der Vater die Mutter sogar umfaßt. Sowie der Gedanke aus der Bettwärme aufstieg, mit der Deutlichkeit, die nur hinter den geschlossenen Lidern möglich ist, wußte er sofort: es handelte sich um eine Ausschmückung. Überraschend, das Bild, die Erinnerung war durchaus nicht neu, sogar die Gesichter der Eltern hatten dabei nie gefehlt. Aber mit einemmal, völlig unerwartet, war es jetzt über jedem Einwand klar, daß sie nicht einfach hinzugedacht oder weggelassen werden konnten, weil ihr Dabeisein die Tat erst verursacht oder herbeigeführt hatte.
Wenn nur der Vater zugesehen hätte? Wenn der Platz der Mutter leer gewesen wäre? Beklemmend fühlte er, daß die Szene ewig unvollendet bleiben mußte, trotzdem er sie mit dem Pflasterstein auf die handgreiflichste Art beendet hatte. Sie mündete unabänderlich in das Dunkel zurück, aus dem sie hervorgetaucht war, während er sich wieder über den Vogel beugte. – Laß ihn, rühr ihn nicht an rief der Vater. Vielleicht waren die Elternvögel in der Nähe und der Vater fürchtete, sie würden ihn nicht mehr füttern, wenn sie den fremden Geruch an ihm spürten. Jedenfalls: – Rühr ihn nicht an! In dem knappen Ton, der unbegreiflich den Impuls zu sofortigem Gehorsam hervorbrachte, und den Vater außer zu den

Dienstleuten nur für ihn noch hatte; nicht für die Schwester und später – als es ihn gab – auch nicht für den jüngeren Bruder.
Natürlich ließ er den Vogel, er hob dafür einen locker sitzenden Quaderstein aus der Abflußrinne. Und nun war der Augenblick wieder da, den er als den unverständlichsten des ganzen Ereignisses empfand. Sogar heute noch, und je öfter er an die Szene dachte, um so heftig-klarer sah er es: der Vater hatte den Arm um die Mutter gelegt, eine Geste, die (wenn sie tatsächlich getan worden wäre) nur die Bedeutung haben konnte, daß das schmale Fenster ihn dazu zwang. Keine ausgesprochene Zärtlichkeit, kein Zeichen inniger Gemeinschaft, von seiten des Vaters bestimmt nicht. Die Reaktion der Mutter beruhte auf einer falschen Voraussetzung; er legte den Arm um sie und sie hatte sofort ihr willfähriges Gesicht, die Widerstandslosigkeit, einmündend in die Unterwerfung, es stand im Belieben des Vaters, sie allmählich zu enthüllen, bis zum völligen Aufgehen in seinen Wünschen. – Wie lange wollte er diese Anhäufung späterer Unterstellungen fortsetzen? In gar keinem Fall hatte der Vater den Arm um sie gelegt, er brauchte es auch nicht, es genügte, daß er sie auf dem engen Fensterbrett mit dem Gewicht seiner Schulter ein wenig drückte, er sah es an ihrem Gesicht.
Obwohl er es in Wirklichkeit durchaus nicht sah; es ging alles sehr rasch und er war viel zu jung für solche Beobachtungen. Lauter Verfälschungen, spätere Unterschiebungen, die Vergeltungssucht der Jahre, die auf Begründungen erpicht war. Er hielt den Quaderstein über den Vogel, der hier – wenn überhaupt – nur einen gestaltlosen Fleck ohne Tiefe wahrnahm, vielleicht etwas Futterspendendens oder Freßbares vermutete, jedenfalls streckte er ihm den Hals mit dem weit aufgeklappten Schnabel, den zwei knallgelb gesäumten Dreiecken, entgegen.
Lächelnd sah er zu den Eltern auf; was er beabsichtigte, kam ihm überhaupt nicht als feindselige Handlung vor, die etwa dem Vater galt, sondern – das wußte er mit den Jahren um so gewisser – geschah für die Mutter, war für sie als Ovation gemeint. Sie begriff auch sofort, was er vorhatte, noch ehe er den Stein fallen ließ.
Nachdem es geschehen war – der Quaderstein lag auf dem flachen andern und unter ihm sickerte ein dünner schleimig-blutiger Faden hervor, der morgen in der Sonne bald vertrocknet sein würde –, blickte er ihr erwartungsvoll in die Augen, bereit zu zärtlichem Ineinandertauchen; eine tiefere Gemeinschaft, die den Vater ausschloß. Zeitlupen-Aufnahmen, sagte er sich stöhnend-gähnend

und zog die Bettdecke höher hinauf, aber so war's, genau so. Der Mund stand ihr offen wie vor einem Schrei, zu dem sie nicht mehr fähig schien, den sie nicht zustandebrachte, weil ihr Abscheu, ihr Entsetzen zu groß war. Er verstand sogar, daß der Vater nur deshalb herauskam, die Hand mit dem zusammengelegten Hosenriemen schon zum Schlag erhoben. Er erinnerte sich nicht, daß er den Riemen, mit dem ihm bereits öfter gedroht worden war, früher zu spüren bekommen hatte. Der Anblick war so neu und bis ins kleinste vollständig, nichts fehlte, als erlebte er es jetzt, in eben diesem Moment. Er lief nicht weg, wie er es sonst getan hätte und später jedesmal zu tun pflegte, sondern blieb stehen, erwartete den Vater, ließ sich übers Knie legen und gab keinen Laut von sich. Der Vater schlug ein-, zweimal hin, und als er sich nicht rührte, winkte er mit dem Riemen erstaunt, fragend zur Mutter hinüber. Er aber blieb in der Stellung des Geschlagenen, obwohl die Linke des Vaters aufgehört hatte, ihn niederzudrücken, ihn überhaupt nicht mehr festhielt. Schließlich stellte der Vater ihn wieder auf die Füße. – Was hat er nur? fragte die Mutter. – Er wird ja ganz grün im Gesicht. – – Was ist? herrschte ihn der Vater in dem Ton an, auf den noch jeder geantwortet hatte. Nun wandte *er* sich ab, drehte sich um und ging langsam, noch immer keinen Laut von sich gebend, die niedere Mauer entlang zur Tür, die ins Haus führte. Reue? Enttäuschung? Doch dessen erinnerte er sich mit einer Genauigkeit, die allen Zweifel ausschloß: er begriff nicht, weshalb sie ihn straften, sah nicht ein, warum die Mutter sich entsetzt abgewendet hatte.

Jedenfalls war er *dazu* fähig gewesen, ebenso wie der Mann im Gummimantel, hatte es getan, wenngleich das Objekt den Jahren und Lebensaltern entsprechend verschieden war. In die heutigen Proportionen übertragen, dürfte ihm der Rittmeister im Grunde nicht mehr bedeuten als damals der Nestvogel dem Fünfjährigen. Sofort hatte er den Mann wieder vor sich, mit seinen Geierhänden, die in knotigen Nagelkuppen endigten, nach dem Mantel greifend, das linke Augenlid zuckend oberhalb der breiten blaßroten Narbe. Vielleicht war es nur das ungünstige Licht, die staubigtrübe Gaslampe neben dem Schanktisch reichte gerade hin, den Raum mit graugelbem Dämmer zu füllen, vielleicht sah es deshalb aus, als sei das Augenlid ständig in flatternder Bewegung. Wahrscheinlich war es nur der Schatten, der auch das Ironisch-Verächtliche in dem Gesicht so aufreizend machte; schändlich beleidigend, der Mann tat sich nicht den geringsten Zwang an. Unmöglich konnte der

Kerl mit diesem Grinsen auf ihn geblickt haben – und dennoch: er konnte nicht anders, er beeilte sich, daß er seine Hand zu fassen bekam, sie zum Abschied flüchtig berührte. Einfach unerträglich, ein Äußerstes an Wut und Vergeltungsdrang in die Höhe bringend. Er würde es dem Halunken zeigen – der richtige Zeitpunkt, daß ihm Maries Stimme einfiel: – Mußt du dich auf alles das einlassen? Wirklich?! Andere tun es nicht und avancieren auch. Wo willst du denn hin? Er hatte sich wunderbar in der Gewalt: – Wie oft hab ich dir schon gesagt, daß du dir jedes Wort darüber ersparen kannst. Ihre greinende Stimme; Tränendrüsen und Nasenschleimhaut gerieten bei ihr immer leichter in Tätigkeit. Sie schnupfte auf, fand ihr Taschentuch nicht, brachte schließlich von irgendwo einen verknüllten Fetzen hervor, mit dem sie im Gesicht herumwischte. – Wenn Papa noch lebte, der würde da nicht einfach zuschauen. Hofratstochter. Ihr Bräutigam war im letzten Kriegsmonat gefallen. Er hob die Stimme: – Er würde bestimmt ganz ruhig sein, weil er sich in den heutigen Verhältnissen noch weniger zurechtfände als du. Ein Mädchen von einiger Vergangenheit, gewiß, aber damals waren sie mit der Monarchie alle aus den Fugen geraten. Nur er nicht, sein Anteil an der väterlichen Landwirtschaft stand im Grundbuch und er hatte gerade den Posten im Ministerium angetreten, eine Karriere vor sich.
– Wenn du doch endlich *damit* schlußmachen wolltest! Gebe Gott, daß ich nicht recht behalte. Als Mädchen nahm ihre Stimme gefangen durch ihre Klarheit, ihr Lachen klang aus der Tiefe herauf, wurde nie sehr hell, blieb in einer tönend ausschwingenden Mittellage. Man hörte vielleicht nicht immer zu, wenn sie redete, aber man horchte auf, wenn sie lachte. Sie zeigte dabei breite kurze Zähne mit auffallenden Zwischenräumen; jetzt hatte sie richtige Perlenzähne, eng und dicht. – Kind, stieß er gequält hervor, Kind –. Und da er an ihrem Gesicht sah, daß sie schon den nächsten Einwand bereit hatte, schnitt er ihr das Wort ab: – Wenn ich mit dieser Ausdauer mich über Dinge äußerte, von denen ich keine Ahnung habe –. Er war fassungslos, wie sie sich verändert hatte, namentlich seit er keinen Gebrauch mehr von ihr machte. Damals war er richtig verliebt gewesen, hatte ihr mit der Zunge über die Oberlippe gestrichen, über den dunklen Flaum, so zart, daß man es nur in der Nähe merkte, wie üppig er eigentlich war. Sie drückte ihre fleischige Kehle gegen seinen Mund, Lukas, flüsterte sie. Sie weigerte sich ›Hans‹ zu sagen, behauptete, es sei der einzige Name, der ihr nicht über die Lippen wolle; Gott sei Dank,

daß er mit dem zweiten Namen Lukas hieß. Nur Hildegard war überhaupt nicht dazuzubringen, einen seiner Vornamen auszusprechen. Nichts als Gleichgültigkeit und Verachtung: – Guten Abend –, sogar an dem Nachmittag, an dem er sie schließlich überwältigt hatte. ›Es gibt keine Vergewaltigung. Wenn es geschieht, hat immer auch sie irgendwie gewollt.‹ Wer das behauptete, hatte offenbar Hildegard nicht gekannt. *Das* damals war hundertprozentig durch ihn zustande gekommen, leider durch ihn allein. – Seither überließ er die Marie sich selber; sie rutschte nun halbe Tage lang in den Kirchen auf den Knien herum; je endgültiger *das* schwand, an realer Bedeutung für sie verlor, desto eifriger entschwebte sie. Sie bezog ihre Verhaltensregeln nur noch vom Himmel, mit dessen Insassen sie sich besprach wie mit wichtigeren und einflußreicheren Personen, als die aus Fleisch und Blut jemals sein konnten. Allmählich kam sie dahin, ihr ganzes Leben nach deren Geboten zu regeln. Gesetzt den Fall, daß er sich zu ihr ins Bett legte, dachte sie nicht daran, sich zu verweigern, er hatte derlei Situationen ein oder das andere Mal herbeigeführt, kein Zweifel, auch dafür hatte sie eine Vorschrift, so daß sie trotzdem mit ihren asketischen Vorbildern in Einklang blieb. Ja, der Hervorbringer von Billionen Sonnensystemen und Milchstraßen saß jetzt da oben, einige tausend Lichtjahre hinterm Mond, und paßte auf, daß Marie Mostbaumer, geborene Leitenberger, die Geschlechtsbedürfnisse des ihr angetrauten Gatten in ehelichen Schranken hielt.
Wahrscheinlich waren diese Bedürfnisse nicht nur bei ihm, sondern bei den meisten die Ursache, daß sie mit ihrem irdischen und schließlich auch mit dem *andern* Erzeuger in Konflikt gerieten. Vielleicht war es nur die Heftigkeit solcher Wünsche, die ihn von beiden weggeführt hatte. Allmählich hatte er es aufgegeben, über den *andern* nachzudenken. Entweder war er das Undefinierbare, die Unerkennbarkeit selbst, oder er war so eine Art Allmachts-Spiegel, der ihm sein gesteigertes Abbild mit allen überhaupt möglichen, gedachten oder nur denkbaren Eigenschaften zurückwarf.
Er merkte, daß er in Schweiß geriet, lüpfte die Bettdecke, erschauerte unter der frostigen Frühe, die sich noch immer zwischen Dunkelheit und Tageshelle in der Schwebe hielt. Aber er wollte sich jetzt nicht in allgemeine Betrachtungen verlieren, sondern lieber versuchen, die Eigenschaften herauszufinden, die ihm fehlten, die *sein* Allmachts-Spiegel nicht zurückwerfen konnte, weil er selber sie nicht besaß, ja gar nicht imstande war, sie zu denken.

Natürlich hingen sie mit dem Mann im graugrünen Gummimantel zusammen: der hatte sie, mußte sie haben, denn – – und das war das Gravierende, Befürchtung und Beweis in einem – Hildegard wäre todsicher, gleich beim erstenmal, vielleicht schon nach ein paar Worten bereit, ihn beim Vornamen zu rufen. Es war der tiefste Punkt seiner Selbstqual und die untrügliche Probe für die widerstandslos suggestive Bewährung des Mannes, daß er sich ihn sofort in Beziehung zu ihr denken mußte, seinen Gegenpol und Widerpart, der von ihr wie selbstverständlich erlangte, was für sich zu hoffen ihm auch jetzt noch beinahe aussichtslos schien.
Und darunter verbarg sich, immer schwieriger zu leugnen, die Gewißheit, daß es *das* war, die Fähigkeit *es zu tun,* die jene Qualität des Mannes im graugrünen Mantel ausmachte, in der allerdings *er* sich ihm gleich und ebenbürtig fühlte: ihr gemeinsames Merkmal, ihr wichtigster Charakterzug, alle andern durchdringend, die leuchtende Grundessenz, jedem fühlbar und denen, die dafür begabt waren – wie Hildegards Verhalten bewies –, sogar mehr als fühlbar.
Wann hatte es diese Szene gegeben? Woher die Überzeugung, die alles mit so deutlichen Linien aus ihm hervorgehen ließ, ohne Zögern, als würde seine Phantasie bereits von derselben Kraft in vorbestimmte Bahnen geleitet? *Wie* machte es der Mann? Waren es wieder die Hände, das Krallenartige, Geierhände, denen auch sie erlag, noch bevor er sie anrührte, kaum daß sie den ersten Blick darauf geworfen hatte? Denn sie sah hin, kein Zweifel, daß die gewölbten Nagelkuppen sie nicht losließen, sie starrte immer noch hin und dann flüsterte der Mann etwas, was er, Mostbaumer, nicht verstand, etwas Plumpes, Direktes, das ihn im Augenblick erledigen mußte, er kannte ihr Gesicht. Während der Triumph in ihm heiß emporschoß, ging der Mann nahe an sie heran und faßte sie an der Schulter. Ihre Augen, ihre Miene! Aus jeder Pore brach es hervor: eisiges Erstaunen. Der wie vor einer ekelerregenden Berührung zurückschnellende Oberkörper, ihr Mund, zusammengepreßt, daß die Lippen verschwanden, in einer Abweisung, der es um jedes Wort zu schade war. In dem Augenblick fiel ihr Blick auf seine Hand, die den Stoff über ihrer Brust in der Faust zerknitterte. Ihr Kopf kam sofort nach vorn, die Augen voll Spannung auf die Hand gerichtet, die sich mit dem, was sie umfaßte, nicht völlig schließen konnte. Sie blickte auf die schwarzgeränderten Nagelkuppen, die sich ihr ins Fleisch gruben, starrte mit einer neugierigen Aufmerksamkeit hin, einer hingegebenen Duldung, die sich

unwillkürlich vertiefte, als er immer näher rückte . . . er wiederholte flüsternd, was er vor zwei, drei Minuten gesagt hatte, ein paar Worte, deren Bedeutung jedenfalls über allem Zweifel war, nur daß *sie* nicht mehr zurückwich, gar nicht daran dachte, ihm zu entkommen.

Ein wenig stöhnend unter seinem Griff wand sie sich hin und her, so daß er die zweite Hand zu Hilfe nehmen mußte, er packte sie mit der Rechten von hinten. Sie sah diese Hand nicht, aber spürte die harten Nagelkuppen und das war genug, bewirkte, daß sie weiter auf jene Hand starrte, die ihre Brust umspannt hielt. Plötzlich lächelte sie werbend, als danke sie mit leisem Auflachen für ein Kompliment, dem sie sich ebenso wenig zu entziehen vermochte wie ihr Oberkörper seinen Händen.

Nun konnte er eigentlich nichts anderes tun, als sie völlig an sich zu nehmen. Er verblüffte sie nicht mit einer plötzlichen Bewegung, sondern zwang sie ruhig und fest in seine unnachgiebige Klammer; es brauchte keine Gewalt, ihren Kopf zurechtzulegen, ihr Kopf sank wie von selbst in die Biegung seines Arms und ihr Mund mit den halbgeöffneten Lippen wartete –

Immer wieder seine Hände – als gäbe es eine unterirdische Beziehung zwischen ihnen und dem, wozu der Mann sie angstlos und selbstverständlich gebrauchte, als sei *das* eine natürliche, zu seinem täglichen Leben gehörige Beschäftigung, etwas wie Essen, Trinken, Zeitunglesen, das man tat oder nach Belieben unterließ. Als sei von ihnen, den Händen mit den knotigen Fingerendungen, den runden Nagelkuppen, *diese Fähigkeit* abzulesen, zu buchstabieren wie eine Art Schrift.

Es war zu heiß, zu feucht im Bett; unmöglich in der trübgrauen lähmenden Frühe, solche Betrachtungen anzustellen. Trotzdem sah er auf seine Hände, suchte nach der Ähnlichkeit mit jenen des Mannes im graugrünen Mantel, als müsse er sich durch die Form seiner Finger die Garantie verschaffen, daß auch er sichtbare, für jedermann kenntliche Merkmale besaß, die über allem Zweifel *diese Fähigkeit* anzeigten, so daß sich nun Hildegard ihm in einer Weise gab, der gegenüber ihr Verhalten zu dem Graugrünen höchstens als äußerliche Annäherung gelten konnte.

Er griff also an seinen Fingern herum, befühlte sie gegenseitig, sagte sich vergebens, daß es bei ihm, an seinem Körper eben anders sei, daß seine weichen dicklichen Finger mit den fast zierlich spitzzulaufenden Enden dennoch *dasselbe* bedeuteten wie bei dem Graugrünen die runden Nagelkuppen; die Eignung *dazu*, die Gewißheit, es angstlos auszuführen, ohne Schuldgefühl, ohne Gewissensbisse. Er staunte, daß er jetzt, bei seiner morgendlichen Einkehr solche Worte fand, beschämt, schon beinahe ertappt bei einem Betrug, Selbstbetrug, Betrugsversuch an Hildegard, die nur mit ihren Blicken entgegnete. Worte verraten die innere Einstellung viel schwerer, sind plumpe unzureichende Umschreibungen dessen, was eine Geste, was die Mimik erschöpfend ausdrückt, ohne das Sich-gemein-machen mit dem, gegen den sie gerichtet ist. Deshalb würden von Hildegard keine Worte kommen, ihr Gesicht sagte ihm verletzend genug, was er längst fürchtete: der Graugrüne hatte die Beweise erbracht, vielleicht wußte er gar nicht, wieviele es waren, hatte sie nie gezählt, weil niemals jemand daran dachte, *diese Fähigkeit* bei ihm zu bezweifeln, die er, Johann Mostbaumer, genauso besaß – ohne Beweis zwar, ja sogar ohne die Instanz, vor der er ihn antreten durfte. Und doch war es, als müßte *das,* wenn auch nur ein einziges Mal getan, sein Wesen verändern und von ihm ausstrahlend, eine unfaßbare Kraft und mühelos dirigierende Überlegenheit, jedermann spürbar sein; am sichtbarsten und unwiderleglichsten aber würde es ihm Hildegard unterwerfen. Schon keuchte sie ein wenig, ihr Atem ging in kurzen Stößen, während er ihren Arm aufbot, so daß ihre üppige Achselhöhle freilag. Ihre Achselhöhle war sorgfältig ausrasiert, eine elastisch-bräunliche perlmuttergetönte Mulde, an deren Rand er ein paar winzige Tröpfchen schmeckte, ihr Körper und – – das Parfum, das er ihr zu Weihnachten auf den Tisch gestellt hatte, war es nicht, er fand es – um ihm den letzten Zweifel zu ersparen noch in seiner goldverschnürten Geschenkpackung – am gleichen Vormittag neben der Einkaufstasche der Aufräume-Frau auf dem Stuhl im Vorzimmer. Er hatte die Tür hörbar hinter sich zugemacht, als sei das eine Möglichkeit, dieser Entdeckung zu entgehen. Er kehrte auch jetzt lieber zu ihrer Schulter, ihrer Achselhöhle zurück, denn die zweite Hildegard war nachts mit ihm unter der Decke und bei den morgendlichen Selbstgesprächen anwesend, wunderbar gefügig kam sie oder entschwand nach seinem Wunsch, hatte die Eigenschaft, daß er sie anfassen durfte, wo er wollte, auch jetzt drückte er ihre Brüste, streichelte sie überall dort, wo er sich Erfolg versprach, bis sie – – nun, der Erfolg war bei ihm jedenfalls früher da –

– Marie, Kind, bist du wach?

Mit einem Satz war er aus dem Bett, hatte die Pyjamahose abgestreift. Die frostige Morgenluft machte die Haut an den Schenkeln

im Nu körnig. Ihre Gummistrümpfe lagen auf dem Stuhl, er hob die Decke auf, um hineinzuschlüpfen. Da – ihre Stimme, schläfrig greinend, nichts als Widerstreben, eine duldende Gereiztheit, die nie bis zum Angriff gedieh:
– Muß ich auch schon heraus? Im ganzen Haus ist noch niemand wach. Gleich mach ich dir das Frühstück. So zeitig kann man es vom Mädchen unmöglich verlangen.
Aber von ihr konnte er es verlangen, er begriff, *sie* mußte bereit sein. Himmel, sie hatte keine Ahnung, warum er sie geweckt hatte. Endlich fiel es ihr auf, daß er nur in der Pyjamajacke dastand, aber sie begriff noch immer nicht:
– Nur um dich zu erkälten! Du weißt, daß du es nicht verträgst, der kleinste Lufthauch – und du hast deinen Katarrh. Sofort neigte er sich nach vorn. Gott behüte, daß sie draufkam, was die Jacke nicht ganz verbarg. Er wandte sich ab, stieg in die rasch aufgenommene Hose.
– Aber vielleicht wäre ich auch so, wenn ich wie du jemanden hätte, der mich pflegt.
Er blickte auf ihre Gummistrümpfe, von denen einer über den Stuhlrand hing, fühlte eine plötzliche Erleichterung, als wäre er einer beschämenden Situation entgangen, einer entwürdigenden Handlung, die ihn besudelte und nur dieses Ziehen, den trocken brennenden Schmerz im Hinterkopf zurückließ, die schlaffe Schwere in den Schultern und Gliedern, besonders in den Beinen, eine Zerschlagenheit, die er anfangs vor sich selber zu verbergen trachtete, obwohl er wußte, sie würde andauern bis – – nun, nach ein, zwei Tagen war sie vorüber, aber etwas blieb, ließ ihn altern, verbrauchte ihn, wenigstens schien es ihm so. Auch Hildegard mußte es so vorkommen, die es in der Hand hatte, mit einem Schlag, mit einem Entschluß und Gewähren seine alte Kraft von neuem zu erwecken, statt dessen aber sich hohnlachend abwandte. Ja, er geriet immer tiefer abwärts, versank in einer Leere, die er mit nichts anderem als seinen vergeblichen Wünschen zu füllen vermochte, mit zwei Bildern, bis ins kleinste deutlichen Vorstellungen, die zusammengehörten wie die beiden Seiten einer allzu kostspieligen, ihm niemals erreichbaren Münze: *das* – können, was der Graugrüne mit fast unbewußtem Gleichmut in ein paar Stunden an dem Rittmeister vollbringen wird (nicht anders, wie er sich etwa eine Zigarette anzündete) und *das* – was er mit Hildegard – wenn er um ihre Existenz wüßte – zweifellos nicht mit ebensolcher Gelassenheit beabsichtigte, was möglicherweise an seiner Lust und

Laune, aber keinesfalls an Hildegard scheitern würde. Auch die Marie trug das Ihre dazu bei, daß diese Leere ihn verschlang; sie tat, was in ihren Kräften stand, sie würde auch jetzt . . . gleich – warum mußte er heut darauf warten?
– Was willst du denn? Der Weg ist dir doch genau vorgezeichnet. Alle die Aufregungen! Als ob du deswegen auch nur einen Groschen mehr Pension bekämst.
Er zitterte plötzlich vor Wut, es lag ihm nichts daran, wenn er explodierte:
– Erwartest du wirklich, daß ich dir *darauf* eine Antwort gebe?
Ihre Stimme verlor mit einem Male das Greinende:
– Natürlich nicht. Ich denke bloß –
– An *›sein‹ Gesicht*, was *›er‹* dazu sagt! unterbrach er sie böse auflachend, mit einem allzu höhnischen Abtun – ihr Popanz, der erste Hans, ihr Bräutigam, der eigentliche Grund, warum sie den Namen nicht aussprach, ihn ›Lukas‹ nannte.
Sie war nur ein Jahr verlobt gewesen, das er hauptsächlich im Feld verbracht hatte; Infanterieoffizier. Seit sich herausgestellt hatte, daß sie seine Feldpostkarten aufhob und er sie bei der Lektüre ertappte – damals als ihm noch daran lag, heute würde er kaum hinsehen –, bekam dieser lange Mensch etwas lästig Bedrückendes. Tatsächlich: die steifen Schultern, das genau senkrecht abfallende Kreuz waren sein einziges persönliches Merkmal, sozusagen eine Berufseigenschaft, die jedoch ins Vorbildhaft-Generelle, beinahe ins Abstrakte gesteigert schien, mehr ließ sich über ihn nicht sagen. Wie er zum alleinigen Inhaber der positiven Seite ihrer vielleicht gar nicht so ahnungsvoll-dumpfen, sondern eher bewußten Lebensbilanz geworden war, während er, ›Lukas‹, die ausgesprochen negative Gegenüberstellung verkörperte, blieb ihm unbegreiflich. Er belächelte es, aber der Bursche war die Larve, die sie sich vorband, wenn sie ihn kritisieren wollte. Was sie von sich aus nie wagte, versuchte sie jetzt immer aufdringlicher, immer ausführlicher durch den Toten, und gerade im Politischen durfte er annehmen, daß sie mit seiner Hilfe ihm, Lukas, keinen Einwand vorenthielt. Dabei war der Bursche auf eine durchaus unheroische, ja geradezu peinlich-groteske Weise zu seinem Heldentod gekommen. Sie waren in ihrer Reservestellung eben dabei, sich zu Tisch zu setzen, auf der Veranda einer verlassenen Villa, der ganze Regimentsstab – er war Bataillonsadjutant –, vielleicht auch bewunderten sie die farbige Leuchtkraft, das Mittagslicht auf den verschneiten Felsen der nicht allzu fernen Dolomiten, als die

Italiener den gutgezielten Zweiunddreißiger herüberschickten, der sie von den Suppentellern direkt ins Jenseits holte.
Wie er wohl nachher ausgesehen hatte? Manche waren scheußlich zugerichtet. Er stellte sich ihn vor, dachte nach, wo er die Verwundungen anbringen konnte. An dem auffallend länglichen Gesicht, den dunkelblonden geschwungenen Brauen, wie mit dem Stift gezeichnet, den sehr dünnen Lippen, einem horizontalen Strich, der Basis für den viel zu weichen, zierlich-albernen Schnurrbart? Was wußte er sonst von ihm? Für *ihn* blieb er in eine verächtliche Komik gehüllt. Jahre, Jahrzehnte war von ihm nicht geredet worden, *er* hatte vergessen, daß es ihn gab. Wie konnte er zu dieser Instanz emporwachsen? Was hatte ihn auferweckt zu einem Dasein, das nun richtend über *seinem* stand, unbeirrbar in der Gewißheit *seiner* Fehler und Irrtümer? Er – – nein, sie war es, durch seinen Mund wußte sie sogar, wie *er* es besser machen sollte.
Allmählich zog sie wahllos heran, was für seine Verklärung brauchbar schien. ›Vor dem Feind gefallen.‹ Natürlich mußte das zuerst herhalten. Nun, *er*, Mostbaumer, hatte diese anonyme zufallsbedingte Art Massentod bald erkannt und sich ihr rechtzeitig entzogen. Der Feldwebel seines Regiments, zumeist italienische Istrianer, hatte Rat gewußt. Er war nach Pola eingerückt, im schönsten Jungehunde-Heldenalter. Als Offiziersanwärter avancierten sie in beschleunigtem Tempo, es war dafür gesorgt, daß sie die Lust an der Befehlsgewalt so früh wie möglich kennenlernten. Der Ruck in die Erwachsenheit vollzog sich also für die meisten glorios, unter Ausbrüchen einer lärmenden Zuversicht, die freilich nach der Fahrt an die Front bald ihr Ende fand. Vielleicht hatte sein Regiment nur besonderes Pech gehabt. Jedenfalls entschied er sich rechtzeitig für die Hausmittel des Feldwebels, der Gonokokken und eine Flüssigkeit verkaufte, die nach Schokolade schmeckte und ruhrartige Symptome hervorbrachte. Er wählte die Ruhr oder das, was die Militärärzte – ohne besondere Untersuchung – dafür halten konnten. Während seines Genesungsurlaubs ergaben sich dann genügend Um- und Auswege, die vom Heldentod fort in die Sicherheit führten.
– Wozu hast du *das* dort wieder bereitgelegt?
Sie hatte sich im Bett aufgestützt, sah zum Tisch hinüber, wo seine Brieftasche auf dem flachen grauen Futteral lag, in dem er den Browning trug. Er beeilte sich mit den Schuhen, steckte beides in die Hosentaschen.
– Wenn ich nicht genau wüßte, daß du es nur so aus – aus . . . (sie

fand das Wort nicht. Warum sagte sie nicht ›aus Renommiersucht‹?) mit dir herumträgst, ich müßte mich ärgern. Laß es zu Haus! Du würdest im gegebenen Fall doch nie davon Gebrauch machen, du nicht. Ja – jetzt kam es, jetzt dachte sie an ihr männliches Abstraktum, das bei der Suppe vom Heldentod überrascht worden war; aber sie schwieg. Machte es sein Blick? – du trägst es nur bei dir für die Kollegen im Ministerium, die sollen glauben, daß du es wirklich nötig hast. Gedehnt-weinerlich, um die Bosheit abzuschwächen, sie wagte nie zuviel, bewegte sich mit erstaunlichem Instinkt an der Grenze. Er beeilte sich, daß er in die Küche kam, stellte den Kaffeetopf auf. Plötzlich ging er zurück, rief durch den Türspalt:

– Du hast recht, ich trag das nur so zum Spaß mit mir herum. Schweig also davon.

Die einzige Methode, bei ihr eine kleine Unsicherheit hervorzurufen, Zweifel zu nähren, ob er vielleicht nicht doch – – Zu mehr konnte er sich nicht entschließen. ›Keine Komplizen!‹ war nicht eine Devise jüngsten Datums für ihn. Aber er fühlte wie eh und je den Drang, vor sie hinzutreten, ihr zu sagen – –. Vielleicht in dieser Art: Was glaubst du eigentlich, *wie* und *durch wen* der Papa – ihr Vater, er gebrauchte das Wort wie sie für das gelähmte Skelett, das neun Jahre in dem nur von der Küche aus zugänglichen Zimmer ihrer Wiener Wohnung lag und Hofratspension bezog –, durch wen er also – –

Sie würde zunächst überhaupt nicht verstehen, er müßte ihr zu viele Einzelheiten ins Gedächtnis rufen, bis sie vielleicht begriffe. Aber würde sie ihm selbst dann glauben? Er verschüttete die Milch, trank die volle Tasse starken, dampfend heißen Kaffees in einem Zug leer, goß eine neue auf. Er mußte an sich halten: Hineingehen, es ihr mit trockenen Worten ins Gesicht sagen, einfach die nackten Tatsachen! Mit einer Deutlichkeit, die alle Bedenken ausschloß, war plötzlich die Gelegenheit da, vor einer Instanz zu bestehen, die niemand des Wohlwollens oder der Sympathie verdächtigen konnte. Oh, sie würde es ihm bestätigen müssen, daß er *dazu* imstande war. Allerdings, zuerst war es notwendig, ihr in Erinnerung zu bringen, daß *nicht* sie, sondern *er* ihm damals die Medizin dosiert hatte, von der er den Schlaganfall bekam. Das blauviolette Trinkergesicht des Medizinalrates mit dem grau-weiß gescheckten Bart, die dicke Atmosphäre von verschlafener Gleichgültigkeit um ihn, das bedeutungsvolle Stirnrunzeln, die leicht gesenkten Mundwinkel, die Mimik einer Übermü-

dung, die so tat, als versuche sie seine innere Anteilnahme eher zu verbergen. Das resignierte Kopfnicken gehörte dazu, ebenfalls mechanische Routine, widerstrebende Ohnmacht gegenüber einer unerforschlichen Vorsehung, der er, so gut es ging, mit den Mitteln der Wissenschaft zu Leibe rückte. Er hielt diese Mittel bereits in der Hand, eine Rolle Tabletten in einer bunt etikettierten Glasröhre und das kleine Fläschchen braungelber Flüssigkeit, zehn bis höchstens fünfzehn Tropfen genügten, um die Zirkulation anzuregen, die Venen ein wenig zu erweitern. Der Medizinalrat sandte einen schmerzlich verhüllten Blick hinüber zum Bett in der Ecke, wo röchelnd, steif wie ein Pflock, der Gegenstand seiner Besorgnis lag. Offenbar sollte der Pflock von diesem für ihn, Mostbaumer, allzu deutlich zur Schau getragenen Wissen, daß wir alle in Gottes Hut sind, eine erhöhte Bedeutung, je etwas wie einen metaphysischen Nimbus bekommen. Doch das ging vom Medizinalrat aus, war vermutlich der Grund seiner Wirkung; vielleicht befestigte es seinen ärztlichen Ruf, so daß nicht einmal ein Todesfall den medizinischen Erfolg in Frage stellte: die irdischen Methoden hatten hilfreich bis an die äußerste Grenze geführt, erst wo sie sozusagen auf den unabänderlichen Ratschluß des Allerhöchsten stießen, war ihre Vergeblichkeit sichtbar geworden. *Er* wollte dem Medizinalrat nicht Unrecht tun, vierzig, fünfzig Jahre machen selbst einen minder Begabten zum vollendeten Berufskomödianten.
– Nun, Herr Medizinalrat, wie lange glauben Sie, daß unser Armer noch – –
Er hatte die gedeckte Stimme, die verhaltene Ergriffenheit im Ton, darin sich sein Mitleiden mit dem Schwiegervater gerade noch andeutete. Sie waren eben beide außerordentlich in der Fähigkeit, sogar ihre heftigsten Gefühle nicht mehr erraten zu lassen. Als dann die Embolie eintrat, weil er dem Pflock statt der zehn Tropfen einen vollen Eßlöffel eingegeben hatte, betrachtete der Medizinalrat seine Rolle augenscheinlich als beendet: er erschien nicht persönlich, sondern schickte den ausgefüllten Totenschein. Zunächst aber zuckte er nicht einmal die Achseln, sah aus wie bedrückt, beinahe angeekelt von der Ohnmacht alles Menschlichen. Kam es *ihm* nur so vor oder war es wirklich nicht zu verkennen, daß der Medizinalrat genau wußte, die Auskunft ›Oh, seien Sie ganz ruhig, es kann noch Jahre dauern!‹ würde nicht als Trost empfunden? Doch *er* wollte unbedingt ein wenig begründete Hoffnung, wollte wissen, wie weit er Vermutungen hegen durfte. Er fragte also:

– Zwei, drei Jahre –?
Obwohl er das nicht glaubte, es für unwahrscheinlich, geradezu für ausgeschlossen hielt.
– Hier Termine zu nennen – der Medizinalrat hatte eine eindrucksvoll umfassende Geste, die er unvermittelt unterbrach, indem er die Hand schwer auf den Schenkel sinken ließ – nein, in diesem Fall . . . aber andererseits – möglich, *möglich* – –
Gerade dieses Wort – oder vielleicht mehr noch die Art des Sagens als die zu nichts verpflichtende Zweideutigkeit – führte ihn zum sofortigen Entschluß: Jetzt, wenn überhaupt, dann jetzt! Der Medizinalrat ging gegen drei Uhr weg, um half fünf war der Alte tot. Übrigens merkte er und war gar nicht erstaunt darüber, wie alles Theoretische, Gedanken, Stimmungen, die genauen Einzelheiten und was sonst zur Ausführung gehörte, längst abgeschlossen hinter ihm lag. Ja, im Grunde hatte er es seit Jahren beabsichtigt, jeder Tag, auch wenn nichts geschah, brachte ihn ein Stück näher an die Tat heran. Möglichst harmlos betrat er das Zimmer, weil sie ihn drängte, ›Geh, er verlangt nach dir!‹, lächelnd, den Unterton des Kummers in der Stimme schon vorbereitet. Der Pflock hatte eine Art ›Bitte‹ zu sagen, die seinen Wunsch zum Befehl machte, er bestand nur noch aus diesem Wort; es bedeutete, daß *er* – mit unerschütterlicher Duldermiene, schon gebeugt im Vorauswissen des Unabwendbaren – die falsche Decke, die falsche Lampe, das falsche Tablett brachte, die falsche Antwort gab. Wer haßte hier stärker?
Es war wie die Liebe, unterwarf ihn völlig dem Pflock, erfüllte ihn mit brennendem Verlangen nach seiner Nähe, *er* mußte zu ihm hinein. Drinnen wartete er auf seinen Blick, der von Woche zu Woche unpersönlicher wurde, chemisch reiner Haß, *er* dagegen war zu lebendig, um mit derselben Ausschließlichkeit zu entgegnen. Ah, die Flasche, mit der er eingeschenkt hatte, am Hals packen und . . . mitten auf die Stirn, nein, die Schläfe . . . der Kopf fiel sofort zur Seite, die Lider sanken halb herab, gaben den unteren Rand der verglasten Pupille frei. Zu wenig, zu plötzlich! Auch der Schürhaken – jeder Wunsch von dem Kommando dieses ›Bitte‹ eingeleitet – der Schürhaken, mit dem er in der Glut stocherte, erfüllte seinen Zweck gleichfalls mit Blitzesschnelle, alles ging eben viel zu rasch, während der Pflock nur ganz allmählich zum Pflock wurde, jeden Tag kaum merkbar steifer, unzugänglicher.
Und dann sank der Pflock in der Sekunde hin. Was vorausging,

dieses Zittern der Lider, der im nicht getanen Schrei halboffene Mund, der schreckstarre Blick, das Nicht-glauben-wollen und doch Überzeugt-sein, daß es geschehen würde, unerbittlich herankam, unter *seiner* langsamen Bewegung, die ihm genügend Zeit ließ, die Todesangst zu betrachten, von *ihm* verursacht und in der Dauer abhängig – das alles war Phantasie, existierte nicht. Es gab nichts als den gegenständlich gewordenen Haß, das einzige, dessen der Pflock noch fähig war, vielleicht darum gegen *ihn* gerichtet, weil niemand anderer da war, gegen den sich der Blick richten konnte. *Seine* Selbstverstümmelung; er dachte nur an diesen Haß und er haßte ihn dafür, daß er daran dachte, während er alles falsch machte.
Auch das Fläschchen hatte er falsch geöffnet. – Wieviel Tropfen? Lies vor! *Er* buchstabierte: – Einen Eßlöffel, dreimal täglich. *Er* würde es nie vergessen, weil es seine Tat rückgängig machte, sie aufhob, so daß sie völlig illusorisch wurde. *Er* hatte sagen wollen ›Zwei Eßlöffel‹, aber es nicht gekonnt, nicht einmal das, sondern plötzlich hervorgestoßen, ›Einen Eßlöffel!‹, während er dem Pflock das Fläschchen hinhielt: – Da lies selber! In dem gestockten Halblicht konnte der Pflock höchstens so tun, als ob er läse. Dann nahm *er* den Löffel von dem Tablett, einen Suppenlöffel, und füllte ihn sorgfältig. – Nicht genug, sagte der Pflock, ehe er schluckte. Haßte *ihn* der Pflock wenigstens mit einem ähnlichen Haß? Oder war es einfach die Vergeltungssucht des in allen Lebensregungen Gehemmten, die er an jedem auslassen mußte, der ihm in die Nähe kam? – Er schläft, hatte *er* ihr nachher berichtet, und als sie trotzdem hineinwollte, die Klinke schon in der Hand hatte, – Du weißt, was für einen leichten Schlaf er hat. Warum willst du ihn aufscheuchen? Gerade jetzt? Sie sah ihn eigentümlich angstvoll an; ihre Augen weiteten sich, suchten in ihn einzudringen. *Er* hätte sich ruhig abwenden sollen, mochte sie hineingehen. Aber nicht einmal dazu war *er* imstande. – Heute ist die letzte Vorstellung, ich denke, du kommst mit. Unerträglich, entblößend, die peinigende Gewißheit, daß sie ihm nicht glaubte. Dabei war er überzeugt, daß drinnen alles vorbei war.
Unwillkürlich ging er für sie auf den Fußspitzen, schob sie vor sich her, redete mit erregtem Bedauern von ihrem unbedankten Opferdasein. War es Pflicht, Strafe oder Schuld, sein Ich in dieser entwürdigenden Weise zu veröden, war dieses Herabdrücken etwas anderes als Selbstverstümmelung? Das Wort, das zuerst und insgeheim ihn betraf, paßte auch auf sie, hatte eine beliebig dehn-

bare Kautschukhülle, die jedes Ungenügen, alle nie verwirklichten Möglichkeiten umschloß, so daß er es bisher ängstlich vermieden hatte, als würde es seine ganze Hilflosigkeit zeigen, diesen beschämend armseligen Zustand, den er nicht nur vor sich selber, sondern vor allem ihr gegenüber nicht wahrhaben durfte. Es war wie die unverhoffte Rettung: ›Selbstverstümmelung‹ – er hatte das Gefühl, daß sie ihn durchschaute, genau wußte, was in dem leicht düsternden Raum hinter der Küche vor sich gegangen war. Und sonderbar – gerade dies zwang ihn, sein Verhalten fortzusetzen, dieses hastige mitfühlende Gerede, das plötzliche Interesse an ihrem eintönigen Leben zwischen Küche und Krankenzimmer, seinen nervösen Wunsch, ihr Ablenkung und Vergessen zu schaffen, während sie – um ihn zu quälen – tat, als nähme sie es gläubig hin, daß der Pflock dort drinnen schlief und er hier bemüht war, sie zu zerstreuen.

Bis er das Wort aussprach – ›Selbstverstümmelung‹. Plötzlich war ihr Gesicht anders, ihr Blick, ihr Mund lebendiger, vibrierend von der aufsteigenden Bereitschaft, sich ihm zu eröffnen, da er ihr aufgeschlossen hatte, was sie ihm und vielleicht noch mehr sich selber verbarg. Sein Wortschwall versiegte, er fühlte sich sicher werden, telefonierte um die Kinokarten. Sie stand vor dem Spiegel, als er die Tür zu dem Pflock noch einmal öffnete, sofort wiederkam. – Er verlangt ein Glas Wein, ich soll die Flasche mitbringen. Nun, mehr als zwei Glas sind nicht drin, es kann ihm unmöglich schaden. Die gewohnheitsmäßige Larve der Besorgnis verschwand von ihrem Gesicht, sie wurde im Augenblick kühl, beobachtend, rachsüchtig. Er übernahm es, der Leiche auch in ihrem Namen ›Gute Nacht‹ zu sagen, als er das Tablett mit dem gefüllten Glas und der Flasche hineintrug.

Glaubte sie wirklich, der Pflock sei in ihrer Abwesenheit, während der drei, vier Stunden im Kino und Kaffeehaus, gestorben? – Hast nicht du ihm nach Tisch noch ein paar Tropfen eingegeben? Sie sah flüchtig auf, leicht erstaunt, offenbar verlohnte es nicht zu widersprechen. Schon beim Begräbnis, später bei den Verwandten-Besuchen, flocht er immer wieder ins Gespräch: – Sie war die letzte, die ihn lebend gesehen hat . . . nein, es ist ihr nichts aufgefallen. Er tat dabei, als höre sie gar nicht hin, aber er behielt sie im Auge. Ein einziges Mal nur schien ihm, daß er an ihr eine Bewegung, noch Gedanke, etwas Unausdrückbares um Mund und Kinn bemerkte: jetzt – aber es erfolgte nichts. Trotz der Zeugen – daß er sie insgeheim bei sich als ›Zeugen‹ ansprach, verriet ihn, seine

Angst, die feige umsichtige Schwäche, mit der er vorbaute –, trotz ihres darüber Hinweggleitens war ihm, als sei eine undurchdringliche Isolierung wie mit einem Schlag beseitigt worden. Ein Aufatmen, fast eine schüchterne Vertrautheit. Wenn sie beide nun hie und da, noch vor dem ersten Wort, der Hauch eines gemeinsamen Verstehens streifte . . . er erinnerte sich, daß er sie dann befremdet, beinahe erschrocken ansah; es blieb ihm erspart, die Vorstellung abzuwehren, wie es gewesen war, damals als sie noch miteinander – – Eigentlich blieb ihm keine Wahl; er mußte hineingehen, es ihr sagen, auch auf die Gefahr hin, daß sie widersprach, es um keinen Preis wahrhaben wollte. Sie musterte ihn verschlafen, mit gehässigem Mißtrauen; weinerlich:
– Sicher bedeutet es nichts Gutes, wenn du so wegläufst.
– Du, versuch mal mir zuzuhören –
– Lieber ist mir, du erzählst überhaupt nicht, wo du hingehst, statt dieser Geschichten, die sich nachher doch als Lügen herausstellen.
– Damals als der Papa . . . erinnerst du dich noch an seinen Sterbetag?
– War ich nicht die letzte, die ihn lebend gesehen hat?
Als wüßte sie haargenau, daß sie ihm auf diese Weise die Tat wegnahm. Nicht, daß seine Tat nun auf sie überging, nein, seine Tat wurde illusorisch, weil die Marie ihren Sinn zerstörte, sie ungeschehen machte. Plötzlich war seine Tat gar nicht vorhanden, existierte einfach nicht mehr.
– Ja, sagte er, du warst die letzte. Es war nicht schwer, dir das einzureden.
Sie richtete sich auf; ohne die Falten zu verdecken hing ihr das Haar in die Stirn, weißlich an der Wurzel, dann grau, schließlich tizianblond, mit einem Stich ins Grünliche. Nachher, als er draußen war, sagte er sich, daß er das in dem frostig dämmrigen Frühlicht unmöglich so deutlich beobachtet haben konnte. Oft gesehene Bilder, längst auswendig gewußte Vorstellungen schienen körperlich in Erscheinung getreten. Als ob sich Geister manifestierten oder so ähnlich, dachte er. Merkwürdig, wie ihr Gesicht zerfiel, er hätte die Linien nachziehen können, wo die Wangen, kleine feste Speckpolster, aufgesetzt waren, auch die Augensäcke wirkten angeklebt. Die Reste von Creme oder Schminke erweckten den Eindruck einer Art Kleister, mit dem alles zusammengeleimt schien. Nur der Mund . . . während er in der Küche frühstückte, hatte sie sich das Gebiß hineingetan: von den welken Lippen

entblößt, diese schimmernden Perlenzähne wie aus Porzellan. Augenblicklich fühlte er das heftige Verlangen, sie ins Gesicht zu schlagen, damit ihr die Scherben aus dem Mund fielen, sie würde sie vor ihn auf den Teppich spucken. Dabei sah er sich schon in der nächsten Phase, ihr den Kopf stützend, während er mit der andern Hand den Nachttopf hervorholte; mechanisch murmelte er die Tröstungen einer achtundzwanzigjährigen Ehe, zärtliche Vokabeln zu vollkommen sinnlosem Geschwätz entseelt, der idiotische Austausch dessen, was er ohne Gedanken gab und sie ohne Gedanken empfing. Mit einem Male erwachte ein sonderbares Leben in ihr, die Augen funkelten, musterten ihn hinterhältig, abschätzend:

– Also du meinst, du hast – – hahaha! Und warum hast du es mir eingeredet, warum eigentlich?

Sie sah ihn lauernd an. Vielleicht hatte sie das Spiel – abgekartet ohne Worte – mitgespielt, weil er auf sich genommen und beschleunigt hatte, was sie nicht eingestand und wahrscheinlich nicht einmal sich selber zugeben würde. Er pflanzte sich vor ihr auf, wollte ihr einen Schlag versetzen, der an der richtigen Stelle saß:

– Wer hat ihn mehr gehaßt, ich oder – du?

Was er für einen Schlag hielt, war überhaupt keiner. Sie sagte zögernd, wie aus einem Gedankengang, der sie seit langem beschäftigte:

– Ich werd' ihm nie verzeihen, daß hauptsächlich er mich reif gemacht hat für – dich oder einen deiner Art. Welche andere Möglichkeit blieb mir, aus der Familie auszubrechen als die Heirat? Aber dann . . . wurde er mein Verbündeter, denn du hattest Respekt vor ihm, er hat dir imponiert, auch dort, wo du ihn nicht mehr verstanden hast. Er wäre nie geworden, was du wahrscheinlich auch nicht werden wirst, aber selbst als Politiker oder Minister wäre er geblieben, wozu er erzogen war: Beamter. Sie maß ihn spöttisch. Je mehr du ihn gehaßt und seinen Tod gewünscht hast, um so gewissenhafter hast du dich um ihn gekümmert. Wir hätten uns keine teure Pflege leisten können, sagte sie sachlich, du hast mir viel abgenommen.

– Du weißt das so sicher? Er lachte höhnisch. Hingehn, sie packen, an der Kehle, daß sie kein Wort mehr hervorbrachte. Ich staune, es gehört – ein Beweis seiner Schlangenklugheit, seiner Vorsicht, er sagte nicht: ebenso viel Dummheit wie Niedertracht, er sagte – eine sogar bei dir seltene Gedankenlosigkeit dazu, so zu reden.

Plötzlich merkte er, daß er gar nicht wütend war. Er empfand eine tiefe Verwunderung; als hätte er sie bisher nicht gekannt und lernte sie erst jetzt kennen. Also das war sie, auch das. Sie sah an ihm vorbei oder durch ihn hindurch auf die Wand, als sähe sie dort die Bilder und Bruchstücke wider Erwarten emportauchender Erinnerungen, als läse sie dort ab, was sie sagte:
– Er hat mich nie geschlagen, sondern zur Strafe immer eingesperrt. Als Kind war ich halbe und ganze Tage lang eingesperrt. Wenn ich mit ihm auf der Straße ging und er einen Bekannten grüßte, brauchte ich nur die Zunge herauszustrecken, dann führte er mich nach Hause und sperrte mich ein. Er sah sie überrascht an:
– Du hast es mir nie gesagt, nicht ein Wort davon angedeutet. Sie fühlte ihre Vorsicht schwinden, betrachtete ihn abschätzend. Er ist so rasch dick geworden in letzter Zeit, die Hängebacken, grau und schwammig, und die rotgeäderten Augäpfel; auch er wird alt. Mit steigendem Triumph: er versteht kein Wort, weiß überhaupt nichts damit anzufangen. Eine tolle Lust überkam sie weiterzusprechen, sie mußte diesem Drang nachgeben. Sie sagte beiläufig, ein wenig gedehnt, weinerlich, als teile sie ihm etwas mit, das bei ihr und allen Menschen so war:
– Ja, ich sank einfach hin, mitten im Zimmer legte ich mich auf den Bauch und betete. Stundenlang. Ich sagte dutzende Male alle Gebete auf, die ich wußte. Es war gegen ihn gerichtet und es war erfolgreich. Weder er noch sonst jemand konnte es verbieten oder mich deswegen bestrafen. Haha, hahaha – – sie sah in sein fassungsloses Gesicht. Damals spürte ich – Gott ist da, rings um mich, er gibt mir die Kraft gegen ihn, er sorgt für ein gutes Ende – –
Er staunte noch immer, aber er raffte sich zusammen, es klang sogar ein wenig höhnisch-verächtlich:
– Na, und das hat er dann wohl auch getan.
Sie richtete sich im Bett auf, sie glühte. Zum erstenmal erlebte sie es, daß er schwankend wurde, daß sie ihn sogar verblüffte, indem sie redete, nicht wie bisher schwieg, ihn nicht an sich heranließ.
– Eigentlich ja. *Er* hat doch unsere Ehe kaputtgehen lassen. Und die war das Werk des Pflockes, du selber warst das Werk des Pflockes. Du hast zu ihm aufgeschaut, er war das, was du werden solltest. Später, wenn er mit mir unzufrieden war, hat er mich immer daran erinnert, wie vorteilhaft er mich versorgt hat. Du hattest ja sogar ein bißchen Vermögen. Es gab keine andere Möglichkeit, seinen

Willen rückgängig zu machen, als daß unsere Ehe sich im Sand verlief. Ah, es war so leicht, ich brauchte nichts dazuzutun. Am schlimmsten –

Sie brach ab, als könne sie irgendwie nicht weiter. Er wartete ein, zwei Minuten, dann legte sich seine Spannung. ›Absurd, es hätte sich nicht verlohnt, ihr das auszureden.‹ Wieder spürte er, wie die Leere sich vor ihm auftat, saugend, mit dem monotonen Geräusch eines Strudels. Lähmend und unerbittlich – eine lang verhüllte Erkenntnis, die man ahnt, von der man wegschaut, von der man weglebt, um sie nicht wahrzuhaben, und die einen dann unversehens überfällt, einen niederwirft mit ihrer Evidenz, ihrer Ausweglosigkeit.

– Am schlimmsten, wiederholte sie, war natürlich, daß du nichts gemerkt hast, nicht das Geringste. Und mit betonter Objektivität setzte sie hinzu: Ich frage mich immer noch, ob so viel Ahnungslosigkeit nicht ein geistiger Defekt ist. Sie schlug allzu kummervoll die Augen nieder: Und kein kleiner obendrein.

Am schlimmsten war natürlich das mit den Kindern, aber davon wollte sie lieber schweigen, denn es wäre ein Geständnis. Sie mochte ihm nicht in etwas Einblick geben, das er nachher zu einem Sieg umfälschen würde. Sie hatte im zweiten und dritten Jahr ihrer Ehe ein Mädchen zur Welt gebracht, die beide nach ein paar Wochen starben. Zu spät erfuhr sie, daß es mit ihrer Milch nicht stimmte. Immer seltener dachte sie jetzt daran, daß die Kinder vielleicht ein Ersatz, eine Gegenleistung von ihm geworden wären, die alles Verfehlte, auch die bitterste Enttäuschung aufwiegen konnte. Dann war sie froh, daß auch das *gegen* ihn ausgegangen war. Wie durch eine Nebelwand hörte sie seine Stimme, sie klang nicht sehr überzeugend:

– Ah, wie schlau! Wer sich nichts merken läßt, beweist damit, daß er tatsächlich nichts gemerkt hat. Ganz besonders schlau –

Er fühlte die mißglückte Fratze seiner Selbstsicherheit, die schlecht gespielte Ironie. Nicht einmal die Marie konnte er täuschen. Als habe sie ihn weit weggelockt von dem, was er als seine Tat bezeichnete. Plötzlich war die Devise ›Keine Komplizen!‹ lächerlich, sogar wenn er dem Pflock, dieser Dreiviertel-Leiche, wirklich ein paar Tropfen mehr auf den Löffel geschüttet hatte, als ihm guttat. Eine Episode, die längst zu völliger Bedeutungslosigkeit verblaßt war. Niemand vermöchte daran zu beweisen, daß er genau so wie der Graugrüne imstande war – –

Er sah geradezu schuldbewußt herab auf seine Hände, bewegte

mechanisch die dünn zulaufenden, beinahe zierlichen Fingerspitzen und hatte den Graugrünen schmerzhaft deutlich vor sich, seine runden gewölbten Nagelkuppen mit den Schmutzrändern, wie die äußeren Zeichen einer Fähigkeit, die er vergeblich immer wieder zur Schau zu stellen suchte, obwohl sie ihm niemand glaubte. Bis er *es* eben *tun* würde, weil die Verhältnisse und seine Karriere es erforderten. – Schließlich brachte er hervor:
– Höchste Zeit, daß ich verschwinde.
Gepreßt, unnatürlich, es klang, als sei er stockheiser. Er bemerkte nicht, daß sie abwesend zurück auf das Polster gesunken war, wie in Gedanken, die nur ihr allein gehörten.

X

Ein riesiger, in unzähligen, gegeneinander geneigten Flächen aufleuchtender Kristall! – Wo der Boden sich senkte, schlitterte Felix über den seidig glatten Belag aus trockenen Tannennadeln; oben die flachen dunklen Zweige der Wipfel, den Waldrand entlang auf dem schmalen Fußsteig neben dem Straßengraben. Er streckte sich bei jedem Schritt in einem den ganzen Körper spannenden Wohlgefühl, tief atmend, die unsägliche Frische des Wiesenhangs, die runden Laubkuppen, die hohe, reglos gestraffte Bläue über dem See in sich hineinnehmend mit den Augen, mit allen Poren. Die Frühe durchdrang ihn köstlich, machte alles leicht und zu einem mühelos beherrschten Spiel. Trotzdem wurde es immer schwieriger, an den Kerl zu denken. – Jawoll, Herr Rittmeister! – Jawoll, jawoll – –. Ein, zwei Sekunden preßte Felix die Lider zusammen, als könne er eine jäh emporgeschwemmte Woge der Peinlichkeit und Unlust abhalten, verhindern, daß sie ins Bewußtsein drang. Aber die Woge war stärker. – Von wem haben Sie den Auftrag? Der Kerl sagte schroff und eigentümlich lauernd: – Auftraggeber sind nicht zu nennen! Felix wußte im Augenblick, er war zu weit gegangen; er wußte auch, daß der Kerl die Frage als Probe auf seine Verläßlichkeit nahm. Er sah ihm scharf in die Augen. Wie nervös er sich dabei gefühlt hatte. Es schien ihm tatsächlich, als habe er in dem Gesicht des Kerls ein Zucken bemerkt, im nächsten Moment würde der ihn angrinsen. Er nickte dienstlich: – Wann haben Sie den Auftrag bekommen? – Vorgestern, Herr Rittmeister. – Und seither –? – Ich hab mir den Jungen angesehen, gestern! Sonderbar, beinahe komisch, Mostbaumer als Jungen bezeichnet zu hören. Sein Blick dürfte wohl nicht mißzuverstehen gewesen sein, denn der Kerl meldete militärisch: – Instruktionsgemäß, Herr Rittmeister. Wer umgelegt werden soll, muß vorher genau besichtigt werden. Unauffällig natürlich. Irrtümer sind ausgeschlossen. Felix war außerstande, sich dagegen zu wehren, vielleicht wollte er es auch gar nicht; er glitt in die Schablone des zufriedengestellten Vorgesetzten, lächelte ein wenig herablassend, empfand sein Gesicht dabei grimassenhaft, verzerrt und unbehaglich, kam sich selber geradezu als passives Opfer der Szene vor, statt ihren Verlauf zu bestimmen. Jetzt, wo es vorüber war und die Angelegenheit ihren Weg nehmen mußte, wurde ihm das viel klarer, vorgestern hatte er nur seinen inneren Widerstand gespürt, etwas wie eine Übelkeit vom Magen her, die ihm genug zu schaffen machte. Nun ließ er sich sogar zu einer scherzhaften Bemerkung hinreißen, die hoffentlich dem Niveau des Kerls angepaßt war: – Kommen aber trotzdem vor, solche Irrtümer, nicht wahr? Der Kerl erfaßte, daß er zu grinsen hatte: – Mir nichts davon bekannt, Herr Rittmeister. Er benahm sich, als wäre er in Uniform. Übrigens ließ seine Kleidung sofort daran denken – Stiefel, Breeches, auch die Sportjacke aus braunem Schnürlsamt mit den Zippverschlüssen an allen Taschen; der graugrüne Gummimantel vollends war ein ausgesprochen militärisches Stück, man brauchte nur die Epauletten durch die Schlingen auf den Schultern einzuziehen.

Felix blieb stehen, stellte bedrückt fest, daß der Kristall ringsum farblos wurde, in etwas Trübe-Wolkiges zerfloß, das ihm undefinierbar auf die Brust sank. Er hatte sich die Sache anders gedacht. Der Herr aus Mailand war sicher kein Deutscher, obwohl er die Sprache ausgezeichnet beherrschte, vielleicht ein bißchen zu korrekt sprach wie eben ein Ausländer, aber er war auch kein Italiener. Felix hatte seine paar längst verschollen geglaubten Vokabeln und Redewendungen mit dem deutlichsten Entgegenkommen angebracht: das Gesicht seines Gegenüber war unberührt geblieben. Er hatte schließlich, wie beiläufig einem auf der Stelle wieder verfliegenden Einfall nachgebend, gefragt: – Ah, Sie sind Italiener? Der Mann schien von seinen verantwortungsvollen Entschlüssen so in Anspruch genommen, daß er die Frage offenbar gar nicht gehört hatte; oder er hatte sie gehört und sie war nur nicht bis zu seinem Bewußtsein vorgedrungen. Da hatte Felix sie nach einer Weile und in einer Pause wiederholt, in der wirklich kein Wort verlorengehen konnte. Schon war der Mann wieder auf eine nicht zu übersehende Weise in seinen Gedanken. Erst nach ein paar Minuten warf er gleichsam entgegnend hin: – Ja, natürlich, ich habe einen italienischen Paß. Als beachte er nur aus Höflichkeit eine so gleichgültige Frage, auf die sich im Grunde jede Antwort erübrigte. Felix gestand sich, er hatte an eine Art Gerichtshof gedacht, zumindest an eine Verhandlung, bei der Zeugen verhört und die Beschuldigungen überprüft würden. Aber der Mann war ein Routinier im Abwinken: – Wissen wir, kennen wir natürlich. Ach, das lassen Sie lieber unsere Sorge sein. Entweder hatten die Leute unvorstellbare Informationsquellen oder sie waren allwissend. Wahrscheinlich aber beruhten ihre Maßnahmen auf gewissen beiläufigen Schätzungen und faszinierten hauptsächlich durch die geheimnisvolle Anonymität der Befehlsstelle und ihre Unbedingtheit, so daß es nicht allzu schwierig war, sich mit dem Argument der tieferen Einsicht der Oberen auch bei Aufträgen zu beruhigen, deren kriminelle Seite nur Subalternen wie dem Menschen im graugrünen Mantel nicht peinlich zu Bewußtsein kam. – Jawoll, jawoll! – damit schoben sie Sinn und Verantwortung den übergeordneten Instanzen zu, während ihnen bloß eine bescheidene, pünktlich-genau zu erfüllende Pflicht, ein winziges Glied in der langen, aus dem Nebulosen ins Nebulose führenden Kette zugemessen war. – Jaja, auch die Herren von der Regierung finden es jetzt an der Zeit, sich eindeutig für uns zu erklären. Kein schlechtes Zeichen, wenn man in Betracht zieht, daß sie ohne wirkliche Kenntnis der außenpolitischen Zusammenhänge sind. Ein soignierter Mann mit grauen Schläfen und beginnender Stirnglatze, an dem kaum etwas italienisch und nicht einmal mitteleuropäisch schien (die Ringe, vier so massive Ringe! Oder die Tabatière, Gold, brillantenbesetzt, mit fünfzackiger Krone und reichumschnörkeltem Wappen), wahrscheinlich aber war der Mann doch Österreicher. Durch die politischen Ereignisse aus der Bahn geworfener Diplomat östlicher Herkunft? Mit Hilfe einer ausländischen Heirat rangiert? Höchstwahrscheinlich Österreicher.

– Der Zeitpunkt ist ausgezeichnet gewählt. Darauf wurde Felix nun ganz direkt: – Sie sind also das Gericht, Sie verantworten das Urteil und veranlassen die Durchführung?

– Ich bin da Ihrer Meinung, sagte der Mann, die beste Gelegenheit, an einem weithin sichtbaren Beispiel zu zeigen, daß Doppelgeleisigkeit die unangenehmsten Folgen nach sich zieht. War er allein, hielten die andern sich im Hintergrund? Oder gehörte dieses Abwinken nur zur Verhandlungsmethode? Er war dabei nicht unhöflich, unterbrach nicht im Satz, sondern hob im richtigen Augenblick die beringte brünette Hand – ›brünett‹ war überhaupt das erste, was einem bei seinem Anblick einfiel, auch wenn man nicht durch die Umstände genötigt war, sich mit ihm besonders zu befassen. Er bewegte also die ziemlich kräftige Hand mit den mattglänzenden flachen Nägeln abwehrend, eher lässig und doch gerade dann, wenn Felix mit irgendwelchen Erklärungen begann, von denen der Mann noch nicht einmal vermuten konnte, sie würden tatsächlich zu weitschweifig ausfallen, deutete auf diese Weise an, daß er wußte und im Bilde war. Etwas in seinem Gesicht unterstrich die Bewegung nachdrücklich, während die Hand schon wieder am Tischrand lag, olivdunkel, die Rücken der einzelnen

Fingerglieder mit schwarzen Haaren bewachsen, eine Hand von ungewöhnlich sinnlichem Ausdruck, die so sympathisch wirkte, daß man geneigt war, sie auch intelligent zu finden. In seiner kurzen Bartbürste gab es weiße Stellen und die Augen waren so grau, daß sie aus dem tiefbraunen Teint geradezu hellblau wirkten. Der Teint war keine Sportfarbe, sondern ausgesprochen südländisch. Wenn er je Sport getrieben hatte, könnte er Fechter gewesen sein; ›eher Florett als Säbel‹, dachte Felix.
– Ah, die österreichische Doppelgeleisigkeit! Echt österreichisch, gehört sozusagen zur Tradition. Und wie einen beruhigenden Hinweis aufs Unabänderliche: – Es liegt wohl am System, bei dem zuviel dem persönlichen Belieben der höheren und höchsten Stellen überlassen ist. Ja, das System begünstigt die psychischen Ambivalenzen, erzeugt sie geradezu. Er sagte nicht, was für ein System es wäre, worin es bestünde, warum es diese Erscheinungen hervorbrachte. Und es war wohl Felix' Gesicht, eine von ihm selbst empfundene Miene der Unentschiedenheit, fast eine Frage, daß er hinzusetzte: – Solche seelischen Ambivalenzen ebenso wie manchmal einen überraschenden Fanatismus. Felix entgegnete bitter: – Vorläufig sind wir eben noch immer der Kehrichthaufen, der von der ehemaligen Monarchie übriggeblieben ist. Uneingestanden erwartete er entschiedenen, vielleicht sogar temperamentvollen Widerspruch. Es war die passendste Gelegenheit, ihm einiges vorzuhalten, gegen das es keinen stichhaltigen Einwand gab. Felix hätte sich sogar mit ein paar Namen aus den Museen zufrieden gegeben, mit einer gewissen Erleichterung die Hälfte seines vernichtenden Urteils zurückgenommen, vielleicht sogar mehr als die Hälfte. Statt dessen lächelte der Mann: – Natürlich, die Herren können für ihre Geschäfte jederzeit Banken und Militär einsetzen. Nicht jede Regierung hat es so einfach.
Einfach hatte es auch die Gegenseite: nicht nur die Propheten vorbehaltloser wissenschaftlicher Erkenntnis, die nicht müde wurden, auf geschichtliche Tatsachen und Zusammenhänge hinzuweisen; nicht nur die Industriellen, die in der ausweglosen Wirtschaftsstockung sich an der Vorstellung ungeahnter Gewinne aus der Verbindung mit dem Reich berauschten. Das Reich war zwar das Dritte Reich, aber es besaß noch das ganze materielle und beinahe auch das moralische Ansehen des Zweiten. Sie bemerkten gar nicht, daß sie alle dabei waren, dieses Ansehen gründlich zu zerstören, und sogar die nicht-abenteuernden Elemente, wenn sie sich darüber überhaupt Gedanken gemacht hätten, wären über-

zeugt gewesen, daß die kommenden militärischen Erfolge jeden Prestige-Verlust aufs imponierendste ausgleichen würden.
Am einfachsten aber hatte es die bereits abservierte oder ins Wanken gekommene Repräsentanz von einst in Verwaltung, Politik und Finanz, ehemalige Offiziere, Diplomaten, Gutsbesitzer, die dank sogenannter Beobachterposten, geheimer Missionen, mehr oder weniger geschickt verhüllter Spionageaufgaben, wieder in der Lage waren, aufs luxuriöseste aufzutreten. Zusehends entstand ein von Tag zu Tag schwieriger überschaubares Geflecht bedeutungsvoll erscheinender Funktionen, denen eine gewisse Presse und ein paar jüngere Universitätsprofessoren die Projektion ins Weltanschauliche besorgten. Schauspielerinnen, die nicht mehr imstande waren, über ihre Begabung durch Jugendlichkeit hinwegzutäuschen, müde der immer wieder mißlingenden Versuche einer bürgerlichen Ehe, ja ausgesprochene Kokotten, die sich durch untrügliche Symptome nun öfter an ihre Jahre erinnert fühlten und für den Übergang bereits die Errichtung eines ›geschlossenen Spielzirkels‹ in Erwägung zogen, hatten plötzlich einen politischen Salon. Sie fanden in den nicht mehr jugendlichen, dafür aber mit den imponierenden Eigenschaften bürgerlicher Gesellschaftszugehörigkeit ausgestatteten Kandidaten einer kaum kaschierten Untergrundbewegung reichlich Ersatz für ihre bisherigen Professionals, deren unersättliche Geldgier sie ohnehin nicht mehr zu befriedigen vermochten. Die neuen Männer waren in ihren Forderungen bescheidener, auf die Haltung des › Kavaliers‹ bedacht und oft mit betont zur Schau getragener Korrektheit geneigt, der Tatsache, daß sie ausgehalten wurden, durch eine Heirat die Sanktionierung zu verschaffen, wobei die Vergangenheit der Gattin in der trüben Turbulenz des allgemeinen Nach-Kriegs-Zusammenbruchs mitversank. Zudem war man vorsichtig und duldsam geworden: was endlich wenigstens finanziell halbwegs glaubwürdig stabilisiert war, konnte für eine ganze Weile nicht daran denken, sich mit den traditionellen Mitteln der Rancüne und des Tratsches gegenseitig den Boden abzugraben, auf dessen Festigkeit ohnhin niemand allzu viel vertraute . . .
Dies waren also die Akteure, von denen es hieß, daß sie eine neue Epoche heraufführten. Hier war der Einwand unabweisbar, daß er, Felix, mit dazugehörte – durch eigenes Verschulden und dennoch sozusagen zwangsläufig. Aber sie alle verwirklichten ihre Wünsche und Phantasien und erreichten überdies so nebenbei ihre Vorteile, indem sie einfach mittaten. Die Entscheidungen überlie-

ßen sie bereitwillig den Instanzen, die hoch über ihnen hinter einer Nebelwand von Geheimnis und Unberührbarkeit buchstäblich im Unbestimmten residierten: in deren Fähigkeit des Durchschauens und in den materiellen Möglichkeiten schien es – dafür sprachen die in Umlauf gesetzten Summen – tatsächlich keine Grenze zu geben. Gewiß, er war mit schlechtem Gewissen dabei. Denn der ihm naheliegende Vergleich mit dem Militärischen galt nicht, beruhte auf der falschen Gleichsetzung zweier Gebiete, die überhaupt nichts miteinander zu tun hatten. Beim Militär waren Plan und Ausführung völlig getrennt, aber Befehlender und Befehlsempfänger Glieder des gleichen Organismus; diese Zusammengehörigkeit ermöglichte es, daß in dem scharf umrissenen Bereich, eben dem militärischen, etwas geschah, dem der Gegner sein gleichfalls nichts als militärisches Handeln entgegensetzte. Aber in der Politik griffen die Maßnahmen von überall her sich bedingend und ergänzend ineinander.
Er dachte an sein Gegenüber mit dem deutsch-istrianischen Doppelnamen, wieder kam er von der Vermutung nicht los, daß der Mann ausgezeichnet französisch sprach, und das bedeutete die Unmöglichkeit sich vorzustellen, daß Herr von Keullen-Gariony Sätze von sich geben könnte wie etwa: – Herrschaft . . . – hier schob sich fast augenblicklich Mostbaumers üppiges Gesicht mit den rotgeäderten Wangen und einem Zwittergebilde aus Doppelkinn und rundem, leicht schwappendem Halswulst vor die sparsam mit Fleisch ausgestatteten Züge des andern – Herrschaft ist noch niemals durch Humanität begründet worden, sondern vom bürgerlichen Standpunkt aus immer durch Verbrechen. Unsere Aufgabe ist es eben, eine ganz neue antihistorische Ordnung an die Stelle der früheren zu setzen. Nur ein Narr kann glauben, daß so was ohne Gewalt erreichbar ist.
Felix' Erwiderung kam mit der Stimme des Bruders, vor dem die beiden gegensätzlichen Köpfe schon im Verblassen waren. Robert sagte, immer mit der nachdenklich gesenkten Simme, als prüfe er jedes Wort, ehe er es entließ: – Wer beim Befehlsempfang nach den Beweggründen, also nach Recht und Moral fragt, gehört bereits auf die andere Seite. Und auf Felix' Blick hin: – Ja, der ist wahrscheinlich auch ungeeignet für die Durchführung. Denn Elite ist nicht nur, wer die Ideen formuliert, sondern auch sich bis in die äußerste Realität hinein mitverantwortlich weiß.
Dazu hatte Robert gelächelt. Ein Lächeln, schwer zu ertragen (von Felix bei sich als impertinent bezeichnet), das die Oberlippe vor-

schob, aber im Gesicht beinahe nichts veränderte, nur in den Augen saß.
Das Gefühl einer besonderen Geistigkeit, ihr Gebrauch als sozusagen auszeichnende Selbstverständlichkeit, hatte ihm immer gefehlt. Daran war eine sie beide trennende, wie es Felix schien, sehr wesentliche Beobachtung geknüpft: ihm war der denkerische Einfall und was sich daraus ergab am wichtigsten, hier entsprang die eigentliche Gefahr seiner Verwirrung; für den Bruder dagegen stand stets das Moralische im Vordergrund. Als ursprüngliches Motiv oder als letzte Folgerung – es war das Geleise, entlang dessen alles Gedachte sich bewegte, das Ziel bestimmend und über die Mittel entscheidend, es zu erreichen.
Nein, die neue angebliche Ordnung mußte Robert und seine Art auslöschen, wenn sie je ganz verwirklicht wurde. Er würde, wenn er nicht einfach ihrer Gewalt erlag, hinschwinden wie die Flamme, die der Luft keinen Sauerstoff mehr zu entnehmen vermag. Aber auch er, Felix, würde nicht aufblühen, allerdings aus einem andern Grund als der Bruder – er würde in skeptischer Halbpassivität am Rande mitbestehen, denn er war längst der Idee verfallen, daß es eine Welt, die ihn zu annähernd lustvoller Bejahung bewog, vermutlich niemals gegeben hatte und in aller Zukunft nicht geben würde. Hätte jemand behauptet, er, Felix, sei völlig jener Typ des aus der Bahn geworfenen Offiziers, der in kein ziviles Erwerbsschema mehr Eingang finde, Robert hätte wahrscheinlich nicht widersprochen, obwohl auch er eine solche Auffassung – Felix wußte es – nicht für erschöpfend hielt. Und sogar das war falsch: Felix hatte seinen Beruf nie richtig gemocht, ja, er hatte ihn zeitweise sogar gehaßt und sich seiner im tiefsten Grunde so etwas wie geschämt.
Sofort war die Szene seiner Einkleidung wieder da. Sie standen in einer Reihe an der Wand gegenüber den hohen kahlen Fenstern, die auf unbestimmte Weise den Eindruck kalkig-glanzlosen Lichtes ohne jede Begrenzung vermittelten. Als seien sie frierend einer durchdringenden Atmosphäre preisgegeben, der sie nie mehr entrinnen würden. Vielleicht gab es einige unter ihnen, die schon sechzehn waren, er gehörte jedenfalls zu den jüngsten. Sie hielten sich mit unnatürlicher Straffheit gerade, drückten sich gegen die Mauer, starrten fremd, in einer unverständlichen Spannung an sich herab, auf den Kameraden zur Linken oder Rechten, jeder mit dem Gefühl, daß die Uniform, die er zum erstenmal trug, eben vor einer Stunde angelegt hatte, ihm nicht paßte; obwohl der alte

Unteroffizier ihnen die einzelnen Stücke sehr sorgfältig zugeteilt hatte, wenn auch mancher Ärmel zu lang und manche Hose zu weit war. Übrigens schien ihm dieses Gefühl geblieben: eine neue Uniform zu probieren, erwies sich bis zum Schluß als eine sonderbar komplizierte, in gewissem Sinn sogar aufregende Sache, bei der jede Ungenauigkeit, der kleinste Fehler etwas allzu Persönliches enthüllte, vor aller Öffentlichkeit peinlich zur Schau stellte, das zu seinem ganzen Dasein in quälendem Widerspruch stand.

Als sei dies nie anders gewesen, hatte es am ersten Tag begonnen, war damals in unsichtbaren Sturzwellen über ihn und über sie alle hereingebrochen. Vielleicht war die Uniform das Entscheidende am Militär, aus dem sich die übrigen Folgerungen von selbst ergaben, vielleicht wäre ein Militär ohne Uniform das unerreichbare Ziel, das es in der Wirklichkeit nicht geben durfte, weil es ein Soldatentum hervorbrächte, das von jedermann erfüllt werden könnte und gerade deshalb niemals auch nur versucht würde.

Dies war der letzte Gedanke, der seiner frisch eingekleideten militärischen Person galt, weil der Mann im graugrünen Mantel, als habe er knapp hinter dieser Erinnerung gewartet, bereits groß und alles andere weglöschend im Vordergrund stand; genauso wie vor zwei Tagen: – Sagen Sie – Felix fühlte sofort wieder, wie sein Blick unwillig, in einem vielleicht gar nicht recht faßbaren Widerstand über den Graugrünen hinglitt – sagen Sie, warum gehen Sie eigentlich in so einem Mantel herum? Jeder sieht doch auf den ersten Blick, daß es ein deutscher Militärmantel ist. Und wenn man sich auch hüten wird, Sie mit irgendeinem Erschossenen, den man auffindet, in Zusammenhang zu bringen, ist es doch ratsamer – –

Er sah ihm in die Augen und plötzlich merkte er, wie der Kerl ihn in einem jäh aufschießenden Schreck, in einer Fassungslosigkeit anstarrte, die zu verbergen ihm einfach nicht in den Sinn kam, so daß er ihr bedenkenlos nachgab. Felix' Blicke ließen nicht locker, beanstandeten alles an dem Mantel, Schnitt, Farbe, die Schleifen auf den Schultern, als trügen sie unsichtbare Epauletten, die jedoch ihm, Felix, deutlich erkennbar seien, jedenfalls nicht zu übersehen waren.

– Ganz unmöglich, daß Sie den Mantel tragen, wenn Sie . . . wenn Sie bei Ihrer Dienstausübung – – verstanden! – Gerade dabei –, der Kerl verfärbte sich, nein, das war kein Irrtum, keine nachträgliche Beschönigung, kein selbsterzeugtes anschauliches Argument, das Felix recht geben sollte, der Kerl wurde blaß, soweit das bei seinem tiefgebräunten Gesicht möglich war. Er stockte, blieb mitten im Satz, weil er nicht weiter wußte, sich nicht traute, sah von unten her mit dem – Felix gut bekannten – Blick zu ihm auf, mit dem der militärische Untergebene, der sich dem Belieben und der persönlichen Einstellung des Vorgesetzten preisgegeben weiß, um – nein, nicht um Mitleid, aber um Gewährung, um die Berücksichtigung seines Wunsches bittet. Er hatte also diesen Blick und das war neu; denn nichts ließ vermuten, daß der Kerl überhaupt fähig war, solch demütig unterworfenes Verhalten zu zeigen. Übrigens dauerte es nicht lange, dann hatte er erfaßt, daß er so nicht weiter kam. Man hat Aussicht, einen Vorgesetzten mit Erfolg um etwas zu bitten, der einen braucht, den man durch scheinbar unbeabsichtigtes, nie als Verschulden nachweisbares Versagen in einer dienstlichen Angelegenheit sogar im Stich lassen kann, aber einem Höheren gegenüber, mit dem man anläßlich eines Auftrags vorübergehend zu tun hat – –

Die Miene wechselte aus dem Bittenden ins feindselig Verschlossene, er sah Felix mit betonter Verwunderung an: – Der Mantel – ein Uniformstück? Wie kommen Sie darauf? Felix begriff nicht gleich, wo das hinaus wollte: – Aber es ist ein Uniformmantel. Das sehen Sie doch. Das Gesicht des Kerls verfügte im Punkte Verständnislosigkeit noch über eine Steigerung: – Ich hör das zum erstenmal. Der Mantel ist mir zugewiesen, absolut vorschriftsmäßig. Und abschließend, sehr stramm: – Haben Herr Rittmeister noch Instruktionen? Wenn Herr Rittmeister noch eine Frage – betreffend die Durchführung – –. Als ob die tiefinnere Ablehnung auf beiden Seiten um ihre gefährliche Ausbruchsmöglichkeit wüßte und sich deshalb um so krampfhafter in dem verläßlichen Geleise hielt, darin sie gebändigt blieb. Felix staunte, wie wenig er sich vor dem Menschen in der Gewalt hatte: es hätte einfach einer Handbewegung bedurft, ihn zu verabschieden, trotzdem sagte er, fast in der Art eines freundschaftlichen Winkes:

– Sie müssen alle Spuren und Hinweise vermeiden, auch nicht direkten Anlaß zu Gerüchten geben . . . nicht, daß es was bedeutete – aber wir arbeiten schließlich in der Illegalität.

Der Kerl bewies, daß er Organ für Nuancen hatte; – andererseits bietet die Illegalität auch gewisse Vorteile. Er zwinkerte mit einem kleinen mimischen Ansatz zur Schläue, aber das ging rasch vorbei, und nun – darum kam Felix nicht herum, er konnte es wenden wie er wollte – hob der Kerl ein Stückchen seiner völlig automatisierten und verkrusteten Oberfläche ab, machte ein Geständnis: –

Herr Rittmeister . . . die Sache ist die . . . hier zögerte er wieder, vielleicht nur, weil er die rechten Worte nicht fand, oder fürchtete, sich nicht verständlich genug ausdrücken zu können, nämlich – ich arbeite leichter, wenn . . . also wenn ich den Mantel anhab. Er achtete nicht mehr auf die Grenze, die Felix gezogen hatte, gab sogar seine militärische Haltung auf, gestikulierte mit beiden Händen; bewegte sie eindringlich auf und ab, offenbar um seine Beteuerung nachdrücklicher zur Wirkung zu bringen. Auch Felix hatte den Kopf vorgestreckt, sie standen da wie zwei, die sich ein Geheimnis anvertrauen. – Denn sehen Sie, sagte er jetzt mit gedämpfter Stimme – dieses Flüstern gehörte unbedingt dazu, gab der Angelegenheit rein äußerlich beinahe etwas Freundschaftliches – ich arbeite leichter, wenn ich in Uniform bin. Deshalb brauche ich den Mantel, er muß mir nämlich die Uniform ersetzen. Er begütigte sofort: – Natürlich weiß ich, daß es unmöglich ist. Aber ganz ohne Uniform – seine Stimme sank herab ins kaum Vernehmbare – vielleicht ginge es dann überhaupt nicht. Ich kannte einen, bei dem war's genauso. Mancher ist eben in dieser Weise veranlagt.

Also nicht auf Recht und Gesetz kam es an, nicht auf die Staatsgewalt, die sich mit der pompösesten Gewichtigkeit darstellte, sondern auf die Uniform, auf das, was der Kerl unmittelbar auf dem Leib trug wie ein Gehäuse, ein undurchdringliches Futteral, das nur ganz bestimmte vorgesehene Haltungen zuließ. Er gehörte nicht mehr sich selbst, sondern eben der Uniform, die ihm seine Unschuld zurückgab, seine Rechtschaffenheit, indem sie ihn der Verantwortung, ja sogar der Einheit seiner Person enthob, nicht nur im moralischen Sinn, sondern in der nackten Bedeutung des Tatsächlichen überhaupt.

Aber bei ihm, Felix, war es anders – hier war die Uniform wie ein Makel, fast eine Schande, jedenfalls stand sie unausgesetzt im Verdacht, nicht in Ordnung zu sein, etwas von dem, was sie bedecken und verbergen sollte, herzuzeigen, zu verraten. Nur kurze Zeit im Anfang, vielleicht jene Stunde lang, damals als sie nach ihrer Einkleidung an der Mauer des Korridors der Kadetten-Anstalt standen, war es noch nicht so, wie es später wurde –

Der Bursche aus dem vierten Jahrgang – in knapp zehn Monaten würde er Fähnrich sein, keiner hätte gewagt, diesen Halbgott als Kameraden zu bezeichnen – hatte auf der Oberlippe ein paar Haare, nicht nur Flaum wie die meisten, sondern eben wirkliche Haare, die mit Pomade ausgezogen und in horizontaler Lage ge-

halten wurden. Er schrie: – Links um! Und das war das erste militärische Kommando, dem Felix in Uniform Folge leistete. Sie marschierten in den Schlafsaal und stellten sich vor den Betten in einer Reihe auf. Nun begann das, was Felix – hätte man ihn gefragt, damals, heute und immer wieder – als einen der entmutigendsten Eindrücke seines Lebens bezeichnet hätte. Nicht der Tod im Gefecht, das rasche oder qualvoll langsame Sterben, aufgeplustert zu heroischer Bedeutsamkeit – das war nichts, obwohl er nicht leugnen wollte, daß ein gewisses Maß an Selbstüberwindung, an Schmerz- oder Angstbekämpfung mit dazugehörte: die halbgelähmte Denkfähigkeit, der erregte Zustand des Nicht-bei-sich-Seins, der gewöhnlich als Todesverachtung bezeichnet wird, mit der man sich in eine Situation begibt, ohne vernünftigerweise festzustellen, daß es wahrscheinlich die letzte sein wird. Alle militärischen Berufsrisiken waren unwichtig gegenüber dem, was sich am Tag seiner Einkleidung abgespielt hatte.
– Wie schaut ihr denn aus? wunderte sich der Bursche in ungut besorgtem Ton. – Ihr habt ja die ganze Mauer mitgenommen. Er trat von hinten an den ersten heran, der sich zu stark an die Wand des Korridors gedrückt hatte, so daß Schultern und Rücken davon die Spuren zeigten, schwang einige Male das dünne Rohr, das er sonst offensichtlich als Reitstock gebrauchte, und zog dem Jungen aus aller Kraft einen Streich über den Rücken, daß er laut aufschrie. – So bedankst du dich, daß ich dir den Kalk herausklopfe? Warte, du bist noch lange nicht fertig. Ein stämmiger blonder Bursche, dem die Haare tief in die Stirn wuchsen, in deren Mitte sich ein widerspenstiges Büschel auffallend dreieckig aus der schnurgeraden Linie des Haaransatzes vorschob. Er hatte dicke Brauen und merkwürdige Säcke unter den Augen, die bläulichen Blicke aus dem schmalen Spalt, mit ihrer Wirkung einer geradezu unpersönlichen Tücke fielen Felix sofort auf, er starrte sie an und hatte von da ab seinen Feind.
Der Bursche holte weit aus, wieder ließ er den Rohrstock zuerst schneidend durch die Luft sausen, ehe er zuschlug. Dieses Schwingen mit dem pfeifenden Geräusch war für die andern, die nicht an der Reihe waren. Alle sahen betreten hin, während der Rücken des Jungen sich krümmte, hin und her zuckte; er biß die Lippen zusammen, am liebsten hätte er sich wohl überhaupt nichts anmerken lassen. Einer der kleinsten, Felix erinnerte sich genau, er fiel auch später als Erwachsener nicht durch seine Länge auf, war aber ziemlich breit, hatte eigentlich keinen Hals und einen sehr

groß wirkenden Kopf; im ganzen machte er schon damals einen eher robusten als schwächlichen Eindruck.
Der Bursche schlug sichtlich zum bloßen Vergnügen (glaubte Felix damals) und wahrscheinlich glaubten alle, er wolle hauptsächlich seine Kraft zeigen. Aber vielleicht ahnten einige bereits, daß da noch etwas mitspielte: Ah, zum erstenmal deutlich – dieses Gefühl, Untergebener zu sein, hinnehmen zu müssen, was ein anderer über einen verhängte! Als spürten sie hier die nadelfeine Sonde, die zuinnerst die Stelle berührte, wo das entsprang, vor dem sie später – theoretisch, vor allem wohl theoretisch – die Wahl hatten, schandebedeckt dagegen zu rebellieren oder ordenbelohnt sich ihm zu unterwerfen. Sie starrten also schweigend hin, und als der Junge nach einem besonders kräftigen Hieb aufschrie, entfuhr es – Schreck, Mitleid, Empörung – fast gleichzeitig noch einigen Lippen.
Vielleicht wirkten die Blicke des Burschen nur deshalb wie die Bosheit selber, weil das übrige Gesicht so unbeweglich blieb, bei seiner gehässigen Freude nicht mittat. Felix hatte nicht zu denen gehört, die mit dem Geschlagenen aufschrien, dennoch blieb der Blick des Burschen, während er die Reihe entlangstrich, an ihm haften. Felix' Miene brachte bestimmt nichts Aufrührerisches oder Mitfühlendes zum Ausdruck, weder Zorn noch Verachtung. Er spürte das an der Mühe, mit der er sich starr aufgerichtet und unbeweglich hielt. Vielleicht daß seine Brauen ein wenig zuckten, das heißt, nicht eigentlich die Brauen, sondern die Falte, die zwischen ihnen stand. Sie war seinem Belieben entzogen, ging nervös auf und ab, auch wenn er völlig regungslos verharrte. Wahrscheinlich war es die Falte, oder seine Augen, er wußte nicht, was sie ausdrückten, aber daß sie überhaupt nichts enthielten, war wohl ein frommer Selbstbetrug. Der ganze Vorgang hatte etwas Unwirkliches, geradezu Traumhaftes; alle wünschten sie vermutlich mit Heftigkeit, was sie gerade erlebten, möge nicht wahr und wirklich sein, sie hatten sich das Milieu ihres künftigen Berufs anders gedacht. Und was immer sie sich vorgestellt hatten, die rote kräftige Hand mit dem durch die Luft sausenden Rohrstock kam gewiß in keines Phantasien vor. Auch nicht die Augen, die Felix jetzt festhielten: – Dreh dich um! Der Befehl, die Bereitschaft zu gehorchen, sich unterzuordnen, eine unbestimmte Vorstellung von Disziplin – Felix drehte sich um.
Im nächsten Augenblick spürte er einen dünnen brennend-scharfen Streich über den Rücken, schrie unwillkürlich auf. – Was der

da alles drauf hat! Na warte, dich werd' ich abstauben. Zuerst der leere Hieb durch die Luft, die Demonstration seiner Geschicklichkeit, dieses Sausen so eindrucksvoll hervorbringen zu können, dann war wieder der Rücken an der Reihe. Diesmal entfuhr Felix nicht der leiseste Schmerzenslaut. Er wandte sich herum, wußte nur, daß er die Zähne zusammengebissen hatte, spürte es daran, daß er die Lippen jetzt wie mit Gewalt auseinanderbrachte. – Ich hab mich gar nicht an die Wand gelehnt. Sie müssen sich zum Prügeln schon einen andern Vorwand suchen. Die Blicke, sonst nichts! Er wußte nicht, wie die seinen waren, aber die des andern wirkten sehr unpersönlich, graublaue Schlitze zwischen den dikken Lidern, die mit einemmal noch geschwollener aussahen. Er spürte, wie die Falte zwischen seinen Brauen zuckte. Plötzlich, wider alle Voraussicht merkte er, daß der andere rot wurde. Eine schaumige Röte, nicht gleichmäßig, sondern wie verschieden verteilte Flecken, die das Unscharfe, Profillose, Quallig-Ungute des Gesichts verstärkten. Eine geheimnisvolle Kraft, ein Fluid, das von Felix ausging, so daß der Bursche verlegen wurde, vielleicht sogar Angst bekam, denn er wandte sich jetzt mit einem gequetschten Auflachen an die andern, als suche er sie auf seiner Seite herüberzuziehen, dazuzubringen, daß sie Zustimmung äußerten: – Schlagen? Wer hat hier jemanden geschlagen? Schon stimmten einzelne, ihren Vorteil gewahrend, in sein Lachen ein. – Ist das Schlagen, wenn ich ihm ein bisserl den Kalk vom Buckel klopfe?! Sie waren von dem Humor der Szene so gepackt, daß sie herausgrölten. Und unter dem Beifall aller: – So was will Soldat sein! Einfach schändlich. Weiteres Werben war überflüssig; er nahm den Rohrstock unter den Arm. Jeder stand bei seinem Bett neben dem Nachtkästchen.

– Wollen mal sehen, ob ihr es ordentlich eingeräumt habt. Felix fühlte bereits, es ging gegen ihn, aber er wußte noch nicht, wie es kommen würde. Es kam so: – Wie steht denn das Ding da? Der Bursche versetzte dem Nachtkästchen einen kräftigen Tritt. – Stell es wieder auf. Aber wie es sich gehört, schnurgerade zum Bettrand! Dann befahl er Felix, es zu öffnen. Natürlich war alles durcheinandergekollert. Er stemmte die Fäuste in die Seiten: – So ein Sauhafen! Aber Lügen über mich in Umlauf setzen, sagen, daß ich prügle – das kann er, der künftige Kamerad, das versucht er. Zum Rapport! Wegen beispielloser Unordentlichkeit. Verstanden! Felix brachte endlich hervor:

– Aber Sie haben doch selber mit dem Fußtritt – –. Die grinsenden

Gesichter, das schadenfrohe Gelächter. Erfaßten nicht alle die Niedertracht, die Willkür! Jäh schoß es in ihm auf, mit einem trockenen Krampf, der ihn würgte, daß er zu ersticken glaubte – vieles mündete damals in diese Szene, das er niemals fähig sein würde im einzelnen zu trennen und gesondert zu betrachten. Die Front gegen ihn, die Feinde, die Kameraden, von denen nicht einer in Betracht zog, daß morgen er das Opfer sein konnte. Die überwältigend auf ihn eindringende Gewißheit, daß er allein stand, in einer Sache des Rechts schuldlos unterlegen war. Nicht in Worten zu fassen, nicht einmal zu erdenken: daß es für ihn keinen Weg gab, der zu seinem Recht führte. Und am fürchterlichsten – daß es ihm gar nicht einfiel, auch nicht als ferne schattenhafte Möglichkeit, sofort wieder als vergeblich erkannt, der Gedanke, nach Hause zu gehen, dieses Milieu der Erniedrigung, des Unrechts zu verlassen. Denn daheim war sein Platz besetzt von Robert, dem überraschend angekommenen Spätling, dessen Baby-Launen er sich zu fügen hatte, weil er um mehr als zehn Jahre älter war, daheim wartete das fremde, rachsüchtig verhaßte Gesicht mit dem strengen Mund kurzer Befehle, ungeduldiger Belehrungen, enttäuschter Vorwürfe, feindseliger Vorhersagen seiner Mißerfolge bei allem, was er unternahm. Schule und Spiel – nichts weiter als die Tummelplätze väterlicher Rechthaberei, der jetzt ein neuer bedeutungsvollerer angegliedert würde: der des Berufs. Die Unerträglichkeit, in das verbittert hämische Gesicht zu sehen, bis die Lippen sich öffneten, um zu sagen, was ihm, Felix, längst bekannt war und was der Vater – nachher – jedesmal genauso erwartet hatte. Nein, er dachte nicht eine Sekunde daran zurückzukehren, er zog es überhaupt nicht in Betracht.

War er nicht beinahe mit dem Gefühl eines erfüllten Lebenswunsches fortgegangen? Entwischt dem väterlichen Besserwissen, seinem endlosen Nörgeln, das – wie immer es kam – es hatte kommen sehen, weil man nicht auf ihn, den Vater, gehört hatte. Entlaufen den mütterlichen Tränen, den heimlichen Tröstungen gegen den Vater, seinen schadenfroh-hinterhältig umgangenen Wünschen und Aufträgen, geflohen vor der weichen warmen Hand über den Augen, auf dem Mund, damit sie seine Küsse spüre, Küsse, die im Grunde den Lippen galten, ihnen verwehrt durch eine abgründige Gewalt tief in ihm selber. Ah, so vieles, das ihr nicht erst gesagt werden mußte, weil sie es ebenso wie er bereits wußte! Bis in den Haß, bis an die Grenze, jenseits der ihre Beteuerungen nichts weiter als mißlingende Täuschungsversuche waren, die ihn dennoch immer wieder bewogen, nicht zu sehen, zu wem sie im letzten Grunde gehörte, und wem zuliebe sie ihn immer wieder preisgab.

All das lag hinter ihm, deshalb war er hier, wo Strenge, Ehre und Recht herrschten und Verdienst und Tüchtigkeit ihren Lohn fanden. Nun, er hatte gelernt, was die Strenge bedeutete, wie die Ehre und das Recht aussahen. Am Abend betrachtete er lange den Karabiner, den er zugleich mit der Uniform bekommen hatte, und wenn er eine scharfe Patrone gehabt hätte – er erinnerte sich der Situation mit besonderer Deutlichkeit, sah sich wieder, wie er den Karabiner in der Hand wog, den Verschluß öffnete. Heute war er sich klar: damals hing er dem Gedanken, ein Ende zu machen, nur deshalb mit solch lustvoll resignierter Ausführlichkeit nach, weil es nicht zu vollbringen war – er hatte die einzige scharfe Patrone nicht, die er dazu unbedingt brauchte, das rückte seinen Wunsch aus der Nebelsphäre unbestimmter Vergeltung in den Bereich des reiflich erwogenen Entschlusses. Und noch lange nachher, als er es bereits durchschaute, daß er niemanden mittöten würde, wenn er es täte, stand die Tatsache der realen Verhinderung so sehr im Mittelpunkt, daß sie zu einer entscheidungsvollen Wende wurde, an die er immer wieder zurückdachte. Immer wieder, bedrängend, unabweisbar . . . wenn er die Patrone gehabt hätte –! Und nie würde er es wissen, nie sich bis ins letzte klar sein, ob er es vielleicht doch getan hätte, wenn er nicht äußerlich verhindert gewesen wäre.

Seither gehörten der offene Verschluß des Karabiners und die fehlende Patrone zu gewissen Erlebnissen; ein krächzender Ton, der rasch näher kam, die asthmatische Stimme des dicken Reserve-Rittmeisters in dem Graben, in dem sie Infanteriedienst machten, und der eigentlich eine flache, eilig aus dem Sand geschaufelte Mulde war. Der neue Fähnrich schlich geduckt heran, um dem Rittmeister sein Eintreffen zu melden. Der Abend zog breite grelle Streifen über den Horizont, ja diese feuergelben Streifen schienen das einzig Feste in der grenzenlosen Leere, es gab sonst nichts Wirkliches. Außer etwa noch die in ungeschickten kurzen Sprüngen sich bewegende Gestalt mit den vornübergehaltenen Schultern, die eigentümlich zuckten – sicher eine nervöse Bewegung, es sah auch auf den ersten Blick nicht nach angstvollem Zittern aus. Er trug den Rucksack mit beiden Riemen über eine Schulter gehängt und wollte ihn wohl am Herabgleiten verhindern. Sie hatten übrigens eine Menge Tote, mindestens zwei Dutzend lagen auf dem hinteren Rand ihrer Grube. Vielleicht war an allem nur diese sauber geordnete Reihe der Gefallenen schuld, der Fähnrich konnte sie im Näherkommen ausgiebig betrachten. Oder es war das Essen, sie lebten seit Tagen von Konservengulasch, das sie kalt aus den Büchsen löffelten, und von Rum, jeder trank ihn literweise. Jedenfalls kauerten sie hinter dem aufgeworfenen Sand, sahen dem Fähnrich entgegen, der buchstäblich auf dem Bauche kroch, dabei aber – als glaube er ihnen dadurch zu verbergen, daß er allzu eifrig um seine Deckung besorgt war – den Kopf mit dem fast über die Augen gerutschten Stahlhelm krampfhaft steif aufgerichtet hielt, und plötzlich begannen sie alle zu lachen. Eine Kettenreaktion grölenden Gelächters, in dem sie sich vom Leibe schafften, was in ihnen an Spannung gehäuft war, sie brüllten noch, als der Fähnrich in die Höh fuhr, blutrot im Gesicht. Seine Brust ragte über ihren sogenannten Graben hinaus, er ging jetzt im Schritt wie auf dem Exerzierplatz. Den Kopfschuß, zu dem er einen der sibirischen Schützen von drüben geradezu herausforderte, bekam er etwa auf halbem Wege. Nachher im Unterstand redete der Rittmeister allerlei Verlegenes über die Hysterie der jungen Leute und Felix dachte: Wenn ich damals – – ich hätte dann heute *dabei* nicht zusehen müssen. Fast als glitte in einer merkwürdigen Vertauschung sein und des unbekannten Fähnrichs Schicksal ineinander und er, Felix, bedauere für ihn, daß der andere wegen der fehlenden einzigen scharfen Patrone den Entschluß nicht ausgeführt und sich nicht wenigstens das Gelächter erspart hatte, das er erst durch seinen Tod zum Verstummen brachte.

Dagegen hatte Felix damals am Dnjestr bestimmt *nicht* an den Karabiner gedacht. Die rein militärischen, sozusagen nichts als beruflichen Ereignisse waren nicht imstande, ihm die Erinnerung an das wachzurufen, was er mit Hilfe des Karabiners und der einen scharfen Patrone, wenn sie vorhanden gewesen wäre, beabsichtigt hatte.

›Regen‹ war überhaupt nicht das richtige Wort. Sie lagen im Morgenfrost auf der graugelben Erde, über sich, um sich etwas Undefinierbares, dicker als Luft, dünner als Wolken, gleichmäßig die Atmosphäre erfüllend, die nun tatsächlich aus nichts anderem als dem bläulichgrauen Stoff bestand, der eine niemals zu etwas Eindeutigem gerinnende Feuchtigkeit ausschied. Mit einer gewissen Vergröberung konnte man sie als Regen bezeichnen; sie durchdrang alles und jedes, vermutlich würde sie einem die Knochen aufweichen, im ganzen Körper nur ein paar bei jeder Bewe-

gung heftig schmerzende Nervenstränge übriglassen. Sechs Uhr früh, der letzte Kanister Rum war zum vierten Mal mit dem nach Desinfektionsmitteln schmeckenden Flußwasser verdünnt und die Patrouille, die eine Verbindung mit dem Regiment aufnehmen sollte, seit Stunden überfällig. Nichts, nicht einmal der übliche Orangestreifen dort, wo man die Horizontlinie vermuten durfte.
Die Kosaken waren plötzlich da, wahrscheinlich hatten sie das erbärmliche Lager längst ausgemacht, sich Zeit gelassen, zuerst gefrühstückt, die Pferde gefüttert, um gut in Form zu sein. Übrigens wußte niemand, wie viele es waren, die zwei Sotnien stellte er nachträglich fest, beim Zählen der Toten. Als sie heranbrausten, das Stampfen des Angriffs mit seinen Geräuschen aus Lederzeug. Schnauben und menschlichem Keuchen, sogar ihr Geschrei in der Ferne, zugedeckt von der unendlichen Filzmatte, die man sonst als Atmosphäre bezeichnete, hatte er am gründlichsten und lächerlichsten versagt. Er erinnerte sich heute daran, nicht mehr mit Scham, sondern mit einer grotesken Heiterkeit, wie man an eine Situation zurückdenkt, in der man sich so offenkundig falsch benommen hat, daß jeder Versuch einer Rechtfertigung von vornherein außer Betracht bleibt.
Er riß also den Säbel heraus, bewegte die Lippen, röchelte, er wußte nicht was. Später begriff er, daß es als Befehl gemeint war, er hatte sich benommen, wie es Vorschrift und Vorbilder verlangten. Zunächst war er sich nicht einmal klar, daß er nur einen unartikulierten Laut hervorbrachte. An dieses eigentümlich schnarrende Geräusch konnte er sich ebenso genau erinnern wie daran, daß er sein Herz plötzlich im Fuß überm Knöchel pochen fühlte. Das Pochen da unten war sehr heftig und dennoch auf eine nicht weiter begründbare Weise angenehm. Zwei, drei Minuten hatte er gar keine Vorstellung von dem, was geschah, was die restlos alberne Geste, der Arm mit dem emporgerissenen Säbel und die stoßweise heisergurgelnde Stimme bewirkten. Wahrscheinlich nicht mehr, als daß einer oder der andere zu ihm hinsah, aber auch nur in den ersten Augenblicken, dann – –. Er war so erfüllt von dem, was – nicht ihnen, denn die Kosaken würden schwerlich die ganze Mannschaft umbringen – aber ihm bevorstand, daß er gar nicht merkte, wie seine Leute, voran und am flinksten der kleine braune, auffallend dürre Slowene, die Maschinengewehre zusammensetzten; er merkte es erst, als die Patronengurte bereits eingezogen waren, an dem Gewehr, das ihm

zunächst stand. Der Gurt saß fest, ließ sich nicht weiterziehen. Sechshundert, vierhundertfünfzig Schritte, an der Ladehemmung wird es scheitern, dreihundertfünfzig, das Gebrüll, der Rauch aus den Nüstern der Gäule, der sichere Erfolg, sechsunddreißig Mann und ein Leutnant . . . da – taktak, takatakatakatakatak –
Wie gesagt, zwei Sotnien; er hatte begonnen die Toten zu zählen, aber als er sah, es waren zwei Sotnien, gab er es auf. Vielleicht in der albernsten Situation seines Lebens, in der niemand auf seinen Befehl hörte, und wenn jemand darauf gehört hätte, würde er ihn gar nicht verstanden haben, weil es überhaupt kein Befehl war, sondern ein Röcheln, ein Ächzen aus Angst und Ohnmacht, die Vorwegnahme seiner letzten Sekunden, während seine Leute von selber wußten, was sie zu tun hatten. Damals als er den Säbel in die Höh riß und sein Herz dort unten klopfte, als ob es beim Knöchel herausspringen wollte, hatte er da *vielleicht* nicht doch an den Karabiner und die fehlende scharfe Patrone gedacht oder wenigstens zu denken versucht? Unsinn, bestimmt nicht, diese Vorstellung war zu umfangreich, es dauerte zu lang sie hervorzubringen, und nachher fand er alles in Ordnung: ein Berufsrisiko, das sich so oder so ergab, und eine Seite, hüben oder drüben, mußte dabei zu kurz kommen.
Aber warum er bei Irene an den Karabiner gedacht hatte? Die Methoden, sich sich selbst zu belügen, mochten noch so raffinierte Formen annehmen, er wollte sie trotzdem nicht undurchschaut lassen. Und hier fühlte er sich unsicher werden, schob etwas beiseite, um es nicht betrachten zu müssen, hier zitterte er vor dem Geständnis. Auch seine Ehe, wenn es sie geben wird, und es wird sie vielleicht schon in diesem Jahr geben, wird ihn allein lassen. Vielleicht war sein plausibelster Einteilungsgrund eine Frucht der Jahre: die Periode, in der das gemeinsame Leben besonders intensiv, ja endgültig erscheint, jene Steigerung im Seelischen, die es wahrscheinlich nur ein einziges Mal gibt. Dann eine Zeit, in der die Gemeinschaft der zweckmäßigen Behebung gesellschaftlicher Unbequemlichkeiten gilt, zum äußeren Vorteil und zuletzt zur moralischen Verpflichtung wird. Es war bereits bei dieser überflüssigen Bedeutung angelangt; sie hatte zunächst nichts zu tun mit Irenes Gesicht, als Ginevra am Arm des schwerfälligen Vorarlbergers hereinkam, der sich dann als ihr Verlobter entpuppte.
Irenes braune, ein wenig zu magere Arme lagen auf dem Tisch, die Hände waren das Schönste an ihr. Das Gesicht blieb meist unbeweglich, alle Kraft und aller Wechsel des Ausdrucks kam von

ihrem Mund. Als sie hinsah, wurde ihr Mund sofort ›vollkommen‹, wie er es nannte. – Schau sie dir doch an, die Kleine dort. Diese Überraschung! Und als sie sich von der Hausfrau hatte berichten lassen: – Wenn man die ansieht, könnte man sich wünschen, ein Mann zu sein. Natürlich nicht der, mit dem sie da ist, ihr Verlobter! Textilien, er erzeugt sie und ihr Onkel verkauft sie, offenbar ein hauptsächlich kommerzielles Arrangement. Ihr Herz ist noch –. Erinnerte er sich wirklich so genau oder war es nur die Umformung, die das Ereignis durch Irene erfuhr? Bei allem Verdacht, den er gegen sich hatte, gegen die eigenen Wünsche – es ließ sich nicht in Abrede stellen: im Grunde hatte hauptsächlich Irene dafür gesorgt, daß er bekam, was sie Ginevras Herz nannte. Zugleich gewann er für sie eine neue Faszination, die sie heftig und auf unerwartete Weise an ihn band. Ihr Vorwurf klang wie eine Drohung: – Siehst du denn nicht, wie sie dir Augen macht? Worauf wartest du eigentlich? Wenn du willst, kommst du heute abend noch ans Ziel. – Da fällt mir gerade ein, daß ich mit dir so gut wie verlobt bin. – Ah, ich bin dir sicher! Himmel, sei nicht langweilig. Wie sie mit ihren Augen herüberlangt! Zeig' ihr wenigstens, daß du es merkst –
Irene hielt gerade noch an sich; der unstete Glanz aus ihren Blicken glitt über ihr Gesicht, über ihre Schultern, sie ließ das farbige Tuch, das sie wie fröstelnd vorne zusammengenommen hatte, mit dem ihre Hände ständig beschäftigt waren – –, eine längst automatisch gewordene Flucht in Distanz und Haltung? –, achtlos aufs Sofa fallen. Ihre Schultern behielten den ganzen Winter die Sommerbräune. Die hell-bernsteinfarbenen Augen hatten schon den leicht orangerötlichen Schimmer, das sicherste Zeichen ihrer Erregung, während sie sich mit aufgetragenem Entzücken dem schwammig blonden Vorarlberger zuwandte. Sie hatte richtig geschätzt: Natürlich, Skifahren bedeutete auch für sie nur ein mäßiges Vergnügen und auch ihre Leidenschaft war die Jagd!
So mußte sich Felix wohl oder übel mit Ginevra befassen. Sie gehörte zu keiner der Vorarlberger Familien, die ihre Webereien und Textilgeschäfte seit Generationen durch Heirat zusammenlegen, stammte eigentlich aus Livorno, die beiden hatten sich bei ihrer Tante in Venedig kennengelernt. Das erste war der Eindruck eines zurückhaltend-heimlichen Schnupperns aus runden dunklen Nüstern, die Vermutung, daß ihr Körper sehr glatt, wie aus bräunlichem Topas geschnitten wirkte, fand er später bestätigt. Alles

Haar brach in unglaublicher Üppigkeit aus ihrem Kopf, unter ihren Achseln hervor. Ein großer Mund, der auf sehr bestimmte Art an einen grell gefärbten vollgesogenen Schwamm erinnerte. Irene fand immer wieder Gelegenheit, ihm zuzuflüstern: – Freust du dich, daß du ein Mann bist? Jeder Blick, jede Bewegung, alles, was sie von sich gibt, ist eine Aufforderung, ihr Gewalt anzutun, ein stummes Winseln darum.
Vielleicht waren die Augen das auffallendste an ihrem Gesicht, ein bißchen zu weit vorne gelegen, von klarem Hellgrau unter dicken schwarz zusammengewachsenen Brauen; breit umschattete Lider mit einem Stich ins Lilablaue. – Schade –, er fühlte Irenes Lippen feucht und zitternd an seinem Ohr, daß es bei ihr unbedingt ein Mann sein muß, wer anderer kommt gar nicht in Frage. Aber du schon, oh, natürlich du! Du hast zehnmal mehr Durchschlagskraft als ihr Verlobter, aber ihre stärkste Möglichkeit bist auch du nicht. – Du hast letzthin so zur Heirat gedrängt. – Schon, schon, hab keine Angst, ich entgeh' dir nicht, aber jetzt sieh dir lieber ihre Augen an. Glaubst du nicht auch, daß es bei ihr Komplikationen gibt? Oh, einfach hat sie es bestimmt nicht, mit dieser Sensitivität! Ich weiß noch immer nicht, ob ›intelligent‹ für sie das Richtige bezeichnet. Irene glühte auf, die Herren wandten die Köpfe nach dem Tisch. Es entsprang aus ihr und bemächtigte sich seiner, gebrauchte ihn rücksichtslos und selbstvergessen zum Zwecke Ginevras, die plötzlich ihrer Beziehung neuen Sinn, überraschende Farbigkeit, eine leidenschaftlich aufschließende Bedeutung gab, so daß der starr festgehaltene Beschluß ihrer Heirat, die davon ausgehende, ein klein wenig lähmende Gewöhnung und Resignation nicht mehr fühlbar waren.
Oder sie waren dennoch spürbar in der Annäherung an den Impuls, der heute nicht einmal eine beschämende Reminiszenz mehr schien, weil die eine scharfe Patrone, auf die es ankam, nicht zu beschaffen gewesen war – jener Gedanke, dem niemals so viel zur Verwirklichung gefehlt hatte wie damals: eben das Kleinfinger-Stückchen Metall, einzig die Patrone, es hatte keine ihm erreichbare Gelegenheit gegeben, sich in ihren Besitz zu setzen, so daß er also jetzt Irene auf sich nehmen mußte, fast so, wie er die Angelegenheit Mostbaumer auf sich nahm, auch sie dem Ende zuführte, das er für recht und angemessen hielt. Daß sich gerade dabei die Erinnerung an den Karabiner und an die fehlende Patrone wieder einstellte –
Er beutelte den Ärmel zurück, sah auf die Uhr, stellte fest, daß es

höchstens noch eine Viertelstunde bis zur ›Waldschnepfe‹ war. Plötzlich von neuem, vielleicht sogar um eine Spur deutlicher als sonst, diese Unsicherheit – kaum faßbar und doch nicht zu verscheuchen, beinahe beklemmend: es war zu einfach gewesen, Mostbaumer zu bewegen, daß er mitkam. Wirklich nichts weiter als ein ›Manöver des guten Gewissens‹? Die arglose, etwas zu dick aufgetragene Biederkeit, die beweisen sollte, daß in dem Bereich, der ihm unterstand, alles einwandfrei zuging? Beschwerden und Vorschläge ohne Hinhalten an die Instanzen weitergeleitet wurden, die wichtige Veränderungen anordnen konnten. Oder –? Da erkannte er den Wirt, der im Garten ein paar Frühstückstische bereit machte. Der Zorn stieg in ihm hoch, die Empörung: warum noch immer warten, statt dem Halunken das Handwerk zu legen? Der Wirt wäre, wenn er die Stellung besäße, genau so schlimm wie Mostbaumer. Ein Gottscheer, es gab noch Leute, die sich erinnerten, wie er mit dem in schwarzes Wachstuch eingenähten Hausiererkorb hier aufgetaucht war. Niedrig und breit, sonderbar disproportioniert; Schultern, die auffällig in die Höh standen, gegen den Halsansatz einfielen, namentlich die rechte; der Einschnitt der Bandgurte, die den Korb gehalten hatten, war sogar heut noch unbestimmt festzustellen. Merkwürdig, daß er sich glattrasiert trug, vielleicht eine traditionelle Gepflogenheit aus dem Dorf seiner Herkunft, das heißt, eigentlich hatte ihn Felix niemals wirklich glatt gesehen, sondern immer nur mit grauweißen, mindestens vierzehn Tage alten Bartstoppeln. Die Nase war aufgestülpt, rund, mit einer Kerbe im Knorpel, der die beiden Nasenlöcher schied. Bei der letzten Schießerei – ein mißglückter Überfall auf ein Waffenlager, das den Roten gehörte – hatte er überraschenderweise als einer der Rädelsführer mitgetan. Er besaß eine besondere Geschicklichkeit, den Trick, einem Gegner mit beiden Daumen, die er entsprechend ansetzte, die Augen herauszudrükken. Dem Opfer dieses Zwischenfalls hingen die Augäpfel rechts und links herunter ins Gras. Aber der Wirt hatte den unbezweifelbaren Beweis, sozusagen ein öffentliches Beispiel gegeben, mit wem er es im Herzen hielt. Nachher sah er offenbar ein, daß der Mann ohne Augen noch genug erzählen konnte, daß sein Zustand eine beredtere Zeugenschaft war. Während sie ihn in den Sanitätswagen schafften, hatte er also dem Sanitätsgehilfen (der zu ihnen gehörte und die Sache berichtete, er würdigte das Verdienst des Wirtes, aber vergaß auch seines nicht) den Revolver zugesteckt, und als sie nach einer scharfen Fahrt im Spital ankamen, stellte

sich heraus, daß der Mann drinnen im Wagen geradezu vor den Augen des Sanitätsgehilfen Selbstmord begangen hatte.
Diese Verhältnisse hatten sich so ganz allmählich entwickelt, nun waren sie die Regel, die tägliche Gewohnheit. Trotzdem wurde der See mit jedem Schritt strahlender, und die buntgewürfelten Tischtücher unter den Linden der ›Waldschnepfe‹ erinnerten durch die Buchs- und Ligusterhecken hindurch an Blumenbeete. Felix überflog den leeren Gasthausgarten, auf einer grünumbuschten Bank erkannte er die breite rotgesichtige Gestalt. Mostbaumer erhob sich sofort, verschwand ums Haus.
– Hallo, hallo!
Aber Mostbaumer hatte es eilig, tauchte endlich unten an der Waldseite auf, ging den Weg zurück, den Felix gekommen war.
– Hallo!
Der Wirt kam heraus, beteiligte sich:
– Herr Ministerialrat!
Endlich ging es Felix auf, daß es nur günstig sein konnte, wenn er mit Mostbaumer nicht gesehen wurde. Aber mit dem Wirt mußte er jetzt ein paar Worte reden. Ein Gemisch aus Ekel und Wut kam augenblicklich in ihm hoch: er fand dieses Gesicht unerträglich – devot, ausgesprochen dumm und sehr schlau, mehr als alles andere aber brutal. Felix' Miene war abweisender, als er wußte, trotzdem grinste der Wirt vertraulich:
– Geht wieder in den Ort zurück, der Herr Ministerialrat, wahrscheinlich nach Hause. Und mit einem unangenehmen Blinzeln:
– Beschwören könnt ich das, jederzeit beschwören.
Nichts als Wichtigtuerei; Felix litt unter der Verzerrung seines Gesichts, die als Lächeln gemeint war, unter dem Marionettenhaften seiner winkenden Hand. Rasch setzte er den Weg fort, er hatte Mostbaumer etwa zehn Minuten quer durch den Wald bei der Abzweigung des Promenadenwegs zu treffen.

Mostbaumer rief schon von weitem:
– Langsam, langsam. Sie bringen Ihre Beschwerden noch früh genug an den Mann. Übrigens sind Sie pünktlich.
Er schielte höhnisch nach Felix' Rucksack:
– Ihr Werk haben Sie vermutlich da drin. Auch die Last der Verantwortung trägt sich bequemer, wenn man sie entsprechend verteilt.

Felix fand den Ton aufreizend, die harmlos tuende gutgelaunte Forschheit für sie beide herabsetzend, jedenfalls völlig unangemessen der Sache, um die es ging.
– Herr, sagte er, Sie haben sich die letzten zwei Jahre aufgeführt, als ob es für Sie so was wie Verantwortung nicht gäbe. Aus der Tiefe herauf, unaufhaltsam, mit dem Verlangen nach Rechenschaft, für die bisher niemand Verständnis gezeigt hatte: die Sucht, das Summarische, die Anonymität des Verfahrens aufzuheben, wenigstens jetzt auf dem Weg zur Richtstätte sozusagen das Verhör nachzutragen, Mostbaumer die Einsicht zu vermitteln, daß er nicht nur von einer unbekannten Instanz schuldig gesprochen wurde, sondern tatsächlich schuldig war. Wie eine Wand – die Abwehr, die er um jeden Preis gegen dieses Lächeln aufrichten mußte, gegen die sarkastische Überheblichkeit des vermeintlichen Durchschauens. Mostbaumer blieb stehen, tat einen genußvollen Zug aus seiner Zigarre:
– Ah, sehr gut . . . Verantwortung – für Sie gibt es das also?
– Allerdings.
– Sollten Sie vielleicht ein Monopol darauf haben – bitte, das ist Ihre Angelegenheit. Wenn Sie aber zu denen gehören, die an der eigenen Verantwortung nicht genug haben, sondern auch die der andern kontrollieren müssen . . . weil sie sich nämlich dazu berufen fühlen – also dann – –
– Dann –?
Nun blieb Felix stehen, sah Mostbaumer unverwandt in die Augen, sehr entschlossen, als wollte er der Situation endlich auf den Grund gehen, vielleicht ein wenig zu rücksichtslos. Mostbaumer runzelte erstaunt die Stirn, das Lachen, das er bereit hatte, kam gedrückt und hämisch heraus, brach plötzlich ab.
– Wissen Sie, mein Lieber, sagte er in verändertem Ton – zwischen Belustigung und Ärger, offenbar in der Absicht, das Gespräch harmlos zu nehmen – für mich sind die meisten Dinge in erster Linie von praktischer Bedeutung –
– Auch das, wovon wir jetzt reden, obwohl wir es noch nicht beim Namen genannt haben?
– Richtig. Auch das –. Eine Frage, ob es in der Realität durchsetzbar oder wenigstens überhaupt möglich ist.
Der Weg wurde schmäler, aber sie konnten nebeneinander gehen. Glatte Buchenstämme, die Wipfel hoch über ihnen goldstrahlend durchschossen, alles in Glas getaucht, noch immer der Morgen! Beinahe als nähme er auch ihrer Gegnerschaft den Stachel, lasse

jedes menschliche Tun und Planen zweifelhaft, im tiefsten vergeblich erscheinen. Felix' Blicke, die Mostbaumer erbittert festhielten, gaben nach, boten etwas wie die Bereitschaft an, ihm zuzuhören; schließlich sagte er:
– Ich hab lang genug gewartet. Wenn es sich um irgendeine Theorie handelte – weiß Gott, ich würde mich weiter nicht drum kümmern. Aber hier geht es um Politik, um . . . also es ging und geht immerhin um Menschenleben.
Im Hinter- und Untergrund längst nicht mehr die Art, in der man sogar eine harte Meinungsverschiedenheit austrägt. Jeder redete aus der Gewißheit der bereits gefallenen Entscheidung: Richter und, so peinlich es sein mochte, ein wenig auch Henker des andern. Aus Felix kam es empört, aggressiv und fordernd; aus Mostbaumer boshaft überlegen, mit kaum verhüllter Rachsucht.
– Von meiner Geduld haben Sie eine geradezu phantastische Meinung. Sagen Sie doch gleich, worauf Sie hinauswollen.
– Dieser Putsch – –
– Zu dem Putsch hab ich nur ein paar Unterlagen geliefert. Die haben nämlich gestimmt. Außerdem die Situationspläne in gewissen Ämtern. Ich wüßte nicht, wer geeigneter wäre.
Alle diese Mostbaumers waren überzeugt, jede Brandlegung, Liquidierung und Sabotage, überhaupt jede Art Vernichtung sei im Grunde eine höchst positive Leistung. ›Etwas von meiner Auffassung müßte ich ihm wohl klarmachen‹ – Felix sah möglichst unbeteiligt geradeaus, während er sagte:
– Unsere Darstellung, unser Bericht, gibt denen oben vielfach erst ein Bild, nach dem sie handeln oder vielmehr handeln lassen.
Mostbaumer zwinkerte mit einem Auge:
– Unsere Art teilzunehmen – vorläufig wenigstens. Wir sind die Indirekten, das Vorzimmer, womit ich nichts gegen unsere Unentbehrlichkeit sagen will.
– Wer falsche, der Wirklichkeit nicht entsprechende Anschauungen nach oben vermittelt, also ein falsches Handeln veranlaßt . . . nun, der hat eben die Folgen zu tragen.
– Ich könnt' Sie jetzt fragen, was das überhaupt ist, ›falsches Handeln‹? Wo liegt eigentlich Ihr Standort, von dem aus Sie alles so deutlich überblicken? Mein Interesse, das der Rivalen, das Interesse der obersten Spitze und die verschiedenartigen Interessen, die sich aus der jeweiligen Sache selber ergeben – –
– Mit einem Wort: Gründe genug, doppelgeleisig zu fahren, was? Denn mehr als zwei Geleise haben wir leider nicht.

– Ach so! Sagen Sie mal . . . da Sie schon dabei sind, Ihr Herz zu eröffnen . . . woher nehmen Sie denn die Legitimation zu so einer Kontrolle? Oder – –
Mostbaumer faßte Felix an der Schulter. Es sah aus als wollte er ihn schütteln, aber es lag mehr in seiner Bewegung: diesmal noch beherrscht, ins Scherzhaft-Derbe abgebogen, die im Ansatz stekkengebliebene Absicht, zuzuschlagen, ihn für immer still zu machen.
– Oder . . . haha hahaha übernehmen Sie auch die Bestrafung der – – Schuldigen?
Felix sah noch immer geradeaus, an Mostbaumer vorbei.
– Kann sein, sagte er.
Mostbaumer stieß einen Pfiff aus:
– Und Sie hab' ich für harmlos gehalten!
Da rückte ihm also dieser Bursche noch nachträglich den Beweis unter die Nase, daß er ihn von Anfang an richtig eingeschätzt hatte. Der hätte längst liquidiert werden müssen, *der* wußte bereits zu viel. Subaltern durch und durch – solche sind auf die Dauer nicht einmal als Handlanger zu brauchen, nörgeln immer, wenn die Sache nicht pedantisch nach den Moralregeln geht, die ihnen eingetrichtert worden sind, eben subaltern –! Und jetzt, als hätte er hinter einer aufspringenden Falltür gewartet – nein, gar nicht plötzlich, nur einfach nicht mehr niederzuhalten, unabweisbar, tauchte der Graugrüne hervor, beinahe war es Mostbaumer, als ginge er neben ihm her; Mostbaumer schnupperte unwillkürlich nach dem Gummizeug-Geruch des Mantels. Subaltern –? Der Graugrüne war es bestimmt nicht. Hingegen er, Mostbaumer –? Ein unbehagliches Gefühl, würgend und lähmend zugleich: es wegschieben, nicht wahrhaben wollen. Er merkte gar nicht, daß der Rittmeister hartnäckig schwieg.
Der Weg wurde enger, ihre Schultern, ihre Arme berührten einander im Dahinschreiten. Ihre Hände zuckten, als hätten sie beide den Wunsch zu unterdrücken, sich gegenseitig zu packen. Mit einemmal fiel ihm ein, daß er ja etwas sagen, das Gespräch fortsetzen müßte; er gab dem Rittmeister nicht den geringsten Seitenblick, während er hervorbrachte:
– Sie würden übrigens mit solchen Eigenmächtigkeiten nicht weit kommen. Vermutlich wissen Sie das.
Der Mann im graugrünen Mantel hatte unleugbar gleich zu Beginn einen besonderen Einruck gemacht, obwohl er, Mostbaumer, sich das erst eingestand, als die Möglichkeit, es vor sich selber in

Abrede zu stellen, längst nicht mehr in Betracht kam. Sofort hatte er sich von ihm durchschaut gefühlt, auf eine heftig beunruhigende Weise, für die es zunächst die Worte nicht gab, die aber dennoch den Schnitt an der Wurzel, die wundeste Stelle seines Wesens betraf. Vielleicht hatte er deshalb dem Graugrünen auf den Kopf zugesagt, wozu er ihn brauchen könnte. Der Mann tat erstaunt, er schien sogar amüsiert:
– Also Sie haben sich hier auf eigene Faust als Gericht etabliert . . . der Rittmeister soll verschwinden? Er lachte.
– Natürlich gibt's auch hier verläßliche Leute . . . es würde mich nur ein Wort kosten –
– Soso! lächelte der Mann auf seine niederträchtige Art.
Alles kam daher, daß der Graugrüne augenblicklich über ihn Bescheid wußte und er, Mostbaumer, trotzdem oder gerade deswegen nicht abließ, sich aufzuspielen.
– Wenn Sie also Assistenz brauchen –
– Schau ich vielleicht so aus?
Mostbaumer gab es auf, vor sich selber zu leugnen, daß auch für ihn kein Zweifel bestand, wer eigentlich Hilfe nötig hatte. Und doch erfüllte ihn fast körperlich schmerzhaft dieser Widerstand, das Sträuben dagegen, mit allen Fasern bis ins tiefste. Dabei der Gedanke, daß es den Beweis gab, den sogar der Graugrüne da gelten lassen müßte, zum erstenmal die Einsicht: Wenn *ich* es täte, wenn *ich* den Burschen – –. Dazu hörte Mostbaumer jetzt den Burschen, den Rittmeister, neben sich sagen:
– Ich muß in etwas Höherem, Gemeinsamem aufgehen können. Merkwürdig zögernd, mit bedeckter Stimme, in der aber etwas wie eine Kraft, eine Art Überlegenheit spürbar war. Mostbaumer bemühte sich, lächelnde Aufmerksamkeit zu zeigen, mit dem Gefühl, daß dieser Bursche ihm weniger traute, als er sich wünschte, dann sagte er mit Herablassung:
– Ah, Selbstaufgabe . . . als letztes Ziel (mit kaum verdeckter Ironie), sozusagen als Endzustand der Persönlichkeit. Keine Frage – es gibt Leute, für die es das beste ist, was sie leisten können.
Felix war es wie eine unbeabsichtigte Entblößung, der er sich schämte; eilig, fast verlegen setzte er hinzu:
– Jedenfalls nicht als Opfer.
Nicht einmal ein Halber, dachte Mostbaumer. Der sieht nur den Schiffbruch, die allgemeine Auflösung, der ist in dem Bedürfnis nach Einordnung zu uns gestoßen, der lechzt ja nach Autorität, will sich bei ihr durch seine Angeberei Liebkind machen; jämmer-

lich. Mostbaumer fühlte, wie er an dem andern emporwuchs. Und trotzdem – dahinter diese Befangenheit . . . als ob *er* es nicht wagen würde, nie dazu fähig wäre – und es wüßte! Wie etwas Bloßliegendes, nicht zu verstecken und schon gar nicht ins Imponierende oder wenigstens ins Harmlose umzulügen, weil die grinsende Visage des Graugrünen es vom ersten Augenblick an bemerkt hatte. Aber es gelang, Mostbaumer nickte verständnisvoll:

– Da darf man Ihnen gratulieren. Sie finden heute Aufgaben über Aufgaben. Was wir zum Beispiel hier vorhaben –

– Das heißt wohl: Was *Sie* vorhaben!

Mostbaumer hielt an, prüfte den andern mit einem wachsamen Blick.

Felix sagte:

– Ich muß nicht bloß einen Sinn darin erkennen, ich brauche auch eine moralische Rechtfertigung.

Mostbaumer stemmte die Arme in die Hüften, musterte den Rittmeister von Kopf zu Füßen, lachte schallend:

– Und *Sie* wissen es jedesmal sofort . . . ob sie da ist, Ihre Rechtfertigung?

Felix entgegnete:

– Wir wären sonst nicht auf diesem Weg.

Etwas an dem Burschen reizte Mostbaumer immer stärker, wurde unerträglich. Das Planvolle, Unnachgiebige, die Grenze, jenseits der es keinen Kompromiß mehr gab? Unsinn – nur eine Hinterhältigkeit, eine verheimlichte Absicht, auf die er sich was zugute hielt. Mostbaumer vergaß alle Vorsicht:

– Handeln, tun – darauf kommt's an! Jede Tat hat Sinn, dabei gibt's keinen Mißbrauch der Vernunft. Ein anderes Unrecht als der Widerspruch, eine andere Unmoral als der Gegensatz zu mir existiert überhaupt nicht, wenn Sie das verstehen. Und man – er sah den Rittmeister von unten her hämisch an, ballte die Faust mit der Geste des Niederschlagens – man wird nur so damit fertig! Nicht . . . er vollendete spöttisch: indem man Berichte verfaßt.

– Entschuldigen Sie, Ihre . . . persönlichen Interessen beiseite, aber wir sind nun einmal von . . . wieder hielt Felix inne, bewegte suchend die Lippen, als fände er das richtige Wort nicht – von bestimmten moralischen Vorstellungen abhängig . . . er sah Mostbaumer ins Gesicht, forschte nach Spott, aber auch nach einem noch so winzigen Zeichen der Zustimmung – ihnen entge-

genzuhandeln rächt sich über kurz oder lang – gerade beim einzelnen.
Ich hätte es anders sagen müssen, nicht so dozierend, vielleicht wäre er darauf eingegangen. Aber Mostbaumer lachte bereits:
– Na, Sie bieten IHN mir ja in der verdünntesten Form an, die überhaupt möglich ist, so abstrakt, daß von IHM nichts mehr übrig bleibt – außer uns. Und das ist allerdings genug! Denn schließlich haben wir IHN bisher mit unseren schönsten und besten Eigenschaften ausgestattet. – Aber ER hat vorgesorgt, daß Sie ihm nicht zu ähnlich werden – Felix brach ab, als sei es aussichtslos oder als verzichte er darauf, mit Mostbaumer zu einer Verständigung zu kommen.
Nicht einmal Rohstoff, dachte Mostbaumer. Masse, Dung, woraus die Welt seit eh und je besteht. Soll ich ihm wenigstens andeuten, wie komisch ich seinen mit allen menschlichen Superlativen ausstaffierten Gott finde? Lieber nicht, der Bursche wird nur noch widerspenstiger. Sicher fürchtet er sich vor der Hölle.
Die Weg-Gabelung; Mostbaumer trat beiseite in die brackige Wagenspur. Sein schweres rotes Gesicht sah auffallend unbeweglich, gleichsam nach innen konzentriert aus: merkwürdig – jetzt, wo sogar die höchste Instanz, mit der man sich messen konnte, abgetan war, schien plötzlich auch *das* auf ein erträgliches, jedenfalls erfüllbares Maß herabgemindert, und zum erstenmal war ihm – nicht als wünsche er es – denn durchdrungen davon war er immer –, sondern als glaube er wirklich, daß er es tun würde.
– Bitte. Er ließ den Rittmeister vorangehen. Wollen wir nicht da – –
– Nein, kommen Sie nur, wir kürzen hier wesentlich ab.
Mostbaumer ging ihm schweigend nach. Wann? Er sah auf den Rücken, der sich gleichmäßig vor ihm bewegte. Am besten gleich – denn zur inneren Notwendigkeit – und zum politischen Vorteil – kam nun die günstige Gelegenheit. Nichts war geplant, sogar der Graugrüne wirkte allenfalls wie ein gewohnter Besuch, der vor der Tür wartete, einer Tür aus wunderbar durchsichtigem Material, so daß Mostbaumer ihn genau betrachten konnte. Natürlich hatte der Graugrüne noch die niederträchtige Visage, den schonungslos eindringenden Blick, nach wie vor dieses Grinsen und hinterhältige Bescheidwissen. Aber seit Mostbaumer mit der Instanz, die zuhöchst auch über dem Graugrünen stand, angetreten war, sie entlarvt hatte: ›unsere eigene Projektion ins All-Wissende und All-Vermögende, wenn es Zweck hätte, mit dem entgleisten Kom-

mißhelden da vorne zu philosophieren‹, fühlte er sich wie dahingetragen von einer schwebenden Gewißheit, so daß ihn der Graugrüne nicht mehr befangen, schuldbewußt oder unterlegen oder all das zusammen machte: es amüsierte ihn, nun ebenso zurückzugrinsen, auch das Zwinkern mit dem linken Auge ahmte er nach, ja plötzlich erkannte er dieses Zwinkern als nervös, es rückte den Graugrünen ins Menschlich-Verständliche, brachte ihn herunter von seinem Piedestal, er schien Mostbaumer beinahe wie seinesgleichen. Trotzdem . . . statt es zu *tun*, damit es endlich vorbei sei, sagte er mit schlechtem Gewissen – bewußtes Hinauszögern, scheuer Selbstbetrug:
– Wir müssen gar nicht über den Tod reden, auf den Sie vorhin angespielt haben – so mit der Überzeugung, ein wirklich schlagendes Argument zu bringen, haha – nicht wahr? Wir können uns auch . . . also zum Beispiel über den Mann im Schilf unterhalten, der in Ihrem Bericht zweifellos eine Rolle spielt.
Als sei damit etwas berührt und ins Licht getaucht, das mit zur Sache, jedenfalls zur günstigen Gelegenheit gehörte. Der Rittmeister ging voran, man konnte glauben, er höre gar nicht zu. Nach einer Weile wandte er leicht den Kopf:
– Den brauchen Sie nicht erst zu liquidieren, der geht von selber zugrunde, nicht wahr? Denn verschwinden muß er wohl. Lebendig oder tot – er leistet den ›Gottähnlichen‹ ganz ausgezeichnete Dienste.
Wozu noch immer Rücksicht nehmen? Mostbaumer wunderte sich wie über etwas ihm völlig Unbegreifliches:
– Daß Sie von Ihrem himmlischen Großpapa aus der Kinderstube nicht loskommen! Auch wenn Sie's nicht kapieren – es gibt eben Menschen, die sich selber die höchste Instanz sind –
Noch einmal wandte der Rittmeister sich um:
– Die paar Jahrzehnte, die es dauert?
– Allerdings. Sozusagen Gott innerhalb der von den Naturwissenschaften erkannten Grenzen, hahaha!
Einer, der sich darüber klar ist, woraus der Graugrüne seine Überlegenheit herleitet, und diese vielleicht nicht einmal wesentliche Eigenschaft genau so besitzt. Weil es eben nichts, fast nichts ist . . . er starrte dem Graugrünen genußvoll lange ins Gesicht, das er deutlich wie nie vor sich hatte; er vergaß völlig, daß es nicht wirklich war. Während er den Browning hervorholte und entsicherte, stellte er triumphierend eine winzige Verschiebung des Mundes fest, die Lippen öffneten sich fragend. Nun merkte er

auch, wie sehr das Grinsen lediglich in den Augen saß, einem unverhohlenen Erstaunen wich, einer respektierenden Anerkennung. Es war nur diese Befriedigung, bestimmt kein Zögern oder Schwanken – als sei die Tat längst keine mehr, sondern in der Vorstellung und im Willen bereits vollbracht, nur das genießerische Halten des Brownings, kaum einen, zwei Zentimeter vom Hinterkopf des Dahinschreitenden . . . und ein bißchen die Genugtuung: davor also hab ich mich – nicht gefürchtet, aber ich war in einem Zustand, den ich ganz bei mir für Furcht zu halten schien, während ich doch wußte und es jetzt erlebe, daß es eigentlich – –
Sie gingen neben dem dünnen Gerinnsel, das die ausgefahrenen Radspuren füllte. Wollte der Rittmeister etwas sagen, glitt sein Fuß von einem nassen Stein ab? Einen Augenblick schwankte er zur Seite, sah, was Mostbaumer in der Hand hielt. Mit bemerkenswerter Schnelligkeit erfaßte er die Situation, schlug so kräftig zu, daß Mostbaumer die Waffe fallen ließ. Der Fausthieb, die Sekunde der Verblüffung – blitzschnell hatte der Rittmeister alles aus dem Bereich des Vorstellens in den des Handelns gerissen. Und zweifellos wäre die Sache anders ausgegangen, wenn er den Browning rasch aufgehoben hätte. Aber er griff nach hinten; die Tasche, in der er seinen Revolver trug, war nicht nur zugeknöpft, der Revolver steckte obendrein in einem hellbraunen Lederfutteral, das mit zwei kleinen Schnallen verschlossen war. An dem Knopf und den Schnallen entschied es sich: Mostbaumer hatte sich schon gebückt und knallte dem andern das ganze Magazin in den Leib.
Unwillkürlich rannte er ein paar Schritte, blieb plötzlich stehen, starrte überrascht auf die Hand, die noch immer den Browning umkrampft hielt. Für einen, der vor einer knappen halben Stunde sich zur höchsten, niemandem verantwortlichen Instanz seiner selbst erklärt hatte, sah er auffallend blaß und verstört aus. Schließlich ging er langsam zurück.
Der Rittmeister lag auf dem Rücken, blutete stark aus Brust und Bauch. Mostbaumer betrachtete ihn mit ungläubiger Verwunderung, fast verblüfft, aber er kam bald zu sich. Das Futteral schwamm drüben in einer Pfütze, der Revolver glänzte neben dem Toten im Gras, konnte also nicht erst im Fallen herausgeglitten sein. Es hatte sich eben nur um Sekunden gehandelt, sonst wäre der militärische Fachmann dem zivilistischen Amateur überlegen gewesen. ›Wenn's gegenteilig ausgefallen wäre – der Effekt bliebe der gleiche. Wer sonst könnte es gewesen sein als der Mann im Schilf!‹ Der Gedanke brachte ihm eine gewisse Erleichterung;

hastig sorgte er dafür, daß alles wie ein ordentlicher Raubüberfall aussah. Er steckte die Brieftasche des Rittmeisters ein ohne sie zu öffnen, ›dick genug, enthält bestimmt mehr als seine Pension, wird Hildegard zugute kommen, vielleicht bleibt was für –‹. Aber Hildegard gab nach . . . ihre Züge formten sich in sonderbaren kleinen zuckenden Bewegungen wie unter heftigem Widerstreben zu denen des Graugrünen um. Mostbaumer zog den Rucksack unter dem Rittmeister hervor, suchte ihn nach einer Märke ab, stellte fest, daß er nur am Riemen etwas blutig war; er konnte ihn sogar noch über die Schulter hängen. Dann war es mit Hildegard vorbei und er hatte den Graugrünen wieder allein vor sich – niederträchtig grinsend seit eh und je, haargenau Bescheid wissend.
Er begann am ganzen Leib zu zittern, brachte ein merkwürdig gurgelndes Geräusch hervor, ein mißglücktes Gelächter: ›Notwehr . . . hahaha nicht *das,* sondern reine Notwehr. Jedes Gericht müßte mich freisprechen. Notwehr! Denn hätte *ich* mich abschießen lassen sollen?‹ Niederschmetternd . . . und doch nicht ohne Trost – – noch blieb die Möglichkeit, es ihm zu zeigen, den nackten klaren Beweis vor ihm hinzulegen, daß er, Mostbaumer, es trotzdem konnte und dazu fähig war, trotzdem . . .
Ihm begegnen, in die Augen sehen, das wenigstens würde er zustande bringen, das schon, mit herablassendem Lächeln sagen: ›Tja, plötzlich wollte der Bursche nicht weiter. Nichts zu machen – er wollte nicht. Da mußte eben ich selber ihn erledigen –‹. Mostbaumer hatte für den Daliegenden keinen Blick mehr (ein Mißverständnis, etwas, das ihn nichts anging), raffte sich auf, unsicher, fast taumelnd nahm er den Weg quer durch den Wald.

ROBERT

Bis gestern war er tatsächlich überzeugt gewesen, sein Leben in der Hand zu haben, Form und Verlauf selbst zu bestimmen. In wie vielen Variationen hatte er es Hanna auseinandergesetzt?
– Schwierigkeiten? Ja! Sinnlos überflüssige Vergeudung, die dem andern mit günstigerem Ausgangspunkt erspart bleibt – tausendmal ja! Aber schließlich, wenn auch manchmal etwas zu spät, erreiche ich es. War es mit uns beiden anders?!
Robert sah hinaus: der üppig wuchernde Hang mit den grell aufglänzenden Sonnenflecken – dieselbe Orgie in schwerem sattem Grün wie der Wald, wie alles ringsum. Nur der Himmel, tiefblau, straff, satinartig, hätte allenfalls südlich-kretisch sein können statt ein Gebirgs- und Spätsommerhimmel. Da draußen erlosch keine rötliche Küste, die Steinblöcke, die vom Gipfelgrat wie die Überbleibsel archaischer Götterthrone in die Luft ragten, waren guter, fast schwarzer Granit. Und hier drinnen die Möbel waren Eiche oder Buche, nicht Bambus oder Metall, die Wände waren nicht ockerfarben und mit phantastischen Teppichen behangen, Bauernarbeiten in dem erstaunlichen Geschmack der vollhellenischen Zeit – eine ironische, auf ihre erfolglosen Grabungen anspielende Datierung Roberts, die Sir Gerald überhörte, während Loraine sie mit einem verächtlichen, deutlich aggressiven Auflachen quittierte, dem gegenüber Sir Gerald nichts anderes übrig blieb, als es gleichfalls zu überhören.
An den Wänden prangten gräßliche Hirschgeweihe, sogar der Lüster war aus ihnen, ein dickes Bündel ineinandergeratener falb gescheuerter Geweihzacken.
Und Hanna war nicht da, damals und dort nicht, und heute nicht mehr –
Sie Geralds Hand lag auf dem Tisch wie ein Argument des Unabänderlichen, während Loraine stillhielt, lauernd, mit kaum verhaltenem Triumph. Ihre Zungenspitze erschien zwischen den Lippen, verschwand nach ein paar Augenblicken, ein Ausdruck wie von erstaunter Aufmerksamkeit – immer wieder einen Tatbestand prüfend, der bereits feststand, den sie längst erfaßt hatte. Die Augen saugend, fragend, überlegen, als wüßten sie jede Antwort im voraus. Es schien, als ob sie aufspringen wollte, aber sie besann sich.

– Soll ich –? Zu Robert gewandt.
Sir Gerald blickte auf seine Hand, konzentriert, merkwürdig angestrengt, als sei er dabei sie zu hypnotisieren, die breite Hand mit den kurzen Fingern, die unbeweglich auf dem Tisch lag und ausgesprochen schwammig aussah; niemand käme auf den Gedanken, daß sie eine sehr kräftige Faust abgab. Auch Robert saß schweigend da und bemühte sich – Loraine nicht zu übersehen, aber immerhin mit den Blicken über sie wegzugleiten, ihr zu verstehen zu geben, daß sie nicht die Hauptsache sei. Während er wußte, es an dem winzigen Ansatz ihrer Bewegung aufnahm und wie einen Schlag erwartete, daß sie sich erheben würde, rasch und energisch, weil sie Sir Gerald schon mehr Geduld erwiesen hatte, als er beanspruchen durfte. Darum stand sie auf und sagte zu Robert hin, als sei niemand da und Sir Gerald überhaupt nicht vorhanden:
– Soll ich –?
Robert winkte ab, eine heftig-kurze unhöfliche Geste, mit der er ihr zu verstehen gab, sie solle nicht, was immer sie vorhabe. Und sie verstand, sprach nicht zu Ende, sondern ging hinaus – nicht wieder gutzumachen, daß seine Abweisung aus einer Intimität kam, die er gerade jetzt nicht zu betonen wünschte –, sie schloß die Tür, als habe sie die Absicht, die begonnene Frage durch ihr Tun zu Ende zu bringen statt durch Worte, so daß Robert ihr am liebsten nachgestürzt wäre, sie am Arm genommen hätte, ›Halt, genug, wir haben nichts weiter zu erledigen als uns zu verabschieden!‹ – aber er blieb sitzen, während Sir Gerald sich offenbar entschlossen hatte zu reden und sich sogar ins Politische begab, nur um ihn von dem wegzubringen, was ihn bis an den Rand, wie vor einem Ausbruch oder Anfall erfüllte, der genauso sinnlos-vergeblich gewesen wäre wie jedes Wort, das einer noch verlor.
– Hm, Führerschaft . . . ein romantischer Barbarismus! Also *der* Mann hat sich's im Anfang gar nicht vorgestellt, *was* er alles imstande ist, ›tritt mit Füßen auf die verächtliche Art von Wohlbefinden, von dem die Krämerchristen, Kühe, Weiber, Engländer und andere Demokraten träumen‹, und wie leicht er derartige Wendungen, die ihm bei Nietzsche so gewaltig imponieren, selber erfindet! Deshalb pfeift er auf alles: Recht und Gesetz gehen von ihm aus. Natürlich nicht im Sinne eines archaischen Typs, der als Willensträger irgendeines Obergottes auftritt und sich ausdrücklich mit der Verantwortung vor seinem metaphysischen Chef rechtfertigt – *er* hat das gar nicht nötig! Die geläufige Gottesvorstellung, unser ganzes Christentum, ist teils im Formelkram er-

stickt, teils viel zu zerdacht, deshalb erweist sich der Persönlichkeitskult – je primitiver desto besser – als ein so ausgezeichneter Religionsersatz. *Er* beginnt nicht mit Versprechungen, das ist neu, es ist sogar auf eine wirkungsvoll demagogische Weise raffiniert, obwohl er selbstverständlich allerlei verspricht, aber zunächst fordert er, jawohl, er verlangt –

Robert prüfte Sir Geralds in sich versunkenen Ausdruck, die blicklosen Augen. Immerhin tat er, als interessiere ihn das Thema, als gelinge es Sir Gerald, ihn von dem wegzulocken, was ihn eigentlich beschäftigte:

– Opfer und Heroismus, zugegeben! Aber alles bleibt in den bescheidenen Grenzen, in denen es sich jeder leisten kann. Er wird sogar dafür bezahlt, direkt oder durch bestimmte Vorteile, auch nur bescheidene, versteht sich, die Ansprüche sind heute nicht eben groß.

Er wartete. War Sir Gerald schon beim völligen Stillstand? Robert traute ihm nicht, deshalb setzte er stirnrunzelnd fort, während ihm peinlich zu Bewußtsein kam, daß es mit Loraine zusammenhing – auch dies! –, wenn er sich benahm, als erregten ihn die Gedanken wirklich, die Sir Gerald vielleicht doch nur seinetwegen von sich gab. – Und dann die innere Identifikation, vergessen wir doch *das* nicht! Jeder von ihnen – der Bildungsabfall, die zweite und dritte Garnitur, gewiß! – ist ohne weiteres imstande, sich in seinen Phantasien mit *ihm* zu identifizieren. Vermutlich können wir's uns gar nicht vorstellen, *was* das aufwiegt.

Sir Geralds Schweigen, sein Dasitzen hatten eine besondere Kraft, beinahe als zwinge es Robert zu ähnlichem Verhalten; jedenfalls verstummte er. Unsinnig, dadurch etwas wie einen Kontakt herzustellen oder Sir Gerald vortäuschen zu wollen. Es gab keine Möglichkeit, sich gegen diese Überwältigung, die nicht durch ein Tun und nicht einmal mit Worten erfolgte, zu behaupten, als indem man sich mit Sir Gerald selbst befaßte, ihn ›reduzierte‹, wie Loraine es nannte.

– Leider, pflegte Loraine sich mit schadenfroh enthüllendem Lachen zu äußern, deine sogenannten Reduktionen halten nicht vor. Eines Tages sind sie nichts als Redensarten gewesen. Darauf würde Robert jetzt schwerer als sonst andere – Redensarten finden, die ihn wieder für eine Zeitlang rechtfertigten. Eigentlich gab es Sir Gerald ohne Loraine gar nicht. Diese Beziehung war das Um und Auf dessen, was er an Sir Gerald verstand und zugleich nicht verstand, aber sich immer von neuem zu erklären suchte, so daß er auch heute Loraines Ausspruch vor sich hinsagte, unwillkürlich in ihre leise, ein wenig gezogene Stimme verfiel, die alles sehr eindringlich machte:

– Im Grunde lebte er schon damals hauptsächlich mit der Figur, die es gar nicht gab, die vielleicht niemals existierte, nicht mit mir. – Wahrscheinlich beurteilst du, was ich getan habe, so wie er – –

Wieder sah Robert sich draußen vor dem Fenster stehen, Loraine und den Mann, der die Figur beschaffen sollte, aufmerksam betrachten (die Manieren, die ihnen dort unten anwuchsen, waren nicht geeignet, auch nur hierher übertragen zu werden). Die dünngliedrigen zerbrechlichen Hände des Mannes glitten eine unsichtbare rundgewölbte Oberfläche entlang. Loraine blickte auf ihn, versank in seiner prüfend abwartenden Verhaltenheit. Sie holte den Scheck hervor, als sei es eine Beschämung, daß sie nichts weiter beisteuerte als das Geld. Später gestand sie Robert, sie habe schon dabei gefühlt, wie ihr Plan mit jedem Wort, jeder Geste an Bedeutung verlor, kaum noch etwas von Opfer und Symbol hatte, ›um so geringfügiger wurde, je näher sie darauf zukam‹ – bis er zuletzt ›in nichts zerstob wie Gerald selber‹. Als sie schließlich so weit waren und ihn vor die Figur hereinholten und seine Augen gleich über die rötlich verschrumpfte Berglehne mit der ausgedörrten Wasserrinne glitten und er, weil er etwas sagen mußte, also sichtlich verärgert sagte . . .

– Hahaha – jedesmal, wenn sie davon sprach, begann sie an diesem Punkt zu lachen, gekünstelt und doch wie aus einem inneren Bedürfnis. Das Äußerste, was ich für ihn tun konnte! Ich war hier an der Grenze – ich hielt es für den stärksten Beweis meiner Selbstaufgabe. Du vielleicht nicht?

Als wollte sie in ihn eindringen: ihre Augen weiteten sich, schienen etwas aufzunehmen, das nur ihr sichtbar, vielleicht für sie allein vorhanden war.

– Ja, sagte Robert, du hast ihm die Figur gebracht. Er sollte, wenn er sie real besäße, aufhören, mit ihr zu leben, zu dir zurückkehren –

Einen Augenblick sah sie ertappt aus. Das Lächeln entsinnlichte ihren Mund, machte ihn zu einem Organ der Erinnerung. Sie berührte mit der Hand leicht seine Stirn:

– Soll ich wieder einmal versuchen, dir auseinanderzusetzen, daß die Dinge sich ein Stück weiter um sich selbst bewegten und einen neuen unvermuteten Gesichtspunkt bieten? Glaub nur nicht, ich hielte jetzt alles für einfacher, weil sie drüben in der Kapelle liegt. Ich war übrigens bei ihr heut morgen, sie ist ganz mit Blumen zugedeckt. Die eingefallenen Wangen wie aus grauem Kalk, die Lider und der Mund schon schwarz – gar nicht wie eine Statue, sondern eben wie eine, die buchstäblich verblutet ist. Hannas Tod, dieser Schuß, kam in meinem Kalkül weiß Gott nicht vor – –

Nur das nicht fortsetzen, hinaus! dachte er gequält, und vielleicht machte er auch eine entsprechende Bewegung – sie hielt sofort inne, ein rascher Zug von Vorsicht, von Besorgtheit glitt über ihr Gesicht. Sie wechselte das Thema, einlenkend, begütigend:

– Siehst du, das ist dein Reiz, wahrscheinlich sogar die Ursache, daß du mir so nötig bist . . . du versuchst nie, diese Widersprüche an einem gemeinsamen Vernunftfaden aufzureihen, du nimmst sie einfach hin. Sie waren zu sehr aufeinander angewiesen gewesen, dort auf der Insel. Nun gab es vieles, darüber sie seine Gedanken kannte. Deshalb gelangen ihr solche Erklärungen ohne Ironie und Sarkasmus:

– Diese . . . Sucht von mir weg zu ihm hin hätte dich aufstacheln, zu irgendwelchen Entschlüssen bringen müssen. Wahrscheinlich gehört sie zu dem Vorgang, den wir Frauen angeblich um so viel wichtiger nehmen als ihr Männer. Das Gemeinsame in allen Liebesarten, wofür sich manche so unerbittlich an dem rächt, der es hervorgerufen hat, der imstande war, es auszulösen oder wie immer du es nennen willst . . . nun – die von dir bezweifelte Selbstaufgabe, in meinem Fall also diese Figur, die ich herbeischaffte . . . durch keine andere Tat konnte ich mich tiefer in ihn versetzen, ich wüßte auch heute nichts Besseres –

Sie wartete eine Weile, sah wie in ihren besonderen Gedanken an ihm vorbei; schließlich sagte sie (wieder so ein Versuchsballon, dachte er, noch ehe sie begann):

– Übrigens müssen wir von hier fort, auch du –

Robert stand auf, hatte eine andeutende ihre Gestalt umfassende Handbewegung:

– Jetzt, da er die Steinerne zurückgewiesen hat, ist die Chance für die Lebendige vielleicht gestiegen.

Er wußte, es war falsch. Denn die Lebendige hatte alles bekommen – ›zu den von ihm bestimmten Tagen und Stunden in Empfang genommen, was mancher andern als unbedingter Liebesbeweis gegolten hätte‹.

– Man kann doch auf eine Statue nicht eifersüchtig sein.

Eine Maniakin des Totalen und Ausschließlichen? Ihr Ungenügen

stammte aus einem Bereich, in dem weder Begründungen noch Entschuldigungen galten:
– Oh, man kann auf alles eifersüchtig sein, was einen Partner zu sehr beschäftigt, ihn nicht losläßt.
Er musterte sie langsam, die langen Beine empor, die Schenkel, Rock und Bluse waren kein Hindernis, die schmalen abstehenden Brüste, die nackt schon eine Spur sich senkten, der hohe Hals, der Mund, noch immer an ihrem Gesicht das wichtigste, das er für ihn wohl bleiben würde. Nur ein paar Sekunden, verdichtet zu einem Gefühl, nicht etwa in einer aus vielen Zärtlichkeiten zusammengesetzten Vorstellung – zu Ende gegangen, nicht mehr wirksam, unwiderruflich in den abgeschlossenen Bezirk der Erinnerung versetzt. Und sie dachte offenbar, weil Hanna drüben in der Kapelle lag, die alte Situation lasse sich nun erneuern. Er wollte es ihr klarmachen:
– Bisher bin ich zwischen euch so eine Art Blitzableiter gewesen, einerlei von welcher Seite die Blitze kamen. Er hatte sagen wollen ›Ich habe es satt‹, aber er sagte: Ich werde es nicht mehr sein, hörst du – vorbei!
Seine Stimme, die Miene? *Wie* sie nicht reagierte – er merkte daran, daß es Eindruck machte. Sie sagte, als sei dies die Antwort, die er erwartete:
– Morgen vormittag ist das Begräbnis.
Die Stirne runzelnd hob sie die Nase wie einem eben wahrgenommenen Geruch entgegen: am Fenster stand ein Strauß Alpenrosen. Sie hatten im Sarg keinen Platz mehr gefunden; er hatte einen ganzen Stand aufgekauft, heute früh auf dem Markt. Es brauchte die Blumen nicht, sie waren nicht einmal eine äußerliche Hilfe, aber sie brachten ans Licht, was ihm unter der Tünche seiner gefühlslahmen Beherrschtheit so ausschließlich zu schaffen machte – unerträglich, sie hier im Zimmer auf diesem Stuhl zu sehen, auf dem vorgestern noch Hanna gesessen hatte. Und gerade jetzt, da er Loraines Ende für ihn und sein Ende für Loraine in der Vorstellung einer Übersättigung erlebte, die durch zu vieles Aufeinander-Angewiesensein hervorgerufen war, in diesem für jede Form der Fortsetzung ihrer Beziehung ungünstigsten Moment, konnte sie sagen:
– Soll ich –?
Da ihr Blick, der Zustimmung, Einverständnis, jedenfalls Bejahung verlangte, ohne Erwiderung blieb, schon im Gehen, über die Schulter hinweg:

– Deine Fahrkarte . . . nicht wahr? Wir nehmen den Abendzug. Zwischen Frage und Mitteilung. Wozu die Situation immer wieder hervorrufen, um sie mit neuen Einzelheiten der Erinnerung auszustatten? Was er noch knapp vorher nicht für möglich gehalten hätte: er blieb sitzen, verriet auch nicht mit einem Wimpernzukken, wie er sich dazu stellte. Am Spätnachmittag, kaum daß der Postautobus zwei Fenster der Gaststube verdunkelnd neben dem Eingang haltgemacht hatte, kam sie herein, betrachtete ihn heimlich-forschend, fast verlegen, jedenfalls nichts weniger als ihrer Sache sicher. Plötzlich legte sie das Billett-Heftchen vor ihn auf den Tisch. Er rührte sich nicht, sah nicht einmal auf. Ein sekundenkurzes Lächeln glitt über ihr Gesicht. Sie wandte sich sofort ab, ging hinaus, wie um ihm nicht Gelegenheit zu geben, es doch noch zurückzuweisen.

›Hanna . . . dieses widerstandslose Ineinanderfließen gegen Loraines ständigen Pendelschlag nach zwei Seiten: zu mir und zu Sir Gerald hinüber; ein Zustand, der wahrscheinlich nur durch die unaufhörliche Bewegung als eine Art Gleichgewicht erscheint, weil Ruhe in ihm gar nicht möglich ist.‹
Sie saßen am Tisch und waren zwei Paare. Loraine trug es sichtbar zur Schau, daß Robert und Hanna eines war, während Sir Gerald ihren Aufbruch verfolgte. Sofort sprach Loraine mit Lebhaftigkeit auf ihn ein, eigentlich bemerkte sie kaum, daß die beiden sich entfernten. Das Erstaunen in Sir Geralds Blick nahm zu, er musterte nun auch Loraine, und worüber immer sie sich ereiferte, offenbar dachte er nicht daran zu entgegnen. Vielleicht erwartete Loraine das gar nicht, sie brach ab, kaum daß die Tür zugefallen war. Nach einer Weile sagte sie:
– Unsere Vertrautheit besteht vermutlich darin, es selbstverständlich zu finden, daß jeder in Gegenwart des andern allein ist.
Trotz allem hatte der Gang in den lautlos schwankenden Abend für Robert etwas von dem Versuch, sich in Sicherheit zu bringen, ein Stück Ich auszurotten oder wenigstens zu vergessen, weil noch nicht feststand, ob es schon völlig der Vergangenheit angehörte. Ringsum schloß sich ein riesig-blau-violetter Fächer, schloß sich sehr langsam mit einem ruckartigen Gleiten, so daß die Sicht zwischen den schwarzen Föhrenästen auf den seidigglatten See hinaus kaum spürbar erlosch.
– Ah, wie auf einer niemals abbrechenden Gipfellinie . . . ›Glück?‹

– Robert setzte ein bißchen mißtrauisch hinzu: Wahrscheinlich gibt's keinen andern Beweis dafür, als sich nichts weiter zu wünschen!

Nahm Hanna seinen, nahm er ihren Arm fester? Und trotzdem Loraines Stimme in ihm:

– In den andern hineinleben, etwas werden, das man bisher nicht war, aber von nun an sein wird. Es soll mir eine hingehen, sich mit ihm einlassen . . .

Sie nagte betroffen-nachdenklich an der Unterlippe:

– Nun da sie – Loraine vermied es ›Hanna‹ zu sagen, anscheinend wollte sie durch eine kleine ironische Grimasse ihren überlegenen Standort andeuten, aber es mißlang, wirkte zu krampfhaft – da *sie* aufgetaucht ist, wird alles lebendig wie früher. Ich staune, wie wenig neue Seiten es bietet. Im Grunde nicht eine einzige, lauter altbekannte Dinge. Aber ich verstehe allmählich, warum es überhaupt möglich war und sich da unten bewährte: Du bist eine wunderbare Ergänzung zu ihm, ja, du und er – das macht mich unangreifbar von beiden Seiten. Deshalb bin ich auch doppelt so elend, jetzt wo der künstlich zusammengesetzte Partner in zwei feindlich verschiedene Männer auseinanderfällt.

Doch Hannas Arm war das wirklichere. Sie deutete hinüber zu den Tischen unter den schon abendlich undurchdringlichen Wipfeln; nur die Bar daneben zerstäubte in einer Kaskade grellbunten Lichtes.

– Noch ein Glas Wein?

– Noch eine Flasche!

– Wer uns sieht, wird nicht eine Sekunde im Zweifel sein – Nein, bei ihnen gab es keine schwierige, sie ständig bedrohende Zwischenschaltung, die immer neue Zurechtlegungen erforderte. Er dachte überraschend unbeschwert an Loraine, aber er erschrak über eine winzige Spur verächtlichen Mitleids.

Mit einem letzten Ruck erstickte der Abend die glosenden Farben draußen am See; jenseitiges Ufer oder Horizont – das gleiche fahldunkle Gewoge wie unter den Bäumen. Hier begann es, bei diesem Zeitpunkt setzte es nachher ein und ließ sich nicht niederhalten – der stupid-zwangsläufige Versuch, das Rad zurückzudrehen, das eifrig ausgeklügelte Spiel mit den nicht eingetretenen Möglichkeiten. Wenn . . . was wäre geschehen, wenn sie bei Sir Gerald und Loraine am Tisch sitzen geblieben wären? Wenn sie den Weg statt zum See zum Wald hinauf genommen hätten? Alles fügte sich mit solch eindeutiger Exaktheit aneinander, Glied an

Glied – und er tat, als ob es auf die Vertauschung von ein paar äußerlichen Szenen ankäme . . .
Es war nur der im Dämmer senkrecht-nah und gewalttätig aufsteigende Berg, daß die Nacht so schlagartig über sie herfiel; ihr Strömen verband sie bereits mit dem drängenden Haufen da unten bei den Booten, bei *einem* Boot. Das versickernde Gerinnsel von zwei, drei Stallaternen, die alles auflösende Schwärze, Hanna . . . unwillkürlich hatte Robert eine Bewegung, als wollte er seinen Arm aus dem ihren lösen, aber sie riß ihn an sich, stürmte den Hang hinab, unnachgiebig in die zurückweichende Menge.
Ihm war, als hätten sie schon alles gewußt, während sie daraufzu liefen; überflüssig, daß Hanna nach der nächsten Laterne griff, dem Toten ins Gesicht leuchtete. Der nachmittags aufgekommene Wind hatte das Boot aus dem lockeren Schilf, wo es vermutlich feststak, ins offene Wasser getrieben. Die linke Seitenwand, altes vermorschtes Holz, war von ein paar Kugeln durchlöchert, aber es hatte ihn auch von oben getroffen. Er lag in einer brackigen Pfütze, die langsam anstieg; die Hose war ein wenig heruntergezogen, wie schützend hielt er die Faust an einer handgroßen blutig-brandigen Stelle auf der Hüfte.
– Wer hat ihn aufgebracht? Schreiend stand er vor seinen Leuten, schwang die Laterne über dem Kopf. Die Namen aufschreiben! Die Prämie wird geteilt. Keiner soll zu kurz kommen, da gibt's nur Gerechtigkeit, verstanden!
Die heiser krächzende oder asthmatisch fistelnde Stimme; Robert wandte sich weg, er kannte auch das Gesicht. Wie eine Variante, die sich von den übrigen nicht unterschied, sich fortsetzen würde, niemand fragte, wie oft und wie lange, weil sie zum Dasein hier gehörte, sozusagen eine geläufige Form des Zusammenlebens war. ›Dieser Mensch‹ geriet wohl nur deshalb an Hanna, weil sie allein sich ihm entgegenstellte.
– . . . Gnädigste, eine rein militärische Angelegenheit – er sah unwillig, mit dem Versuch die Stimme zu erheben in die Richtung Roberts – leider, ich muß Sie auffordern – Sie verstehen, meine Instruktionen – also bitt' Sie – – entfernen Sie sich!
Sogar in dem trüben Ölfleck des Laternenlichts merkte Robert ihre Anspannung, aus der es in der Sekunde hervorbrechen wollte; sie würde in einer gewalttätigen Entladung über ›diesen Menschen‹ herfallen – etwas, für das es kein Bedenken, nicht die geringste Schranke mehr gab, die Vernichtung, die, weil sie gegen einen Menschen gerichtet war, hier auch einen Menschen brauchte, dem

sie entspringen konnte – oder vielleicht würde Hanna nur ohnmächtig zusammensinken. Statt dessen fragte sie:
– Wie viele sind es schon?
Auch bei besserer Beleuchtung wäre es schwer zu sagen gewesen, was das Zwingende ausmachte. Sie erhob nicht einmal die Stimme, hatte sie eher gesenkt; trotzdem dieses Stechende, eine Härte und Schärfe, vor der es nicht möglich war auszubiegen. ›Dieser Mensch‹ hörte sofort auf, seine Laterne hin und her zu schwenken. Vielleicht war es nur die Dunkelheit, die wie in höchster Bedrängnis sich windende gelbliche Flamme hinter dem verrußten Glas, Hannas Blick oder was sonst aus ihrem Gesicht, ihrem reglosen Dastehen hervorbrach. ›Dieser Mensch‹ sagte:
– Siebzehn.
Im Augenblick von Nacht und Schwärze zugedeckt. Und zugleich ausgelöscht und wie nie gedacht Roberts Vorstellung ihrer Harmonie, das Eins und Ineinander. Nun wurde ihm endlich bewußt: auch ihre ›Zwischenschaltung‹, an der sich alles brach, so daß jeder tiefere Wunsch zum Verzicht wurde und sogar das Ergründbare stumm blieb, war ein dritter, den sie überdies nicht einmal kannten. Der Mann lag draußen irgendwo im See, schwamm auf einer Holzscheibe, einem Schilfbündel oder Baumstamm, vielleicht auch gab es ihn überhaupt nicht oder nicht mehr.
Auf diesem Heimweg war alles Täuschung, schlimmer als Irrtum und Leere. Quälend, über jedem Zweifel gewiß: die Unmöglichkeit, sich mit dem Letzten und Innersten ihr verständlich zu machen. Als sie zu viert beisammensaßen, war es wie eine neue Einkleidung der unveränderlich wiederkehrenden Szene. Sir Gerald hob bedächtig den Kopf.
– Du fragst dich wohl, wandte sich Loraine an Robert, ohne die Stimme sonderlich zu dämpfen, warum dieses Zeitlupentempo mich nicht rasend macht? Aber so einfach ist das nicht, diese geradezu sichtbare Intensität, mit der alles, was er aufgreift, gleich auf eine besondere Art wichtig wird! Ah, er erfaßt allmählich, wovon die Rede ist, gratuliere –
Sie wartete ab, suchte in Roberts Gesicht, wann das mokant-ironische Lächeln, das sie unter der dünnen Schicht von Erstaunen und überlegenem Befremden bereit hatte, gewagt werden durfte. Tatsächlich war es dann Loraine, die alles im Sinne Hannas herbeiführte – nicht weil ihr an Hanna auch nur das Geringste gelegen war, sondern einfach, weil sie sich für Robert entschieden hatte.

Aber zunächst glaubte wohl Hanna, ja, sie mußte es wenigstens für möglich halten, Loraine auf ihre Seite zu bringen.
– Wahrscheinlich sind Sie hier für meine Sache die einzige Chance, schrie sie Loraine an, wie mit einem Schlag ihre Exaltiertheit enthüllend. Eine Frau! Nicht wie die Männer, die ihren Ideen, und wenn sie noch so absurd sind, am liebsten dadurch Geltung verschaffen möchten, daß sie jeden umbringen, der sich dagegen ausspricht.
Sie erhob sich brüsk, ging hinüber zu dem Fauteuil, in dem Sir Gerald versunken war, sah herunter auf die runde Pfeife in seiner Faust. Nicht daß sie seinem Blick begegnete, noch nicht, aber er holte sich aus seiner Entrücktheit, die Augen bekamen Glanz und Tiefe. Und weil dies eine Auseinandersetzung vor zwei Zuhörern oder ein Dialog zu viert war, von dem sie annehmen durfte, daß die beiden andern sich hauptsächlich mit ihrer gefühlsmäßigen Einstellung beteiligen und dennoch von ausschlaggebender Bedeutung sein würden, deutete sie auf Robert, sagte Sir Gerald auf den Kopf zu, daß er von diesem eingeweiht sei, verlangte seine Zustimmung.
Aber sie wartete die Antwort nicht ab, ebenso wie sie offenbar nicht merkte, daß sie damit Robert zu Hilfe kam, der an einer verlegenen Ausflucht würgte, während die halben Andeutungen und steckengebliebenen Aufforderungen, mit denen er es bei Sir Gerald versucht hatte, mit einemmal im Lichte einer Überzeugungskraft erschienen, die ihm bisher entgangen war. Als erkenne er erst jetzt, da Hanna sich durch ihr absurdes Verhalten von ihm entfernte, wie sehr sie ihn längst in ihren Zustand hineingezogen hatte. Nichts wäre einfacher gewesen als diese Unternehmung, nichts leichter als Sir Gerald zu gewinnen. Robert mußte ihm auf die Lippen sehen, auf den Mund, der sich widerspruchsvoll-erstaunt zusammenpreßte, um ihn nicht sagen zu hören: – Diese kleine Kahnpartie? Aber gerne! Und weil niemand zweifeln sollte, daß er es sozusagen auch symbolisch meinte, würde er etwa hinzufügen: – Es wird die Atmosphäre für uns alle ein wenig reinigen. Aber nun war es zu spät, sogar seine Bereitschaft, wenn sie anfangs vorhanden war, galt nicht mehr, denn Hanna war dabei, alles zu verderben.
Unmöglich zu sagen, wie und womit sie begonnen hatte, sie war mitten in ihrer Suada, eine aufschießende Fontäne, die alle in ihre Wolke hüllte. Aber gleich zu Beginn fand Robert, sie erinnere eigentlich an eine Lokomotive, die unter zu hohem Druck stand,

und was die einhüllende Wolke betraf, so war sie eher ein frommer Wunsch als eine wenn auch noch so bescheidene Hoffnung. Wenigstens Sir Gerald dachte sich Robert davon ausgenommen und Loraine zog er für den Einfluß der ›Wolke‹ überhaupt nicht in Betracht. Was er zu hören bekam, gab ihm recht: Himmel, warum diese von überall hergeholten Abschweifungen? Sie brauchte doch nur zu erzählen, was geschehen war und sich offenbar fortsetzen würde. Warum sagte sie nicht einfach ›Siebzehn Tote‹? Den heutigen Fall, das Boot und den Erschossenen erwähnte sie überhaupt nicht. Statt dessen berief sie die Vergangenheit – Angelesenes und im Strudel der Erregung falsch Wiedergegebenes –, redete von ›historischen Argumenten‹ – was sie die kulturelle Missionsleistung der Deutschen im Norden und Osten nannte, die Ursache des Ressentiments der Mündiggewordenen.
Vielleicht wird alles plausibler, je weiter sie sich von den Tatsachen entfernt, dachte Robert. Denn die Historie eignet sich wunderbar, alle Zweideutigkeiten und Halbwünsche ausführlich zu begründen. Damit ließen sich Bibliotheken füllen, ohne die Realität auch nur um eine mikroskopische Winzigkeit zu verändern. Allerdings, der Hinweis auf den ›abstrakten Minotaurus‹, der die jungen Leute verschlang (zweifellos aus dem Drang, für Sir Gerald ein ihm von Kreta her vertrautes Bild zu finden), dieser Vergleich raschelte von Papier, sehr im Gegensatz zu ihrer von blutigem Leben überquellenden Absicht. Robert fragte sich, ob er da durch sein Gewährenlassen einiges mitverschuldet habe; er begriff Loraines betroffenes Gesicht nicht, die unwillkürlich ihre Hand ausstreckte, als wollte sie die seine tröstend festhalten.
Doch nun zeigte sich, daß Sir Gerald auch diesmal der war, für den Robert ihn meistens hielt. Denn indes Hannas erregter Aufwand so peinlich versandete und die Vergeblichkeit ihres Plans schon fast sichtbar um sie schwebte, und weil sogar eine Art Stockung eingetreten war, die es ihm erleichterte, erhob Sir Gerald plötzlich die Stimme, sah sich im Kreis um und erklärte vernehmlich, Hanna mit den Blicken festhaltend, daß er ihre Beweggründe teile – nicht gutheiße oder billige, er sagte ›teile‹ und nickte mit dem Kopf, eine bei ihm nicht häufige Form, seine Ansicht zu unterstreichen – und vielleicht um ihr auch seinerseits mit einem kretischen Bilde entgegenzukommen, sprach er von einem Labyrinth des Rechtes, in dem augenblicklich niemand mehr wisse, ob, was er tue, auch wirklich Recht sei.
– Ja, jede Wendung, sozusagen ein Schritt vor oder zurück oder zur

Seite, läßt, was eben noch Recht war, als das Gegenteil erscheinen. Wie sollte bei einer solchen Situation ich oder sonstwer von außen den Mut finden, Sie zu überzeugen, zu belehren oder gar umzustimmen? Und wohl weil er im Reden war – und nicht, was Robert später immer wieder in Erwägung zog, nicht weil er ihr helfen wollte, obzwar dieses Lächeln in den Augen, seine Miene dabei durchaus nicht widersprach –, blieb er bei ihren Argumenten, die sie unklar genug das ›Eigentliche und Wesentliche‹ nannte:
– Das lang vorher da war, vor dieser späten geschichtlichen Gemeinschaftsform Nation genannt, in der wir leben müssen. (Robert fand, es war zu viel Harmonie, war geradezu Seelen-Gleichklang. Auch nickte Sir Gerald allzu arglos, zu schnell gewonnen.) Nun sie, die Nation, dieses wunderbare Abstraktum, in dem so viele verschiedenartigste Interessen Platz haben, zahlt es unerbittlich, mit zwangsläufiger Folgerichtigkeit, den Ihren heim, die es erleiden und geschehen lassen, daß sie, nämlich nicht die Menschen, sondern die Nation, gewalttätig verletzt oder niedergehalten wird, ja sie rächt sich unblutig und blutig für jede Verminderung . . . Und da dieser Kontinent im Nationalismus groß geworden ist, steht der Annahme nichts entgegen, daß er auch durch den Nationalismus zugrunde gehen wird.
Wenn der Beginn nicht ganz eindeutig war, dieser Satz war es bestimmt, aber Hanna befand sich nicht in der Verfassung, sarkastische Töne aufzunehmen oder gar zu erwidern. Zu der ins Groteske reichenden Verzahnung aus Mißverständnissen und falschen Folgerungen an diesem Abend gehörte, daß Sir Gerald für Hanna – gegen seinen Willen? – eine neue Plattform schuf, eine emporsteigende Rampe, vor der aus sie die Stockung überwand und wiederum in Schwung kam.
– Ja, die ›Mißbrauchten und Gespaltenen‹ – – mißbraucht von allen! Die Opfer, die der ›Propaganda aus der Kinderstubenperspektive‹ erliegen –
Ein im heftigen Tempo der Hingerissenheit zustrebender Erguß, mit dem sie darauf hinwies, was ein politisches System ohne mehr als ein paar nebulose Zukunftsillusionen aus den hintergründigen Kräften machen könne, die bei den meisten dem Verstand so wenig zugänglich sind.
Und nun war sie wirklich das getretene Recht, das wiederhergestellt, die schändliche Auge-um-Auge-Vergeltung, die nicht geübt werden darf. Sie hielt sich kerzengerade unter der rötlichen Ampel, in der eine starke Birne brannte, die jedoch nicht imstande

war, den Raum mit gleichmäßig intensiver Helligkeit zu füllen. Ihr ins Riesige verzerrter Schatten schwang über die Eingangswand, bewegte bei jeder Geste die Arme wie zwei Balken auf und nieder und hatte mit dem in den Ecken gehäuften Halbdämmer die graurosa Tönung gemeinsam. Von einer nicht-menschlichen Gewalt hin- und hergeschleudert – je länger Robert es betrachtete, von dem Mechanisch-Unpersönlichen in wachsendem Maße gefesselt, um so stärker gewann das dunkel über Decke und Fußboden gebrochene, die Wand stoßweise zurückschiebende Gebilde eine Wirklichkeit, die Hanna überbot. Es brauchte nur einen Blick auf Loraines vorgestreckten Kopf für die Gewißheit, daß sie genau so ergriffen war. Auch Hannas Rede war wie etwas ungegenständlich im gleichen Rhythmus Schaukelndes, sie kam nicht von ihren Lippen, sondern entsprang dem heftig agierenden Unding, für das sie selbst nicht mehr als der Anlaß schien:
– Die Gespaltenen und vom eigenen Mutterland Mißbrauchten, immer wieder in die Gewalttat und Selbstzerstörung Gehetzten! . . . Wofür? Zu welchem Ende? Und unter wessen Verantwortung?
Ihr Ausdruck, ihre Stimme bezeugten, daß sie ein Stück des Schreckens in diesem Ende bereits voraussah, um die Urheber hinter der Anonymität dieser Verantwortung Bescheid wußte. Sie war wie in einem ausweglosen Netz, in einer Bedrängnis, die ihr Wesen, seinen Sinn und Gegensinn, das Unerklärbare, das hingenommen werden muß, von einer überraschenden Seite her aufleuchten ließ. Robert beugte sich vor, im angespannten Nachspüren, lauschend, als sei er vorbehaltlos ihrer Erregung geöffnet, während er darauf aus war, eine unversehens aufgebrochene Tiefe auszuloten, ja er ahnte gar nicht, daß er den Eindruck erweckte, als kenne er das Ziel, auf das sie zusteuerte, sei ihr auf dem Weg sogar voran.
Loraine hatte Mühe, dieses Ziel im Konkreten zu finden, Roberts Miene war zu vieldeutig und Hannas Rede zu emphatisch-unbestimmt. Gerald aber, das erkannte sie als einziges mit Verläßlichkeit, gab sich genußvoll ihrem Ausbruch, den einander jagenden Worten hin, tat, als habe er noch nicht eine Sekunde gemerkt, daß er im Mittelpunkt stand und hier etwas wie Überredung geübt wurde. Doch allmählich kam Loraine an die Spitze; es gelang ihr, Robert, natürlich zuerst Robert, und bald darauf Hanna zurückzulassen. Ihr genügte der sarkastisch anerkennende Zug in Geralds Gesicht, das Lächeln der Sympathie aus halbgeschlos-

senen Augen, der Mund, der jetzt vergeblich auf eine Pause erpicht schien.

– Mein Gott . . . Loraine empfand den Widerspruch des gelangweilt gezogenen Tones und seiner Intensität peinlich genug. Hoffentlich klang es, als scheue sie sich auszusprechen, was bis zum Überdruß auf der Hand lag, nur sahen es die andern nicht; besonders machte es sie verlegen, daß Hanna es nicht einsah.

– Mein Gott . . . als könne sie es einfach nicht begreifen, wozu die vielen Worte . . . ein Blick, der ihren Triumph nur mit Mühe verhielt, während er rundum ging und bei Robert geradezu hilfesuchend verweilte. Gibt es da was andres, als diesen Menschen aus dem Schilf herauszuholen? Und das bald, gleich morgen! Wenn Gerald die Sache in die Hand nimmt – –. Und natürlich wird Robert die Einzelheiten besorgen.

Robert fand, ihr Blick zu Sir Gerald hin wirkte ein wenig leer vor Unsicherheit. Um so erstaunlicher, daß Hanna innehielt, überrascht, ungläubig betroffen, als müßte sie es nochmals hören, um es im wörtlichen Sinn zu verstehen. Loraine sah diese überwältigte, fast gerührte Fassungslosigkeit, sie sah Roberts gleichsam automatische Zustimmung und daß von Gerald kein Einspruch drohte. Er hat bereits eingegriffen, sagte sich Robert, im richtigen Zeitpunkt Hanna dorthin gesteuert, wo er sie haben wollte. Loraine erfaßte es nur nicht, hatte keine Ahnung, daß er ihr jetzt die End-Verfügungen überließ. Nun, sie gab ihrer Stimme das Äußerste an leise gelangweilt und abschließend besorgter Freundlichkeit – es war überhaupt kein Entschluß mehr, einfach die laut gedachte Anweisung zu dem, was getan werden mußte:

– Natürlich, wir holen ihn heraus! Auch wenn jemand . . . Hier war die nachlässige Handbewegung mit weggespreizten Fingern zu Hanna hin, die besagte, daß Widerspruch oder Widerstand in keinem Fall zur Kenntnis genommen würden, eine gloriose Draufgabe zu ihrem Abgang: Auch wenn jemand nicht mit allem einverstanden sein sollte! Robert wird –. (Auch Gerald wird –, seine Miene, die Art seines Dasitzens enthob ihn der Worte.) Während sie Plaid und Täschchen aufraffte, mit unterdrücktem Gähnen und schon auf dem Weg zur Tür: Es ist wirklich das beste, die Stunden vor der Abreise noch mit etwas Nützlichem zu verbringen.

Die Kühle fraß sich ihm beißend in die Haut, seine Wangen und die feuchtklebrige Stirn brannten. ›Und alles heute abend noch!‹

Vor dem Seiteneingang blieb er unentschlossen stehen, sah zu, wie Berge und See immer dunkler ineinanderflossen. ›Geradezu eine Art Befangenheit‹ . . . er mußte etwas tun – es wenigstens versuchen . . . Während er die Tür aufstieß, hatte er wieder das fatale Gefühl, ›umkehren, lieber umkehren!‹ Aber an wen sich wenden? Robert dachte an die jungen Leute in der Gaststube – ›wem sich anvertrauen und *wie* beginnen‹?
Hier bot der Anfang keine Schwierigkeiten.
– Oh, Herr Doktor! Was verschafft mir – –?
Hinter dem riesigen Tisch, einem schweren Eichenmöbel, auf dem symmetrisch zur Breitseite eine Reihe Kartothekkasten stand, an denen auffiel, daß sie an der Tischplatte festgeschraubt und versperrbar waren. Der Raum sah überhaupt eher aus wie ein Büro als die Extrastube in einem Wirtshaus. Der halboffene Schrank mit den plump verschnörkelten Türen hinter Mostbaumers Rücken enthielt Druckschriften und rotverschnürte Bündel beschriebenen Papiers, im untersten Fach eine altertümliche eiserne Truhe, die offenbar als Kassa diente.
– Tja . . . ich komme – Robert versuchte sich auch diesmal mit ein kleinwenig schlechtem Gewissen in seinem ›Bonvivant-Ton‹, von Hanna so bezeichnet und als seine ungeeignetste Methode mit scharfem Spott abgetan. – Ich komme eigentlich auf den Rat und mit – Robert hatte Felix seit damals in Salzburg nicht gesehen. Manchmal schien ihm, er brauche sich nur in die entsprechende Situation zu begeben, um schließlich doch das Richtige zu tun, also sagte er: Mit einer Empfehlung meines Bruders –
– Ihres Bru –? Mostbaumer sah ein paar Augenblicke wirklich sonderbar aus. Dann lachte er schallend.
›Wahrscheinlich hat er getrunken‹. Unwillkürlich suchten Roberts Augen nach der Flasche.
– Ja, er ist mit mir in . . . in die Gegend gekommen. Der Ort so nah an der Grenze hat jetzt entschieden was Verlockendes. Robert lächelte vertraulich.
Es hatte den Anschein, Mostbaumer lehne sich gegen den Tisch, um sich zu stützen. Er wirkte schlaff und gedunsen; die Wangen hingen herab, hohe fleischige Wangen. Sein Mund stand ein wenig offen, während er schützend die Hand vor die Augen hielt, obwohl weder die Deckenbeleuchtung noch das Licht der Stehlampe mit dem grünen Schirm ihn behindern konnten. Er neigte sich noch weiter vor.
– Ah, der Herr Bruder ... hahahaha warum ist er denn nicht ...

beinahe wäre er wohl mitgekommen hahaha, war im letzten Augenblick verhindert? Ausgezeichnet hahaha – –
Wieder suchte Robert auf dem Tisch nach der Flasche. Hinter oder in dem Lachen Mostbaumers erhob es sich, nicht so sehr eine Warnung, sondern der Eindruck, die Evidenz der Vergeblichkeit, die geradezu sichtbar gerann, mit dem Zigarrenrauch überm Tisch und um das aufgeschwemmte Gesicht dahinter schwebte. Noch einmal das Lachen, irgendwie schadenfroh-blöde, Robert fiel keine andere Bezeichnung ein, vielleicht von einer überraschten Verlegenheit, als sei er wider alle Voraussicht von einem lähmenden Überdruck befreit. Unsinnig, angesichts dieses Lachens Hoffnungen zu hegen, von jemandem, der so lachte, brauchbare Ratschläge zu erwarten.
Plötzlich hielt Mostbaumer inne:
– Kommen Sie vielleicht mit einem Wunsch, einem Anliegen? Er bekam ein aufmerksames Gesicht; fast erschrocken, ein bißchen wie ein Betrunkener sich einem neuen Einfall überläßt, von außen her, von einem Zweiten auf ein anderes Geleise gesetzt.
– Na, lassen Sie nur hören.
Die Wolke aus Tabaksqualm oder unbegründeter Illusion oder aus beidem verlor an Substanz, Mostbaumers rotes Gesicht wurde das wichtigere. Die Lippen schlossen sich, sein Blick, der noch nicht standhielt, verriet, daß er abwägend und kombinierend sich mit Robert beschäftigte, während er aufmunternd sagte:
– Nämlich . . . ich schätze den Herrn Bruder sehr . . . leider gehöre ich nicht direkt zu – zu seinem intimen Kreis. Ah, wenn wir mehr von *der* Sorte hätten –
– Herr Ministerialrat, Sie sagen ›wir‹ – das erleichtert die Sache ungemein –
Mostbaumer lehnte sich zurück, legte zwei große behaarte Fäuste auf den Tisch, wartete. Es war deutlich, daß der Mann allerlei vermochte. Robert durchzuckte es, nicht eine Ahnung, etwas, das man fürchtet, ohne es verhindern oder umgehen zu können, sondern die Möglichkeit, ihn zum Gegner zu haben. Es schien nicht günstig sich zurückzuziehen, eine belanglose Angelegenheit vorzuschützen, in der er seinen Rat annehmen durfte. Beides, der vielleicht gefährliche Rückzug und die Angst vor Mostbaumers Feindschaft, die Robert blitzhaft durchdrangen, brachten zuwege, was ihn selbst am meisten überrascht hätte, wenn dazu Zeit gewesen wäre – eine Überrumpelung ohne Vorbehalt und Überlegung und doch mit aller Vorsicht durchgeführt:

– Sagen Sie . . . da ist doch im Schilf – dieser Mann . . . Sie verstehen?

Robert zwinkerte ein, zwei Augenblicke, seine Rolle ergab sich von selbst, er schlüpfte hinein wie in einen gutsitzenden Handschuh, lächelte wissend und amüsiert, als sei er in die persönlichsten Rivalitäten eingeweiht und genau im Bilde; aufatmend, im Hochgefühl, das Richtige getan zu haben. Wenn Mostbaumer vorgehabt hatte, den Ahnungslosen zu spielen, um sein Gegenüber zum Reden zu bringen – angesichts dieser Bedenkenlosigkeit, die selbstbewußter wirkte als Robert ahnte, ja auch nur vermuten konnte, ließ er den Gedanken fallen. Robert saß da wie einer, der Bescheid wußte und ein Ziel im Auge hatte. Aber was wollte er mit dem im Schilf? Und in wessen Auftrag? Teufel, in wessen Auftrag?

– Na, lächelte Mostbaumer beziehungsvoll, Sie haben ja gesehn . . . die Miliz, die Gendarmen –

– Die Gendarmen sind abgezogen.

Mostbaumer hob ganz wenig die Brauen, kaum eine Nuance, aber doch so, als nehme er eine unbekannte Mitteilung entgegen.

– Und die Miliz! Robert lächelte, als verlohne es sich nicht darüber zu spotten.

Mostbaumer wiegte besorgt den Kopf:

– Jedenfalls hat sie Gewehre. Nun – und Sie . . . Er beugte sich plötzlich vor, sah Robert scharf ins Gesicht: Sie haben Ihre Weisungen, was? Zum Teufel, in wessen Auftrag? Robert verriet auch nicht mit der geringsten Bewegung, daß er es als Frage genommen habe. Mostbaumers Haltung veränderte sich zusehends. ›Wenn er getrunken hat, wird er jetzt geradezu nüchtern. Erstaunlich, wie viel Energie und . . . ja, auch Intelligenz in ihm steckt‹. Robert fühlte Mostbaumers Blicke tatsächlich stärker als er sie wahrnahm, eindringlich, auf jeden kleinsten Zug seines Gesichts erpicht.

– Natürlich, begann Mostbaumer wieder, als bestätige er eine von Robert gemachte Eröffnung. Sie waren im Ausland tätig, Sie werden vom Reich aus dirigiert –

Er wartete, Robert blieb unbeweglich, entschlossen, diese Nervenprobe zu bestehen. Mostbaumer wartete noch immer, während Robert, den Kopf leicht vorgeneigt, achtsam und höflich, die auffällige Pause gar nicht bemerkte. ›Wer sind die Auftraggeber? Verflucht! Wenn ich's ihm nicht herauslocke –‹.

– Ich kann verstehen, sagte Mostbaumer schließlich etwas nervös,

daß der Wunsch des Herrn Bruders . . . wie gesagt, dieses Erbe –
– Erbe?
Es hatte den Anschein, daß der bedeutungslose Einwand ihn aus der Fassung brachte.
– Ich meine . . . die Mission, die Sie da übernommen haben – denn Sie haben doch eine Mission übernommen – – oder nicht?
Als in Roberts Gesicht nicht die geringste mimische Veränderung vor sich ging:
– Nun, ich halte es – ich möchte fast sagen für meine Pflicht . . . Sie verstehen, die Beziehung zum Herrn Bruder läßt diesen sozusagen intimen Wink mehr als gerechtfertigt erscheinen. Ja, ich möchte Ihnen zu bedenken geben, daß die Aufträge aus dem Reich und solche, die – – wieder wartete er, sah Robert fragend, Zustimmung verlangend in die Augen – die vielleicht von einer hiesigen Gruppe kommen, durchaus nicht das gleiche Gewicht haben.
Na, deutlicher konnte er nicht werden. Er bemühte sich, Robert mit Wohlwollen und Herzlichkeit zuzunicken. Wenn der Bursche nicht Farbe bekannte, hatte er sich die Folgen zuzuschreiben.
– Zu gütig, Herr Ministerialrat. Also Sie wissen, wo im Schilf sich der Mann –
– Hm, das hört sich an, als glaubten Sie wirklich, daß es nur einer ist . . . während die Nachforschungen –
Robert sagte mit ein wenig erhobener Stimme:
– Es handelt sich um einen einzigen.
Plötzlich schienen die Augen Mostbaumers sich merkwürdig zu verschleiern, nicht länger als vier, fünf Sekunden, als ob die feindselig lauernde Kraft, die Robert abtastete, sich zurückwende – ein Ausdruck von Überlegung und Verschlagenheit, der ihm etwas unpersönlich Rücksichtsloses, Gefährliches gab und durch das unvermittelt folgende Lächeln hindurch seine Wirkung behielt.
– Ah, sagte Mostbaumer, fast nebenbei – eine Sache, die ihm im Grunde gleichgültiger war als er zeigen wollte –, ich hab' wirklich nicht Zeit gefunden, mich darum zu kümmern! – Übrigens, junger Mann – und nun lächelte er mit gewinnender Ironie, in der die brutale Entschlossenheit von früher völlig unterging, und drohte gutgelaunt tadelnd mit dem Finger – sind Sie nicht ein bißchen unvorsichtig? Woher wissen Sie denn, daß ich für eine solche Frage die richtige Adresse bin? Ach so! Er stellte deutlich zur Schau, daß es ihm plötzlich einfiel: Natürlich der Herr Bruder!
Dies aber war der Moment, in dem Robert am gründlichsten

versagte. Hier wäre eine eindeutige Reaktion, gleichviel in welchem Sinne, unerläßlich gewesen. Doch wohin hätte sie schließlich geführt und welche Folgen hätte sie abgeschwächt oder verhindert?! Krampfhaft zeigte ihm Robert ein allzu unberührtes Gesicht. Er wußte nicht, was er ihm entgegenhielt, aber mit einemmal wurde ihm klar, wieviel Feindschaft aus Mostbaumers Blick und Miene auf ihn eindrang. Jetzt fühlte auch er: sie maßen einander als Gegner. Mostbaumer fragte knapp:
– Also, Sie wollen ihn herausholen? Von wem haben Sie den Auftrag? Alles brach aus Robert hervor, was er sonst gebändigt zurückhielt. Wie ein Akt der Selbstzerstörung, dachte er nachher (obwohl ihm noch gar nicht aufgegangen war, daß er ahnungslos Hanna und den Teil seiner Zukunft, den er so willensmäßig betrieb, mit vernichtete). Aber im Augenblick trug es ihn dahin, Haß und eine unbekannte Kraft, von der er kaum je vermutet hatte, daß er sie besaß, und erst viel später erfaßte, wie überlegen sie ihn führte. Er hatte keine Vorstellung, welch selbstsicheren Spott sein Lachen zu Mostbaumer hinüberschickte, und daß dies seine einzige Antwort war, die Eindruck machte.
Mostbaumer bewegte die Lippen – wenn Robert an die Szene dachte, sich jede Phase möglichst getreu ins Gedächtnis rief, fielen ihm jedesmal zuerst diese im Ansatz eines Ausrufs verharrenden Lippen ein, die entschlossen waren, um jeden Preis zu lächeln. Robert war tiefer in seiner Rolle denn je:
– Sie halten es wohl für ganz unwahrscheinlich, daß Sie einmal an einen Stärkeren geraten könnten?
Mostbaumer sah ihn aus halbgeschlossenen Augen an, überlegte lange. ›Er ist doch weniger, als ich dachte; wenn man alle Umstände in Betracht zieht, kann ihn nur der Bruder dazu gebracht haben, daß er sich in diese Geschichte einläßt.‹ Plötzlich lächelte Mostbaumer vor Überlegenheit; in der Erinnerung kam es Robert vor, daß er nun auch die Stimme dämpfte:
– Anscheinend sind Sie sich noch immer nicht klar, daß subjektive Gewalt . . . er zögerte kaum eine Sekunde – eben Terror in jeder Form, bei der Begründung einer neuen Macht absolut unentbehrlich sind.
Jetzt erst ging es Robert auf, daß er nur noch Komödie spielte. Er hatte sich in der unverantwortlichsten Weise aus der Hand gegeben; nicht einmal ein guter Abgang war mehr möglich.
– Ja, die Moral ist dabei weniger wichtig als das Gefühl für die Realität.

– Richtig! Mostbaumer hatte wieder dieses Lächeln. Aber noch wichtiger ist manchmal ein gewisses Gefühl für den Bluff.

Und nun stand er wieder vor dem Seiteneingang, schweißnaß und ratlos; in ihm stieg es auf, er gab nach und versank darin – die Einsicht, daß er dem Plan nicht gewachsen war und alles an seiner Unzulänglichkeit scheiterte. Zutiefst eine unabwendbare Gleichgültigkeit, weil der aus dem Schilf geholte Mann in dieser nahtlos geschlossenen Welt kaum ein Zeichen des Protestes oder sich selbst bestätigender Moralität, ja nicht einmal ein Symbol mehr war, sondern wahrscheinlich nur mit anderen Unbekannten für ein späteres gewaltsames Ende aufgespart wurde.

Es aufgeben! Mit ein bißchen zu viel Selbstironie Sir Gerald vorschlagen: Kehren wir zurück ins seichte Wasser, in die Untiefen des Moralischen, wo wir wieder ›gut‹ und ›böse‹ sagen können ohne uns als Schwindler vorzukommen, wo wir wieder im Stande der Vernunft sind und unsere Entscheidungen nicht mehr nach der Höhe der Idee ausloten –. Sich und Hanna aus der Affäre ziehen! Plötzlich fiel ihm der Gendarmeriekommandant, dieser Schemnitzky ein. ›Man glaubt gar nicht, selber was zu tun, man zieht sich aus der Affäre. Und man erkennt nicht einmal, ob es einem gelungen ist.‹

Trieb ihn *das* zurück in die Gaststube und ließ ihn den Weg nicht ums Haus, sondern innen durch den Quergang nehmen, der am Vorraum zur Toilette vorbeiführte? Der Bursche mit der Hasenscharte stieß fast mit ihm zusammen. Er kam ihm kleiner vor, das Gesicht schien röter, der ganze Bursche jünger und halbwüchsiger, gar nicht, als sei von ihm wirkliche Hilfe zu erwarten. Die schlecht verheilte Narbe, die noch immer entstellte Oberlippe, die er unter einem schütteren rötlich-blonden Schnurrbart verbarg, brachten im Augenblick jene nächtliche Szene wieder, den Windischen mit dem Gewehr im Sack, die beiden Schüsse, die Taschenlampe, die Robert rücksichtslos anleuchtete. Robert faßte ihn am Arm, hielt ihn fest, als wollte er ihn nicht mehr loslassen.

– Hören Sie, bitte hören Sie gut zu . . .

Wie er es gesagt, welche Worte er gewählt hatte? Er fragte nicht danach, was das Suggestive gewesen sei. Als der Bursche den Mund öffnete, erwartete er alles Mögliche, Mißtrauen, Weigerung, ja sogar Grobheit, nur das nicht – keine Frage nach dem

Weshalb, dem Auftraggeber oder dem persönlichen Motiv, sondern einfach:
– Hier? Und drinnen erst recht nicht! In langsamem Schriftdeutsch, es hörte sich an, als ob es ihm Mühe machte. Sie kennen das niedere Haus, das erste an der Straße, wenn man von unten kommt . . . mit dem verdorrten Buschen überm Tor. Sie sind sicher schon vorbeigegangen. Dort warten Sie in der Stube. Es kann eine Stunde dauern. Dann stand Robert draußen, starrte empor in die raumlos wirkende Leere, bemühte sich zu glauben, daß er Anlaß zu Hoffnungen habe. Der Mond hing rauchig über den Bäumen wie eine blakende Petroleumlampe, die blasse Straße schien zwischen den hellgetünchten Mauern immer enger zu werden, als wollte sie ihn unten am Dorfende zerquetschen. Es überfiel ihn mit elementarer Gewißheit, daß bereits alles gründlich verdorben und mißlungen war. Scheute er Sir Gerald und Loraine? War es die Angst, daß der Fehlschlag nicht nur Hanna, sondern die Pläne und Absichten seiner nächsten Zukunft mitbetraf?
Er saß als einziger Gast in der öden Wirtschaft, trank zwei Viertel von dem sauren Wein, der nach Zinn schmeckte, vielleicht weil Robert ununterbrochen die schmutzige Theke vor Augen hatte, die dick mit grauem Zinn ausgelegt war. Vom Hahn des Fasses tropfte es in regelmäßigen Abständen, es gab nichts als seine unbestimmte Angst und das graue Zinn, das mit erhöhtem Rand um die Theke lief; fern und unwirklich gab es noch die sonderbar aufklatschenden Tropfen.
Erst als er im Hotel mit seiner auf dem Rückweg immer wieder neu zurechtgelegten Geschichte beginnen wollte und Loraine ihn sofort unterbrach:
– Morgen früh! Wir haben das große Boot, das dem Wirt gehört. Es war gar nicht schwer – fiel ihm auf, daß dieses Boot auch in seinem Projekt die Hauptrolle spielte. Der Bursche mit der Hasenscharte hatte sofort vorgeschlagen, es zu mieten. Warum kam es nicht dazu, daß er ihn näher beschrieb, überhaupt von der geglückten Vereinbarung ausführlich berichtete? Sir Geralds Einstellung als zu einer Sache, deren humaner Anlaß einen unterhaltsamen Segelausflug bedeutete, Loraines fieberhafter Blick, auf jede Nuance einer Veränderung an ihm bedacht, Hannas wortlose Entschlossenheit?
Er lag wach und malte an den Einzelheiten: wenn er Hanna aufsuchte, ihre Decke zurückschlüge. Das abweisende Erstaunen! Sie war mit ihren Gefühlen jetzt anderswo, aber sie begriff, wohin

er flüchtete. Einmal – wie lange her? – hatte sie ihm zu verstehen gegeben, es wäre ihr vielleicht, sie hatte ›vielleicht‹ gesagt, dessen erinnerte er sich deutlich, vielleicht lieber, wenn er in solchen Situationen zur Flasche griffe. Er stürzte sich wütend in seine Erregung, immer von neuem darauf aus, ihr kaltes Gewähren in aktives Selbstvergessen zu verwandeln. Nun stellte er sich vor, es gelang und bedeutete den Eintritt in einen bisher verborgenen Bereich, der seinem Vertrauen unerwartet ein kaum geahntes Stück ihrer Fremdheit erschloß. Hinter diesem leidenschaftlichen Bild lag es wie eine dichtere maßgeblichere Wirklichkeit, in die er im Augenblick einzutreten vermochte, in dem er auf sein Wünschen und Ausmalen mit fiebertrockenen Lidern verzichtete, sich zum Tun bereit machte. Aber er blieb liegen, zog die Bettdecke wieder über die frierenden Schenkel, wußte noch immer nicht, daß er die Vorstellung der Vergeblichkeit – den versuchten Brand dessen, was nicht brennen wollte – mit allen sehnsüchtigen Zügen der Erfüllung ausstattete.

Nicht das Gefühl, das bereuend, schamvoll und rachsüchtig sich einstellt, wenn die tiefste Preisgabe nachher an den menschlichen Konventionen gemessen wird – das hatte es für sie nie gegeben. Sie waren gewohnt, ihr Häufchen Jämmerlichkeit aus Gier und herrschsüchtiger Ekstase recht unbefangen voreinander zu produzieren. Das wissende gequälte Erliegen wider Willen, sein Stachel, sie brennend zu machen, damit sie – nicht mit Worten, mit jeder Bewegung, jedem Zucken darum flehte, daß er sie lösche – ah, um sich mit jungen Kräften daraus zu erheben, kühl und ironisch und plötzlich sehr selbstbewußt. Sie verlor keine Silbe an ihn, nicht den leisesten Gedanken – und brauchte ihn nicht zu verlieren, weil sie sich wieder um eine Fessel näher, um eine Gemeinsamkeit tiefer vereinigt wußten. Sie spannten den vibrierenden Bogen ihres Gegensatzes, jeder in seiner Sicherheit – nicht soviel Vertrauen war zwischen ihnen, als eine Fingerspitze am Körper des andern zu berühren vermochte, und dennoch eine Zugehörigkeit, die es mit keiner andern je gegeben hatte und von der er sich sagte, es wäre möglich, daß sie auch mit einer andern sich ereigne, während diese Hoffnung von Mal zu Mal geringer und unerwünschter wurde. Ihr erloschenes Gesicht, die ausweglose Trauer der Angelangten, die keinen Wunsch mehr kennt; ach, ihre Stimme:

– Unsere letzte theoretische Geste des Verbergens! Wir glauben nämlich, daß wir immer noch etwas voreinander zu verbergen haben, und daß wir dazu fähig sind, daß es sein könnte – –

Eine Szene, die er in vielen Varianten kannte und die doch ständig die gleiche blieb. Hier dachte er – aufatmend, schon fast in einer Art Befreiung – an den Unbekannten, den sie morgen aus dem Schilf holen sollten, als gehöre auch dies zu Hanna, dort wo sie am unwandelbarsten war und er ihre tiefsten Antriebe nie völlig begreifen würde.
In einer schalen Hitze sich windend, als gäbe es keine Lage, kein Hinbreiten der Glieder, das befriedigte, kein Ausruhen. Vielleicht dachte er deshalb an die beiden Burschen, mit denen er in der frostigen Wirtsstube die Einzelheiten besprochen hatte, an den kleineren mit hellrötlichem Haar und der schlecht genähten Hasenscharte und an seinen Begleiter. Beide waren um die zwanzig, vielleicht etwas älter, bestimmt noch nicht fünfundzwanzig. Der Hasenschartige mit dem eckigflachen Gesicht und den beweglichen Augen – immer auf der Suche, zwei runde, braungrün gesprenkelte Tiere, die dort ihre Höhlen hatten, die herauskonnten und überall hingelangen würden, wohin sie nur wollten, die aus der kleinsten Beobachtung, aus jedem Zeichen Nahrung zogen, Bestätigung oder Warnung –, der Hasenschartige war ohne Zweifel der Überlegene, er redete und entschied, aber es sah aus, als geschähe es für den Kameraden, dessen Zustimmung er jedesmal abwartete. Der andere, um gut einen Kopf größer, schien der Vorgesetzte; Haut und Knochen, dazwischen dünne harte Muskeln, wie das Ergebnis schwerer Arbeit. Allerdings stellte sich bald heraus, daß sie offenbar schon von den Generationen vor ihm geleistet worden war. Eigentlich hatten die beiden ein einziges Mal und das nur in einem halben Satz, einer Andeutung, vom Holzfällen gesprochen, dennoch hielt Robert zumindest den größeren für einen Waldarbeiter, bis er ihn in einer Art Feuerwehruniform sah und erfuhr, daß er der Ortspolizist war. Das weißlichblonde Haar konnte hierzulande auffallen, seine wasserblauen Augen sahen am Tag noch heller aus als beim Lampenlicht in der Stube.
Gleich am Anfang brachte der Hasenschartige die Idee mit dem Boot des Wirtes, niemand würde Einspruch erheben, wenn das ausländische Paar es mietete – augenzwinkernd, mit einem merkwürdig starren Ausdruck – und möglichst bald, am besten schon morgen vormittag eine Segelfahrt unternahm.
– Wie wollen Sie denn den Mann nachher aus dem Boot verschwinden lassen? hatte Robert gefragt. Der Weißblonde sah auf und Robert ins Gesicht, als habe er ausgesprochen, was auch ihm die Hauptschwierigkeit schien.

Wieder lächelte der Hasenschartige auf diese maskenhafte Weise, die dennoch als durchtrieben, ja sogar leicht verächtlich genommen werden konnte und von der Robert immer von neuem festzustellen versuchte, wie weit sie mit einer gewissen Unbeweglichkeit der verunstalteten Oberlippe zusammenhing. Er sagte zum größeren hin, aber es war deutlich für Robert bestimmt:
– Eh' wir landen, machen wir das große Segel herunter und rollen es zusammen, da wird er drin sein.
Die zwei Bootsleute – einer davon der Hasenschartige – hatten damit durchs flache Wasser zu waten, um die gut zwei Meter lange Rolle im Auto zu verstauen, das auf der Straße knapp am Ufer wartete. Dann fuhr das Auto die eineinhalb Kilometer hinauf zum Waldrand, wo es nur ein paar Augenblicke zu halten brauchte, damit der Mann aus dem Segel kriechen und in den Weißdorn- und Haselbüschen verschwinden konnte. Nachher sollte das Auto umkehren und das Segel, als ob es schadhaft sei, an der Hoteltür abladen.
– Einfach, was? Dazu ruckartig die Verzerrung im Gesicht des Burschen, von der man sich erst klarmachen mußte, daß sie als Lächeln gemeint war, die Schläue der Augenpartie, auch die Nase war einbezogen und darunter die gipserne Wirkung einer fast unlebendigen Arroganz.
– Wie lange wird das Vergnügen dauern? Wann ungefähr werden wir zurück sein? fragte Robert.
– Nicht Sie, sagte der Bursche, Sie sitzen nämlich im Wagen. Wenn wir die Segelrolle mit unserm Mann verstaut haben, fahren Sie hinauf gegen den Wald.
Der Bursche schien alle Phasen in sich bereit zu haben, als hätte er dies oder Ähnliches schon öfter organisiert, was kaum der Fall gewesen sein konnte, oder er sei nicht zum erstenmal dabei, was genau so unwahrscheinlich war. Er gefiel Robert immer besser, aber am nächsten Morgen, als sie auf dem blank gescheuerten Laufsteg beim Boot standen, gefiel er ihm nicht mehr. Wagnis oder Nicht-Wagnis – Robert hatte mit der Unternehmung eine gewisse Hintergründigkeit des Abenteuerlichen, vielleicht sogar der Gefahr verbunden – Hannas wegen? Hanna zuliebe? –, an die er im Grunde nicht glaubte. Darin glich er Sir Gerald, der bestimmt nicht zu bewegen war, in dem Projekt mehr als eine anregende Segelpartie zu sehen, obwohl er Hanna, wie Robert vorkam, mit einem besorgten Blick unauffällig im Auge behielt. Ihre gewaltsame Ruhe, das krampfig-abwesende Gesicht, sie sah

aus, als nehme sie ein unvorhergesehenes Ereignis vorweg, sei schon mitten in seiner erregenden Wirkung, die auch die andern betraf und trotz ihres Ansichhaltens allen spürbar war. Die nervöse Heftigkeit, mit der sie das Taschentuch zerknüllte, auseinanderzerrte, aussichtslos beschäftigt, es immer wieder anders zusammenzulegen – Robert war außerstande sich abzuwenden, die im Kreis gehende Unrast zog ihn in ihren Strudel, in etwas, das sie beide schmerzhaft verband und zugleich trennte. Loraines spöttische Augen verbargen ihre Genugtuung immer weniger, mit sicherem Spürsinn nahmen sie Sir Geralds Einstellung auf, während sie über Roberts zu deutlich zur Schau getragene Unbefangenheit schadenfroh hinwegsahen.
Zum Glück ließ sich die Frage, ob es ein herrlicher Tag würde, auch wenn die Sonne nicht ganz herauskäme, und ob die englische Flagge, die Loraine auf Hannas Wunsch mitgebracht hatte, über dem Kajütenaufbau am Heck oder lieber am Mast befestigt werden sollte, beliebig lang diskutieren. Plötzlich waren die zwei Bootsleute da, niemand hatte sie kommen sehen. Robert winkte und Hanna schwenkte sofort, als müsse sie seine Geste unterstützen, das zerknüllte und wieder geglättete Taschentuch; sie lachte unmotiviert, auf eine fast grimassierende Weise, die um so befremdender war, als der Hasenschartige Robert anrief:
– Sie . . . kommen Sie mal herüber!
Die beiden warteten auf dem Rasen, der Hasenschartige übersah die Hand, die Robert ihm hinhielt. War es Robert, war es der Bursche, daß Hanna ihm gefolgt war? Sir Gerald und Loraine blieben auf dem Steg vor dem Boot.
– Also – was sagen Sie *dazu*? Lauernd, unverhüllt feindselig. Robert sah die dunkle Welle, die im Gesicht des Burschen hochstieg, langsam die Kinnbacken heraufkam.
Der Bursche zeigte auf die wallartige Erhebung mit der breiten Hecke, Zwergbuchen und Schlehdorn als niedrige Mauer zurechtgeschnitten, die in gleichmäßiger Entfernung von etwa drei Metern den Lauf der Straße begleitete. Wo die Aufschüttung steiler abfiel, trug sie überdies ein Schutzgatter, armdicke Fichtenstämme, dazwischen mannshohe Bretter aufgenagelt, um die Lawinen abzuhalten. Hinter Hecke und Palisaden hielten im Abstand von ungefähr hundert Schritten je zwei Milizmänner. Sie hatten offenbar den Befehl, sich möglichst unsichtbar zu machen, aber wenn man den ersten entdeckt hatte, ergab es sich sozusagen von selber, daß man auch die andern bemerkte.

Der Weißblonde war noch immer fassungslos:
– Aber wie ist es möglich? Und zu Robert, befangen: Haben Sie vielleicht mit jemandem gesprochen?
Robert sagte sofort:
– Mostbaumer.
Der Hasenschartige stieß den Kameraden derb in die Seite, aber der sagte nachgiebig, eilig-beschwichtigend:
– Abblasen, das Ganze abblasen!
– Ich möcht' ihm noch eine Nacht draußen ersparen. Er sagte ›ihm‹, und Hanna hing an seinen Lippen. Abwägend, mit zusammengezogenen Brauen, aber als sei Robert nicht da: Lang wird er's nämlich nicht mehr aushalten. Und mit dem Kinn in die Richtung der Posten deutend: Daß *die* hier sein werden, hab' ich noch in der Nacht erfahren, ich bin gleich verständigt worden, der – ein Name, den Robert nicht verstand – hat dafür gesorgt, daß nur Unsrige aufgestellt sind.
Seine Augen suchten auf dem See, an der Uferseite diesseits des Landungsstegs. Wie hätte Robert vermuten sollen, daß es sich um eine bereits gestern getroffene Anordnung handelte? Robert hielt es – sogar jetzt noch – für etwas wie Bedenken, ihm ins Gesicht zu sagen, was der Bursche befürchtete. Schließlich ging es nicht allein um den Mann im Schilf, sondern wohl zuerst um ihn selbst und seinen Begleiter. Wo der Bursche hinblickte, war jetzt ein Boot aufgetaucht, das rasch näher kam; in einigem Abstand vom Landungssteg gab es einen Anlegeplatz.
– Wer kann an Ihrer Stelle den Wagen chauffieren?
Robert sah ihn überrascht an, Hanna sagte:
– Ich.
– *Sie* steigen da ins Boot! Das galt Robert. Denn wenn Sie falsch gespielt haben – –
Sein Lachen war gar keines, ein rauher, kurz hervorgestoßener Laut. Robert dachte unwillkürlich an einen Wachhund, dem die gestreckte Kette bereits den Hals abwürgt, so daß er gegen den unerreichbaren Feind nur ein wütend krächzendes ohnmächtiges Jappen hervorbringt. Nichts vermochte seine Verfassung anschaulicher zu zeigen als dieser Vergleich – gerade in jener Situation, in der er sich auf Gnade oder Ungnade dem Burschen auslieferte, wissend – denn er wußte es, nicht mit einer klaren, aus dem Geschehenen abgeleiteten Vorstellung, und dennoch mit einer Evidenz, die über allem Zweifel war und nicht nur ihn erfüllte, sondern ebenso aus Hanna kam. Sie sahen einander an, wußten

beide, was geschehen würde, und waren beide unfähig, es zu ändern.
Nun wartete Robert jene zwei, drei Minuten, an die er später so oft zurückdachte, in denen er sich hätte weigern können. Angesichts der Reihe bewaffneter Milizmänner würde der Hasenschartige wohl auf Zwang und Gewalt verzichtet haben. Aber was ihm zugedacht war, ging Robert erst auf, als er im Boot saß. – Immer noch ihr Blick als das Entscheidende, Hannas Abschied, der keiner war, nicht für ihn und nicht für sie, so ahnungslos blieben sie bis zuletzt, so ohne Vorgefühl. Ihr Blick war wie eine Mauer, die ihn vor sich her schob, hinunter ins Boot, unmöglich in sie einzudringen, das leiseste Echo seines Widerstands zum Schwingen zu bringen; genau am Gegenpol ›jener Selbstaufgabe‹, dachte er bitter, die in Loraines Erklärungen eine solche Rolle spielt. Sogar im Boot brauchte er noch eine Zeitlang, um sich mit dem Gedanken vertraut zu machen, daß seine zwei Begleiter ihn einfach niederschlagen oder ins Wasser stoßen würden. Nein, das nicht – wozu hatten sie schließlich das Seil und die Schiene mit? Im Boot lag nämlich ein Stück Eisenbahnschiene, ungefähr einen Meter lang; durch die Öffnungen für die beiden Schrauben zum Festmachen an der Holzschwelle war das Ende eines fingerdicken Drahtseils gezogen, das zusammengerollt unterm Steuersitz lag. Ein Körper, den man damit verschnürte und samt der Schiene ins Tiefe warf, hatte kaum je Aussicht, wieder emporzutauchen.
Robert hockte auf dem nassen Boden, vor sich den Ruderer, hinter sich den Steuermann. Sie fuhren eilig hinaus ins offene Wasser, als wollten sie über den See. Dann bogen sie scharf zum Schilf ab, aber blieben nur so weit in seinem äußeren Rand, als er Deckung bot, jemandem, der das Boot vom Ufer aus beobachtete, die Sicht nahm. Hinter ein paar halbvergilbten Rohrbüscheln, die dicht genug waren, zogen sie die Ruder ein. Der Mann vor ihm holte einen altmodischen Militärfeldstecher aus dem Rucksack, ließ das große Boot nicht aus den Augen.
In der Seitentasche des Rucksackes zeichnete sich ein Umriß ab, den man kaum für etwas anderes als den einer Pistole halten konnte – der Auftakt zu Überlegungen, die Robert noch nicht an einwandfreien Eindrücken kontrollierbar schienen. Er sah auf das schwere Messer – ›Schlagmesser‹, ein Mittelding zwischen Messer und Hacke –, das der Mann vor ihm rückwärts in seiner Lederhose trug. Robert hätte gerne gewußt, ob der andere am Steuer auch ein solches Messer besaß. Er wünschte sich von den massiven unbe-

weglichen Schultern da vorne weg, diese gleichbleibende Haltung, ohne auch nur ein wenig den Kopf zur Seite zu wenden, irritierte ihn heftig, machte den Mann zu etwas Unpersönlichem, einem Apparat, der sich im gegebenen Zeitpunkt vernichtend gegen ihn in Bewegung setzen würde.

Drüben verschwand das große Boot lautlos zwischen den ersten Schilfhalmen. Jetzt ließen sie das Segel herab. Anstatt darauf zu achten, ob sie bereits am Ziel seien, tat er, als interessiere ihn die im graugrünen Dunst verqualmende Horizontlinie, die weißen Haufenwölkchen schräg vor der Sonne, die reglos stillstanden. Nur wenn er ganz aufmerksam hinsah, konnte er bemerken, daß sie sich unendlich langsam gegen die Berge bewegten. Auch dies waren Fluchtversuche, hilflose Auswege mühsam zusammengeraffter Haltung, um den Gedanken nicht hochkommen zu lassen, daß mit dem großen Boot etwas geschehen könnte, das sich als Fehlschlag, als ›gestellte Falle‹ auffassen ließ. Er saß zwischen zwei Schlagmessern – von denen das im Rücken nur eine Vermutung war – und gestand sich endlich, daß ihm nicht nur die beiden, sondern das Verhalten der Leute hier überhaupt unverständlich, ja völlig unfaßbar blieb. Für ihn waren die Umstände und Beweggründe, unter denen sie einander bekämpften, einander verteidigten oder verrieten, sich gegenseitig töteten oder töten ließen, weder vorauszusehen noch vermochte er sie nachträglich zu rechtfertigen. Am phantastischsten aber war, daß sie das Ganze als unabänderlich und allgemeingültig hinnahmen. Wieder begab er sich auf die Flucht, er tat auch diesmal das Seine, das sie nicht zu Hanna führte. Das Boot! Er suchte die Stelle, wo es verschwunden war und fand sie nicht. Die Sonne brütete auf der faulig riechenden, braungrün gestockten Brühe, in der nußgroße gelbrandige Käfer schwammen; Libellen aus glitzernd-grauem Glas glitten wie geworfen darüber hin, hielten auf der Oberfläche ihre Ruhepausen. Mit einemmal litt er unter den Mückenstichen. Er starrte auf den Rücken vor ihm, auf die Hand, die den Feldstecher nun auf dem Knie hielt. Seine Bemerkung über die Hitze und die Vermutung, daß mit dem großen Boot alles gutgehe, wurde von dem vorn ebenso wenig als Anlaß einer Antwort genommen wie von dem Burschen hinter ihm.

Über seinem Kopf war es wie eine schwere heiße Decke, die durch eine unsichtbare Kraft von Minute zu Minute tiefer herabgedrückt wurde. Eine langgezogene einschläfernde Bewegung, in der er müde und beinahe bewußtlos hin und her schaukelte, obwohl er

noch fühlte, daß er im Boot aufrecht saß, ja sogar, daß er nicht allein war. Aber das schien nur anfangs, dann war er allein wie *damals*, der Bogen hatte sich geschlossen, nichts fehlte, die Vorstellung, daß er ein Stück Zeit von etwa zwanzig Jahren hier im Boot zusammenfaßte, störte kaum, verschwand bald. Die Domkuppel und der Hafen, der Strand mit dem Leuchtturm und der sich immer dünner hinausschiebenden Mole war nicht als Gefühl, sondern wieder als Geschmack im Munde da, ein würziger köstlich-scharfer Geschmack, der für seine Absicht sofort die ausreichende Begründung gab. Nur eine Sekunde, flüchtig, ohne Nachdenken die Feststellung, daß auf dem ganzen weiten Sandstreifen niemand zu sehen war.
Er stürzte sich in die bittersalzige Kühle, mußte also gleich, als er sich ins Wasser warf, davon geschluckt haben. Dieses Bittersalzige begleitete ihn hinaus, streckte ihn selig und vital ins Vergessen, daß die wolkig sich ballende Wand, die überraschend nah herandrängte, jede Bedeutung verlor. Bis es schlagartig ringsum finster wurde und der erste Blitz, ein zickzacker blendendweißer Riß durch die schäumende Hohlkugel ging, die sich über ihn stülpte. Er strengte sich bis aufs äußerste an, zurückzuschwimmen, noch ehe er merkte, daß die steil niederstürzenden Wogen ihm jede Sicht nahmen. Wie lange er so kämpfte? Später rechnete er nach, daß es knappe zwanzig Minuten gewesen sein konnten, während die Schwärze ihn immer enger umstellte, so daß er zuletzt nichts anderes fühlte als die Bewegung, zu der auch er selbst gehörte, die ihm bereits wie ein Teil dieser Schwärze vorkam.
Er hatte völlig vergessen, daß er in dem Boot saß und wartete; wieder erfüllte es ihn mit schwindendem Bewußtsein und einem fast angenehmen Vergehen der Kräfte, einer ach, viel zu zögernden Entspannung. Er war sich klar, daß er ertrank, und diese Erkenntnis – daran erinnerte er sich mit aller Deutlichkeit – hatte nichts Aufwühlendes, nichts Gefahrdrohendes, nicht den winzigsten Funken von Schreck oder Schmerz über sein zu früh, zu sehr von außen her abgebrochenes Leben. Eher glich sie einem tiefen Erstaunen, das seinen Körper vom Scheitel bis zu den Zehen durchdrang. Und dieses schweigende Verwundern hatte sich einem Partner, einem plötzlich auftauchenden Gesicht mitgeteilt, dem seinen so nahe, daß sie Wange an Wange lagen – ein bedingungslos anonymes Gesicht, das nichts aussagte, überhaupt nichts, weder in Träumen noch in Erinnerungen erschien es ihm

jemals bis zur Deutlichkeit eines erkennbaren Bildes. Er hatte es längst aufgegeben zu erfahren, mit wem er da leidend und wieder jede Erwartung in eins verschmolz. Jetzt aber in dem Zustand, der wie jener von damals war, berührte dieses Gesicht wieder genau so das seine und war über allem Zweifel Hannas Gesicht. Beinahe als habe sie, was ihm heute bevorstand, verursacht und herbeigeführt, damit er endlich die Zeiten vertausche und es erlebe, *wie* er in der Vereinigung mit ihr erlosch und mit ihr von neuem zu glühen begann (das heftige Brennen in der Brust und das stechend Saure in der Kehle, mit dem er unter den Wiederbelebungsversuchen des Leuchtturmwächters erwacht war).

Der Ausruf des Burschen am Steuer brachte ihn zurück hinter den niederen Bootsrand, der fast lautlos über die bleierne Unbeweglichkeit glitt. Er dachte noch, daß er heute ebenso allein sein würde wie damals, die zwei Schlagmesser würden dafür sorgen, daß es andere körperliche Symptome und kein Erwachen gab; dann erst sah er die deutende Hand und das große Boot, das ein paar hundert Meter vor ihnen vorübergerudert wurde zu jener Stelle des Landungsstegs, von der aus der Weg zum wartenden Auto am kürzesten war.

Robert atmete auf. Ein überwältigendes Dankgefühl, mündend in eine tiefe Stimmung von Andacht – es ließ sich kaum anders bezeichnen; wie aus der innersten Überzeugung, daß nichts mehr geschehen könne und jedes Unglück ausgeschlossen sei – sie waren also in Sicherheit, genau so als wären sie in Gott, in dem alles Existierende seinen Raum hat, so daß es sich gegenseitig zur Grenze und zur Verneinung wird, woraus alles Übel der Welt entsteht. Auch ihr Tod wäre nichts weiter als eine kleine Veränderung in der unvergänglichen Vergänglichkeit, an der jeder den gleichen Anteil hatte. Vielleicht wurde jener Punkt, in dem sich der Wechsel zum Tode vollzog, von dem Undenkbaren, der Unpersönlichkeit Gottes, in der sie alle enthalten waren, gar nicht gemessen. Während er im engen irdischen Verlauf von entscheidender Wichtigkeit, der Quell allen Versagens und der Inbegriff der menschlichen Tragödie war, weil er zwar die Einsicht ermöglichte, aber die Wiederholung ausschloß.

Wahrscheinlich, daß dies späteren Erwägungen entsprach, von denen Robert fand, es sei nicht sicher, wie weit sie aus dem Wunsch hervorgingen, den undurchbrechbaren Ring aus Dasein und Religiosität dennoch zu durchbrechen und den Zwang zur Verantwortung zu beschwichtigen. Hier setzte seine böseste Er-

wartung ein, die sich auf Loraine bezog und die Loraine nicht erfüllte. Er war jämmerlich genug sich zu fragen, ob Loraine es überhaupt nicht dachte oder es bloß ihm gegenüber nicht äußerte, es lieber für sich behielt. Jedenfalls hatte sie niemals, nicht im elementarsten Angriff ihrer Beschuldigungen gegen Hanna, Gott so tief in die menschlichen Niederungen herabgezerrt, daß sie meinte, wenn bei dieser Unternehmung mit einem Tode bezahlt werden müsse, so könne es nur der Tod Hannas sein. NEIN – Loraine hatte hier kein Muß herausgefunden und etwa einen Akt höherer Weisheit und Gerechtigkeit erkannt, der sich zum Glück für IHN mit der ihren deckte.
Aber vorläufig saß Robert noch auf seinem Platz neben der Schiene und dem Drahtseil und dachte angesichts des landenden Bootes nicht mehr an die beiden Schlagmesser. Die zwei Bootsleute trugen das zusammengerollte Segel an Land, Loraine winkte matt herüber – ein wenig Triumph oder Ironie, wirkungslos durch die Schwüle? – Sir Gerald lehnte am Mast und schien so mit seinem Fischzeug beschäftigt, daß ihm der günstige Verlauf ihrer Unternehmung völlig entging. Drüben am Ufer hatte Hanna die Autotür weit geöffnet, es lag wirklich nur am Umfang dieser Rolle, wenn das Verstauen sich etwas umständlich gestaltete. Sie fuhr sofort hinauf gegen den Wald. Nichts machte selbst durch die paradoxeste Flucht in den absoluten Gegensatz die Möglichkeit auch nur erahnbar, daß eine halbe Stunde später der Begleiter des Hasenschartigen bereits in seiner Feuerwehruniform und mit dem Schleppsäbel beim Tatort – denn das Auto würde da schon ein Tatort sein – amtieren würde.
Das Auto fuhr die Hecke entlang, an den Milizmännern, am Hotel vorbei. Noch ein Stück Hecke, der Ruf ›Halt, Halt, Haa-a-lt!‹, unerwartet, fremd in der trocken brennenden Hitze, Robert erfaßte zuerst gar nicht, wem er galt, daß er überhaupt etwas bedeutete. Zwei Schüsse, das Auto hielt mit einem Ruck knapp am Waldrand, stellte sich quer, das Ende der Segelrolle schob sich aus der aufgegangenen Tür. Hatte einer der Milizmänner versagt? War im letzten Augenblick ein Unverläßlicher zur Teilnahme an den Wachen bestimmt worden, weil ein Verläßlicher aus irgendeinem Grund ausgefallen war? Robert dachte nicht mehr an das Schlagmesser, er hatte vorgehabt, wenn sie ans Ufer stiegen, sich Gewißheit zu verschaffen, ob auch der Bursche am Steuer eines bei sich trug. Statt dessen lief er mit den andern, überholte die meisten. Und jetzt – die Segelrolle, in der ein Mann bequem Platz

hatte, war leer, wenigstens das! – Hanna lag mit dem Gesicht über dem Lenkrad, sie sah aus wie mit Blut angeschüttet, niemand begriff, wie sie imstande gewesen sein konnte, den Wagen noch anzuhalten. Die eine der beiden Kugeln hatte die Halsschlagader aufgerissen.

Elisabeth Plessen
Kohlhaas

Roman. 348 Seiten.
Gebunden 32.–

In einer Zeit, die sich wieder vermehrt der Vergangenheit, der Historie zuwendet, liegt die Faszination des neuen Romanes von Elisabeth Plessen auf der Hand. Dennoch wäre es falsch, Elisabeth Plessens »Kohlhaas« als historischen Roman anzusehen. Es ist ein sehr persönliches Buch, die Auseinandersetzung mit einem Menschen, der durch die Anwendung physischer Gewalt in seiner Würde, in der Integrität seiner Person verletzt, sich zur Wehr setzt.

Ernst Schnabel
Auf der Höhe der Messingstadt

2 Erzählungen. 172 Seiten.
Gebunden 24.80

Auf der Höhe der Messingstadt ist die Geschichte eines alternden Mannes. Sie handelt von Einsamkeit, der vergeblichen Liebe zu einer jungen Frau, vom Tod. Vom Tod handelt auch die zweite Erzählung dieses Bandes. Nicht dem geistig stets aufs neue vorweggenommene Sterben des alternden Menschen, sondern dem anonymen Massensterben, das durch eine Katastrophe ausgelöst wird. Zwei lange Erzählungen eines der bedeutendsten deutschsprachigen Schriftstellers.

Benziger